Братья Карамазовы

卡拉马佐夫兄弟

上

〔俄罗斯〕陀思妥耶夫斯基 著

臧仲伦 译

译林出版社

图书在版编目（CIP）数据

卡拉马佐夫兄弟 /（俄罗斯）陀思妥耶夫斯基著；
臧仲伦译.—南京：译林出版社，2021.5
（陀思妥耶夫斯基精选集）
ISBN 978-7-5447-8616-4

I.①卡… II.①陀… ②臧… III.①长篇小说 – 俄
罗斯 – 近代 IV.①I512.44

中国版本图书馆 CIP 数据核字（2021）第 047997 号

卡拉马佐夫兄弟　[俄罗斯]陀思妥耶夫斯基 / 著　臧仲伦 / 译

责任编辑　冯一兵
装帧设计　周伟伟
校　　对　张红霞
责任印制　颜　亮

原文出版　Издательство《Наука》，1991
出版发行　译林出版社
地　　址　南京市湖南路 1 号 A 楼
邮　　箱　yilin@yilin.com
网　　址　www.yilin.com
市场热线　025-86633278
排　　版　南京展望文化发展有限公司
印　　刷　南京爱德印刷有限公司
开　　本　850 毫米 ×1168 毫米 1/32
印　　张　34.625
插　　页　8
版　　次　2021 年 5 月第 1 版
印　　次　2021 年 5 月第 1 次印刷
书　　号　ISBN 978-7-5447-8616-4
定　　价　118.00 元（上、下册）

讲解人：董晓

南京大学文学院副院长，教授，博士生导师，主要从事俄罗斯文学、中俄文学关系的研究及翻译。兼任中国高等教育学会外国文学专业委员会副会长，江苏省比较文学学会副会长等职。

上册目录

主要人物表

费奥多尔·帕夫洛维奇·卡拉马佐夫——卡拉马佐夫家族之父，地主。

德米特里（米佳）·费奥多罗维奇·卡拉马佐夫——退伍军官，老卡拉马
　　佐夫的长子。

伊万·费奥多罗维奇·卡拉马佐夫——大学毕业，老卡拉马佐夫的
　　次子。（"伊万"也常译为"伊凡"。）

阿列克谢（阿廖沙）·费奥多罗维奇·卡拉马佐夫——见习修士，佐西马
　　长老的弟子，老卡拉马佐夫的小儿子。

帕维尔·费奥多罗维奇·斯梅尔佳科夫——老卡拉马佐夫的厨子、私生子。

格里戈里·瓦西里耶维奇·库图佐夫——老卡拉马佐夫的仆人。

马尔法·伊格纳季耶芙娜——女仆，格里戈里之妻。

阿格拉费娜（格鲁申卡）·亚历山德罗芙娜·斯维特洛娃——卡拉马佐夫
　　父子同时追逐的一个出身卑贱的美丽女子。

彼得·亚历山德罗维奇·米乌索夫——地主，贵族，米佳的堂舅。

彼得·福米奇·卡尔加诺夫——米乌索夫的远亲。

卡捷琳娜（卡佳）·伊万诺芙娜·韦尔霍夫采娃——米佳的未婚妻。

马克西莫夫——落魄的小地主。

米哈伊尔（米沙）·奥西波维奇·拉基京——神学校学生。

卡捷琳娜·奥西波芙娜·霍赫拉科娃——孀居的女地主。

丽莎——霍赫拉科娃的女儿。

库兹马·库兹米奇·萨姆索诺夫——富商，格鲁申卡的相好与庇护人。

佐西马神父——修道院长老。

约瑟神父。

派西神父。

费拉蓬特神父。

尼古拉·伊里奇·斯涅吉廖夫——被部队开革的步兵上尉，外号"树皮团"。

伊柳沙——小学生，斯涅吉廖夫的儿子。

尼古拉（科利亚）·伊万诺维奇·克拉索特金——伊柳沙的高班同学。

斯穆罗夫——伊柳沙的同班同学。

玛丽亚·孔德拉季耶芙娜——老卡拉马佐夫邻居家的女儿。

赫尔岑什图勃——大夫。

瓦尔文斯基——县医院的年轻大夫。

彼得·伊里奇·佩尔霍京——年轻官员。

特里丰·鲍里索维奇——车马店老板。

米哈伊尔·马卡雷奇·马卡罗夫——县警察局长。

马夫里基·马夫里基耶夫·什梅尔措夫——区警察局长。

费多西娅（费尼娅）·马尔科芙娜——格鲁申卡的贴身侍女。

伊波利特·基里洛维奇——副检察官。

尼古拉·帕尔芬诺维奇·涅柳多夫——法院预审官。

费秋科维奇——米佳的辩护人。

献给安娜·格里戈里耶芙娜·陀思妥耶夫斯卡娅[1]

我实实在在的告诉你们，一粒麦子不落在地里死了，仍旧是一粒；若是死了，就结出许多子粒来。[2]

（《约翰福音》第十二章第二十四节）

1 安娜·格里戈里耶芙娜·陀思妥耶夫斯卡娅(一八四六——一九一八),是陀思妥耶夫斯基在第一个妻子亡故后所娶的第二个妻子。她聪明干练,精力充沛,持家有方。曾给予陀思妥耶夫斯基的写作以巨大帮助,替他做速记,誊清原稿,校阅清样,甚至出版和发行著作。陀思妥耶夫斯基死后,她又替他整理遗稿,编纂书目,出版全集,收集遗物。陀思妥耶夫斯基除了将他的最后一部小说《卡拉马佐夫兄弟》献给她以外,临死前还对她说:"记住,阿尼娅,我一直热烈地爱你,从来没有对你变过心,甚至连这样的念头也没有。"列夫·托尔斯泰曾经不胜感慨地说:"俄国的许多作家如果都能像陀思妥耶夫斯基那样有位好妻子,他们的处境就好多了。"

2 作者通过耶稣基督的这句话表达了他对俄国,对人类社会的基本信念:只有前驱者不惜自己的生命,播种真理的种子,才能唤醒千千万万的人。

陀思妥耶夫斯基死后葬于彼得堡涅瓦河畔的亚历山大修道院季赫文公墓。墓前,在作家青铜塑像的基座上也镌刻着同样的字句,但略有改动:"阿门,阿门,我告诉你们,一粒麦子不落在地里死了,仍旧是一粒;若是死了,就结出许多子粒来。"

作者的话

我要给我的主人公阿列克谢·费奥多罗维奇·卡拉马佐夫立传。下笔伊始就感到有点为难。是这么回事：我虽然把阿列克谢·费奥多罗维奇叫作我的主人公，但是话又说回来，我自己也知道他绝不是伟人，因此我预见到少不了会有人提出这样的问题：既然您选中阿列克谢·费奥多罗维奇作您的主人公，他到底有什么惊人之举？他到底做了什么惊天动地的事？有谁了解他？他缘何闻名？我作为一名读者，为什么要耗费时间来研究此公的生平和行状呢？

这最后一个问题最要命了，因为我对此只能回答："也许，读了这部小说，您自己会看到的。"然而，如果有人读了这部小说，并没有看到，也不同意我的这位阿列克谢·费奥多罗维奇有什么出众之处，那怎么办呢？我所以这样说，是因为我十分伤心地预见到了这一点。对我来说，他不同凡响，但是我又满腹狐疑：我能不能向读者证明这点呢？问题在于，他也许能够有所作为，但此公模糊不清，尚未定型。话又说回来，在我们这样的时代，要求一个人明净如水，那才奇怪哩。也许，有一点倒是没有疑问的：此人很怪，甚至是个怪物。但是，奇怪也罢，古怪也罢，只会使人望而却步，绝不会令人刮目相看，特别是现在，大家都力求团结起来，在普遍的混乱中求同存异的时候。而怪物，在多数情况下，无非是一种局部和孤立的现象。难道不是这样吗？

如果您不同意这最后的论题，并且答道"不是这样"或者"并非永远这样"，那么，在有关我的主人公阿列克谢·费奥多罗维奇到底有何意义的问题上，说不定我倒会精神大振。因为不仅怪物"并非永远"是局部和孤立的现象，而且相反，我们常常会遇到这样的情形，有时候他倒成了整个社会的中心，而与他同时代的其他人——风起处，不知为什么，大家倒暂时脱离了他这一中心，风吹云散了……

话又说回来，我本来大可不必作这种极端乏味而又含糊其辞的解释的，干脆单刀直入，开门见山：有人看了喜欢，就会凑凑合合地看下去；但要命的是，我要写的这个传记虽然是一个，但小说却是两篇。而且第二篇小说是主要的——写的是我的这位主人公在当代，即在我们眼下的活动。[1] 第一篇小说写的是发生在十三年以前的事。[2] 甚至几乎算不上小说，只是我那主人公少年时代的短暂的一瞬。我要略去这第一篇小说是不可能的，因为这样一来，第二篇小说中的许多事就会看不懂了。但是，要不略去的话，我起初的两难处境就会变得更复杂了。因为我这个为人立传的人自己也认为，给这么一个渺不足道而又模糊不清的人物写一篇小说，也许已经是多

1《卡拉马佐夫兄弟》，按照作者原来的创作意图，拟写成正续两篇。正续篇之间相隔十三年，故事转到当代，即转到十九世纪八十年代。那时阿廖沙已经不再是青年，他已经成熟了。他到处寻找真理，成了革命者。后来终于成了一名政治犯，被处极刑。实际上本书完成于一八八〇年十一月，作者于一八八一年一月二十八日去世。作者的离世中断了他原来的构想。
2 作者的这篇序作于一八七八年。十三年前应是一八六五年。实际上，本书的故事开始于俄国正式实行司法改革的一八六六年。也可能因为这篇序发表于一八七九年，作者是从这一年开始计算的。

余的了，现在竟要写两篇，这又是怎么回事呢？又应当怎样解释我的这种不知天高地厚呢？

怎样解决这些问题连我都没了主意，思虑再三，干脆不作任何解决。不用说，洞察秋毫的读者早就看穿了我从一开始就想这么做，令他们恼火的是：我干吗废话连篇，糟蹋他们宝贵的光阴呢？我对此的回答倒颇有把握了：我之所以废话连篇，浪费大好光阴，第一是出于礼貌，第二是工于心计——反正我已经把丑话说在头里了。不过话又说回来，如果我的小说"在整体的本质一致中"自然而然地分成两个故事，我甚至感到高兴。读者可以先看第一个故事，然后自己拿主意：值不值得接下去看第二个？当然，谁也没有非看不可的义务；第一个故事才读完两页就不妨扔下书本，从此再不打开它。但是，要知道，毕竟有这么一些好脾气的读者，他们是一定会看到底的，以便在作出公正的评价时不致判断有误；比如，所有的俄国批评家就无不如此。面对这样一些读者，我心里毕竟会感到轻松些：尽管他们十分认真，而且一丝不苟，我还是要给他们一个合情合理的借口，尽可以在读这部小说的头一个故事时就撤下不读。是为之序。我完全同意这篇序言是多余的，但是既然写了，且姑妄留之。

现在言归正传。

第一部

第一卷
一个破碎的家庭的故事

一、费奥多尔·帕夫洛维奇·卡拉马佐夫

阿列克谢·费奥多罗维奇·卡拉马佐夫是敝县地主费奥多尔·帕夫洛维奇·卡拉马佐夫的三公子。整整十三年前发生了一件疑案，其父不幸惨死，当时，这件案子使此公遐迩闻名（直到现在敝县还有不少人提起他）。关于此案的详情，容我以后再慢慢道来。现在关于这位"地主"（敝县的人都这么叫他，虽然他一辈子几乎不曾在自己的庄园里住过）我要讲的只是，这位做父亲的虽然是个怪人，却屡见不鲜，这类人不仅十分恶劣而又荒淫无耻，而且糊涂透顶，不过，这类人尽管糊涂，在经营自己的家产上却十分精明，不过，也似乎仅限于此而已。比如说，费奥多尔·帕夫洛维奇几乎是白手起家，他这地主再小也没有了，东奔西颠，走家串户地吃白饭，死乞白赖地赖在人家家里当食客，可是当他撒手人寰的时候，居然积攒了十万卢布现金。与此同时，他毕竟一辈子仍是全县最糊涂的浑蛋。我再重复一遍：倒不是说他笨；这类混账东西多半相当聪

明、相当狡猾——我只是说他浑，而且是一种特别的、具有我国民族特色的浑。他结过两次婚，他有三个儿子——长子德米特里·费奥多罗维奇，乃前妻所生，其余二位，伊万和阿列克谢，乃续弦后所生。费奥多尔·帕夫洛维奇的发妻出身于一个相当富有的名门望族——贵族米乌索夫家，他家也是敝县的地主。这么一个妆奁丰厚的姑娘，千娇百媚，而且聪明伶俐（这类聪明伶俐的小姐在我们当代并不少见，但是过去也已屡屡出现），怎么会下嫁给这么一个没出息的"草包"（当时大家就这么叫他）呢？个中道理我就不便多说了。要知道，我还知道一个小姐，还在上上一代的"浪漫派"时代，她就谜一般爱上了一位先生，而且一爱就是好几年，本来满可以稳扎稳打、风平浪静地嫁给他，什么时候嫁给他都成，可是她却异想天开，自己给自己编造了无法克服的重重障碍，于是便在一个暴风雨之夜，登上一道类似悬崖的高岸，从上面纵身一跃，跳进了一条又深又急的大河，因而香消玉殒，这全是她毫无道理地自找的，唯一说得出来的原因就是她想学莎士比亚的峨菲莉亚[1]。甚至可以这样说，如果她早就看中和喜爱的这道高岸，不是那么风景如画，假如那地方不过是一处平平淡淡的平坦的河岸，那么她的投河自尽也许根本就不会发生。这件事是千真万确的，应当认为，在我们俄罗斯的生活中，在最近两代或三代人中，这样的事或与这同类的事曾经发生过不少。阿杰莱达·伊万诺芙娜·米乌索娃的行为也庶几近之，无疑是流风所至，起而效尤，也可能是那"受禁锢思想的愤懑"[2]。她也许想显示妇女独立，反抗社会环境，反对自己家族和家庭的专制，而她那招之即来的幻想又使她相信，姑且假定就一刹那吧，似乎费奥多尔·帕夫洛维奇尽管被人谥为食客，却仍旧是这个日新月

---

1 莎士比亚悲剧《哈姆雷特》中的角色。这里提到峨菲莉亚，目的在于暗示当时的热门话题——妇女解放，以及这一类思想无非来自西方。
2 引自莱蒙托夫的诗《莫要相信自己》（一八三九）。

异的时代最勇敢而又最玩世不恭的人，尽管他当时充其量不过是个亡命徒和小丑。富有刺激性的还有这事必须以私奔告终，这简直使阿杰莱达·伊万诺芙娜开心极了。至于费奥多尔·帕夫洛维奇，碰到这类意外的艳遇，就他当时的社会地位来说，也是求之不得的，因为他巴不得一步登天，为此让他干什么都行；攀龙附凤，结一门好亲，又能拿到一笔陪嫁，这让他太神往了。至于双方的爱情，无论是新娘方面，也无论是他这一方面，好像根本没有，尽管阿杰莱达·伊万诺芙娜长得如花似玉，十分美貌。因此，在费奥多尔·帕夫洛维奇的一生中，这也许是唯一的一次例外：因为此公毕生极端好色，只要随便什么女人向他招招手，他就会立刻拜倒在她的石榴裙下，可是唯有这女人在情欲方面却提不起他的任何特别的兴趣。

阿杰莱达·伊万诺芙娜在跟他私奔以后便立刻看清了她对自己的丈夫只有轻蔑，没有任何其他感情。因此这桩婚事的后果便非常快地显示了出来。尽管她娘家甚至相当快就自认倒霉，默认了这桩婚事，分出一笔陪嫁给这位私奔的小姐，可是他们夫妻间却开始了最杂乱无章的生活，而且天天大打出手。有人说，这位年轻的太太与费奥多尔·帕夫洛维奇相比，表现出了无比的高尚和崇高。现在得知，她一拿到钱，他便立刻一下子把她的钱全部拿走了，总数达两万五千卢布之巨，因此，这几万卢布从那时起对于她简直就等于扔到水里一样。有座小村庄和一处相当好的在城里的房子，也列入她的陪嫁之列，长时间以来，他一直变着法儿想把这些财产过户到他自己名下，而要做到这点，只要立一纸适当的文据就行，单凭他夫人对他的蔑视和厌恶，单凭这一点，他就不难达到自己的目的，而他无时无刻不在用自己的无耻勒索和苦苦哀求，来激起她对他的蔑视和厌恶。单凭她心里对他腻味透了，不想跟他纠缠，他就能如愿以偿。但是，幸好阿杰莱达·伊万诺芙娜的娘家出面干涉，才限制了这个巧取豪夺的无耻之徒。据确讯，这两口子经常大打出手，但是，据传，动手打人的不是费奥多尔·帕夫洛维奇，而是阿杰莱达·伊万诺芙娜——这女人性格暴躁，脾气一点就着，她说打就打；长得黑黑的，而且天生力大无穷。最后，她终于离家出走，抛弃了费奥多尔·帕夫洛维奇，跟一个穷得要命的神学校的教员私奔了，把一个三岁的孩子米佳留给了费奥多尔·帕夫洛维奇抚养。费奥多尔·帕夫洛维奇在夫人出走后便立刻在家里养了一大群女人，大张宴席，大肆酗酒，而在吃喝和玩女人之暇，差点没跑遍全省，眼泪汪汪地逢人便诉说阿杰莱达·伊万诺芙娜抛弃了他，还告诉别人任何一个做丈夫的都羞于为外人道的床笫细节。主要是，能在大家面前扮演一个被愚弄的丈夫这一可笑的角色，并且绘声绘色地大肆描写自己被愚弄的细节，他似乎为此感到很愉快，甚至很得意似的。有些说话爱带刺的人对他说道："您呀，费奥多尔·帕夫洛维奇，倒像升了大官似的，尽管您悲悲戚戚，但样子还挺得意。"很多人甚至补充道，他还挺高兴他小丑换了副模样，为了招人笑，甚至还故意装出一副他没发现自己滑稽可笑的模样。谁知道呢，不过他这样做也许纯属天真。最后，他终于发现了他那私奔的妻子的行踪。原来，这可怜的女人在彼得堡——她跟那个神学校的老师辗转来到了这个首善之区，无所顾忌地实行起了彻底的妇女解放。费奥多尔·帕夫洛维奇立刻忙活起来，开始收拾行装，准备去彼得堡——去干什么呢？——当然，他自己也说不清。说实在的，说不定，他当时说去也就去了；但是，他一旦拿定了这主意，便立刻认为自己特别有权在行前重新酗酒无度一番，以壮行色。就在这时候，他太太的娘家得讯：她在彼得堡不幸去世。她死得似乎很突然，死在一个阁楼上，有人传说，她死于伤寒，又有人传说她是饿死的。费奥多尔·帕夫洛维奇得知他太太去世的消息时正喝得酩酊大醉；据传，他当时跑上大街，快乐得向上苍举起双手，连声高呼："如今解放啦！"[1]可是又有人说——他像小孩一样号啕大哭,而且还说他一直哭到让人看着都可怜,尽管此公十分可憎。很可能,两种情况都有:他既因为自己获得解放而高兴,又为解放他的人失声痛哭——二者混杂在一起。在大多数情况下,甚至坏蛋也比我们通常对他们的看法要天真得多和淳朴得多。我们自己亦然。

二、甩手不管长子

当然,可以想象得出这样的人会怎样抚养自己的孩子和怎样尽父亲的责任。在他这样一个父亲身上也就发生了该发生的事,即他完全、彻底地抛弃了他跟阿杰莱达·伊万诺芙娜所生的孩子,倒不是因为对孩子有气,也不是出于夫妻反目成仇的什么情绪,而无非是因为把他完全忘了。当他眼泪汪汪,逢人便哭诉,把大家弄得烦透了的时候,他却把自己的宅第变成了一座淫窟,这个三岁的小男孩米佳便由他们家的一名忠仆格里戈里抱去照看,要不是格里戈里当时关心他,很可能,都没有人来替这小孩换衬衣。再说又发生了这样的事:起初孩子他姥姥家也似乎把他给忘了。他姥爷,也就是阿杰莱达·伊万诺芙娜的父亲米乌索夫先生本人已经谢世;他那位孀居的夫人,即米佳的姥姥,搬到莫斯科去了,病得很重,孩子的几位表姐又都出嫁了,因此几乎有一整年,米佳只能住在仆人格里戈里家,住在他住的下人的小木屋里。话又说回来,即使他爸想起

---

1 原文中,"解放"应为"释放"。源出《圣经》故事:耶路撒冷有一位规规矩矩而又虔诚的信徒,名叫西面,他看见耶稣的父母抱着孩子走进圣殿,便欢呼道:"主啊,如今可以照你的话,释放仆人安然去世。"(《路加福音》第二章第二十九节。)后来这成了东正教晚祷词的头一句话。

他（他不可能当真不知道他的存在），也会把他再打发回小木屋去的，因为有了这孩子，毕竟碍手碍脚，使他不便闹得太乌烟瘴气。但是又出了一件事，已故的阿杰莱达·伊万诺芙娜的堂兄彼得·亚历山德罗维奇·米乌索夫从巴黎回来了，后来他接连许多年都侨居国外，不过当时他还很年轻，在米乌索夫家是个特殊人物，人很开明，是个一身洋气的京派人物，而且终其一生都是一个西欧派，而在他行将就木前则是一个四十年代和五十年代的自由派。在他为事业奔走的一生中，他曾与许多当时最自由的自由派有过交往，既有国内的，也有国外的，与蒲鲁东[1]和巴枯宁[2]都曾有过私交，他在浪迹天涯的晚年特别爱回忆和叙述一八四八年巴黎二月革命那三天的情况[3]，还暗示他差点没参加巷战。这是他对青年时代的一个最感快意的回忆。他有独立的财产，照过去的算法，约有一千名农奴。他那上好的领地就坐落在敝县县城的近郊，同敝县那座著名的修道院[4]毗邻。彼得·亚历山德罗维奇当时还很年轻，他一得到这份遗产，就立刻跟这座修道院打起了打不完的官司，为争夺某条河的捕鱼权和某处林地的砍伐权而对簿公堂，确切的情况我不知道，但是跟"教权主义[5]者"打官司，他甚至认为这是自己的公民义务，是抗御顽劣的一种责任。当他听说阿杰莱达·伊万诺芙娜的遭遇之后（不用说，对这个堂妹他是记得的，从前甚至很注意），他又打听到

---

1 蒲鲁东（一八〇九——一八六五），法国经济学家和社会学家，无政府主义的创始人之一。一八四八年法国二月革命后，曾当选为立宪会议议员。

2 巴枯宁（一八一四——一八七六），俄国无政府主义者，曾加入第一国际，极力鼓吹无政府主义，后被第一国际开除。

3 一八四八年二月二十二—二十四日，巴黎人民举行示威游行和武装起义，推翻七月王朝，迫使法王路易·菲利浦退位，成立由资产阶级共和派组成的临时政府领导的法兰西第二共和国。

4 指俄国著名的奥普塔修道院。建于十四世纪，坐落于俄罗斯卡卢加省科泽尔斯克县城外两公里处，十月革命后被毁。当年果戈理、陀思妥耶夫斯基和托尔斯泰都曾拜访过这座修道院。

5 教权主义，亦称"教权论"，主张由教会统治一切，包括政治、经济和文化，君临世俗政权之上。

堂妹身后还留下了个孩子，名叫米佳，尽管他年轻气盛，对费奥多尔·帕夫洛维奇感到十分气愤和蔑视，还是干预了此事。直到这时，他才头一回与费奥多尔·帕夫洛维奇见面。他向他直截了当地宣布，他愿意承担抚养这孩子的责任。后来，他又一再向别人说（借以说明此事的特点），当他跟费奥多尔·帕夫洛维奇提起米佳的时候，此公居然摆出一副莫名其妙的样子，似乎压根儿不明白什么孩子不孩子的，甚至还似乎很惊讶，他在他家的某个地方还有个小不点的儿子。即使彼得·亚历山德罗维奇的叙述有夸大之处，但毕竟好像是那么回事，与事实庶几近之。但是，说真的，费奥多尔·帕夫洛维奇这一辈子就爱做假，就爱突然在您面前演出一个您完全意想不到的角色，而且，主要是，他这样做，有时毫无必要，甚至对自己直接有害，比如，在当前的情况下就是。话又说回来，这个特点许多人都有，甚至绝顶聪明的人也一样，更不用说费奥多尔·帕夫洛维奇了。彼得·亚历山德罗维奇对办这件事很热心，甚至（跟费奥多尔·帕夫洛维奇一起）被指定为孩子的监护人，因为他母亲身后毕竟留下了一笔小小的遗产——房屋和田地。米佳也的确搬到这位堂舅家去住过，但是这位堂舅尚未成家，又因为他把从自己庄园上到底能拿到多少钱这事好不容易弄清和得到保证之后，又立刻急匆匆地重返巴黎，准备在那里从此长住下去，于是便把这孩子托付给了一位自己的表姑，一位莫斯科的太太。后来他在巴黎住惯了，竟忘了这孩子，特别是上面提到的那次二月革命来了，使他大惊失色，这革命完全超出了他的想象，使他终生难忘。后来那位莫斯科太太死了，于是米佳便转到这位太太的一个业已出嫁的女儿手里。看来，他后来还曾第四次改换门庭，易巢别栖。现在我对此已无意细谈，再说，关于费奥多尔·帕夫洛维奇的这位长子，我们还有许多话要说，而现在只能限于对他作一些最必要的介绍，因为不这样做**我的**这部小说就无从下笔了。

第一[1]，这位德米特里·费奥多罗维奇[2]是费奥多尔·帕夫洛维奇的三位公子中的一位，他从小就确信他多少总有点财产，只要他一成年[3]，经济上也就独立了。他的青少年时代是乱糟糟地度过的：中学没有念完，后来又进了一所军事学校，后来又去高加索，在军队里混到了一官半职，因为决斗又被降职，后来又混到了一官半职，他又花天酒地，挥霍了颇多一笔钱。他开始从费奥多尔·帕夫洛维奇手里拿到钱是在成年之后，而在此以前他已债台高筑。他第一次知道并且见到自己的生父费奥多尔·帕夫洛维奇，已在他成年之后，当时，他是特意来到敝地，来跟父亲说清楚关于自己应得的财产问题的。看来，他当时就不喜欢他父亲；他在父亲那里待的时间不长，后来就匆匆地走了，从父亲手里拿到了一小笔款子，并且与父亲达成了某种有关今后如何取得庄园收入的交易。至于这庄园（这事值得注意）到底有多少收入，有多大价值，他这次费尽心机也没能从费奥多尔·帕夫洛维奇那儿打听到。当时费奥多尔·帕夫洛维奇注意到，初次见面就注意到（这点必须记住），米佳对自己财产的看法是过甚其词的、错误的。费奥多尔·帕夫洛维奇对此感到很满意，他另有自己的如意算盘。而他由此得出的结论仅仅是，这年轻人没脑子，天不怕地不怕，爱感情用事，凡事沉不住气，爱吃喝玩乐，只图眼前，能捞点什么就行，一捞到手就会立刻心满意足，尽管捞到的东西在手上时间不长。正是这一点被费奥多尔·帕夫洛维奇利用了，他利用一些小恩小惠，间或寄一点钱去敷衍敷衍他，于是最后终于发生了这样的事：四年后的某一天，米佳终于失去了耐心，再一次来到了敝县县城，准备同父亲一了百了，希望这事有个了结；使他大吃一惊的是，他忽然发现他已经一无所有，甚至算都算不清，

---

1 作者在叙述时，常常会有"第一"，后面就没有"第二""第三"了。类似情况，恕不一一说明。
2 米佳的大名和父称。
3 据当时的俄国律法，成年应为二十一岁。

他已经从费奥多尔·帕夫洛维奇那儿拿走了多少钱，把自己财产的全部所值都拿走了，甚至还倒欠他一些也说不定；根据某年某月某日他当时自愿签订的某某某某契约，他已经无权索取更多的东西了，等等，等等。年轻人大惊失色，怀疑其中有诈，是个骗局，几乎勃然大怒，而且好像失去了理智。正是这一情况引起了一场飞来横祸，叙述这一飞来横祸正是小说作为开场白的第一部的主要内容，或者不如说，这就构成了小说第一部的框架。但是，在言归正传之前，我还必须讲一讲米佳的两个兄弟，费奥多尔·帕夫洛维奇的另外两个公子的情况，同时说明一下他俩的身世。

三、续弦和续弦后生的孩子

费奥多尔·帕夫洛维奇把四岁的米佳脱手以后不久就续弦了。第二次婚姻持续了大约八年。这位续弦的太太索菲娅·伊万诺芙娜也是一个十分年轻的姑娘，是他从外省娶来的。当时，他跟一个犹太佬合伙承揽了一桩小小的包工活，到该省去了一趟。费奥多尔·帕夫洛维奇虽然爱吃喝玩乐，又喝酒，又胡闹，可是他从不置自己的投资于不顾，而且总是一本万利，马到成功，当然啰，在做法上也几乎总带点儿卑鄙。索菲娅·伊万诺芙娜是一名"孤女"，从小父母双亡，是一个行为不端的教堂助祭的女儿。她在一位有名望的老将军夫人（沃洛霍夫将军的遗孀）那座富有的宅第中长大。这位老夫人既是她的恩人，也是她的养母，也是她的折磨者。详情我不知道，只听说这名养女温柔敦厚、逆来顺受，有一次钻进储藏室，在钉子上拴了根绳子，想要上吊自尽，被人救了下来——她受不了那位老太太刁钻古怪的脾气和她那没完没了的数落和责备。其实，这位老太太并不坏，只是因为闲得无聊才变成了一个叫人受不了的横行霸道的人。费奥多尔·帕夫洛维奇登门求亲，人家打听清楚他的底细以后，就把他轰了出去，于是他又像头一次结婚时那样建议这孤女与他私奔。如果她能及时了解他的底细，知道更多的细节，可以肯定，她是无论如何也不肯嫁给他的。但是问题是隔了一省；再说一个十六岁的女孩又能懂得什么呢？她只知道与其继续待在她的恩人身旁，还不如跳河自杀的好。于是这个小可怜儿便将女恩人换成了男恩人。费奥多尔·帕夫洛维奇这次没拿到一文钱，因为将军夫人大发脾气，非但什么也不给，还诅咒了他俩；但是他也并没指望这一次能捞到什么，这位黄花闺女美貌异常，这就足以使他心满意足了，主要是她的纯洁无邪使他这个至今只知道猥亵地寻花问柳的好色之徒感到惊愕。"这双纯洁无邪的眼睛当时像剃刀似的割破了我的心。"后来他令人恶心地呵呵笑着说道。不过，对于一个荒淫无耻的人，连这也只能激起他的肉欲。因为费奥多尔·帕夫洛维奇没有因这桩婚事而得到任何好处，所以他对妻子也就不客气了，而且利用她似乎有"负"于他，利用他几乎使她"免于悬梁"的"救命之恩"，此外，还利用她非凡的温驯和逆来顺受，甚至置最寻常的夫妇相敬之道于不顾。一些坏女人居然当着他妻子的面到他家欢聚，并且纵酒狂欢。还有个特点我要说一说，那个用人格里戈里一向阴阳怪气，又笨又爱认死理，过去恨透了阿杰莱达·伊万诺芙娜太太，这回却站到新太太一边，保护她，而且为了她还经常不懂规矩地跟费奥多尔·帕夫洛维奇吵架，有一回，甚至还驱散了他们的聚众欢宴，把那些前来寻欢作乐的不像话的女人统统赶跑了。后来，这个不幸的、自小被人吓怕了的年轻女人犯起了一种类似神经性的妇女病，这种病在普通老百姓中的农妇身上倒也常见，得这种病的女人被称为爱哭闹的疯女人。因为这病，再加上可怕的歇斯底里大发作，病人有时甚至会失去理智。不过她还是给费奥多尔·帕夫洛维奇生了两个公子，伊万和阿列克谢，第一个是婚后第一年生的，第二个则在三年之后。当她一命归天之时，阿列克谢这个小男孩还不满四岁，虽然说来奇怪，但是我知道他后来一辈子都记住了他母亲的模样——不用说，恍恍惚惚，如在梦中。她死后，她的两个孩子的遭遇，同他的头生子米佳几乎一模一样：他俩又被父亲完全忘记了，被弃之不顾，又落到了那个格里戈里手里，住进了他的小木屋。那个横行霸道的将军夫人，也就是他俩的母亲的女恩人和养母，在小木屋里找到了他俩。当时，她还在人世，这八年来，她始终忘不了她受的这份窝囊气。这八年，关于她那"索菲娅"的生活处境，她手头一直有十分可靠的情报，后来听说她有病，她身边发生的事简直太不成体统了，将军夫人曾有两次或者三次，公然对她的女食客们说："她这是活该，因为她忘恩负义，上帝才让她受这份洋罪。"

索菲娅·伊万诺芙娜死后过了整整三个月，将军夫人忽然亲临敝县县城，而且直奔费奥多尔·帕夫洛维奇的住处；她一共才在敝县这小城待了大约半小时，可是却办成了许多事。到达时恰逢傍晚，她已经有整整八年没见过费奥多尔·帕夫洛维奇了，见他喝得醉醺醺的。据传，她一见到他，二话不说，就立刻赏了他两个响亮的大耳光，揪住他的头发从上到下使劲拽了三次，然后又二话不说，移驾直奔小木屋去看那两个孩子。只一看，她就发现他俩非但没有洗脸，而且穿着脏衣服，于是她就立刻给了格里戈里本人一记耳光，并向他宣布，她要把这两个孩子带走，然后把他俩领出来（原来穿什么现在还穿什么），裹上花毯，让他们坐上轿式马车，一直带到她居住的那个城市。格里戈里是一位忠仆，他虽然挨了一记耳光，可是没说一句粗话，而且还把老夫人一直送到马车跟前，向她深深一鞠躬，庄严地说，她"收留了这两个孤儿，上帝会酬谢她的"。"说到底，你是个窝囊废！"将军夫人临走时向他喝道。费奥多尔·帕夫洛维奇考虑了这事的前因后果后，认为这是件好事，所以后来立下字据，正式同意了将这两个孩子归将军夫人抚养，没有拒绝任何条款。至于他挨了两记耳光，他还跑遍全城，到处宣扬。

赶巧，此后不久，将军夫人死了，但是她在遗嘱里留下话，留给这两个小不点儿每人一千卢布，"作为他们的养育费，这些钱一定要全花在他们身上，不过有个条件，够他们用到成年也就成了，因为对于这样的孩子，有这样一点施舍也就绰绰有余了，如果有人乐善好施，那就让他们自己慷慨解囊好了"，等等，等等。这份遗嘱我没有看到，但是我听说，其中的确有这一类奇怪的内容，措辞也别具一格。老太太的主要继承人是该省的首席贵族[1]叶菲姆·彼得罗维奇·波列诺夫，然而此公以清廉著称。他跟费奥多尔·帕夫洛维奇通了几次信，一下子就猜到要他拿出钱来抚养他自己的孩子，那是办不到的（虽然他从来没有直截了当地拒绝，而只是在此类情况下故意拖延，有时甚至还扼腕叹息、声泪俱下），波列诺夫只好亲自过问抚养这两个孤儿的事，他尤其爱上了他们两人中的那个小的，即阿列克谢，因此阿列克谢长时间甚至可以说是在他家长大的。这点，下笔伊始，我就要请读者诸君注意。这两个年轻人受到一些教育，也上了几年学，因而对一个人终身感恩不尽，此人是谁呢？就是上面提到的那位叶菲姆·彼得罗维奇——这是一位非常高尚、心肠非常好的人。眼下，这种人就很难遇到啦。他把将军夫人留给他们的每人一千卢布保存起来，原封未动，因而到他俩成年时这笔钱利滚利，本息相加，已达到每人大约两千之数；他抚养他俩花的是自己的钱；他在他俩身上的花销当然已远远超出了每人一千。他俩

---

1 指旧俄省贵族会议主席，由贵族选举产生。

是怎样度过自己的童年和少年时代的，我就不来细说了，我只想说明一些最主要的情况。不过，关于二哥伊万，我只想指出，他逐渐长成为一个阴阳怪气的、城府很深的少年，他并不胆小，而且远非如此，但是从十岁起他就似乎懂得，他俩毕竟是住在别人家，是靠了别人的恩惠长大的，他俩的父亲是个下三烂，连提到他都嫌丢人，等等，等等。这孩子很快，几乎从儿时起（起码人家都这么说），就表现出一种勤奋好学的非凡品质。个中底细我也说不清，反正不知怎么一来，他几乎才十三岁就跟叶菲姆·彼得罗维奇家分开了，进了莫斯科的一所中学，进了寄宿学校，师从叶菲姆·彼得罗维奇的总角之交，一位富有经验、当时又很有名气的教育家。后来据伊万本人说，这一切盖出于叶菲姆·彼得罗维奇的"一心向善"，他热衷于一种学说，即一个有天赋的孩子必须受业于一个天才的老师。不过话又说回来，当这个年轻人中学毕业，考上大学之后，无论是叶菲姆·彼得罗维奇，还是那个天才的老师，都已不在人世。因为叶菲姆·彼得罗维奇没有交代清楚，那位横行霸道的将军夫人遗留给孩子们的本金，加上利息，已经增加到大约两千之数，而且由于要办各种各样在我国不可不办的手续，加上一再拖延，所以他们迟迟未能拿到这笔钱，所以这个年轻人在上大学的头两年吃了不少苦，因为他不得不在这段时间里一边学习，一边自己养活自己。必须指出的是，他连想都没有想过要向他父亲写信告穷——也许是出于矜持，出于他对父亲的蔑视，也许是由于冷静和明智的考虑，因为理智告诉他，从他爸爸那里是绝对得不到任何认真的接济的。不管怎么说吧，反正这年轻人一点也不着急，后来终于找到了工作，先是教课，每小时二十戈比，后来又奔走于各报馆编辑部，写稿餬口，写些十来行的小文章，报道街头见闻，署名"目击者"。据说，这些小文章写得很生动，很吸引人，因此很快被采用了，仅此一点，就足以说明这个年轻人很能干，也很聪明，远胜过我们那部分为数众多、永远受穷、不幸的男女学生。两大京城[1]的莘莘学子，通常从早跑到晚，踏破了各家报馆和杂志社的门槛，除了千篇一律地请求给他们一些法文翻译和抄抄写写的工作以外，什么好办法也想不出来。伊万·费奥多罗维奇自从跟各家报馆认识以后，就从未跟他们中断过联系，在他读大学的最后几年，他开始就各种专题发表许多才华横溢的书评，因而在文学界也小有名气。但是，直到最近，他才偶然在大得多的读者圈子里突然引起人们的特别关注，因此一下子就有非常多的人提到他，并且记住了他的大名。这倒是一件挺有趣的事。当时，伊万·费奥多罗维奇已经大学毕业了，正准备用他那两千卢布出国深造，这时他忽然在一家大报上发表了一篇奇怪的文章，甚至赢得了不是专家的普通人的注意，而该文谈到的问题显然是他完全不熟悉的，因为他攻读的是自然科学。该文写的是当时的热门话题，即教会法庭[2]问题。他在分析当时就此问题已经发表的若干意见的同时，表明了自己的观点。主要是语气以及结论，完全出乎人们的意料，十分精彩。当时，许多教会中人简直把该文作者当成了自己人。然而突然之间与教会派遥相呼应的不仅有非教会派[3]，甚至无神论者也鼓掌叫起好来。到后来一些脑子快的人终于认定，这篇文章只是一种粗鲁无礼的闹剧和嘲弄罢了。我之所以特别提到此事，乃是因为该文及时地传到了我县近郊的那所著名的修道院[4]，该修道院对于当时议论纷纷的关于教会法庭的问题一直很关心——这篇文章传来以后，大家百思不得其解。他们一看到作者的名字后便产生了兴趣，因为他就是在本县出生的，"就是那个费奥多尔·帕夫洛维

---

1 指当时的京城彼得堡和故都莫斯科。
2 一八六四年俄国实行司法改革，因而同时产生了改革教会法庭的问题。
3 关于教会法庭，当时在俄国的报刊上争论达十余年之久。一派（非教会派）认为，教会法庭必须服从国家，另一派（教会派）则认为教会法庭必须完全服从宗教。
4 即前面提到的奥普塔修道院。

奇的儿子"。真是无巧不成书，也就在这时候，作者本人忽然亲临敝地。

当时伊万·费奥多罗维奇缘何要光临敝地呢？我记得，当时，我也曾几乎有点不安地向自己提出过这个问题。他这次十分要命的光临，使他成了某事的始作俑者，引起了严重后果，这使我以后百思不得其解，因而这事成了一个几乎永久的悬案。一般说，这也的确匪夷所思，这么一个有学问的年轻人，自尊心这么强，行动又这么谨慎，会忽然枉驾光临这么一个不成体统的家庭，去找这么一个父亲，而且这父亲一辈子都无视他的存在，不理他，也不记得他，即使儿子向他要钱，他也无论如何不会给的，尽管如此，他还是一辈子心惊胆战，生怕他的两个儿子伊万和阿列克谢什么时候会跑来找他要钱。就是这个年轻人居然住进了这样一个父亲的家，而且一住就是一两个月，而且你好我好，相处得不能再好了。这最后一点不仅使我，而且使许多其他人都感到特别惊奇。我在上面已经提到过的那位彼得·亚历山德罗维奇·米乌索夫是费奥多尔·帕夫洛维奇的一门远亲，是他前妻的堂兄，当时也恰好从他已经完全定居的巴黎光临故土，又回到敝县，住进了他自己的近郊庄园。他对这年轻人异常感兴趣，他跟这年轻人认识后，有时内心不无隐痛地跟他唇枪舌剑，彼此斗智；我记得，正是他对这个年轻人感到最为惊奇。他说："他的自尊心很强，任何时候都能挣到钱，他现在就有钱立刻出国——他到这里来干吗呢？大家很清楚，他找他父亲并不是来要钱的，因为他父亲是无论如何不肯给的，喝酒和纵情酒色他又不喜欢，可是这老家伙却离不开他，他们相处得可好啦！"这倒是实话；这个年轻人对老人甚至具有明显的影响力；虽然这老人脾气非常坏，有时候甚至存心气人，可是有时候倒几乎开始好像有点听他的话了；老人甚至连言语行为有时候也变得老实点了……

直到后来才弄明白，伊万·费奥多罗维奇此来部分是应他大哥德米特里·费奥多罗维奇之请，前来替他办件事的。伊万·费奥多罗维奇，也就在这次前来敝县的几乎同时，生平第一次见到和认识了他大哥，因为一件要事，多半与德米特里·费奥多罗维奇有关，还在他动身离开莫斯科之前就与他大哥书信往来了。这到底是件什么事呢，读者到时候自会完全知道个中底细。话虽然这么说，甚至我已经知道了这个特殊的情况之后，我还是感到伊万·费奥多罗维奇是个谜，而他的光临敝县，仍乃匪夷所思。

我还要补充一点，伊万·费奥多罗维奇当时似乎是充当一名他父亲和他大哥之间的中间人和调停人的角色；德米特里·费奥多罗维奇当时已打算跟父亲大吵一场，甚至跟父亲正式对簿公堂。

我再说一遍，当时这个支离破碎的家庭是生平第一次团聚，有些家庭成员还是生平第一次见面。只有小儿子阿列克谢·费奥多罗维奇一个人先行到达，在敝地已经住了约莫一年了，因此他比他的两个哥哥都来得早。正是这个阿列克谢，我很难三言两语把他说清楚，特别是在小说正文开始前的这个点题式的开场白里。但还是必须给他写上几句，作为引子，起码为了预先说明一个非常奇怪的情况，即从我这部写他的小说的第一幕起，我不得不让我的这位未来的主人公先穿上见习修士的长袍，然后再把他介绍给读者。是的，他当时在敝县的那座修道院里已经住了约莫一年了，看来他准备在这里闭关静修一辈子。

四、三公子阿廖沙

他当时才二十岁（他二哥伊万当时二十三岁，他俩的大哥德米特里则为二十七岁）。我先要申明，这个年轻人阿廖沙绝不是一个狂信者，起码，依我看，他甚至也绝不是一个神秘主义者。还是把我的意见全部说出来吧：他不过是一个早熟的怀有仁爱之心的人，应该说他之所以热衷于进修道院这条路，那是因为唯有这条路使他心悦诚服，向他提供了一个（可以说吧）能使他的灵魂挣脱世俗仇恨的黑暗，飞升到爱的光明中去的理想。而这条路之所以使他心悦诚服，仅仅是因为他当时遇到了一个在他看来不同凡响的人——敝县那位著名的修道院长老佐西马。他那颗如饥似渴的心，像初恋般热烈地爱上了这位长老。然而，我无意争论，应当说，他甚至从孩提时代起就很怪，当时就更怪了。顺便说说，我在前面已经提到，他母亲死的时候他才三岁多一点，可是后来他却一辈子记住了她的模样，她的脸和她的爱抚，"她站在我面前就像她还活着"。这样的回忆是能够记住的（这，大家都知道），甚至年龄更小些，甚至只有两岁，都记得住，但是在以后的整个一生中，这些回忆仅仅像呈现在黑暗中的一些光点，仿佛从一大幅油画上撕下来的一角，除了这一角以外，整幅画都黯然失色，烟消云散了。他的情况也完全一样：他记得有一天傍晚，夏天，静悄悄的，洞开的窗户，落日的斜晖[1]（他记得最清楚的便是这一束斜晖），室内的墙角供奉着圣像，圣像前点着一盏长明灯，他母亲跪在圣像前，在歇斯底里地失声痛哭，又是尖叫，又是哭闹，两手搂着他，紧紧地抱着，都把他抱疼了，她替他祈祷圣母，她伸直两手，把他举起来，举向圣母像，似乎在祈求圣母的庇护……这时，保姆突然跑进来，惊恐地把他从她的手里抢去。就是这幅画面！就在这一瞬间，阿廖沙记住了自己母亲的脸：他说，就他记忆所及，他感到这脸是疯狂的，然而又是十分美丽的。但是他很少向别人公开这秘密，也不喜欢向别人提到这段回忆。在

---

[1] 夕阳是陀思妥耶夫斯基作品中经常出现的一个形象，具有象征意义，象征白天的喧闹、污浊全落下去了，天下复归澄清。

童年和少年时代，他的性格不甚外向，甚至也不爱说话，倒不是不信任人，也不是因为胆小或者性格忧郁、孤僻，甚至恰好相反，而是由于另一种原因，由于一种类似内心的忧虑，这忧虑纯属他私人的，与旁人无关，但对他却十分重要，正因为此他才似乎常常把别人给忘了。但是他是爱人的：似乎毕生对人都坚信不疑，但是从来没有人认为他头脑简单，缺少心眼儿，为人太天真。他身上似乎有某种东西在说话，在提醒人们注意（而且以后一辈子都这样），他不愿意对别人品头论足，他也不愿意以指责别人为己任，他决不会指责别人。甚至好像他对一切都听之任之，对旁人毫无责备之意，虽然他也常常因此而痛苦、伤心。此外，他在这方面甚至达到这样一种境界：荣辱不惊，威武不屈，甚至在他很小的时候也这样。他十九岁时前来看父亲，简直就像落进了一座肮脏的淫窟，而他依旧玉洁冰清，白璧无瑕，当他觉得实在不堪入目的时候，也只是默默地走开，但是毫无轻蔑之意，也丝毫无意责备任何人。他父亲从前曾做过人家的食客，对别人是否看不起他十分敏感和多心，因此看到儿子来，他起初是不信任的，甚至有点阴阳怪气（说什么"别瞧他总是不声不响，鬼念头可多了"），但是很快，最多不超过两星期，他就开始十分经常地拥抱他和亲吻他，诚然，当时他喝醉了酒，酒后眼泪汪汪而又多愁善感，但是毕竟看得出来，他爱儿子是出于真心，也爱得很深，因为像他这样的人，不用说，是从来不曾这样爱过任何人的……

不管这年轻人出现在哪儿，所有的人都喜欢他，而且从他很小的时候起就这样。自从他来到他的恩人和养父叶菲姆·彼得罗维奇·波列诺夫家以后，他竟赢得了他家所有人的喜爱，他家简直把他当成了他们的亲骨肉。然而他进这家人家的时候还很小，年纪这么小，人家是决不会认为这孩子是别有用心地耍滑头，玩花招，或者拍马屁，招人爱，让别人喜欢他的。可见，他特别招人喜欢的天赋即寓于他自身之中，可以说是出自天性，并非做作，是一种自然的流露。他在学校里的情形亦然，不过，看起来，他似乎应属于这样一类孩子，这类孩子常常激起同学对他的不信任，嘲笑他，说不定还恨他。比如说，他常常若有所思，似乎跟大家隔着一堵墙似的。他从小就爱躲到一个角落，独自看书，然而他的同学们却十分喜爱他，在他整个上学期间，他简直可以被称为全校的宠儿。他很少淘气，甚至也很少快活，但是所有的人只要看他一眼，就立刻看出他根本不孤僻，相反，他为人稳重而且开朗。在他的同龄人中间，他从来不爱出风头。也许正因为这点，他从来不怕任何人，然而孩子们却立刻明白，他完全不是以自己的无所畏惧而自豪，瞧他那样，似乎根本不知道自己勇敢和无所畏惧似的。他从来不记仇。常常发生这样的情形，人家欺负他以后才过了一小时，他又回答人家的问题了，或者他自己先跟人家说话，他那神态是如此友好和开朗，似乎他俩之间压根儿就没发生过任何口角似的。这倒不是说，他这时的神态显示似乎是偶然忘记了，或者存心一笑置之，不咎既往，而是压根儿不把这当回事，这就使孩子们口服心服，喜欢起他来了。他只有一个特点使全校从低年级到高年级的所有同学，都爱取笑他，但是这并非出于恶意嘲笑，而是因为他们感到开心。他身上的这一特点就是奇奇怪怪的极端怕羞和纯洁无邪。他不能听到人家谈论女人时用的某些词和说的某些话。不幸的是，这些词和这些话在学校里根深蒂固。灵魂和心地都很纯洁的男孩们，几乎还是孩子，就经常在教室里私底下谈论连大兵都不常谈论的事情、画面和姿势，甚至高谈阔论。此外，大兵们在这类事情上还有许多事不知道和不明白，可是我国知识界和上流社会的这样小的孩子们对这类事却早已耳熟能详了。道德败坏的事在学校里也许还没有，也没有真正的、道德败坏的、发自内心的玩世不恭，但他们却摆出一副玩世不恭的样子，甚至还常常认为只有这样做才显得高雅、帅，才是好样的，值得模仿。他们看见"阿廖什卡[1]·卡拉马佐夫"一听到人家谈论"这事"就立刻用手指塞紧耳朵，有时就故意围在他身旁，使劲把他的手掰开，对准他的两只耳朵大声说脏话，他则使劲挣扎，坐到地板上，趴下，捂住耳朵，他在干这一切的时候既不说话，也不骂人，而是默默地忍受着同学们的欺负。然而，到末了，大家也就不再逗他了，也就不再管他叫"小姑娘"了，而且在这方面对他还不无歉意。顺便说说，他的功课在班上永远名列前茅，但也从未名列第一。

叶菲姆·彼得罗维奇死后，阿廖沙又在省立中学待了两年。叶菲姆·彼得罗维奇的夫人因为丧夫之痛无法排解，因此在他死后便几乎立刻携同全家（全是女性）去了意大利，而且要去很长时间，不会马上回来。于是阿廖沙就到了另外两位太太家里，这两位太太他过去从未见过，大概是叶菲姆·彼得罗维奇的远亲，但是凭什么条件他能去她们那儿，他并不知道。这也是一个特点，甚至是他的一大特点，这就是他从来不去想他是靠谁的钱养活的。在这点上，他正好同他的二哥伊万·彼得罗维奇相反。伊万·彼得罗维奇在上大学时勤工俭学，自食其力，过了两年穷苦生活，而且他从小就痛苦地感觉到他依赖他人为生，是靠恩人的救济才免受冻馁之苦。但是我们对阿廖沙性格中的这一奇怪的特点，也不能太苛责了，因为任何一个对他稍有所知的人，一旦产生这类疑问，便会立刻相信，阿列克谢不外是类似疯教徒[2]那样的青年，即使他忽地得到大宗财产，只要有人向他开口，他便会毫不犹豫地把这笔财产送给他，或者捐献出去做好事，或者，说不定，干脆就把这笔钱送给一个狡诈的骗子，如果这人伸手向他要的话。一般说，他似乎完全不知道金钱的

---

1 阿列克谢的昵称。
2 指一些疯疯癫癫或者假装疯癫的狂信的基督徒。

价值，当然，我不是说字面上不懂。如果大人给他一点零用钱（他从来不主动要），他或是一连好几星期都不知道拿这钱怎么办，或者满不把这钱当回事，一眨眼就不知道花哪里去了。彼得·亚历山德罗维奇·米乌索夫在金钱方面和在恪守资产阶级信义方面是个很爱面子的人，他在仔细观察了阿列克谢以后，后来，有一次，说了下面一段言简意赅的话："我看，他也许是世界上独一无二的人，您假如不给他钱，把他一个人置于一个百万人口的陌生城市的广场上，他也无论如何不会完蛋的，绝不至于冻馁而死，因为霎时间就会有人给他饭吃，霎时间就会有人给他住处，即使别人不安排，他自己也会霎时间找到一个安身之地，他一定毫不费劲就能做到这点，而且一点不用低三下四，而安排他食宿的人也不会觉得这是什么负担，相反，引以为乐也说不定。"

他中学没念完，还差整整一年，可他蓦地向那两位太太说，他忽然想到有件事，要去找他父亲。那两位太太很舍不得他，不肯放他走。车票倒花不了几个钱，他想把表当掉做路费，但是太太们不许（因为这是恩人的家属出国前送给他的礼物），而是非常阔气地给了他许多钱，甚至还给他添置了一些新衣服和新内衣。可是他把这钱的一半都退给了她们，说他一定要坐三等车。他来到敝县县城后，他父亲就唠唠叨叨地问他："书没念完，回来干什么？"他没有直接回答，据说，他当时神态异常，若有所思，大家很快就发现，他在到处寻找他母亲的坟。当时，他自己也差点承认，他此行的目的就是为此。但是促使他回来的缘由未必仅限于此。很可能，当时他自己也不知道，而且怎么也说不清楚，究竟是什么促使他突然心血来潮，强烈地吸引着他，使他走上这条新的、陌生的，却是势所必然的路的。费奥多尔·帕夫洛维奇也说不清他把他的第二位太太埋哪儿了，因为把棺材掩埋好以后，他从来就没有到她坟头去过，再加上过去了这么多年，他压根儿不记得当时把她埋哪儿了……

再顺便说说费奥多尔·帕夫洛维奇。在此以前，他已经很长时间不住在敝县县城了。第二位妻子死后，过了三四年，他就去了俄国南方，最后到了敖德萨，在那里一住就是好几年。据他本人说，起先他结识了"许多男男女女、老老少少、大大小小的犹太佬"，到后来不仅犹太佬把他奉为上宾，"甚至正儿八经的犹太人也对他以礼相待"。不难想见，正是在他一生中的这一时期，他发挥了他本人攒钱和捞钱的本领。他之叶落归根，重返故里，那是在阿廖沙来此以前总共才两三年的事。他过去的老相识发现他变得苍老极了，虽然他根本还不是一个那么老的老头。他的所作所为不仅没有比从前高尚些，反而变得更加无耻了。比如说，这个过去的小丑居然无耻地想把别人也变成小丑。他不仅跟从前一样喜欢玩女人，甚至还似乎变得更加让人恶心了。他很快就在敝县开设了许多新的酒店。看得出来，他手头的钱也许多达十万，或者略少于此数。敝县的许多城乡居民立刻纷纷前来向他借债，不用说，必须有万无一失的可靠财物作抵。最近以来，他似乎变得皮肉松弛，似乎开始失去平衡，自己干了什么都不知道，甚至陷入一种稀里糊涂的境地，做起事来丢三落四，有头无尾，东抓抓，西挠挠，似乎没了主心骨，而且越来越经常地喝得烂醉如泥，要不是那个仆人格里戈里（当时他也变得老态龙钟了）有时候几乎像个家庭教师似的看着他，那么，说不定，费奥多尔·帕夫洛维奇就难免会遭到许多特别的麻烦。阿廖沙的到来甚至从道德方面也似乎对他产生了影响，在这个未老先衰的老人的早已荒芜的心灵里，似乎有什么东西苏醒了。他常常端详着阿廖沙，对他说道："你知道吗？你跟她很像，跟那个疯女人。"他就是这么叫他的亡妻，叫阿廖沙的母亲。那个"疯女人"的小小的坟头终于由那个用人格里戈里指给阿廖沙看了。他把他带到敝县县城的一座公墓里，在这座公墓的一个僻远的角落，指给他看一块生铁铸成的，虽然不值钱，却是正正经经的墓碑，碑上甚至还镌刻着死者的姓名、身份和生卒年月，下部还镌刻着一首古老的、中等人家的坟墓上常用的四行诗。令人惊讶的是，这块墓碑居然出自格里戈里之手。是他亲自把这墓碑立在这个可怜的"疯女人"的坟前的，而且花的是他自己的钱：在这以前，他曾多次向费奥多尔·帕夫洛维奇提到过这坟的事，而他的主人却嫌他烦，挥挥手，不仅懒得去管坟的事，甚至也不愿再提自己的过去种种情况，最后他终于去了敖德萨。阿廖沙在母亲的坟前并没有表露出任何特别的伤感；他只是注意地听完了格里戈里就立碑缘起所作的郑重其事而又颇有道理的讲述，他低着头站了一会儿，后来就走开了，没说一句话。从那时起，也许甚至有一整年他都没去上过坟。但是，这个小小的插曲也对费奥多尔·帕夫洛维奇起到了应有的作用，这作用甚至还很别致。他突然拿出一千卢布，送到修道院请求追荐自己妻子的亡魂，但是他要追荐的不是那个"疯女人"，而是他的发妻阿杰莱达·伊万诺芙娜，也就是动不动揍他的那个女人。那天晚上，他喝得酩酊大醉，向阿廖沙大骂修士。他本人远不是一个虔信宗教的人；说不定他从来就不曾买过一根五戈比的蜡烛插到圣像前。像他这样的主儿常常会奇怪地爆发某种突如其来的感情和突如其来的想法。

　　我已经说过他颇有点老态了。当时他的相貌显示出某种足以清楚地表明他花天酒地度过的一生的特征和本质。除了他那双小眼睛下面两长条肿起的下眼袋以外（他那双小眼睛永远是厚颜无耻的、多疑的和嘲弄人的），除了在他那又小又肥的脸庞上布满的深深的皱纹以外，他那尖尖的下巴颏下面还挂着一个大喉核，椭圆形，肉巍巍的，像是挂了个小钱袋，这就使他的外貌显得更让人恶心了，一副色眯眯的模样。再加上一张淫荡好色的大嘴巴，厚嘴唇，一张嘴就可以看到那黑黢黢的、几乎蛀尽了的牙齿的残根。每次，他一开口说话，就唾沫横飞。不过话又说回来，他自己也颇喜欢取笑他那副尊容，虽然，他对他那副尊容似乎还感到很得意。他最得意的是他的鼻子，不很大，但很秀气，鼻梁很高："真正罗马式的，"他说，"连同我这喉核，真是一副地地道道古罗马贵族衰败时期的容貌。[1]"他对此似乎颇为得意。

阿廖沙在寻访到母亲的坟墓之后不久，就向父亲宣布，他想进修道院，而且修士们也答应收他为徒。他在说这话时解释道，这是他的最高愿望，因此恳请父亲恩准。老人早就知道，当时正在修道院里修道的佐西马长老对他这个"文静的孩子"产生了特别的影响。

"当然，这位长老是他们那里最正儿八经的修士。"他说，默默地、若有所思地听完了阿廖沙的话，然而，他对儿子的这一要求好像完全不感到惊奇似的。"嗯，我的文文静静的孩子，那么说，你想到那里去啰？"他已经半醉，突然微微一笑，脸上的笑容拉得很长，醉态可掬，但仍旧透出一丝狡猾和醉后的狡黠。"嗯，我早就料到啦，到头来，你会走这一步的，这你能想到吗？你一直想到那个地方去。好吧，大概，你名下还有两千卢布，这就算是你的'陪嫁'了，我的天使，我永远不会撇下你不管的。即使现在，如果那里有什么花费，我也会替你付的。嗯，如果人家不要，咱何必硬给人家呢，是不是这理儿？你花钱呀就像金丝雀似的，一星期才啄两粒……嗯，你知道吗，有座修道院，它在城外单有一个小镇，那里尽人皆知，这镇上住的全是'修道院的老婆'，那里的人都这么叫她们，我看，这老婆呀，不下三十来个……我去过那里，你知道吗，怪有意思的，不用说，别有滋味，换个新鲜嘛。不过让人倒胃口的是俄国味太重，压根儿就没有法国的小娘们儿，其实搞她三两个算得了什么呢，有的是钱。[2]有人要——就会来。嗯，这里倒没什么，这里倒没修道院的老婆，修士倒有二百来个，规规矩矩，全吃素。

1 罗马帝国衰落时出现了思想、道德和社会风气的普遍衰败。这里暗指当时的俄国。
2 类似的情景，请参看托尔斯泰《战争与和平》第一册第二部第六章军官间的对话。

我承认……嗯，那么你要去跟修士当徒弟啰？我倒真有点舍不得你去，阿廖沙，你信不信，我喜欢上你了……话又说回来，这倒是个机会：你可以替我们这些罪人祷告祷告，我们在这里作了许多孽。过去，我老琢磨：将来有谁会来替我祷告祷告呢？人世间有没有这样的人呢？我的好孩子，这方面我笨透了，兴许，你不信，真是笨透了。你知道吗，尽管笨，这问题我还是老在想，老在想，自然，也只是偶然想想，并不是老想。我在想，我要死的时候，总不至于鬼忘了用钩子来钩我走吧。[1]于是我想：钩子？他们哪来的钩子？用什么做的？铁的？这钩子是哪里打的？他们那里难道也有工厂？修道院的修士一定以为在地狱里，比如说吧，也有天花板。我倒愿意相信当真有地狱，不过这地狱可不要有顶部；这样显得高雅些，开明些，像路德[2]说的那样。其实有没有顶部还不是一样？这个该死的问题关键就在这里！嗯，要是没有顶部，也就没有了钩子，一切也就去他妈的蛋了，这倒让我又拿不准了：到时候谁来用钩子把我抓走呢？因为，要是没有鬼来抓，那又成何体统呢？世界上的真理到底在哪里呢？这些钩子，Il faudrait les inventer,[3]特意为了我，为了我一个人，因为你不知道，阿廖沙，我这人多么死不要脸啊！……"

"不过那里倒真没钩子。"阿廖沙端详着父亲，低声而又严肃地说。

"是的，是的，只有一些钩子的影子。我知道，知道。有一位法国人曾经这样描写过地狱：'j'ai vu l'ombre d'un cocher, qui avec l'ombre d'une brosse frottait l'ombre d'un carrosse.'[4]我的好孩子，你怎

---

1 按基督教说法：人死后，由鬼用铁钩钩住，解往地狱。东正教的某些圣像上也常画有这类图画。
2 即马丁·路德（一四八三——五四六），德国宗教改革家，基督教（新教）路德宗的创始人。
3 法语：应该把它们虚构出来。源出伏尔泰的名言："如果没有上帝，就应当虚构一个上帝。"
4 法语：我看见过马车夫的影子，他用刷子的影子擦洗马车的影子。源自法国作家佩罗（一六二八——七〇三）戏谑性地模仿维吉尔的《埃涅阿斯纪》第六歌的作品。

么知道没有钩子呢？你到修士那里待上一阵子，你就不会唱这调调了。话又说回来，你去吧，去那儿好好修道，你会悟出个道理来的，然后再回来告诉我：因为心里有了把握，知道了阴间到底是啥样的，再到那里去，心里就踏实多了。再说，你住在修士那里总比住在我这里体面些，我这里只有一个喝醉酒的糟老头子和一些臭娘们儿……虽然你是天使，什么破玩意儿也招惹不了你。说不定到那里去也一样，任何东西也触动不了你，因此我才让你去，因为我希望是这样。你的脑子并没有被鬼吃掉。你那股劲儿着一阵，火灭了，病治好了，也就回来了。我一定等着你：要知道，我感到，你是人世间唯一不戳我脊梁骨的人，你是我的好孩子，要知道，这点我感觉到了，我不能不感觉到这点！……"

他说着说着，甚至不胜唏嘘起来。他爱动感情。他既爱发火，也爱动感情。

五、长　老

也许，读者诸君中有人会认为，我为之立传的这个年轻人是个病态的、精神恍惚的弱智型少年，是个萎靡不振的幻想家，是个病恹恹的手无缚鸡之力的人。其实大谬不然，阿廖沙当时是个十九岁的少年，英俊潇洒，脸色红润，眉清目秀，焕发着健康朝气。当时，他甚至可以说很漂亮，身材匀称，中等偏高的个儿，深褐色的头发，椭圆形的脸，脸形端正，虽然稍微偏长，两只深灰色的眼睛，分得很开，但是目光炯炯，若有所思，看上去很文静，城府也很深。也许有人会说，红扑扑的脸蛋并不妨碍同时狂信和信奉神秘主义呀；可是我倒觉得，阿廖沙甚至比任何人都现实。啊，当然，他在修道院里是完全信仰奇迹的，但是，依我看，奇迹从来不会使一个现实主义者晕头转向，并不是奇迹让一个现实主义者接受宗教信仰的。一个真正的现实主义者，只要他不信奉上帝，任何时候都能在自己身上找到力量和本领不相信奇迹，即使面前的奇迹是不容反驳的事实，他也宁可不信自己的感觉，决不承认这是事实。即使他承认这是事实，也只是承认这事实很自然，不过在此以前他不知道罢了。现实主义者的宗教信仰不是产生于奇迹，而是奇迹产生于宗教信仰。一个现实主义者一旦信奉了宗教，那他从他的现实主义出发也就必定承认奇迹，耶稣的门徒多马宣称，若非亲见，他总不信，后来他看见了，于是他说："我的主，我的神！"[1]难道是奇迹迫使他相信的吗？很可能不是，他之所以信，唯一的原因是因为他乐意信，甚至还在他说"若非亲见，我总不信"的时候，他在内心深处就已经完全信了。

也许有人会说，阿廖沙天性愚鲁，智商不高，中学都没念完，等等。他中学没念完，这话不假，但是说他天性愚鲁、智商不高，那就大谬不然，有欠公允了。我简单地再重复一遍我在上面说过的话：他之所以走上这条路，仅仅是因为只有这条路使他心悦诚服，向他一下子呈现出了使他的灵魂冲出黑暗走向光明的全部理想。而且他或多或少已经是属于当代的青年，也就是说，天性淳厚，追求真理，处处寻找真理和相信真理，一旦相信了就全心全意地立刻为真理而奋斗，要求尽早去建功立业，为了建功立业不惜牺牲一切，甚至生命。虽然，不幸的是，这些青年并不懂得，牺牲生命也许是在许多这类情况下要求作出的牺牲中最最容易的一种，比如说，在风华正茂的青年时代牺牲五六年光阴，去进行艰难困苦的学习，去

---

[1] 源出《约翰福音》第二十章第十九—二十九节。耶稣的门徒多马不相信他的师兄弟告诉他的耶稣死而复活的事。直到耶稣再一次向他的门徒显灵，多马才信，叫道："我的主，我的神！"耶稣对他说道："你因看见了我才信。那没有看见就信的，有福了。"

钻研学问，哪怕仅仅充实自己，为真理服务，为自己心爱的伟大志向、为建功立业服务——连这样的牺牲，对于许多人来说，也往往几乎是完全办不到的。阿廖沙则反其道而行之，选择了一条与众不同的道路，但是仍旧渴望尽早建立功德。他经过一番认真的思考之后，便立刻惊讶地确信，灵魂不死和上帝都是存在的，因此便立刻自然而然地对自己说道："我要为灵魂不死而活着，决不半途而废，决不中途妥协。"正如他一经认定灵魂不死和上帝都是不存在的，他就会立刻变成一名无神论者和社会主义者（因为社会主义不只是工人问题，或者所谓第四等级问题，而主要是个无神论问题，无神论的现代体现问题，正是不要神而建造巴别塔[1]的问题，不是为了从地上通到天堂，而是为了让天堂降临人间）。阿廖沙甚至觉得，再要照过去那样生活是奇怪的和绝对办不到的。《圣经》上说："你若愿意作完全人，就把一切分给他人，还要来跟从我。"[2]于是阿廖沙就对自己说："我不能就拿出两个卢布以代替'一切'，也不能只是去做礼拜以代替'跟从我'。"也许，在他儿时的回忆中还存有关于敝县县城近郊那座修道院的某种模糊的记忆，也许他母亲曾带他到那儿去做过礼拜。也许，日落时分圣像前的那束斜晖也起了作用，当时，他的得了疯病的母亲曾把他举起来，举向圣像。若有所思的他这次回到我们这里来也许只是为了看看：现在是拿出一切，还是仅仅拿出两个卢布。接着便在修道院里遇见了这位长老……

我在上面已经说过，这长老就是佐西马长老；但是必须在这里先交代几句，说说我国修道院里的"长老"到底是怎么回事，[3]遗憾

1 巴别塔即通天塔。关于世人建造巴别塔的故事，源自《圣经·创世记》第十一章第一——九节。
2 参看《马太福音》第十九章第二十一节，《马可福音》第十章第二十一节，《路加福音》第十八章第二十二节。这里的话与《圣经》上的原话略有出入。
3 下面关于修道院长老的叙述和描写，源自一本《奥普塔修道院史话》，其中有一章"长老制"的描述与本书大致类同。

的是要这样做我感到自己不够资格，也没有把握。不过，我想姑且一试，用三言两语说些皮毛：第一[1]，专家和资深人士说，我国，即我们俄罗斯的修道院里出现长老和长老制，还是不太久以前的事，甚至还不到一百年，可是在整个信奉正教的东方，尤其在西奈和圣山[2]，早就存在一千多年了。有人肯定说，长老制在远古时期也存在于我们俄罗斯，或者说想必存在，但是由于俄罗斯所受的灾难，鞑靼人的统治，长时间的兵荒马乱[3]，君士坦丁堡被征服后，过去与东方的交往中断了[4]，于是长老制就在我国被遗忘，长老也就后继无人了。直到上世纪末，这一制度才由一位伟大的、被人们称为苦行者的帕伊西·韦利奇科夫斯基[5]及其门徒重新恢复，但是直到今天，甚至几乎过去了一百年，这一制度还只存在于为数甚少的修道院里，有时甚至还几乎受到压制，被当作是俄罗斯闻所未闻的新发明。在我们俄罗斯有一座著名的隐修院，叫科泽尔斯克的奥普塔隐修院，这一制度在该修道院尤为盛行，至于这一制度在敝县近郊的这座修道院里到底是由谁创立的，又是在什么时候创立的，我就说不清了，但是，据称，该院的长老制已经延续了三代，佐西马长老就是其中的第三代，但是他体弱多病，已经差不多快要死了，至于他死后由谁来接替，还无人知晓。这问题对我们修道院很重要，因为敝县的这座修道院直到当时尚无特别的著名之处：该院既无圣徒的圣骨，又无有求必应的显灵的圣像，甚至也没有与我国历史有关的足以彪炳史册的传说，也没有足以诉诸竹帛的对祖国有所建树的历史

---

1 这里有"第一"，后面没有"第二、第三"等，原文如此。

2 西奈是埃及西奈半岛南部的一个山区，圣山是希腊在爱琴海上的一个半岛。这两处地方有许多十分古老的修道院，它们的修道制度和生活方式曾是各地东正教修道院的楷模和表率。

3 指俄国十六世纪末和十七世纪初因波兰和瑞典入侵，以及因农民起义而引发的长年战乱。

4 君士坦丁堡原为东罗马帝国（拜占庭帝国）的京城，一四五三年被土耳其苏丹穆罕默德二世攻占。君士坦丁堡是当时东正教的中心。

5 帕伊西·韦利奇科夫斯基（一七二二——一七九四），俄罗斯正教教会的著名长老，生前居住在希腊圣山，曾云游四方，遍访俄国、摩尔达维亚和瓦拉几亚的修道院。

功绩和功劳。它之所以香火不断和名闻全国，正是因为有长老；许多朝圣者成群结队，不远千里，从俄国各地络绎不绝地前来敝县，为的就是能够亲眼见到他们和亲聆他们布道。那么，究竟什么是长老呢？长老——这就是把您的灵魂纳入自己的灵魂，把您的意志纳入自己的意志的人。您一旦选定了长老，就应当清心寡欲，完全弃绝一切，绝对服从他。这样的苦修，这所可怕的生活学校，一个立志修炼的人是自愿接受的，他希望通过长期的苦修之后能够最终战胜自己，控制自己，直到最后，经过毕生的皈依修持，终于能够达到完全的自由，即自心清净的自由；要避免这样的命运：有些人活了一辈子，都未能在自己身上找到自己。这一创造，即长老制——并非从理论上推断出来的，而是源于东方至今已有一千余年的实践。师事长老，不同于通行于我们俄罗斯修道院里的惯常的"师徒关系"。这里规定所有诚心修持的人必须向长老忏悔，而且要常年不断，持之以恒，还规定师徒之间必须保持牢不可破的约束关系。比如，有人传说，有一回，在基督教的远古时代，有一名见习修士，没有完成长老交给他的修炼任务，便离开了修道院到另一个国家去，从叙利亚到了埃及。在那里，他长期将功补过，做了许多大的功德，最后终于有幸受尽苦难，殉道而死。在教会已经尊他为圣徒并掩埋他的遗体的时候，助祭高呼："点到名字的人出去！"[1]——这时，躺有这个殉道者遗体的棺木猛地离开了原地，被推出了教堂，如是者三。直到后来才知道，这位殉教的圣徒曾破坏了师从关系，擅自离开自己的长老，因此，尽管他立了很大的功德，没有长老的恩准，他也不能得到宽宥。直到他原来的长老恩准他脱离师从关系，那时，他才得以殡葬。当然，这一切仅仅是古老的传说，但是还有件事，殷鉴不远：我国当代有一位修士过去曾在圣山隐修，

---

1 古代的一种受洗仪式，在高呼"出去"时，被点名者必须走出教堂。

突然有一天，长老命令他离开圣山（他一直深爱圣山，把这里视同圣地，视同静谧的隐修之所），让他先到耶路撒冷去朝圣，然后再回俄罗斯，回北方，回西伯利亚："那儿才是你该去的地方，而不是待在这里。"这位修士大失所望，十分伤心，便到君士坦丁堡去拜见普世大牧首，恳求他恩准，解除他的师从关系，可是这位普世宗主教却说，虽然他身为普世大牧首，不仅不能解除他的师从关系，而且普天之下也没有一个人能有这样的权力，足以解除他的师从关系，既然长老已经吩咐他这样做，那就只有这个吩咐他的长老才有这样做的权力。由此可见，长老制在某些情况下具有无边的和不可思议的权力。这也就是我国的许多修道院里长老制最初几乎受到压制的原因。但是，在民间，人们却十分尊敬长老。比如，许多老百姓和许多显贵都纷纷前来参拜我们这座修道院的长老们，拜倒在他们脚下，向他们忏悔自己的疑虑、自己的罪孽、自己的痛苦，请求他们给予忠告和教诲。看到这情形后，反对长老制的人便大叫大嚷地说（还加上其他种种指责），这是专制和独裁，是轻率地玷污忏悔这一圣礼，虽然见习修士和俗家弟子向长老不断地忏悔自己的灵魂完全不是一种圣礼。然而结果却是长老制站稳了脚跟，并渐渐地在俄罗斯各个修道院里生根开花了。这话也许不假，这件能使人的精神状态由受奴役转而获得自由且直到精神完美的、经过千余年考验的武器，也可能变成一把双刃剑，因而也可能使某些人不是进而谦虚谨慎、克己自重，而是走向它的反面，像魔鬼般自命不凡，因而套上锁链，而不是获得自由。

佐西马长老年约六十五岁，出身地主，在很年轻的时候，当过兵，在高加索当过尉官。毫无疑问，他心灵上的某些过人之处使阿廖沙钦佩不已。阿廖沙就住在长老的修道室里，长老非常喜欢他，让他跟自己住在一起。应当指出的是，阿廖沙当时住在修道院，并未受到任何约束，他可以随意出入，爱去哪儿去哪儿，爱出去几天都成，即使穿修士服，那也纯出自愿，为的是在修道院里不显得与众不同。当然，他自己也喜欢穿修士服。他的长老法力无边，而且名闻遐迩，也许，这也极大地影响了阿廖沙年轻的想象力。许多人都说佐西马长老多年来有求必应，接待了许多来访者，这些人找他来忏悔自己的心事，渴望从他那里得到忠告和医嘱——他的心接受了众多的坦白、认罪和有切肤之痛的忏悔，以至于最后获得了一种洞察幽微的能力，任何一个他所不认识的人来访，他只要一看此人的脸就能猜到：此人前来所为何事，他需要什么，甚至能猜到究竟是什么痛苦在煎熬着他的良心，他在来访者尚未开口之前就能知道这人的内心秘密，这就使来者感到惊奇、尴尬，有时几乎感到惊恐。但是，在这种情况下，阿廖沙几乎每次都发现，许多人，几乎是所有的人，头一次来找长老进行密谈，进去的时候常常满怀恐惧和不安，可是从他那里出来的时候却几乎总是神采飞扬，喜形于色，连最忧郁的脸也会绽开幸福的笑容。使阿廖沙钦佩不已的是长老对人根本不严厉；相反在待人接物上几乎总是一副笑模样。修士们说他总是一心向着罪孽较重的人，谁的罪孽最重，他就最爱谁。甚至直到长老快要去世的时候，修士中还有些人恨他，嫉妒他，但是这些人已经为数不多了，而且他们也只能三缄其口，虽然他们当中也不乏在修道院里非常著名、非常重要的人物，比如说，有一位非常老的修士，他曾许愿决不妄言，而且是一位持斋异常严格的修士。但是终究绝大多数人无疑都站在佐西马长老一边，而且其中有很多人全心全意地、热烈而又真诚地爱他；有些人还对他几乎怀有一种狂信。这些人干脆说，然而并非完全公开，说他是圣徒，并说这已经是没有疑问的了，由于预见他快要圆寂了，于是便盼望立刻出现奇迹，以及在最近的将来修道院将因死者而名扬天下。对于长老的无边法力，阿廖沙是深信不疑的，正如他对棺材从教堂里飞出去的那事深信不疑一样。他看到，许多来访者带着生病的孩子或者成年的眷属，央求长老替他们摩顶，为他们祈祷，这些人走后很快就回来了，而且有些人第二天就回到了修道院，眼泪汪汪地在长老面前跪下，感谢他治愈了他家的病人。是真的治愈，还是病情自然好转——这对于阿廖沙是不存在疑问的，因为他完全相信自己师父的精神力量，师父的名声似乎也就成了他自己的胜利。尤其使他心跳，使他似乎满脸放光的是长老出去接见一群守候在隐修区大门外、来自普通老百姓的朝圣者，他们从全俄国汇集到这里，就为了能够见到长老，接受他的祝福。他们匍匐在他面前，哭泣，亲吻他的双脚，亲吻他站立的土地，大声号哭，女人们则把自己的孩子抱起来，举向他，把有病的疯女人领到他跟前。长老跟他们谈话，替他们念简短的祷词，祝福他们，然后让他们回去。近来，由于常常犯病，他变得越来越衰弱了，因此只能有时候勉强走出修道室，于是朝圣者们在修道院里等他出来，有时往往一等就是好几天。为什么大家这么爱他，为什么大家匍匐于他面前，一看到他的脸便感动得哭泣？——这对于阿廖沙是不成其为问题的。噢，他非常清楚，对于逆来顺受的俄国普通老百姓来说，他们被劳动和不幸所煎熬，主要是被永远的不公平和永远的造孽（自己造孽和世人造孽）所折磨——对于他们来说，再没有比朝拜圣地或见到圣徒，跪倒在他面前，向他顶礼膜拜更大的需要和更大的安慰了。他们认为："尽管我们有罪，尽管我们做得不对，尽管我们受到诱惑，但是在世上的某个地方毕竟还有圣徒和高人；他有真理，他知道真理；这说明真理尚未在世上灭绝，由此可见，将来，真理还是会再回到我们这里来的，就像上天宣布的那样，真理终将降临整个大地。"阿廖沙知道，老百姓就是这感觉的，甚至也是这么认为的，他明白这道理，至于长老就是老百姓心目中的那个圣徒，那个持有上帝真理的人——他对此毫不怀疑，他自己是跟那些哭哭啼啼的庄稼汉和抱着自己的孩子，把孩子举向长老的他们的有病的女人站在一起的。阿廖沙深信，长老圆寂后必将给修道院带来非同凡响的声誉——这一信念在阿廖沙心中根深蒂固，也许甚至比修道院里的任何人更甚。总之，最近，某种深深的、内心的狂喜，像火焰般在他心中越来越旺地燃烧起来。至于这位站在他面前的长老毕竟只是一个人，这点也没有使他感到困惑："反正他是神圣的，他心中藏有能使大家复活的秘密，藏有一种巨大的力量，这力量定将在人间确立真理，于是大家就都成为圣徒，大家将会相亲相爱，既没有财主，也没有穷人，既没有高高在上的人，也没有等而下之的人，大家都是上帝的子民，真正的基督的天国必将降临人世。"这就是阿廖沙内心梦想的。

　　阿廖沙两个哥哥的回乡在他身上产生了非常强烈的影响，而在此以前他完全不认识他们。他同大哥德米特里·费奥多罗维奇熟悉得较快，也较亲近，虽然大哥比他的另一个兄长伊万·费奥多罗维奇回来得晚些。他非常想了解二哥伊万，但是，伊万已经回家住了两个月，他俩虽然经常见面，但是仍旧怎么也说不到一块儿：阿廖沙本来就不爱说话，似乎在等待什么，似乎有什么话难以启齿，尽管阿廖沙起初也曾发现伊万长久地、好奇地注视着他，但似乎很快也就把他置诸脑后了。阿廖沙不无困惑地注意到了这点。他认为二哥对他的冷淡是因为他们年龄悬殊，尤其受教育程度相差太大的缘故。但是阿廖沙也想到了另一面：伊万对他兴趣不大也许是出于他完全不知道的原因。他不知道为什么总觉得伊万心事重重，在思考着某个很重要的心事，似乎在追求某一目标，也许这目标很难达到，因此他才无暇他顾，这似乎就是他望着阿廖沙时心不在焉的唯一原因。阿廖沙也曾想到：该不是因为有点看不起他吧，该不是一个满腹经纶的无神论者看不起一个笨头笨脑的见习修士吧。他深知二哥是个无神论者。即使二哥当真看不起他，他也不会见怪，但是总带有一点自己也觉得莫名其妙的惊惧和不安，等待有朝一日二哥会跟他亲近起来。大哥德米特里·费奥多罗维奇对二哥伊万怀有极深的敬意，并常常以一种特别的热忱谈到他。正是从大哥那里，阿廖沙才打听到了把他的两位兄长引人注目地紧紧拴在一起的那件重要事情的细节。在阿廖沙看来，德米特里盛赞二哥伊万显得有点匪夷所思，大哥德米特里与二哥伊万相比，差不多是个一字不识的大老粗，把两人放到一起，无论是个性还是脾气，似乎适成鲜明的反差，也许，再也想不出另外两个人能比他俩更不相同的了。

也就在这时候，这个支离破碎的家庭的全体成员在长老的修道室里举行了一次会晤，或者不如说召开了一次家庭会议；这次家庭会议对阿廖沙有着非同寻常的影响。召开这次会议的理由，说穿了，是假的。当时，德米特里·费奥多罗维奇同他父亲费奥多尔·帕夫洛维奇之间因遗产和财产清算引起的纠纷，看来已经到了剑拔弩张的程度。两人的矛盾尖锐化了，已经到了忍无可忍的地步。似乎是费奥多尔·帕夫洛维奇首先开玩笑似的想出了这个主意，让大家到佐西马长老的修道室里碰碰头，尽管并没有请长老直接出面调停，毕竟这样做可以规规矩矩地好歹谈出个结果来，再说长老的地位和面子总还能起点开导与和解的作用。德米特里·费奥多罗维奇从来没有拜访过长老，甚至也从来没有见过他，因此他当然以为，他们是想用长老来吓唬他；但是因为近来他在同父亲的争吵中做了许多过火的事，他在私心深处正对自己暗自谴责，所以也就接受了这一挑战。应该顺便说到的是，他并没有像伊万·费奥多罗维奇那样跟父亲住在一起，而是单独住在县城的另一头。恰好，当时住在敝县的彼得·亚历山德罗维奇·米乌索夫特别欣赏费奥多尔·帕夫洛维奇的这一主意，而且抓住了不放。他是一个四十年代和五十年代的自由派，一个自由思想派和无神论派，也许是出于无聊，也许是为了逢场作戏，寻寻开心，他居然十分起劲地参与了此事。他突然想要看看修道院，看看"圣徒"。因为他同修道院很早以前发生的争执还在继续，那场关于双方领地划界，关于某处树林的伐木权和某处鱼塘的捕鱼权等等的官司仍拖延未决，所以他急于想利用这机会，借口说他想亲自同修道院院长谈出个结果来：能不能设法彼此友好地结束这场争执？一个来访者抱有这样的好意，比一个仅仅出于好奇的游客——修道院接待他自然会更加用心，更加客气。基于对以上情况的种种考虑，修道院很可能对有病的长老施加了某种内部的影响。近来，长老几乎足不出户，从不离开修道室，甚至因病连普通的访客也一律谢绝。结果是长老同意了，并且约定了日期。"是谁指派我来给他们分家的呢？"他已是笑吟吟地对阿廖沙说。

阿廖沙得知这次约会后，觉得很尴尬。如果说涉讼和发生争执的两造中有谁郑重其事地看待这次聚会，那无疑只有大哥德米特里；其他人所以前来不过是逢场作戏，而且说不定还会有污长老清听——阿廖沙就是这样理解的。二哥伊万和米乌索夫前来是出于好奇，这种好奇也许还十分粗俗，他父亲此来则是为了当小丑，演戏。噢，阿廖沙虽然嘴里不说，但对他父亲的为人还是心中有数和十分清楚的。再说一遍，这孩子并不像大家认为的那样老实巴交、胸无城府。他心情沉重地等待着那个约定的日子。无疑，他私心深处非常盼望所有这些家庭纠纷好歹能够有个了结。然而他最放心不下的还是长老：他替他，替他的名声担忧，生怕有人出言不逊，伤害了他，尤其是米乌索夫那种高雅而又文质彬彬的嘲笑，以及满腹经纶的伊万那种居高临下、欲说还休的嘲弄——这一切他想起来都觉得害怕。他甚至想冒险给长老打声招呼，跟他说说就要到这儿来的这些人的情况，但是他想了想，没有作声。只是在约定的日期的头天晚上，通过一个熟人，给德米特里捎了句话，说他非常爱他，希望他能履行诺言。德米特里想了想，因为怎么也想不起来他到底答应了他什么，只能回了一封信，说他一定尽力克制自己，决不会在"卑鄙恶劣的行为面前"沉不住气，又说他虽然非常尊敬长老和二弟伊万，不过他坚信，这里一定给他设下了什么陷阱，或者想演一出令人齿冷的滑稽剧。"然而我宁可闭上嘴，默不作声，也绝不会漠视对这位圣徒应有的尊敬，因为你是如此敬重他。"德米特里这样结束了自己的短信。阿廖沙收到这封信后，并没有感到十分振奋。

第二卷

不合时宜的聚会

一、大家来到修道院

　　这天天气好极了，风和日丽。时当八月底。与长老的约会定于午前祈祷后立即举行，约莫在十一点半之前。然而，我们这些修道院的访客却没有枉驾前来参加日祷，而是在正好日祷快要散场的时候到达。他们分乘两辆马车，第一辆是十分漂亮的弹簧马车，套着两匹名贵的马，里面坐着彼得·亚历山德罗维奇·米乌索夫和他的一名远亲，一位非常年轻的人，年约二十，叫彼得·福米奇·卡尔加诺夫。这位年轻人正准备上大学；不知为什么暂时借住在米乌索夫家；米乌索夫则劝诱他，让他陪他一起出国，去苏黎世或者去耶拿，让他在那里上大学，完成学业。这年轻人还没拿定主意。他那模样总是若有所思和心不在焉。他的脸长得很漂亮，身体很结实，个子也相当高。他的目光常常凝滞不动，让人觉得很怪：就像一切十分心不在焉的人一样，他有时候会长久地、目不转睛地盯着您，可是又好像压根儿没看见您。他沉默寡言，有点不灵活，但是又常常发生这样的情况，而且肯定是同什么人面对面地单独在一起，他又会突然变得十分健谈，说话急急匆匆，笑眯眯的，有时候天知道他在笑什么。但是他的兴奋状态又会像它迅速而又突如其来地产生那样，迅速而又突如其来地熄灭。他一向穿得很好，甚至很高雅；他已经有若干可以独立处理的财产，而且还可指望得到更多，比现在的多得多。他同阿廖沙是朋友。

费奥多尔·帕夫洛维奇和他的二公子伊万·费奥多罗维奇坐着一辆咣啷咣啷乱响、非常破旧、但容量却很大的出租马车（由两匹灰里透红的老马拉着，被米乌索夫的马车拉下了一大截）来到了。还在头天就把聚会的日期和时间通知了德米特里·费奥多罗维奇，但他还是迟迟未到。这几位访客在院墙外的客堂旁下了车，徒步走进了修道院大门。除了费奥多尔·帕夫洛维奇外，其余三人大概从来就没见过任何修道院，至于米乌索夫，三十年来也许压根儿就没上过教堂。他带着几分好奇，东张西望，同时又不免摆出一副做作出来的随随便便的样子。但是，对于他那善于观察的眼睛来说，除了教堂建筑和管理用房以外（话又说回来，这些房屋实在太普通了），教堂内部几乎没有任何起眼的东西。参加祈祷的最后一批人，摘下帽子，画着十字，陆陆续续地走出了教堂。在普通老百姓中间也夹杂着一些外地来的较为上层的人，两三位太太，一位很老的将军；他们全都住在那座客堂里。一些乞丐立刻围住了我们这几位访客，但是没有一个人给他们"布施"。只有彼得鲁什卡[1]·卡尔加诺夫从钱包里掏出一枚十戈比银币，不知道为什么有点不好意思地匆匆塞给了一个女人，并且匆匆地说道："大伙平分。"他的同行人中谁也没有就此对他说任何话，因此他大可不必脸红；但是，他注意到这点以后反倒更不好意思了。

---

1 彼得的昵称。

但是说来也怪，照理应该郑重其事地迎候他们大驾光临，说不定甚至应当隆重欢迎：因为其中一位前不久还布施过一千卢布，而另一位则是最富有的地主，而且很有学问，可以这么说吧，关于在某河捕鱼的官司如果修道院打输，他们大家都将部分地受制于他。然而令人感到奇怪的是，在正式的官方人士中居然谁也没有出来迎接他们。米乌索夫心不在焉地观看着教堂旁的一块块墓碑，他本来想说，这些坟墓的主人要取得在这样的"圣"地埋葬的权利，想必花了不少钱吧，但是他话到嘴边又咽了回去：他身上的那种普通的自由主义的嘲弄逐渐升级，几乎变成了愤怒。

"见鬼，在这种乱七八糟的地方又能问谁呢……这，必须解决，因为时间不早了。"他蓦地说道，仿佛在喃喃自语。

忽然，向他们走过来一位上了年纪的、脑袋微秃的先生，他穿着宽松的夏季大衣，眯着一双甜丝丝的小眼睛。他微微举起礼帽，狎昵而又咬字不清地向大家自我介绍说他是图拉省的地主马克西莫夫。他霎时就弄清了我们这几个同来的人在发什么愁。

"佐西马长老住在隐修区，在隐修区闭关静修，离修道院大约四百步，得经过一片小树林，经过一片小树林……"

"经过一片小树林，这，我也知道，"费奥多尔·帕夫洛维奇答道，"但是怎么走，我们记不大清了，好久没来了。"

"瞧，从这门出去，直接走小树林……走小树林……我领你们去。成吗……我自己……我亲自……走这儿，走这儿……"

他们出了大门，经由树林向前走去。地主马克西莫夫大约六十，说他在走，毋宁说，他几乎在一旁屁颠屁颠地跑，边跑边以一种忙乱的、几乎让人受不了的好奇心打量着他们大家伙儿。他的眼珠都瞪圆了。

"要知道，我们找这位长老有点私事，"米乌索夫板着脸说道，"可以说吧，我们获准晋见'此公'，因此，对于您惠予领路，我们虽不胜感谢，但是无法请您一同进去。"

"我去过了，去过了，我已经去过了……Un chevalier parfait![1]"这地主说罢用手指向空中打了个框子。

"谁是cheralier[2]?"米乌索夫问。

"长老，是一位十分了不起的长老，长老……佐西马是修道院的荣誉和光荣。这长老可了不起啦……"

但是他的杂乱无章的话却被一个从后面赶来的小修士打断了。这位小修士头戴修士帽，个子不高，脸色很苍白，身体也很瘦弱。费奥多尔·帕夫洛维奇和米乌索夫停了下来。这修士非常有礼貌地深深一鞠躬，说道：

"院长神父敬备薄酒，恭请诸位在拜访隐修区以后到他那里小坐片刻。时间是中午一点。请务必准时。也请阁下光临。"他又回头对马克西莫夫说。

"我一定遵命！"费奥多尔·帕夫洛维奇叫道，一听有人请他喝酒，高兴极了，"一定。您知道吗，我们大家保证在这里规规矩矩……彼得·亚历山德罗维奇，您去吗？"

"哪能不去呢？我到这里来就为了看看这里的一切风俗习惯。只有一点感到为难，就是现在我偏偏跟你们在一起，费奥多尔·帕夫洛维奇……"

"是啊，德米特里·费奥多罗维奇还没来。"

"他不来，那好极了，你们耍的这套把戏，再饶上您这大活宝，我看了会觉得高兴吗？我们一定前去赴宴，请您谢谢院长神父。"彼得·亚历山德罗维奇对小修士说。

"不，我应该给你们领路，带你们去见长老本人。"修士答道。

---

1 法语：一个十足的骑士。
2 法语：骑士。

"既然这样，到时候，我直接去见院长神父得了。"地主马克西莫夫嘀咕道。

"眼下院长神父有事，不过悉听尊便……"修士犹犹豫豫地说。

"这糟老头子真烦人。"当地主马克西莫夫又跑回修道院以后，米乌索夫大声道。

"他那模样倒挺像封·佐恩[1]。"费奥多尔·帕夫洛维奇忽然说。

"您就知道这种事……他哪点像封·佐恩？您亲眼见过封·佐恩？"

"看见过他的照片。虽然容貌不像，但有一种说不出来的神态，何其相似乃尔。简直像一个模子里倒出来的。只要一看这张脸，我就能认出他来。"

"也没准；您是这方面的行家里手。不过我要把丑话说在头里，费奥多尔·帕夫洛维奇，您刚才自己也说，我们保证在这里规规矩矩，您记住了。告诉您，要管住点自己。要是您又装疯卖傻，出洋相，我可不打算让这里的人把我俩混为一谈……您看见了吧，这人多德行，"他对修士说，"我真怕跟他一起去见正正经经的人。"

在小修士苍白的、没有血色的嘴唇上闪过一丝淡淡的、无言的微笑，就某点来说，不无狡狯之态，但是他什么话也没说，他之不作声非常明显是出于清高。米乌索夫皱紧了眉头。

"噢，鬼把他们全抓了去，永远只会装腔作势，骨子里全是招摇撞骗，满嘴胡诌！"这想法匆匆闪过他的脑海。

"这就是隐修区，咱们到了！"费奥多尔·帕夫洛维奇叫道，"院墙当道，大门紧闭。"

大门上方和大门两侧都画着圣徒像，他在圣徒像前画了几个大

---

1 一八七〇年发生在彼得堡的一件凶杀案的被害人。他被人家骗进一座淫窟，先抢后打，最后被毒害致死。当时此案曾轰动彼得堡。

大的十字。

"不能带着自己的章程走进别人的修道院。[1]"他说。"在这里的隐修区修行的共有二十五位圣徒,他们你看我我看你,一起吃白菜。尤其令人注目的是没一个女人能走进这大门。这是千真万确的。不过,我怎么听说长老也接见女士呢?"他蓦地问小修士。

"普通老百姓中的妇女甚至现在也有,瞧那儿,都躺在回廊里,在等候。为了上流社会的太太小姐,则在这里的回廊上,不过也在院墙外,增修了两间小屋,这便是这两间小屋的窗户;当长老身体好时,就从院内的一条通道走出来见她们,就是说仍旧要走出院墙。即使现在,也有一位太太,是哈尔科夫的地主,名叫霍赫拉科娃太太,她正领着自己的体弱多病的女儿在等候接见。大概,长老答应见她们了,虽说近来他身体很弱,出来见人也很勉强。"

"这么说,到底开了方便之门,可以从隐修区出来会见太太小姐们。您别以为我话里有话,神父,我不过随便说说而已。您知道吗,在圣山,这事您听说过没有,不仅不许女人进去,甚至任何雌性动物,如小母鸡、小雌火鸡、小母牛等,都一概不许入内……"

"费奥多尔·帕夫洛维奇,我要是回去了,把您一个人扔在这儿,没有我保驾,非把您反绑双手给撵出去不可,我先给您提个醒。"

"我又碍着您什么啦,彼得·亚历山德罗维奇!"他突然叫道,接着便迈进了隐修区的院墙。"瞧,他们住在一座多漂亮的玫瑰园里啊!"

可不是嘛,虽说现在没有玫瑰花,却有许多秋天的奇花异卉,凡是可以种花的地方都种满了花。看来,细心照料这些花卉的是一个有经验的人。在教堂的院墙内和墓地间,遍地都是花畦。长老修道室所在的那座小木屋(是座平房,门前有回廊)四周也种满了花。

---

1 俄谚,意为"入乡随俗"。

"前任长老瓦尔索诺菲在世时也有这些吗？听说，那位长老不喜欢美，见到女人就暴跳如雷，用棍子打她们。"费奥多尔·帕夫洛维奇边说边跨上台阶。

"瓦尔索诺菲长老有时看上去的确像个疯教徒，但是也有许多是人家编派他的浑话。他从来没有用棍子打过任何人。"小修士答道。

"费奥多尔·帕夫洛维奇，我最后一次给您约法三章，听见没有？老老实实，不许乱说乱动，否则别怪我不客气。"米乌索夫再一次悄悄提醒他。

"您着的哪门子急呀，简直莫名其妙，"费奥多尔·帕夫洛维奇嘲弄地说，"难道怕自己罪孽深重？听说，他只要一瞅别人的眼睛，就能猜个八九不离十：此人所为何来？您把他的意见也看得太重了嘛，您这么一个巴黎人和思想进步的先生，真叫我纳闷，真是的！"

但是，米乌索夫对这种冷嘲热讽还没来得及回答，已有人来请他们进去了。他进门时心里正生闷气……

"哼，我现在有数了，我心里有气，会争论不休……会发火，我这样做只会降低身份，也有损于我奉行的思想原则。"这想法在他的脑海里一闪。

二、老小丑

他们和长老几乎同时走进房间。长老一听说他们来了，便立刻从自己的卧室走了出来。在修道室里，已经有隐修区的两位修士司祭先他们而来，在那里恭候长老。这两位修士司祭，一位是掌管藏经楼的神父，另一位是派西神父。派西神父有病，虽说人并不老，但是人家都说他博古通今，很有学问。此外，还有一位年轻小伙子，站在一个角落里（后来也一直站在那儿），看来有二十一二岁，穿着在家人穿的便服，是神学校的一名学生和未来的神学家，但他不知为什么却受到修道院和修士们的庇护和栽培。他的个子相当高，唇红齿白，容光焕发，颧骨突出，一双栗色的又窄又细的眼睛，透着聪明与机灵。他脸上露出一副毕恭毕敬的神态，但样子很得体，并无阿谀奉承之嫌。他甚至没有向来客鞠躬问候，尽管他跟他们并不能平起平坐，而且相反，他还是处于从属依赖的地位。

佐西马长老出来时由一名见习修士和阿廖沙陪同。两位修士司祭立刻站起来，向他深深一鞠躬，手指都触到了地面，然后各自在胸前画个十字，吻了吻他的手。长老给他俩祝福后，也向他俩分别以手触地深深一鞠躬，又请他们每人为他本人祝福。整个仪式进行得非常认真，完全不像每天的例行功课，而是几乎带有一种深深的感情。然而，米乌索夫却觉得，一切都是有意做给别人看的。他站在跟他一同进来的人们的最前列。照理（甚至还在昨晚他就仔细琢磨过了），尽管他们的思想观点不同，仅仅出于通常的礼貌（因为本地有这样的风俗），他也应当走上前去，接受长老对他的祝福，即使不吻手，起码也应当接受祝福。但是，他现在看到修士司祭又是鞠躬又是吻手，便霎时改了主意：他只是派头十足而又俨乎其然地照在家人的规矩深深一鞠躬，便退回到座椅旁。费奥多尔·帕夫洛维奇也依样画葫芦地照做不误，这回完全像个猢狲似的模仿米乌索夫的一举一动。伊万·费奥多罗维奇则非常倨傲和有礼貌地鞠了一躬，不过两手贴于裤缝[1]，而卡尔加诺夫则慌里慌张地完全忘了鞠躬。长老只好放下了举起来准备祝福的手，再一次向他们一鞠躬，请大

1 按东正教的规矩，鞠躬时应将右臂伸直，以手触地；照世俗的规矩，则将两手贴于裤缝或垂于两侧，微微一鞠躬。

家随便坐。血冲上了阿廖沙的面颊；他羞赧得似乎无地自容。他的不祥的预感正在逐渐应验。

长老在一张式样十分古老的红木制的小皮沙发上坐了下来，让客人们（除了那两名修士司祭以外）坐在对面靠墙的四把红木椅上（椅子包着黑皮，但皮子已经磨得很破旧了），让他们四人并排坐在一起。两位修士司祭则分坐两侧，一位靠门，另一位靠窗。那名神学校学生、阿廖沙和见习修士则侍立一旁。整个修道室显得很不宽敞，有一种萎靡不振之气。室内的陈设和家具均极简陋，显得很寒酸，仅有最必需的几样东西。窗台上放着两盆花，墙角挂着许多圣像——其中一幅是圣母像，画幅很大，大概还是在教会分裂[1]很久以前画的。圣母像前点着一盏长明灯。圣母像两侧则是两幅其他圣像，圣像上点缀着发亮的金属衣饰，接着，在它们两旁则是一些雕刻的小天使、瓷蛋、天主教的象牙十字架和抱着十字架的Mater dolorosa[2]，以及几幅临摹古代意大利名画的外国版画。而在这些优美而又珍贵的版画两旁，还花花绿绿地挂着几幅最土气的在俄国石印的圣徒、殉道者和圣僧等的画像，这些画像只要花几戈比就能在任何一个集市上买到。还有几幅俄罗斯现代和过去的高级僧侣的石印画像，不过这已经是挂在另外几面墙上了。米乌索夫匆匆瞥了一眼这"老一套"的陈设，接着便目不转睛地盯着长老。他对自己的眼力颇自信，他身上的这一弱点，考虑到他已经五十岁了，无论如何还是可以原谅的——一个头脑聪明、家境富裕而又出入上流社会的人，到了这把年纪，一向自以为是，有时候甚至是身不由己。

刚开始的那一刹那，他并不喜欢长老。的确，长老脸上有一种东西，不仅米乌索夫，许多人看了都不喜欢。这是一个驼背的小矮

---

1 俄国教会分裂发生在十七世纪中叶。因反对官方教会和尼康改革，成立了许多教派。
2 拉丁文：悲痛的圣母。

个儿，两腿颤巍巍的，十分瘦弱，他总共才六十五岁，但是因为有病，看上去却要老得多，起码老十岁。他的整张脸十分干瘦，脸上布满了细小的皱纹，眼睛两旁则皱纹尤多。他那双眼睛不大，属浅色，目光锐利，炯炯有神，就像两个发亮的光点似的。仅在两鬓还残留着几根灰白头发，颌下的胡须很少，稀稀拉拉，成楔形，至于嘴唇，则常作微笑状——很薄，像两根细线。鼻子倒说不上很大，但很尖，像鸟嘴似的。

"从各种迹象看，这人很坏，心胸狭窄而又十分傲慢。"这想法闪过米乌索夫的脑海。总之，他心里感到很不是滋味儿。

挂钟的打点声使他们打开了话匣子。这是一座廉价的小型挂钟（钟下挂着两个钟锤），迅速地敲了整整十二下。

"说好在这时候，"费奥多尔·帕夫洛维奇叫道，"可是小儿德米特里·费奥多罗维奇还没来。我替他致歉，圣长老！（阿廖沙一听到"圣长老"这一称呼，就全身打了个哆嗦。）我本人一向准时，分秒不差，我记得，准时乃是身为国王者应有之礼貌[1]……"

"但是，要知道，您至少不是国王。"米乌索夫立刻按捺不住，嘟囔道。

"是的，言之有理，我不是国王。您看，彼得·亚历山德罗维奇，要知道，这道理我自己也明白，真的！我这人说话一向说的不是地方！大法师！"他一时兴起，激动地叫道。"您看到在您面前的是一个地道的小丑！我也是这么自我介绍的。积习难改，唉！有时候不管是不是地方我净瞎说一气，我这样做甚至别有用意，想给大家逗个乐，讨大家喜欢。一个人总得讨人喜欢才成，不是吗？七八年前，我来到一座小城，在那儿办点事，跟几个买卖人合伙做生意。我们去找县警察局长，因为我们有事求他，请他到我们这儿

---

1 这是法国国王路易十八（一八一四——一八二四年在位）的名言。

来吃顿饭。警察局长出来了，又高又胖，浅黄头发，老板着脸——是在这种情况下最危险的主儿：这类人肝火旺，爱动肝火。我一直走到他跟前，您知道吗，以一种见过世面的人的熟不拘礼的神态说道：'局长先生，请您做我们的所谓纳普拉夫尼克[1]吧！'他说：'做什么纳普拉夫尼克？'才过半秒钟，我就看出这事砸锅了，他一本正经，两眼紧盯着我。我说：'我想开个玩笑，给大家逗个乐。因为纳普拉夫尼克先生是我们俄国著名的乐队指挥，我们为了把我们的生意做好，也正好需要一个人类似乐队指挥什么的……'要知道，我说得很在理，比喻也说得很确当，不是吗？他说：'对不起，我是警察局长，我不许人家拿我的官衔别有用心地开玩笑。'他说罢便一转身走开了。我跟在他后面，叫道：'对，没错，您是警察局长，不是纳普拉夫尼克！'他说：'不，既然这话说出了口，那我就是纳普拉夫尼克。'您看，我们那事就这么黄了！我老是这样，一向这样。一巴结，到头来，准坑了我自己！有一回，那已是很多年以前的事了，我对一位有权有势的人说，'尊夫人是一位怕痒痒[2]的女人'，我的意思是说她冰清玉洁，也可以说，道德品质很好吧，可是他却突然因这句话冲我说道：'您呵她痒痒了？'我心痒难搔，突然想，让我来巴结巴结他，我就说：'是的，呵她痒痒了，您哪。'——于是他立刻结结实实地给了我一下……不过，这是老早以前的事了，因此我说出来也不嫌丢人；我总这样自己跟自己过不去！"

"现在您也正在这么做。"米乌索夫厌恶地喃喃道。

长老一言不发地注视着他俩。

"敢情！您瞧，这个我也知道，彼得·亚历山德罗维奇，您知道

---

1 县警察局长（исправник）在俄语中与纳普拉夫尼克（Направник）谐音。纳普拉夫尼克（一八三九—一九一六），俄国作曲家，当时是彼得堡马利亚剧院的乐队总指挥。此处一语双关，除指乐队指挥外，又暗示请局长做他们的靠山和后台。
2 原文为щекотливая，意为"怕胳肢的、谨小慎微的"，这里转意为"招惹不得""冷若冰霜"。这里是俏皮话，一语双关。

吗，我甚至预感到我一开口准会这么说，我甚至预感到准是您第一个向我指出这点。就这工夫，当我看到我开的玩笑不灵，大法师，我的下牙床两旁的腮帮子就开始发干，几乎像要抽筋似的；我这毛病在年轻时候就有，那时候我还在贵族身边当食客，寄人篱下，混口饭吃。我打根上起，打一生下来就是小丑，就像，大法师，就像疯教徒似的；我无意争辩，我骨子里可能藏着一个魔鬼，不过是个不大的魔鬼，地位高点的魔鬼就会另选个像样点的寄居之地了，不过也不会选您这样的人做它的寄居之地，彼得·亚历山德罗维奇，要知道，您这寄居之地也不怎么样。但是我信，我信上帝。直到最近我才有所怀疑，但是我现在坐在这里，正在等候恭聆圣训。大法师，我跟哲学家狄德罗特[1]一样，您知道吗，至圣至贤的神父，在叶卡捷琳娜在位的时候，哲学家狄德罗特曾去拜访过都主教普拉东[2]。他一进去就开门见山地说：'没有上帝。'对此，伟大的圣师举起一根手指，答道：'愚顽人心里说：没有神！'[3]狄德罗特立马就跪倒在他脚下，叫道：'我信，我接受洗礼。'[4]于是便立刻给他施了洗。公爵夫人达什科娃是他的教母，波将金是他的教父[5]……"

"费奥多尔·帕夫洛维奇，您真叫人受不了！您自己也知道您在信口开河，这个混账故事不是真的，您出这个洋相干吗呢？"米乌

---

1 即狄德罗（一七一三——一七八四），法国唯物主义哲学家、作家。作者在这里有意让说话者说错名字。下同。

2 普拉东（一七三七——一八一二），莫斯科都主教，曾任圣三一神学院院长，曾得女皇叶卡捷琳娜二世的赏识，因而出入宫禁，并被指定为皇储（即后来的皇帝保罗一世）的神学老师。狄德罗拜会莫斯科都主教一事典出《莫斯科都主教普拉东传》（一八五六）。

3 见《旧约·诗篇》第十四篇第一节与第五十三篇第一节。

4 这是圣徒传中的套语。异教徒在看到圣徒显示的奇迹后，便改变原来的信仰，改信基督教，高呼"我信"，并接受洗礼。

5 达什科娃（一七四三——一八一〇）是女皇叶卡捷琳娜二世于一七六二年发动宫廷政变时的主要心腹。曾任俄罗斯学院院长。她侨居国外时，常与各国的名流交往，其中有狄德罗和伏尔泰。波将金（一七三九——一七九一），俄罗斯帝国元帅，一七六二年宫廷政变的组织者，叶卡捷琳娜二世的宠臣和左右手。

索夫再也忍不住了，声音发抖地说。

"我一辈子都预感到这话不是真的！"费奥多尔·帕夫洛维奇叫道，说得更来劲了。"诸位，让我来把事实真相原原本本地告诉你们：大长老！对不起，最后那事，即狄德罗特受洗那事，是我自己方才胡编的，现炒现卖，我刚才说的那事儿，我以前从来没有想到过。我之所以胡编是为了耸人听闻。也是为了这我才拼命出洋相，彼得·亚历山德罗维奇，为了讨大家喜欢。不过话又说回来，有时候我自己也不知道为什么。至于狄德罗特，这个愚顽人说的那话，我年轻时，在这里的地主家帮闲的时候，就曾听他们说过二十来遍了；顺便说说，彼得·亚历山德罗维奇，我也从令姊马夫拉·福米尼什娜那儿听说过。直到现在，他们大家伙还坚信，那个不信神的狄德罗特曾去找过都主教普拉东，跟他辩论过是不是存在上帝的问题……"

米乌索夫站了起来，不但失去了耐性，甚至都好像有点控制不住自己了。他气疯了，他也意识到，由于这，他自己也显得很可笑。说真的，修道室里发生的这事简直令人忍无可忍。就在这间修道室里，说不定已经有四十年或者五十年了，还是从过去那几位长老健在的时候起，这里就常有访客前来，但他们永远是毕恭毕敬，恭敬有加。几乎所有获准进来的人，刚一跨进修道室就明白，这是对他们的极大礼遇。在整个晋谒期间，许多人都双膝下跪，而且长跪不起。许多人，甚至地位很"高"、很有学问的人，有些甚至是具有自由思想的人，来此的动机或者出于好奇，或者由于其他原因，他们跟大家一起走进修道室或者获准单独晋谒，所有的人，无一例外，都认为自己的首要责任是在晋谒时保持最深的敬意和礼貌，何况在这里金钱是行不通的，一方面这里只有爱和慈悲，另一方面则是忏悔和渴望解决某个心灵难题或者自身心灵生活中的某种困境。因此，费奥多尔·帕夫洛维奇突然表演出的这种对他所在的这个地方的大不敬的丑态，使旁观者，起码使其中的某些人感到惊讶和莫名其妙。不过，两位修士司祭倒似乎面不改色，仍旧严肃而又注意地等着聆听长老将会说什么，但是又似乎准备像米乌索夫一样站起身来。阿廖沙差点要哭出来了，他站着，低着头。使他感到最奇怪的是他二哥伊万·费奥多罗维奇（这是他唯一寄予希望的人，也只有他一人具有足以阻止父亲出洋相的影响力），这时竟在椅子上低下了眼睛，端坐不动，大概带着某种甚至想看个究竟的好奇心在等待着这事会如何了结，仿佛他本人在这里完全是局外人。阿廖沙也不敢抬头看那个神学校学生拉基京（他也是阿廖沙很熟、几乎很要好的朋友）：他知道他的想法（虽然在整个修道院里知道他想法的只有阿廖沙）。

"请您多多包涵……"米乌索夫对长老说，"您可能以为说不定我也是这种恶劣的玩笑的参加者。我的错误在于我相信了甚至像费奥多尔·帕夫洛维奇这样的人在晋见如此可敬的人时总会自重自爱，有所收敛……我没想到，正由于我是同他一起进来的，我将不得不向您告罪，请您原谅……"

彼得·亚历山德罗维奇没把话说完，由于惭愧得无地自容，正想走出房间。

"您别急，求您了，"长老突然颤巍巍地从自己的座位上微微站起身来，抓住彼得·亚历山德罗维奇的两只手，硬让他在软椅上又坐了下来。"您放心，我求您了。我恳求您做我的客人。"他说罢鞠了一躬，转过身来，又坐到自己的小沙发上。

"大长老，您说，我的谈笑风生是否有污您的清听？"费奥多尔·帕夫洛维奇蓦地叫起来，两手抓住软椅的扶手，仿佛准备候着他的回答一出来就从椅子上跳起来似的。

"我也恳求您不要急，不要拘束，"长老庄严地对他说，"不要拘束，可以完全跟在您自己家里一样。最要紧的是不要自惭形秽，因为一切皆由此而起。"

"完全跟在自己家里一样？就是说任其自然？噢，这我可不敢当，实在不敢当，但是却之不恭，我十分感动！您知道吗，我的好神父，您让我听其自然，保持本色，您可别冒这个险……我自己都没法保持我的自然本色。我这样说是为您好，我先把丑话说在头里。哎呀，至于其他一切还两眼漆黑，无人知晓，虽然有些人想添枝加叶地糟践我。我这话是冲您说的，彼得·亚历山德罗维奇，至于对您，您是个大圣人，我要向您说：我要向您倾吐我的欢喜！"他说罢站起身来，举起双手，念诵道："'怀你胎的和乳养你的有福了，尤其是乳头！'[1]您刚才向我指出，'不要自惭形秽，因为一切皆由此而起'，您说这话似乎把我一下子看透了，看出了我的心思。每当我见到别人，我总觉得我比任何人都卑鄙，大家都把我当作小丑，于是我想：'好吧，我就当真做一回小丑吧，我不怕你们对我有看法，因为你们大家比我还卑鄙！'因此我就当上了小丑，当小丑是因为我自惭形秽，大长老，是自惭形秽啊。我胡闹就因为我多疑。只要我深信，我跑到一个地方，大家会立刻把我当成一个最可爱和最聪明的人对待——主啊！那时候我会成为一个多么好的人啊！"他突然双膝下跪，"夫子！我该做什么才可以承受永生？[2]"现在也难以断定：他这是开玩笑呢，还是当真有感于衷？

长老抬起头来看着他，含笑道：

"您自己早知道该做什么，您很聪明：不要酗酒，不要信口开河，不要贪恋女色，尤其不要见钱眼开，把您那些酒店给关了吧，即使不能全关，关上两三家也好。主要是不要信口雌黄，自欺欺人。"

"您是说狄德罗特那事吗？"

---

1 见《路加福音》第十一章第二十七节。但《福音书》上只有前半句，后半句是他加进去的，这就成了脏话。

2《路加福音》第十章第二十五节。类似的话也可在《马可福音》和《马太福音》里找到。

"不，不仅是狄德罗特的事。主要是不要自欺欺人。一个自欺欺人的人，一个相信自己谎言的人，会发展到分不清真伪的地步，分不清自己身上的真伪，也分不清周围的真伪，因此，非但不尊重自己，也不尊重他人，既然一个人不尊重任何人，他也就不会爱人，一个人没有了爱，为了给自己消愁解闷，就会纵情女色和粗鄙的享受，以致罪孽深重，完全与禽兽无异，而这完全是由于不断自欺欺人之故。自欺欺人的人也最容易觉得自己受人欺负。要知道，受人欺负有时候也挺开心，不是吗？其实他自己也知道谁也不曾欺负他，是他自己在胡思乱想，给自己想出了这个受人欺负的谎言，说谎是为了点缀生活，因而故意夸大其词，好像真有那么回事似的，抓住人家的一句话便胡搅蛮缠，看见一粒小豌豆就把它说成大山——这，他自己也知道，可他偏要抢在头里自以为受了老大委屈，受了委屈还觉得挺高兴，甚至感到很得意，这样发展下去就会渐渐变成真正的怨天尤人……您还是别站起来吧，请坐下，劳您大驾了，要知道，这一切也是故作姿态……"

"您真是位圣者！让我亲吻一下您的手。"费奥多尔·帕夫洛维奇跳起来，迅速吧嗒了一下嘴唇，亲了亲长老枯瘦的手。"正是这样，感到自己受人欺负的确蛮开心。您说得多好呀，这话我还从来没听人说过。可不是吗，我一辈子都自觉受人欺负因而感到十分愉快，心中有气，这是为了得到一种美的享受，因为这不仅开心，有时候做一个受人欺负的人还感到很美——正是这点您给忘了，大长老：可美啦！我要把这话记在本子上！我爱说谎，简直一辈子都在说谎，每天每小时都在说谎。真是说谎的化身和说谎的父亲！话又说回来，好像不是说谎的父亲，我总是语无伦次，用词不当，即使是说谎的儿子也够了嘛。[1]不过……我的天使……有时候说说狄德

---

1 典出《约翰福音》第八章第四十四节："他说谎是出于自己，因他本来是说谎的，也是说谎之人的父。"这是基督说魔鬼的话。费奥多尔·帕夫洛维奇先是似乎说"错"了，继而又纠正，这里别有所指：说谎的父亲指费奥多尔本人，说谎的儿子则暗指伊万。

罗特总还是可以的吧！说狄德罗特不会有害处，要换了别的话就糟糕了。大长老，有件事顺便问问，我差点给忘了，要知道，打前年起，我就打算到这里来问问，也就是到您这里来好好打听一下和问问：不过请您别让彼得·亚历山德罗维奇打断我的话。我要问的是：这话有没有根据，大长老，《日读月书》中叙述——那里说到一位显灵的圣徒，他为了信仰而受尽苦难，最后被人砍下了脑袋，他却站起身来，捧起自己的脑袋，'连连亲吻'，而且捧着自己的脑袋走了很长时间，'连连亲吻'[1]。这话是否言之有据，诸位好神父？"

"不，这是无稽之谈。"长老说。

"任何《日读月书》里都没有这类内容。请问，哪一位圣徒的事迹是这么写来着？"那位修士司祭，掌管藏经楼的神父问道。

"我也不知道写的是哪位圣徒。我不知道，也不晓得。我受了人家的骗，反正总有人说的。我是听来的，你们知道是谁说的吗？就是这位彼得·亚历山德罗维奇·米乌索夫，也就是刚才因说到狄德罗特大光其火的那位，就是他告诉我的。"

"我从来没对您说过这话，我跟您从来不说话，压根儿不说话。"

"不错，您的确没告诉过我，但是您是当着大伙儿说的，我也在场，这是三年以前的事了。我之所以记得这事，彼得·亚历山德罗维奇，是因为您用这个可笑的故事根本动摇了我的信仰。您对这事既不知道，也不晓得，但我却是带着被动摇的信仰回到家的，而且从那时起就越来越动摇了。是的，彼得·亚历山德罗维奇，您是促使我这人大堕落的罪魁祸首！这可不同于狄德罗特，您哪！"

费奥多尔·帕夫洛维奇似乎痛心疾首，十分激动，尽管大家心

1《日读月书》是一种供教徒阅读的书籍：每日一篇，每月一本，全年十二本。内容为圣徒传和各种圣训。费奥多尔说的这个圣徒，并不是东正教的圣徒，而是天主教的圣徒，名叫狄奥尼西（在巴黎），曾屡次受到法国百科全书派的嘲笑。狄奥尼西的事迹，可参看法国作家伏尔泰的《奥尔良的少女》。

里很清楚，他又在演戏了。但是米乌索夫还是被刺痛了。

"真是胡说八道，这一切全是胡说八道，"他嘀咕道，"我过去也许的确说过……不过不是对您说的。我也是听来的。这事，我是在巴黎听说的，是从一个法国人那里听来的，他说，似乎是咱们的《日读月书》里有这个故事，每天做祈祷的时候都念……这是一位很有学问的人，专门研究俄国的统计学……在俄国住过很长时间……我自己也没读过《日读月书》……也不想读……在饭局上，还能少得了海阔天空的聊天？当时我们正吃饭……"

"对，当时你们正吃饭，可我却从此失去了信仰！"费奥多尔·帕夫洛维奇反唇相讥。

"您的信仰跟我有什么关系！"米乌索夫叫起来，但是又突然压下心头的怒气，轻蔑地说："您遇到什么就把什么糟践得不成样子。"

长老蓦地从座位上站了起来：

"请原谅，诸位，我要暂时失陪片刻，"他转身对所有的访客说道，"还有一些比你们先来的人在等我。您还是不要自欺欺人的好。"他又转身对费奥多尔·帕夫洛维奇满面笑容地加了一句。

他走出修道室，阿廖沙和另一名见习修士急忙跑去搀扶他走下台阶。阿廖沙高兴得都喘不过气来了，他很高兴能够离开这里，也很高兴长老没有生气，而且很快活。长老向回廊走去，去给那些等候他的人祝福。但是，费奥多尔·帕夫洛维奇还是在修道室门口拦住了他。

"您真是个至圣至贤的人！"他动情地叫道，"请允许我再一次亲亲您的手！不，跟您还是可以说话，可以相处的！您以为我一向都自欺欺人，没完没了地扮演小丑吗？要知道，我这样演戏一直是故意的，我想试探试探您。我这样做一直在试探您，看能不能够跟您相处！以我的谦卑置身于您的高傲之下，能不能给我一席容身之地？我要给您发奖状：跟您是可以相处的！现在我要闭上嘴，从此缄默不语。坐到椅子上，一声不吭。彼得·亚历山德罗维奇，现在该您说话了，现在就剩下您这个最主要的人物了……时间不长，就十分钟。"

三、女信徒

紧贴着院墙的外侧加盖了一道木头回廊。回廊旁的台阶下聚集着一大群妇女，约有二十来名村妇。有人告诉她们，长老一定会出来见她们，于是她们就聚集在那里等候。女地主霍赫拉科娃母女也到了回廊上，她俩也在等候长老，不过她俩单独住在给有身份的女施主们预备的客堂里。她们是母女俩，母亲叫霍赫拉科娃太太，是一位阔太太，穿戴一向讲究，还相当年轻，而且容貌姣好，不过面色略显苍白，一双几乎乌黑的眼睛忽闪忽闪的，十分有神。她的芳龄不会超过三十三岁，但她已经守了五年寡。她的一个十四岁的女儿，两腿瘫痪。这个可怜的小姑娘不能走路已经半年光景了，因此她只能斜躺在轮椅上让人推着。她有一张非常漂亮的小脸蛋，因为有病略显清瘦些，但是面孔很活泼。她的眼睛是深色的、大大的，长着长长的睫毛，眼神里似乎闪烁着某种淘气。还在春天母亲就打算带她出国，但是因为整顿庄园一直拖到了夏天，这就去晚了。她俩住在敝县县城已经一星期左右了，她们主要是来办事的，其次才是朝圣，但是三天前，她们已经拜见过一次长老了，现在她俩突然又来了，虽说她们明知道长老几乎根本不可能接见任何人，可她们还是一再央求，让她俩再一次"有幸见一见伟大的神医"。

在等候长老出来时，母亲坐在椅子上，挨着女儿的轮椅，而离她两步远则站着一位年老的修士，他不是本地修道院的，而是从一个非常远的、不很有名的北方修道院里来的。他也希望得到长老的祝福。但是长老在回廊上出现后却先向人群走去。门廊旁的台阶共三级，台阶把低矮的回廊和室外的空地连在了一起。人群开始挤到台阶旁。长老站在最高的一级台阶上，围上圣带[1]，开始给挤到他身边的女人祝福。有人抓住一个疯女人的两只手，把她拽到长老跟前。那疯女人一看见长老，就不知怎的拼命尖叫起来，开始打嗝，浑身哆嗦，就像产妇出现惊厥一样。长老解下圣带，放在她的脑袋上，给她念了几句简短的祷词，那疯女人便立刻安静了下来，不再闹了。不知道现在怎样，反正我小时候在农村和修道院里常常看到和听到这些疯女人在哭闹。把她们领去做祈祷，她们就连声尖叫或者像狗一样狂吠，叫得整个教堂都听得见。但是当拿来了圣餐[2]，把她们领到圣餐跟前后，她们的"疯病"便立刻停止发作了，而且病人在若干时间内一直很安静。当时我还是个孩子，我看到这情形感到很惊讶，也觉得很奇怪。但是当时我听到一些地主，尤其是城里的老师，对我的刨根问底回答道，她们这一切都是假装出来的，目的是为了不干活，只要对她们严加惩处，这病便可以永远根除，而且他们还举了各种各样的笑话来证明他们说的话是有道理的。但是后来我请教了一些医学专家，才惊讶地发现，这里毫无装假的成分，这是一种可怕的妇女病，似乎主要发生在我们俄国，这证明我国农村妇女的悲苦命运，这病是因为妇女难产（再加上分娩不得法，又缺少任何治疗和护理）后得不到休息，又很快去干重活引起的；此外，还由于悲痛欲绝，由于挨打，等等，有些妇女的体质弱，因此受不了，不能像大多

---

1 东正教神职人员围在祭服里面的带子。
2 指神父在教堂里分发给教徒们的面包和葡萄酒（象征基督受难时的肉和血）。

数妇女那样硬挺过去。只要把正在发狂的、拼命挣扎的女人领到圣餐前面，她的病就会奇怪地霍然痊愈，有人对我说这是假装的，更有甚者，还说这是变戏法，就差点没说这是那些"僧侣们"自己玩的戏法，其实，这种霍然痊愈很可能也是极其自然的，带她去领圣餐的乡下妇女，主要是病人自己——她们都完全相信，就像这是确定不移的真理一样，如果把病人带去领圣餐，让病人在圣餐前低下头来，那附在她身上的魔鬼是无论如何受不住的。因此，当病人俯身去领圣餐的那一刹那，于这个神经质的、自然也是心理上有病的女人就常常会发生（也必然会发生）一种似乎整个机体的震撼；这震撼是因为大家期待一定会出现不治而愈的奇迹，而且完全相信这奇迹一定会出现而引起的。而且这奇迹还果真出现了，虽然仅仅只有一分钟。现在的情形亦然，长老刚把圣带放到病人头上，奇迹就出现了。

由于这一分钟的奇效，许多挤到他身边去的女人都流下了感动和狂喜的眼泪；有些人则拼命挤到前面去，哪怕能够亲一亲长老的衣服边也是好的，有些人则泪眼婆娑地齐声赞叹。他给所有的人一一进行了祝福，跟有些人则进行了交谈。那个疯女人他过去就认识了，她来自不远的一个村庄，离修道院总共才六俄里，而且从前他们也曾带她来见过他。

"这里还有远道来的！"他指着一位还根本不算老的女人说道。但这女人面黄肌瘦，倒不是因为被太阳晒黑了，可是看上去却似乎满脸黧黑。她跪着，目光一动不动地注视着长老。她的眼神里似有种迷狂的神态。

"远道来，长老，远道来，离这里三百俄里，远道来，神父，远道来。"那女人拉着长腔说道，不知怎的慢悠悠地左右摇晃着脑袋，并举起一只手，托着腮帮子。她说话的声音似在哭诉。在老百姓中间有一种逆来顺受的无言的悲痛；它深藏不露，哑默无声。但是也有一种撕心裂肺的悲痛：它一旦经由眼泪冲决出来以后，便变成哭诉。这情形在女人身上尤其。但是这并不比无言的悲痛轻些。哭诉在这里给人的排解，只能是使人更痛苦，让人更心碎。这样的悲痛并不希望得到安慰，它使人痛定思痛，无法排解。哭诉仅是一种不断刺激伤痛的需要。

"你没准是做小买卖的吧？"长老好奇地打量着她，继续道。

"我们住城里，神父，住城里，我们是种田人出身，但我们是城里人，住城里。我是来看看你的，神父。听到人家说起你，神父，老听到人家说起你。我刚把不点大的儿子埋了，就出来朝圣了。我去过三座修道院，人家都指点我：'娜斯塔秀什卡，你该到这儿来，就是说来找你，亲爱的，来找您[1]。'于是我就来了，昨天住了一宿，今天就来找您了。"

"你哭什么呢？"

"舍不得我那儿子，神父，他才三岁，差三个月就三岁了[2]。我在为我那儿子痛苦，神父，为我那儿子。就剩下最后一个儿子了，我跟尼基图什卡生了四个孩子，可是我们留不住孩子，留不住啊，我的好人，总是留不住。我埋了头三个孩子，还不十分舍不得，可是埋了这最后一个儿子，对他实在难舍难忘。仿佛他现在就站在我眼前似的，站着不肯走开。让我的心都碎了。看看他的小内衣、小衬衫或者他的小靴子，我就不禁要大哭一场。我把他死后留下的所有东西都摊开来，看着看着就哭开了。我对我男人尼基图什卡说：当家的，让我去朝圣吧。他是赶马车的，我们不穷，神父，我们不穷，我们以赶车为生，自己替自己干活，一切都是自己的，马是自己的，车也是自己的。可现在财产对我们有什么用呢？我那尼基图什卡，

---

1 陀思妥耶夫斯基的作品中常有这种"你"与"您"不统一的情况。恕不一一指出。
2 据作者夫人回忆：他们的儿子阿廖沙死于一八七八年，也是三岁差三个月，作者开始写《卡拉马佐夫兄弟》也是在一八七八年。

我一不在他身边，他就开始酗酒，这是一定的，过去也是这样：只要我稍一转身，他就放松自己。现在我干脆不去想他了。我离开家已经两个多月了。我忘啦，什么都忘啦，也不想记得；现在我跟他在一起有什么意思呢？我跟他算完啦，全完啦，一切都完啦。我现在对自己的家、自己的财产，连看也不想看啦，压根儿什么都不想看啦！"

"听我说，孩子他妈，"长老说道，"有一回，古代的一位大圣徒，在教堂里看见一位跟你一样哭泣的母亲，她也在为她的孩子哭泣，哭她的独生子，这孩子也是被主召回去了。这位圣徒对她说：'你难道不知道吗，这些孩子在上帝的宝座前有多么放肆啊？甚至没一个人在天国里比他们更放肆的了。他们居然对上帝说：主啊，你给了我们生命，我们刚一看见它，你就把它从我们身边收回去了。他们居然放肆到如此地步，硬是软磨硬泡，于是上帝只好立即赐给他们天使的封号。因此，'这圣徒说，'你应该高兴才是，孩子他妈，不要啼哭，因为你的孩子现在正在主的身旁，并且忝居神的天使之列。'这就是古时一位圣徒对一位哭泣的女人说的话。他是一位大圣徒，绝不会对她说瞎话的。因此，你这做母亲的也应该知道，你的孩子现在也一定站在主的宝座前，喜笑颜开，并且在替你祷告上帝。因此你不要啼哭，应该高兴才是。"

那女人低下脑袋，一手托腮，听着他说话。她发出一声长叹。

"尼基图什卡也说过这话，他也这样安慰我，跟你说的一模一样，他说：'你真糊涂，哭什么呀，咱们的儿子现在一定在上帝身边跟天使们一起唱赞美诗呢。'他对我说这话时自己也哭了，我看到他跟我一样在哭，我说：'尼基图什卡，我也知道，他不在上帝身边又能在哪儿呢，不过，尼基图什卡，他现在不在这里，不跟我们在一起，不在我们身边，不像过去那样坐在我们身边呀！'哪怕就让我再看他一眼呢，就让我再看他一眼也好呀，我一定不走近，一定一声不吭，我可以躲在角落里，只要让我看一分钟就行，听听他说话，看看他怎样在院子里玩耍，像往常那样走过来奶声奶气地叫我：'妈妈，你在哪儿？'只要让我听听他怎样迈着小腿儿在房间里跑过去，就一次，总共就听一次，他怎样迈着小腿儿，嗵嗵嗵，我记得，他过去常常，常常向我跑来，又笑又叫，我只要听到他的小脚的走路声，我一听到，就能听出来！但是他不在啦，神父，不在啦，我再也听不到他的声音啦！瞧，这是他的小腰带，可是他却不在啦，现在我再也看不到他，听不到他的声音啦！……"

她从怀里掏出一条她那孩子用过的用金银绦带编织的小腰带，才看了一眼，就浑身哆嗦地啕大哭，用手捂着自己的眼睛，眼泪夺眶而出，像小溪似的透过指缝流了出来。

长老说："这便是，这便是古代的'拉结哭她儿女不肯受安慰，因为他们都不在了'[1]，你们这些做母亲的在人世的命运就注定是这样。你不肯受安慰，你也不要受安慰，那你就伤心痛哭吧，不过你每次哭的时候一定要想想，你的儿子是神的一名天使，他正从那里看着你，而且看见了你，他看到你的眼泪觉得很有趣，还让上帝看你的眼泪。你还将长时间地哭泣，这将是伟大的慈母之泪，但是这哭泣终将变成平静的快乐，[2]你的痛苦之泪终将变成仅仅是平静的感动之泪和使人从罪孽中获救的净化心灵之泪。我一定为你孩子的亡魂祈祷安息，他叫什么名字呀？"

"叫阿列克谢，神父。"

"这名字很好。是照神痴[3]阿列克谢取的名字。"

---

1 见《旧约·耶利米书》第三十一章第十五节。《新约·马太福音》第二章第十八节也引用过同样的话。

2 参看《旧约·耶利米书》第三十一章第十三节："我要使他们的悲哀变为欢喜，并要安慰他们，使他们的愁烦转为快乐。"同时，请参看《新约·约翰福音》第十六章第二十节："你们将要忧愁，然而你们的忧愁要变为喜乐。"

3 指形似疯癫，却能预知未来的先知。

"是照神痴，神父，是照神痴阿列克谢取的名字。"

"多好的圣徒呀！我一定为孩子祈祷安息，孩子他妈，一定为他祈祷安息，在祷告词中我还要提到你的悲痛，还要为你丈夫的健康祈祷。不过你撇下他是罪过的。快回到你丈夫身边去，好好照料他。你的孩子在天上看到你抛弃了他的父亲，他会哭的，哭你俩的；你干吗要破坏他的无上幸福呢？要知道，他还活着，活着，因为灵魂是永生的，他虽然不在家里，但是他冥冥之中就在你们身旁。你既然说你恨自己的家，他怎么还能回这个家呢？既然他回来也找不到你们，找不到父母俩在一起，他又能去谁家呢？现在你常常梦见他，你感到痛苦，以后他就会给你送来一些温馨的梦。回到丈夫身边去吧，孩子他妈，今天就回去吧。"

"我这就回去，亲人，我听你的话，这就回去。你把我的心算摸透了。尼基图什卡，我的尼基图什卡，你在等我，亲爱的，你会等我的！"这女人又要开始哭诉了，但是长老已转身跟一位老太太说起了话。这老太太的穿戴不像是来朝圣的，而是一副城里人的打扮。从她的眼神看得出来，她有什么事，她是来告诉他某件事的。她自称是一位军士的遗孀，从不远的地方来，充其量从敝县县城吧。她有个儿子，名叫瓦先卡，在某地的军需部门当差，现在到西伯利亚的伊尔库茨克去了。他从那里来过两封信，现在已经有整整一年不来信了。她到处打听，但是说实在的，她也不知道上哪儿打听好。

"前些日子，有位有钱的商人太太，名叫斯捷潘尼达·伊利伊尼什娜·别德里亚金娜，她对我说：普罗霍罗芙娜，你赶紧把你儿子的名字写到追荐亡魂的帖子里，拿到教堂去，做亡魂祈祷。她说，他的灵魂一听就会烦，就会给你写信。斯捷潘尼达·伊利伊尼什娜说：这法子可灵了，百试百中。不过我怀疑……我们的好长老，这话是真的呢，还是假的，这样做好吗？"

"快别这样想。问这话都可耻。这怎么可能呢：给一个活人追荐亡魂，而且还是他亲生母亲这么干的！这是很大的罪过，简直同妖术一样，只是因为你无知才能得到饶恕。你还是求求救苦救难、有求必应的圣母娘娘吧，求她保佑你儿子身体健康，求她饶恕你的歪门邪道。我还有句话要告诉你，普罗霍罗芙娜：令郎若不是很快就会回到你身边，也会很快给你写信的。你要记住这点。快回去吧，而且从今往后要安心等候。实话告诉你吧，令郎活着。"

"亲爱的长老，愿上帝褒奖你，你是我们的恩人，你替我们大家祈祷，替我们的罪孽祈祷……"

可是长老已经注意到人群中有一名衰弱已极，看上去患了痨病，但还很年轻的农妇向他急切地投来一瞥热烈的目光。她默默地望着，眼睛似乎在央求什么，但是她又好像怕走到他跟前来。

"你有什么事，亲爱的？"

"亲人啊，请你解救解救我的灵魂吧！"她不慌不忙地低声道，说罢便双膝下跪，向他磕了个头。"我犯了罪，亲爱的神父，我害怕我犯下的罪孽。"

长老坐到最下面一级台阶上，那女人匍匐着爬到他的身边，依然长跪不起。

"我守寡已经两年多了，"她开始声音很低地说道，似乎在瑟瑟发抖，"出嫁后的日子难熬啊，他是个老头，把我毒打了一顿。他有病，躺在床上；我想，我去看看他：如果他的病好了，又能够下床了，咋办？当时有个邪念钻进了我的脑海……"

"等等，"长老说，把自己的耳朵贴近她的嘴唇。那女人便用很低的声音继续说下去，所以几乎一点也听不清。她很快就说完了。

"两年多了？"长老问。

"两年多了。我起初不以为意，可现在开始闹病了，越想越后怕。"

"从远处来？"

"离这儿五百俄里。"

"忏悔的时候说过吗？"

"说过，说了两次。"

"让你领圣餐了吗？"

"让倒是让了。但是我怕；怕死。"

"什么也不要怕，永远也不要怕，也不要发愁。只要你痛悔前非，上帝会饶恕一切的。人世间没有一件，也不可能有一件罪孽是主不能饶恕的，只要这人真诚悔过。一个人也根本不可能罪孽深重到他再也得不到上帝的无边的爱。难道还能有什么凌驾于上帝的爱之上的罪孽吗？你要一心一意地痛悔前非，不断地痛定思痛，把害怕一扫而空。要相信上帝是爱你的，爱你超过了你的想象，哪怕你有罪，哪怕你罪孽深重，他也爱你。天上对一个悔罪的人比对十个义人的欢喜还大，这话在《圣经》上早就说过。[1]去吧，别害怕。不要为人们的闲言碎语难过，也不要因自己受人欺负而生气。要在心中饶恕死者曾经用以侮辱过你的一切，要真心诚意地跟他言归于好。你能悔罪，你就能爱。你能爱，那你就是上帝的人……爱可以弥补一切，爱可以拯救一切。就说我吧，跟你一样，我也是罪人，连我都对你产生了恻隐之心，连我都可怜起你来了，更不用说上帝啦。爱是无价之宝，用爱能买到整个世界，不仅能替你赎罪，也能弥补别人的罪孽。回去吧，不要害怕。"

他给她画了三次十字，并从自己脖子上摘下了圣像，戴在她的脖子上。她默默地向他磕了个头。他站起身来，快活地望了望一名抱着吃奶的孩子的身强力壮的村妇。

"我从高山村来，亲爱的。"

"不过，离这里有六俄里呀，抱着孩子，累坏了吧？你有什么事？"

---

1 参见《路加福音》第十五章第七节："我告诉你们：一个罪人悔改，在天上也要这样为他欢喜，较比为九十九个不用悔改的义人，欢喜更大。"

"我来看看你。我常常到你这里来，难道你忘了？连我都被你忘了，可见你记性不大好呀。我们那里的人说你有病，我想，倒不如我去亲眼看看他：这不看见你了，你哪有病呀？还能活二十年，真的，上帝保佑你！替你祷告的人还少吗，你哪会闹病呀？"

"谢谢你，亲爱的，谢谢你所说和所做的一切。"

"我顺便对你还有个小小的请求：瞧，这里有六十戈比，亲爱的，请你交给一个比我还穷的穷女人。我动身到这儿来的时候就想：还不如通过他转交好，他知道该给谁。"

"谢谢你，亲爱的，谢谢，好心的人。我喜欢你。我一定照办。你抱的是个小女孩吗？"

"是的，长老，她叫利扎韦塔。"

"愿主祝福你们母女俩，祝福你和你的小宝宝利扎韦塔。你让我的心快活极了，孩子她妈。再见了，诸位亲爱的人，再见了，诸位可亲可近的人。"他给大家一一进行了祝福，然后向大家深深一鞠躬。

四、一位信仰不坚的太太

那位从外地来的地主太太望着长老跟普通老百姓交谈和给她们祝福的整个场面，悄悄地流着眼泪，用手帕擦着泪。这是一位多愁善感的上流社会的太太，她的好恶在许多方面都是真诚而又善良的。当长老最后走到她身边时，她非常热诚地向他问了好：

"我瞧着这整个感人的场面，真是百感交集……"她激动得没把话说完。"噢，我知道老百姓爱你，我自己也爱老百姓，也愿意爱他们，又怎能不爱老百姓呢，又怎能不爱我们这些非常好、既伟大又淳朴的俄国老百姓呢！”

"令爱的身体怎样？您还想跟我谈谈吗？”

"噢，我坚决请求，我恳求，我愿意跪在您窗前，哪怕连跪三天三夜，直到您让我进去。我们来找您，伟大的神医，是为了向您表示我们十二万分的欢喜和感激之情，要知道，您把我的丽莎的病治好啦，完全治好啦，用什么治好的呢？星期四您替她做了祷告，把您的手按在她头上。我们急着赶来亲吻这双手，想一吐我们由衷的钦佩和感激之情！”

"怎么就治好了呢？她不是还躺在轮椅上吗？”

"但是夜里完全不发烧了，已经两昼夜啦，从星期四那天起。"太太神经质地急忙说道。"这还不算：她的两条腿也有劲了。今天早上她起床时身体很好，她睡了一整夜，您瞧她红扑扑的脸蛋，瞧她那闪闪发亮的眼睛。从前老哭，现在老笑，活泼而又快乐。今天她硬要我让她站会儿，结果她自己站了足足一分钟，谁也没扶着她。她跟我打赌，再过两星期她就能跳卡德里尔舞了。我把这里的赫尔岑什图勃大夫请来了，他耸耸肩膀说：我感到惊奇，简直匪夷所思。可您居然要我们不来打搅您，我们能不飞到这里来向您千恩万谢吗？Lise[1]，快谢呀，谢呀！”

Lise笑吟吟的小脸蛋忽然变得严肃起来，她在轮椅上尽量地微微起身，她两眼望着长老，在他面前十指交叉，合十当胸，但是她忍不住，扑哧一声笑了出来……

"我这是笑他，笑他！"她指着阿廖沙说，她孩子气地对自己很恼火，她恨自己居然忍不住扑哧一声笑了出来。如果有人看看站在长老身后仅一步之距的阿廖沙，就会发现他的脸刷地一下红了，而且红晕霎时布满两颊。他的眼睛忽闪了一下，又低垂了下去。

---

1 法语：丽莎。

“阿列克谢·费奥多罗维奇，有人托她办件事，她有话跟您说……您身体好吗？”妈妈突然向阿廖沙转过身来继续道，她边说边把她那戴着很漂亮的手套的手伸给他。长老回过头来，忽地仔仔细细地看了看阿廖沙。阿廖沙走近丽莎，有点异样和尴尬地笑了笑，向她伸出手来。Lise摆出一副俨乎其然的模样。

“卡捷琳娜·伊万诺芙娜让我把这封信交给您。”她递给他一个小小的信封。“她再三叮嘱，请您抽空到她那里去一趟，要快，不许骗人，一定要去。”

“她请我去？请我去看她……干吗呀？”阿廖沙非常惊讶地喃喃道。他突然变得心事重重起来。

“噢，这都是因为德米特里·费奥多罗维奇的缘故，还有……最近发生的这一连串事。”妈妈急忙解释道。“卡捷琳娜·伊万诺芙娜现在拿定了主意……但是这样做，她一定要先见见您……干什么？我当然不知道，但是她请您尽快去。您一定会照办的，甚至您身为基督徒也必须这样做。”

“我总共才跟她见过一面呀。”阿廖沙仍旧莫名其妙地继续道。

“噢，这是一个非常高尚而且无与伦比的人！……就凭她受的这痛苦……您想想，她吃了多少苦，现在她又在经受怎样的痛苦啊，您想想，等待着她的又将是什么……这一切真可怕，太可怕啦！”

“好，我一定去。”阿廖沙匆匆瞥了一眼谜一般的短信后，决定道。这信除了请他务必前去以外，没有任何说明。

“啊，您能这样做就太好啦，太棒啦。”Lise忽地笑逐颜开地叫起来。“可我还对妈妈说哩：他肯定不会去的，他正在修炼哩。您是一个多么好，多么好的好人呀！要知道，我一直在想，您是一个很好的人，现在能亲口告诉您这话，我很高兴！”

“Lise！”妈妈嗔怪地说，然而又立刻微微一笑。

“您把我们也忘啦，阿列克谢·费奥多罗维奇，您根本不肯到舍下去；可是Lise都对我说过两回了：只有跟您在一起，她才感到心情好。"阿廖沙抬起低垂的眼睛，蓦地脸又红了，又忽地粲然一笑，自己也不知道笑什么。然而长老已经不再观察他了。他正在同一个外地来的修士说话，这修士，我们已经说过了，也就是站在Lise轮椅旁等候长老出来的那个修士。这人显然是个极普通的修士，也就是说，职务低微，具有狭隘而又牢不可破的世界观，但信仰坚定，从某方面说甚至很固执。他自称从遥远的北方来，来自奥布多尔斯克[1]的圣谢利韦斯特尔，这是一座总共只有九名修士的穷修道院。长老给他祝了福，并邀请他在他方便的时候到他的修道室去随便谈谈。

"您怎么能做到这样的事？"那修士突然问，威严而又庄重地指着Lise。他指的是长老居然"治愈"了她的病。

"说这话当然还嫌过早。病情减轻还不算是痊愈，也可能因为别的原因。但是，如果多少有点效果的话，那也是上帝的旨意，而不是任何人的力量能够办到的。一切都是由于上帝。请来舍下小坐，神父，"他向那修士又加了一句，"因为我不能随时出来：我有病，我知道我剩下的日子不多了。"

"噢，不，不，上帝不会把您从我们手里夺走的，您一定会长命百岁的。"那个妈妈叫道。"再说您会生什么病呢？您的样子是这么健康、快活和幸福。"

"我今天感到身体特别好，但是我也知道，这不过是转瞬即逝的事。现在，我对自己的病心中还是有数的。如果说，您觉得我的样子非常快活，那么再没什么比您说这话更使我高兴的了。因为人活着就为了幸福，谁感到非常幸福，谁就有资格对自己说：'我在人间履行了上帝的约言。'所有虔诚信仰上帝的人，所有的圣徒，所有神圣的苦修者，全是幸福的。"

---

1 奥布多尔斯克现改名萨列哈尔德，属雅马尔涅茨民族自治州，地处北极圈。

"噢，您说得多好呀，这是一些多么大胆而又崇高的话呀！"那个妈妈叫道。"您一开口就好像说到我的心坎里去了。不过话又说回来，幸福，幸福，幸福在哪里呢？谁又能说自己幸福呢？噢，既然您这么大发慈悲，让我们今天能够再一次见到您，那就请您听我说完上次没有说完的话吧，让我把上次不敢说，长久，长久以来我感到痛苦的一切都说出来吧！我痛苦，请恕我直言，我感到痛苦……"她说时似乎很激动，很急切，她在他面前十指交叉，合十当胸[1]。

"您最痛苦的是什么呢？"

"我最痛苦的是……缺乏信仰……"

"不信仰上帝？"

"噢，不，不，这，我连想也不敢想，但是死后的生命[2]——这是一个解不开的谜啊！没有一个人能解开这个谜！我说，您是神医，您熟知人的心灵；当然，我不敢奢望您会完全相信我，但是我敢向您最庄重地保证，我现在绝非见识肤浅，瞎说一气，这个关于死后的未来生命，使我十分不安和痛苦，既恐怖又害怕……我不知道该去问谁，我一辈子都不敢问这个问题……因此我现在斗胆向您请教……噢，上帝呀，现在您会把我当作什么人呢！"她举起两手一拍。

"您甭担心我的意见，"长老回答，"我完全相信您的烦恼是真的。"

"噢，我对您不胜感激！您瞧：我闭上眼睛，在想，如果大家都信仰上帝，那这信仰是从哪里来的呢？现在又有人说，这一切起先都来自对自然界各种可怕现象的恐惧，其实这一切都是不存在的。那怎么办呢，我想，我一辈子都相信上帝，一旦死了，忽然什么也没有了，只有'坟上长出了牛蒡草'，就像我从一位作家的书里看

---

1 十指交叉，合十当胸是基督教徒祈祷的姿势。
2 原文为"未来的生命"，有人译为"来世"，均不妥。因为基督教并无轮回转世之说，只有"灵魂不死"，人死后或上天堂，或下地狱的说法。

到的那样。[1]这太可怕了！用什么，用什么办法才能恢复信仰呢？话又说回来，我相信上帝也只是在很小很小的时候，机械地相信，什么也不想……到底用什么，用什么才能证明这事呢，我现在跑来拜倒在您面前，向您求教这个问题。要知道，如果我错过这机会，那一辈子也不会有人回答我的问题了。到底用什么来证明，用什么才能使我深信不疑呢？噢，我多么不幸啊！我站在这里，看着周围，所有的人都无所谓，几乎所有的人，现在谁也不关心这问题，只有我一个人，我一个人又受不了这痛苦。这简直要我的命，要我的命啊！"

"无疑，这是个要命的问题。但是这问题是无法证明的，只能坚信。"

"怎么坚信？用什么来坚信呢？"

"用积极的爱的经验。您要努力，去积极地、不倦地爱您周围的人。您在爱中取得足够大的成绩，您就会随即逐渐确信上帝的存在和您的灵魂的不死。如果您能在对他人的爱中做到完全忘我和克己，那时候您就会坚信不疑，甚至任何怀疑都进不了您的心灵。这是屡试不爽的，这是确凿无疑的。"

"积极的爱？但是问题又来了，而且是这样一个问题，这样一个问题啊！您瞧，我非常爱人，您相信吗，有时候我真想撇下一切，撇下我所有的一切，撇下 Lise，去当仁慈小姐[2]。我闭上眼睛，琢磨呀，幻想呀，在这样的时刻，我真感觉到自己身上有一种遏制不住的力量。任何伤口，任何溃烂的脓疮都不能把我吓退。我一定要亲手替他们包扎和清洗，我一定要做那些伤员的看护妇，我情愿去亲吻这些脓疮……"

"您脑子里不是想别的，而是在幻想这些问题，那就不错，那就很好嘛。说不定，碰巧了，会当真作出一件好事来的。"

---

1 指屠格涅夫的《父与子》第二十一章中巴扎罗夫说的话。
2 指护士。

"是啊，但是过这样的生活我又能坚持多久呢？"这位太太热烈地，几乎有点迷狂地继续道。"这才是最最主要的问题！也是我感到最最痛苦的问题。我闭上眼睛，扪心自问：我走这条路能长久坚持下去吗？假如一个病人，你常常给他洗脓疮，他非但不立刻对你表示感谢，反而对你横挑鼻子竖挑眼，不珍视，甚至对你仁爱的服务熟视无睹，冲你嚷嚷，对你提出无理的要求，甚至还向某位上司告你的状（就像在有些重伤员那里常常发生这种事那样）——那时候该怎么办呢？你的爱还能不能够坚持下去呢？就这样，您瞧，这事我已经不寒而栗地决定了：如果有什么东西能使我对人类的'积极'的爱立刻冷却的话，那，唯有忘恩负义。一句话，我做事需要报答，我要立刻得到报答，即对自己的夸奖和用爱来答谢爱。否则我没法爱任何人！"

她处在一种突然爆发的真诚的自我谴责之中，她说完这席话后，就以一种类似挑战般的果断眼神望了望长老。

"有位大夫也跟我说过同样的话，不过这已是好久以前的事了。"长老说。"这人已经上了年纪，而且无可争辩地是个聪明人。他跟您一样说得很坦率，虽然用的是开玩笑的口吻，不过这玩笑令人心酸；他说，我爱人类，但是我对自己感到奇怪：我越是爱整个人类，就越不爱个别的人，即彼此分开的、单独的人。他说，我在幻想中常常非常热切地想为人类服务，为了人，我会当真走上十字架也说不定，如果鬼使神差，突然之间有这个需要的话，可是我凭经验知道，如果我跟任何人同住一个房间，连两天也住不下去。只要他离我稍微近一点，他这人就会压迫我的自尊心，束缚我的自由。一昼夜内我甚至会对一个最好的人产生恨：恨这个人是因为他吃饭慢，恨那个人是因为他得了感冒，老擤鼻涕。他说，只要有人稍稍碰我一下，我就会成为这人的仇敌。然而又常常会发生这样的事：我越是恨个别的人，我对整个人类的爱就变得越强烈。"

"但是有什么法子呢？遇到这样的情形又该怎么办呢？这不是让人进退两难吗？"

"不，您为此而感到难过，也就够了。去做您能够做到的事，也就算尽了您的本分了。您已经做了许多事，因为您能如此深刻和真诚地反省自己了！假如您现在如此真诚地跟我说话，仅仅是为了让我能够夸奖您诚实，那您在积极的爱的功德簿上定将一无所获；于是一切就只能永远停留在您的幻想中，您的整个一生也将像幻影一样一闪而过。这样，自然，您也就忘记了您死后的生命，最后您也就浑浑噩噩地心安理得起来了。"

"我算服您了！直到现在（也就是在您说这番话的那一瞬间）我才明白，当我对您说我最受不了人家忘恩负义的时候，我的确只是在等待您夸奖我诚实。您揭露了我的真面目，您抓住了我的要害，您让我认识了我自己！"

"您说的是心里话吗？嗯，现在，在您作了这样的坦白之后，我相信您是真诚的。而且您的心也是好的。即使您得不到幸福，也要永远记住，您这样做走的是正路，千万不要离开这条路。最要紧的是不要说谎，别说任何假话，尤其不要自欺欺人。要留神观察自己自欺欺人的行为，要每时每刻都留意它。还有，对人对己不要求全责备：您觉得自己内心有可憎的东西，只要您注意到了，就等于把它洗净了。也不要害怕，其实，害怕不过是您因自欺欺人而产生的后果罢了。永远不要害怕在达到爱的历程中您自己表现出的畏缩不前，同时也不必太畏惧您这样做的时候难免会出现不良行为。遗憾的是，我对您说不出任何足以使您感到欣慰的话，因为积极的爱与幻想的爱相比是一件对自己严酷无情和令人望而却步的事。幻想的爱总是渴望大功很快告成，迅速得到回报，让大家都能看到。这事有时甚至会发展到这样的地步，哪怕豁出命去，但求不要没完没了地连续干下去，只希望尽快大功告成，就像在舞台上演戏一样，让大家都看得见，而且连声喝彩。而积极的爱，乃是一件持之以恒的工作，对于有些人这也许是门大学问。我敢对您预言，甚至在这样的时刻，当您惊骇地发现，不管您怎样努力，您不仅达不到目的，甚至好像离您要达到的目标更远了——就在这样的时刻，我敢对您预言，您会突然感到柳暗花明，达到了目的，清楚地看到君临您之上的主创造奇迹的力量；你会清楚地看到，主一直在爱你，主一直在冥冥中指导你。请原谅，我不能花更多的时间跟您待在一起了，别人还在等我。再见。"

那位太太哭了。

"Lise，Lise，请您给她祝福一下吧，给她祝福一下吧！"她忽地全身抖动了一下，忙乱地说道。

"而她是不值得爱的。我瞅见她一直在淘气。"长老开玩笑地说。"您干吗老取笑阿列克谢呢？"

Lise的确一直在玩这把戏。她早就发现，打上次起她就发现，阿廖沙见了她就害羞，极力不看她，这使她感到十分好玩。她集中注意力等着，捕捉着他的目光。阿廖沙禁不住她那紧盯着的目光，有时会偶尔身不由己地（好像被一种无法抗拒的力量所吸引）抬起头来看她一眼，她见状便立刻直视着他的眼睛，胜利地笑了。阿廖沙羞红了脸，更恼了。最后他索性背过脸去，躲到长老背后。过了几分钟，他被那同样无法抗拒的力量所吸引，又回过头来，想看看她是否还在紧盯着他，但是他看到，Lise几乎全身探出轮椅，从侧面紧盯着看他，而且在使劲儿等他回过头来；她逮住他的目光后就哈哈大笑起来，笑得连长老都忍俊不禁地说：

"小淘气儿，您干吗净逗他呢？"

Lise突然，完全出人意料地脸红了，她的眼睛忽闪了一下，脸变得异常严肃，接着便以一种热烈而又愤懑的嗔怪，既快而又神经质地说道：

"为什么他把说过的话全忘了呢？他抱过我，那时候我还小，我们常在一起玩。他还常常到我们家教我读书，您知道这事吗？两年前，他跟我们告别的时候还说，他永远不会忘记我们，我们永远是朋友，现在直至永远！可现在他突然怕起我来了，难道我会把他给吃了？他为什么不肯过来跟我打招呼呢，他为什么不说话？为什么他不肯到我们家来看我？难道是您不让他来的吗？我们知道得可清楚了，他哪儿都去。我不好意思叫他，如果他没有忘记，就该头一个想到来看我。他才不呢，现在他在修道啦！您干吗让他穿上这么一件长长的修士服[1]……一跑，准摔……"

她憋不住，突然用一只手捂住脸，大笑起来，笑得前仰后合，发出一种又长又神经质的、无声的笑，笑得直不起腰来。长老微笑着听完她的诉说，慈祥地祝福了她；当她开始亲吻他的手时，她忽地把他的手掌贴在自己眼睛上，呜呜咽咽地哭了起来：

"您别生我的气，我是个傻丫头，不值得人家垂青……也许，阿廖沙是对的，他不肯来看我这么一个可笑的丫头片子，做得很对。"

"我一定让他来。"长老断然道。

五、阿门，阿门![2]

长老离开修道室的时间大约有二十五分钟。已经是十二点半了，可是德米特里·费奥多罗维奇（大家都是因为他才来的）却仍

---

1 指东正教修士穿的窄腰、肥袖的黑色修道服。
2 原文是教会斯拉夫语（Буди，Буди！），即希伯来语的"阿门（基督教祷词的结束语）"，意为"诚心所愿！"

旧没有来。但是大家也似乎差点把他给忘了，当长老又重新跨进修道室的时候，正碰到自己的客人在进行十分热烈的交谈。谈得最起劲的是伊万·费奥多罗维奇和那两位修士司祭。米乌索夫显然也很热烈地加入了谈话，但是这回他又不走运，他明显处于次要地位，大家甚至不大答理他，所以这一新情况只是更加剧了他郁积于心的怒火。问题是，他先前已经跟伊万·费奥多罗维奇在知识方面稍稍地交过几次锋了，因此对人家有点不把他放在眼里，不能不心存芥蒂："起码，到今天为止，我一直站在欧洲进步思潮的高峰，可是这新的一代居然不把我们放在眼里。"他私下琢磨。费奥多尔·帕夫洛维奇曾经保证要正襟危坐，缄默不语，他也的确沉默了若干时候，但是却面露嘲笑地注视着自己的邻座彼得·亚历山德罗维奇，看到他气不打一处来，显然很高兴。他早就想报复他，让他知道他的厉害，现在当然不肯错过机会。最后终于按捺不住，他靠向这位邻座的肩膀，再一次小声地逗他：

"方才，在'亲切地吻罢手'之后，您为什么不走，居然屈尊留在这么一群不体面的人中间呢？因为您感到您是被侮辱和被损害的人，因此想留下来显示一下自己的聪明，以示报复。所以，现在，在您没有显示自己的聪明才智以前，您是不会走的。"

"您又来了是不是？相反，我这就走。"

"肯定您走得最晚！"费奥多尔·帕夫洛维奇又刺一刺他。这几乎就发生在长老回来的同时。

争论暂告平息，但是，长老在原先的位置上坐定后，便抬起头来看了大家一眼，似乎很客气地请他们继续谈下去。阿廖沙对他的几乎任何面部表情都很熟稔，他清楚地看到他已经很累了，现在只是勉为其难，强打精神。他的病发展到最近，由于体力过度消耗常出现昏厥。与昏厥前几乎差不多的那种苍白现在又遍布他的整个脸部，他的嘴唇也发白了。但是他显然不想搅散这次聚会；他似乎另有自己的打算——到底是什么打算呢？阿廖沙仔细地注视着他的一举一动。

"我们正在谈论这位先生的一篇颇有意思的文章。"掌管藏经楼的修士司祭约瑟指着伊万·费奥多罗维奇对长老说。"他提出了许多新观点，不过，他的想法似乎介乎二者之间。是关于宗教社会法庭及其权限范围的问题，有位神职人员曾就这个问题写过一大本书，于是这位先生就在杂志上发表了一篇文章作答……"

"遗憾的是，阁下的大作在下尚未拜读，但是我听说了。"长老回答，目光锐利地注视着伊万·费奥多罗维奇。

"这位先生的观点是非常有意思的，"那位掌管藏经楼的神父继续道，"在关于宗教社会法庭的问题上，他显然完全反对教会应与国家分离。"

"这倒颇有意思，但就哪方面说呢？"长老问伊万·费奥多罗维奇。

他终于向长老作了回答，但不是既倨傲又恭敬，像阿廖沙还在头天所担心的那样，而是既谦虚又稳重，也显得很客气，看来没有丝毫不可告人的用心。

"我立论的出发点是，把两种要素，即把教会和国家各自独立的本质混合在一起，这种做法当然还将长期存在下去，尽管这是不可能的，永远不可能使它处于一种正常状态，甚至多少是谐和的状态，因为这在骨子里就是一种虚伪。依我看，国家和教会要在诸如司法这类问题上妥协，就其彻底而又纯粹的本质说，是不可能的。我给予反驳的那位神职人员断言，教会在国家中具有明确的、一定的地位。[1] 我则反驳他，恰好相反，教会理应在自身中包含整个国家，而不应仅仅在国家中占有一席之地，即使现在由于种种原因办不到，

---

[1] 这位神职人员的原型是一位名叫戈尔恰科夫的彼得堡大学教授，他企图调和当时在司法问题上存在的"国家派"和"教会派"的矛盾。他的本意是同情"教会派"，但他又说，必须使教会的意愿符合现有的国家法，因而无形中又站到"国家派"的立场上去了。

但是就事物本质而言，它无疑应当成为基督教社会进一步发展的直接的和最主要的目标。"

"完全正确！"派西神父这位一向沉默寡言而又十分博学的修士司祭坚定而又十分激动地说道。

"这纯粹是教皇至上主义！"米乌索夫叫道，不耐烦地把架起来的二郎腿倒了个个儿。

"唉，我国连山也没有！[1]"约瑟神父叫道，接着又对长老说，"这位先生还回答了自己的论敌——那位神职人员的如下一些'主要的和基本的'观点，请注意：第一，'任何一个社会团体不能够也不应该攫取权力，来擅自支配其成员的各种民事和政治权利'。第二，'刑事和民事诉讼权不应归教会所有，因为这与教会的本质不相容，教会是神的机构，是人们为了宗教的目的而组成的团体'。最后，第三，'教会是不属这世界的国'……"

"一位神职人员做这样的文字游戏，也太有失体统了！"派西神父忍不住又打断了他的话。"我看过您加以批驳的那本书，"他对伊万·费奥多罗维奇说，"一个神职人员居然会说出'教会是不属这世界的国'这样的话来，令我吃惊。既然不属这世界，那就是说，人世间根本就不应该存在教会。《福音书》里的那句话'不属这世界'，在这里用得不对[2]。做这样的文字游戏是不能容忍的。主耶稣基督降临人世就是为了在人世间建立教会。天国当然不属这世界，而是在天上，但是要登上天国必须经由创设和建立在地上的教会，舍此别无他途。因此世俗的双关语用在这意义上是欠妥的，也是不应该的。

1 这是双关语。教皇至上主义源出拉丁语，字面的意思是"在山那一边"，这山指意大利的阿尔卑斯山。教皇至上主义产生于十五世纪，是天主教的一个流派，主张教会完全服从教皇，教皇有权干涉任何一国的事务。一八七〇年梵蒂冈会议上，教皇至上主义者还通过一个教条：在信仰问题上，教皇的话绝对正确。
2 指《约翰福音》第十八章第三十六节耶稣说过的话："我的国不属这世界。我的国若属这世界，我的臣仆必要争战，使我不至于被交给犹太人。只是我的国不属这世界。"

教会乃是真正的国,它定将统治天下,而且发展到最后,它无疑将成为普天下的国——我们对此已立下宏愿……[1]"

他说到这里突然打住了,似乎言犹未尽。伊万·费奥多罗维奇一直在洗耳恭听,他听完后才异常平静地,跟方才一样既十分乐意又非常朴实地对长老继续说道:

"拙文的整个想法是这样的:在古代,在基督教存在的最初三个世纪里,人间的基督教仅仅是教会,也只有教会。后来,罗马这个多神教国家想要成为基督教国家,因此就必然发生这样的情形:它宣布基督教为国教后,仅仅把教会纳入自身之中,而它自己在许多方面仍一如既往是个多神教国家。[2] 其实,也必然会出现这种情况。但罗马作为一个国家也就保留了许多原本属于多神教的文明和智慧,诸如,甚至包括关于成立国家的目的本身和它的基础的理论。而基督的教会即使加入国家之中,无疑,也决不能对自己的基础有丝毫让步,也决不能从自己所站立的基石上有一分一毫的后退,而只能一往无前,追求自己的目的,也就是由主自己确立并指示给教会的那个目的,我要顺便指出:这就是把全世界,因此也应包括把古代的这整个多神教国家,变成一个教会。因此(即作为未来的目标),不是教会作为'一个普通的社会团体'或者'人们为了宗教目的而组成的团体'(就像我反驳的那位作者谈到教会时所说的那样),应在国家中觅得一定的位置,而是相反,任何人间的国家最终都应完全变成一个教会,而且只能变成教会,而不能变成任何别的东西,不许有任何与教会的目的不相容的自己的目的。这一切绝不会贬低它作为一个伟大国家的价值,绝不会损害它的荣誉和光荣,也绝不

---

1 请参看《旧约·但以理书》第二章第四十四节:"神必另立一国,永不败坏,也不归别国的人,却要打碎灭绝那一切国,这国必存到永远。"
2 罗马帝国在四世纪初宣布基督教为国教,将教会与国家政权合为一体。在第一次(尼西亚)普世会议(三二五年)上,罗马皇帝被公认为教会的首脑,是基督在人间的代表。

会有损于它的统治者的荣誉，而只会使它离开虚伪的，而且还是邪教的错误道路，而使它走上真正的正确道路，能够通向永恒的目标的唯一道路。假如，《论宗教社会法庭原理》一书的作者，在探索和提出这些原理时，把这些原理仅仅看作是在我们这个罪恶的、尚未彻底完成目标的时代的暂时的、必要的妥协，而没有更多的内容的话，那么他这样说还是有道理的。但是只要这些原理的炮制者胆敢声称他现在所提出的这些原理（其中的部分原理约瑟神父刚才已经逐一列举了），乃是一些不可动摇的、顺乎自然而又永垂千古的原理的话，那就是直接反对教会，反对教会神圣而又永恒的、不可动摇的使命。这就是拙文的全部概要。"

"用两句话来概括，"派西神父又有板有眼地说道，"根据我们十九世纪已经十分明朗化的某些理论，教会应逐渐蜕化为国家，就像事物由低级逐渐演化为高级一样，然后消失于国家之中，让位于科学、时代精神和文明。如果它不愿意而且反抗这样做的话，那就只能在国家之中分给它一个似乎小小的角落，而且还必须处于人们的监督之下——这在当代，在当代欧洲各国已随处可见。按照我们俄国人的理解和期望，不是教会由低级到高级蜕化成国家，而是相反，国家有福了，最终将变成教会，而不是进而变成任何别的东西。这乃是我诚心所愿，阿门，阿门！"

"哎呀，不瞒你们说，你们刚才说的话使我多少受到了一点鼓舞。"米乌索夫冷笑道，他又换了换脚，跷起了二郎腿。"就我所能理解的，这似乎要实现某种理想，一种无限遥远、基督二次降临人世[1]时的理想。那就随它去吧。这是一种再没有战争，再没有外交官和银行等等的美妙的乌托邦幻想，甚至有点像某些主义。要不然，

---

1 指世界末日到来前基督二次降临人世。那时，人世间充满无法无天的事，"民要攻打民，国要攻打国，多处必有饥荒、地震"（《马太福音》第二十四章第七节）。

我还以为这一切都是认真的，比如，**教会**，就要审判各类刑事案件，判处鞭笞和服苦役，也许，还要判处死刑。"

"即使现在只有一个宗教社会法庭，教会也不会让人去服苦役或者被处死。什么是犯罪和对犯罪的看法，那时候也无疑会改变，当然，这改变是慢慢发生的，不是突然，也不是马上，但是肯定会相当快……"伊万·费奥多罗维奇心平气和，连眼睛也不眨地说道。

"您此话当真？"米乌索夫定睛看了他一眼。

"假如一切都变成了教会，教会就可能把有罪的人和不听话的人开除出去，而不会到时候就杀他们的头。"伊万·费奥多罗维奇继续道。"那么，被开除的人能到哪里去呢？要知道，那时候他不仅应该像现在这样离开人们，而且他还应该离开基督。因为他犯了罪，他就不仅是向人宣战，而且还是向基督的教会宣战。当然，严格说，现在也是如此，但是毕竟没有公开宣布，因此如今的罪犯就常常昧着良心，自欺欺人，说什么'我的确偷了，但是我并非向教会宣战，并非与基督为敌'，如今的罪犯经常对自己这样说，可是当教会一旦占有国家的地位，他就很难再说这话了，除非他否定普天下的所有教会，说'大家都错了，大家都偏离了正道，大家都是假教会，只有我这个杀人犯和小偷才代表正义的基督教教会'。要知道，要对自己说这话，那是很难的，必须具备很大的先决条件，难得一遇的特殊情况。现在，再从另一方面说，试以教会自己的犯罪观为例：难道它就不应该改变一下现在这种近乎异端的，就像如今为了保护社会只知机械地除掉道德败坏分子这样的观点吗？它应当转变为（要变就要彻底地变，要真变，而不是假变）一种使人洗心革面，使人复活，以拯救世人为己任的观念……"

"这又是怎么回事呢？我又闹不明白了，"米乌索夫打断他的话道，"又是一种幻想。一种无形的、匪夷所思的东西。什么叫除掉，除掉是什么意思？我疑心您无非在寻开心，伊万·费奥多罗维奇。"

"要知道，要较真的话，现在的情况还真是这样，"长老突然开口道，大家一下子全向他转过脸来，"要知道，倘若现在没有基督的教会，那罪犯就会一味作恶，甚至事后也没有因作恶而对他施予应有的惩罚，我说的是真正的惩罚，而不是像他们现在所说的那种机械的、在大多数情况下只会使人义愤填膺的惩罚，而是真正的惩罚，唯一有效，唯一使人畏惧和使人心悦诚服的，让人天良发现的惩罚。"

"请问，怎么会这样呢？"米乌索夫活跃起来，十分好奇地问。

"瞧，是这么回事，"长老开始道，"所有这些流放和苦役，而且事前还要挨鞭打，并不能改造任何人，而且主要是这几乎不可能使任何罪犯产生恐惧，因此犯罪的数量不仅不会减少，反而有增无已。您应当承认这是事实。结果是社会完全没有因此而得到保护，因为机械地将一名有害分子与大家隔开，将他流放得远远的，让他滚蛋，但是又会立刻出现另一名罪犯，也许是两名，来代替他。如果说即使在当代也有什么东西在保护着社会，甚至还使罪犯本身得到改造，使他变成新人的话，那唯有显现在人的良知中的基督的戒律。只有当一个人把自己看作是基督的团体即教会的儿子，因而认罪服罪，他才能进一步认识到他对社会即对教会所犯的罪行。因此，只有面对教会，当代的罪犯才会承认自己有罪，而不是承认自己对国家犯了罪。因此，只有当法庭属于社会，也即属于教会，那时候这社会才知道究竟应该使谁免予开革，让他重新回到自己身边来。然而现在，教会并不拥有任何积极的、有活力的法庭，它仅仅能做到给予道义上的谴责，而自行放弃对罪犯的积极惩罚。教会不是把罪犯开除出去，而是自始至终给他以慈父般的教导。除此以外，教会甚至还极力与罪犯保持一切基督教会的联系：让他参加教堂祈祷，允许他领圣餐，给他布施，对他的态度像对待一个俘虏，而不像对待一个罪犯。如果基督的团体即教会也像民法中规定的那样排斥他，清除他，那么这罪犯将会产生怎样的结果呢？噢，主啊！假如教会每次在国法给予惩罚之后，也立刻用开革教籍来惩罚他，那会产生什么结果呢？再也不会有比绝望更大的惩罚了，起码对俄国的罪犯是这样，因为俄国的罪犯还信仰上帝。话又说回来，谁知道呢：也许，那时候会出现十分可怕的后果——也许，在罪犯绝望的心中会最终丧失信仰，那时候又该怎么办呢？但是，教会却像一个慈爱的母亲，自行放弃了积极的惩罚，因为即使教会不惩罚这个有罪的人，国家的法庭对他的惩罚也已经足够使他痛苦的了，总得有人来可怜可怜他吧。教会之所以要放弃积极的惩罚，主要是因为教会的法庭乃是唯一在自身中拥有真理的法庭，因此它与任何其他法庭，无论在本质上和道义上，都无法互相结合，甚至也无法与他们实行暂时的妥协。在这个原则问题上是不能做交易的。据说，外国的罪犯很少表示悔改，因为甚至一些最新潮的学说都在使他们确信，他们的犯罪根本就不是犯罪，仅仅是起而反抗没有道理地压迫他们的势力。社会从自身中清除他们，凭借的完全是机械地压服他们的力量，而且实行这种清洗还伴随着恨（起码在欧洲，他们自己谈到自己就是这么说的）——非但是恨，而且对自己的兄弟，对罪犯未来的命运充满一种冷漠和完全置诸脑后的态度。由此可见，一切都是在没有教会的丝毫同情的情况下发生的，因为在许多的情况下教会在那里已经根本不存在了，剩下的唯有教会人士和一座座壮丽的教堂，而教会本身早已经开始力图从教会这一低级形态过渡到国家这一高级形态，以便让教会完全消融于国家之中。这情形起码在信奉路德教的国家中看来是这样。至于罗马，宣告由国家来取代教会已经有一千年了[1]。因此罪犯本身并不认为自己是教会中的一员，因

---

1 教皇国（首都罗马）成立于七五六年，是一个以教皇为首的神权政治国家。一八七〇年，教皇国并入意大利王国。教皇遂退居罗马城西北之梵蒂冈。

此一旦被开除，便置身于绝望之中。所以他一旦回到社会就常常会心怀仇恨，仿佛社会也自动清除了他似的。这事最后会产生什么结果呢，你们自己也不难作出判断。在许多情况下，我国的情况也一样；但是问题是，除了已经建立的法庭外，我国还存在教会，它永远也不会失去与罪犯的联系，而且自始至终把他当作自己可爱的、依旧十分宝贵的儿子来看待，此外，还保留着教会的法庭，虽然，仅仅在思想上——现在，它虽然还不活跃，但是毕竟存在着，为未来存在着，虽然它的存在仅仅在幻想中，可是无疑，罪犯本人，他的心的本能是承认有这法庭存在的。大家刚才在这里说的话也是有道理的，假如真的成立了教会法庭，而且能行使其全部权力，即，假如说整个社会都变成了教会，那么不仅教会法庭能对罪犯的改造施加现在所没有的影响，而且，也许，连罪犯本身也会当真减少到难以置信的程度。再说教会对未来的罪犯和未来的犯罪的看法，无疑在许多情况下也会与现在迥然不同，而且肯定会使被开除的人重新回归，预防蓄意犯罪的人，并使已经堕落的人获得新生。诚然，"长老苦笑了一下，"现在，基督教团体本身尚未准备就绪，而仅仅建立在七位圣徒之上；但是因为他们的影响仍在，所以教会的存在依然具有坚实的基础，可以指望它从眼下几乎还属异端的社会团体完全转变成为一个统一的普天下的和统治一切的教会。此乃我诚心所愿，阿门，阿门，哪怕到世纪末，因为只有这才是一定要实现的！不要因时候和日期而焦急不安，因为时候和日期的秘密存在于上帝的睿智里，存在于他的预见和他的爱里。[1]按照人间的算法，这也许还异常遥远，但是按照上帝的安排，也许现在已经到了基督二次降临的前夜，已经在门口了。[2]最后说的这事，乃我诚心所愿，阿门，

---

[1] 参见并比较《新约·使徒行传》第一章第七节："父凭着自己的权柄所定的时候、日期，不是你们可以知道的。"

[2] 耶稣基督的门徒问耶稣，他二次降临人世有何征兆时，耶稣说："你们看见这一切的事，也该知道人子近了，正在门口了。"（《马太福音》第二十四章第三十三节）

阿门。"

"阿门！阿门！"派西神父虔敬而又庄严肃穆地重申道。

"怪，怪极了！"米乌索夫道，神态并不激昂，倒仿佛含有某种恼怒似的。

"您觉得什么怪极了？"约瑟神父委婉而又客气地问道。

"这到底是怎么回事呢？"米乌索夫仿佛脱口而出似的叫道，"人世间取消了国家，而教会上升到国家的地位！这不仅是教皇至上主义，简直是超教皇至上主义了！连教皇格里戈利七世都不曾梦想过这个！[1]"

"您的理解恰恰相反！"派西神父严肃地说，"您要明白这道理，不是教会变成国家。这是罗马及其幻想。这是魔鬼的第三次试探[2]！而是相反，国家变成教会，并在普天下变成教会——这与教皇至上主义，与罗马，与您的解释恰恰相反，这是东正教在人间的伟大使命。这颗明星将从东方灿烂升起。"

米乌索夫煞有介事地沉默不语。他的整个身子都表现出一副自以为是的模样。他嘴上透出一丝高高在上的宽容的微笑。阿廖沙注视着一切，心在怦怦乱跳。这整个谈话都使他感到十分不安和激动。他偶然抬起头来看了一眼拉基京；拉基京仍旧一动不动地站在门口，站在从前站的位置上，在留神谛听和观察，尽管他两眼低垂。但是从他脸上绯红的脸色看来，阿廖沙猜到拉基京也很激动，他的激动似乎并不亚于他；阿廖沙知道使他激动的是什么。

"请允许我告诉诸位一个小小的故事。"米乌索夫突然煞有介事，

---

1 教皇格里戈利七世，于一〇七三——〇八五年担任罗马教皇期间，曾极力主张教会应凌驾于国家之上；教皇的权力是独立的、无限的；他和他的继承人应成为僧俗各界的最高首脑。

2 据《马太福音》载，魔鬼曾用权力和荣华富贵第三次试探耶稣："魔鬼又带他上了一座最高的山，将世上的万国与万国的荣华都指给他看，对他说：'你若俯伏拜我，我就把这一切都赐给你。'耶稣说：'撒旦退去吧。'"（第四章第八一九节）

并且带着一种特别威严的样子说道。"在巴黎，这已经是好几年以前的事了，在十二月政变[1]后不久，有一次，我去拜访一位我认识的非常非常重要和非常非常有势力的人物，在他家遇到了一位非常有意思的先生。这人不仅是密探，而且还像是一大批政治密探的头目——就某一点说，也可以说官居要津吧。我抓住这个机会，出于一种非同寻常的好奇心，与此公交谈起来，因为他此来不是因交情而做礼节性拜访，而是作为一名下属前来报告工作的，他看到我受到他的上峰的接待，因此也就对我多少开诚布公地说了几句——唔，自然，所谓开诚布公也只是在一定程度上，也就是说其中礼貌多于坦率，本来法国人就一向讲礼貌，更何况他又看见我是个外国人。但是我对这种人还是很了解的。我们谈论的话题是当时他们正在追捕的社会革命党人。先不说我们谈话的主要内容，我只想举一个这位先生脱口而出的非常有意思的看法。他说：'其实我们对所有这些社会主义者（无政府主义者、无神论者和革命派）倒并不十分担心；我们在监视他们，他们耍的手腕我们都知道。但是他们中间有些特殊人物，虽然人数不多：这些人是信仰上帝的基督徒，同时又是社会主义者。因此我们最担心的还是这些人，这些人才最可怕！一个社会主义者兼基督徒比一个无神论的社会主义者更可怕。'这话在当时就使我吃了一惊，但是现在，诸位，我置身于你们之中，不知为什么又突然想起了这话……"

"您的意思是想把他讲的这话安到我们头上，您认为我们是社会主义者，是不是？"派西神父直截了当、直来直去地问道。但是正在彼得·亚历山德罗维奇动脑筋如何回答以前，门开了，那位姗姗来迟的德米特里·费奥多罗维奇进来了。大家好像真的不再等他了，因此他的突然出现，在最初一刹那，甚至引起了某种惊讶。

---

1 指一八五一年十二月二日路易·拿破仑·波拿巴（即拿破仑二世）发动的政变。

六、这种人活着干什么！

德米特里·费奥多罗维奇是个二十八岁的年轻人，中等个儿，面孔很讨人喜欢，但是看上去比他的实际年龄大得多。他肌肉发达，可以想见，他膂力过人，可是脸上却似乎流露出一种病态。他面容清癯，两颊塌陷，脸上似乎透出一点儿不健康的灰黄色，一双深色的金鱼眼睛相当大，虽然看起人来，表面上似乎很坚定，很固执，但又似乎毫无表情。甚至在他很激动，怒气冲冲地说话的时候，他的目光也似乎不服从他内心的情绪而表现出一种异样的神态，有时似乎完全不符合当前情况。"摸不透他在想什么。"跟他谈过话的人有时候会这样说。常常，有些人刚看见他眼睛里流露出一种若有所思的忧郁，会忽然被他突如其来的纵声大笑吓一跳；他笑，说明正当他神情忧郁的时候，他脑子里却活跃着一些快活的、令他觉得好玩的想法。然而，当前他的病态的面容还是可以理解的：大家都知道或者听说过他最近在我们这里所过的那种令人异常担忧的"纵酒狂饮"的生活，大家也同样知道他跟自己的父亲为了一笔有争议的款项吵了起来，这使他感到异常恼怒。关于这事，城里已经不胫而走地流传着几种趣闻。诚然，他生性爱冲动。正如敝县调解法官谢苗·伊万诺维奇·卡恰利尼科夫在一次会上谈到他时曾一针见血地指出的那样，他的"想法是阵发性的、刁钻古怪的"。他进门时的穿戴无可挑剔，而且穿得很讲究，上衣的扣子扣得整整齐齐，戴着一副黑手套，两手拿着高筒礼帽。因为他是一名退伍不久的军人，所以蓄着唇髭，两颊和下巴上的胡子则刮掉了。他的头发是深褐色的，剪得很短，鬓角处则略往前梳。他走起路来大步流星，雄赳赳、气昂昂，一副军人派头。他站在门口，稍停片刻，向大家瞥了一眼，然后笔直地向长老走去，猜想他就是这里的主人。他向长老深深一鞠躬，并请他为自己祝福。长老微微起立，给他祝了福；德米特里·费奥多罗维奇恭恭敬敬地吻了吻他的手，接着便异常激动地、差不多愤怒地说道：

"请诸位多多包涵，让诸位久等了。但是我一再问家父打发来的仆人斯梅尔佳科夫何时开会，他硬说定在一点，而且说了两遍。现在我才忽然发现……"

"不要急，"长老打断道，"没关系，就稍许晚来了一点儿，不要紧的……"

"承蒙关照，不胜感激之至。"德米特里·费奥多罗维奇打断道，说罢再次一鞠躬，接着又蓦地转过身来，面对自己的"父亲"，也向他同样恭恭敬敬地深深一鞠躬。看得出来，鞠躬这事他早想好了，而且他想这样做是出于真心，认为自己理应以此来表示一下自己的恭敬和出于一片好意。费奥多尔·帕夫洛维奇虽然没想到他会来这一手，却立刻用他自己的方式想出了应付的办法：他从软椅上忽然跳将起来，也同样向儿子深深一鞠躬，算是还礼。他的脸突然变得郑重其事和神气活现，然而这倒使他的脸显得更狰狞可怕了。接着，德米特里·费奥多罗维奇又默默地向屋里所有在座的人总的行了个礼，然后大步流星和雄赳赳、气昂昂地走到窗口，在放在离派西神父不远处的唯一的一把空余的椅子上坐了下来，然后坐在椅子上，整个人探向前面，立刻准备好了洗耳恭听因他进屋而被打断的谈话。

德米特里·费奥多罗维奇的出现占用了大约不到两分钟时间，因此又立刻回到了之前的话题。但是这次彼得·亚历山德罗维奇对派西神父咄咄逼人和近乎恼怒的问题却认为无需作答。

"请允许我绕开这一话题。"他以上流社会某种大大咧咧的派头说道。"再说，这问题很复杂。瞧，伊万·费奥多罗维奇在冲咱俩笑呢：想必，他对这问题另有高见。您问他吧。"

"我并没什么高见，只有一点小小的看法，"伊万·费奥多罗维奇立刻回答道，"愚见是，一般说来，欧洲的自由主义，甚至我们俄罗斯的仅学得一点皮毛的自由主义，常常而且早就将社会主义的最终目标同基督教的最终结果混为一谈了。不用说，这种毫无道理的结论很典型。然而，把社会主义和基督教搅和在一起的，自然并不仅仅是自由主义者和那些半瓶子醋的人，在许多情况下，与他们沆瀣一气的还有宪兵，我自然是说外国的宪兵。您刚才讲的那个巴黎趣闻就相当典型，彼得·亚历山德罗维奇。"

"总之，我再次恳请诸位不必再谈这一话题了，"彼得·亚历山德罗维奇再一次重申，"作为补偿，我倒想给诸位另外再讲一段关于伊万·费奥多罗维奇的非常有趣又非常典型的故事。大约不超过五天前吧，在这里的一处大半为女士的社交场合，他在争论中庄严地宣称，普天下根本不存在任何促使人们爱其同类即'人爱人'这样的自然法则，假如迄今为止人间还有爱和有过爱，那也不是因为自然法则，而仅仅是因为人们相信自己是不死的[1]。伊万·费奥多罗维奇在此还附带补充道，如果说有自然法则的话，那这就是自然法则了，所以你在人类之中一旦消灭了对自己不死的信仰，那人身上随之枯竭的就不仅是爱，连继续尘世生活的任何活力也将随之寂灭。此外：那时候也就没有任何不道德的事了，一切都可以为所欲为，甚至人吃人。但是还不仅如此，他最后还断言，对于每个像我们现在这样的个别的人，即既不信仰上帝，也不信自己灵魂不死的人来说，自然界的道德法则就应该立刻变为与过去的宗教法则截然相反的东西，甚至发展到认为作恶多端的利己主义不仅应该被容许，甚至应该承认，在这个人所处的情况下，这样做非但是必须的、

---

1 指灵魂不死。

极其明智的，而且几乎是一种最最高尚的出路。根据这样的奇谈怪论，诸位，你们就不难推断出我们这位亲爱的怪客和奇谈怪论者伊万·费奥多罗维奇在所有其他问题上宣告和打算宣告的种种奇谈怪论了。"

"对不起，"德米特里·费奥多罗维奇忽然叫道，"为了不致听错：'一个人作恶多端不仅应该被允许，甚至应当承认这是任何一个不信神的人摆脱困境的最必须和最聪明的出路！'[1] 是不是这样呢？"

"一点不错。"派西神父说。

"我一定牢记。"

德米特里·费奥多罗维奇说完这话以后，就像他猛然插进一杠子参加他们的谈话一样，又猛地闭上了嘴。大家都好奇地望了望他。

"难道您当真以为，人对他们灵魂不死的信仰一旦枯竭就必然会产生这样的后果吗？"长老突然问伊万·费奥多罗维奇。

"是的，我说过这话。没有灵魂不死就没有美德。[2]"

"您这么坚信，是觉得有福了，还是觉得很不幸呢？"

"为什么不幸？"伊万·费奥多罗维奇莞尔一笑。

"因为您自己想必既不相信您的灵魂不死，甚至也不相信您关于教会和关于教会问题所写的那些东西吧。"

"也许，您说得对！……但是话又说回来，我并非完全开玩笑……"伊万·费奥多罗维奇突然奇怪地承认道，但是，刚说完这话，他又立刻脸红了。

"并非完全开玩笑，这话不假。这个思想尚未在您心中解决，而且它一直在折磨您的心。但是一个受折磨的人有时候也喜欢以自己的绝望自娱，这似乎也由绝望而起。现在您也是出于绝望而聊以自

---

1 陀思妥耶夫斯基的作品中直接引用常常在字面上与原话不能一一对应，恕不一一指出。
2 可参看《战争与和平》中皮埃尔的话："如果有上帝，有阴间，就有真理，有美德。"

娱——又是给杂志写文章，又是在社交场合进行辩论，您自己都不相信自己的辩才，您私下里还怀着内心的痛苦在嘲笑您那如簧之舌……您心中的这个问题还没解决，您最大的不幸就在这里，因为这问题非解决不可……"

"但是这问题在我心中能够解决得了吗？能够向肯定方面解决吗？"伊万·费奥多罗维奇奇怪地继续问道，同时又带着某种令人说不清、道不明的微笑望着长老。

"即使不能向肯定方面解决，也永远不会向否定方面解决，您自己也知道您心灵的这一特点；这也就是您的心感到十分痛苦之原因所在。但是您要感谢造物主，是他给了您一颗能够经受这种磨难的高超的心，能够'思念上面的事和探索上面的事，我们是天上的国民'[1]。愿上帝保佑您，使您的心还在人间就能得到解答，愿上帝祝福您，保佑您鹏程万里！"

长老举起手想从座位上给伊万·费奥多罗维奇画个十字。但是伊万却突然从座位上站起来，走到他身边，接受了他的祝福，并亲吻了他的手，然后才默默地回到自己的座位上。他的样子既坚定而又严肃。他的这一举动，以及在此以前谁也没有料到伊万·费奥多罗维奇会跟长老作这么一番谈话，以及谈话的莫测高深，甚至带有某种庄严肃穆的味道，这使所有的人都感到吃惊，因此一时间大家都缄默不语，而阿廖沙的脸上甚至露出了一丝近乎恐惧的表情。但是米乌索夫突然耸了耸肩膀，与此同时，费奥多尔·帕夫洛维奇却陡然从椅子上站了起来。

"至神至圣的长老！"他指着伊万·费奥多罗维奇叫道。"这便是小儿，我的亲骨肉，我最心爱的骨肉！这是我最可尊敬的（可以说吧）卡尔·穆尔，至于刚进门的那小子德米特里·费奥多罗维奇，

---

1 参见《新约·歌罗西书》第三章第一一二节与《腓立比书》第三章第十八一二十节。

也就是我现在要请您代加管教的这逆子，乃是最不肖的弗朗兹·穆尔——这两人都是席勒《强盗》[1]中的人物，而我，在这种情况下，我自己就成了 Regieremder Graf von Moor[2]！请您给我评评理，救救我！我们需要的不只是您的祷告，我们还需要您的预言。"

"说话不要故作癫狂，也不要一开始便侮辱您的家人。"长老用微弱而又疲惫的声音答道。他明显地越来越累了，明显地渐渐越来越没力气了。

"一场恶作剧，我到这里来的时候就预感到了！"德米特里·费奥多罗维奇愤然叫道，也从座位上跳起来。"对不起，圣法师，"他向长老说道，"我是个没文化的粗人，我甚至不知道该怎么称呼您，但是您上当了，您太善良了，居然允许我们到您这里来聚会。家父只想出丑，干什么呢——这就是他的如意算盘。他永远有他的如意算盘。但是我心里有数，他来究竟要干什么……"

"大家，他们大家都谴责我！"费奥多尔·帕夫洛维奇也叫道，"瞧，连彼得·亚历山德罗维奇也指责我。您指责我了，彼得·亚历山德维奇，您也指责我了！"他忽然转身对米乌索夫说，虽然米乌索夫根本就没想打断他的话。"他们指责我把孩子的钱掖进靴筒里了，指责我拿了对半利；但是，对不起，难道没王法了吗？德米特里·费奥多罗维奇，根据您的收据、信件与协议书，法庭会给您算清楚的，您原来有多少，您花了多少，还剩下多少！为什么彼得·亚历山德罗维奇躲躲闪闪地不肯说个谁是谁非呢？德米特里·费奥多罗维奇对他又不是外人。因此，大家就都冲我来了，其实细算起来，德米特里·费奥多罗维奇还倒欠我的钱呢，而且不是欠一星半点，而是欠好几千，您哪，对此我有你们需要的一切凭

---

1 德国诗人和剧作家席勒（一七五九——一八〇五）写的著名剧本。
2 德语：世袭伯爵封·穆尔。费奥多尔·帕夫洛维奇把伊万看成是行为高尚的卡尔·穆尔，而把德米特里看成是狡诈的弗朗兹·穆尔，是犯了个大错误。以后的情节将会证明二者恰恰相反。

据！要知道，他成天价花天酒地，已经闹得满城风雨，尽人皆知了。而过去他在当兵的地方，为了诱骗良家妇女，动不动就一千、两千地乱花；德米特里·费奥多罗维奇，这，咱全知道，您哪，连最秘密的细节咱也知道，而且我能提出真凭实据，您哪……至圣的神父，您信不信：他让一个大家闺秀爱上了他，她是好人家出身，有田有地，是他过去上司的女儿，这位上司是位勇敢的上校，曾因战功卓著得过带宝剑的圣安娜勋章，他以求婚作诱饵败坏了这位小姐的名声，现在她就在这里，现在她父母双亡，我是说他的未婚妻，可他却当着她的面，去跟这里的一个人见人爱的大美人儿鬼混。但是，这位大美人儿虽然已经跟一位可敬的人非正式结婚[1]，但是她有主见，是任何人也攻不破的堡垒，跟正式结过婚的太太完全一样，因为她守身如玉——是的，您哪！诸位神圣的神父，她确实守身如玉！可是德米特里·费奥多罗维奇却想用金钥匙来打开这座堡垒，因此他现在跟我胡搅蛮缠，想逼我拿出钱来，而眼下他在这个大美人儿身上已经花了好几千；因此他才没完没了地借钱，顺便说说，你们想，他到底想跟谁借钱呢？要不要说出来，米佳？"

"住嘴！"德米特里·费奥多罗维奇叫道，"您有话等我出去了再说，当着我的面，不许您糟蹋一位最高尚的姑娘……就凭您胆敢对她说三道四，对她就是耻辱……我不允许！"

他气喘吁吁。

"米佳！米佳！"费奥多尔·帕夫洛维奇似乎神经衰弱地叫道，同时挤出了几滴眼泪，"父亲的祝福对您也无所谓吗？要是我诅咒您，您怎么办呢？"

"无耻之尤，装腔作势！"德米特里·费奥多罗维奇狂叫。

"他这是在骂他爸，骂他爸！那么他对别人会怎样呢？诸位，你

---

1 俄俗：指一种未去教堂举行婚礼的自由同居。

们想想：这里有位贫穷而又可敬的人，是位退伍大尉，他遭到了不幸，被革了职，但不是公开革职，而是未经法庭审讯，仍旧保持着自己的大好名声，他拉家带口，负担很重。可是三星期前，我们的这位德米特里·费奥多罗维奇却在小饭馆里一把揪住他的胡子，把他拽到大街上，在大街上当着大伙的面把他毒打了一顿，原因不外是我私底下托他办了件小事。"

"满嘴胡呲！表面看，倒像是真的，骨子里是假的！"德米特里·费奥多罗维奇气得浑身发抖。"爸！我并不想为自己的行为辩护；是的，我可以当着大伙的面承认：我对这位大尉的举动像一头野兽，现在我感到悔恨，由于这种野兽般的愤怒，我对自己都感到恶心，但是您的这位大尉，您的这位代理人，却跑去找您刚才说的那位人见人爱的大美人儿，用您的名义请她收下您手头的几张期票，让她去告我，然后根据这几张期票让我蹲大狱，如果我在财产问题上跟您过分计较的话。现在您倒反咬我一口，说我对这位太太不怀好意，可是您自己却叫她来勾引我。要知道，这话是她当面告诉我的，亲口对我说的，她还嘲笑您！您想让我蹲大狱，仅仅因为您为了她在吃醋，因为您自己已经开始向这个女人求爱了，这事我偏偏全知道，而且她也在笑话您——听着——这话是她一面笑话您，一面讲给我听的。诸位神圣的人，在你们面前的就是这主儿，就是这个责备儿子寻花问柳的父亲！诸位都是见证人，请原谅我发怒，但是我早就预感到了，这个狡诈的老东西让你们大家到这里来是居心叵测的。我来这里的目的就是既往不咎，只要他向我伸出手来，我就原谅他，也请求他原谅！但是他刚才非但侮辱了我，而且还侮辱了一位最最高尚的小姐，由于对她的崇敬，我都不敢妄称她的名[1]，

---

1 源出《旧约·出埃及记》第二十章第七节："不可妄称耶和华你神的名"（摩西十戒中的第三戒）以及《申命记》第五章第十一节（内容同）。

所以我才拿定主意把他玩的这套把戏全部公之于众，虽然他是我父亲！……"

他说不下去了。他眼睛里闪着怒火，他呼吸困难。但是，修道室里的所有人也很激动。除了长老，大家都不安地从自己的座位上站起来。两位司祭神父铁青着脸，但是都在等候长老的示下。长老坐着，脸色煞白，倒不是出于激动，而是因为有病，全身无力。他的嘴上闪出一丝恳求的笑；他间或举起手来，仿佛想阻止这两个气疯了的人，其实，他只要做个手势就足以使这场戏收场；但是他似乎还在等待什么，他在仔细地观察，仿佛想要弄清个中就里，仿佛还有些事他自己也没弄明白。终于，彼得·亚历山德罗维奇·米乌索夫感到自己彻底受了侮辱。

"对于刚才闹的这出丑剧，我们大家都有责任！"他热烈地说，"但是我到这里来时万万没有料到，虽然我知道我现在跟什么人在打交道……这事必须立刻了结！大法师，请相信，刚才这里暴露的所有细节我以前一概不知，我不愿意相信这是真的，而且我现在才第一次听到……一个父亲居然为一个搔首弄姿的女人吃儿子的醋，还跟这个淫妇串通一气，想让儿子蹲大狱……我到这里来，居然同这帮人为伍……我上了大当，我向大家声明，我上当的程度绝不在其他人之下……"

"德米特里·费奥多罗维奇！"费奥多尔·帕夫洛维奇突然声嘶力竭地大叫，"如果您不是我的儿子，我非立马找您决斗不可……用手枪，距离三步……隔一块手帕！"他最后跺着脚说道。

有这么一些信口开河的主儿，一辈子都在演戏，有时候装腔作势到这种程度，竟会激动得当真发抖和哭泣，尽管甚至就在这一刹那（或者仅仅过了一秒钟），他们就会自己对自己低语："要知道你是演员，即使现在，在这'神圣'的愤怒时刻，你似乎'义愤填膺'，但你始终在演戏。"

德米特里·费奥多罗维奇双眉深锁，露出一种难以形容的轻蔑表情看了看父亲。

"我还以为……我还以为，"他低声而又克制地说道，"我携同我心爱的天使，我的未婚妻回归故里，将侍奉膝下，使他颐养天年，谁知道我碰到的却是一个道德败坏的老色鬼和一个最最卑鄙的丑角！"

"决斗！"老家伙又开始气喘吁吁、唾沫四溅地号叫。"彼得·亚历山德罗维奇·米乌索夫，要知道，先生，在你们全家族里，也许没有，也不曾有过一个人，比您刚才胆敢把她称为淫妇的那个女人，更高尚，更冰清玉洁的了！——您听着，没有比她更冰清玉洁的了！德米特里·费奥多罗维奇，而您居然用自己的未婚妻来换这个'淫妇'，可见您自己也认定，您的未婚妻还抵不上她的一只鞋底，这就是你们两位说的这个所谓淫妇！"

"可耻啊！"约瑟神父突然脱口叫道。

"可耻，死不要脸！"一直保持沉默的卡尔加诺夫满脸通红，气得用少年人的声音，而且声音发抖地叫道。

"这样的人活着干什么！"德米特里·费奥多罗维奇闷声闷气地悻悻然叫道，他气得差点发狂，由于过高地耸起了肩膀，几乎变成了罗锅，"不，请诸位告诉我，还能听凭他玷污这块土地吗？"他举起一只手，指着老人，看了看大家。他说得慢而有节奏。

"你们听见了吗，诸位修士，你们听到这个弑父者说的话了吗？"费奥多尔·帕夫洛维奇忽地质问约瑟神父。"这就是对您的'可耻啊'的回答！什么可耻不可耻的？这个'淫妇'，这个'搔首弄姿的女人'，也许比你们还圣洁，二位苦修的修士司祭先生！她年轻的时候由于环境作祟[1]也许堕落过，但是'她的爱多'，连基督

---

1 陀思妥耶夫斯基反对"环境决定论"。他承认环境对人的影响，但是人必须同环境抗争，不能因此而推卸自己走上邪路的责任。

也赦免了'爱多'的女人[1]……"

"基督赦免的不是这样的爱……"好脾气的约瑟神父忍不住脱口说道。

"不，他赦免的就是这样的爱，就是这样的爱！[2]你们在这里吃素修行，就自以为是正人君子了！你们吃鲍鱼，每天吃一条鲍鱼，于是你们就想用鲍鱼来收买上帝！"

"简直岂有此理，简直岂有此理！"从修道室的四面八方传来了愤怒的声音。

但是这出闹得太不像话的丑剧却突然收场了。长老从座位上站了起来。阿廖沙因为替长老和大伙儿担心，差点弄得完全不知所措，然而他还是站起身来扶住长老的胳膊。长老向德米特里·费奥多罗维奇的方向迈前一步，走到他身边，向他扑通一声跪了下来。阿廖沙还以为他是因为两腿无力摔倒的，但是，否。长老跪下后，向德米特里·费奥多罗维奇清晰而且有意识地行了个大礼，甚至前额都碰到了地上。阿廖沙大惊失色，甚至当长老起立时，他都没来得及把他扶起来。长老的嘴角闪过一丝淡淡的微笑。

"请诸位原谅！请诸位多多原谅！"他说罢便向自己的客人一一鞠躬告辞。

德米特里·费奥多罗维奇惊惶失色地站了片刻：向他磕头——这是什么意思？他终于霍地喊了起来："噢，上帝！"接着便双手捂着脸，冲出了房间。所有的客人也尾随他鱼贯而出，由于慌乱都没向主人鞠躬告辞。只有两位修士司祭又走到长老身边接受了祝福。

"他干吗要磕头，这有什么象征意义吗？"不知为何怒气突然全消的费奥多尔·帕夫洛维奇试着想打开话匣子，但是他这话又不敢

---

1 参见《路加福音》第七章第四十四节："她许多的罪都被赦免了，因为她的爱多。"
2 这是对《福音书》的歪曲。《福音书》里的原意是这女人虽然行为不检，是个罪人，但她被基督赦免，是因为她对主的爱多。

冲任何人说。这时他们大家正一一走出隐修区的院墙。

"我不想对疯人院和疯子负责。"米乌索夫立刻恶狠狠地答道，"但是恕不奉陪，费奥多尔·帕夫洛维奇，而且请相信，永不再见。方才那位修士呢？……"

但是"那位修士"，即方才请他们到院长那里用斋的那位修士并未有劳他们久候。他们刚走下长老修道室的台阶，他就立刻前来迎接客人，倒像他一直站在门外恭候他们似的。

"劳驾，尊敬的神父，请替我向院长神父致以最深的敬意，并替我米乌索夫本人向大法师他老人家代致歉意，由于突然遇到一些始料不及的情况，我无缘参与盛宴，尽管我非常真诚地想去。"彼得·亚历山德罗维奇愤愤然向那位修士道。

"这个始料不及的情况，当然指我啰！"费奥多尔·帕夫洛维奇马上接茬儿道。"您听见了吧，神父，这是由于彼得·亚历山德罗维奇不愿意留下来与我为伍，否则他会立刻前去的。您去吧，彼得·亚历山德罗维奇，请您赏光到院长神父那里去吧——祝您胃口好！要知道，应该回避的是我，而不是您。回家，回家，咱回家吃饭，在这里我自己也觉得有诸多不便，彼得·亚历山德罗维奇，我的最最亲爱的亲戚。"

"我不是您的亲戚，也从来不是您的亲戚，您是个下流胚！"

"我是故意这样说的，我就要让您发火，因为您不愿意承认有我这门亲戚，虽然说到底，不管您怎么耍滑头，您还是我的亲戚，我可以拿出教堂日历来证明给您看[1]；伊万·费奥多罗维奇，到时候我会派马车来接你，如果你愿意，尽管留下。至于您，彼得·亚历山德罗维奇，即使出于礼貌，现在您也应该去拜会一下院长神父，咱俩在这里

---

1 教堂日历是按月份排列顺序，分别记载每年的宗教节日和相应的圣徒的名字。但是，根据教堂日历是证明不了亲戚关系的。

做了许多不体面的事，您也该去表示一下歉意嘛……"

"您果真要走？您不骗人？"

"彼得·亚历山德罗维奇，出了这种事以后，我怎么还敢留下呢！我一时冲动，对不起，诸位，我一时冲动！再说，我受了很大震动！而且心中有愧。诸位，有的人的心就像马其顿王亚历山大那样，而有的人的心就像小狗菲杰利卡。我的心就像小狗菲杰利卡。我心虚了。瞎胡闹了一通以后，怎么有脸再去吃斋呢，再去狼吞虎咽地吃修道院的斋呢？不好意思，我不敢去，请原谅！"

"鬼知道他，说不定又是骗人！"米乌索夫若有所思地站住了，用莫名其妙的眼光注视着那个扭头离开的小丑。那小丑回过头来，看见彼得·亚历山德罗维奇盯着他，伸手给了他一个飞吻。

"您上院长那里去吗？"米乌索夫生硬地问伊万·费奥多罗维奇。

"为什么不去呢？再说昨天院长还特意邀请了我。"

"不幸的倒是我确实感到几乎很有必要去赴这个该死的午斋。"米乌索夫依旧用他那种苦涩的恼怒口吻继续道，甚至丝毫不介意那个小修士就在一旁听着。"我们在这里闯了这么大的祸，总该去表示一下歉意吧，同时也应该去说明一下这不是我们干的……阁下尊意？"

"是的，应该去说明一下这不是我们干的。再说家父也不去。"伊万·费奥多罗维奇说。

"要是令尊去，那还用说。这个该死的午斋！"

不过大家还是去了。那名小修士一声不吭地听着他们说话。穿过小树林的时候，他只有一次提到院长神父早在恭候大驾，我们已经迟到半个来小时了。没有人理他。米乌索夫憎恨地望了望伊万·费奥多罗维奇。

"竟像没事人似的去赴午斋了！"他想。"木头木脑，又一副卡拉马佐夫家族的心肠，不知人间有羞耻事。"

七、一心想出人头地的神学校学生

　　阿廖沙把长老领进卧室，侍候他在床上坐下。这是一间小屋。只有几样最必需的家具：床很窄，上面没有床垫，只有一块毛毡。墙角，圣像旁，有一诵经台，台上放着十字架和《福音书》。长老无力地跌坐在铁床上；他的眼睛在闪亮，他呼吸困难。他坐定后似乎在思索某件事，注意地看了看阿廖沙。

　　"去吧，亲爱的，去吧，我身边有波尔菲里就够啦，你快去吧。那里需要你，到院长神父那里去，吃斋时在一旁侍候侍候。"

　　"您让我待在这里吧！"阿廖沙用央求的声音恳求道。

　　"那里更需要你。那里不会太平的。在一旁侍候侍候，会有用处的。魔鬼一出现，你就念祷告文。要知道，好孩子（长老喜欢这么叫他），以后，这里也不是你的久居之地。要记住这点，小伙子。一旦上帝赐福予我，让我归天——你就赶紧离开修道院。彻底离开。"

　　阿廖沙打了个哆嗦。

　　"你怎么啦？眼下，这里不是你的久居之地。我允许你在家修行。你必须云游四方。你也应当娶妻，应当的。你应该经受住一切，然后再回到这里来。有许多事要做。但是对你，我是放心的，因此才放你出去。愿基督和你同在。你心中有基督，基督的心中就会有你。你会看到大痛苦，但是在这痛苦中你会感到幸福。我给你一句临别赠言：要在痛苦中寻求幸福。干吧，要不知疲倦地干。从此要记住我的话，因为我虽然还有话跟你说，但是我已经来日无多了，不是来日无多，而是还能活几小时都数得清了。"

　　阿廖沙脸上又显露出激烈的内心活动，他的嘴角在颤动。

"你怎么又这样了呢？"长老淡淡地一笑。"就让世俗人用眼泪送别他们的死者吧，而这里我们要为往生他世界的神父感到欣慰，感到高兴，并为他祈祷。你离开我，走吧。我要祷告了。走吧，快走。待在你的两位兄长身旁。不过，不是待在一个，而是待在两个人身旁。"

长老举起手来替他祝福。要违拗是不可能的，虽然阿廖沙非常想留下来。他还想问甚至这问题："你向德米特里大哥磕头究竟是什么意思呢？"都已经要脱口而出了——但是他不敢问。他知道，如果可以的话，即使他不问，长老也会主动说给他听的。可见，他不想说。而这磕头却使阿廖沙大惊失色；他盲目地相信，这里一定有某种神秘的含义。非但神秘，也许还很可怕。当他走出隐修区的院墙，想在院长开始请客人吃饭前赶到修道院去（当然，不过是站在桌旁侍候）的时候，他的心突然痛苦地收紧了，于是便在原地停住了：他耳边似乎重又响起长老说他即将圆寂的那些话。这是长老的预言，而且还言之凿凿，那无疑是一定会发生的，阿廖沙虔诚地相信这话。但是长老死了，他怎么办呢？他怎么能再也看不见长老，再也听不到他的声音呢？他能到哪里去呢？长老不让他哭，让他离开修道院，主啊！阿廖沙很久都没有经受过这样的苦恼了。他迅速地走进树林，也就是把隐修区和修道院隔开的那片树林，因为思虑的重担压得他受不了，他开始张望林间小道旁那一株株参天的古松。这通道并不长，最多五百步；这时候不可能遇见任何人，但是突然在小道的第一个转弯处，他发现了拉基京。他似乎在等什么人。

"你不会在等我吧？"阿廖沙走到他身旁问道。

"等的就是你。"拉基京莞尔一笑。"你要赶到院长神父那里去。我知道，他请客。自从那次招待都主教和帕哈托夫将军以来，记得吗，还从来没有这么请过客。那里我不去，你去吧，去给他们端汤送菜吧。阿列克谢，请你告诉我一件事：这梦是什么意思？[1]我想问你的正是这事。"

"什么梦？"

"向你大哥德米特里·费奥多罗维奇磕头的事呀。而且还磕了个响头！"

"你说佐西马神父？"

"是的，佐西马神父。"

"响头？"

"啊，说得有欠恭敬！哼，有欠恭敬就有欠恭敬吧。你说，这梦到底是什么意思？"

"我不知道是什么意思，米沙。"

"我早知道他不会把这事解释给你听。这事当然毫无奥妙之处。似乎，不过是老一套的自以为得计的蠢事。[2]但是耍这戏法是故意的。这下好了，城里所有那些善男信女们就会议论纷纷了，而且会立刻传遍全省：'这梦到底是什么意思呢？'我看老头子的鼻子还真灵：他嗅出了要出人命。你们那里有股臭味。"

"什么人命？"

拉基京显然有什么话想一吐为快。

"你们那个破家呀，肯定要出人命。这人命就出在令兄和你那位有钱的父亲之间。因此佐西马长老才磕了个响头，以备不时之需。以后倘若出了什么事：'啊呀，这不是那位圣长老预示过，而且预言过的吗？'——其实磕个响头又能算什么预言呢？不，有人会说，这是象征，这是寓意，还有鬼知道什么什么的！于是声名远扬，有

---

1 借用谢德林的话，但源出普希金的《新郎》："……什么梦？我的好女儿，你给我们讲一讲，行不行？"
2 这里借用谢德林说过的话（最早见于《农村有个僻静的地方》）。这话出自拉基京之口，意在讽刺谢德林。

口皆碑。说什么他预见到了犯罪，指出了人犯。有些疯教徒[1]也往往这样：向酒馆画十字，向教堂扔石头。你那位长老也一样：用棍子把正人君子赶走，却对杀人犯跪下磕头。"

"什么犯罪？给哪个杀人犯？你说什么呀？"阿廖沙站住了，莫名其妙，拉基京也停下了脚步。

"哪个？你还装不知道？我敢打赌，你肯定也想过这事。顺便说说，这倒也蛮有意思的：我说阿廖沙，你永远说实话，虽然你永远脚踏两只船[2]。你有没有想过这事？请回答！"

"想过。"阿廖沙低声答道。连拉基京也感到有点尴尬。

"你说什么呀。难道你也想过？"他叫起来。

"我……倒也不是真想过，"阿廖沙嗫嚅道，"而是你刚才那么奇怪地说到这事时，我觉得我好像也想过似的。"

"你瞧（你说得多么清楚），你瞧见啦？今儿个，当你瞧着你爸和你大哥米坚卡[3]的时候，你想到可能出现犯罪吗？可见，我没想错，是不是？"

"慢，且慢，"阿廖沙惊惶地打断了他的话，"这一切你是从哪里看出来的？……为什么你对这事这么感兴趣，这倒是个首要问题。"

"这两个问题彼此有别，但又十分自然。让我分开来回答。为什么我看出来了呢？如果我今天不是突然对令兄德米特里·费奥多罗维奇一下子全了解了，一下子，而且突然之间对他的真面目了解了个透的话，那我对这事是什么也看不出来的。根据某一特点，我就一下子抓住了他整个的人。在这么一些为人非常正直，但性欲又非常强烈的人身上有一个不容忽视的特点。说不定——说不定他会一

---

1 疯教徒指一些狂信或装疯卖傻的基督徒，据迷信说法，他们有预言的才能。
2 "脚踏两只船"是谢德林批评陀思妥耶夫斯基的话，现在作者又回敬给谢德林。这是历史遗留问题，在当时引发了争论。
3 米佳、米坚卡都是德米特里的小名。

刀子捅了令尊的。而令尊又是个酒色无度的人，从来不明白凡事应该适可而止——两人都按捺不住，扑通一声，两人都会掉进河里去的……"

"不，米沙，如果仅仅是这样的话，你倒使我放心了。还不致弄到这个地步。"

"那你为什么浑身发抖呢？你知道个中奥妙吗？尽管他为人厚道，我是说米坚卡（他虽然浑，但是厚道），但他又是个大色鬼。这就是他这人的特点和他的内在本质。这种卑劣的贪淫好色是父亲遗传给他的。不过我瞧着你倒觉得挺奇怪：你怎么会仍旧是个童男子呢？要知道，你也姓卡拉马佐夫呀！要知道，在你们这家人身上贪淫好色已经达到了无以复加的程度。瞧，现在这三个好色之徒正在虎视眈眈地彼此注视着……靴筒里掖着刀子。三人狭路相逢，而你是第四个也说不定。"

"你如果讲那个女人，那你就错了。德米特里看不起她。"阿廖沙似乎打着哆嗦说。

"你说格鲁申卡？不，老弟，不是看不起她。一个人明目张胆地拿自己的未婚妻来换她，那就不会是看不起她。这里……老弟，这里还有些你现在弄不懂的东西。要是一个人爱上了某种美，爱上了女人的肉体，或者甚至于，仅仅是爱上了女人肉体的某一部分（这是好色之徒都懂得的），为了她，他就会不要自己的亲骨肉，就会出卖父母，出卖俄罗斯和祖国；一个老实本分的人，会去偷；一个温文尔雅的人，会去杀人；一个忠贞不贰的人，会叛变。普希金是个歌颂女人秀足的歌手，他用诗歌歌颂过那些秀足[1]；另一些人虽然并不歌颂，可是一看到女人纤巧的秀足就不能不抽风。但是问题并不在秀足……老

---

1 指普希金在《叶甫盖尼·奥涅金》第一章第三十节写道："我爱那如癫如狂的青春，／爱华丽、欢乐和拥挤的人群，／也爱太太们挖空心思的打扮；／爱她们纤巧的秀足；依我看，／走遍整个俄罗斯，您未必能够／找出三双漂亮的女人的秀足。"

弟，这里光是看不起是无济于事的，哪怕他当真看不起格鲁申卡。尽管看不起，还是看不够。"

"这我懂。"阿廖沙贸然道。

"是吗？既然你刚一开口就说你懂，可见这种事你是真懂。"拉基京幸灾乐祸地说。"这话你是无意中说出来的，这话脱口而出。这样供认不讳就更可贵：可见，你对这问题很熟悉，已经想过这问题了。唉，你呀你呀，还是童男子呢！阿廖沙，你不言不语，你是圣徒，我同意，但是尽管你不言不语，鬼知道你什么问题没想过，鬼知道你懂得什么！一个童男子，却钻得这么深、透——我早就在观察你了。你不愧姓卡拉马佐夫，你是货真价实的卡拉马佐夫——可见，血统和选什么人为妻大有关系。从父亲那儿遗传来的是好色，从母亲那儿遗传来的是癫狂。你干吗发抖呀？难道我说的不是大实话吗？我说，格鲁申卡让我给你捎句话：'你把他（就是你）带来，我要把他身上的修士服扯下来。'她再三再四地求我：你要把他带来呀，你要把他带来呀！我心里直犯嘀咕：她对你这么感兴趣究竟为啥呢？要知道，她可不是一般的女人呀！"

"替我谢谢她，你告诉她我不能去。"阿廖沙苦笑了一下。"米哈伊尔[1]，你把要说的话先说完，然后我再告诉你我的想法。"

"有什么说完不说完的，一切都一清二楚。老弟，这一切全是老生常谈了。如果你骨子里也是个好色之徒的话，你的同胞手足伊万又怎能例外呢？要知道，他也姓卡拉马佐夫。你们卡拉马佐夫家的整个问题也就在这里：好色、贪财和癫狂！现在你二哥伊万不知出于什么愚蠢之极的打算，居然开玩笑似的发表了几篇神学论文，你二哥伊万自己是个无神论者，他自己也承认这样做是卑鄙的。此外，他还想从你大哥米佳手里把他的未婚妻给抢过来，

---

1 米沙的大名，拉基京是姓。

而且看来这一目的他能够达到。特别有意思的是，怎么达到法呢：他已经得到米坚卡本人的同意，因为米坚卡正想自动把自己的未婚妻让给他，只要能够把她甩了，赶快去找格鲁申卡就行！而这一切都是在标榜自己高尚和无私的幌子下作出来的，请你注意这点。正是这些人最要命了！鬼才弄得清你们到底是怎么回事：自己承认自己卑鄙，自己还硬要往卑鄙里钻！你接着往下听：现在你老爸挡了米坚卡[1]的道。要知道，这老东西也突然迷上了格鲁申卡，只要一瞅见她，口水就直往下流。要知道，刚才在修道室里，就是因为她，他才大吵大闹的，就因为米乌索夫胆敢叫她淫妇。他爱得嗷嗷叫，比猫儿叫春还厉害。过去她只是在酒馆里给他干点见不得人的事，混点钱花，可现在他突然摸透了她的心思，看清了她的为人，张狂起来，得寸进尺地追她，当然，居心叵测，追求的无非是枕席之欢。我看呀，他们父子俩狭路相逢，非碰个鼻青脸肿不可。而格鲁申卡既没有答应这个，也没有答应那个，暂时还只是闪烁其词，两面讨好，她在窥测方向，看跟谁更有利可图，因为虽然可以向爸爸捞到很多钱，可是他肯定不会娶她，说不定到后来还会像犹太佬那样抠门儿，扎紧钱袋，一毛不拔。在这种情况下，米坚卡就值钱啦；钱，他没有，但是他会娶她。是的，您哪，他会娶她！他的未婚妻卡捷琳娜·伊万诺芙娜，长得美丽非凡，又有钱，又出身贵族，是一位上校的千金，可是他肯定会抛弃她，而娶格鲁申卡。格鲁申卡过去曾是一个做生意的老头，一个好色的粗人兼市杜马议长萨姆索诺夫的外室。由此看来，倒的确可能引起冲突——刑事冲突。而你二哥伊万等待的就是这个，那时他就可以坐享其成了：非但可以把他朝思暮想的卡捷琳娜·伊万诺芙娜弄到手，而且还可以捞到她的六万卢布陪嫁。他是

---

1 米哈伊尔的昵称，下文中若出现，恕不一一指出。

一个小人物和穷光蛋，作为开头，这点钱对他还是非常有诱惑力的。你可要注意了：米佳不仅不会见怪，甚至还会终生感激不尽。我有确切情报，还在上星期，米坚卡在小饭馆里跟一些茨冈女人喝得醉醺醺的，他曾经当着大家的面亲口嚷嚷，说他配不上自己的未婚妻卡坚卡[1]，只有他的二弟伊万才配得上。至于卡捷琳娜·伊万诺芙娜本人，碰到像伊万·费奥多罗维奇这样一个迷人的男子，最后是不会拒绝的；要知道，即使现在，她也在他俩之间摇摆不定。这个伊万究竟用什么把你们大家全给迷住了，以致你们对他全佩服得五体投地呢？而他却在嘲笑你们，他心里在说，我坐享其成，你们破钞，我大快朵颐。"

"你怎么知道这些？你为什么说得那么肯定呢？"阿廖沙皱起眉头，突然生硬地问道。

"那你为什么一面现在提问题，一面又预先害怕我的回答呢？这说明你自己也同意我说的是大实话。"

"你不喜欢伊万才这么说的。伊万不在乎钱。"

"是吗？那么卡捷琳娜·伊万诺芙娜的美貌呢？这不仅是金钱问题，虽然六万卢布对他非常有诱惑力。"

"伊万看得高。即使几万、几十万，伊万也不在乎。伊万谋求的不是金钱，不是安逸。说不定他在寻找痛苦。"

"这又是什么奇谈怪论？唉，你们呀……你们这些贵族呀！"

"唉，米沙，他的灵魂在剧烈地动荡。他的脑子在苦苦思索。他有个大问题没有解决。他是属于那样的人：他们不需要百万家产，只需要解决思想问题。"

"这是剽窃，阿廖什卡[2]。你不过是套用你那长老的话。倒是伊

---

1 卡捷琳娜的小名。
2 阿列克谢的昵称。

万给你们打了个哑谜！"拉基京带着明显的恼恨叫道。甚至他的脸色也变了，气得嘴角歪斜。"这是一个愚蠢的哑谜，没必要妄加猜测。稍微动动脑筋——你就会明白的。他那篇文章是可笑的、荒唐的。我方才听他们说到他那愚蠢的理论：'没有灵魂不死就没有美德，就意味着可以为所欲为。'（你记得吗，顺便提一下，米坚卡大哥还叫了一声：'我一定牢记！'）这是为混蛋们预备的颇具诱惑力的理论……我骂人了，这不好……不是为混蛋们预备的，而是为那些'深层思想没有解决'的夸夸其谈的学究们预备的。一个吹牛大王，其全部实质是：'一方面不能不招认，另一方面又不能不承认！'他的整个理论就是无耻！人类肯定会在自身中找到力量，为实现美德而生活，甚至不相信灵魂不死也无妨！肯定会在热爱自由、平等、博爱[1]中找到力量……"

拉基京激动起来，几乎不能自已。但是他似乎想起了什么，又蓦地打住。

"好了，够啦！"他比刚才更甚地苦笑了一下。"你笑什么？认为我俗气？"

"不，我想也没想过你俗气。你很聪明，但是……你千万别往心里去，我是傻笑。我明白，你有权激动，米沙。从你的冲动中我猜到，你本人对卡捷琳娜·伊万诺芙娜也不是无动于衷的，老兄，我早就疑心这点了，所以你才不喜欢我二哥伊万。你不会是吃他的醋吧？"

"而且，也为她的钱吃醋？加上这点，不更好吗？"

"不，关于钱的事，我无意置喙，我不想对你说过头的话。"

"我信，既然你这么说了，但是你和你的二哥伊万都见鬼去吧！你们谁也不明白，即使没有卡捷琳娜·伊万诺芙娜，人家也会非常

---

1 这是法国大革命时期提出的资产阶级的口号。

不喜欢他的。我凭什么要喜欢他，他妈的！要知道，他曾经亲自赏脸骂过我。我为什么没权利骂他？"

"我从来没听他说过关于你的事，既没说过好话，也没说过坏话；他压根儿没提到过你的事。"

"我倒听到过，前天，他在卡捷琳娜·伊万诺芙娜那儿把我编派得一无是处——你看，他对鄙人——你们恭顺的奴仆兴趣有多大。在发生这事以后，到底谁吃谁的醋——我就不得而知了！他发表了一通关于我的高见：如果我无意在最近的将来角逐修士大司祭这一职位并决定削发[1]为僧的话，那我肯定会去彼得堡加盟一家大的杂志社，而且肯定会主持批评栏，一写就是十几年，最后，把这家杂志社抓到自己手里。然后重新出版这家的杂志，而且肯定会走自由主义和无神论的路子，带一点社会主义色彩，甚至还会摆出一副小小的社会主义派头，但是我的万事谨慎，其实是左右逢源，愚弄傻瓜而已。据令兄的说法：我的功名利禄之心的最后表现必定是，杂志的社会主义色彩并不妨碍我把读者的杂志预订费存进自己的活期存折，如有机会，便在某个犹太佬的指点下让资金周转，直到在彼得堡盖大楼，然后让编辑部搬进去，把其余的楼层出租给房客。我甚至把楼房的地点都选定了：在涅瓦河的新石桥附近，据说，在彼得堡，这桥正在设计中，由翻砂街直达对岸的维堡区[2]……"

"啊，米沙，要知道，这一切肯定会实现，甚至逐字逐句，直到最后一个字！"阿廖沙突然叫道，他忍俊不禁，快乐地笑了。

"您也来挖苦我，阿列克谢·费奥多罗维奇。"

"不，不，我开玩笑，请原谅。我心里想的完全是另一件事。不

---

1 基督教修士削发，不同于佛教的剃度，仅剪去一圈头发。
2 该桥现名翻砂桥，建于一八七五——一八七九年，是彼得堡涅瓦河上的第二座大桥。

过对不起：谁会把个中详情统统告诉你呢？你又能从谁嘴里听到这一切呢？总不至于他在谈论你的时候，你就躲在卡捷琳娜·伊万诺芙娜家吧？"

"我不在那里，但是德米特里·费奥多罗维奇在那里，这话是我亲耳听德米特里·费奥多罗维奇告诉我的，也就是说，如果你愿意知道的话，他告诉的不是我，是我偷听来的，自然是无意的，因为我就坐在格鲁申卡的卧室里，德米特里·费奥多罗维奇待在隔壁房间里的时候，我一直出不去。"

"啊，对了，我倒忘了，她是你的亲戚呀……"

"亲戚？格鲁申卡是我的亲戚？"拉基京忽然叫起来，满脸涨得通红。"你是不是疯了？脑子有问题。"

"那又怎么啦？难道不是亲戚？我听人家这么说……"

"你能在哪儿听到这话呢？不，你们这几位卡拉佐夫先生，硬充是什么历史悠久的大贵族，可当时令尊却依人为生，到处当小丑，依靠人家的恩典在厨房里混碗饭吃。就算我只是一名牧师的儿子吧，在你们这帮贵族面前不过是个小人物，也要请你们不要这样快乐而又肆无忌惮地侮辱我。我也有人格，阿列克谢·费奥多罗维奇。我不可能是格鲁申卡的亲戚，她是婊子，您要明白！"

拉基京十分恼怒。

"看在上帝分上，请您原谅，我怎么也想不通，她怎么会是婊子呢？难道她……是这种人吗？"阿廖沙突然脸红了。"再向你说一遍，我是这么听说的，她是你的亲戚。你常常去看她，你自己也对我说过，你跟她并没有卿卿我我的关系……我压根儿就没想到你会这么鄙视她！难道她应该受到这样的对待吗？"

"我常常去看她，我自有要去看她的理由，你就甭问了。至于亲戚不亲戚的，倒是你哥或者是你爸硬要把她拉成是你的而不是我的什么亲戚。好了，到了。你还是去厨房的好。啊呀，这是怎么回事，这是怎么了？莫非迟到了？他们不可能这么快就用完饭了呀？莫非又是你们卡拉马佐夫家的什么人在这里调皮捣蛋了？肯定是这样。这不是你爸吗，而且伊万·费奥多罗维奇也跟在他后面。他们这是从院长那里冲出来呢。瞧，那边伊西多尔神父站在台阶上冲他们嚷嚷呢。而且你爸也在嚷嚷，挥动着两手，大概在对骂。啊呀，那边米乌索夫也坐上马车走了，瞧，马车跑了。瞧，地主马克西莫夫也在跑，肯定大打出手了；这么说，没吃成饭！他们该不是把院长给揍了吧？要不就是他们挨揍了？这就活该啦！……"

　　拉基京大惊小怪地连声感叹，他并没有弄错。的确发生了大吵大闹，而且闻所未闻，完全出人意料。一切都出于"心血来潮"时的一念之差。

八、大吵大闹

　　因为彼得·亚历山德罗维奇毕竟是个很有修养的上等人，所以当他和伊万·费奥多罗维奇就要走进院长房间的时候，他心里便立即产生了一个就某方面来说微妙的心理活动，他开始觉得他刚才发脾气是可耻的。他暗自感到，对这个下三滥费奥多尔·帕夫洛维奇，实际上就应当根本不把他放在眼里，因此他刚才在长老修道室也就无须沉不住气，更不必像方才那样自己先就乱了套。"起码，这几名修士在这方面毫无过错，"他在院长室的台阶上蓦地认定，"假如这里也是位上等人（这位院长尼古拉神父，看来也是贵族出身），那为什么不能对他们和颜悦色、客客气气、彬彬有礼呢？……我决不争论，甚至准备随声附和，以礼取胜，而且……而且……我要证明，我跟这个伊索[1]，跟这个逗哏的丑角并非同伙，我跟大家一样，上了他的当……"

有争议的某处树林的伐木问题和捕鱼问题（这一切究竟在哪儿，他自己也不知道），他决定向他们彻底让步，而且永不反悔，今天就干，再说这一切也值不了几个钱，他同修道院打的一切官司就此作罢。

当他们走进院长神父的斋堂后，他的这一切良好打算就更坚定不移了。其实，院长也没什么斋堂，因为这整座房子里像样的房间总共也就两间，固然，比起长老的房间来，那就宽敞得多，也方便得多了。但是房间里的陈设也不见得特别舒适：家具是皮的、红木的，全是二十年代的陈旧款式；甚至地板也没有油漆；但是窗明几净，一切都很干净，窗台上摆着许多名贵花卉；但是此时此刻最阔气的，自然还是那张摆设得十分阔气的餐桌，虽然，话又说回来，这也仅是相对而言：桌布干干净净，餐具晶光锃亮；有烤制得非常好的三种面包、两瓶葡萄酒、两瓶上好的修道院出产的蜂蜜、一大玻璃罐修道院酿制的附近闻名的克瓦斯。但是没有伏特加，根本没有。拉基京后来告诉大家，这次午斋共准备了五道菜：清蒸鲟鱼、鱼馅包子，接着是做法十分别致的烩鱼肉；然后是红鱼肉排、冰淇淋和水果蜜饯，最后是一种类似牛奶杏仁酪的果冻。[2]拉基京忍不住，特意去了一趟院长的厨房（他也跟厨房有关系），把这一切打听得一清二楚。他到处都有关系，到处都有人供给他情报。他心怀嫉妒，为人很不本分。他充分意识到他这人很有能耐，但是自视甚高，因此神经质地夸大了这种能耐。他很有把握，他一定会在某方面有所成就。阿廖沙同他很要好，但是他的朋友拉基京并不光明磊

---

1 著名的古希腊寓言家。此处转意为言行乖张的人。
2 东正教规定的斋饭，主要指不吃肉制品，而奶制品、鱼和酒则不在此列。

落，又毫无自知之明，他自以为不会偷别人桌上的钱，所以就认定自己是世界上最最光明磊落的人，这使阿廖沙感到很痛苦。但这事不仅阿廖沙，任何人也拿他没办法。

拉基京因为是个小人物，所以他没有资格被邀请去吃午斋，但是院长却邀请了约瑟神父、派西神父，跟他俩一起被邀请的还有另一位修士司祭。当彼得·亚历山德罗维奇和伊万·费奥多罗维奇跨进房间的时候，他们在院长的斋堂里已经恭候多时。在斋堂里恭候他俩的还有地主马克西莫夫。院长神父为了欢迎客人还特意跨前几步，走到房间中央。他是一个又高又瘦的老人，但依旧很健壮，黑发里夹着银丝，脸长长的，清癯而又威严。他默默地向客人们一一鞠躬致意，但是这一回他们都走近前去接受了他的祝福。米乌索夫甚至冒了一下险，想亲吻他的手，但是院长及时把手抽了回来，因此没有吻成。然而伊万·费奥多罗维奇和卡尔加诺夫却在这次接受了全套的祝福，也就是按老百姓的样子十分老实地吧嗒了一下嘴唇，吻了一下手。

"我们应该郑重道歉，大法师，"彼得·亚历山德罗维奇客气地咧嘴微笑着，口气倨傲，但又不失恭敬，"郑重道歉，因为我们独自来了，您邀请的我们的那位同伴费奥多尔·帕夫洛维奇未能前来；他不得已只能谢绝您的盛情款待，而且这不是没有原因的。在圣佐西马的修道室里，他因一时冲动，被同儿子的不幸的家族纠纷弄得心烦意乱，说了几句非常不得体的话……总而言之，完全登不了大雅之堂……这事，看来（他望了一眼两位修士司祭），大法师大概早知道了。他自知有罪，也诚心悔改，深感汗颜无地，而且无法克服内心的愧疚之感，因此他请我们（在下和他的二公子伊万·费奥多罗维奇）向您表示由衷的歉意……总之，他希望并且愿意以后再次设法弥补这一切，而现在，他恳请您给他祝福，并请您忘掉今天发生的事……"

说到这里，米乌索夫打住了。他抑扬顿挫地说完他的长篇演说的最后几句话后，觉得十分得意，因此不久前的恼怒在他心里连一点影子也没有了。他又完全地、真心真意地爱人类了。院长庄重地听完了他的话，微微低下头，答道：

"对他的不辞而别深感遗憾。也许，当我们用饭时，他又会像我们爱他一样地爱我们了。请赏光，诸位，请入席吧。"

他站到圣像前，开始诵读祷告词。大家都恭恭敬敬地低下了头，地主马克西莫夫还特别抢前一步，手指交叉，合十当胸，以示特别虔诚。

也就在这时，费奥多尔·帕夫洛维奇又抛出了自己的最后一个花招。应当看到，他倒的确想走来着，但在长老的修道室里干下了他那可耻的行径之后，再要像没事人似的到院长那里吃饭，他也的确感到很难办。倒不是自惭形秽，深感内疚，甚至于也许根本相反；可是他终究还是感到现在去赴宴有失体统。但是当他那嘎吱作响的马车被赶到客堂台阶旁的时候，他已经抬腿要上车了，却猛不丁止住了脚步。他想起自己在长老那儿说的话："我总觉得我无论走到哪儿，我比所有的人都卑鄙，大家都把我当小丑——那也好，那就让我再当一回小丑吧，因为你们大家无一例外地都比我浑，也都比我卑鄙。"他偏要恶心恶心大家，以示报复。偏巧这时候他突然想起了一件事：有一回，还在从前，有一次人家问他，"您干吗这么恨某某人呀？"当时恰逢他无耻的小丑脾气突然发作，他回答道，"是因为这样，他倒的确没招我惹我，但是我却对他做了件伤天害理的坏事，我刚做完这事，就立刻因此而对他恨之入骨。"现在，他一想起这事，沉思少顷，便冷冷地发出一声狞笑。眼睛忽闪了一下，甚至嘴唇都抖了起来。"干脆一不做二不休，干坏事就干到底。"他突然拿定了主意。这一瞬间，他内心最深处的感觉可以用这样的话来表达："既然现在我已经名誉扫地，无法挽回，那我干脆豁出去了，无耻到底；对于你们，我没有什么可丢人现眼的，就这么回事！"他让马车夫在这里稍候，自己则快步回到修道院，径直向院长那里走去。他还不清楚他会做出什么事来，但是他知道他已经控制不住自己了，只要稍微来个由头，霎时间，他立马就会穷凶极恶，什么卑鄙下流的事都做得出来——话又说回来，也仅止于出出洋相而已，绝不至于犯罪或干出什么可能触犯刑律的事情来。在后一种情况下，他永远会见好就收的，有时他甚至自己都对自己的这种本领感到惊奇。他出现在院长斋堂上之时，恰逢祈祷已经结束，大家纷纷入座的时候。他站在门口，扫了大家一眼，发出一声又长又放肆的狞笑，并且大胆地直视着大家的眼睛。

"他们还以为我走了，瞧，我不又来了！"他向整个斋堂嚷道。

一时间，大家都紧盯着他，哑默无声，大家霎时间感到马上就要出事了，出一件既丑恶又荒唐的事，而且肯定会大吵大闹。彼得·亚历山德罗维奇本来已经心平气和，一下子变得暴跳如雷。业已在他心中平静、熄灭的一切，一下子又复活了，抬头了。

"不，我受不了这个！"他叫道，"根本受不了，而且……怎么也受不了！"

血猛地冲上他的脑海，他甚至语无伦次了，但是他已经顾不上章法，一把抓起自己的礼帽。

"他究竟受不了什么呢？"费奥多尔·帕夫洛维奇叫道，"'怎么也受不了，无论如何受不了'？大法师，我能不能进来呢？您接待不接待我这个应邀前来赴宴的客人呢？"

"衷心欢迎您赏光。"院长回答。"诸位！能不能容许我，"他忽然补充道，"衷心地请求诸位捐弃前嫌，在敝院的这个薄宴上像亲戚般和和美美，相亲相爱，并且一起祷告上帝呢……"

"不，不，不可能。"彼得·亚历山德罗维奇仿佛心慌意乱地叫道。

"既然彼得·亚历山德罗维奇说不可能，那我也不可能，我也不准备留下来。我此来就为跟他一起。现在，我将永远跟彼得·亚历山德罗维奇形影不离：彼得·亚历山德罗维奇，您走我也走，您留下我也留下。院长神父，您刚才说像亲戚般和和美美，您可是狠狠地刺了他一下，因为他不承认是我的亲戚！对否，封·佐恩？瞧，封·佐恩也在这里。你好，封·佐恩。"

"您……跟我说话？"惊讶不止的地主马克西莫夫嘟囔道。

"当然跟你，"费奥多尔·帕夫洛维奇叫道，"不然的话，还能跟谁呢？院长神父总不会是封·佐恩吧！"

"要知道，我也不是封·佐恩呀，我叫马克西莫夫。"

"不，你是封·佐恩。大法师，您知道封·佐恩是何许人吗？有这么一桩刑事案：他让人在一座淫窟（这类地方你们好像是这么称呼的吧）里给打死了，是谋财害命，尽管他年事已高，还是被人钉进了一只箱子里，并予以密封，装上了行李车，编上了行李号，从彼得堡运到了莫斯科。钉箱子的时候，那些承欢的舞女还唱歌、弹琴，就是说弹钢琴。[1]他就是那个封·佐恩。他起死回生了，对否，封·佐恩？"

"这到底是唱的哪一出呀？这算什么话？"在一群修士司祭中有人叫道。

"咱们走！"彼得·亚历山德罗维奇向卡尔加诺夫叫道。

"不，对不起！"费奥多尔·帕夫洛维奇又向室内跨进一步，发出一声尖叫，打断了他们的话，"也让我把要说的话说完嘛。在那边修道室，有人糟践我，似乎我的行为大不敬，究其因，就因为我叫了一声鲍鱼。敝亲彼得·亚历山德罗维奇·米乌索夫喜欢在谈

---

1 一八七〇年三月二十八─二十九日，圣彼得堡地区法院曾开庭审理了这一案件。封·佐恩被拷打和钉进箱子的时候之所以要弹琴、唱歌、拍手、跺脚，是为了不让外面听见凶手们作案时发出的敲击声以及被害人发出的喊叫声和呻吟声。

话中 plus de noblesse que de sincérité[1]，而我则恰好相反，喜欢在我的谈话中 plus de sincérité que de noblesse[2]，我压根儿就瞧不起这个noblsees[3]！对否，封·佐恩？对不起，院长神父，我虽然是小丑，而且经常扮演小丑，不过我是个人格高尚的骑士，我喜欢直来直去。对，我是个人格高尚的骑士[4]。而彼得·亚历山德罗维奇身上只有一颗受到伤害的自尊心，此外再没有什么了。我方才到这里来，也许就为了来看看，说说自己的心里话。我有一个儿子阿列克谢在这里修行；我是他父亲，我关心他的命运，也应当关心他的命运。我一直在听大家说话和演戏，但也悄悄地冷眼旁观，而现在我想把这戏的最后一幕给你们演完。我们这里到底是什么情形呢？我们这里，凡是倒下去的就让它躺着，听之任之。在我们这里一旦跌倒了，就永世不得翻身。那怎么行呢！我偏要站起来。神圣的神父们，我对你们很有意见，甚至义愤填膺。忏悔是伟大的圣礼，连我也对之十分崇敬，诚惶诚恐，五体投地，可是方才在那边修道室里大家却突然跪着，出声地忏悔。难道忏悔也能让旁人听见吗？圣神父们规定忏悔只能对一个人耳语，那样，你们的忏悔才能成为圣礼，而且这是自古以来的规矩。[5]要不我怎么能当着大伙的面向他说明，比如说吧，我这个那个的……也就是说那个这个，您明白了吗？要知道，有时候是说不出口的。要知道，这岂不是丢人现眼吗！不，诸位神父，跟你们在一起，岂不是兴许就变成鞭笞派[6]了吗……我一有机会非上书给东正教最高会议不可，我还要把小儿阿列克谢带回家去……"

---

1 法语：高尚多于真诚。
2 法语：真诚多于高尚。
3 法语：高尚。
4 这里是讽刺和贬低屠格涅夫论别林斯基时说过的类似的话，他说别林斯基的心"纯洁得近乎腼腆，绵软得近乎温柔，高尚得近乎骑士"。
5 十三世纪前，基督徒的忏悔是公开进行的，直到十三世纪初才规定忏悔也可以单独或秘密进行，但是根据自愿原则，公开忏悔也是可以的。
6 产生于俄国十七世纪的一个宗教派别，它的主要教条是鞭身——用鞭子驱赶附在人体上的魔鬼。

这里要请大家注意。费奥多尔·帕夫洛维奇听到过什么地方在敲钟[1]。过去曾有人恶意造谣，甚至传到了都主教的耳朵里（不仅传遍敝县的修道院，也传遍了施行长老制的其他修道院），似乎长老们过于受到尊崇了，甚至院长的地位都受到了损害，又顺带提到似乎长老们滥用忏悔这一圣礼，等等。这种指责是荒唐的，因此到时候就不攻自破了，非但在敝县，而且到处都一样。但是混账的魔鬼抓住了费奥多尔·帕夫洛维奇，并且利用他自己的神经质使他在无耻的深渊里愈陷愈深，魔鬼乘机把从前对长老的这一责难悄悄地告诉了他，其实，费奥多尔·帕夫洛维奇对此一窍不通。再说，个中道理他也说不清，更何况这一回谁也没跪在长老的修道室里出声地忏悔，因此费奥多尔·帕夫洛维奇也不可能亲见与此类似的任何情形，他只是根据他临时想起来的早已老掉牙的飞短流长信口胡说一气罢了。但是把这一套混账话说出来以后，他也感到这是瞎掰，十分荒唐，因此便想马上向他的听众证明，更要紧的是向他自己证明他说的话根本不是瞎掰。他这是欲盖弥彰，越说越荒唐，越说越不像话——但是他欲罢不能，就像从山上滚下来似的，收不住脚了。

"真卑鄙！"彼得·亚历山德罗维奇叫道。

"对不起，"院长忽然开口道，"自古以来就有这样的说法：'有人说了我许多坏话，简直难听极了。但是我听完之后便对自己说：这是耶稣在对症下药，借以治疗我那爱好虚荣的灵魂。'因此我们非常感谢您，尊贵的客人！"

他说罢便恭恭敬敬地向费奥多尔·帕夫洛维奇鞠了一躬。

"啧啧啧！假仁假义和老一套的漂亮话！老一套的漂亮话和老一套的装腔作势！老一套的假惺惺和老一套的磕头鞠躬！这些磕头鞠躬咱一清二楚！'嘴上亲吻，心上插刀'，就跟席勒的剧本

---

1 指谣诼纷纭。

《强盗》里一模一样。神父们，我不喜欢虚情假意，我喜欢实事求是！但是实事求是不在鲟鱼不鲟鱼的，这道理我曾公开宣布过！修士神父们，你们干吗吃斋？你们干吗期望靠吃斋而受到上天的恩赏？要知道，上天真要恩赏，那我也去吃斋了！不，神圣的修士，你应当修身养性、洁身自好，做个有益于社会的人，不要关在修道院里饭来张口，衣来伸手，也不要期待上苍的恩赏——真要做到这点是比较难的。要知道，院长神父，我也会说得蜜里加糖的。他们在这里到底预备下了什么好吃的东西呢？"他走近桌旁。"老牌法克托里牌的波尔多葡萄酒，叶里谢耶夫兄弟公司灌装的美陀克葡萄酒，神父们，真行啊！要知道，这可不像几尾鲟鱼呀。神父们还真拿出了好几瓶酒，嘿嘿嘿！那这一切又是谁供给的呢？这是俄国老百姓，劳苦者，用自己长满趼子的双手挣得的几文小钱，是从自己的家用和国家的需要中硬抠出来，送到这里来的！要知道，神圣的神父们呀，你们是在吸人民的血呀！"

"你说这话也太不成体统了。"约瑟神父道。派西神父则闭紧嘴，不说话。米乌索夫冲出了房间，卡尔加诺夫也紧随其后跑了出去。

"好了，诸位神父，我也要紧跟彼得·亚历山德罗维奇走了！我再也不到你们这儿来啦，即使你们跪下来求我，我也不来啦。我曾经布施过你们一千卢布，你们现在又瞪大了眼睛紧盯着我，嘿嘿嘿！不，我再也不给啦。我要报仇！为我逝去的青春，也为我受到的种种侮辱！"他装腔作势，貌似激动地用拳头捶了一下桌子。"这个破修道院在我一生中起了很大作用！由于这座破修道院，我曾经伤心落泪！你们唆使我那疯婆子起来跟我作对。你们在七次普世会议[1]上诅咒过我，在四乡八邻到处散布我的谣言！够啦，诸位神父，

---

1 基督教曾开过多次普世会议，东正教只承认基督教东西教派正式分裂前召开的七次普世会议。在这几次会上都有人遭到诅咒和谴责。

现如今是自由主义的时代，轮船和铁路的时代。不用说一千卢布，就是一百卢布，一百戈比，你们也休想从我手里拿到！"

还得请读者注意。敝县的修道院在他的一生中从来没有起过任何特别的作用，他也从来没有因为它而伤心落泪过。但是连他自己也被他装出来的眼泪迷惑住了，竟然在一刹那间连他自己都对自己的装腔作势信以为真了；甚至都感动得哭了出来；但是在这同一瞬间他又感到现在该是见好就收的时候了。院长对他的恶意造谣只是低头倾听，然后才再一次庄严地说道：

"还是古话说得好：'对那无意中加在你头上的侮辱要愉快地忍受，不要在意，更不要恨那个侮辱你的人。'我们也一定照此办理。"

"啧啧啧，不要在意！净胡说八道！你们去不要在意吧，神父们，我可要走了。我还要把小儿阿列克谢带走，动用我做父亲的权力把他永远带走。伊万·费奥多罗维奇，我的最有出息的儿子，请允许我命令你跟我一起走！封·佐恩，你留在这里干什么！立马进城到我府上去。我家可快活啦。总共才一俄里，我不会让你吃素油的，我要请你吃乳猪粉蒸肉；咱们美美地吃一顿，我要请你喝白兰地，接着是蜜酒；还有北极悬钩子露酒……喂，封·佐恩，不要错过机会，有福不享呀！"

他吵吵嚷嚷、指手画脚地走了出来。也就在这工夫拉基京看见他走出来，并指给阿廖沙看。

"阿列克谢！"父亲看到他后，从远处叫了他一声，"今天就搬回我那儿去住，咱不回来了，把枕头和床垫也全带走，从此以后不许你再来。"

阿廖沙站住了，呆若木鸡，他默默地、注意地观看着这场戏。这时费奥多尔·帕夫洛维奇已经钻进马车，伊万·费奥多罗维奇也紧跟在他后面，板着脸，默默地钻进马车，甚至都没有向阿廖沙回过头来说声再见。但这时又发生了一件几乎令人难以置信的耍活宝的事，它可作为这个故事的补白。地主马克西莫夫突然出现在马车的踏脚板旁。他生怕赶不上趟，气喘吁吁地跑了过来。拉基京和阿廖沙看见他在跑，看见他急急忙忙地伸出一只脚，踏上了踏脚板（这时，伊万·费奥多罗维奇的左脚还踩在踏板上），两手抓住车子，就想往马车里跳。

"我也去，我也跟你们去！"地主一边跳一边叫，发出快乐的格格笑声，怡然自得，满脸放光，不顾一切，"把我也捎上！"

"我不是早就说过了吗，"费奥多尔·帕夫洛维奇兴高采烈地叫道，"他是封·佐恩！他是一个起死回生的真正的封·佐恩！你怎么从那里脱身的呢？你在那里耍尽了活宝，一副封·佐恩的样子，你又怎么能离席而去呢？要知道，只有糊涂虫才会去吃这顿饭！我已经够糊涂的了，我看，老弟，你比我还糊涂！快跳上来，快跳！万尼亚[1]，让他上来，这下可有乐子瞧了。车上，他可以凑合着趴在我们脚旁。你能趴着吗，封·佐恩？要不然的话，就让他跟车夫在前头坐在一块儿？……跳上车夫座，封·佐恩！……"

但是伊万·费奥罗多维奇已经在座位上坐好了，他默默地对准马克西莫夫的胸脯使劲推了一下，把他推得一个趔趄，飞出一俄丈开外。如果说他没有跌倒，那纯属偶然。

"快走！"伊万·费奥罗维奇恶狠狠地向车夫喝道。

"你这是干吗呀？何必呢？你干吗这么待他？"费奥多尔·帕夫洛维奇的气不打一处来，但是马车已经动起来了。伊万·费奥罗维奇没有回答。

"你这人也真是的！"费奥多尔·帕夫洛维奇沉默了两分钟后，斜睨着儿子，又说道。"修道院这事前前后后都是你策划的，都是你挑唆的，都是你首肯的，为什么现在又发脾气呢？"

---

1 伊万的小名。

"行了，别废话了，现在您歇会儿行不行？"伊万·费奥多罗维奇不客气地回敬道。

费奥多尔·帕夫洛维奇又沉默了约莫两分钟。

"现在有杯白兰地就好啦。"他劝谕似的说道。但是伊万·费奥多罗维奇没有回答。

"到家后，你也喝点儿。"

伊万·费奥多罗维奇仍旧一言不发。

费奥多尔·帕夫洛维奇轻蔑地耸了耸肩，转过脸去，开始观看路边的风光，然后一直到家两人都没吭声。

第三卷
色　狼

一、下　房

　　费奥多尔·帕夫洛维奇的私宅离市中心很远，既不在市中心，但也不完全在郊区。这房子相当古旧，但外表看上去还颇悦目：是座平房，带阁楼，墙上刷着灰漆，加上一个红铁皮屋顶。然而，这房子岿然不动，还能维持很久，屋内很宽敞，也很舒适。里面有许许多多各式各样的储藏室，各种各样可以藏人的地方，以及意想不到的暗楼梯。屋里老鼠成群，但是费奥多尔·帕夫洛维奇并不十分讨厌老鼠："每到晚上，只有你一个人的时候，毕竟不至于太寂寞。"他倒真有这习惯：一到夜里就让仆人回耳房，自己则独自一人关在上房里过夜。而耳房坐落在院子里，既宽敞又结实；费奥多尔·帕夫洛维奇规定厨房也设在耳房里，虽说上房里也有一间厨房：他不喜欢厨房里发出的气味，因此无论冬夏，饭菜都是经由院子里端进来的。总的来说，这上房盖起来本来是给一个大家庭使用的，主仆合在一起人数比现在再多四倍也容纳得下。但是当我们开始讲这个故事的时候，住在上房里的只有费奥多尔·帕夫洛维奇和伊万·费奥多罗维奇，而在下人住的耳房里一共才有三名仆人：老头子格里戈里，老太婆马尔法，也就是他的老婆，还有一名仆人斯梅尔佳科夫，他还是个年轻人。关于这三名仆人必须略微多说几句。然而，关于老头子格里戈里·瓦西里耶维奇·库图佐夫，前面已经说得够多了。这是一个认准目标，一条道走到黑的人，他认定的事就会一往无前地去做，不达目的决不罢休，只要这事由于某种原因（常常是非常不合逻辑的）在他看来是符合不可推翻的真理。一般说，他为人刚正不阿。他老婆叫马尔法·伊格纳季耶芙娜，尽管她一辈子对丈夫唯命是从，可是有时候也会死乞白赖地缠着他，比如说，在农民解放[1]之后便要他立刻离开费奥多尔·帕夫洛维奇到莫斯科去，在那里做点小生意（他们多少有点本钱）；但是格里戈里当时就认定，而且一条道走到黑，这是娘们儿在胡扯，"因为任何娘们儿都是靠不住的"，至于离开从前的主人，更不应该，不管这主人从前怎么样，"因为这是他们现如今应尽的天职"。

"你懂得什么叫天职吗？"他问马尔法·伊格纳季耶芙娜。

"什么叫天职，我当然懂啦，格里戈里·瓦西里耶维奇，但是咱们硬要留在这儿，这算什么天职？这道理我就不懂啦。"马尔法·伊格纳季耶芙娜断然道。

"不懂拉倒，就这么定了。以后不许多嘴。"

结果也果真如此：他们没走，而费奥多尔·帕夫洛维奇给他们定了工钱，虽然工钱不多，但工钱还是给的。[2]再说，格里戈里知道他对老爷拥有无可争议的影响力。他感到了这一点，而且这也是有道理的：费奥多尔·帕夫洛维奇是一个狡诈而又固执的小丑，正如

---

1 指一八六一年在俄国以废除农奴制为主要目标的所谓"农民改革"。
2 "农民改革"前，他们是家奴，没有工钱。改革后，情形就不同了，他们成了自由民，所以必须付工钱。

他自己所说，"在生活中的某些事情上"，他的性格非常坚强，但是他自己也感到惊奇，在某些其他"生活琐事"上，性格又变得非常软弱。他自己也知道究竟是哪些事，非但知道，而且在许多方面感到很害怕。在某些生活琐事上必须保持警惕，不可掉以轻心，碰到这样的事，身边没有个可靠的人，事情就难办了，而格里戈里是个非常忠实的仆人。甚至常常发生这样的情形：费奥多尔·帕夫洛维奇在他投机钻营的一生中曾多次可能挨打，而且是挨毒打，但是每次都是格里戈里救了他，虽然事后他每次都要唠叨几句，告诫他一番。但是仅止于挨打是吓不倒费奥多尔·帕夫洛维奇的：因为有时候也会发生一些严重的情况，甚至很微妙、很复杂的情况，这时费奥多尔·帕夫洛维奇也许自己都闹不清他多么异乎寻常地需要一个既忠实而又亲近的人，而这种需要，他有时会突然于刹那之间而且不可思议地感觉到。这是一种近乎病态的情形：费奥多尔·帕夫洛维奇是个淫邪成性，好色得常常像凶猛的毒虫一样残忍的人，但是有时候，在喝醉酒之后，心里会突然感到一种精神上的恐惧和一种道德上的震动，从而在他心里产生一种（可以说吧）近乎生理上的痛苦。"这些时候，我的心好像提到了嗓子眼，在发抖。"他时常这么说。就在这样的瞬间，他喜欢在他身边，就在近处，哪怕不在一个房间里也行，在耳房，有这么一个人，忠实、坚强，跟他完全不同，并不纵情酒色，尽管所发生的这一切放荡行为他都看在眼里，知道一切秘密，但是他出于忠心仍旧对这一切听之任之，并不反对，主要是并不责备，也不用今生或死后可能发生的什么事来威胁他；而且必要的时候甚至还会挺身出来保护他，使他不受伤害——使他不受谁的伤害呢？使他不受某个他所不认识的，但是可怕而又危险的人物的伤害。这事的微妙之处正在于一定要有一个别人，一个相处多年的友好的人，以便在痛苦的时刻能够叫他来，就为了能够看看他的脸，也许，再侃上几句，侃些完全不相干的话也行，如果这人没有什么意见，并不见怪，心里就会觉得好受些，如果他见怪，那也没有什么，不过愁上再加个愁字罢了。有时会发生这样的事（不过这种事难得一遇），费奥多尔·帕夫洛维奇甚至半夜跑到耳房里去叫醒格里戈里，让他到他那边去待一会儿。于是格里戈里就走过来，费奥多尔·帕夫洛维奇便跟他海阔天高地闲聊一气，很快也就让他走了，有时甚至还嘲笑一番，开点小小的玩笑，他自己则啐口唾沫，上床睡觉，这时候睡觉已经心里踏实，睡得很香了。阿廖沙回到老家后，费奥多尔·帕夫洛维奇也曾碰到过类似的情况。阿廖沙"住了下来，什么都看见了，但是什么责备的话也没说"，这就"深深地打动了他的心"。除此以外，他还带来了一件过去从未有过的"东西"：对他这个老人没有半点轻蔑，相反，总是对他和和气气，总是对他十分亲热，而且这亲热十分自然而又襟怀坦荡，而他是不配人家这样待他的。这一切，对于他这个老色鬼和形单影只的孤老头子来说完全是个惊喜，对于他这样一个至今不思悔改，"作恶"多端的人来说，更是万万没有想到。阿廖沙走后，他向自己承认，他多少懂得了一些他过去不想弄懂的道理。

我在开始讲这个故事的时候已经提到格里戈里恨费奥多尔·帕夫洛维奇的发妻阿杰莱达·伊万诺芙娜，恨费奥多尔·帕夫洛维奇的长子德米特里·费奥多罗维奇的母亲，相反却极力维护他的续弦，即那个疯女人索菲娅·伊万诺芙娜，甚至不惜反对自己的主人，反对所有想要说她坏话或者不负责任地胡说一气的人。他对这个不幸的女人的同情竟变成某种神圣不可侵犯的感情，因此事过二十年他仍旧受不了不管出于任何人之口的对她恶意的含沙射影，并且对这个恶意中伤的人立即予以反驳。从外表看，格里戈里这人冷冰冰，很威严，不爱多嘴，说的话很有分量，决不说轻飘飘的不负责任的话。同样，乍一看，根本说不清他是否爱他那个逆来顺受、百依百顺的妻子，其实他还真爱她，当然，她也明白这点。马尔法·伊格纳季耶芙娜这女人不仅不笨，甚至比她丈夫还聪明也说不定，起码在一些日常生活问题上她比他精明得多，但是从结婚之初她就毫无怨言、逆来顺受地对他言听计从，并且无可争辩地尊重他，承认他在精神上的优势。有意思的是他俩一辈子极少互相交谈，除非说一些最必要的话和讲当前立马要办的事。威严而又庄重的格里戈里从来自行其是，独自考虑自己的一应事务和急于要办的公务，因此马尔法·伊格纳季耶芙娜老早就明白了，他根本不需要她作什么忠告，出什么主意。她感到她丈夫很看重她的沉默，并认为她这样做很聪明。他从来没有打过她，充其量只有一次，也只是轻轻地碰碰她而已。在阿杰莱达·伊万诺芙娜和费奥多尔·帕夫洛维奇结婚的头一年，有一次在乡下，村里的大姑娘小媳妇们（当时还是农奴）都聚到老爷的院子里来唱歌跳舞。开始时跳《牧场上》[1]，那时候马尔法·伊格纳季耶芙娜还是个少妇，她突然冲进舞圈，站在歌队前，用一种特别的跳法，跳了这支"俄罗斯"舞，她并不像乡下的小媳妇们那样跳，而是像她还在财主米乌索夫家当侍女时在地主的家庭剧场（当时他们从莫斯科请来了一位舞蹈老师，专教演员们跳舞）里学到的那样跳。格里戈里看在眼里，当他的妻子跳完后过了一小时，便在自家的木屋里，轻轻地拽住她的头发，教训了她一顿。但是所谓"殴打"云云也就从此告终，以后一辈子再没发生过类似的事，而且马尔法·伊格纳季耶芙娜也发誓从此再不跳舞了。

上帝没有赐给他们儿女，曾经有过一个不大点的孩子，但是这孩子死了。格里戈里非常喜欢孩子，甚至也不掩饰这点，就是说并不羞于表露。当阿杰莱达·伊万诺芙娜跟人私奔之后，当时德米特里·费奥多罗维奇才三岁，他便把这孩子领过来，抚养了差不多一年，亲自给他用小梳子梳头，还亲自在木盆里给他洗澡。后来，他还照管过伊

---

1 这是一支民间歌舞曲。歌中唱道：年轻的姑娘央求她父亲不要把她嫁给一个老头子，而应当把她嫁给一个与她年龄相当的人。

万·费奥多罗维奇和阿廖沙，还为了这事挨了一记耳光，但是关于这一切我在前面已经说过了。当马尔法·伊格纳季耶芙娜还在怀孕的时候，他也曾欢喜过一阵，以为很快就会有自己的孩子了。可是等孩子生下来以后，却使他大吃一惊，让他心头充满了悲伤和恐惧。原来这孩子生下来竟是个六指儿[1]。格里戈里看到这情形后伤心至极，非但一直到受洗那天一言不发，甚至还故意躲到花园里生闷气。时当春天，他接连三天在花园的菜地里挖畦。到第三天，就该给婴儿施洗了；在这以前，格里戈里已经拿定了主意。他走进木屋，教士们都来齐了，客人们也来了，最后连主人费奥多尔·帕夫洛维奇也来了，是亲自来当孩子的教父的，这时格里戈里突然宣布，这孩子"根本用不着受洗"，他说话的声音不高，话也不多，而且是一个字一个字地慢吞吞地吐出来的，说这话时，他只是神态木然地注视着神父。

"为什么这样？"神父快活而又惊讶地问道。

"因为这是……一条毒龙[2]……"格里戈里喃喃道。

"怎么会是毒龙，怎么会是毒龙呢？"

格里戈里沉默少顷。

"发生了造化的错乱……"他喃喃道，虽然说得非常不清楚，但是声音很坚定，显然不想多说废话。

大家付之一笑，不用说，还是给这可怜的孩子施了洗。格里戈里在圣水盘旁热烈地祈祷，但是对这个初生儿的看法却始终不变。不过，他也没有横加阻挠，只是在这个病孩子存活的所有两星期中，几乎看也不看他，甚至都不想看见他，多半是离开房间一走了之。但是过了两星期，当这孩子死于鹅口疮后，他又亲自把他装进小棺材，非常伤心地看着他，当人们向那个不深的小墓穴里填土的时候，

---

1 俄俗：生下来的孩子，如有生理缺陷和精神缺陷，迷信的人就认为这孩子身上有魔鬼附体。
2 龙在西方民俗中并不象征"富贵"和"吉祥"，而是一种"妖孽"。

他跪了下来，向小小的坟头磕了个头。从那以后，多年来，他一次也没提到过自己的孩子，而且马尔法·伊格纳季耶芙娜当着他的面也一次都没敢念叨过自己的孩子，即使有时她也跟别人谈到自己的"娃娃"，那也是压低了声音，尽管当时格里戈里·瓦西里耶维奇并不在她身旁。据马尔法·伊格纳季耶芙娜说，他自打从孩子的坟头回来以后，便悉心钻研"神学"，阅读《每月念诵集》，多半是默念和独自一人，每次还都戴上他那大大的银边的圆眼镜。他很少念出声来，除非是大斋期。他最喜欢读《约伯记》[1]，又不知从哪里弄到了一本"我们与神灵相通的神父伊萨克·西林[2]"的语录和布道集，他读得很认真而且多年来一直如此，但是他几乎什么也没读懂，但是正因为读不懂，所以说不定他才特别珍爱这些书。最近，他开始留意和钻研鞭笞派的教理（这教理他也是由于街坊邻舍的关系偶尔碰到的），看来受了很大震动，但是要转而皈依一个新教派，他又认为欠妥。由于熟读"经书"，不用说，这就更给他的相貌平添了几分威仪。

也许，他这人倾向于神秘主义。而这时又偏巧出了一件事，他的六指幼童的出世和死亡偏偏又跟另一件非常奇怪的、出乎他意料的新奇事巧合，于是这事便在他心中（正如后来有一回他自己所说）留下了"烙印"。这事是这么发生的：就在埋葬了那个不点大的六指儿的当天，马尔法·伊格纳季耶芙娜半夜醒来，似乎听到有新生婴儿在啼哭。她吓坏了，便叫醒了丈夫。她丈夫听了听，说，很可能是什么人在呻吟，"好像是个女人"。他下了床，披上衣服；那是一个相当暖和的五月之夜。他走出屋子，踏上台阶，清楚地听到这呻吟声是从花园那边传来的。但是每到夜间花园是从院子这边上了

1 《圣经·旧约》中的一篇。
2 伊萨克·西林，公元七世纪基督教教父，苦行者和著作家。

锁的，除了这一入口，要进花园是不可能的，因为花园四周净是又高又坚固的围墙。格里戈里回到屋里后就点了一盏马灯，拿了花园的钥匙，也不理睬他妻子那近乎歇斯底里的恐怖（她还是一个劲地唠叨，说她听到的是孩子的哭声，肯定是她那孩子在哭，在喊她），一声不吭地向花园走去。这时他清楚地听到，这呻吟声来自他们的澡堂，而这澡堂就在花园里，离园门不远，而且他听到的当真是一个女人在哼哼。他打开澡堂门，看到里面的景象后都惊呆了：一个全城闻名、流落街头的本城的疯教徒，一个外号叫"臭丫头利扎韦塔"的女人，钻进了他们家的澡堂，刚生下了个孩子。那婴儿就躺在她身旁，而她挨着这孩子已经奄奄一息。她什么话也没说，因为她本来就不会说话。但是这一切必须另辟一章才说得清楚。

二、臭丫头利扎韦塔

　　这里有一个特别的情况，深深震动了格里戈里，彻底坚定了他过去曾经产生过的那个令他不快和极端厌恶的疑惑。这个臭丫头利扎韦塔是个个头很小的姑娘，仅"两俄尺[1]稍多一点"，就像她死后敝县许多朝圣的老太太不胜感慨地回忆她时所说。她那二十岁的脸，健康、宽阔而又红润，可是完全像个白痴；她的目光呆滞，令人不快，虽然很温顺。她一辈子，无论冬夏，都是光脚，穿一件粗麻布衬衫。她的头发几近黑色，又浓又密，像羊毛一样拳曲，顶在她头上好像戴了顶大帽子似的。此外，她的头发总是脏兮兮的，粘满泥土和各种脏东西，粘着树叶、木棍和刨花，因为她总是睡在泥地上

---

1 一俄尺等于零点七一米。

和垃圾堆里。她父亲是个无家可归、一无所有、长年闹病的小市民，叫伊利亚，他总是喝得烂醉如泥，多年来总是给一些家境殷实的东家（也是敝城的小市民）帮佣，打短工，寄人篱下，聊以谋生。利扎韦塔的母亲早死了。长年闹病而且脾气很坏的伊利亚一看到利扎韦塔回家就残忍地把她毒打一顿。但是她很少回家，因为她是个神痴，依靠全城人的布施为生。无论是伊利亚的东家，还是伊利亚本人，甚至城里许多富有恻隐之心的人，主要是男男女女的商人，曾经不止一次地想让利扎韦塔穿得像样些，不要只穿一件衬衫，到冬天就给她穿上皮袄，套上皮靴；但是通常，她乖乖地让人家替她穿戴上一切之后，便走开了，随便找个地方，多半是在教堂门口的台阶上，把人家施舍给她的东西统统脱下来，头巾呀，裙子呀，皮袄呀，靴子呀，等等——把一切都留在原地，然后照旧光着两脚和穿着一件衬衫走开了。有一回还出过这么一件事：敝省一位新上任的省长偶尔下乡，顺道视察敝县，他看到利扎韦塔后，大为光火（尽管他的用心是好的），虽然他明白，这是个"疯教徒"，人家也是向他这么禀报的，他还是严加申斥：一个年轻姑娘，只穿一件衬衫，招摇过市，实在有碍观瞻，着令今后不得再有此类事情发生。但是省长走了，县上对利扎韦塔又听之任之了，她还是老样子。最后，她父亲死了，她成了一名孤女，而城里那些虔诚的信徒们反倒觉得她更可亲可爱了。说真格的，似乎，大家甚至于还很爱她，甚至一些小男孩也不逗她和欺负她了，而敝县的小男孩，尤其是小学生，最爱恶作剧了。她也常常跑到一些不认识的人家去，可是谁也不赶她走，相反，所有的人对她都很和气，还赏给她一些小钱。人家给她钱，她就拿着，立刻拿去放进募捐箱，教堂的或者监狱的，随便哪个都行。也有人在市场上给她个面包圈或者小白面包，她就一定会拿去，随便碰到哪个小孩，把面包圈或者小白面包送给他，要不然的话，她就会随便拦住一位敝城最有钱的阔太太，把面包送给她；而太太们收下这面包时甚至于还很高兴。至于她自己，仅以黑面包就着清水果腹。有时候，她也会走进一家阔气的店铺，随随便便地坐下来，那里既摆放着贵重的货物，又有钱放着，但是掌柜的从来也不提防她，因为他们知道，即使在她面前把成千上万的钱拿出来，而且拿出来以后就忘了，她也不会从中拿一个戈比。她很少进教堂，至于睡觉，则躺在教堂门口的台阶上，或者钻进篱笆（敝城直到今天还有许许多多篱笆，而不是围墙），睡在随便哪家的菜园里。她约莫每周回家一次，也就是回到她那已故的父亲从前住过的那些主人家，而每到冬天，她就天天回去，但是这也仅仅是为了过夜，或者睡在门斗里，或者睡在牛棚里。大家都觉得奇怪，她怎么经受得住这样的生活，但是她已经过惯了；她虽然个子小，但是身体却异常结实。敝县县城的一些先生们认为，她这样做仅仅因为自尊心在作祟，但是又似乎扯不上：她连一句话也不会说，只会间或动动舌头，发出一点哼哼的叫声——这又哪儿说得上什么自尊心不自尊心呢。后来出了这么一件事，有一天（那是很久以前的事了），在九月的一个月明星稀的温暖的夜，一轮满月高挂中天，在我们看来，已经非常晚了，有一群喝得醉醺醺的寻欢作乐的爷们，五六个花花太岁，从俱乐部里出来，想从"后街"回家。胡同两旁都是篱笆，篱笆后面则是相邻各家的菜园；胡同出来则是几座小桥，小桥架设在敝城的一条又臭又长的水沟上，我们有时习惯地把它叫作河。我们的这帮老少爷们发现利扎韦塔就睡在篱笆旁的一丛荨麻和牛蒡草里。这几位喝得醉醺醺的爷们在她身旁站住了，大笑不止，开始口没遮拦地说些下流的俏皮话。有位少爷忽然心血来潮，就一个岂有此理的话题提出了一个完全超乎人之常情的问题，他说："能不能有人，随便哪位都成，把这头野兽当作女人，哪怕现在就对她如此这般一番，等等。"大家都倨傲而又极端厌恶地认定，这办不到。但是在这一小撮人里也有费奥多尔·帕夫洛维奇在场，他猛不丁跳将出来，并且认定可以把她当作女人，甚至还蛮有味道，甚至还有某种别具风味的刺激，以及其他等等，等等。诚然，当时他那模样实在太做作了，死乞白赖地硬要当小丑，出洋相，他就爱跳出来给老少爷们逗个乐，当然，表面上，他似乎与大家平起平坐，实际上在他们面前他不过是个下三滥。这事正好发生在他从彼得堡得到消息，说他的原配夫人阿杰莱达·伊万诺芙娜死了，当时他帽子上还箍着黑纱，却一味喝酒和胡闹，甚至让城里那些最放荡的人看了都觉得恶心。这帮酒鬼对于他这种出人意料的看法自然大笑不止；其中一人甚至还开口挑唆费奥多尔·帕夫洛维奇，但是其他人都连连嗤之以鼻，虽然当时整个气氛仍旧异常快活，最后大家便分道扬镳了。后来，费奥多尔·帕夫洛维奇曾指天发誓，当时他也跟大伙儿一起走了；也许，事情本来就是这样，因为关于这事谁也说不出个子午卯酉来，也永远说不出来，但是过了五个月或者六个月，城里所有的人都义愤填膺地说利扎韦塔怀孕了，大家都在问，都想弄清楚到底是谁造的孽。到底是谁干的这种缺德事？就在这时候突然有一则可怕的传闻传遍了全城，说干这缺德事的就是这个费奥多尔·帕夫洛维奇。这传闻从何而来？在这帮酗酒夜游的爷们中间，当时留在城里的只有一位，而且这是位上了年纪的可敬的五等文官，有家有室，而且还有几个待字闺中的黄花闺女，这人是绝对不会出去散布流言蜚语的，即使确有其事，他也决不会随便张扬；而参加夜游的其他几位先生，约莫有五个人，当时都已各奔东西，走散了。但是传闻仍旧直接指向费奥多尔·帕夫洛维奇，而且有增无已，并不收敛。当然，费奥多尔·帕夫洛维奇甚至对此根本不以为意：对什么小商人、小市民之类的胡言乱语，他根本不屑一顾。当时他很傲气，除非在官员和贵族圈子里才谈笑风生，给他们凑个趣、逗个乐。正是在这时候，格里戈里十分起劲和竭尽全力地站出来替自己的老爷说话，非但极力维护他，反对所有这些闲言碎语，而且为了他还一再跟人斗嘴和吵闹，而且许多人居然被他说服了。"她是个下流胚，自找的。"他很有把握地说，而造这个孽的不是别人，正是"螺钉卡尔普"（当时有个全城闻名的可怕的囚犯就叫这名字，在此以前，他从省监狱越狱潜逃，当时正潜伏于本城）。这个猜测听起来颇有道理，大家想起了卡尔普，想到正是在那些夜晚，在初秋时分，他在城里流窜作案，洗劫了三个人。但是这整个事情，以及所有这些流言蜚语，非但没有使大家不再同情和关注这个可怜的疯女人，反而使大家更加保护她和呵护她了。一位老板娘，名叫孔德拉季耶芙娜，她是一位家境殷实的寡妇，她甚至做了这样的安排，到四月底就把利扎韦塔领回家，目的是不放她出去，直到分娩。她派人日夜看着她；但是结果却出了这样的事，尽管日夜提防，到最后一天晚上，利扎韦塔还是突然离开了孔德拉季耶芙娜家，溜走了，而且出现在费奥多尔·帕夫洛维奇的花园里。她身怀六甲，是怎么爬过花园又高又结实的围墙的，这在某种程度上一直是个谜。一些人说，是有人帮她爬过去的，又有一些人说，是"冥冥中有什么东西"把她弄过去的。最大的可能还是，这事虽然发生得非常奥妙，但还是十分自然的，利扎韦塔本来就会翻篱笆爬进人家的菜园过夜，这次也就设法爬上了费奥多尔·帕夫洛维奇家的围墙，然后再从围墙跳进花园，尽管她身怀六甲，跳墙可能对她的身体有害。格里戈里见状急忙回去叫马尔法·伊格纳季耶芙娜，让她到利扎韦塔那儿去帮忙，他自己则跑去请接生婆，一个小市民，她正好住得不远。孩子得救了，利扎韦塔则在天亮前死了。格里戈里抱起这婴儿，带回了家，让他的妻子坐下，把孩子放在她的两腿上，塞进她的怀里："上帝的孤儿是大家的亲人，对于咱俩就更不用说了。这是咱们死了的那孩子送给咱们的，这还是魔鬼的儿子和一个规规矩矩的女人生的。你就喂养喂养他吧，以后就别哭了。"于是马尔法·伊格纳季耶芙娜就把这孩子抚养大了。让他受了洗礼并取名帕维尔，至于父称，并没有人示意，大家（包括他俩）都管他叫费奥多罗维奇[1]。费奥多尔·帕夫洛维奇也没提出任何异议，反而觉得这很好玩，虽然他对一切仍旧死不认账。他收养了这弃儿，城里人对这还是很高兴的。后来，费奥多尔·帕夫洛维奇还给这弃儿编出了个姓：管他叫斯梅尔佳科夫，这是根据他母亲的诨名臭丫头利扎韦塔取的[2]。就是这个斯梅尔佳科夫后来成了费奥多尔·帕夫洛维奇的第二名仆人，而在我们讲述这段故事之初，他在耳房里跟老头子格里戈里和老太婆马尔法住在一起。由他来充当厨子。本应专门为他说点什么，但是，使读者分心，花这么多时间来注意这么一个平平常常的仆佣，我实在过意不去，因此只好先讲故事，再说其他，我希望，在故事的进一步发展中会自然而然地再回过头来讲到斯梅尔佳科夫。

三、一颗热烈的心的忏悔

（诗体）

阿廖沙听到他父亲在离开修道院时从马车里向他大声发出的命令后，在原地站了片刻，感到莫名其妙。他并没有站在那里呆若木鸡，他是不会发生这种情形的。相反，他虽然心中非常不安，还是抓紧时间立刻跑到院长的厨房里，打听清楚了他爸到底在上面干了些什么。接着，他就动身进城，希望在进城的路上多少解决一点这一使

---

1 意为费奥多尔的儿子。
2 斯梅尔佳科夫（Смердяков）与臭丫头（Смердящая）在俄语中谐音，而且词根相同。

他苦恼的问题。我要先说明几句：对于父亲的喊叫和让他"带着枕头和褥子"立刻搬回家的命令，他倒一点也不害怕。他非常清楚，命令他搬回家去，声音这么高，而且还这么装腔作势地嚷嚷，乃是他"一时冲动"，甚至可以说是为了保全面子——正如在他们那座小城里有一个小市民，不久前过命名日，酒喝得太多了，因为不让他多喝酒，他就大发脾气，竟当着客人的面砸盆摔碗，撕自己和老婆的衣裳，砸自己的家具，最后又砸房子的玻璃，说到底，这一切无非因为爱面子。不用说他爸爸现在发生的事在某种程度上也庶几近之。第二天，那个喝多了的小市民酒醒了，看到被打碎的盆盆罐罐，当然很后悔。阿廖沙知道，他老爸到明天肯定会让他再回修道院去的，甚至今天就让他回去也说不定。而且他很有把握，他父亲可以做对不起别人的事，决不会做对不起他的事。阿廖沙深信，全世界永远不会有一个人想欺负他，不仅不会欺负他，而且也不可能欺负他。这对于他是一个亘古不移的、彰明较著的道理，于是他就这样继续前进，毫不动摇。

但这时他心里却骚动着另外一种恐惧，一种完全不同的恐惧，而且这恐惧使他痛苦，因为他自己也说不清他到底恐惧什么，说到底，他怕的是女人，他怕见到卡捷琳娜·伊万诺芙娜，因为卡捷琳娜·伊万诺芙娜不久前托霍赫拉科娃太太给他捎来一封短笺，恳求他千万到她那里去一趟，似乎有什么事。这一要求以及必须到她那里去一趟的情况，使他心中立刻产生了一种痛苦感，而且整个上午越来越厉害，他心中的这一感觉在不断地刺痛他而且越来越使他感到痛苦，尽管以后紧接着在修道院，刚才又在院长那里接二连三地发生了许多吵闹和意外的事故。他怕的倒不是他不知道她会跟他说什么和他应该怎么回答她。他怕她也不是一般地因为她是个女人：当然他对女人知之甚少，但他毕竟一辈子，从很小的时候起一直到进修道院，都是跟女人生活在一起的。他怕的只是这个女人，只怕卡捷琳娜·伊万诺芙娜。他从头一次见到她那时候起就怕她。他见到她总共才有一两回，见过她三回也说不定，有一回甚至还碰巧跟她说过几句话。她的样子他还记得起来，记得她是个很美，很高傲，也很威严的姑娘。但是让他感到痛苦的并不是她的美，而是别的什么东西。正是他的这种说不出所以然来的恐惧，更加剧了他现在的这种恐惧。这姑娘的用心是十分高尚的，这，他知道；她极力想挽救他大哥德米特里（他大哥已经做了对不起她的事），她努力这样做仅仅是出于宽宏大量。然而，尽管他意识到这点，也能正确地对待她的所有这些美好的、既往不咎的感情，他背上还是感到一阵阵发凉，而且离她的家越近，这种感觉越强烈。

他琢磨，虽然二哥伊万·费奥多罗维奇跟她很接近，他在她那里肯定碰不到他：伊万二哥现在肯定跟他爸在一起。至于德米特里，那就更碰不到了，他预感到这是为什么。由此可见，他俩的谈话将会单独进行。他非常希望在进行这次要命的谈话之前先见见大哥德米特里，上他那里去一趟，不给他看信，就这样跟他随便聊聊。但是德米特里大哥住得很远，现在也肯定不会在家。他在原地站了片刻，终于拿定了主意。他习惯性地在身上匆匆画了个十字，并立即会心地微微一笑，之后便迈着坚定的脚步，向自己心目中那位可怕的女士走去。

她的家他是认识的。但是，假如走大马路，然后穿过广场等等，那就相当不近了。敝县这个不大的小县城里人们住得非常分散，因此彼此间的距离相当远。再说父亲在等他，也许他还没忘记他刚才下的命令，可能会大发脾气，因此必须赶快，得赶得上去两个地方，两处都不能耽误。基于上述想法，他决定抄近路，走后街，而城里所有这些叽里旮旯的路他全认识，而且了如指掌。走后街，说穿了，等于无路可走，贴着荒凉的围墙根，有时还得爬过人家的篱笆，穿过人家的院子，不过这些地方的人都认识他，而且都会跟他打招呼。如果抄这么一条近路，再走大马路，可以近一半。走这里，他甚至要走过一处离父亲私宅很近的地方，即穿过一座与父亲的花园相毗邻的花园，这花园属于一座破旧、歪斜、有四扇窗户的小屋。这座小屋的女主人，据阿廖沙所知，是敝城的一个小市民，一个瘫痪在床的老太婆。她跟自己的女儿住在一起；这女儿过去在京城里当过文明侍女，不久前还屡屡在一些将军家做事，现在因为老太婆有病，已经回来差不多一年了，常常穿着讲究的衣服在人前炫耀。然而，这位老太太和她的女儿却陷入可怕的贫穷中，甚至每天都到隔壁的费奥多尔·帕夫洛维奇家的厨房里要菜汤和面包。马尔法·伊格纳季耶芙娜常常非常乐意舀几勺汤给她们。但是那女儿，虽然常常来要汤，她的衣服却一件也舍不得卖，有一件据说还拖着一条长长的衣裙。当然，关于这最后一个情况，阿廖沙完全是碰巧才听到的，那是他的朋友拉基京告诉他的，而拉基京在他们那个小县城里是个包打听，简直无所不知。阿廖沙听到后，自然也就立刻忘了。但是，他现在走到邻居的这座花园跟前，突然想起的正是这条长长的衣裙，他本来低着头，在想心事，这时便迅速抬起头……忽然就发生了一次完全意想不到的巧遇。

在篱笆后面，在路旁的那座花园里，他大哥德米特里·费奥多罗维奇正站在一件什么东西上，半身探出墙外，在向他使劲招手，让他过去，显然，不仅害怕高声喊叫，甚至都怕说出声来，以免旁人听见。阿廖沙立刻跑到篱笆跟前。

"幸亏你自己回头，要不然，我差点没喊出声来。"德米特里·费奥多罗维奇对他快乐而又匆匆地小声道。"快爬过来！快！哎呀，你来了，实在太好了。我刚才还在想你哩……"

阿廖沙也很高兴，只是不明白怎样才能翻过篱笆去。但是"米佳"却伸出大力士般的手，一把抓住他的胳膊肘，帮助他纵身一跃。阿廖沙撩起修士服，像个城里的赤脚男孩一样，十分灵巧地翻了过去。

"这下好了，走吧！"米佳兴高采烈地小声道。

"上哪？"阿廖沙小声问，他向四处看了看，看到花园里空空如也，除了他俩，没一个人。花园虽小，但是主人家的房子仍旧离他们远远的，不下五十步。"这里没一个人，你干吗要小声说话呢？"

"干吗要小声说话？啊，真见鬼，"德米特里·费奥多罗维奇突然放开喉咙大声叫道，"我干吗要小声说话呢？哎呀，你看，一个人的本性竟会突然出现这样的错乱！我潜伏在这里，正在窥视一个秘密。以后再跟你解释，因为我心中明白这是秘密，所以说起话来也就变得秘密了，毫无必要地小声说话，像个傻瓜。走吧！上那儿！你先别说话。我想吻吻你！

> 荣耀归于世界上至高的神，
> 荣耀归于我心中至高的神！ [1]……

你来之前，方才我坐在这里，一直在重复这句话……"

这花园约有一俄亩大小，或者稍大一些，但是仅四周沿着四堵园墙种了些苹果树、槭树、菩提树和白桦树。园子中央是一小片空旷的草地，夏天可以割几普特干草。这园子每逢春天就由女主人以若干卢布的价钱租出去。园子里还种了几畦马林果、刺李和黑豆，也全挨着园墙；园子里紧挨房子还种了几畦蔬菜，不过这菜地乃是不久前才开出来的。德米特里·费奥多罗维奇把客人带到离房子最远的园子的一个角落。那里浓荫匝地，长满了一棵棵菩提树，一丛丛刺李和接骨木、琼花和丁香，在绿荫中突然现出了一座废墟似的十分破旧的绿色凉亭，凉亭已经发黑，歪歪斜斜，四周围着花格

---

1 源出《路加福音》第二章第十三—十四节："忽然有一大队天兵，同那天使赞美神说：'在至高之处荣耀归于神，在地上平安归于他所喜悦的人。'"

墙，但是亭上还有顶盖，还能避雨。这凉亭只有上帝知道建于何年何月，据传，约建于五十年前，是由这所房子的当时的主人亚历山大·卡尔洛维奇·封·施密特，一位退伍的中校所建。但是一切都破败了，地板烂了，一块块木板也都松动了，木头也发出一股潮湿的气味。凉亭里有一张桌腿埋在土里的漆成绿色的木头桌子，周围是一圈长凳，也漆成绿色，长凳上还能坐人。阿廖沙立刻发现哥哥的神态十分兴奋。但是他走进凉亭后，发现小桌上有半瓶白兰地和一只小酒杯。

"这是白兰地！"米佳哈哈大笑，"你那样子好像在说：'又酗酒啦？'别信这怪影。

> 别相信这些无聊而又虚伪的人，
> 把你心中的疑虑忘个干净……[1]

我不酗酒，不过'解解馋'而已，就像你那头蠢猪拉基京所说，那家伙即使做到五等文官，也免不了会常常说'解解馋'之类的话。你坐下。我真想把你抱起来，阿廖什卡，贴近自己的胸部，而且要这样，紧紧地搂着你，因为全世界……我真正……真……正……（请三思！三思！）爱的只有你一个人！"

他说最后这句话时几乎处于一种迷狂状态。

"只有你一个人，不过还得加上一个'贱货'，我迷上了这'贱货'，就从此完蛋了。但是入迷并不等于爱上。迷上一个人也可能出于恨。记住！现在我说这话暂时还挺快活！坐这儿，挨着桌子，我坐在你旁边，让我一边瞅着你，一边说话。你不用开口，让我原原本本地告诉你，因为也到该说的时候了。不过，你知道吗，我寻

---

1 引自涅克拉索夫的诗《从谬见的迷雾中走出来……》（一八四六）。

思，说话的声音还真应该轻些，因为这里……这里……冷不防会有人偷听的。我会把一切给你解释明白的，刚才我说了：以后再细讲。所有这些日子，还有刚才，我为什么急于想见你，渴望立刻见到你呢？（我在这里抛锚停泊已经五天了。）为什么所有这些日子我都在想你呢？因为这一切我只能告诉你一个人，因为必须这样，因为我需要你，因为明天我就要飞下云头，因为明天生活就得结束和开始。你有没有体验过，你有没有梦见过，人怎么从山上摔进谷底的！嗯，我现在就在飞落，不过不是在梦中。但是我不怕，你也不用害怕。也可以说，不是甜丝丝的，而是欢天喜地的……唉，真见鬼，不管怎么着吧，反正一样。精神坚强，精神懦弱，跟个娘们儿似的，怎么都一样！我们应该赞美造化：你瞧，阳光多灿烂，天空多明朗，树叶多苍翠，还完完全全是夏天，下午三点多，一片寂静！你刚才要去哪儿？"

"去找父亲，不过想先到卡捷琳娜·伊万诺芙娜那儿去一趟。"

"又找她，又找父亲！嚯！简直太巧了！你知道，我叫你来究竟要干什么吗？为什么我希望见到你，为什么我满心指望，甚至我的肋骨都渴望能见到你呢？为的就是让你代表我去找父亲，然后再去找她，找卡捷琳娜·伊万诺芙娜，并且从此与她与父亲一了百了。我要派个天使去。本来我派什么人去都可以，可是我要派个天使去。这下赶巧了，你自己也要去找她和父亲。"

"你难道想派我去？"阿廖沙脱口道，脸上流露出痛苦的表情。

"等等，这你知道，我看得出来你马上全明白了。但是你先别吱声，先别说话。不要可怜我，也不要哭！"

德米特里·费奥多罗维奇站了起来，若有所思，举起一根手指，贴近脑门：

"她亲自叫你去的，她写信给你了，或者随便写了什么，因此你才去找她，不然的话，你难道会去吗？"

"就是这封短笺。"阿廖沙把信从口袋里掏出来。米佳匆匆看了一眼。

"于是你就抄近路,走后街了!噢,神灵啊!谢谢你们让他走了后街,他才像童话里的金鱼落到老傻瓜渔夫手里那样跑到了我跟前[1]。听我说,阿廖沙,听我说,弟弟。现在我打算把一切都说出来。因为总得把这事告诉一个人吧。我已经告诉了天上的天使,但是还必须告诉地上的天使。你就是地上的天使。你听我说完后就会作出判断,你就会宽恕我……而我需要的也正是比我站得高的人能够宽恕我。你听我说:如果有两个人突然脱离红尘,飞往一个非比寻常的地方,或者他们两人中起码有一人,在此以前,即在即将飞升或毁灭之际,来到另一个人身边,说道:请你务必替我做件什么什么事,而这事是他任何时候都不会请求任何人做的,只有当他已经奄奄一息了,他才会提出这一请求——倘若此人是朋友,是兄弟,难道他会不答应去做吗?……"

"我一定照办,但是告诉我,这到底是什么事,你就快说吧。"阿廖沙道。

"快说快说……嗯。你别着急嘛,阿廖沙:你既着急又担心。现在还无需心急。现在天下太平。唉,阿廖沙,可惜你想来想去却想不到皆大欢喜的事儿!话又说回来,我跟你说什么了呀?你能想不到!?我这傻瓜蛋在说什么呀:

　　　人呀,你应该高尚![2]

这是谁的诗?"

---

1 指普希金的童话《渔夫和金鱼的故事》。
2 引自歌德的诗《神物》(一七八三):"人呀,你应该高尚!/要有同情心,要善良!/只有高尚的感情,/光明磊落和善良,/才能区别人/与人间的其他生灵"。

阿廖沙决定等他说下去。他懂得，他现在能做的事，说真的，也许就只有待在这儿。米佳沉思少顷，将胳膊肘支在桌子上，用手托着头。兄弟俩相对默然。

"廖沙[1]，"米佳说，"只有你一个人不会笑话我！我想……用席勒的《欢乐颂》……来开始我的忏悔。*An die Freude*！[2]但是我不懂德语，只知道一个 *An die Freude*。你也别以为我喝醉了话多。我根本就没喝醉。白兰地就是白兰地，但是要让我喝醉必须喝两瓶，

> 西勒诺斯[3]满脸红光，
> 骑在跌跌撞撞的毛驴上。[4]

我连四分之一瓶都没喝完，而且我也不是西勒诺斯。虽然不是西勒诺斯，但意志坚强[5]，因为我已经铁了心。请你原谅我说的这一双关语。今天有许多事都要请你原谅，不仅是双关语。你放心，我不是在打马虎眼，我是说正经话，一会儿我就言归正传。我不会讨你嫌的。等等，这是怎么写来着……"

他抬起头，若有所思，突然兴高采烈地朗诵道：

> 胆怯、赤身露体而又野蛮，[6]
> 原始人穴居在山岩的洞窟，
> 游牧民族在旷野上游荡，

---

1 阿列克谢的小名。
2 德语：欢乐颂。席勒的名篇，十八世纪歌颂人道主义和乐观主义的经典著作。它歌颂欢乐，歌颂人们彼此相爱。
3 西勒诺斯是希腊神话中的酒神狄俄倪索斯的伴神，他常用毛驴代步。
4 这是俄国诗人迈科夫的诗《浅浮雕》中的最后两行。
5 西勒诺斯(Силен)与坚强(Силён)在俄语中谐音。
6 以下是席勒的诗《厄琉西斯节》的第二、三、四节。厄琉西斯节是纪念得墨忒耳和珀耳塞福涅的农业庆节。

田野荒芜，一片狼藉。
捕兽人手持长矛和弓箭，
凶狠地在林莽间奔驰……
可怜那帮人被风浪
抛掷到那蛮荒的海岸上！

从奥林波斯山的巍巍山顶，
母亲刻瑞斯下来紧追不舍，
追赶那被掠走的普洛塞庇娜[1]：
她面前是一片蛮荒的世界。
女神在那里既无栖息之所，
也无款待她的供果；
到处都没有神殿，
证明对神的敬仰。

席面上空空如也，一片凄凉，
既无一串串葡萄，也无五谷杂粮；
只有人体的残骸，
在血污的祭坛上。
刻瑞斯悲切地极目四望，
到处都一样，
人将不人，
任人宰割，备受欺凌！

---

1 刻瑞斯即希腊神话中的农业女神得墨忒耳。普洛塞庇娜即得墨忒耳的女儿珀耳塞福涅。珀耳塞福涅因被冥神哈得斯掠走，得墨忒耳才下奥林波斯山寻找。她离开奥林波斯山后，因无人主管农业，于是土地荒芜，五谷不生，也无人祭祀。

朗诵到这里，米佳突然失声痛哭。他抓住阿廖沙的手。

"弟弟、弟弟，备受欺凌，现在也还是备受欺凌啊。一个人活在世上要受多少苦啊，一个人又有多少灾难啊！你别以为我不过是个披着军官服的混蛋，就知道喝白兰地和玩女人。弟弟呀，我几乎一直都在想这事，都在想这个备受欺凌的人，如果我不是信口开河的话。但愿上帝保佑我现在既不要信口胡说，也不要自卖自夸。因为我想来想去都是这个备受欺凌的人，而我自己也就是这样的人。

> 要使人的灵魂超脱卑鄙与无耻，
>
> 与古老的大地母亲
>
> 永远结盟，永不离分。[1]

但是我怎么与大地母亲永远结盟，永不离分呢？这就是问题了。我既不能亲吻大地母亲，也不能剖开她的胸膛[2]；难道让我做个农夫或者牧人吗？我走啊走啊，但是我不知道：我是走进了污秽和耻辱，还是走进了光明和欢乐？要知道，糟就糟在这里，因为一切在世界上都是谜！每当我沉湎在最最，最最无耻的荒淫之中时（而在我是经常发生这样的情况的），我就朗读这首关于刻瑞斯和关于人的诗。这首诗有没有改掉我的坏习惯呢？根本没有！因为我姓卡拉马佐夫。因为我要掉进深渊里去的话，干脆头朝下，脚朝上，痛痛快快地掉下去，甚至于正因为用这种屈辱的姿势掉下去，我还会自鸣得意，认为这很美。而且正是在这种耻辱中我还会突然唱起《欢乐颂》。就算我应该受到诅咒，就算我下流而又卑鄙吧，但是也让我亲吻一下我的上帝所穿的衣饰的下摆吧[3]；就算我同时也紧跟着魔鬼，但是，主啊，我毕竟也

---

1 这是席勒的诗《厄琉西斯节》第七节的前半部分。
2 这一形象化的说法借自费特的诗《春天来了，森林郁郁葱葱》（一八六六）。
3 这一形象化的说法借自歌德的诗《人类的界限》（一七七八——七八一？）。

是你的儿子呀，我爱你，并且感到欢乐，没有这欢乐，世界便不能存在，同时也不成其为世界了。

> 永恒的欢乐灌溉着[1]
> 上帝创造的心灵，
> 它用神秘的骚动
> 点燃生命的酒杯；
> 它使小草面向光明，
> 使混沌变成璀璨的星辰，
> 使它遍布在星相家也掌握不了的
> 浩瀚无垠的苍穹。

> 在美好的大自然的怀抱里，
> 有生命的一切都在把欢乐痛饮；
> 一切生物，一切民族，
> 都被它紧紧吸引；
> 在不幸中它给我们以朋友，
> 把葡萄汁与花冠赐与我们，
> 使昆虫产生性的冲动……
> 让天使侍立在上帝座前。

但是不要读诗啦！我泪水涟涟，你就让我痛哭一场吧。这很傻，大家会笑我，但是你是不会的。瞧，你的眼睛也红了。不读诗啦。我现在想跟你说说'昆虫'，也就是上帝让它产生性的冲动的昆虫：

---

1 这句及以下引自席勒的《欢乐颂》，先是第七节，接着是第五节。

使昆虫产生性的冲动……

弟弟，我就是这昆虫，这话就是专门说我的。咱们都姓卡拉马佐夫，全一样，即使在你这样的天使身上这昆虫也活着，它将在你的血液里兴风作浪。这是暴风雨，因为性冲动就是暴风雨，比暴风雨更厉害！美，这是可怕而又恐怖的东西！它之所以可怕，就因为它难以捉摸，琢磨不透，因为上帝给我猜的只是一些哑谜。这里，两岸可以合拢，这里，所有的矛盾可以同时并存。弟弟，我是个大老粗，但是我关于这事想过很多。有许许多多神秘莫测的东西！人世间，有许许多多哑谜压在我们头上。你尽量去猜吧，但愿你能出淤泥而不染。美啊！然而我不忍看到的是，有的人，甚至心灵高尚、智力超群的人，也是从圣母的理想开始，以所多玛[1]的理想告终。更可怕的是有人心里已经抱着所多玛的理想，但是他又不否认圣母的理想，而且他的心还在因此而燃烧，真的，真的在燃烧，就像天真无邪的少年时代那样。不，人是博大的，甚至太博大了，我恨不得他能够褊狭些。鬼才知道这究竟是怎么回事，真是的！理智上认为可耻，可是心里面却常常认为它很美。所多玛城里有美？请相信，对于绝大多数人来说，美就在所多玛城——你知道这秘密吗？令人恐怖的是，美不仅是可怕的，而且还是一件神秘莫测的东西。这里，魔鬼跟上帝在搏斗，这战场就是人心。不过话又说回来，如果一个人有病，他说来说去就都在说病。好了，现在言归正传。"

---

1 所多玛与蛾摩拉是《旧约·创世记》中描写的罪恶之城，后被上帝降硫黄与火毁灭。

四、一颗热烈的心的忏悔

（故事体）

"我在那儿饮酒作乐。方才父亲说，我动辄花好几千卢布去勾引人家的黄花闺女。这是猪狗不如者的捕风捉影，从来就没有发生过这种事，至于真正发生过的，那'这事'也不用花钱。我手里的钱不过是用来点缀点缀，一时兴起，制造一种气氛。今天她是我的相好，明天我就可以找个野妓来代替她。既让这个开心，也让那个如意，大把地花钱，搞个乐队，大轰大嗡，搞几个茨冈女人来寻欢作乐。如有必要，就给她点钱，因为她们爱钱，贪钱，这点必须承认，有了钱就心满意足，千恩万谢。那些不要脸的太太们也爱过我，不是所有的人，但是屡见不鲜，屡见不鲜；但是我最喜欢去的地方常常是一些小胡同，那些偏僻的、在市场背后的、叽里旮旯的地方——那里有奇遇，那里有意料不到的艳遇，那里有陷于污泥之中的浑金璞玉。我这是打个比喻，弟弟。在我们的小城里这种物质上的、有形的小胡同是没有的，但是却有一些精神上的无形的小胡同。但是，如果你跟我一样，你就会明白这些小胡同是什么意思了。我喜欢寻花问柳，也喜欢由寻花问柳招来的耻辱。我喜欢残暴：难道我不是只臭虫，不是只毒虫吗？早说过——我姓卡拉马佐夫嘛！有一次我们许多人到郊外野游，坐了七辆三套马车；冬天，黑黢黢的，在雪橇上，我握住坐在我身旁的一个女郎的小手，强迫这女孩同我亲吻。这女孩是位穷官吏的千金，但是很可爱，很温存，百依百顺。她让我吻了，还让我在黑暗中做了许多更加放肆的事。这可怜的姑娘还以为我明天就会去接她，向她求亲（主要是大家看得起我，把我当成了真心诚意想要结婚的人）；可是在这以后我没跟她说过一句话，五个月没跟她说过半句话。每次举行舞会（我们那里常常举行舞会），我看到她的秋波从舞厅的一角频频传送于我，我看到她的两眼燃烧着火花——燃烧着如怨如艾、又爱又恨的火花。这种逢场作戏无非是为了解闷，满足满足我在心中豢养着的那只毒虫的性冲动。五个月后，她嫁给了一个官吏，离开了那里……也许，既生气又有点恋恋不舍。现在他们生活得很幸福。请注意，我没告诉过任何人，没在背后说过她的坏话；我这人的愿望固然是下流的，我也爱下流，但我不是一个卑鄙无耻的人。你脸红了，你的眼睛闪了一下。给你讲这些脏话已经够你受的了。这一切只不过是随便说说而已，不过是保尔·德·科克[1]式的开场白，虽然残暴的毒虫已经渐渐长大，已经蔓延到我的全身心。弟弟，这些回忆可以贴满一大本相册。但愿上帝保佑这些可爱的人健康。我跟她们断绝关系时不爱吵吵嚷嚷。我从来没出卖过一个女人，也从没有在背后说过一个女人的坏话。但是不说这个了，难道你以为我叫你来就为了说这些乱七八糟的事吗？不，我要告诉你的事要有意思得多；但是你不要吃惊：我居然不知羞耻地跟你说这种话，好像还挺得意似的。"

"你说这话是因为我脸红了。"阿廖沙忽然说道。"我并不是因为听了你的话，也不是因为你做的那些事才脸红的，我脸红是因为我也跟你一样。"

"跟我一样？不，你这话说得有点过头了。"

"不，不过头。"阿廖沙热烈地说道。（看来，他心里早就有这个想法了。）"我们站在同一个台阶上。我站在最下面一级，而你站在上面，就算是第十三级吧。我是这么看这件事的，但是这都一样，

---

1 保尔·德·科克（一七九三——八七一），法国色情小说作家。

性质完全相同。谁踏上最下一级，谁就一定会爬到最高一级。"

"那么说，根本就不应该踏上这台阶？"

"有人就能办到——根本不踏上去。"

"那你呢，办得到吗？"

"大概办不到。"

"别说了，阿廖沙，别说了，亲爱的，我真想吻吻你的手，倒也不是为什么，我太感动了。那个鬼精灵格鲁申卡把人一看一个准，有一次，她对我说，总有一天，她要把你一口吞下去。好，好，我不说了，我不说了！让我们从这些肮脏事，从这个叮满了苍蝇的地方转到我的悲剧上去吧，不过这地方也叮满了苍蝇，就是说，也充斥着各种卑鄙下流的事。要知道，问题在于，虽然老家伙胡说八道，说我勾引良家妇女，但是实际上，在我的悲剧里还真有其事，虽说仅有一次，而且这事也没有实现。老头用无中生有的事数落我，可是这件事他并不知道：我从来没跟任何人讲过，现在我头一次告诉你，当然，伊万除外，伊万全知道。他在你之前早知道了。但是伊万守口如瓶。"

"伊万守口如瓶？"

"是的。"

阿廖沙异常注意地听着。

"要知道，我曾在的军营，是个边防营，虽说我也算个准尉，但是就像受人家监管似的，跟流放犯差不多。可是那个小城里的人却对我非常好。我大把大把地花钱，因此他们以为我很富，我自己也这样相信。不过话又说回来，他们所以喜欢我，可能还有其他原因。虽说彼此不过是点头之交，可是，说真格的，大家都喜欢我。我的上司是位中校，是个老头子，他突然讨厌起我来了。对我横挑鼻子竖挑眼；但是我有靠山，再说全城的人都站在我一边，对我吹毛求疵也办不到。也怪我自己不对，故意冒犯他，对他不够尊重。

骄傲了。这个倔老头是个很不错的人，心肠特好，十分好客，他曾经有过两个妻子，两个妻子都死了。头一个妻子出身平民，给他留下一个女儿，这女儿也十分忠厚老实。我在那里的时候，她已经是个二十四五岁的大姑娘了，她和她父亲跟她姨妈（她去世母亲的妹妹）住在一起。那姨妈是不言不语的老实，而外甥女，即中校的大女儿，则是活泼麻利的老实。每当回忆往事，我就爱实事求是，有一说一：亲爱的，我还从来没见过一个女人的性格比这姑娘更好的了，她叫阿加菲娅，要知道，她叫阿加菲娅·伊万诺芙娜。而且她还长得一点不难看，很有俄国女人的味道——人高马大，体态丰满，一双眼睛长得很美，尽管脸有点粗糙。她还没出嫁，虽然有两个人来提过亲，她都拒绝了，但并没有因此而烦恼。我跟她很要好——不是那种要好，不，这种要好很纯洁，很单纯，像两个好朋友。要知道，我常常与女人友好相处，毫无歹意，像朋友似的。我有时候跟她闲聊，说一些十分露骨的话，嘿！——她只是抿着嘴笑。你要注意，许多女人都喜欢听露骨的话，再说她还是个大姑娘，这就使我更开心了。还有件事：她无论如何不能称之为大家闺秀。她跟姨妈一起住在父亲那里，仿佛自愿降低身份，并不与其他人攀比。大家都很喜欢她，而且有求于她，因为她是一个很有点名气的女裁缝：她很能干，帮人家干点活也不要钱，完全出于好意，但是如果人家硬要送她点什么——她也不推三阻四。至于中校，那就没法比了！中校是我们那地方首屈一指的人物。过得很阔气，全城的人都做过他的座上客，又是晚宴，又是舞会。当我来到当地并向军营报到以后，那整座小城都在说中校的二女儿很快就要从京城大驾光临了，说她是个数一数二的大美人，如今刚从京城的一所贵族女子中学毕业。这个二女儿也就是你认识的卡捷琳娜·伊万诺芙娜，她是中校的续弦所生。而这位业已亡故的二太太出身名门，出身于一个地位很高的将门之家，虽然，话又说回来，我十分有把握地知道，她也没有给中校带来任何嫁资。也就是说，她只有阔亲戚，如此而已，除非对将来可以抱有某种希望，而现金则分文全无。然而，当那位贵族女子中学学生一来（做客而已，并非久住），我们整个小城便焕发了生机，我们的小城最有名望的太太——两位将军夫人，一位上校夫人，还有所有，所有的太太小姐们都跟着她们仨，立刻全体出动，出来捧她，开始安排各种娱乐活动，让她做舞会和郊游的皇后，还炮制了几幅'活画'[1]，为某些家庭女教师义演。我看在眼里，并不言语，只管开怀畅饮，就在这时候我耍了个小小的把戏，结果闹得满城风雨。我看到，她有一次打量了我一眼，那是在炮兵连长家做客时，我就是不过去跟她打招呼：意思是不屑与她认识。我过去向她问候，那已经是过了若干时候以后，也是在一次晚会上，我开口跟她说话，她待答不理的，轻蔑地噘起小嘴，我想，你就等着瞧吧，我非报复不可！在当时大多数情况下，我是一个非常粗鲁的大兵，而且我自己也感觉到这点。主要是我感到，'卡坚卡'[2]并不是一个天真烂漫的女学生，而是一个有性格的、高傲的、真正品德高尚的女人，最令人注目的是她很聪明，而且受过教育，而我既不聪明，又没有受过教育。你以为我想向她求婚？没门，我只是想报复，就因为我是这么一个棒小伙，而她竟没有看出来。我暂时只是拼命喝酒和一味胡闹。最后，中校关了我三天禁闭。也就在这时候父亲给我捎来了六千卢布，而在此以前我给父亲捎去了一份正式字据，声明放弃一切，也就是说我们已经'两讫'了，从今以后我无权向他提出任何要求。那时候我啥都不懂；弟弟，直到来这以前，甚至于直到最近这几天，也许直到今天，我都对我跟父亲的一应金钱纠纷到底是怎么回事感到莫名其妙。但是这都见鬼去吧，以

---

1 指一种舞台画面，人物粉墨登场，摆出各种姿势，但没有动作和台词。
2 卡捷琳娜的小名。

后再谈。那时候，也就是在我拿到这六千卢布以后，我从朋友的一封来信中突然知道了一件对我来说十分有趣的事，即有人不满意我们这位中校，怀疑他手脚不干净，一句话，他的仇人准备给他穿小鞋。果然师长来了，狠狠地训了他一通。接着，过不多久，又要他引咎辞职。我就不对你细说这一切究竟是怎么发生的了，因为他的确有不少仇人，城里突然对他和他全家变得异常冷淡，大家忽然对他似乎退避三舍了。也就在那时候我的第一个花招出台了：我遇到阿加菲娅·伊万诺芙娜，我跟她一直很要好，我说：'要知道，令尊短缺了四千五百卢布公款。''您这是怎么啦，为什么这么说呢？不久前，将军来过，一切都没问题……''当时没问题，现在有问题了。'她吓坏了：'请您别吓唬我，您听谁说的？'我说：'您放心，我不会去告诉任何人的，我对这种事守口如瓶，您是知道的，不过对于这种事，为了"以防万一"，我倒想多说一句，如果上峰向令尊追索那四千五百卢布，而他手头又没钱的话，那么与其吃官司，然后，已经垂垂老矣还要被罚去当兵，还不如把你们家那位女中学生秘密地给我送来，我恰好收到一笔钱，我会慷慨解囊，施舍给她区区四千之数也说不定，同时绝对保密。'她说：'啊呀，您多么卑鄙啊（她就是这么说的）！您这人真是又狠毒又卑鄙！您怎么敢说这种话呢！'她十分恼怒地走了，而我冲她的背影又嚷了一嗓子：我一定绝对保密，决不食言。我要预先声明，这两个女人，也就是阿加菲娅和她姨妈，在这整个故事中，一直表现得很好，像两个纯洁的天使，而她们对那个高傲的妹子卡佳是真心崇拜，在她面前不惜低三下四，简直成了她的使唤丫头……不过我倒巴不得阿加菲娅能够把这把戏，也就是我跟她的谈话立刻告诉她。后来这一切我一五一十地全打听清楚了。她没有隐瞒，全跟妹妹说了，嗯，而我，不用说，要的就是这股劲儿。

"突然新来了一位少校，来接管我们的边防营。正办理交接手续。老中校突然病了，不能动弹，在家里待了两天两夜，那笔公款硬是交不出来。我们的军医克拉夫钦科说，他有病倒是真的。只有我详细知道个中秘密，甚至早知道了：那笔公款，每当上级查看以后，这已经连续四五年了，就暂告失踪。中校把这笔款子借给了一位最可靠的人，我们那儿的一个商人，一个老鳔夫，他叫特里丰诺夫，大胡子，戴金边眼镜。他到交易会去转一圈，在那里做了一点他需要做的周转，就立刻把钱如数还给中校，与此同时，他又从交易会上带回来一些礼物，而跟礼物一起还有一笔小小的利息。不过这一回（当时，这一切我完全是偶然听来的，这是一个少年，特里丰诺夫那个爱流口水的宝贝儿子告诉我的；他是他的儿子，又是继承人，是个天底下少有的道德十分败坏的臭小子），这一回，我说的是这一回，特里丰诺夫从交易会回来，什么也没有还给他。中校急忙跑去找他，他说：'我从来没拿过您什么东西呀，也不可能拿嘛。'——这就是回答。于是，我们这位中校只能无可奈何地坐在家里，头上扎着毛巾，她们仨一起张罗着把冰块敷在他头顶上；突然传令兵带着签收簿送来一道命令：'着即交回公款，限两小时以内，不得有误。'他签了字，这签字，后来我在签收簿上看到了。他站起来说他去穿制服，他跑进自己的卧室，拿起一支双筒猎枪，装上弹药，放进一粒军用子弹，右脚脱下靴子，用枪顶住胸口，开始用脚趾寻找扳机。可是阿加菲娅已经起了疑心，想起了我当时说的话，她悄悄走过去，及时看到了这吓人的场面：冲进去，猛地从他背后扑过去，抱住了他，一声枪响，子弹打到上面去了，打中了天花板；谁也没伤着；其他人也跑了进来，一把抱住他，夺走了他的枪，摁住了他的手……这一切详情是我以后才听说的。当时我坐在家里，时当黄昏，刚要出去，穿好了衣服，梳好了头，手帕上洒了香水，拿起了军帽，突然门开了——在我面前，在我那套公寓里，赫然出现了卡捷琳娜·伊万诺芙娜。

"常有这样的怪事：那时大街上居然没一个人注意到她是怎么走进去找我的，因此城里对这事一无所知。我那套公寓是向两名官吏的遗孀租来的。这是两名老而又老的老妪，她俩也负责照料我的生活，这两女人对我毕恭毕敬，我怎么说她们就怎么听，在我的吩咐下，后来她们就像街上的两根短铁柱[1]一样一言不发。当然，我立刻全明白了。她进来后，两眼笔直地盯着我，她那双深色的眼睛神情很坚决，甚至有一种豁出去了的神态，但是在她的嘴上和嘴的左近，我看到，仍然有犹疑不决的意思。

"'姐姐告诉我，如果我来拿……我亲自到您这里来，您就会借给我四千五百卢布。现在我来了……给我吧！……'她未能坚持到底，说着说着就喘不过气来了，她害怕了，说不下去了，她的嘴角和嘴上的线条忽然哆嗦起来了。——阿廖什卡，你在听还是睡着了？"

"米佳，我知道你会把真相全部说出来的。"阿廖沙激动地说。

"我要说的就是全部真相。如果要把真相全部说出来，那事情是这样的，我决不给自己脸上贴金。我的头一个想法是卡拉马佐夫式的。有一回，弟弟，有一只避日虫蜇了我一口，我躺了两星期，一直在发烧；现在我觉得我的心也被一只避日虫蜇了一口，这是一只毒虫，你明白吗？我用一只眼睛打量了她一下。你见过她的吧？她长得可美啦。但是当时她美并不是因为她长得美。那时候她之所以显得美是因为她高尚，而我则是个无耻之徒，她伟大，她舍己为人，她情愿为父亲牺牲自己，而我不过是只臭虫罢了。可是我却把她整个儿捏在我手心里，浑身上下，里里外外，从灵魂到肉体，而我不过是个臭虫和无耻之徒。她被我的魔法震住了。我跟你实说了吧：这个想法，避日虫的想法，当时攫住了我的心，使我痛苦得心里的血都流光了。看来，不可能再有任何思想斗争了：就应当像臭虫，

---

1 指立于人行道上或路边的短柱子，拴马用。

像毒蜘蛛一样，毫无怜悯地……行动。甚至我都喘不过气来了。你听我说：要知道，我第二天自然可以去提亲，那这一切就会皆大欢喜，获得圆满解决，那就谁也不会知道也不可能知道这事了。要知道，因为我这人的愿望虽然下流，但是我这人还是光明磊落的。然而就在这同一秒钟好像有人向我耳语：'要知道，她明天就会翻脸，你去求婚，她根本不会出来见你，她会让马车夫把你从院子里撵出去。她会说，你去说我的坏话吧，哪怕传遍全城，我也不怕！'我瞅了一瞅这妞，我心中的声音没有骗我：没错，肯定会这样。肯定会把我轰出去，现在从她脸上就看得出来。我怒从心头起，我想甩出商人们常玩的那种最卑鄙无耻的猪狗不如的把戏：先嘲弄地看看她，然后趁她还在你面前站着，立刻用一种商人才会使用的语调给她当头一棒，说：

"'这四千嘛！我不过开开玩笑罢了，您这是怎么啦？小姐，您也太容易上当啦。如果是区区二百卢布，说不定我倒很高兴，也很乐意为您效劳，而四千——这可不是个小数目，小姐，哪能随随便便一扔了之呢。您枉驾前来，白跑一趟了。'

"要知道，当然我很可能全盘落空，她很可能扭头就走，但是我总可算是鬼蜮般地报了仇，其他等等就在所不计了。然后再捶胸顿足地后悔一辈子，但是只要现在能别出心裁地耍一耍这把戏就成！你信不信，我还从来没跟一个女人发生过这种事，像如今看她似的充满了恨——我可以把十字架拿出来起誓，我当时瞅着这妞，足有三秒钟或五秒钟，充满了可怕的仇恨——再由这恨到爱，到最疯狂的爱——仅一根头发之差！我走到窗口，把前额贴到上冻的玻璃窗上，我记得窗上的冰就像火似的烧灼着我的脑门。我没有多耽搁，你不用担心，我回过身，走到桌旁，拉开抽屉，拿出一张面额为五千卢布的五厘息的不记名期票（就夹在我的法文辞典里）。然后默默地拿给她看了看，折好，交给了她，我亲自给她开了通向外屋的门，然后后退一步，向她恭恭敬敬、诚诚恳恳地深深一鞠躬，你信不！她全身哆嗦了一下，注意地看了我一秒钟，脸色变得煞白，像块白桌布，然后突然，一句话也不说，也不冲动，而是柔和地、深深地、慢慢地，全身匍匐下去，笔直地跪在我脚下，额角碰到了地，不是那种贵族女中学生的气派，而是按照俄国人的习惯！然后她跳起身来跑了。她跑出去以后，我拔出剑（我当时戴着佩剑），真想立刻把自己捅个窟窿，因为什么，我也不知道，当然是可怕的愚蠢，但也可能因为心花怒放。你懂吗，有时候一个人因为太高兴了也可能自杀的；但是我没有把自己捅个窟窿，只是吻了吻剑，又把剑插回了剑鞘——话又说回来，我本来是可以不必向你提起这事的。甚至我觉得，刚才我讲所有这些思想斗争，都有自卖自夸、涂脂抹粉之嫌。但是就这样吧，就让它这样吧，就让一切窥测人心的秘密的人都见他们的鬼去吧！这就是我跟卡捷琳娜·伊万诺芙娜过去发生过的全部'事情'。现在知道这事的就伊万二弟和你——如此而已！"

德米特里·费奥多罗维奇站起身来，激动地跨前一步，又跨了一步，掏出手绢，擦了擦头上的汗，接着又坐了下来，但不是坐在从前坐的那地方，而是换了位置，坐到对面的长凳上，靠着另一面墙，因此阿廖沙必须向他转过身来。

五、一颗热烈的心的忏悔

（两脚朝上）

"现在，"阿廖沙说，"这事的前一半我知道了。"

"前一半你懂：这是正剧，剧情就发生在那儿。后一半则是悲剧，剧情将发生在这儿。"

"后一半直到眼下我什么也不明白。"阿廖沙说。

"那么我呢？难道我就明白吗？"

"等等，德米特里，这里有一句很要紧的话。告诉我：你不是未婚夫吗，现在还是不是未婚夫呢？"

"我不是立刻就当上未婚夫的，而是在发生那事以后足足过了三个月。发生了那事以后的第二天，我对自己说，这事全完了，了结了，不会再有下文了。跑去向她求婚，我认为是卑鄙的。而她那方面，在此后她住在我们那座城里的整整六星期中——音信全无，她没有给过我片言只字。诚然，有一件事除外：她来访之后的第二天，她们家的侍女溜进来，找到了我，一句话也没说，交给了我一个大封套。封套上写着地址和'某某某收'。我打开封套一看——里面是五千卢布期票兑现后的找头。因为总共只需四千五百卢布，加上五千卢布期票的贴息，扣除二百几十卢布。她一共给我送来仿佛二百六十卢布，我记不清了，只有钱——没有附言，没有片言只字，没有说明。我在封套里寻找用铅笔做的任何记号——也一无所获！没有办法，我只好用我剩下的钱饮酒作乐，以致新来的那位少校也不得不对我做了记过处分。嗯，可是中校却交齐了公款——顺顺当当，而且所有的人都感到十分惊奇，因为谁也没料到他的钱会完整无缺。交齐了公款后，他就一病不起，躺了大约三星期，后来突然出现了大脑软化症，五天内就一命呜呼了。他被大家以军礼埋葬了，因为他还没来得及申请退役。卡捷琳娜·伊万诺芙娜、姐姐和她俩的姨妈，刚刚掩埋完父亲，约莫十天之后就动身到莫斯科去了。不过在动身之前，在临走那一天（我既没有看见她们，也没有送她们），我收到了一个小小的信封，蓝色，里面有一张绘有花边的信纸，纸上只有一行铅笔字：'等着，我会给您写信的。卡。'这就是信的全部内容。

"现在我再用三言两语给你说明一下以后的情况。在莫斯科，她们的情况像闪电般急速拐转，像天方夜谭般出人意料。一位将军夫人，卡佳她们的主要近亲，突然一下子丧失了她的两个最近的继承人，她的两个最近的侄女——两人都在同一星期里出天花死了，深感震惊的老夫人看到卡佳后高兴极了，把她当成了亲闺女，当成了救星，热心地抓住她不放，立刻改写了遗嘱，指定她为遗产继承人，不过这是后话，而当时，二话不说，先给了她八万卢布，她说，这是给你的陪嫁，你爱怎么花就怎么花。这是一个歇斯底里的老妪，我后来在莫斯科注意观察过她。就在那时候，我忽然收到从邮局汇来的四千五百卢布；不用说，我莫名其妙，诧异得都说不出话来。三天后，我收到了她曾经答应写给我的那封信。这信我至今还藏在身边，永远揣着它，至死都要带在身边——要不要给你看看？你一定要看看：她以身相许，要做我的未婚妻，她说：'我疯狂地爱您，即使您不爱我，我也爱您，只要您做我的丈夫就成。不用害怕——我不会让您受到任何约束的，我要做您的家具，做听凭您践踏的地毯……我要永远爱您，我要挽救您，让您悔过自新……'阿廖沙，我甚至不配用我的鄙俗的语言，用我积习难改的鄙俗口吻来复述这段话！这封信直到今天还在刺痛我的心，难道现在我心里就轻松，难道今天我心里就轻松吗？当时我立刻回了她一封信（我实在脱不了身，没法亲自到莫斯科去）。那封信我是流着眼泪写的；只有一点让我永远感到无地自容：我提到她现在阔了，有了陪嫁，而我不过是个叫花子、臭大兵——我提到了钱！我本来应当忍住不说的，可是却信笔涂鸦，乱写了一气。当时我还立刻写了一封信到莫斯科去给伊万，我在信中尽可能向他说明了一切，写了六张信纸，并让伊万去看她。瞧你那模样，干吗看着我？没错，伊万爱上了她，而且现在还对她恋恋不舍，这我知道，在你们看来，就世俗观点看来，我做了件蠢事，但是，也许，正是因为我做了这件蠢事，现在才能拯救我们大家！唉！你难道看不出来她是多么崇拜他，多么尊敬他吗？难道她把我俩比较之后，尤其在这里发生这一切之后，还能够爱一个像我这样的人吗？"

"可是我深信，她爱的就是你这样的人，而不是像他那样的人。"

"她是爱自己的高尚的品德，而不是爱我。"德米特里·费奥多罗维奇身不由己地，却是近乎恶狠狠地脱口说道。他笑了，但是一秒钟之后他的眼睛闪了一下，他满脸通红，攥紧拳头，使劲捶了一下桌子。

"我敢向你起誓，阿廖沙，"他以一种真实的对自己无比愤恨的心情感叹道，"信不信由你，但是就像上帝是神圣的，基督是我们的主一样，我起誓，尽管我刚才嘲笑了她的高尚的感情，但是我知道，我的灵魂比她要渺小一百万倍，她的这些良好的感情是真诚的，就像天上天使的感情一样！悲剧也就在于我清清楚楚地知道这一点。一个人稍微有点装腔作势又有什么关系呢？难道我不就在装腔作势吗？可是你要知道我是真诚的，真诚的。至于说伊万，要知道，我懂，他对人的天性是多么切齿痛恨啊，而且他又这么聪明！她看上了谁呢？又看上了他的什么呢？她看上了一个恶棍，而且这恶棍已经是未婚夫了，大家都看着他，他居然在这里还克制不住自己，到处胡闹，而且还当着未婚妻的面，当着未婚妻的面啊！像我这样一个人，居然被她看上了，她竟不接受伊万。但是，这又因为什么呢？就因为出于感激，这姑娘竟不惜强行决定自己的生活和命运！荒唐！这意思我从来没有向伊万说过，对此，伊万当然也没有对我说过半句话，做过任何暗示；但是命中注定的事定将实现，有资格的人定将站到他应当站的位置上，而没有资格的人只好永远躲进小胡同——躲进自己肮脏的小胡同，躲进他心爱的和他应该去的小胡同，而且在那里的一片乌烟瘴气中自我毁灭。我好像有点胡言乱语了，我的话都老掉牙了，想到什么说什么，但是我认准了的事是一定会实现的。我将在穷街陋巷中湮没无闻，她则嫁给伊万。"

"等等，大哥，"阿廖沙非常不安地又打断了他的话，"要知道，有一件事你至今没有向我解释清楚：你不是跟她订婚了吗，你终究是未婚夫呀，不是吗？如果未婚妻不愿意，你怎么可以自说自话地跟她一刀两断呢？"

"我是正式的、受过祝福的未婚夫，一切都发生在莫斯科，在我到莫斯科之后，仪式很隆重，手捧圣像，十分风光。将军夫人祝福了我，而且——你信不信，她还向卡佳道喜，说什么：你挑得很好，我一眼就看得出这人是什么样的。你信不信，她不喜欢伊万，也没有向他问候。我在莫斯科跟卡佳谈了许多次，我把自己是怎样的一个人一五一十地都说了，襟怀坦白，有一说一，真挚而且诚恳。她把一切都听进去了，

既有可爱的羞人答答，
也有温柔的好言规劝……

嗯，也有高傲的严词训斥。当时她硬要我许下宏愿，一定要改过自新。我答应了。可是现在……"

"现在怎么啦？"

"可是现在我叫你过来，我今天（记住今天这日子！）硬把你拽来，是为了让你，也就是在今天，去找卡捷琳娜·伊万诺芙娜，而且……"

"而且什么？"

"而且要你告诉她，从今以后我再也不去看她了，说我让你向她问好。"

"你这样做，她难道受得了吗？"

"我之所以让你替我去，就因为害怕双方都难堪，要知道，这话我自己怎么对她说得出口呢？"

"你要去哪儿？"

"去胡同。"

"那么说，你要去找格鲁申卡啰！"阿廖沙举起两手一拍，伤心地叫道。"拉基京说的难道当真是实话？我还以为你随便去看看她就完了呢。"

"一个身为未婚夫的人能这样随便吗？而且他还有这样一位未婚妻，还在众目睽睽之下，这难道可能吗？要知道，我总还有点人格吧。这道理我还是懂得的：我一开始去找格鲁申卡，我就立刻不再是未婚夫和正人君子了。你看着我干吗？你知道吗，起先我是去揍她的。我打听到，而且现在已经千真万确地知道，有一张我出的借据，由一名步兵上尉（父亲的代理人）交给了这个格鲁申卡，目的是让她出面向我追讨，好让我老实点，不要胡闹。他们想吓唬我。于是我就跑去揍这个格鲁申卡。以前我倒是跟她匆匆见过一面。她并没有倾国倾城之貌。那个老商人的事我也知道，再说他如今有病，卧病在床，而且病得不轻，但是毕竟会留给她一笔数量可观的巨款。我也知道她贪财，在拼命捞钱，放高利贷，是个诡计多端的骗子，毫无怜悯之心。我本来是去揍她的，结果却待在她身边不走了。雷雨大作，瘟疫流行，我受到了传染，而且至今未愈，我知道一切都完了，永远也不会有别的什么了。真是因果报应，毫厘不爽。我的情况就是这样。而当时，我这一文不名的穷光蛋，偏巧身边出现了三千卢布。我就跟她一起离开这儿到莫克罗耶[1]去了一趟，离这里二十五俄里，找来了一帮茨冈男女以及香槟酒，我用香槟酒把那里所有的老少爷们、大姑娘小媳妇全灌醉了，一掷千金。三天后我变

---

1 俄罗斯的常见村名。

得一文不名，却神气得像只鹰。你以为这只鹰尝到了什么甜头吗？她甚至都不让我远远地瞅上一眼。告诉你吧：她有曲线。格鲁申卡这骚娘们的身体有这么一种曲线，这曲线也反映在她的腿上，甚至也反映在她左脚的小脚趾上。我见过，也亲吻过，但仅此而已——我起誓！她说：'你要愿意，我就嫁给你，要知道，你是个叫花子。你说你不打我，而且让我爱干什么就干什么，那么，我嫁给你也说不定。'她说着就笑了。而且现在还在笑我！"

德米特里·费奥多罗维奇几乎愤愤然从座位上站了起来，但蓦地变得跟喝醉了酒似的。他的眼睛忽然充满了血丝。

"那你当真想娶她吗？"

"只要她愿意，我立刻娶她，她不愿意，我也无可奈何；只好待在她院子里给她扫地看门。你呀……你呀，阿廖沙啊……"他突然在他面前停下脚步，抓住他的肩膀，忽地使劲儿摇晃，"你知道吗，你这天真无邪的孩子，这一切全是扯淡，毫无意义的扯淡，因为这是一出悲剧！你要明白，阿克列谢，我可能成为一个卑鄙小人，具有各种卑鄙下流和腐化堕落的癖好，但是我德米特里·卡拉马佐夫永远不会做一个贼，做一个扒手和溜门撬锁的小偷。可是现在你要知道，我是一个贼，我是一个扒手，我是一个溜门撬锁的小偷！正当我要去揍格鲁申卡之前的那天上午，卡捷琳娜·伊万诺芙娜来叫我去，非常机密，暂时不让任何人知道（为什么要这样，我也不知道，大概她认为有这个必要吧），她请我去一趟省城，让我在那里往莫斯科邮汇三千卢布给阿加菲娅·伊万诺芙娜。所以要去省城，就为了不让这里的人知道。当时我兜里正是揣着这三千卢布出现在格鲁申卡家，也是用这钱去了莫克罗耶的。后来我就装作匆匆去过省城了，但是并没有邮局的收据交给她，只告诉她钱寄走了，以后再拿收据来，可是我至今没有拿去，忘了。现在，你猜怎么着，这样吧，你今天先去找她，对她说：'他让我问您好。'如果她问你：

'收据呢？'你不妨告诉她：'他是个卑鄙的色狼，是个色胆包天的卑鄙小人。他那天没替您邮钱，挥霍掉了，因为他跟畜生一样克制不住自己。'但是你也不妨加上一句：'不过他不是贼，您那三千卢布，他会还给您的，您自己寄给阿加菲娅·伊万诺芙娜吧，他让我问您好。'可那时候她要是突然问：'那钱呢？'"

"米佳，你真不幸，真的！但是毕竟不像你想的那样严重，你也别太绝望，太难过了！"

"你以为我弄不到三千卢布还给她，我会开枪自杀吗？问题就在于我决不会开枪自杀。现在我还没这勇气，以后会也说不定，而现在我要去找格鲁申卡了……豁出去啦！"

"找她干什么？"

"做她的丈夫，荣任她的老公。来了情夫，我就出去，到另一间屋子去。我要给她的朋友们刷脏套鞋，扇茶炊，跑腿……"

"卡捷琳娜·伊万诺芙娜会明白一切的，"阿廖沙忽然庄重地说，"她会明白这整个不幸的全部深度，不会同你计较的。她这人非常聪明，因为，她一定会看到不可能有人比你更不幸了。"

"她不会容忍这一切的。"米佳微微一笑。"弟弟，这里有某种东西，是任何女人都不能迁就的。你知道最好应该怎样吗？"

"怎样呢？"

"把那三千卢布还给她。"

"到哪儿去弄这笔钱呢？听我说，我手头倒有两千卢布，再让伊万凑一千，不就三千了吗，你先拿去还她。"

"你那三千卢布什么时候才能凑到手呢？再说你还没有成年！而且今天你一定，一定要去向她致意告别，带钱去或者不带钱去都成，因为我不能再拖下去了，这事就到此为止。明天就晚啦。我还要让你去找一趟父亲。"

"找父亲？"

"是的，先去找父亲再去找她。向他要三千卢布。"

"他决不会给的，米佳。"

"他哪会给呢，我知道他决不会给的。阿列克谢，你知道什么叫作绝望吗？"

"知道。"

"听我说：在法律上，他什么也不欠我的。他该给我的我全拿走了，我知道。但是，要知道，在道义上，他欠我的情，是不是这样呢？要知道，他是拿着我母亲的两万八千卢布起家的，赚了十万。我只要他从这两万八千里拿给我三千，他就能使我的灵魂脱离地狱，就能赎清他的许多罪孽！我向你坚决保证，我拿了这三千卢布后就跟他一了百了，就销声匿迹，再也不来烦他。这是我最后一次给他一个做父亲的机会。你告诉他，这是上帝赐给他的机会。"

"米佳，他无论如何不会给的。"

"我知道他不会给，我知道得一清二楚。尤其是现在。此外我还知道：现在，就在这几天，说不定就是昨天，他才头一次**正儿八经地**听说，也许，格鲁申卡的确不是开玩笑，她真想嫁给我也说不定。他晓得她的脾气，晓得这只猫的脾气。他已经让她迷得神魂颠倒，难道他还会给我再饶上这一笔钱来玉成这件好事吗？但是这么说还不够，我还要给你再讲一件事：我知道，已经有四五天了，他掏出了三千卢布，换成了一百卢布一张的钞票，装在一个大的信封里，打上了五个封印，信封上还十字交叉地扎上了一根红缎带。你瞧，我知道得多详细！信封上赫然写着：'如芳驾亲临，便赠予我的天使格鲁申卡'；这是他悄悄地，秘密地，鬼画符似的写上的，而且除了那个仆人斯梅尔佳科夫以外，谁也不知道他手头有这笔钱，他对这仆人的诚实可靠深信不疑，就跟相信他自己一样。今天，他已经是第三天或者第四天在等格鲁申卡了，希望她亲自去拿这信封，他已经让人传话告诉了她，她也让人来传话：'我没准会来的。'要知道，如果她当真来找老头子，难道那时候我还娶得了她吗？现在你该明白为什么我要秘密地守在这里，我究竟在守候什么了吧？"

"你在守候她？"

"守候她。有个人叫福马，他向这两个臭娘们，也就是这里的两个女房东租了间小屋。这福马是从我们那地方出来的，他在我们那儿当过兵。他替她俩当差，夜里守夜，白天外出打松鸡，并以此为生。我躲在他房间里；无论是他，也无论是女房东，都不知道这秘密，都不知道我在这里守候什么。"

"就斯梅尔佳科夫一个人知道？"

"就他一个人。那女的只有一到老头儿那儿，他就会立刻来告诉我。"

"关于信封的事也是他告诉你的？"

"就是他。这是一个绝大的秘密。甚至伊万也不知道，无论是关于钱的事，还是关于别的事，他都不知道。老头则想把伊万打发到契尔马什尼亚去逛三两天：有个买主，想花八千卢布买下他的一片林子的采伐权，于是老头就恳求伊万，'你帮帮忙，亲自去跑一趟吧'，就是说，去三两天。这是他的如意算盘，想让格鲁申卡趁他不在的时候来。"

"那么说，他今天也在等格鲁申卡啰？"

"不，她今天不会去，看得出来。肯定不会去！"米佳忽然叫道。"而且斯梅尔佳科夫也这么认为。现在父亲正跟伊万二弟同坐一桌，在酗酒。你去一趟吧，阿列克谢，向他要这三千卢布……"

"米佳，亲爱的大哥，你倒是怎么啦！"阿廖沙叫道，他从座位上跳起来，仔细打量着正处于一种迷狂状态的德米特里·费奥多罗维奇。一时间，他都以为大哥疯了。

"你想哪儿去啦？我脑子没错乱。"德米特里·费奥多罗维奇说，他凝神注视着弟弟，样子甚至颇为庄严。"甭害怕，我既然让你到父亲那里去，那就是说，我知道我现在在说什么：我相信奇迹。"

"奇迹？"

"上帝安排的奇迹。上帝知道我的心，他看到我已经走上了绝路。他看到了这整幅图画。难道他能听任这可怕的事情发生吗？阿廖沙，我相信奇迹，你去吧！"

"我一定去。告诉我，你会在这里等我吗？"

"会的，我明白，这不是跑一趟，三下五除二就能解决的！他现在喝醉了。我可以等三小时、四小时、五小时、六小时、七小时，但是你要明白，必须是今天，哪怕到半夜都成，你一定要去找卡捷琳娜·伊万诺芙娜，**带钱去或者不带钱去**，你就说：'他让我问您好。'我就要你说这句话：'他让我问您好。'"

"米佳！要是格鲁申卡今天突然来了呢……即使今天不来，明天或者后天来呢？"

"格鲁申卡？我一旦发现，就冲进去，阻止他们……"

"要是……"

"要是真有那么回事，我就杀死他。我受不了。"

"杀死谁？"

"杀死老头。她，我不会杀的。"

"大哥，你说什么呀！"

"其实我也不知道，我也不知道……不杀也说不定，杀也说不定。我怕的是在那一刻他那副尊容突然变得让我深恶痛绝。我恨他那喉结，恨他那鼻子，恨他那眼睛，恨他那无耻的嘲笑。我对这个人本身感到极端厌恶。我怕的就是这个。我怕到时候克制不住自己……"

"我一定去，米佳。我相信上帝会安排好的，他肯定知道怎么才能使这件可怕的事不会发生。"

"那我就在这里等候奇迹。不过，要是不出现奇迹，那……"

于是，阿廖沙便若有所思地动身去找他父亲了。

六、斯梅尔佳科夫

他果真碰到父亲还坐在餐桌旁。照老习惯，餐桌仍旧摆在客厅，虽然家里有正式的餐厅。这间客厅是家里最大的房间，陈设得古色古香。家具十分古老，白色，蒙着陈旧的半丝质的红色面料。窗户间的墙壁上镶嵌着镜子，镜框奇巧精致，雕刻十分古老，也一色白底描金。墙上糊着白色的壁纸，许多地方壁纸已经破裂剥落，在显眼的地方挂着两幅肖像——一幅是三十年前曾任本地区总督的某公爵，另一幅是某位高级僧侣，也早已圆寂。在客厅前部的墙角处供着几帧圣像，圣像前每到夜晚就点上长明灯……这样做，与其说出于敬神，毋宁说为了屋里的夜间照明。每天夜里费奥多尔·帕夫洛维奇很晚才上床，常常要到凌晨三点或者四点，而在此以前，他老在屋里走来走去或者坐在安乐椅上想心事。他已经养成了这样的习惯。他经常独自一人在正房过夜，把用人全打发走，让他们回耳房，但大部分时间，每到入夜，他就让仆人斯梅尔佳科夫留下来陪他，让他睡在前厅作长凳用的板箱上。当阿廖沙进屋时，午饭已经全部用完，但又端来了果酱和咖啡。费奥多尔·帕夫洛维奇爱在午饭后边喝白兰地酒边吃甜食。伊万·费奥多罗维奇坐在桌旁，在喝咖啡。两名用人格里戈里和斯梅尔佳科夫站在桌旁伺候。主仆四人似乎都兴致勃勃，异常欢悦。费奥多尔·帕夫洛维奇在放声大笑；还在外屋，阿廖沙就听到他那像尖叫似的、他过去非常熟悉的笑声，他从笑声中立刻听出他父亲离喝醉酒还早着哩，眼下不过是悠闲自在地喝着玩罢了。

"瞧，他来了，他来了！"费奥多尔·帕夫洛维奇一看到阿廖沙就突然高兴极了，高兴得大叫。"快来陪我们坐坐，喝杯咖啡——素的[1]，要知道，素的，是热的，而且味道很好，我不请你喝白兰地，你吃斋，想喝点吗，想吗？不，我还是让你喝点甜酒好，很好的甜酒！斯梅尔佳科夫，去酒柜，在第二层右边，给你钥匙，快！"

阿廖沙也不喝甜酒。

"反正得拿来，你不喝，我们喝。"费奥多尔·帕夫洛维奇满脸放光。"等等，你吃饭了没有？"

"吃了。"阿廖沙说，其实他只在院长的厨房里吃了一片面包和喝了一杯克瓦斯。"不过我倒很愿意喝杯热咖啡。"

"好孩子！真是好样的！他喝咖啡。要不要给你再热热？哦，不，现在还滚烫的。这咖啡很好喝，斯梅尔佳科夫煮的。煮咖啡，做大馅儿饼，斯梅尔佳科夫是我们家的一把好手，还有清炖鱼汤，真的。以后有机会来喝鱼汤，预先打个招呼就成……慢，且慢，我方才让你今天彻底搬回来，带着床垫和枕头，是不是？你把床垫拿回来了吗？嘿嘿嘿！……"

"没有，没拿回来。"阿廖沙也微微笑了一下。

"吓坏啦，方才吓坏了吧，吓坏啦？唉，你呀，好孩子，我怎么能让你受委屈呢。我说伊万，我最不能见到他这样看着我的眼睛笑。他一笑，我的五脏六腑就也开始冲他笑，我喜欢他！阿廖什卡，让我这做爹的祝福你。"

---

1 指咖啡里未加牛奶；东正教认为牛奶属荤腥。

阿廖沙站了起来，但是费奥多尔·帕夫洛维奇立刻又改了主意。

"不，不，我现在只给你画个十字，就这样，坐下吧。好，现在让你高兴高兴，我们方才谈的正是你爱听的话题。你会笑个够的。我们家的巴兰的驴开口说话了[1]，而且说得头头是道，有条有理！"

巴兰的驴原来是指他的用人斯梅尔佳科夫。这用人还是个年轻人，总共才二十四五岁，性情极其孤僻，而且不爱说话。倒不是他怕生或者对什么事感到害臊，不，恰恰相反，他生性孤傲，似乎所有的人他都不放在眼里。但是我们写到这里免不了要对他说几句，哪怕三言两语也成。他是由马尔法·伊格纳季耶芙娜和格里戈里·瓦西里耶维奇一手抚养大的，但是这孩子，正如格里戈里所说，对他们"毫无感恩之意"。他长成一个很古怪的孩子，老从一个角落冷眼看世界。小时候，他非常喜欢把猫吊死，然后为猫举行葬礼。为此，他常常披上一条床单，权充法衣，唱着挽歌，在死猫旁晃动一件什么东西，仿佛教堂里用的手提香炉。这一切都是背着人做的，绝对保密。有一回，正当他干这勾当的时候，被格里戈里捉住了，格里戈里用树条狠狠地抽了他一顿。挨打后，他就钻进一个角落，从那里斜眼看人，如此约一星期之久。"这恶棍不喜欢咱俩，"格里戈里对马尔法·伊格纳季耶芙娜说，"他也不喜欢任何人。你难道是人吗，"他又忽地回过头来对斯梅尔佳科夫说，"你不是人，你是从澡堂里一摊黏糊糊的东西里长出来的，哼，你就是这玩意儿……"后来发现，斯梅尔佳科夫永远也不能原谅他说的这话。[2]格里戈里教会了他识字，等他过了十二岁，又教他读《圣经》故事。但是这事立刻以无结果而告终。有一天，一共才教到第二课或第三课，

---

1 源出《圣经》故事。见《旧约·民数记》第二十二章第二十一——三十一节：巴兰奉摩押王之命骑驴前去诅咒以色列，路逢耶和华的使者挡住了驴的去路，这驴便停了下来。巴兰用棍子打它，驴仍不动，却忽然开口说话了。
2 这句骂人话是作者在西伯利亚流放地向犯人学来的；偏巧斯梅尔佳科夫又出生在澡堂，这就有了加倍的侮辱人的意思。

这孩子突然发出一声冷笑。

"你怎么啦?"格里戈里样子吓人地从眼镜底下看着他,问道。

"没什么,您哪。我主上帝在第一天创造了光,而在第四天又造出了日月星辰。那么头一天光明普照,这光打哪儿来的呢?"[1]

格里戈里闻言呆若木鸡。这孩子却嘲弄地瞧着自己的老师。甚至从他的目光里都显出一种侮慢。格里戈里按捺不住。"就是从这儿来的!"他喝道,说罢狠狠地给了他的学生一记耳光。这孩子挨了嘴巴后没有回嘴,但是又钻进一个角落,接连好几天不出来。恰好过了一星期,他生平第一次发了癫痫病,而且这病以后一辈子都没离开过他。知道这事以后,费奥多尔·帕夫洛维奇仿佛忽然改变了对这孩子的看法。过去他对这孩子似乎漠不关心,虽然从来没骂过他,见到他的时候往往还给他一戈比。碰到他心情好的时候,有时还从桌上扔给这孩子一点甜食吃。但是现在知道他有病,便对他十分关心起来,请来了大夫,开始给他看病,但是后来发现,这病根本治不好。他平均每月发作一次,或早或晚,时间不定。发作的厉害程度也不一样——有时轻,有时非常重。费奥多尔·帕夫洛维奇严禁格里戈里对孩子体罚,并让这孩子到上房陪他,暂时不让他学任何东西。但是有一次,这孩子大约已经十五岁了,费奥多尔·帕夫洛维奇发现,这孩子在书橱旁转悠,隔着玻璃念里面的书名。费奥多尔·帕夫洛维奇有很多书,约莫有百十来本,但是从来没一个人看见他读过书。他立刻把书橱的钥匙交给斯梅尔佳科夫:"你爱读就读吧,就让你管理图书,总比在院子里闲逛强,你坐下来敞开读吧。先读这一本。"说时费奥多尔·帕夫洛维奇抽出一本《狄康卡近乡夜话》[2]。

---

1 上帝创造光和日月星辰等见《旧约·创世记》第一章第三—五节与第十四—十九节。
2 果戈理的一本中篇小说集。

这小伙子读了，但是读后并不满意。他读时一次也没笑过，是皱着眉头读完的。

"怎么样？可笑不可笑？"费奥多尔·帕夫洛维奇问。

斯梅尔佳科夫不言语。

"回答呀，傻瓜。"

"书里的事全是假的。"斯梅尔佳科夫一边冷笑一边含糊其辞地说道。

"给我见鬼去吧，你这个只配当奴才的下贱胚。等等，给你看这本斯马拉格多夫的《通史》，书里的事全是真的，读吧。"

但是斯梅尔佳科夫没有读完十页斯马拉格多夫的《通史》，就觉得枯燥乏味。于是这书橱就重新锁上了。过不多久，马尔法和格里戈里禀报费奥多尔·帕夫洛维奇，说斯梅尔佳科夫慢慢地出现了一种可怕的洁癖：坐着喝汤，拿起勺，在汤里舀过来舀过去，弯着腰，仔仔细细地看过来看过去，最后舀起一勺，又凑到亮光底下看。

"有蟑螂吗？"常常，格里戈里问。

"也许有苍蝇吧！"马尔法说。

这个爱干净的小伙子从来避而不答，但是无论是面包，是肉，还是其他食物，他都如此对待：常常，用叉子叉起一块东西，凑到亮光前，仔仔细细地观察半天，跟看显微镜似的，看过来看过去，拿不定主意，最后才下定决心把它塞进嘴里。"哼，出了位少爷。"格里戈里瞧着他那模样，嘟囔道。费奥多尔·帕夫洛维奇知道斯梅尔佳科夫有这个新特点后，立刻认定他是当厨子的料，于是就派他到莫斯科去学厨艺。他在莫斯科学了好几年，回来时相貌大变。好像一下子老多了，变得异乎寻常的老，脸上满是皱纹，同他的年龄很不相称，脸黄黄的，像个阉割派教徒。而精神上，他回来时几乎一如既往，跟去莫斯科前一模一样：一样孤僻，一样不爱跟任何人交往。后来有人说，他在莫斯科也总是一言不发；莫斯科这座城市也极少引起他的兴趣，因此他除了在莫斯科耳闻目睹了一些事情以外，对其他一概不闻。甚至有一回他还上过一次戏园子，但是他默默地去了，又默默地回来了，并不感到开心。但是他从莫斯科回来时却衣冠楚楚，穿着整洁的上衣和衬衫，每天肯定有两次亲自用刷子把自己的衣服仔仔细细地刷得干干净净，而对他那双十分讲究的小牛皮靴，他最爱用一种特别的英国鞋油将其擦得像镜子般锃亮。他成了一名非常好的厨师。费奥多尔·帕夫洛维奇给他讲定了工钱，于是斯梅尔佳科夫就把自己的工钱差不多全花在买衣服、雪花膏、香水等等东西上。但是，正如他看不起男人一样，他似乎也不把女人放在眼里，他跟她们在一起时态度十分矜持，几乎冷若冰霜。费奥多尔·帕夫洛维奇已开始对他另眼相看了。问题在于他的癫痫病发作加剧了，他发病的那几天就只好由马尔法·伊格纳季耶芙娜来做饭，可是她做的饭菜一点也不对费奥多尔·帕夫洛维奇的胃口。

"你的病怎么老发作呀？"他有时斜眼瞅着这个新厨师，注视着他的脸。"你还是娶个老婆吧，要不要我给你说门亲事？"

斯梅尔佳科夫听到这些话后只是气恼得脸色发白，但是什么也不回答。费奥多尔·帕夫洛维奇只好甩手不管，由他去。最要紧的是他相信他为人诚实可靠，决不会随便拿人家任何东西，决不会偷，而且这看法一旦形成，再不更改。有一天发生了这样一件事：费奥多尔·帕夫洛维奇喝醉了，在自家院子的烂泥地上掉下三张花票子[1]，这票子他刚拿到手，直到第二天他才发觉丢了：急忙翻遍口袋到处寻，可是那三张花票子却一张不少地都放在他桌上。哪来的呢？原来斯梅尔佳科夫捡了起来，还在昨天就拿来了。"嚯，好孩子，我还没见过像你这样的。"当时费奥多尔·帕夫洛维奇断然道，

---

1 花票子指一百卢布面值的钞票（因票子花花绿绿而得名）。

赏给了他十个卢布。应当补充的是，他不仅相信他诚实可靠，而且不知道为什么还很喜欢他，虽然这小子也像看别人那样斜眼看着他，总是不言不语。他很少开口。如果这时有人望着他，想弄个明白这小伙子到底对什么感兴趣，他脑子里又经常在想什么，那么，说真格的，从他外表看，那是不可能看清楚的。而且有时就在家里，或者哪怕在院子里，或者在大街上，他常常会停下来，若有所思，而且一站就是十来分钟。会看相的人端详过他的脸以后一定会说，他既不在沉思，也不在默想，而是作一种静观。画家克拉姆斯科伊[1]有一幅名画，叫《静观者》：画的是一片冬天的树林，树林中，大道上，有一名农夫，在踽踽独行，穿着破衣裳和树皮鞋，陷于深深的孤寂之中，他时而站在那里，若有所思，其实他什么也没有想，而是在"静观自身"。如果推他一下，他肯定会打个激灵，如梦初醒似的看着你，但是什么也不明白。没错，他立刻就醒了，如果有人问他，他站在那里究竟在想什么，他肯定什么也记不起来，但是他肯定会把他静观自身时所得到的印象贮存在自己的记忆里。这些印象对他弥足珍贵，他肯定会把这些印象不知不觉地，甚至是无意识地积聚起来——积聚起来干什么，有什么用呢，当然，他也不知道：也许，这些印象经过多年积累之后，会使他突然抛弃一切，到耶路撒冷去，云游四方，潜心修炼，也可能，他会猛地放一把大火，把自己家乡的村庄烧个精光，也可能，二者兼而有之。这些静观者在民间很多。斯梅尔佳科夫大概也是这样的一个静观者，他大概也在拼命积攒自己的印象，几乎自己也不知道他这样做究竟为什么。

---

1 克拉姆斯科伊（一八三七——八八七），俄国巡回展览派画家。他的名画《静观者》曾于一八七八年在彼得堡展出。陀思妥耶夫斯基去世后的第二天，克拉姆斯科伊还为他画了一幅与真人等大的名画《弥留之际的陀思妥耶夫斯基》。

七、争 论

　　但是巴兰的驴突然开口说话了。谈论的话题很怪：格里戈里清早到商人卢基扬诺夫的铺子里取货，听他说有个俄国士兵，在靠近亚细亚人的遥远的边疆，被他们俘获后，他们强迫他背离基督教，改信伊斯兰教，否则就立刻让他不得好死，但是这个俄国兵不肯改变自己的信仰，情愿受苦受难，让他们剥去身上的皮，然后在对基督的一片赞颂声中死去，这件功德恰好就登在当天收到的报纸上。格里戈里站在餐桌旁讲的就是这事。费奥多尔·帕夫洛维奇过去就喜欢每次饭后，在上点心和水果之前，说说笑笑，哪怕就跟格里戈里聊聊大天也成。这一回，他心情轻松，欢快，谈兴正浓。听了刚才说的这消息，他边喝白兰地边说道，这样的士兵应当立刻尊为圣徒，而他被剥下的那块皮则应立刻护送到随便哪个修道院去展览："肯定看的人海了去，钱也滚滚而来。"格里戈里皱了皱眉，他看到费奥多尔·帕夫洛维奇一点也没受到感动，而是按照自己的老习惯说起了渎神的话。斯梅尔佳科夫本来站在门口，这时却突然发出一声冷笑。即使在过去，在快要用完饭的时候，也常常会让斯梅尔佳科夫过来站在桌旁伺候。自从伊万·费奥多罗维奇来到敝县县城以后，几乎每次用饭，他都在一旁伺候。

　　"你笑什么？"费奥多尔·帕夫洛维奇问，他立刻注意到他的冷笑，当然也明白这笑是冲格里戈里来的。

　　"我笑方才说的那事，您哪，"斯梅尔佳科夫突然大声而又出乎意料地开口道，"即使这位值得赞许的士兵功德很大，但是依照愚见，一旦发生这种偶然的情况，即硬要一个人背弃基督的名和自己所受的洗，他为了保全自己的性命，以便将来多做好事，然后以积善多年来救赎自己的怯懦，这似乎也无可厚非。"

"怎么会无可厚非呢？胡说八道，单凭这点就可以让你下地狱，像烤羊肉串似的让你受炮烙之刑。"费奥多尔·帕夫洛维奇接口道。

就在这时候阿廖沙走了进来。正像我们看到的，费奥多尔·帕夫洛维奇看见阿廖沙来了非常高兴。

"这是你爱听的话题，这是你爱听的话题！"他快活地嘿嘿笑着，让阿廖沙坐下来听。

"关于羊肉串云云，倒也未必，您哪，为了这事下地狱，也绝对不可能，您哪，而且也不应该这样，如果平心而论。"斯梅尔佳科夫俨乎其然地说道。

"哪来的什么平心而论。"费奥多尔·帕夫洛维奇用膝盖捅了捅阿廖沙，更加快活地叫道。

"他是个卑鄙无耻的东西，他就是这样的人！"格里戈里猛地骂道。他愤怒地瞪了斯梅尔佳科夫一眼。

"关于卑鄙无耻云云，请少安毋躁，格里戈里·瓦西里耶维奇，"斯梅尔佳科夫镇静而又克制地回敬道，"您还是自己想想，既然我落到那帮迫害基督徒的人手里，当了俘虏，他们硬逼着我诅咒上帝的名和背弃自己所受的神圣的洗礼，那我完全有权用自己的理智来作出决定，因为这无可厚非。"

"这话你已经说过了，就不必再添油加醋啦，你就给我们说说个中道理吧！"费奥多尔·帕夫洛维奇叫道。

"一个就会熬肉汤的厨子！"格里戈里轻蔑地喃喃道。

"关于就会熬肉汤云云，也请您少安毋躁，不要骂骂咧咧，先自己想想，格里戈里·瓦西里耶维奇。因为我只要对那些迫害基督徒的人说，'不，我不是基督徒，我诅咒我的真上帝'，我就会立刻受到最高的神的法庭的审判，立刻受到特别的诅咒，被革出教门，被彻底开除出神圣的教会，被认为是异教徒，甚至在那一刹那——还不是我刚要说出这话的时候，而是在我刚想这么说的时候，因此过了甚至还不到四分之一秒钟，我就已被开革了——是不是这样呢，格里戈里·瓦西里耶维奇？"

他非常得意地问格里戈里，实际上仅仅在回答费奥多尔·帕夫洛维奇的问题，对于这点他心里非常清楚，却故意装出一副似乎这些问题是格里戈里向他提出来似的。

"伊万！"费奥多尔·帕夫洛维奇忽然叫道，"趴下身来，跟你说句悄悄话。这一切他是说给你听的，想让你夸他。你就夸他两句吧。"

伊万·费奥多罗维奇一本正经地听完了爸爸这一兴高采烈的话。

"等等，斯梅尔佳科夫，你先停一停。"费奥多尔·帕夫洛维奇又叫道。"伊万，你再趴下身来，跟你说句悄悄话。"

伊万·费奥多罗维奇又以一种十分俨乎其然的样子弯下了身子。

"我爱你跟爱阿廖沙一样。别以为我不喜欢你。要不要来点白兰地？"

"来点吧。"伊万·费奥多罗维奇仔细看了看父亲的脸，心想："不过你自己也灌得差不多了。"至于斯梅尔佳科夫，他则以极大的兴趣在观察他。

"你现在也已经受到了诅咒，被革出了教门，"格里戈里突然发作起来，"你这混账东西受到了诅咒，居然还敢大发谬论，要是……"

"别骂人，格里戈里，别骂人！"费奥多尔·帕夫洛维奇打断他的话道。

"请少安毋躁，格里戈里·瓦西里耶维奇，请稍候片刻，您听我把话说完，因为我还有话要说。因为我已经立即受到了上帝的诅咒，您哪，就在那一刻，就在那最崇高的一刻，我反正已经成了异教徒了，我受的洗也就从我身上自行解除，我已经不可能再承担任何罪责了——这样说总该没错吧，您哪？"

"说下去，好孩子，快呀，说下去呀！"费奥多尔·帕夫洛维奇催促道，津津有味地从酒杯里呷了口酒。

"既然我已经不是基督徒了，那么说，那些迫害基督徒的人问我：'你是不是基督徒？'我说不是，我并没说谎，因为我已被上帝亲自革除了基督教的教籍，原因仅仅因为我的一念之差，而且还在我没得及向那些迫害者说出一个字之前。既然我已经被开除了教籍，那么凭什么，凭什么理由在阴曹地府要把我当作一名基督徒来追究责任，说我背离了基督呢？其实我早在背离基督之前，就因为我的一念之差已经除去了我所受的洗。既然我已经不是基督徒了，那我就不可能再背离什么基督，因为那时候我已经没有什么东西可背离的了。哪怕在天上，格里戈里·瓦西里耶维奇，谁会因为一个不信基督的鞑靼人生下来就不是基督徒而追究他的责任呢，谁会因此而惩罚他呢，因为一头牛身上是剥不下两层皮的。即使主宰一切的上帝在那个鞑靼人死后还要追究他的责任，那么我认为，他也只会稍加惩罚（因为不能完全不惩罚他），因为他认为，这个鞑靼人的父母就不相信基督，因此他出生到这世上来也就不信基督，他是无辜的。我主上帝总不能把这个鞑靼人硬抓起来吧，硬说他从前也是基督徒吧？如果是那样的话，那主宰一切的主就是瞎掰了。难道主宰天地的主会信口雌黄，能说出这么一句瞎话吗，您哪？"

格里戈里都被他的话吓呆了，瞪大两眼看着这个滔滔不绝的演说家。虽然他并不完全明白他在说什么，但在这一套胡说八道中他突然听懂了某些东西，于是便突然发蒙，那模样就像一个人突然一头撞到了墙上似的。费奥多尔·帕夫洛维奇把酒杯里的酒一饮而尽，嘿嘿嘿地尖声笑起来。

"阿廖什卡，阿廖什卡，你觉得怎么样？唉，真是个诡辩家！伊万，他从前肯定在耶稣会[1]士那里待过。我说你呀，真是个臭耶稣会士，这一套谬论是谁教你的？不过你这诡辩家是在胡说八道，彻头彻尾地胡说八道。不要难过，格里戈里，我们就会立刻打得他片甲不留的。你这头突然开口的驴，你倒是给我说说：就算面对迫害你的人你做得有理吧，但是你毕竟在你心中背离了你的信仰，而且你自己也说你当时就受到了诅咒，被革出了教门，既然革出了教门，那你下地狱后，就凭这革出教门，人家也不会对你客气。你对此有何高见呢，我的好上加好的耶稣会士？[2]"

"我自己在自己心中背离了自己的信仰，这是没有疑问的，但是这样做实在无可厚非，您哪，即使有罪，也不过是最最普通的小罪，您哪。"

"怎么会最最普通呢，您哪！"

"胡说八道，该死的东西。"格里戈里咬牙切齿地说。

"您自己想想嘛，格里戈里·瓦西里耶维奇，"斯梅尔佳科夫泰然自若而又稳重得体地继续道，他意识到已经胜券在握，但又仿佛对被击败的对手惠予宽容似的，"您自己想想嘛，格里戈里·瓦西里耶维奇：须知，《圣经》上写道，假如你们有信仰，即使这信仰只有最小的芥菜种那么大，可是你们对这座山说，让它挪到海里去，它也必挪去[3]，而且毫不拖延，只要你们下道命令就成。怎么样，格里戈里·瓦西里耶维奇，既然我是一个不信上帝的人，而您的信仰又那么坚定，甚至还不断骂我，那您自己就不妨试试嘛，您哪，您去对这座山说，也不用叫它挪到海里去（因

---

1 耶稣会是天主教的一个教派，该教派蔑视人类的道德规范，赞同为了达到目的，可以不择手段。
2 本句套用普希金的诗《沙皇萨尔坦的故事》（一八三一）："你好，我的好上加好的公爵！"
3 源出《马太福音》第十七章第二十节："耶稣说：'……我实在告诉你们，你们若有信心像一粒芥菜种，就是对这座山说，你从这边挪到那边，它必挪去。并且你们没有一件不能做的事了。'"

为我们这里离大海太远了，您哪），让它挪到我们花园后面那条臭河沟里去就成，那您就会立刻看到，什么也不会移动，您哪，而且一切都会原模原样和完好无损地留在原地不动，不管您怎么喊，怎么叫，它们都会依然如故，您哪。这说明，格里戈里·瓦西里耶维奇，您对上帝的信仰也信仰得不到家嘛，你就会变着法地骂别人不信上帝。不过我们仍须看到，在我们这个时代，没有一个人，不仅是你们，而且任何人，从最高层的大人物到最底层的庄稼汉，都不能够把一座大山推进大海，普天之下除非有一个人，最多两个人，而且连这两个人说不定也躲在埃及的某个隐修院在秘密修行，因此根本找不到他们——既然这样，既然所有其他人原来都不相信上帝，那么，除了那两名隐修士以外，所有其他的人，即人世间的所有的人，都要受到主的诅咒啰，尽管大家都知道我主大慈大悲，那么他对他们之中的任何人也不肯饶恕吗？因此我坚信，尽管我曾经怀疑过，只要我痛哭流涕，表示忏悔，我肯定会得到上帝的饶恕的。"

"等等！"费奥多尔·帕夫洛维奇兴高采烈地尖叫，"那么说，你认为那两个能够移山填海的人还是有的啰？伊万，记下来，这才能表现出一个完整的俄罗斯人！"

"你说得完全正确，这就是老百姓的信仰特点。"伊万·费奥多罗维奇面带赞许的微笑，同意道。

"你同意！既然你同意，那就没错！阿廖什卡，此话有理，不是吗？要知道，这才是完完全全的俄罗斯信仰，不对吗？"

"不对，斯梅尔佳科夫的信仰根本就不是俄罗斯信仰。"阿廖沙严肃而又坚定地说。

"我不是说他的信仰，我是说这个特点，说那两个隐修士，仅仅是说这个特点，要知道，这就是俄罗斯的特点，是不是俄罗斯的特点呢？"

"是的，这是地地道道的俄罗斯的特点。"阿廖沙微微一笑。

"巴兰的驴，你的话值一个金币，我今天就把钱给你，但是在其他方面你毕竟在胡说八道，胡说八道和信口开河；我说傻瓜，我们大家在这里仅仅因为不肯动脑筋所以才不信仰上帝，因为我们没工夫动脑筋：第一，因为俗事缠身，第二，因为上帝给的时间太少，一天就有二十四小时，因此既没工夫美美地睡足觉，更不用说忏悔自己的罪孽了。而你在那里，面对那些迫害基督徒的人，当你除了信仰以外再无别的东西可想了，正当你应当借此机会表现自己信仰的时候，你却背弃了自己的信仰！是不是这样呢，我想，小兄弟，是不是这个理儿呢？"

"是倒是这个理儿，但是您自己想想，格里戈里·瓦西里耶维奇，正因为是这个理儿，所以我的罪孽也就更轻了。要是当时我循规蹈矩地信仰那个真理，那么，我不接受因坚持自己的信仰而施加于我的苦难而改信了伊斯兰教，那我的确罪莫大焉。但是，要知道，当时还根本谈不上受苦受难呀，您哪，因为我在那一瞬间只要对这座山说，挪过去，压死这帮迫害基督徒的人，山就会当真挪过去，立刻把那帮家伙像蟑螂似的压死，于是我就可以像没事人似的讴歌和赞美着上帝，扬长而去。要是我在这千钧一发的时刻试验了这一切，而且还特意向这座山喊道，压死这帮迫害基督徒的人，而这座山偏偏不听我的话，不肯去压他们，那么，我倒要请问，尤其在这样一种生死攸关的大恐怖时刻，我又怎能不心生怀疑呢？即使不怀疑我也知道，我是绝不可能完完全全地到达天国的（因为山并不听我的话，它没有挪动，这说明上天并不十分相信我的信仰，并没有很大的奖赏在他世界等待着我），那么凭什么（再说对我也无任何好处）我要让人家剥我的皮呢？因为我背上的皮即使已经让人家剥掉了一半，这座山也不会听我的话或者听从我的呼唤挪动一厘一毫的。因此在这样的时刻不仅怀疑可能应运而生，甚至出于恐惧还可能完全失去理智，因此连思考也就变得完全不可能了。这么一来，既然无论在他世界或者在此世界我都看不到对自己的任何好处和任何奖赏，那么我还不如起码保住我这层皮为好，那么，我现在这样做，究竟有什么特别的罪过呢？因为我非常相信主是大慈大悲的，我寄予希望，我一定会得到主的彻底的饶恕，您哪……"

八、酒酣耳热

争论结束了，但是说来奇怪，本来兴高采烈的费奥多尔·帕夫洛维奇最后突然双眉深锁。他皱紧眉头，一仰脖子，又干了一杯白兰地，但是这杯酒已经是完全多余的了。

"你们这帮耶稣会士，快给我滚，"他向仆人喝道，"滚，斯梅尔佳科夫。答应给你的一枚金币今天就给你，先给我滚。格里戈里，你也别难过，到马尔法身边去，她会安慰你，伺候你睡觉的……这两个混账东西硬不让人吃完饭后静静地坐会儿。"当两个用人遵照他的命令立刻退下去以后，他烦躁地断然道。"现在，每到吃饭的时候，斯梅尔佳科夫就钻到这里来，他对你很感兴趣，你倒是用什么手段把他哄上手的呢？"他又向伊万·费奥多罗维奇加了一句。

"什么手段也没用，"他回答，"看得起我呗；他是个下人，是个奴才。话又说回来，时候一到，他可以打冲锋，当炮灰。"

"当炮灰？"

"也有另一些人比他们强，但是也必须有这号人，先由这号人打头阵，在他们之后才是更强的。"

"那么这时候什么时候到呢？"

"会打信号弹的，也可能一亮就灭了。老百姓眼下还不怎么爱听这帮熬肉汤的伙夫的话。"

"可不是嘛，孩子，你瞧，这头巴兰的驴在想呀，想呀，鬼才知道他肚子里在想什么鬼主意。"

"会想出个道道来的。"伊万冷笑道。

"你瞧，我早看出来了，他非常讨厌我，就像讨厌所有的人一样，他也同样讨厌你，虽然你还觉得他'看得起'你。对阿廖什卡，就更甭提了，他根本看不起阿廖什卡。但是他不偷，这是个优点，也不无事生非，他不言语，也不会把家丑张扬出去，大馅儿饼烤得好极了，除此以外，干我屁事，说真格的，值得谈论他吗？"

"当然不值得。"

"至于说他在肚子里净琢磨事，究竟会琢磨出个什么花样来，那么，一言以蔽之，俄国人就应该用鞭子抽[1]。我一直都这么说。咱们的老百姓都是骗子，不值得可怜他们，好在现如今，有时候还能够痛打他们几顿。俄罗斯的土地好就好在有白桦树。把林子砍光了，俄罗斯的土地也就完蛋了。我赞成那些聪明人的主张。即使我们不再毒打老百姓了，这是个高招，做得聪明，他们也会自己继续痛打自己的。他们这样做也好。用一把尺子量别人，也必将用同样的尺子量自己[2]，或者《圣经》上这话是怎么说来着……总之也必将这样量自己。而俄罗斯连猪狗都不如。我的孩子，你不知道我多么恨俄罗斯……也可以说不是恨俄罗斯，而是恨所有这

---

1 作者通过主人公说的这话是别有所指的；当时，俄国有些很开明的自由派人士说过：俄国人天生一副奴才相，不挨揍就难受，他们不同于法国一七九三年大革命时期的巴黎人。
2 源出《路加福音》第六章第三十七节—三十八节。耶稣基督说："你们不要论断人，就不被论断。你们不要定人的罪，就不被定罪。你们要饶恕人，你们必蒙饶恕。你们要给人，就必有给你们的……因为你们用什么量器量给人，也必用什么量器给你们。"

些污七八糟的东西……没准这也是恨俄罗斯。Tout cela c'est de la cochonne rie.[1] 你知道我喜欢什么吗？我喜欢说俏皮话。"

"您又喝了一杯酒。别喝啦。"

"等等，我再来一杯，还要再来一杯，然后就不喝了。不，且慢，你把我的话打断了。有一回，我路过莫克罗耶，问一个老头，他回答我：'我们最爱用皮鞭抽被判鞭刑的小妞，还总让大小伙去抽她们。今儿个这妞挨了揍，明儿个那小伙就娶她做老婆，所以那些小妞还挺乐意挨揍。'真是一些德·萨德侯爵[2]书里的人物，是不是？不管怎么着吧，这话挺俏皮，咱们有机会也去看看，怎么样？阿廖什卡，你脸红了？甭害臊嘛，好孩子。可惜，方才我没在院长那儿参加宴会，没跟那些修士们聊聊莫克罗耶的小妞们。阿廖什卡，你别生气，我方才把你的那位院长给得罪了。当时我一听就有气，好孩子，要知道，如果上帝是有的，存在的——那，我自然有罪，我应该得到报应，如果根本就没上帝，那还要他们那些神父干什么呢？如果那样，砍他们的脑袋算是轻的，因为他们阻挠了进步。你信不信，伊万，一想起这事，我的气就不打一处来。不，你不相信，因为我从你的眼神里看出来了。你相信别人的话，认为我不过是个小丑。阿廖沙，你信不信——我不仅仅是小丑？"

"我信，你不仅仅是小丑。"

"我相信你信，而且说这话是出于真心。你的神态是真心的，你说的也是真心话。可伊万不是。伊万孤傲……不管怎么说，我还是想让你们那座破修道院彻底完蛋。在整个俄罗斯的土地上一下子清除那套装神弄鬼的玩意儿，让所有那帮傻瓜蛋彻底醒悟。这样一来，会有多少金银财宝送进造币厂啊！"

---

1 法语：这一切连猪狗都不如。
2 德·萨德（一七四〇——一八一四），法国色情小说作家，以描写淫乱与性虐待著称。

"干吗要清除呢？"伊万问。

"让真理之光早点普照大地，就为这个。"

"要知道，倘若真理之光普照大地，那头一个就会拿你开刀，让你倾家荡产，然后……扫地出门。"

"啊呀！要知道你这话也许是对的。啊呀，我真是头蠢驴。"费奥多尔·帕夫洛维奇忽地扬起头，轻轻拍了下脑门。"既然这样，阿廖什卡，那就让你那座破修道院照旧待着去吧。而我们这些聪明人却要暖暖和和地坐着，喝白兰地。你知道吗，伊万，这是上帝特意安排的也说不定？伊万，你说：有没有上帝？慢，要说得丁是丁卯是卯，正儿八经地说！你又笑什么？"

"我笑的是，您方才还十分俏皮地说到，斯梅尔佳科夫相信有两个能够移山填海的长老存在。"

"难道现在我也像他？"

"很像。"

"那好，这说明我也是俄罗斯人，我也有俄罗斯人的特点，你是哲学家，也可以在你身上捕捉到这一类特点。你愿意的话，我就捉出来给你看。咱们打赌，我明天准能捉住。不过，你还是说说：到底有没有上帝？要正儿八经地说！现在我要的就是正经二字。"

"没有，没有上帝。"

"阿廖什卡，有上帝吗？"

"有上帝。"

"伊万，那有没有灵魂不死呢？随便什么灵魂不死都成，哪怕是小小的，不点儿大的也成？"

"也没有灵魂不死。"

"一点也没有？"

"一点也没有。"

"就是说完全化为乌有，也许，多少总有这么一丁点儿吧？总不能什么也没有吧！"

"完全化为乌有。"

"阿廖什卡，有灵魂不死吗？"

"有。"

"上帝和灵魂不死都有？"

"上帝和灵魂不死都有。灵魂不死就存在于上帝之中。"

"嗯。很可能伊万说得对。主啊，只要想想，有信仰的人献出了多少精力，又有多少精力白白地浪费在这个幻想上，而且又历经多少千年啊！是谁竟敢这么嘲弄人呢，伊万？你最后一次丁是丁卯是卯地说：到底有没有上帝？我最后一次问你！"

"即使是最后一次，没有还是没有。"

"究竟是谁在嘲弄人呢，伊万？"

"也许是魔鬼吧。"伊万·费奥多罗维奇微微一笑。

"那么有魔鬼吗？"

"没有，也没有魔鬼。"

"可惜。他妈的，既然这样，谁第一个凭空想出上帝来的，我非要他的好看不可！把他吊死在苦杨树上还是轻的。"

"如果不想出个上帝来，那就根本不会有文明了。"

"不会有文明？你说没有上帝就不会有文明？"

"是的。也不会有白兰地。不过您这儿的白兰地还是拿走的好。"

"等等，等等，等等，亲爱的，再来一小杯。我说这些话让阿廖沙不高兴了。你不生气吗，阿列克谢？我的可爱的小阿廖沙，小阿廖沙！"

"不，我不生气。我知道您的意思。您的心比您的头脑好。"

"我的心比头脑好？主啊，这话又是什么人说的呢？伊万，你爱阿廖什卡吗？"

"爱。"

"应该爱。(费奥多尔·帕夫洛维奇已经大醉。)——我说阿廖沙,方才我对你的长老失礼了。但我当时心里很乱。要知道,这位长老还是挺风趣的,伊万,你以为怎样?"

"也许有点吧。"

"就是挺风趣,挺风趣嘛,il y a du Piron là-dedans[1].他是个耶稣会士,我是说俄国的耶稣会士。像一个有地位的人那样,他只能在心里暗自痛恨他必须逢场作戏⋯⋯硬给自己的身上披上一件神圣的外衣。"

"要知道,他可是信仰上帝的呀。"

"他才不信哩。你还不知道?不过,他倒是对所有人都说他信,就是说,也不是对所有人,而是对所有来访的聪明人。他就曾经痛痛快快地对省长舒尔茨说:credo[2],但我也不知道信仰什么。"

"真的?"

"没错。但是我尊敬他。他这人有点靡非斯特[3]的味道,或者不如说,有点《当代英雄》里的⋯⋯那个阿尔别宁或者那里叫什么来着[4]⋯⋯的派头,就是说,你知道吗,他是个好色之徒;此人极端好色,即使现在,要是我的女儿或者老婆到他那儿去忏悔,我也要替她们捏把汗。你知道,只要一打开话匣子⋯⋯前年他请我们去喝茶,还有甜酒(这甜酒是太太们送的),他就绘声绘色地讲起了当年的风流韵事,我们听了肚子都笑破了⋯⋯尤其是讲到他怎样把一个病得有气无力的女人给治好了。他说:'要不是我脚疼,我真想给

---

1 法语:这里有点皮龙的味道。皮龙(一六八九——一七七三),法国诗人和剧作家。他刚成名时被认为是黄色作家,因此未能选进法兰西科学院。据说,他还写过许多俏皮而又辛辣的讽刺短诗。他晚年皈依宗教,写了许多宗教诗,但是始终未能洗清过去的恶名。

2 拉丁文:我信仰。

3 歌德诗剧《浮士德》中的魔鬼名。

4 阿尔别宁是莱蒙诺夫的诗剧《假面舞会》里的主人公,可是费奥多尔·帕夫洛维奇故意把他与《当代英雄》中的毕巧林相混。

你们跳个舞。'怎么样,这老头有两下子吧?他说:'想当年,我身在修道院,但是可没少偷鸡摸狗。'他还从那个叫杰米多夫的商人那儿捞到六万卢布。"

"怎么,偷的?"

"那主儿把他当成好人送钱上门的:'好兄弟,请替我代为保管一下吧,明天我家有人来搜查。'于是他就代为保管了。后来他竟说:'你不是布施给教堂了吗。'我对他说:你真卑鄙。他说,不,这不叫卑鄙,叫来者不拒……不过话又说回来,干这事的不是他……是另一个人。我弄混了,说起了另一个人……没注意。好了,再喝一杯就不喝了,伊万,你把酒瓶拿走吧。我胡说八道,你干吗不阻止我,伊万……也不告诉我:我在信口开河。"

"我知道您自己会打住的。"

"瞎掰,你是对我怀恨在心,正是怀恨在心。你看不起我。你居然到我这里来,居然在我家里看不起我。"

"我说走就走;白兰地把您给灌糊涂了。"

"我用基督和上帝的名义请你去一趟契尔马什尼亚……就去一两天,可你硬不去。"

"既然你硬要我去,我明天就去。"

"你不会去的。你要在这里监视我,你要干这事,坏东西,所以你才不肯去,是不是?"

老人越说越来劲了。他已经醉到这种程度,即使一向老老实实的醉鬼也一定会突然身不由己地想要大发脾气和摆摆威风。

"你瞧着我干什么?瞧你那眼神!你那双眼睛瞧着我像在对我说:'瞧你那模样,醉鬼。'你的眼神很可疑,你那眼神一副瞧不起人的样子……你之所以回家自有你自己的打算。你瞧阿廖什卡的神态,他的眼睛发亮。阿廖沙没瞧不起我。阿列克谢,你不要喜欢伊万……"

"你不要生二哥的气嘛！不要再冤枉他啦。"阿廖沙突然固执地说道。

"嗯，好吧，我兴许有点儿那个。唉，头疼。伊万，把白兰地拿走，都说第三遍了。"他陷入沉思，突然发出一声长长的、狡猾的轻笑。"我老了，是个窝囊废，你别生我的气，伊万。我知道你不喜欢我，不过我还是要你别生我的气。我也真没什么值得人喜欢的地方。你先去契尔马什尼亚，我随后就到，还要给你捎去一点好吃的。在那里我还要让你看个小妞，我早看上她了。她暂时还是个臭要饭的。见了臭要饭的，甭怕，也别瞧不起她们——她们是珍珠！……"

他吧嗒了一下嘴唇，亲了亲自己的手。

"对于我，"他突然浑身来了劲，刚一接触到他心爱的话题，仿佛突然之间酒又醒了，"对于我……唉，你们呀，还是孩子！不点大的孩子，两只小猪崽，对于我呀……甚至这辈子都不曾感觉过哪个女人是丑八怪，这就是我的准则！你们懂得这道理吗？你们哪会懂这道理呢：你们还乳臭未干，还没从鸡蛋壳里孵出来！按照我的这一准则，任何女人身上，他妈的，都可以找到一点非常有意思的、别有风味的东西，而这东西是在任何一个别的女人身上找不到的——不过这要有本领才能找到，个中奥妙也就在这里！这是一种才能！对于我来说就没有丑女人：只要她是女人就行，这事就成了一半……你们哪懂得这道理呢！甚至老处女，有时候在她们身上也能找到别有风味的东西，使你不由得对那帮傻瓜蛋感到纳闷，他们怎么会让她老到这般地步，至今都没发现呢！要饭的女人和丑女人，先要让她感到一阵惊喜——这时候下手才万无一失。你不知道？让她们感到一阵惊喜，惊喜到心花怒放，惊喜到心乱如麻，惊喜到羞人答答：这么一位老爷居然会爱上一个像她这样的黑不溜秋的女人。真太好啦，世界上现在有，将来也永远会有奴才和老爷，因此永远会有擦地板的女佣，永远有她的主人，要知道，为了享受人生乐趣，这是必不可少的！等一等……我说阿廖什卡，我一向都能使你已故的母亲感到惊喜，不过这是另一类惊喜。我从来不跟她亲亲热热，可是一到节骨眼上——我就突然拼命巴结她，跪在地上，亲吻她的脚，每次，每次都弄得她（这事我至今记得清清楚楚）发出一长串细碎的格格的笑声，银铃似的，声音不大，却是神经质的特别的笑声。她就一个劲儿这么傻笑。我知道，她一这样，肯定犯病了，明天肯定会歇斯底里地大喊大叫，而现在这种细碎的笑声丝毫也不表示高兴，这虽然是假象，但毕竟是高兴。这就是说，在一切方面都要有一种善于找到其特点的本领！有一回，别利亚夫斯基——这里的一名美男子和大财主，使劲儿追求她，开始时常常跑到我家来——突然在我家，而且当着她的面，给了我一记耳光。她这么一个绵羊般的女人竟大光其火，我当时以为，因为这记耳光，她非揍扁了我不可，她却说什么：'你现在挨了打不是，挨了打不是，你挨了他一记耳光不是！你把我卖给他啦……他怎么胆敢当着我的面打你！你从今以后休想靠近我，休想！立刻跑去，找他决斗……'于是我就把她送进了修道院，让她安静下来，神父们给她一遍又一遍地念祷告。上帝作证，阿廖沙，我可从来没欺负过我的疯老婆！除非有一次，还在结婚的头一年：她当时祷告得很起劲，尤其是纪念圣母的那几个节日[1]，她斋戒沐浴，祈祷如仪，还让我别缠着她，把我赶到书房里去睡觉。我想，我非得把她脑子里这一套装神弄鬼的玩意儿打掉不可！于是我就对她说：'瞧，你瞧见了吧，这是你的圣母像，就是这张，现在我就敢摘下它来。你瞧呀，你以为它能显灵，可是我就敢当着你的面立刻向它吐唾

---

[1] 指纪念圣母的几个大节：圣母圣诞节（俄历九月八日），圣母进堂节（俄历十一月二十一日），圣母报喜节（俄历三月二十五日），圣母帡幪节（俄历十月一日），圣母升天节（俄历八月十五日）。

沫，而且我这样做准没事！……'她一看见我真这么做了……主啊，我想，现在她非打死我不可，可她仅仅跳起来，举起两手一拍，然后突然用两手捂住脸，浑身发抖，栽倒在地板上……就这么倒下了……阿廖沙，阿廖沙！你怎么啦，你怎么啦！"

老人吓得跳了起来。阿廖沙从他一开始讲他的母亲起，脸色就逐渐开始变化。他的脸红了，他的眼睛像着了火似的，嘴唇开始发抖……老家伙喝醉了，唾沫横飞，什么也没察觉，直到阿廖沙身上突然出现了一种十分奇怪的现象，就跟重复出现他方才说的那"疯女人"的举动一模一样。阿廖沙突然从椅子上跳起来，就跟刚才说的他母亲那样，举起两手一拍，然后两手捂住脸，栽倒在椅子上，突然浑身发抖，歇斯底里发作，忽然泪如雨下，泣不成声。因为同他母亲的情形非常相像，使老人感到特别吃惊。

"伊万，伊万！快给他水。这跟她一样，跟她，跟他母亲一样！用嘴朝他脸上喷水，过去我对她就是这么做的。他这是因为他母亲，因为他母亲……"他向伊万喃喃道。

"我想，他的母亲不也就是我的母亲吗，您看呢？"伊万突然怒不可遏而又异常轻蔑地说道。老人看到他两眼喷出怒火，不由得打了个哆嗦。但是，这时又出现了一个很奇怪的情况，虽然只有一秒钟：老人似乎确实忘记了阿廖沙的母亲也就是伊万的母亲……

"怎么会是你的母亲呢？"他莫名其妙地喃喃道。"你说这干什么？你说哪一个母亲？……难道她……啊呀，见鬼！她不也是你的母亲吗！啊呀，见鬼！孩子，我还从来没这么糊涂过，对不起，我还以为，伊万……嘿嘿嘿！"他说到这里打住了。一长串醉醺醺的、一半无意义的讪笑拉长了他的脸。蓦地，就在这一刹那，过道屋里发出了一片可怕的喧哗声和吵闹声，传来一迭连声的狂呼乱叫，房门突然洞开，德米特里·费奥多罗维奇闯进了客厅。老人吓得一个箭步冲到伊万跟前：

"他会杀死我的，他会杀死我的！别把我交给他！"他抓住伊万·费奥多罗维奇的衣襟，叫道。

九、色　狼

紧随德米特里·费奥多罗维奇之后，格里戈里和斯梅尔佳科夫也跑进了客厅。他们俩在过道屋里跟他打了起来，硬不放他进来（因为几天前费奥多尔·帕夫洛维奇曾亲自下过指示）。格里戈里利用德米特里·费奥多罗维奇冲进客厅后立定片刻向四下张望的机会，绕过桌子，把对着客厅外屋门的两扇通往内室的房门关上了，他站在紧闭的房门前面，叉开两手，准备誓死保卫这一入口，可以说，准备流尽最后一滴血。德米特里见状，不是大喝一声，而是似乎发出一声尖叫，一个箭步向格里戈里扑了过去。

"原来她在里边！把她藏里边了！滚，混蛋！"他想把格里戈里拽到一边去，但是格里戈里把他推开了。德米特里大怒，挥起拳头使劲向格里戈里一拳打去。老人轰然倒地，德米特里则一个箭步，跨过他的身体，冲进了房门。斯梅尔佳科夫待在客厅里，站在另一头，脸色苍白，浑身发抖，紧挨着费奥多尔·帕夫洛维奇。

"她进来了，"德米特里·费奥多罗维奇叫道，"刚才我亲眼看见她拐了个弯，向这幢房子走来，不过我没追上她。她在哪儿？她在哪儿？"

"她进来了！"这一声喊，对费奥多尔·帕夫洛维奇起到了不可思议的作用。他心头的整个恐惧不翼而飞。

"抓住他，抓住他！"他狂叫，并一个箭步冲上前，跟在德米特里·费奥多罗维奇后面紧追不舍。格里戈里这时已经从地上爬了起来，但似乎还有点迷迷糊糊。伊万·费奥多罗维奇和阿廖沙也紧跟在父亲之后跑了过去。在第三间屋子里忽地传来什么东西摔在地板上，打得粉碎，而发出的丁丁当当的声音：原来屋里的大理石台座上放着的一只玻璃大花瓶，德米特里·费奥多罗维奇跑过去时将它碰掉地上了。

"逮住他！"老人狂叫。"救命！"

伊万·费奥多罗维奇和阿廖沙总算追上了老人，把他使劲拽回了客厅。

"追他干吗呀！说不定他会当真杀了您的！"伊万·费奥多罗维奇愤愤然冲父亲叫道。

"万涅奇卡，廖舍奇卡[1]，这么说，她进来了，格鲁申卡进来了，他说他亲眼看见她跑进来了……"

他上气不接下气。这次他没料到格鲁申卡会来，现在突然听说她来了，这使他一下子失去了理智。他浑身发抖，跟发狂似的。

"您不是也看见她没来吗！"伊万叫道。

"也许从另一扇门进来的呢？"

"那门不是锁上了吗，而且钥匙还在您身边……"

德米特里忽然又出现在客厅里。他当然发现那门是锁上的，而且钥匙也的确装在费奥多尔·帕夫洛维奇的兜里。所有房间里的所有的窗户也都关得严严实实；可见，格鲁申卡既进不来，也出不去。

"抓住他！"费奥多尔·帕夫洛维奇重又看见德米特里之后，立刻尖声叫道，"他在里边卧室偷了我的钱！"他从伊万身边挣脱出来后又向德米特里扑去。但是德米特里举起两手，猛地揪住老人残留在鬓角上的两绺头发，使劲一拽，轰然一声，把他拽倒在

---

1 二者分别为伊万和阿廖沙的昵称。

地。他还接连两三次用鞋后跟往躺在地上的父亲的脸上猛踹。老人发出刺耳的尖叫。伊万·费奥多罗维奇虽然没有大哥德米特里有劲，还是用两手抱住了他，把他使劲从老人身上拽开。阿廖沙力气虽小，还是拼命帮助伊万从前面抱住了大哥。

"疯子，你把他踹死了！"伊万喝道。

"他这是活该！"德米特里气喘吁吁地嚷道。"没踹死，我还来，非打死他不可。你们护着他也没用！"

"德米特里！马上离开这里！"阿廖沙威严地喝道。

"阿列克谢！你告诉我，我就相信你一个人：她刚才有没有来过这儿？我亲眼看见她了，看见她刚才从一条小胡同里出来，贴着篱笆，溜到这里来了。我喊了她一声，她就跑了……"

"我向你起誓，她没到这里来过，这里压根儿就没人在等她！"

"但是我看见她了……那么说，她……我马上就能弄清楚她在哪儿……再见，阿列克谢！关于钱，现在就甭对伊索[1]提了，至于卡捷琳娜·伊万诺芙娜，你一定要立刻去找她并告诉她：'他让我问你好，他让我问你好，问你好！正是问你好，向你道别！'向她描述一下你刚才看到的情形。"

这时，伊万和格里戈里已经把老人扶了起来，让他坐在圈椅上。他脸上血肉模糊，但是神志清醒，他一直竖起耳朵听着德米特里的叫嚷。他还始终认为格鲁申卡一定躲在他家的什么地方。德米特里·费奥多罗维奇临走时憎恨地瞪了他一眼。

"你流了血，我并不后悔！"他愤愤然说道，"留神，老东西，留神，别想得太美，因为我是决不会善罢甘休的！我也诅咒你，从今天起，咱俩彻底断绝关系……"

他跑出了房间。

---

1 因为希腊寓言家伊索以相貌丑陋著称，所以德米特里此处以他寓指老卡拉马佐夫。

"她来了，她肯定来了！斯梅尔佳科夫，斯梅尔佳科夫！"老人以勉强听得见的嘎声说道，伸出一个指头，叫斯梅尔佳科夫过去。

"说她没来就是没来嘛，你这老头疯了。"伊万恶狠狠地冲他嚷道。"哎呀，他晕过去了！水，毛巾！快，斯梅尔佳科夫！"

斯梅尔佳科夫急忙跑去拿水。终于给老人脱去了衣服，把他抬进了卧室，让他躺进了被窝。给他脑袋敷上了湿毛巾。他喝了白兰地，心情十分激动，又挨了打，已经有气无力，他一碰到枕头，立刻一翻白眼，就昏睡了过去。伊万·费奥多罗维奇和阿廖沙回到客厅。斯梅尔佳科夫把打碎的花瓶的碎片扫了出去，格里戈里则闷闷不乐地低头站在桌旁。

"要不要给你的脑袋也敷上湿毛巾，你要不要也去躺会儿？"阿廖沙对格里戈里说。"我们在这里看着他；大哥把你的……脑袋打得很重，非常疼。"

"他还对我真下得了手！"格里戈里闷闷不乐而又一字一句地说道。

"他对父亲都'下得了手'，何况是你！"伊万·费奥多罗维奇撇了撇嘴，说道。

"我给他在木盆里洗过澡……他竟对我下得了这毒手。"格里戈里重复道。

"他妈的，要不是我把他拽开，他真会打死他也说不定。伊索经得起多大折腾？"伊万·费奥多罗维奇对阿廖沙悄声道。

"上帝保佑！"阿廖沙不胜感慨。

"干吗'保佑'他呀？"伊万恶狠狠地撇了撇嘴，继续用同样的低语悄声道。"一条毒蛇咬死另一条毒蛇，他俩全活该！"

阿廖沙打了个冷战。

"我自然不会让他们闹出凶杀案，就像刚才那样。阿廖沙，你留在这儿，我到院子里走走；有点头疼。"

阿廖沙走进卧室陪父亲，他隔着屏风在他的床头坐了大约一小时。老人忽然睁开眼，默默地看着阿廖沙，看了很久，似乎在追忆和思考。蓦地，他脸上显出异乎寻常的激动表情。

"阿廖沙，"他提心吊胆地悄声道，"伊万在哪？"

"在院子里，他头疼。他在给咱俩望风。"

"把镜子递给我，就是放在那边的那面小镜子，给我拿过来！"

阿廖沙把放在五斗柜上的一面折叠式的小圆镜递给了他。老人照了照镜子：鼻子被踩肿了，肿得很厉害，脑门上，左眉毛上方，有一块很大的深红色瘀血。

"伊万说什么啦？阿廖沙，亲爱的，你是我唯一的儿子，我怕伊万；我更怕伊万，超过怕他。只有你一个人我不怕……"

"也甭怕伊万，伊万在生气，但是他会保护您的。"

"阿廖沙，那他呢？跑去找格鲁申卡啦！亲爱的天使，告诉我实话：方才格鲁申卡来过没有？"

"谁也没看见她。那是骗人，她没来过！"

"要知道，米季卡[1]想娶她，跟她结婚！"

"她不会嫁给他的。"

"不会嫁给他的，不会嫁给他的，不会嫁给他的，决不会嫁给他的，无论如何不会嫁给他的！……"老人高兴得为之精神一振，似乎这时再没有比告诉他这话更使他开心的了。他兴高采烈地一把抓住阿廖沙的手，把他的手紧贴在自己心口上。甚至他的两眼都闪出了泪花。"圣像，就是我方才说的那帧圣母像，你拿去吧，带走吧。我也准许你再回修道院……我方才是开玩笑，你别生气。头疼，阿廖沙……廖沙，你就安慰安慰我这颗心吧，你就行行好，告诉我实话吧！"

---

1 德米特里的小名。

"您说来说去还是那句话：她来过没有。"阿廖沙伤心地说。

"不不不，我相信你，要不，这样吧：你去找一趟格鲁申卡，要不就想法见她一面；你快向她问个明白，越快越好，亲自判断一下：她到底想跟谁，跟我还是跟他？啊？怎么样？能做到吗？"

"我要是看到她，一定问。"阿廖沙无可奈何地咕哝道。

"不，她不会告诉你的，"老人打断道，"她是个淘气包。她会亲吻你，说她想嫁给你。她是个骗子，她不要脸，不，你不能去找她，不行！"

"再说这也不好，爸，很不好。"

"方才他让你去哪儿？他走的时候不是向你嚷嚷：'去一趟'吗？"

"他让我去找卡捷琳娜·伊万诺芙娜。"

"拿钱？问她要钱？"

"不，不是去拿钱。"

"他没有钱，身无分文。我说阿廖沙，我要躺一夜，仔细想想，你先走吧。能碰到她也说不定……不过明天一大早你一定要上我这儿来，一定。我明天要告诉你一句要紧的话；你来吗？"

"一定来。"

"你来可要装作你自己要来的，来看看我。别跟任何人说是我叫你来的。别跟伊万提到一个字。"

"好。"

"再见，我的天使，你方才替我打抱不平，我一辈子忘不了。我明天有句要紧话要告诉你……不过还要再想一想。"

"您现在感到身体怎么样？"

"明天，明天我就能下床走路了，身体棒极了，棒极了，棒极了！……"

阿廖沙穿过院子的时候，遇见二哥伊万坐在大门口的长凳上：他坐在那儿，用铅笔在他的笔记本里记着什么。阿廖沙告诉伊万老人醒了，神志清醒，准许他回修道院去睡觉。

"阿廖沙，我很想明天一大早跟你见一面。"伊万欠起身子，和颜悦色地说道——这种和颜悦色甚至完全出乎阿廖沙的意料。

"明天我要到霍赫拉科娃家去。"阿廖沙回答道。"如果现在见不到卡捷琳娜·伊万诺芙娜，明天再去也说不定……"

"那现在你快去找卡捷琳娜·伊万诺芙娜吧！这是去'道别，道别'？"伊万忽然微微一笑。阿廖沙很尴尬。

"他方才十分感慨地说的话，我好像全听明白了，过去的事我也多少明白了一点。德米特里大概是请你去看她，并转告她，他……嗯……嗯，总而言之，是'告别'，对吗？"

"二哥！父亲和德米特里闹成这样，会闹出什么结局来呢？"阿廖沙感叹道。

"说不准。也许不了了之：一阵风吹散。这女人是野兽。不管怎么说吧，必须让老头子待在家里，而且不让德米特里进来。"

"二哥，请允许我再问一句，难道任何人在对待旁人的问题上都有权决定：他们当中谁值得活下去，谁不值得活下去吗？"

"干吗要扯到值得不值得的问题呢？人们在心里决定这个问题时，常常不是根据他值得不值得，而是根据其他原因，自然得多的原因。至于说权利，那谁没有权利希望做到他希望做到的呢？"

"总不能希望别人死吧？"

"即使希望别人死又怎么样呢？既然大家都这样过活，换一种活法，说不定他们又办不到，那干吗要自欺欺人呢？你问这话大概是因为我方才说过的一句话'两条毒蛇将会互相撕咬'[1]吧？既然如此，也让我问你一句话：你是不是认为我跟德米特里一样也能给伊索放

---

[1] 陀思妥耶夫斯基的小说中，直接引语往往不能与前面的原文一一对应。后面出现类似情况恕不一一指出。

放血，嗯，杀死他呢，啊？"

"什么呀，伊万！我可从来没想到这个！即使德米特里，我也不认为……"

"谢谢你，哪怕就为了这句话。"伊万微微一笑。"要知道，我一定会永远保护好他的。但是就我的愿望说，对于这一点，我要保留我驰骋遐想的充分自由。明天再见。别对我求全责备，也别把我看成坏蛋。"他又微笑着加了一句。

他俩紧紧地握了握手，过去这是从来没有过的。阿廖沙感到，这是二哥首先向他迈出了一步，他这样做想达到什么目的呢？肯定有所打算。

十、两个女人在一起

阿廖沙走出父亲家后，比刚才进门看父亲的时候，更感到心力交瘁。他心里也是千头万绪，乱糟糟的，与此同时，他又感到他害怕把这些千头万绪的想法理出个头绪来，这天他经历的种种矛盾太痛苦了，他也害怕从所有这些矛盾中得出一个总的看法来。阿廖沙在心中有一种近乎绝望的想法，这也是他过去从来不曾有过的。一个要命而又没有解决的大问题像座大山一样压在一切之上：父亲和大哥德米特里为了这个可怕的女人，闹到后来将会怎样了结呢？他如今亲眼看见了一切。他身临其境，亲眼看见他俩狭路相逢。话又说回来，最后成为不幸者的，成为一个彻底而又可怕的不幸者的只能是德米特里大哥：一场不可避免的不幸正在一旁守着他。还可能出现一些其他人，这一切也可能牵涉到他们，人数也许比阿廖沙过去所能感觉到的还要多得多。甚至还出现了某种谜一般的东西。二哥伊万向他迈近了一步，这是阿廖沙过去求之不得的，但是现在他却不知怎的感到，这一步接近使他恐惧。那么那两个女人又怎样呢？说来奇怪：方才，他刚动身去找卡捷琳娜·伊万诺芙娜的时候，感到自己的处境异常难堪，可现在这感觉却一扫而空；相反，他自己也急巴巴地想去见她，仿佛想在她那里找到启示似的。可是话又说回来，要把大哥托他说的话转告她，现在却分明比方才更难办了：三千卢布的事已无可挽回，德米特里大哥现在感到自己混账透了，已经无药可救，自然就会破碗破摔，干脆堕落下去。再说德米特里大哥还让他把刚才在父亲那儿发生的一幕转告卡捷琳娜·伊万诺芙娜。

　　阿廖沙动身去找卡捷琳娜·伊万诺芙娜已是傍晚七点，夜幕渐渐低垂的时候。卡捷琳娜·伊万诺芙娜住在大马路一带，占了一幢很宽敞、很舒适的房子。阿廖沙知道，她跟两位姨妈同住。其中一位其实只是她姐姐阿加菲娅·伊万诺芙娜的姨妈；这是住在她父亲家的一个寡言少语的女人，当她从贵族女子中学回家跟她们同住之后，这位姨妈就同她姐姐一起照料她的生活。另一位姨妈是一个颇有上流社会风度而又很神气的莫斯科太太，虽然出身贫寒。听说，她俩事事都听卡捷琳娜·伊万诺芙娜的，她俩陪她同住纯粹是出于礼貌。至于卡捷琳娜·伊万诺芙娜，她只听命于她的恩人将军夫人，将军夫人因为有病留在莫斯科，因此她必须每周写两封信给将军夫人，详细报道自己的起居和其他情况。

　　当阿廖沙走进前厅，请给他开门的侍女进去通报他来了的时候，客厅里的人显然已经知道他来了（也许是从窗户里看见的），但是阿廖沙还是忽然听到一阵嘈杂的忙乱声，可以听到奔跑的女人的脚步声和衣服的窸窣声：也许有两个或者三个女人跑出去了。阿廖沙觉得奇怪，他的来临居然会掀起这么大的骚动。但是，他还是被立刻领进了客厅。这是一个大房间，陈设精致，家具齐全，完全不像外省的摆设。室内摆着许多大小沙发和沙发榻，以及大大小小的茶几；四面墙上挂着油画，桌上陈设着花瓶和台灯，有许多鲜花，甚至窗前还有一只金鱼缸。由于暮色苍茫，屋里显得有点昏暗。阿廖沙看到显然刚才有人坐过的长沙发上扔着一条绸披肩，沙发前的桌子上还放着两杯没喝完的可可茶、奶油饼干和两只水晶盘：一只放着蓝葡萄干，另一只放着糖果。刚才大概在招待客人。阿廖沙明白了，他正好碰上有客，他皱了皱眉头。但是就在这时候门帘掀开了，卡捷琳娜·伊万诺芙娜迈着急促的步子走了进来，脸上挂着兴高采烈的微笑，向阿廖沙伸出了两手。就在这时候一名女仆拿进两支点着的蜡烛，放在桌上。

"谢谢上帝，总算把您等来了。我整天祷告上帝，盼来盼去，就盼着您一个人！请坐。"

卡捷琳娜·伊万诺芙娜的美貌过去就曾使阿廖沙惊叹不已，那时，也就是三两个星期前，因为卡捷琳娜·伊万诺芙娜本人非常想见见他，德米特里大哥头一回把他带到她家里来，介绍他俩认识。不过，那次见面，他俩没有细谈。卡捷琳娜·伊万诺芙娜看到阿廖沙很害羞，似乎存心照顾他，所以那次她一直跟德米特里·费奥多罗维奇说话。阿廖沙一声不吭，但看清楚了许多东西。使他吃惊的是，他看到这是一位很骄傲的姑娘，颐指气使，既矜持而又放肆，还颇自信。而且这一切都彰明较著，毫无疑问。阿廖沙感到他并没有夸大。他发现，她那又黑又亮的大眼睛很美，加上她那苍白的，甚至有点灰黄的鹅蛋脸，显得特别般配。但是她那双眼睛，一如她那美丽的嘴唇一样，其中有一种说不出来的东西，这东西可以使他大哥一见就着迷，但是这种痴迷却不能持久。在这次拜访之后，德米特里死乞白赖地缠着他，硬要他不要隐瞒，谈谈他看到他的未婚妻后有何感想——当时，他几乎直言不讳地谈了自己的看法。

"你跟她在一起将会是幸福的,但是,说不定……这将是一种骚动不安的幸福。"

"弟弟,你说得很有道理,人总是禀性难移,他们是不会安分守己、听天由命的。那么你以为我不会永远爱她吗?"

"不,你也许会永远爱她,但是,你跟她在一起不会永远幸福,也说不定……"

阿廖沙当时说了自己的意见后面红耳赤,他对自己很恼火:居然听从大哥的请求,说出了这样"愚蠢"的看法。因为他刚说出自己的意见,自己就立刻觉得这意见愚不可及。而且这么自以为是地发表对一个女人的看法,他也觉得心中有愧。因此现在他乍一看到向他迎面跑来的卡捷琳娜·伊万诺芙娜时,就感到更惊讶了,该不是当时看错了吧。这一回,她的脸焕发出一种毫不做作的淳朴而又善良、率直而又热烈的真诚。从过去使阿廖沙感到十分惊讶的整个"矜持与傲慢"中,现在只看到一种既勇敢而又高尚的坚毅,以及某种明快而又强烈的自信。阿廖沙乍一看到她,刚听她说头几句话就明白了,她如此热爱的男人如何引起她处境的悲剧性,对于她根本就不是秘密,她也许全知道了,统统知道了。然而,尽管如此,她脸上仍旧充满了光明,充满了对未来的自信。阿廖沙在她面前忽然感到自己犯了严重错误,而且是蓄意犯罪。他立刻被征服了,而且被她吸引住了。除了这一切以外,她一开口说话,他就发现她处在一种强烈的兴奋状态,也许这在她身上很不寻常——这兴奋甚至近似一种狂喜。

"我所以迫不及待地等候您来,就因为我现在只能从您一个人的嘴里听到全部真相——此外再没有别人了!"

"我来了……"阿廖沙语无伦次地喃喃道,"我……他让我来的……"

"啊,他让您来的,我早料到啦。现在我全明白了,全明白了！"卡捷琳娜·伊万诺芙娜叫道，眼睛忽然发出了光。"等等，阿列克谢·费奥多罗维奇，我要先告诉您，我为什么这样迫不及待地等您来。您知道吗，我所知也许比您自己知道的还要多得多；我需要从您嘴里听到的不是消息。我需要从您嘴里听到的是这个：我需要知道的是您自己的、个人的对他的最后印象，我需要您最最直截了当地告诉我，不加修饰，甚至很粗糙（噢，多粗糙都行！），自从您今天同他见过面以后，现在您自己对他，对他的状况是怎么看的？这比我亲自去找他谈心说不定要好得多（他已不肯再来看我了）。您明白我希望您做什么了吗？他现在让您来找我，要您做什么呢？（我早料到他会让您来的！）您简单明了地说，说说他最近的情况！……"

"他让我向您……问好，他说他永远不会再来看您了……可是向您问好。"

"问好？他是这么说的吗，他原话是这么说的吗？"

"是的。"

"也许是捎带说说，无意之中，用错词了，说了不该说的话？"

"不，他正是这么说的，他让我向您'问好'。求了我三次，让我不要忘了把这话转告您。"

卡捷琳娜·伊万诺芙娜的脸腾地红了。

"阿列克谢·费奥多罗维奇，现在请您帮帮我的忙，我现在正需要您帮忙：我把我的想法告诉您，您只消对我说我这种想法对不对。听我说，如果他让您问我好是捎带的，并没有坚持非要您转达这句话不可，并没有强调这句话，那一切就完了……这事就吹了！但是，如果他特别坚持非要您向我问好不可，如果特意拜托您别忘了向我转达这个问候——那由此可见，当时他很激动，有点反常也说不定，是不是？他拿定了主意，又害怕自己拿定的这个主意！他不是毅然决然地离开我的，而是从山上一个倒栽葱摔下去的。强调这句话只能说明他是硬着头皮逞强……"

"对，对！"阿廖沙热烈地肯定道，"我现在也这么认为。"

"既然这样，那他还没有完蛋。他不过陷于绝望之中，我还可以救他。您等一等：他有没有告诉过您关于钱，关于三千卢布的事呢？"

"他不仅告诉我了，而且最使他难过的也许就是这事。他说他现在已经人格丧尽，他现在已经对一切都无所谓了。"阿廖沙热烈地答道，他用他的整个心感觉到，他的心里又开始充满希望，他大哥当真有出路也说不定。"但是，您难道……知道这钱的事？"他加了一句，又忽然打住了。

"早知道啦，知道得清清楚楚。我曾经打电报到莫斯科去问过，早知道钱没有收到。他没把钱邮出去，但是我没吭声。上星期我还打听到，他需要钱，而且现在还需要，对此我只有一个目的：让他知道，应当回到谁身边去，谁是他最忠实的朋友。不，他不肯相信我是他最忠实的朋友，不愿意了解我，他只把我看作一个女人。整整一星期，我都在痛苦地琢磨：怎样才能使他不至于因为花了我的这三千卢布而羞于见我？也就是说，他尽管觉得愧对所有的人，愧对他自己，但是决不应当对我觉得羞愧。要知道，他可以向上帝说明一切而不觉得羞愧。为什么他至今都不了解我可以为他承受一切呢？他为什么，为什么不了解我呢？在发生了过去的种种事情以后，他怎么还敢不了解我呢？我要彻底挽救他。他尽可以忘掉我，忘掉我是他的未婚妻！可是他倒好，在我面前担心起自己的人格来了，阿列克谢·费奥多罗维奇，他对您并不害怕开诚布公，不是吗？可是为什么至今我还没资格得到同样的东西呢？"

她说最后这几句话时热泪盈眶，然后眼泪夺眶而出。

"我还要告诉您一件刚才他跟父亲发生的事。"阿廖沙也声音发抖地说道。接着他就讲了发生争吵的全过程，讲了大哥让他去向父亲要钱，后来大哥又冲了进来，揍了父亲，这以后他又特别而且坚决地再一次向他阿廖沙重申，让他前来向她"问好"……"现在他去找那个女人了……"阿廖沙低声加了一句。

"您以为我肯定不待见这女人吗？他以为我肯定不待见她吗？但是他不会娶她的，"她猛地神经质地大笑起来，"难道卡拉马佐夫家的人的欲火能够永远这样燃烧下去吗？这是一种欲火，而不是爱情。他不会娶她的，因为她决不会嫁给他……"卡捷琳娜·伊万诺芙娜又异样地突然笑了。

"他会娶她也说不定。"

"告诉您吧，他不会娶她的！您知道吗？这姑娘是天使！您应该知道这点！"卡捷琳娜·伊万诺芙娜突然异常热烈地说道。"她是一个非常奇妙而又离奇的女人！我知道她十分迷人，但是我也知道她十分善良、坚定和高尚。您干吗这么看我，阿列克谢·费奥多罗维奇？也许，您对我说的话感到惊奇，也许，您不相信我刚才说的话？阿格拉费娜·亚历山德罗芙娜[1]，我的天使！"她望着另一个房间，突然对什么人叫道，"您过来一下，这是一个可爱的人，这是阿廖沙，他对咱俩的事全知道，您出来让他见一见！"

"我在门帘后面就等着您叫我哩。"一个女人的声音说道，这声音既温柔又甜甜蜜蜜。

门帘掀开了，于是……格鲁申卡本人笑容满面、开开心心地走到了桌旁。阿廖沙的心里好像有什么东西翻了个个儿似的。他的目光紧盯在她身上，眼睛简直没法离开。这就是她，那个可怕的女人……"野兽"，正如半小时前二哥伊万提到她时脱口所说的那样。然而，站在他面前的似乎是个平平常常、最普通不过的女人——一个既善良又可爱的女人，就算她很漂亮吧，但是也跟所有其他一些虽然漂亮，却"平平常常"的女人一样！诚然，她长得很好看，甚至十分好看——一种俄罗斯的美，一种让许多人欲火攻心的美。这

是一个身材相当高的女人，不过比起卡捷琳娜·伊万诺芙娜来稍矮（卡捷琳娜·伊万诺芙娜是个大高个儿）——长得很丰满，她的一举一动显得那么柔和，无声无息，似乎娇柔到一种特别甜蜜的程度，就像她说话的声音一样。她走近的时候也不像卡捷琳娜·伊万诺芙娜那样步履矫健；相反，悄无声息。根本听不到她踩在地板上的脚步声。她在圈椅上款款落座，轻柔地整了整她那华丽的黑色绸裙，发出轻微的窸窣声，娇柔地用她那贵重的黑色毛围巾轻轻裹上她那白如凝脂的丰腴的脖颈和宽阔的肩膀。她芳龄二十又二，她的脸也恰好表现出这个年龄。她的脸长得很白，两腮上一抹淡淡的红晕，鲜艳夺目。她的脸长得似乎略宽，下巴甚至有点向前突出。上嘴唇很薄，下嘴唇又稍许突出，比上嘴唇厚了一倍，似乎肿了。但是她那十分美丽而又浓密的深褐色头发，深色的、紫貂一般的眉毛，加上非常好看的灰蓝色眼睛，配上长长的睫毛，一定会促使一个最粗心大意和最心不在焉的男人，甚至在人群中，在散步时，在人头攒动中，一旦看到这张脸便会身不由己地停下来，并且久久难忘。使阿廖沙吃惊的是这张脸上那孩子般淳朴无邪的表情。她像孩子般看人，像孩子般对什么事都感到欢天喜地，她走到桌旁时正是"欢天喜地"，像孩子般迫不及待地、既信任而又好奇地在等待着立刻会出现什么有趣的事情似的。她的目光使人看了感到心花怒放——阿廖沙感到了这点。她身上还有一些他说不清道不明的东西，但是这东西也许已经不知不觉地对他产生了影响，但究竟是什么呢？他感觉到的只是她的动作的轻柔，以及她的一举一动像猫一样无声无息。然而，话又说回来，这又是一个强壮、丰满的肉体。围巾下隐约可见她那丰满、宽阔的双肩，高高的、还十分富有弹性的胸部。这身体也许很有希望变成米洛斯的维纳斯[1]般的体形，虽然现在的比例

---

1 米洛斯的维纳斯，即我们常见的断臂的维纳斯雕像，因于米洛斯岛出土而得名，现藏法国卢浮宫。

肯定已经略嫌大了些——这是可以预感到的。研究俄罗斯女性美的行家们，看见格鲁申卡的模样，就能正确无误地预言，这一娇艳欲滴、还很年轻的美，到了三十岁，就会失去和谐，变得臃肿，脸上的皮肤也会变得松弛，眼角和前额也会异常迅速地出现一缕缕小小的皱纹，脸会变得粗糙，也许会发紫——总而言之，这是昙花一现的美，转瞬即逝的美，正是在俄罗斯女人身上能够十分经常地遇到这种美。阿廖沙当然没有想到这些，但是他虽然看入了迷，毕竟有一种令他不快的感觉，他仿佛在惋惜地自问：她说起话来干吗拖长了声音，难道不能说得自然些吗？她这样做，显然以为拿腔拿调会使发音和吐字显得十分甜蜜，一定很美。这当然不过是一种追求不良风度的不良习惯，足见她教养之低，以及从小养成的对于体面文雅的庸俗理解。不过话又说回来，这种发音和这种说话腔调，在阿廖沙看来，跟这种孩子般淳朴无邪而又欢天喜地的脸部表情，跟这种婴孩般安静、幸福的目光，简直是一种不可思议的矛盾。卡捷琳娜·伊万诺芙娜立刻让她坐在阿廖沙对面的沙发上，兴高采烈地吻了吻她那含笑的嘴唇，而且接连吻了好几次。她简直好像爱上她了。

"我们俩是头一次见面，阿列克谢·费奥多罗维奇，"她不胜陶醉地说道，"我想了解她，看看她，想到她府上去拜访她，但是她一听说我想见她就自己跑来了。我早知道我们在一起就能解决一切，一切就会迎刃而解！我的心有这样的预感……有人劝我不要走这步棋，但是我预感到这是一条摆脱困境的出路，而且我果然没弄错。格鲁申卡向我说明了一切，说明了她自己的全部打算；她就像一位好心的天使从天而降，带来了平静和欢乐……"

"是您不嫌弃我，亲爱的好小姐。"格鲁申卡像唱歌似的拉长了声音说道，脸上仍旧挂着那种可爱的、快乐的微笑。

"不许您对我说这种话，您这迷人的小妖精！我怎么会嫌弃您呢？我要再亲一次您的下嘴唇。你这嘴唇好像肿了似的，那就让它肿得更厉害吧，偏要亲，偏要……阿列克谢·费奥多罗维奇，您看她笑得多开心，看着这天使，就会心花怒放……"阿廖沙红着脸，浑身在微微发抖。

"您在宠我，亲爱的小姐，也许，我压根儿不配受到您的爱。"

"不配，她竟不配！"卡捷琳娜·伊万诺芙娜又同样热烈地叫道，"要知道，阿列克谢·费奥多罗维奇，我们的头脑充满了幻想，我们的心非但任性，而且非常高傲！阿列克谢·费奥多罗维奇，我们高尚，我们宽容，您知道这个吗？我们只是不幸。我们[1]随随便便就心甘情愿地为一个也许不值得你相信，或者行为轻浮的男人作出任何牺牲。从前有个人，这人也是军官，我们爱上了他，我们把一切都给了他，这是很久以前，五年以前的事了，他却把我们忘了，娶了别人。现在他的妻子死了，他写信来说他要到这里来——要知道，我们只爱他一个人，至今只爱他一个人，一辈子都爱他！他一旦来了，格鲁申卡又会变得很幸福了，而过去这五年她一直很不幸。但是谁会责怪她呢，谁能自夸得到了她的青睐呢！只有一个瘸腿老头，一个商人，但是他毋宁说是我们的父亲，我们的朋友，我们的呵护人。他碰见我们的时候，我们正走投无路，正处在被我们所爱的人遗弃的痛苦中……要知道，她当时想跳河自杀，是那个老头救了她，救了她呀！"

"亲爱的小姐，您太护着我了，您干什么事都那么心急。"格鲁申卡又拉长了声音说道。

"护着您？我们配护着您吗，再说我们敢在这件事情上护着您吗？格鲁申卡，我的天使，把您的手伸给我，您瞧这只胖乎乎的小手多美呀，阿列克谢·费奥多罗维奇；您看见这只小手了吗，这只小手给我带来了幸福，使我复活了，我现在要好好地亲亲它，从上

---

1 这段里的许多"我们"专指"我们的格鲁申卡"。

面开始亲，一直亲到手心，就亲，就亲，偏亲！"于是她连续三次，仿佛陶醉了似的，亲了格鲁申卡那只的确非常美丽，也许胖了点的小手。格鲁申卡则伸出自己的纤纤玉手，注视着"亲爱的小姐"，发出神经质的、清脆而又动人的笑声，有人这么亲她的手，她大概觉得很开心。"也许，高兴得过了头吧！"这想法在阿廖沙的脑子里倏忽闪过。他脸红了。在这段时间里，他心里一直特别不安。

"亲爱的小姐，您当着阿列克谢·费奥多罗维奇的面这么亲我的手，真把我臊死了。"

"难道我亲您是想让您害臊吗？"卡捷琳娜·伊万诺芙娜有点奇怪地问道，"啊呀，亲爱的，您太不了解我啦！"

"亲爱的小姐，您大概也没完全了解我，我也许比您从外表看到的情形要坏得多。我心坏，我任性。当时，我所以要勾引可怜的德米特里·费奥多罗维奇，仅仅是为了嘲笑他。"

"但是，要知道，现在也是您救了他。您作过保证。您要开导他，要向他公开，您爱的是别人，而且早爱上他了，也就是现在向您求婚的那个人……"

"啊，不，我没有向您作过这个保证。这话统统是您对我说的，我可没有保证呀。"

"那么，我没有正确理解您的意思啰，"卡捷琳娜·伊万诺芙娜低声说，她的脸似乎有点发白，"您答应过……"

"啊，不，我的天使，我的小姐，我对您什么也没有答应过。"格鲁申卡依旧带着愉快而又天真的表情，不慌不忙地低声打断她的话道。"现在看得出来，好小姐，我在您面前有多么坏，又多么专断。我想干什么就非这么干不可。方才，我答应您什么也说不定，可现在我又想：说不定我又喜欢起他来了呢，我是说米佳——既然我曾经非常喜欢过他，甚至喜欢了几乎整整一小时。说不定我会立刻去找他，并对他说：从今天起，您就留在我身边吧……瞧，我这人多么反复无常呀……"

"您方才……完全不是这样说的呀……"卡捷琳娜·伊万诺芙娜好不容易才说出来话。

"啊，方才！要知道，我这人心肠软，我这人也浑。只要想想，他为了我受了多大的罪呀！说不定我回到家后，会觉得他怪可怜的，那时候咋办呢？"

"我没料到……"

"哎呀，小姐，您在我面前是多么善良，多么高尚呀。因为我这脾气，您现在也许要不喜欢我这样的混账东西了。我的天使，我的小姐，请把您那可爱的小手给我，"她温柔地说，然后似乎十分崇敬地拿起了卡捷琳娜·伊万诺芙娜的手，"亲爱的小姐，现在我要拿起您的小手，像您吻我的一样亲吻您了。您亲了我三次，因此我要亲吻您三百次才能还清。那就这么办吧，以后听凭上帝安排，也许我会完完全全成为您的奴隶的，并在一切方面情愿像奴隶一样对您百依百顺。听凭上帝安排，干脆这么办，我们彼此也用不着任何约定和许诺。小手，您的小手真可爱，多可爱的小手呀！您是一位可爱的小姐，您是我的美得不能再美的大美人儿！"

她说罢便把这只手轻轻地举到唇边，不错，抱着奇怪的目的：用亲吻来"还账"。卡捷琳娜·伊万诺芙娜没把手抽回来：她抱着一丝胆怯的希望听完了格鲁申卡最后的、虽然表达得叫人十分纳闷的许诺：她将"奴隶般地"对她百依百顺。她紧张地注视着她的眼睛，她在这眼睛里看到的仍旧是那种既淳朴又信任的表情，仍旧是那种开朗的欢天喜地……"她太天真了也说不定！"卡捷琳娜·伊万诺芙娜的心里闪过一线希望。这时，格鲁申卡却似乎在欣赏"这只可爱的小手"，慢慢把它举到自己唇边。但是在贴近唇边的时候，她突然抓住这只手停了两三秒钟，似乎在考虑什么。

"您听我说，我的天使，我的小姐，"她忽然拉长了腔调用最温柔、最甜蜜的声音说道，"您听我说，我又忽然不想亲您的手了。"她说罢又十分开心地格格地笑了起来。

"随您便……您倒是怎么啦？"卡捷琳娜·伊万诺芙娜忽然打了个哆嗦。

"就这样吧，给您留个纪念：您亲了我的手，我没亲您的。"她的眼睛里蓦地有什么东西一闪。她十分注意地看着卡捷琳娜·伊万诺芙娜。

"死不要脸！"卡捷琳娜·伊万诺芙娜突然说道，似乎忽然明白了什么，她满脸绯红，从座位上跳了起来。格鲁申卡也款款起立。

"一会儿我就告诉米佳，您怎么亲我的手，可我压根儿没亲您的。他肯定会笑死的！"

"混账，滚！"

"啊呀，多可耻呀，小姐，啊呀，多可耻呀，说这样的话多下流呀，亲爱的小姐。"

"滚，臭婊子！"卡捷琳娜·伊万诺芙娜吼道。在她完全扭曲的脸上每根线条都在发抖。

"可不是臭婊子吗。一个大姑娘家的，天都黑了，还跑去向一个男人家要钱，送上门去出卖色相，这种事我也知道嘛。"

卡捷琳娜·伊万诺芙娜大叫一声，纵身向她扑去，但是被阿廖沙使劲儿拽住了。

"一步别动，一句话也别说，什么也别回答，她会走的，马上就会走的！"

这时卡捷琳娜·伊万诺芙娜的两位姨妈，听到叫声也跑进了房间，侍女也跑了进来。大家都向她奔去。

"我这就走。"格鲁申卡从沙发上拿起披肩，说道。"阿廖沙，亲爱的，请你送送我！"

"您走吧，快走吧！"阿廖沙向她拱手作揖，一再央求她。

"亲爱的阿廖申卡[1]，送送我！路上，我要告诉你一句非常动听的话！阿廖申卡，刚才我是为了你才故意使她难堪的。送送我吧，宝贝儿，以后你肯定会喜欢我的。"

阿廖沙绞着手，转过了身子。格鲁申卡清脆地格格笑着，跑出了屋子。

卡捷琳娜·伊万诺芙娜犯病了。她号啕大哭，一阵阵抽搐把她憋得喘不过气来。大家都围着她忙作一团。

"我早就警告过您，"大姨妈对她说道，"我不让您这么做……您太心急了嘛……难道可以走这步棋吗！您不知道这帮贱货，人家说，就数这女人最坏了……不，您太任性啦！"

"这是只雌老虎！"卡捷琳娜·伊万诺芙娜吼道。"您干吗拦着我，阿列克谢·费奥多罗维奇，我真想狠狠地揍她一顿，揍扁了她！"

她在阿廖沙面前没法控制自己，不过她不想控制也说不定。

"应当用鞭子抽她，让她上断头台，让刽子手砍下她的脑袋，斩首示众……"

阿廖沙退到房门口。

"但是，上帝呀！"卡捷琳娜·伊万诺芙娜举起两手一拍，霍地叫道，"原来是他！他竟能这么不讲人格，这么不通人性！关于那天，关于那要命的、应该永远受到诅咒的一天发生的事，不就是他告诉这贱货的吗！'您去出卖色相了，亲爱的小姐！'她居然知道这事！您大哥真卑鄙，阿列克谢·费奥多罗维奇！"

阿廖沙想说什么，但是他又无言以对。他的心痛苦得在不断收紧。

"您走吧，阿列克谢·费奥多罗维奇！我觉得可耻，我觉得可怕！明天……我双膝下跪地求您了，您明天再来吧。请别见怪，对

---

1 阿列克谢的小名。

不起，我不知道我还会对我自己作出什么事来！"

阿廖沙仿佛跌跌撞撞地走到大街上。他也想与她同声一哭。忽然，一名女仆追上了他。

"小姐忘了把霍赫拉科娃太太的信交给您了，这信从晌午起就放在小姐这儿了。"

阿廖沙机械地接过一个小小的粉红色信封，近乎无意识地把它塞进了口袋。

十一、又一个人名誉扫地

从城里到修道院顶多一俄里多一点。阿廖沙急急忙忙地沿着一条这时很少有人走的路走去。天几乎已经黑了，三十步以外已经看不清东西了。半道上有个十字路口。路口有株孤零零的爆竹柳，树下远远地看去有个人影。阿廖沙刚走到路口，那个黑影就一个箭步向他扑来，一声断喝：

"留下买路钱，不然要你的命！"

"是你呀，米佳？！"阿廖沙打了个哆嗦，然而又非常惊奇地问道。

"哈哈哈！你没料到吧？我想：在哪儿等你呢？在她家附近？从那儿出来有三条道，我可能一疏忽就把你错过去了。终于想到在这儿等你，因为这是必经之地，上修道院没别的路。好了，请你把真实情况告诉我吧，把我像只蟑螂一样一脚踩死吧……你倒是怎么啦？"

"没什么，大哥……我这是吓的。唉，德米特里！方才父亲流的这血。"阿廖沙哭了，他早想哭，现在他心里就好像有什么东西突然爆发了出来。"你差点没把他打死……还诅咒了他……可是现在……眼下……你却在开玩笑……'留下买路钱，不然要你的命！'"

"啊，那又怎么啦？难道不成体统？不符合规定？"

"那倒不是……我随便说说……"

"等等。你瞧这夜色：你看见了吧，多么阴暗的夜，乌云四合，刮起了多大的风！我躲在这里的爆竹柳下，在等你，我突然想（真的，上帝作证！）：干吗还要这样苦度岁月，还等什么呢？这里有柳树，有手帕，有衬衫，马上可以搓根绳子，再加上这两根背带——何不让这世界少个累赘，何不让我这个下流胚不再丢人现眼呢！就在这时候我听见你来了——主啊，好像有什么东西突然从天而降：这么说，毕竟还有一个我所爱的人，要知道，这就是他，这就是那个好人，我亲爱的三弟，这世上我最最爱的就是他，他是我唯一爱的人！我是那么地爱你，在这一刻，我是多么地爱你啊，因此我想，让我马上扑过去搂住他的脖子！这时又突然来了个愚蠢的念头：'让他乐一乐，吓唬吓唬他。'因此我就像个傻瓜似的大叫：'留下买路钱！'请原谅我犯傻——这不过是扯淡，可是我心里……还是正儿八经的……好了，真见鬼，你还是说说那儿的情形吧。她说什么啦？任凭刀劈斧砍，别可怜我！她气病了？"

"不，不是那么回事——那里根本不是那么回事，米佳。那里……刚才在那里我碰到了她俩。"

"什么她俩？"

"在卡捷琳娜·伊万诺芙娜家碰到了格鲁申卡。"

德米特里·费奥多罗维奇顿时呆若木鸡。

"不可能！"他叫道，"你在说胡话！格鲁申卡到她家去了？"

阿廖沙把从他进去找卡捷琳娜·伊万诺芙娜起所发生的一切，原原本本地都说了。他说了约莫十分钟，不能说他说得很流利和很有条理，但是似乎说得很清楚，抓住了最主要的话和最主要的举动，同时又鲜明地表露了（常常只用一言半语）自己当时的感受。德米特里大哥默默地听着，瞪大了两眼，吓人地紧盯着他，但是阿廖沙心里明白，他已经全听懂了，领会了整个事实。但是，随着故事的进展，他的脸不但越来越阴沉，而且似乎越来越可怕了。他皱紧眉头，咬紧牙齿，他那凝视的目光变得更加一动不动，更加咄咄逼人，也更加可怕了……更加出人意料的是，突然，他那本来怒气冲冲、凶相毕露的脸一下子全变了，其速度之快令人觉得不可思议，咬紧的牙齿也松开了，接着德米特里·费奥多罗维奇便突然哈哈大笑起来，笑得前仰后合，毫无做作的成分。他简直被笑声所淹没，甚至很长时间笑得都说不出话来了。

"到底还是没亲她的手啰！到底还是没亲她的手就跑掉啰！"他叫道，处在一种病态的狂喜中——如果这狂喜不是那么自然率真的话，那么也可以说是处在一种无耻的狂喜中。"那么她大叫，骂她是雌老虎啰！真是只雌老虎！应当把她送到断头台上去？对，对，应当，应当，我也是这意见。应当，早应当这么办了！你知道吗，三弟，即使上断头台，也应当先让她恢复健康呀。我明白，真是无耻之极，她这人全表现在这里了，全表现在是不是吻手这件事情上了，真是个泼妇！这是世界上可以想象得出来的泼妇之王。就某方面说，干得还真痛快！那么她跑回家啦？我这就……啊……我这就去找她！阿廖什卡，别责怪我，要知道，我不是同意的吗：掐死她还是轻的……"

"可是卡捷琳娜·伊万诺芙娜呢！"阿廖沙悲伤地叫道。

"我也看透了她，整个儿看透了，而且从来没有像今天这样看得一清二楚！这简直是一大发明，等于是发现世界的四方，应当说五方[1]！竟出此下策！这样才是那个贵族女子中学学生卡坚卡的

---

1 德米特里把"四方"（东西南北）和"五大洲"（欧、亚、非、美、澳）中的"方"和"洲"字说混了。

本色，她为了救父亲，出于舍己为人的想法，竟不怕冒着被可怕地侮辱的危险，跑去见一个荒唐、粗野的军官！真是骄傲无比，情愿冒险，敢于向命运挑战，敢于横下一条心，铤而走险！关于现在这事，你说那位姨妈曾经劝阻过她吗？要知道，这位姨妈一向我行我素，要知道，她就是那位莫斯科将军夫人的亲姐姐，过去鼻子翘得比她还高，可是她丈夫被揭发盗用公款，于是失去了一切，失去了领地和其他一切，于是骄傲的夫人突然变得低声下气了，并且从此一蹶不振。那么说她劝阻过卡佳啰，而卡佳偏不听。说什么'我能战胜一切，一切都得听命于我；只要我愿意，也能使格鲁申卡着魔'，然而她过于自信了，自以为了不起，能赖谁呢？你以为，她心存诡秘，故意第一个亲格鲁申卡的手吗？不，她倒是真心，她倒是当真爱上了格鲁申卡，也可以说不是爱上了格鲁申卡，而是爱上了自己的梦呓，因为这也是**我的**幻想，**我的梦呓**！亲爱的阿廖沙，你当时是怎么离开她们，离开这帮人逃之夭夭的呢？撩起修士服拔腿飞跑，是吗？哈哈哈！"

"大哥，你大概没注意到你把那天的事告诉了格鲁申卡，你是多么伤了卡捷琳娜·伊万诺芙娜的心啊，当时格鲁申卡就立刻回敬她，说您自己'偷偷跑去向一个男人出卖色相！'。大哥，难道还有比这更叫人恼火的吗？"阿廖沙感到最痛苦的是大哥对卡捷琳娜·伊万诺芙娜受到侮辱似乎感到很开心，虽然这分明是不可能的。

"啊呀！"德米特里·费奥多罗维奇忽然紧锁双眉，用手掌拍了一下自己的脑门。他现在才注意到这事，虽然阿廖沙方才全说了，既说了卡捷琳娜·伊万诺芙娜十分伤心，又说了她喊"您大哥真卑鄙！"。"是的，正如卡佳所说，关于那'要命的一天'，也许我当真告诉过格鲁申卡也说不定。是的，没错，我告诉过她，我记起来了！这还是在那时候，在莫克罗耶，我喝醉了，一群茨冈女人在唱歌……但是，要知道，我在号啕大哭，当时我痛哭流涕，我跪在地上，我在向我心中卡佳的形象祈祷，格鲁申卡是明白我的意思的。她当时全明白，我记得她也哭了……啊，见鬼！现在还会是另一种样子吗？当时她哭，可现在……现在却'当胸一刀'！娘们儿都这样。"

他低下头，陷入沉思。

"是的，我真卑鄙！卑鄙透了！"他突然用阴沉的声音说道。"不管我是不是哭过，反正我卑鄙透了！请您告诉她，我认为她骂得好，如果这能够使她消消气的话。好了，够啦，再见，还胡扯什么！没有让人开心的事。你走你的路，我走我的道。而且我再也不想见到你了，直到命归黄泉的最后那一刻。别了，阿列克谢！"他紧紧握住阿廖沙的手，然后仍旧低着眼睛，不肯抬头，仿佛猛地挣脱似的，大步流星地向城里走去。阿廖沙望着他的背影，不相信他会这样永远地走了。

"等等，阿列克谢，我还要招供一件事，就向你一个人招供！"德米特里·费奥多罗维奇又突然走回来。"你看着我，仔细看着我：要知道，就在这里，就在这里——正在酝酿着一件可怕的奇耻大辱的事。（德米特里·费奥多罗维奇在说"就在这里"的时候，用拳头猛捶自己的胸脯，他的神态是那么古怪，仿佛这奇耻大辱就挂在和保存在他的胸脯上，藏在某个地方，也许藏在口袋里，或者缝在什么东西里，挂在他的脖子上似的。）你已经知道我是什么人了：卑鄙透顶的混蛋，公认的混蛋！但是你要知道，无论过去、现在或将来，我要做和将要做的任何事——任何事，任何事，就卑劣程度而言都无法跟我现在，跟我此时此刻藏在这里，藏在胸脯上的奇耻大辱的事相比，这事正在酝酿，正在付诸行动，这事我完全能够制止它，既能制止它，也能促使其实现，你要注意到这点！因此，要知道，我会促使其实现，而不是阻止其实现。我方才已经把什么都告诉你了，就这件事没告诉你，因为我还没有糊涂到把这种事都说出来的程度！我还可以就此罢手；一旦罢手，我明天就能把丢失的廉耻的那一半统统找回来，但是我决不罢手，我一定要实现我的卑鄙的图谋，以后你可以做我的见证，说我预先就把这事告诉了你，是明知故犯！毁灭与黑暗！没有必要解释，到时候你就知道了。令人掩鼻的胡同和恶魔般的泼妇！别了。别为我祷告，我不配，再说也毫无必要，毫无必要……我根本不需要！我走了！……"

他说罢便掉头而去，这回是彻底地走了。阿廖沙也向修道院走去。"我怎么会，我怎么会永远见不到他呢？他说什么呀？"他觉得这话说得很古怪，"我明天非见到他不可，我要到处找他，他说什么呀！……"

他绕过修道院，穿过松树林，直接向隐修区走去。虽然这时已经谁也不让进去了，那里还是给他开了门。当他走进长老的修道室时，他的心在发抖："他为什么，为什么要我出去呢，为什么他要我'还俗'呢？这里是一片宁静，这里是一方圣土，而那边是一片骚扰和黑暗，一个人在黑暗中是会迷失方向和误入歧途的……"

在修道室里的，有见习修士波尔菲里和修士司祭派西神父。派西神父今天一整天每隔一小时就来了解一下佐西马神父的病情。阿廖沙惊恐地得知，佐西马神父的病情越来越恶化了。甚至每天晚上都要举行的与修士们的谈话也未能举行。平常，每到晚上做完祈祷，在即将就寝之前，修道院的修士们就聚集到长老的修道室，每人都向他当众忏悔自己这天的过错、有罪的幻想、念头和所受的诱惑，甚至相互间的争执，如果发生过这样的争执的话。有些人还跪着忏悔。长老则替他们消解、调停、开导，准予悔过自新，给予祝福，然后让他们回去。那些反对长老制的人出面反对的也正是这种集体"忏悔"，他们说忏悔是一种圣礼，而这是对圣礼的亵渎，近乎渎神，其实这完全是风马牛不相及。他们甚至告到教区主管那里，说这样的忏悔不仅达不到好的目的，甚至会有意当真把人引向犯罪和诱惑。有人说，许多修士把到长老那儿去引以为苦，是迫不得已才去的，因为大家都去，不去人家会认为他们傲慢和有离经叛道之嫌。有人还说，有些修士去夜间忏悔之前就彼此商量好了，说什么"我说，早上我曾对你发脾气，你就证实我的话没错"——这是为了有话可说，借以搪塞。阿廖沙知道，有时倒也的确是这样。他也知道师兄弟中有些人很气愤，因为隐修士们收到的家书，按照惯例，也要先拿给长老，收信人还没拆看，先要让他看。自然，原来的设想是：这一切应当是自觉自愿的，出于真心，为了能够谦下自律和接受上师的开示，但事实上有时做得非常没有诚心，甚至适得其反，虚与委蛇，弄虚作假。但是较为年长和富有经验的修士却坚持要这样，认为："谁真心真意地走进这四堵墙里修炼，那长老规定的所有这些修持和功德，对于他们，无疑会有益于修炼，必定会给他们带来很大的好处；相反，如果有人引以为苦，牢骚满腹，那这种人等于已经不是修士了，大可不必出家进修道院，这种人尘缘未尽，应当在世俗中了此尘缘。罪孽和魔鬼不仅在尘世中逃避不了，甚至身在教堂也是回避不了的，因此，对于它们，决不可纵容姑息。"

"他虚脱了，总是在睡。"派西神父给阿廖沙画了个十字，悄声道。"叫都叫不醒。其实倒也无需叫醒他。刚才他醒了四五分钟，让我们把他的祝福带给诸位师兄弟，同时请他们替他做晚祷。明天一早，他还打算再领一次圣餐。阿列克谢，他提到你了，问你走了没有，有人回答说你进城了，'是我让他到那里去的；他的位置在那里，暂时不在这里。'——这就是他提到你时说的话。他每次提到你都充满了爱和关切，你明白你承受了多大的关注吗？不过，他怎么会看到你尘缘未尽，应有一段时间暂时还俗呢？这说明，他一定预见到你命运中的什么了！你要明白，阿列克谢，即使你还俗了，也应当把这看作是长老派给你的任务，而不是去醉生梦死，追求尘世的浮华……"

派西神父出去了。长老即将圆寂，这对阿廖沙是没有疑问的，虽然他还能再活一天或者两天。阿廖沙坚决而又热烈地决定，尽管他许过诺明天一定要去看父亲、霍赫拉科娃母女、大哥和卡捷琳娜·伊万诺芙娜，但是他明天决不走出修道院一步，一定留在长老身边，直到他圆寂。他的心里燃烧着爱，他痛苦地责备自己，刚才在城里居然一刹那间甚至忘记了留在修道院里的、他在这世上最最尊敬的、即将圆寂的师父。他走进长老的卧室，双膝下跪，向睡在床上的长老磕个头。长老静静地、一动不动地睡着了，呼吸均匀，几乎听不出来，脸色安详。

阿廖沙退出去，回到另一个房间（也就是清早长老接待客人的那个房间），只脱了靴子，几乎和衣躺到那张又硬又窄的皮沙发上——他一向就睡在这张皮沙发上，时间已经很久了，而且每夜都睡在这儿，只随身拿来个枕头。至于不久前他父亲嚷嚷的那床垫，他很早就忘了铺它了。他只脱下自己那身修士服，把衣服权当被子盖在身上。但是临睡前，他又翻身下跪，祷告了很长时间，他在自己的热烈的祷告中，并不请求上帝向他说明他内心的骚乱，而仅仅渴望得到一种欢悦的感动，过去，每当他赞颂过上帝后，这种感动就会降临他的心田，而赞颂上帝则是他就寝前举行例行的祈祷的全部内容。降临到他心田的这种欢悦，便引导他渐渐进入轻松而又平静的梦乡。现在他正在这么祈祷的时候，忽然碰巧摸到他口袋里的那个小小的粉红色信封，也就是卡捷琳娜·伊万诺芙娜的女仆追上他后交给他的那个信封。他感到一阵心慌，但还是做完了祈祷。然后在稍许动摇之后，打开了信封。里面是写给他的一封短信，署名Lise[1]，即今天早晨当着长老的面使劲取笑他的霍赫拉科娃太太的那

---

1 法语：丽莎。

位年轻的女儿。

阿列克谢·费奥多罗维奇，她写道，我瞒着大家，也瞒着妈妈给您写这封信，我知道这很不好。但是，如果我不把心里的话告诉您，我没法活下去，而这话除了您我两人以外暂时不能让任何人知道。但是我怎么告诉您我非常想告诉您的话呢？有人说，纸不会脸红，我敢向您保证，这不是真的，因为它也像我现在一样羞得满脸通红。亲爱的阿廖沙，我爱您，从小就爱您了，还在莫斯科的时候就爱您了（那时候您完全不像现在这样），而且我会一辈子爱您。我的心选中了您，我要同您结合在一起，白头偕老，生死相恋。当然有个条件，就是必须等您离开修道院之后。因为我们年龄还小，我们可以等待，一直等到法律规定的年龄。到那时候，我的病一定全好了，我又能走路和跳舞了。这是无需多说的。

您看，我考虑得多周到，只有一件事我想不出来：您读了我这封信以后会对我怎么想？我一向爱笑，爱淘气，今天我惹您生气了，但是请您相信，现在，在我拿起笔来写信以前，我向圣母像祷告了，而且现在还在祷告，差点没哭。

我的秘密全捏在您手心里了；明天您来的时候，我真不知道该怎么抬头见您。啊，阿列克谢·费奥多罗维奇，要是我瞧着您那模样，又忍俊不禁，像傻子似的，跟今天一样笑起来，那怎么办呢？要知道，您会把我当成特爱嘲笑人的那种坏孩子的，那您就不会相信我在信上说的那些话了。因此我恳求您，亲爱的，如果您对我抱有同情的话，那您明天进屋的时候，不要那么过于笔直地瞅着我的眼睛，因为我一碰到您的眼神，肯定会扑哧一声笑出来的，再说您又穿着那件长衣服……甚至现在，我一想到这事就全身发冷，因此，请您进屋的时候，在若干时间内根本不要看我，而看着妈妈或者窗户……

我竟给您写了这样一封情书，我的上帝，我做了什么呀！阿廖沙，不要瞧不起我，如果我做了一件很坏的事，让您伤心了，请您原谅我。我已名誉扫地，现在这秘密全掌握在您手里了。

我今天非大哭一场不可。再见，而这再见又**太可怕**了。

Lise

又及：阿廖沙，您可一定，一定，一定要来呀！Lise。

阿廖沙惊讶地读完了信，读了两遍，想了想，忽然静静地、甜蜜地笑了起来。他差点打个哆嗦，他觉得这笑是有罪的。但是稍候片刻，他又照样轻轻地、幸福地笑了。他把这信慢慢地装进信封，画了个十字，就躺了下来。那一时的心乱忽然过去了。"主啊，请宽恕他们大家，宽恕方才那些人，保佑他们，保佑这些不幸的和不安分的人吧，给他们指条路吧。你有的是路：给他们指条路，救救他们吧。你就是爱的化身，你会赐给大家欢乐的！"阿廖沙画着十字，喃喃道，接着便安然入睡。

第二部

第四卷

反　常

一、费拉蓬特神父

　　清晨，天还没亮，阿廖沙就惊醒了。长老醒来，感到身体很虚，可是他却想下床坐到安乐椅上去。他的神志完全清醒；他的脸色虽然十分憔悴，但是面容开朗，近乎快乐，眼神则是愉快、和蔼可亲和笑吟吟的。"我也许活不过今天了。"他对阿廖沙说；接着他就想立刻忏悔和领圣餐。接受他忏悔的牧师一向是派西神父。做完两项圣礼后就开始涂圣油[1]。司祭们都来了，修道室里渐渐挤满了隐修区的修士。这时天已大亮。修道院里也来了人。涂油礼完毕后，长老便想与大家一一告别，与大家亲吻。由于修道室地方小，先来的人便走出去，让位于后来的人。阿廖沙站在长老身旁，长老则再次坐到安乐椅上。他尽自己的力量说话和为大家做开示，他的声音虽然弱，但听上去还相当硬朗。"这么多年来我一直为诸位弘法、开示，可见这么多年来我一

---

1 东正教的临终仪式，为即将去世的人祈求宽恕和赦罪。

直在说话，倒养成了说话的习惯，而一说话就给诸位开示，因此不说话倒比说话几乎更困难了，亲爱的神父们和师兄弟们，尽管现在我身体虚弱，关于说话的情形亦然。"他非常感动地看着聚集在他周围的人，开了一句玩笑。阿廖沙后来记起了一些他当时说的话，虽然他当时说得很清楚，声音也相当硬朗，但是他的话还是相当不连贯。他说了许多问题，似乎想在临死前把一生中没有说完的话统统说出来，再说一遍，这倒不仅仅是为了开示道友，而是好像渴望与大家分享他内心的喜悦和欢欣，在这一生中再一次向大家倾吐自己的肺腑之言……

"神父们，你们要彼此相爱。[1]"长老开示道（据阿廖沙后来记得起来的）。"要爱上帝的子民。并不是因为我们到这里来出家了，关在这四堵墙里修道了，我们就比在家的人圣洁，相反，任何一个到这里来出家的人，他之所以要到这里来，正因为他看到他不如所有在家的人，不如尘世间所有的人。一个修士在这四堵墙里修炼得越久，他对这点的认识和感觉就越深。因为不认识到这点，他也就完全没有必要到这里来出家了。只有当他认识到他不仅不如所有在家的人，而且他还应当在所有人面前因为大家和因为一切而感到自己有罪，因为人的种种罪孽，因为世界的和个人的种种罪孽而感到自己有罪，只有到那时候，我们闭关隐修的目的才能达到。你们要知道，亲爱的，因为毫无疑问，我们中的每个人都应当为世界上所有的人和所有的事而感到自己有罪，这不仅是因为大家都参与了整个世界的罪恶，也是因为我们每个人本来就应当为这世上的一切人和每个人而感到自己有罪。只有认清了这点，才能说是经过修炼而得道，这也是尘世间任何人应该走的路。因为修士并不是特殊的人，而是世上所有的人都应该成为的那种人。只有到那时候，我们的心才会开悟，转而产生一种无边的爱，包罗宇宙万象的、永远爱不够

---

1 源出《约翰福音》第十三章第三十四节："我赐给你们一条新命令，乃是叫你们彼此相爱。"

的爱。那时候，你们中的每个人就能以爱拥有整个世界，用自己的眼泪洗净世间的罪恶……每个人都要反省自身，每个人都要不断地自行忏悔。不要怕自己有罪，甚至，认识到自己有罪，只要悔改就可以了，但是不要跟上帝讲条件。我再说一遍——不要骄傲。不要在小人物面前骄傲，也不要在大人物面前骄傲。对那些排挤你们，侮辱你们，辱骂你们，诽谤你们的人不要恨。也不要恨那些无神论者、教唆别人做坏事的人和唯物论者，不仅不要恨他们中间善良的人，也不要恨他们中间的恶人，因为他们中间也有许多好人，特别是在我们这个时代。要在祷告中提到他们，要这么说：主啊，请你挽救那些无人替他们祷告的人，挽救那些不愿意向你祈祷的人。还要立刻再加上一句：并不是因为我高傲我才向你祈求这个，主啊，因为我自己就坏透了，远胜于一切人……要爱上帝的子民，不要让外来人劫夺羊群，因为假如你们偷懒，或者洁身自好和高傲，对此事不屑一顾，而最为严重的是陷入贪欲，那就会有人从四面八方走来，夺走你们的羊群。要不断地给老百姓讲解《福音书》……不要接受贿赂，不要爱金银财宝，不要敛财……要信仰上帝，要举起旗帜。高高地举起旗帜……"

话又说回来，长老说的话要凌乱得多，并不像这里的叙述和后来阿廖沙的笔记那样有条有理。有时他说了上句又忘了下句，好像要歇歇力，喘口气似的，但是他的兴致又似乎很高。大家都十分感动地听他做开示，虽然许多人听了他的话觉得很奇怪，认为这些话晦涩难懂……直到后来才重新想起他的所有这些话。阿廖沙曾经离开修道室，出去了一会儿，他看到修道室里和修道室附近聚集了许多神父和修士，他们大家都很激动，满怀着期待；阿廖沙见状感到很惊讶。这种期待在一些人中显得惊惶不安，在另一些人中则表现得庄严肃穆。大家都在等待长老升天后立刻出现某种大的奇迹。这种期待从某种观点看来似乎显得很浅薄，但是，甚至连最严肃的长老也受到这一影响。修士司祭派西长老的脸显得最严肃。阿廖沙之所以走出修道室，是因为拉基京从城里回来了，带回了霍赫拉科娃太太的一封奇怪的信，于是他就叫一名修士把阿廖沙偷偷地叫了出来。霍赫拉科娃太太告诉阿廖沙一则很有意思、而且来得十分凑巧的消息。事情是这样的：昨天来拜见长老和接受他祝福的一些老百姓中的女信徒，其中有一位城里来的老太太，叫普罗霍罗娃，她是一位士官的遗孀。她曾经问过长老，可不可以把她儿子瓦先卡当死人在教堂里做一次追荐亡魂的祈祷，因为他因公出了远门，到西伯利亚的伊尔库茨克去了，可是已经一年没有得到他的任何消息了。对这事长老非常严厉地回答了她，禁止她胡来，并称这样来追荐亡魂类似于妖术。但是后来，因为她无知便原谅了她，并说了句宽慰她的话，"就像未卜先知一样"（霍赫拉科娃在自己的信中这样说）："她的儿子瓦夏[1]无疑还活着，或者很快就会自己回来，要不就会来信，他劝她回家去等着，等候好消息。结果怎样呢？"霍赫拉科娃太太兴高采烈地补充道，"这预言甚至一字不差地应验了，甚至还超过了这个。"待老太太一到家，人家就立刻递给她一封已经在等候她的西伯利亚来信。但是，还不仅是这事：这封信是半道上写的，寄自叶卡捷琳堡，瓦夏在这封信里告诉母亲，他本人已动身回俄罗斯内地，他是跟一位官员一起回来的，这封信收到后再过三星期，"他就有希望拥抱自己的母亲"了。霍赫拉科娃太太坚决而又热烈地恳求阿廖沙把这件再次发生的"预言奇迹"立刻转告院长和本院的全体修士："这事必须让大家，让大家都知道！"她在她自己那封信的末尾感叹道。她的信是急就章，写得很仓促，写信人的激动心情在信的每一行字上都有反映。但是阿廖沙已经无需将这事告诉

---

1 瓦夏就是瓦先卡，它们都是瓦西里的昵称。

修士们了，因为大家已经知道了一切：拉基京在让一名修士叫他的时候，还拜托那名修士"恭恭敬敬地禀报派西大法师，说他拉基京有要事求见，此事至关重大，因而他一分钟也不敢延误，必须立刻向他禀报，唐突之处，请恕冒昧，弟子顿首"。因此那名小修士把拉基京的请求转告派西神父的时候早于阿廖沙得知的时间，所以阿廖沙回到自己的座位后，仅需读完之后立刻把它作为物证留给派西神父就行了。于是甚至这位一向严峻而又不轻信的派西神父，皱紧眉头读完关于"奇迹"的消息后，也克制不住自己内心的某种激动。他的眼睛倏忽一闪，嘴角忽然威严而又热忱地露出了一丝微笑。

"我们还能见到更大的奇迹吗？"他忽然仿佛脱口而出。

"我们还能见到更大的奇迹的，我们还能见到更大的奇迹的！"周围的修士们齐声应和，但是派西神父却紧锁双眉，请大家对于这事暂时不要声张，不要告诉任何人，"得到进一步证实后再说，因为在家人做事常嫌浮躁，何况也可能这事是自然而然发生的。"他谨慎地加了一句，似乎是为了使自己的良心稍安，但对这样的保留意见几乎连他自己也不相信，这是连旁听的人也看得清清楚楚的，与此同时，这"奇迹"当然也就沸沸扬扬地弄得全修道院都知道了，甚至许多到修道院来参加祈祷的在家人也知道了。对所发生的奇迹最感震惊的似乎是昨天前来挂单[1]的一名小修士，也就是从极北区奥布多尔斯克的一座名叫"圣谢利韦斯特尔"的小修道院来的那名修士。昨天，他曾站在霍赫拉科娃太太身旁拜见过长老，他还向长老指着这位太太的"被治愈"的女儿热忱地问他："您怎么做得了这样的事？"

问题在于，他现在已经处在某种惶惑状态，他几乎不知道应该

---

1 原指佛家的行脚僧到寺院投宿，把自己的衣服挂在僧堂里的名单下，这里取其类比意义。

相信什么了。还在昨晚，他就去拜访过修道院的费拉蓬特神父。费拉蓬特神父住在养蜂场后面的一间单独的修道室里。这次拜访对这名小修士产生了非同一般的、触目惊心的影响，使他感到很震惊。这位老人，即费拉蓬特神父，是一位最最年迈的修士，也是一位严格持斋和许下宏愿决不妄语的隐修士，他是我们前面已经提到过的佐西马长老的反对者，主要是长老制的反对者。他认为实行长老制是一种轻举妄动的、有害的花样翻新。这个反对者非常危险，虽然他发誓决不妄语，几乎不跟任何人说一句话。他的危险主要在于许多修士非常赞同他的观点，而到此地来的俗家弟子中又有许多人十分景仰他，把他看作一个道行很高的教徒和苦行者，尽管大家也无疑把他看作是一名疯教徒。但是正因为他疯疯癫癫，才别有一种吸引力。这位费拉蓬特神父从没有来看过佐西马长老。虽然他就住在隐修区，但是隐修区的堂规对他并没有很大的约束力，这也无非是由于他的一举一动很像个疯教徒的缘故。他约有七十五岁高龄，如果不是更老的话，他就住在隐修区养蜂场后面的一个墙旮旯里，住在一间破旧的、几乎就要倒塌的木头修道室里，这间修道室盖于古代，是上世纪为了一位也是非常严格持斋和许下宏愿决不妄语的约拿神父盖的。约拿神父活到了一百零五岁，关于他的种种功德，至今修道院和修道院附近地区还在传颂着许多令人叹为观止的故事。七年前，费拉蓬特神父终于设法让自己也搬到这间最偏僻的小修道室里来修行，这实际上不过是一间木屋，很像礼拜堂，因为其中保存着非常多的施主们捐献的圣像，圣像前还永远微燃着施主们捐献的小长明灯，费拉蓬特神父被派来似乎就是为了照看这些圣像和负责点燃这些长明灯的。据说（而且这是真的），他三天顶多才吃两俄磅[1]面包；一位就住在这里养蜂场的养蜂人每隔三天给他拿来一次。

---

1 一俄磅等于四零九点五一克。

这名养蜂人是负责照料他的起居的，但是费拉蓬特神父就是跟这名养蜂人也难得说一句话。四俄磅面包，加上礼拜天晚祷后院长派人按时给这位疯修士送来的圣饼，就是他一周中的全部食粮。口杯中的水每天给他换一次。他很少去做日祷。他的信徒前来看他，常常看到他有时候整天跪着祈祷，长跪不起，目不斜视。即使他有时候跟这些人说话，也只是三言两语，阴阳怪气，而且常常近乎粗鲁。但是也有非常难得的时候，有时他也会跟来访者谈天，但是大半只是说一些奇奇怪怪的话，这话常常是给来访者打的一个大哑谜，然后，不管大家再三请求，他也不作任何解释。他没有教职，只是一名普普通通的修士。在一些最愚昧无知的人中流传着一个非常离奇的谣言，说费拉蓬特神父能与天神交际，他只跟天神说话，因此才对普通人缄默不语。从奥布多尔斯克来的那名小修士在养蜂人的指点下，偷偷走进养蜂场，他也是一个非常沉默寡言和阴阳怪气的修士，他向坐落着费拉蓬特神父那间小修道室的墙角走去。"说不定他也会像跟来访的人那样跟你说话的，也可能你从他那里什么话也听不到。"养蜂人预先关照他。正如他后来告诉别人的，他走到那间修道室跟前，心里直打鼓。当时天色已经相当晚了，这回，费拉蓬特神父正坐在修道室门口的一张小矮凳上。一棵高大的老榆树在他头上微微摇曳，发出飒飒的响声。陡然吹来一阵黄昏的清凉的风。奥布多尔斯克来的那名小修士对这位疯修士下拜，请求祝福。

"修士，你是不是希望我也向你跪下磕头呢？"费拉蓬特神父说。"起来。"

小修士站了起来。

"你祝福了别人，也接受了祝福，在我身旁坐下。什么风把你吹来的，打哪儿来的？"

使这名可怜的小修士感到最吃惊的是，费拉蓬特神父尽管持斋甚严（这是没有疑问的），而且又年迈，但是看上去仍很强壮高大，腰板挺得笔直，并不弯腰曲背，精神矍铄，虽然略嫌清癯，但身板很硬朗。无疑，他精力依然旺盛，有一副孔武有力的体格。尽管他已年逾古稀，但是他的头发尚未完全斑白，过去是全黑的令人望而生畏的须发仍很浓密。他的眼睛是灰色的，很大，炯炯有神，但是两眼非常突出。他说话时O音很重。他穿着一件浅褐色的农民上衣，按照从前的说法，这是用做囚衣的粗呢子做的，腰里系着一根粗绳子。他的脖子和胸部敞开着。上衣下露出一件用极厚的麻布做的、几乎变得漆黑的、几个月不曾洗换过一次的衬衫。据说，他在上衣下还系着一副三十俄磅重的镣铐。他光脚穿着一双又旧又破、几乎没法再穿的破鞋。

"打从奥布多尔斯克的一座小修道院——名叫圣谢利韦斯特尔——来的。"来访的小修士谦逊地回答，用他那双伶俐而又好奇的眼睛（虽然有点惧怕）打量着这位隐修士。

"过去，我常常去看你的那位谢利韦斯特尔。在你们那儿挂过单。谢利韦斯特尔的身体好吗？"

小修士很尴尬，不知道说什么好了。

"你们都是一帮没出息的人。你们持斋的情况怎样？"

"我们的斋饭是按古代隐修区的规矩安排的：四旬斋[1]期间每逢周一、周三、周五辟谷。周二、周四给修士们吃白面包，蜜果羹，云莓果或者腌白菜加燕麦糊。周六是白菜汤，豌豆粉面条，果汁粥，里面全有黄油。礼拜天是菜汤加上干鱼和粥。大斋期最后一周，从周一到周六晚上，一共六天，只吃面包和水，也不沏茶，就这点东西也不能放开肚皮吃；要是可能的话就不一定每天吃饭，像大斋期的头一周那样。在神圣而又伟大的周五[2]则辟谷，在伟大的周六，我

---

1 四旬斋即复活节前的大斋期，由谢肉节起共七七四十九天。
2 按《圣经》记载：耶稣于星期五被钉上十字架。

们应持斋到下午三点，然后才吃少许面包和水，还让每人喝一杯酒。在神圣而又伟大的周四，我们吃不放黄油的果酱，喝点酒，或者吃点干粮。因为在洛奥狄西亚普世宗教会议[1]上对伟大的周四有明文规定：'不应在四旬斋最后一周的周四开斋，从而玷辱整个四旬斋。'我们那里的规定也是这样。但是这哪能跟您比呢，伟大的神父，"那个小修士说着说着胆子大了些，因此又加了一句，"因为一年四季，甚至在神圣的复活节，您也只吃面包和水，供我们吃两天的面包就够您吃一周了。像您这样严格持斋，真令人惊叹。"

"那卷边乳蘑呢？"费拉蓬特神父带着很重的乡音突然问道。

"卷边乳蘑？"小修士惊讶地问。

"对对。我可以不吃他们的面包，根本不需要吃面包，哪怕到树林里去都成，在那里有卷边乳蘑和野果，足够咱果腹了，可是他们在这里离不开面包，可见被魔鬼捆住了手脚。如今有些公开违反教规的人居然大言不惭地说，根本无须持斋。他们的这套谬论是藐视和践踏教规。"

"啊，说得对。"小修士叹了口气。

"你在他们身旁看见魔鬼没有？"费拉蓬特神父问。

"他们是谁呀？"小修士怯生生地问。

"去年我在圣三主日[2]到院长那儿去过，从那以后就再没去过啦。我看到魔鬼就坐在一个人的胸脯上，躲在他的法衣下，不过露出两只犄角[3]；我又看到魔鬼躲在一个人的口袋里，在向外张望，眼睛在滴溜溜地乱转，怕我；我还看见一个魔鬼躲在一个人的肚子里，在他的最肮脏的肚子里，而在某个人身上，则挂在他的脖子上，抓紧不放，被带来带去，可是他对魔鬼却视而不见。"

---

1 于三六〇年（或三七〇年）在小亚细亚的洛奥狄西亚（当时属罗马帝国版图）举行。
2 复活节后的第五十日。
3 基督教传说中的魔鬼头长两只犄角，身后拖着一条长尾巴。

"您……看得见？"小修士问。

"跟你说过我看得见，看得清清楚楚。我从院长那边出来，一看——有个魔鬼避开我躲到门后面去了，很大，足有一俄尺半¹长，可能还多，尾巴很粗，褐色的，很长，尾巴尖正好夹在门缝里，我可不傻，砰的一声猛地把门关上，夹住了它的尾巴。它一声尖叫，死命挣扎，我向它画了十字，连画三次——就把它镇住了。它当场毙命，像只被踩死的蜘蛛。现在它该在那个墙旮旯里腐烂了，在发臭，可他们硬看不见，也闻不出臭味。我已经一年不到那边去了。因为你是外乡人，所以才告诉你。"

"您说的事真可怕！我说伟大的神父，"小修士的胆子越来越大了，"您的名气很大，远近闻名，听说您能通神，此话当真？"

"圣灵从天而降。常来。"

"怎么从天而降？是什么模样？"

"像只小鸟。"

"圣灵不是像只鸽子吗²？"

"有时是圣灵，有时是天神。天神不一样，他也能变成别的鸟从天而降：有时像燕子，有时像金翅雀，有时像只小山雀。"

"您怎么能把他跟小山雀分辨开呢？"

"他会说话。"

"他怎么会说话呢，说什么话？"

"说人话。"

"他对您说什么啦？"

"比如说，他今天告诉我，有个傻瓜要来看我，会问一些没用的问题。修士啊，你想知道的东西太多啦。"

---

1 一俄尺等于零点七一米。
2 据《福音书》传说，鸽子象征圣灵。

"您说的事也太可怕啦，最最神圣的神父。"小修士摇摇头，然而在他惊恐的眼睛里流露出了一丝不信任。

"你看见这棵树了吗？"费拉蓬特神父沉默少顷，问道。

"看见了，最神圣的神父。"

"你看到的是榆树，我看到的却是另一幅图画。"

"什么图画？"小修士在徒然的等待中沉默了一会儿。

"常常发生在夜里。你看到这两根树杈了吗？可是夜里，它们却变成基督的两只手在向我伸来，他在用手找我，我看得清清楚楚，我在发抖。可怕，噢，太可怕啦！"

"如果这就是基督，有什么可怕的呢？"

"给他一把抓住会带到天上去的。"

"把一个大活人？"

"关于以利亚的心志能力[1]难道你没听说过吗？他会把你抱起来带走的。"

虽然奥布多尔斯克来的那位小修士，在那次交谈后，回到了分配给他与一位师兄合住的小修道室，他还是感到莫大的困惑，但是他的心，比之对佐西马神父，无疑更向着费拉蓬特神父。这名奥布多尔斯克来的小修士首先赞成持斋，而像费拉蓬特神父这样一位严格持斋的人，能够"看到奇迹"也就不足为奇了。他说的话自然似乎有点荒谬，但是，这些话包含的意思主是知道的，而那些靠别人施舍过日子的所有疯教徒们说的话和做的事，其荒谬程度还犹过于此。至于魔鬼的尾巴被夹住一事，他打心眼里乐意相信，不仅指这事的寓意，哪怕说真有其事，他也深信不疑。除此以外，在过去，即到修道院之前，他就对长老制抱有很大成见。以前，他对长老制

---

1 参见《路加福音》第一章第十七节。书中讲到施洗约翰说："他必有以利亚的心志能力，行在主的前面，叫为父的心转向儿女，叫悖逆的人转从义人的智慧。"

的了解也仅根据别人口述，就跟在其他许多人后面坚持认为长老制不过是一种有害的花样翻新。他在修道院就听到一些轻率地反对长老制的修士们背后发的牢骚。再说就他的天性而言，这修士非常机灵而且爱管闲事，对什么事都非常好奇。因此佐西马长老作出了新"奇迹"这个大消息，倒把他弄糊涂了，令他百思不得其解。阿廖沙后来回想，在挤到长老身边和在长老修道室外围观的众多修士中，这名好奇的奥布多尔斯克来客的身影，曾多次在他眼前晃来晃去，哪儿人多，他就往哪儿钻，不管人家讲什么他都竖起耳朵听，不管遇到什么人他都上去问个没完。然而当时阿廖沙很少注意他，直到后来才回想起了一切……再说他也顾不上管他：佐西马长老又感到很累，又躺进了被窝，刚要闭目养神，又忽然想起了阿廖沙，就要他到自己身边来。阿廖沙立刻跑了过来。当时守在长老身边的只有派西神父、修士司祭约瑟神父，再加上一名见习修士波尔菲里。长老睁开疲倦的双眼，用心看了一眼阿廖沙，忽然问道：

"孩子，你们家的人在等你回去吗？"

阿廖沙很尴尬，不知道说什么好。

"他们找你有事吗？你昨天有没有答应过什么人今天回去？"

"答应过……父亲……哥哥……还有别的一些人……"

"你瞧。那就一定要去。不要悲伤。要知道，倘若我不当面告诉你我在这世上的最后一句话，我是不会死的。孩子，我要告诉你这句话，这也是我对你的遗言。正是对你的遗言，好孩子，因为你爱我。现在你就先去找你答应过的那些人吧。"

阿廖沙立刻听从了长老的吩咐，虽然离开他心里很难过。但是长老答应让他听到其在这世上说的最后的话，而主要是这似乎是对他阿廖沙的遗言，使他内心既感到震动，又感到欢欣。他急忙走出门去，希望把城里的事统统办完后早点回来。恰好这时派西神父也对他说了几句临别赠言，对他产生了强烈而又意料不到的影响。这话是他俩走出长老的修道室后说的。

"要记住，年轻人，要牢牢记住，"派西神父没有任何开场白就直截了当地说道，"世俗的科学已形成一股巨大的力量，特别是在最近一世纪，人世的科学家经过残酷的分析之后，已经研究清楚了《圣经》中说的一切属于天国的东西，因而过去视为神圣的东西已荡然无存。但是他们分析的是各个部分，却忽略了整体，对于整体闭着眼睛视而不见，这不由得令人感到惊奇。然而这整体却跟过去一样岿然不动地屹立在他们面前，甚至阴间的权柄也不能胜过它。[1]难道这整体不是已经存在于每个人的心田和人民大众的活动里吗？甚至在那些业已毁弃一切的无神论者的心田，这整体也像过去一样屹立着，岿然不动！因为即使那些背离基督教和起来造反反对基督教的人，实际上他们自己也仍然保持着他们过去一直保持着的基督的面貌，因为迄今为止，不管他们有多聪明，也不管他们心里的热度有多高，他们还是无法给人及其价值创造出另一个较之基督在古代规定的形象更高大的形象来。也有人做过尝试，但是弄出来的不过是一些丑陋无比的东西。年轻人，要特别记住这点，因为你那即将圆寂的长老指令你还俗，到红尘中去。或许，当你想到今天这伟大的日子，也就不会忘记今天我对你说的话了，我说的这些话是发自内心的对你的临别赠言，因为你毕竟还年轻，而人世的诱惑层出不穷，凭你的力量是经受不住的。好啦，你现在走吧，苦命的孩子。"

派西神父就用这些话祝福了他。阿廖沙边走出修道院边思忖着这些突如其来的话，他想着想着突然明白了，这位修士一贯对他很严厉而且不苟言笑，却是他过去不曾意料到的新朋友和一个热爱他

---

1 参见《马太福音》第十六章第十八节，耶稣基督说："我要把我的教会建造在这磐石上。阴间的权柄不能胜过它。"

的新上师——倒像佐西马长老在临终前把阿廖沙托付给他了似的。"也许他们俩就这么说好了。"阿廖沙突然想到。他刚才听到的他那出人意料的、很有见地的看法，正是这个，而不是别的什么，已证明派西神父有一颗非常热烈的心：他已经急于想尽可能快地武装这个少年的头脑，使他能够同诱惑做斗争，给这颗托付予他的少年的心修筑一道坚固无比的堤坝——还能有什么比这堤坝更坚固的呢，连他自己也想象不出。

二、在父亲身旁

阿廖沙首先跑去看父亲。快到的时候，他才想起来，昨天他父亲曾一再叮嘱他要设法避开伊万二哥，悄悄地走进来。"为什么要这样呢？"阿廖沙不由得忽然想道。"即使父亲有什么话要单独地悄悄告诉我，又何必让我悄悄地走进来呢？大概，他昨天心里乱糟糟的，想说的是另一个意思，又没有说上来。"他认为一定是这样。可是当马法拉·伊格纳季耶芙娜出来给他开了边门（格里戈里病倒了，躺在耳房里）时，他还是问了她伊万在家吗。她告他说，伊万·费奥多罗维奇已经出去两小时了，他听后觉得很高兴。

"我爹呢？"

"起床了，在喝咖啡。"马法拉·伊格纳季耶芙娜有点冷冷地回答道。

阿廖沙推门进去了。老人独自一人坐在桌旁，趿拉着便鞋，披着一件旧大衣，在翻阅账本，权作消遣，似乎漫不经心。整幢房子就他一个人（斯梅尔佳科夫也出去采购中午的食品了）。但是他并未在专心查账。虽然他从一清早就早早地下了床，精神抖擞，但是面色毕竟略显疲劳和憔悴。脑门上一夜之间长了几个紫色的大鼓包，头上扎了一块红手帕。鼻子也在一夜之间肿胀得很厉害，鼻子上也有点点斑斑的好几处淤血，虽然不很大，却使他的整个脸部显出一副特别凶狠和恼怒的样子。老人自己也知道这个，阴阳怪气地看了看走进来的阿廖沙。

"咖啡是冷的，"他生硬地嚷道，"不请你喝了。我自己，孩子，今天也就喝了一样清炖鱼汤，没有请任何人。你光临寒舍有何贵干？"

"来问候您的健康。"阿廖沙说。

"对，此外，也是昨天我自己让你来的。这一切都是废话。劳你驾白跑了一趟。话又说回来，我早料到你会立刻颠颠地跑来的……"

他说这话时心情很不痛快。这时，他又从座位上站起身来，担心地照了照镜子（也许，一早起来已经第四十次照镜子了），看了看自己的鼻子。又伸出手来整了整脑门上的红手帕，让它显得美观些。

"红的好，白的倒像住院了。"他像背治家格言似的说道。"嗯，你那儿怎么样？你那长老怎么样？"

"他病得很重，今天会死也说不定。"阿廖沙回答，但是父亲压根儿没听清，连刚才提的问题也转眼就忘了。

"伊万出去了。"他突然说。"他正在使劲儿抢米季卡的未婚妻，就为了这事他才住这儿。"他恶狠狠地加了一句，同时又龇牙咧嘴地看了看阿廖沙。

"难道他亲自跟您说的？"阿廖沙问。

"可不，而且早说了。你以为怎么着，说了约莫三星期了。他到这儿来总不会是想偷偷地宰了我吧？他回来总该有什么目的吧？"

"哪能呢！您干吗说这种话呀？"阿廖沙感到非常尴尬。

"没错，他没跟我要钱，就是要，也得不到我一个子儿。最最亲爱的阿列克谢·费奥多罗维奇，我打算在世界上尽可能活得长些，你们务必要懂得这道理，因此我必须积攒每一个戈比，活得越长就越需要钱。"他继续道，他身穿一件宽大的、油渍麻花的、用黄色亚麻布做的夏季大衣，两手插在大衣兜里，在房间里从一个角落走到另一个角落。"现在我毕竟还是条汉子，总共才五十五岁，但是我还想再做二十年男人，一到我老了，讨人嫌了，那时候她们就不会自动来找我了，到那时候我就需要钱了。因此现在我要拼命攒钱，越多越好，我攒钱是为我自己，我亲爱的儿子阿列克谢·费奥多罗维奇，你们务必要懂得这道理，因为这种肮脏的日子我准备一直过到底，你们务必要懂得这道理。这日子虽说肮脏，却甜甜蜜蜜：大家都骂它肮脏，但是大家又乐此不疲，不过大家是偷偷的，我是公开的。因为我实事求是，有一说一，所以那些狗男女就对我群起而攻之。我不愿意上你那个天堂去，阿列克谢·费奥多罗维奇，这道理你也务必明白，再说，一个正儿八经的人到你那个天堂去，即便人死后真有天堂的话，也不成体统呀。我愿，一觉睡过去，长睡不醒，化为乌有，你们愿意追荐我的亡魂就追荐，不愿意就拉倒。这就是我的人生哲学。昨天，伊万在这里说得好，虽说我们俩都醉了。伊万是牛皮大王，其实他什么学问也没有……他也没有受过任何专门教育，常常一声不吭，默默地冲着你乐——他就是利用这个来使巧卖关子，从中渔利。"

阿廖沙听着他的话，一声不吭。

"他为什么不跟我说话呢？即使说话，也是装腔作势；你那伊万是个混账东西！只要我乐意，我立刻就可以娶格鲁申卡。因为我有钱，阿列克谢·费奥多罗维奇，我要什么就有什么。伊万最怕的就是这个，因此老看着我，怕我结婚，因此他就拼命怂恿米季卡，让他娶格鲁申卡：这样一来，他就可以一箭双雕；既让我娶不成格鲁申卡（倒好像我娶不成格鲁申卡，就会把钱留给他似的），另一方面，米季卡要是娶了格鲁申卡，伊万就可以把他的有钱的未婚妻弄到手了，这就是他的如意算盘！你那个伊万真是个混账东西！"

"您的火气真大。这都是因为您昨天惹了一肚子气的缘故；您还是去躺着吧。"阿廖沙说。

"瞧你说的这话，"老人蓦地说道，就像刚刚想起来似的，"你说这话，我不生你的气，如果伊万也对我说这话，我非光火不可。只有跟你在一起，我才心里好受些，要不然的话，我的脾气可大了。"

"您不是脾气大，而是有点心理变态。"阿廖沙微微一笑。

"我说，今天我真恨不得让这个强盗米季卡蹲大狱，不过现在我还拿不定主意。当然，在当今这个新时代，大家都时兴把孝敬父母视同成见，但是，要知道，根据法律，似乎，即使当代也不允许一把拽住老爸的头发，在地上拖他，然后用脚往他的脸上踩，而且还是在他自己家里，还大吹大擂地说什么他要来把他彻底结果了——而且还当着大家的面，有目共睹。要依我呀，非得给他点颜色瞧瞧，为了昨天的事，我可以立刻让他蹲大狱。"

"可是您不想去告他，对不？"

"给伊万劝住了。其实我完全可以不买伊万的账，可是我自己也知道会出现这么一类猫腻的事……"

他向阿廖沙弯过身子，压低了声音，推心置腹地继续道：

"我要是把这混账东西关起来，她一听是我把他关起来的，就会立刻跑去找他。如果今天她一听是他把我这个衰弱的老头子打得半死，没准就会抛弃他，跑到我身边来看望我……要知道，咱们都生就这脾气，偏要反其道而行之。我把她看透了！怎么样，想喝点白兰地吗？你先喝点冷咖啡，我再给你倒小半杯酒，孩子，这样才有滋有味。"

"不，不要，谢谢。您要是肯给的话，我拿走这个小面包得了。"阿廖沙说，拿起一个才值三戈比的法国小面包，放进了修士服的口袋。"至于白兰地，您最好还是别喝了。"他打量着老人的脸，担心地劝说道。

"你说得对,酒只能让人火上加火,不能使人平静。不过我就喝一小杯……我到酒柜里拿……"

他用钥匙打开"酒柜",倒了一杯,一饮而尽,然后锁上酒柜,又把钥匙放回了口袋。

"够了,喝一杯死不了。"

"瞧你现在人也变得和气了。"阿廖沙微微一笑。

"嗯!不喝白兰地我也喜欢你,至于跟那帮混账东西,他们混账我也混账。万卡不肯到契尔马什尼亚去——为什么?他要刺探我的情报:如果格鲁申卡来,看我给她多少钱。都是些混账东西!我根本不认伊万是我儿子。这孬种打哪儿来的?跟咱们根本不是一条心。似乎我会给他留下点什么?我连遗嘱也不留,这点你们务必要明白。至于米季卡,我要像踩死一只蟑螂似的踩死他。对那些黑蟑螂,夜里我就用鞋踩:一踩上去,就听见喀嚓一声。你那米季卡也会喀嚓一声完蛋的。我说你那米季卡,因为你喜欢他。你喜欢他,我也不怕。要是伊万喜欢他,我就要替自己捏把汗了,我怕他喜欢他。但是伊万不喜欢任何人,伊万不是我们的人,像伊万这样的人,孩子,不是我们的人,他们是扬起的灰尘……一刮风,灰尘就给吹跑了[1]……昨天,当我让你今天务必要来一趟的时候,我脑子里就想到一个傻念头:我想通过你去了解一下米季卡,如果我给他一千,要不就两千,而且现在就给,他这叫花子和恶棍肯不肯就此滚得远远的,而且一滚就是五六年,最好三十五年,不过不许带格鲁申卡,跟格鲁申卡一刀两断,怎么样?"

"我……我可以去问问他……"阿廖沙吞吞吐吐地说道。"要是

---

1 参见《旧约·诗篇》第一篇第四—五节:"恶人并不是这样,乃像糠秕被风吹散。因此当审判的时候,恶人必站立不住。"

给整整三千，那，说不定，他……"

"胡说！现在就甭问了，什么也甭问了！我改主意了。这是我昨天一时糊涂，想出了这馊主意。什么也不给，一个子儿也不给，我的钱我自己有用。"老人连连挥手。"不给他钱，我也要像踩死一只蟑螂似的踩死他。什么话也甭跟他说了，要不然，他会异想天开的。你在我这里也根本没什么事可干了，你走吧。他那个未婚妻，叫什么卡捷琳娜·伊万诺芙娜的，他总是费尽心思把她藏起来，不让我看见她，她是不是准备嫁给他呢？你昨天好像到她那里去过，是不是？"

"她无论如何不肯放弃他。"

"这帮娇小姐们偏爱这么一种人，又酗酒，又混账，实话告诉你吧，这帮娇滴滴的小姐都犯贱；换个情况……哼！要是我跟他一样年轻，再加上我当年那小白脸（我二十八岁的时候长得比他帅多了），我也会跟他一样无往而不胜。他是个流氓！他休想得到格鲁申卡，休想……我要让他变成臭狗屎！"

说到最后，他又怒气冲冲，气不打一处来。

"你也快走吧，我这儿，今天没你的事了。"他不客气地说道。

阿廖沙走过去同他告别，吻了吻他的肩膀。

"你这是干吗？"老人感到有点惊讶。"咱俩不是还要见面吗？难道你以为咱俩从此不见面了？"

"完全不是这样的，我不过随便亲亲，出于无心。"

"我也没什么，也不过随便一说……"老人望着他。"你听着，听我说，"他向他的背影叫道，"你随便找个时候来一趟，早点来，来吃鱼，我炖鱼汤给你吃，特别的，不是今天这样的，一定要来呀！就明天吧，听见吗，明天来！"

等阿廖沙一走出房门，他又走到酒柜前，一口气喝了半杯。

"再不喝了！"他清了清嗓子，嘟囔道，又锁上了酒柜，又把钥匙放回了口袋，然后向卧室走去，无力地躺到床上，一刹那就睡着了。

三、跟小学生们掺和上了

"谢谢上帝，他总算没问到格鲁申卡，"阿廖沙离开父亲到霍赫拉科娃太太家去的时候，不由得想道，"要不然，说不定就不得不讲到昨天遇见格鲁申卡的事了。"阿廖沙感到很痛心：两个冤家一夜之间秣马厉兵，随着新的一天的到来，更是心如铁石了："父亲怒气冲冲，火气很大，他想出了一个办法，准备大闹一场；那么德米特里又怎样呢？一夜之间他也加强了防守，想必也怒气冲冲，火气很大，他自然也想出了对策……噢，今天无论如何一定要找到他才成……"

但是阿廖沙还没能够好好想想，半道上，突然发生了一件事，表面看上去似乎无关紧要，却使他大为震惊。他刚穿过广场，拐进一条胡同，想走到与大马路平行、但与之仅有一河之隔的米哈伊洛夫街（敝县的整个县城河渠纵横），这时他忽然看见坡下，在一座小桥前，有一小群学生，这些孩子年龄都不大，至多从九岁到十二岁。他们背着书包正放学回家，有些则在肩膀上挎着皮书包，有些穿着皮夹克，有些穿着大衣，还有些则穿着靴统上打折的高统皮靴，一些被有钱的父亲娇惯的小小孩最爱穿着这类靴子出去出风头了。这帮孩子在热烈地谈论着什么，看来在商量什么事。阿廖沙每次看见孩子从来不会神态漠然地擦肩而过，住在莫斯科的时候，他也时常这样，虽然他最爱的是三岁或三岁左右的小孩，但是十岁、十一岁左右的小学生他也非常喜欢。因此现在他尽管心事重重，但是却突然想拐过去，跟他们说几句话。他走近时看了看他们那红扑扑的、激动的小脸蛋，忽然发现所有的孩子手里都拿着一块石头，有的手里还拿了两块。河对面，与这帮孩子相隔大约三十步，在栅栏墙旁，还站着一个小男孩，也是小学生，也在一侧挎着书包，看身材最多十岁左右，或者还小一些——脸色苍白，好像有病，但是一双黑眼睛却闪闪发光。他注意而又留神地观察着那帮学生，他们一共六人，显然是刚才从学校里同他一起放学回家的他的同学，但他分明与他们处在敌对状态。阿廖沙走过去，问一个长着金色鬈发、穿着黑色皮夹克的、脸蛋红红的男孩，先把他打量了一番，然后问道：

"当我像您一样挎着同样的书包上学的时候，我们总是挎在左边，这样右手伸过去就可以拿到东西；可是您的书兜却挎在右边，拿东西不方便。"

阿廖沙丝毫没有预先定下什么计谋，一开口就直截了当，从这个实际问题说起；一个大人想要一下子取得孩子，特别是一大帮孩子的信任，也只能这样单刀直入，就事论事。一开口就应当严肃，应当实事求是，跟他们处于完全平等的地位；阿廖沙本能地懂得这道理。

"他是左撇子呀！"另一个十一二岁、英气勃勃、身体健壮的小男孩立刻答道。其余的五名小男孩则瞪起眼睛，盯着阿廖沙。

"他扔石头也是左撇子。"第三个孩子说。就在这时候，一块石头恰好飞进人群，微微擦着了点那个左撇子男孩，但是没有打着，飞过去了，虽然这石头扔得很巧、也很有力。扔石头的是对岸那个小男孩。

"狠狠揍他，给他一下，斯穆罗夫！"大家嚷嚷开了。但是斯穆罗夫（左撇子）即使大家不嚷嚷他也不会让大家久候，他立刻进行了回击：他拿起一块石头就向对岸的那小男孩扔去，但是扔偏了，石头掉到了地上。对岸的那名小男孩立刻又向这帮孩子扔了一块石头，这回直接对准了阿廖沙，并且打中了他的肩膀，打得相当疼。

对面的那个小男孩满口袋都装满了石头。他的大衣口袋装得鼓鼓囊囊，三十步以外就看得清清楚楚。"他这是打您，打您呢，他存心瞄准了您。要知道，您是卡拉马佐夫家的，您不是姓卡拉马佐夫吗？"孩子们嘻嘻哈哈地笑着，叫道。"来，大家一齐向他开火，齐射！"

于是六块石头从这帮孩子中间一下子飞了出去。一块石头子儿打中了那男孩的脑袋，他被打倒在地，但他一骨碌又爬了起来，恨得牙痒痒的，开始用石头儿回敬那帮孩子。双方开始了混战，互相扔石头。那帮孩子中的许多人兜里也装满了石头。

"你们这是怎么啦！不害臊吗，诸位！六个打一个，你们会把他打死的！"阿廖沙叫道。

他跳起来，迎着飞来的石头用自己的身子挡住对岸的孩子。有三四个孩子停了一会儿手。

"是他头一个动手的！"一个穿红衬衫的小男孩用怒气冲冲的童音叫道，"他混账，方才他在教室里用削笔刀扎克拉索特金来着，都流血啦。克拉索特金只是不想去告状罢了，必须狠揍这混蛋一顿才解气……"

"凭什么？大概是你们先惹了他吧？"

"您瞧，他又往您背上扔石头了。他认识您。"孩子们喊道。"他现在是扔石头打您，而不是打我们。来，大家一齐动手，再瞄准他，别打偏了，斯穆罗夫！"

于是又开始了混战，这一回，仗打得很激烈。一块石头打中了对岸那孩子的胸部；他叫了一声，哭了，拔脚跑上了山，上了米哈伊洛夫街。孩子们唧唧喳喳地嚷嚷开了："啊，胆小鬼，跑了，树皮团[1]！"

"您还不知道哩，卡拉马佐夫，他混账透了，打死他还是轻的。"

---

[1] 俄国民间把椴树内皮砸烂，制成纤维，揉成一团，洗澡时擦洗身子用。

一个穿皮夹克的小男孩重复道，他两眼冒火，看起来比所有的男孩都大。

"他倒是怎么啦？"阿廖沙问。"爱告状，是吗？"

孩子们仿佛讪笑似的面面相觑。

"您不是也到米哈伊洛夫街去吗？"那男孩又继续道。"那您追上去，肯定能追上他……您瞧，他又停下来了，在等着，朝您看哩。"

"朝您看哩，朝您看哩！"孩子们齐声应和。

"您追上他以后就问他，他是不是喜欢澡堂里用坏了的树皮团。听见了吗，就这么问他。"

孩子们发出了哄堂大笑。阿廖沙望着他们，他们也望着阿廖沙。

"您别去，他会打伤您的。"斯穆罗夫警告道。

"诸位，我不会问他关于树皮团的事的，因为你们大概用这话刺他了，但是我会向他打听清楚：为什么你们这么恨他……"

"您去打听好了。"孩子们笑了起来。

阿廖沙走过小桥，沿着栅栏上坡，一直向那个被歧视的男孩走去。

"留神，"孩子们在他身后警告他，"他不怕您，他会冷不防用刀扎您的，就像扎克拉索特金那样。"

那小男孩留在原地不动，在等他。阿廖沙走得很近了，才看清这孩子最多不过九岁，身体很弱，个子也小，椭圆形的小脸蛋又瘦又苍白，深色的眼睛大大的，在狠狠地瞪着他。他穿着一件十分破旧的大衣，大衣小，个子却长高了，因此显得很难看。两手裸露在袖子外。裤子的右边膝盖上补了个大补丁，右脚的靴子上，在大脚趾位置的靴面上有个大洞，看得出来，这洞曾用墨水一遍又一遍地涂过。他大衣的两只口袋鼓鼓囊囊的，塞满了石头块儿。阿廖沙在离开他两步远的地方停了下来，疑惑地望着他。这男孩从阿廖沙的两只眼睛里一眼就看出他并不想打他，所以也就放下了与之拼命的架势，甚至自己先开口道：

"我一个，他们六个……我一个人可以把他们大家打个落花流水。"他忽然说道，眼睛忽闪了一下。

"有一块石头想必把您打得很疼吧！"阿廖沙说。

"可我打中了斯穆罗夫的脑袋！"那男孩叫道。

"他们对我说，您认识我，而且为了一件什么事才向我扔石头的，是吗？"阿廖沙问。

那男孩阴阳怪气地看了看他。

"我不认识您。难道您认识我吗？"阿廖沙接着问。

"您有完没有？"那男孩突然怒气冲冲地喝道，但是仍旧站在原地不动，好像一直在防备着什么，重又恶狠狠地忽闪着眼睛。

"好吧，我走，"阿廖沙说，"不过我不认识您，也没招您惹您。他们告诉我他们怎么惹您生气了，但是我不想惹您，再见！"

"穿法国绸裤的修士！"小男孩叫道，依旧那恶狠狠的、挑衅般的目光注视着阿廖沙，又摆出一副架势，满以为阿廖沙现在非向他猛扑过去不可，但是阿廖沙只是转过身来，看了看他，走开了。可是他还没来得及走满三步，那男孩就从口袋里掏出一块最大的鹅卵石向阿廖沙扔去，很疼地打中了他的后背。

"您居然从背后下手？可见，他们说得对，您就爱鬼鬼祟祟地暗中伤人，不对吗？"阿廖沙又转过身来，可是这一回小男孩又恶狠狠地掏出一块石头笔直地对准阿廖沙的面部扔去，但是阿廖沙及时地用胳膊挡了一下，石头打中了他的胳膊肘。

"您怎么不害臊！我怎么招您惹您啦？"他叫道。

小男孩一言不发，挑衅般地等着——阿廖沙现在一定按捺不住，非向他扑去不可；他看到阿廖沙连这样也没冲过去打他的意思，便像只小野兽似的气得猖猖然：他猛地一个箭步向阿廖沙扑了过去，阿廖沙还没来得及闪开，这个恶狠狠的小男孩便低下头，两手一把抓住他的左手，很厉害地咬了他的中指一口。他用牙齿咬住这根手指足有十秒钟不松口。阿廖沙疼得叫了起来，使尽所有力气想把这根手指抽回来。小男孩终于松开了口，并一个箭步跳回原来相距的那个距离。阿廖沙的手指被咬得很疼，紧挨着指甲盖，很深，咬到了骨头；血流如注。阿廖沙掏出手帕，紧紧包住了那只受伤的手。他几乎花了整整一分钟来包扎伤口。那小男孩一直站在那儿，等候着。阿廖沙终于向他抬起了平静的眼睛。

"好哇，"他说，"您瞧，您把我咬得多疼呀，这样总行了吧？现在您总可以告诉我，我做了什么对不住您的事了吧？"

小男孩惊奇地看了看他。

"我根本不认识您，头一回看见您，"阿廖沙仍旧十分平静地说道，"总不至于我没做任何对不住您的事，您就平白无故地让我吃这么大苦头吧？请告诉我，我到底怎么招您惹您了？"

小男孩没有回答，可是忽然大声哭了起来，哭出了声而且忽然撇下阿廖沙，逃走了。阿廖沙不慌不忙地跟在他后面，向米哈伊洛夫街走去，他有很长时间还看见那小男孩在远处奔跑，既不放慢脚步，也不回头张望，大概还在放声大哭。他拿定主意，只要抽得出时间，非找到这个小男孩，非弄清楚使他感到异常震惊的这个哑谜不可。但是现在他还顾不上。

四、在霍赫拉科娃家

他很快就走到霍赫拉科娃太太住的那座小楼，这是一座两层楼的砖瓦房，是座很漂亮的私宅，是敝县县城里数得上的好房子。虽然霍赫拉科娃太太大部分时间住在其他省，那儿有庄园，或者住在莫斯科，那儿有私邸，不过她在敝县县城的房子是她祖上传下来的自己的房子。再说她在敝县拥有的庄园乃是她三座庄园中最大的一座，然而迄今为止她却极少到敝省来。现在她一直跑到外屋来迎接阿廖沙。

"关于新出现的奇迹，您收到，收到信了吗？"她又快又神经质地问道。

"是的，收到了。"

"当众传阅了吗，给大家看了吗？他把儿子还给他母亲了！"

"他今天就要死啦！"阿廖沙说。

"我听说了，我知道，噢，我多么希望能够跟您谈谈啊。跟您或者随便什么人谈谈这一切。不，要跟您谈，要跟您谈！可是我怎么也见不到他，多遗憾啊！全城上下都很激动，大家都在翘首以待。但是现在……您知道卡捷琳娜·伊万诺芙娜现在在我们家吗？"

"啊，这太好了！"阿廖沙高兴地说。"那我就可以在您家里跟她见面了，昨天她让我今天一定要去找她一趟。"

"我全知道，全知道啦。昨天她家发生的事……以及跟那个……贱货之间发生的令人发指的事，我都听说啦，详详细细地听说啦。C'est tragique[1]，如果换了我是她，换了我是她，我真不知道该怎么办了！还有您大哥，您那德米特里·费奥多罗维奇，这人也真是的——噢，上帝啊！阿列克谢·费奥多罗维奇，我说话颠三倒四的，您想想嘛：现在令兄坐在里边，我不是说您大哥，不是昨天那个可怕的家伙，而是您二哥伊万·费奥多罗维奇坐在里边，在跟她说话：他俩的谈话一副庄严肃穆的样子……您简直没法相信，现在他俩之间发生了什么——这真是太可怕啦，实话告诉您吧，这简直是反常，简直是天方夜谭，简直让人没法相信：两人都在莫名其妙地毁

<hr />

1 法语：这真是悲剧；这太令人震惊啦。

252

掉自己，这，他俩自己也知道，可是却乐此不疲，引以为乐。我一直在等您来！热切地盼望您来！主要是因为我看到这个就受不了。我马上就把一切讲给您听，但是现在我要讲另一件事，最最要紧的事——啊呀，我差点忘了这是最最要紧的事啦：请告诉我，为什么Lise发歇斯底里？她一听见您来了就歇斯底里大发作！"

"Maman[1]！现在是您在发歇斯底里，不是我。"Lise的尖嗓子突然从一侧房间的门缝里叽叽喳喳地传了出来。这门缝小极了，而声音尖细得有点反常，活像一个人非常想笑出声来，可是又拼命压住了笑声。阿廖沙一眼就发现了这条小缝，大概Lise坐着轮椅正从门缝里向他张望，但是这情景他又看不清。

"这不足为怪，Lise，不足为怪——你一发脾气，我就得发歇斯底里，不过她倒的确病得不轻，阿列克谢·费奥多罗维奇，她闹了一夜病，发烧，净哼哼！我好不容易等到天亮，请来了赫尔岑什图勃大夫。他说他也莫名其妙，必须观察一段时间再说。这个赫尔岑什图勃总是这样，来了就说莫名其妙。您刚一走到我们家门口，她一声惊呼，老毛病就犯啦，硬让大家把她推到她过去住的那房间……"

"妈妈，我根本就不知道他来了，完全不是因为他我才挪到这屋里来的。"

"这就是不说实话啦，Lise，尤利娅跑进来告诉你阿列克谢·费奥多罗维奇来了，她是替你望风的。"

"亲爱的妈妈，您这话说得也太不聪明啦。如果您想赶快改正，想立刻说句非常聪明的话，那，亲爱的妈妈，您就告诉这位来访的先生阿列克谢·费奥多罗维奇：在发生了昨天那件事情以后，他居然不顾大家都在笑话他，竟敢冒昧地到我们家来，这就足以证明此

---

1 法语：妈妈。

公太不机灵啦。"

"Lise，你也太放肆了，告诉你，把我逗急了，我非好好教训你一顿不可。谁笑话他啦，他来了我高兴还来不及呢，我找他有事，有很要紧的事。唉，阿列克谢·费奥多罗维奇，我太不幸啦！"

"您倒是怎么了嘛，亲爱的妈妈？"

"哎呀，还不是因为你爱闹脾气，Lise，说风就来风，说雨就来雨，还有你那病，发了一夜高烧，太可怕啦，还有那个可怕的、老一套的赫尔岑什图勃，主要是说来说去总是老一套。最后，一切的一切……最后，甚至这奇迹！噢，这奇迹使我多么吃惊，多么震惊啊，亲爱的阿列克谢·费奥多罗维奇！还有那边客厅里的现在的这出悲剧，我受不了这个，我要预先向您宣布，我受不了。是喜剧，不是悲剧也说不定。请问，佐西马长老能活到明天吗？能吗？噢，我的上帝！我倒是怎么啦，往往一闭上眼睛就看见一切全是扯淡，全是扯淡。"

"我有个不情之请，"阿廖沙忽然打断她的话道，"能不能给我一块干净布包一包手指头。我把它弄伤了，伤得很重，现在我觉得疼极了。"

阿廖沙解开被咬伤的手指。那块手帕上满是鲜血。霍赫拉科娃太太一声惊叫，闭上了眼睛。

"上帝，伤得多重呀，太可怕啦！"

但是，Lise在门缝里一看见阿廖沙的手指，就哗啦一声立刻拉开了房门。

"快进来，快到我这里来，"她用命令的口吻不容违抗地叫道，"现在就别做傻事啦！噢，主啊，您怎么能这么长时间站着一声不吭呢？他会流血过多的，妈妈！您这是在哪儿，您这是怎么搞的嘛？先弄点水来，先弄点水来！应当把伤口先洗干净，干脆放进冷水里，这样可以止痛，浸在水里，一直浸着……快，快拿水来呀，妈，倒进漱口杯里。快呀!"她神经质地大叫。她吓坏了;阿廖沙的伤口使她大惊失色。

"要不要把赫尔岑什图勃大夫请来?"霍赫拉科娃太太惊慌失措地叫道。

"妈,真要命。您那个赫尔岑什图勃来了也只会说'莫名其妙'。拿水来,拿水来呀!妈,看在上帝分上,您自己去跑一趟吧,催尤利娅快来,她一定在什么地方磨蹭,从来就不会快去快来!您快点吧,妈,要不我快急死啦……"

"这算不了什么呀!"阿廖沙叫道,他倒反过来被她们的恐惧吓坏了。

尤利娅端着水跑了进来。阿廖沙把手指泡进了水里。

"妈,看在上帝分上,拿点棉纱团[1]来;拿棉纱团和给伤口消毒用的那种刺鼻又浑浊的药水来,这药水叫什么来着!咱们家有,有,有嘛……妈,您也知道药瓶在哪儿,在您那卧室右边的小柜里,那里有只大药瓶和棉纱团……"

"我立马统统拿来,Lise,不过你别嚷嚷,你别急。瞧,阿列克谢·费奥多罗维奇多坚强,并不把自己的不幸放在心上。您这是在哪儿受了这么可怕的伤呀,阿列克谢·费奥多罗维奇?"

霍赫拉科娃太太急匆匆地走了出去。Lise早就盼着她出去了。

"首先请您回答一个问题,"她急忙地对阿廖沙说,"您这是在哪儿受的伤?然后我还要跟您谈一件完全不相干的事。您说呀!"

阿廖沙本能地感觉到,这段时间,直到妈妈回来,对她是宝贵的,因此他匆匆地,许多细节略而不提,但十分准确和清楚地告诉了她,他跟小学生们谜一般相遇的经过。Lise听完他的话后举起两手一拍。

---

1 俄国旧时从破棉布上扯下棉纱,以代替裹伤用的棉花。

"您怎么能，怎么能，而且还穿着这身衣服，跟那些小男孩掺和在一起呢！"她愤怒地叫道，好像她已经拥有管束他的某种权利似的，"您居然会作出这种事来，说明您自己还是个孩子，最小最小的孩子，不能比您再小了！不过您一定要给我设法打听清楚这坏孩子的情况，然后一五一十地告诉我，因为这里肯定有什么秘密。现在谈第二点，我先问您：阿列克谢·费奥多罗维奇，尽管您疼得很厉害，您还能不能够谈论一些完全无关紧要的事，但是必须谈得通情达理呢？"

"完全能够，况且现在我已经不感到很疼了。"

"这是因为您的手指泡在水里。必须立刻换水，因为水一眨眼就会变热的。尤利娅，马上到地窖去拿块冰来，再用一只漱口杯去舀一碗水来。好啦，她现在走啦，我说正事儿：亲爱的阿列克谢·费奥多罗维奇，请您立刻把我昨天捎给您的信还我——快，因为妈妈一会儿就回来，我不愿意……"

"我没把信带在身边。"

"不对，它就在您身边。我早料到您会这么回答的。它就放在您的这边口袋里。为了这个愚蠢的玩笑，我后悔了一宿。马上把信还我，还我！"

"信留在修道院里了。"

"但是，您看了我写的这封信以后（我在信中开了这么愚蠢的玩笑），您再不会把我看作一个小女孩，一个很小很小的小女孩了！请您原谅我的这个愚蠢的玩笑，但是这信您一定要给我拿来，如果当真不在您身边的话——今天晚些时候就给我拿来，一定，一定要拿来！"

"今天无论如何不行，因为我回修道院以后，两天、三天，也许四天不能来看您，因为佐西马长老……"

"四天，简直扯淡！我说，您是不是存心取笑我？"

"我一点也没有取笑您。"

"为什么？"

"因为我对一切都深信不疑。"

"您侮辱我。"

"毫无此意。我一看完信就想，将来肯定会这样的，因为等佐西马长老一死，我就必须立刻离开修道院。然后我要去继续求学，通过考试，等到满了法定年龄，咱俩就结婚。我会爱您的。虽然我还没工夫细想，但是我想，我再也找不到比您更好的妻子了，而长老叮嘱我必须结婚……"

"要知道，我可是有残疾的呀，还要坐轮椅！"丽莎满脸羞得通红，笑了。

"我要亲自给您推轮椅，但是我深信，到那时候，您的病肯定会好的。"

"但是您是疯子，"丽莎神经质地说道，"跟您随便开个玩笑，您就当真了，净胡说八道！……啊呀。妈妈来了，也许来得正是时候。妈妈，您怎么总是慢腾腾的，要这么长时间，至于吗？瞧，尤利娅把冰也拿来了！"

"啊呀，Lise，别嚷嚷，最要紧的是别嚷嚷，一听见你嚷嚷，我就……有什么办法呢，你自己把棉纱团塞到别的地方去了……我找呀找呀……我疑心，你这是存心。"

"我总不至于知道他肯定会带着被咬伤的手指到咱们家来吧，要不然，倒好像我当真存心这么做了似的。妈妈，我的天使，您说的话也太聪明啦。"

"管它聪明不聪明呢，但是你让人多着急呀，Lise，我是说阿列克谢·费奥多罗维奇的手指以及所有这一切！唉，亲爱的阿列克谢·费奥多罗维奇，使我伤心的不是什么个别的事，也不是什么赫尔岑什图勃，而是这一切加在一块儿，整个的一切，我受不了的正是这个。"

"够啦，妈妈，别再说赫尔岑什图勃啦，"丽莎愉快地笑道，"快把棉纱团给我拿来，妈妈，还有药水。这药水叫醋酸铅洗液，阿列克谢·费奥多罗维奇，我现在想起它的名字来了，这是一种非常好的洗液。妈妈，您想想，他来的时候居然在大街上跟孩子们打架了，这是一个小男孩咬的，您瞧，他自己不也是个小男孩吗，妈妈，发生了这种事，他怎么还能够结婚呢，因为，您想想嘛，他还想结婚哩，妈妈。您想想，他要是结婚，岂不是太可笑，也太可怕了吗？"

Lise边说边狡狯地望着阿廖沙，一直在笑，发出一阵阵神经质的格格的笑声。

"啊呀，怎么扯上结婚了呢，Lise，这话又从何说起呢，你这话也说得太玄乎啦……那男孩兴许疯了吧？"

"啊呀，妈妈！哪来这么多疯孩子呀？"

"怎么会没有呢，Lise，倒像我说了什么傻话似的。您那孩子一定是给疯狗咬了，所以他也变成了疯子，逮住谁咬谁。她给您包扎得多好呀，阿列克谢·费奥多罗维奇，我就永远学不会。您现在还感到疼吗？"

"现在还稍微有点疼。"

"那您不怕水吗？[1]"Lise问。

"哎呀，行了，Lise，关于疯孩子的事，我也许说得太心急了点，你就立刻抓住把柄，做起文章来了。卡捷琳娜·伊万诺芙娜一听说您来了，阿列克谢·费奥多罗维奇，她就急忙来找我，她非常，非常想见到您。"

"啊呀，妈妈！您一个人去那儿不就得了，他马上去不了，他的伤口太疼了。"

---

1 看见水就恐惧，是狂犬病的主要症状。

“我一点不疼了，我能去，完全行……”阿廖沙说。

“怎么！您要走？您怎么这样？您怎么这样？”

“那有什么？要知道，那边的事一完我就回来嘛，我们又可以说说话儿了，爱说多少都行。我非常需要见到卡捷琳娜·伊万诺芙娜，因为我今天无论如何要尽快回到修道院去。”

“妈妈，带他走，快把他带走。阿列克谢·费奥多罗维奇，见过卡捷琳娜·伊万诺芙娜后，您就甭费心再来找我了，您就直接回修道院去吧，您就只配到那里去！我可要睡了，我一宿没睡。”

“啊呀，Lise，你不过是开玩笑罢了，要是你当真睡着了，那该多好！”霍赫拉科娃太太着急地说。

“我不知道我哪儿……如果您愿意，我可以再待两三分钟，甚至五分钟。”阿廖沙咕哝道。

“甚至五分钟！您快把他带走吧，妈妈，他是个怪物。”

“Lise，你简直疯了。咱们走，阿列克谢·费奥多罗维奇，她今天的脾气可怪啦，我怕惹她。噢，跟一个神经质的女人在一起真糟糕，阿列克谢·费奥多罗维奇！要知道，有您在身边，她也许当真想睡了。您怎么这么快就能让她想睡了呢，这多好呀！”

“啊呀，妈妈，您说得多好呀。为了这句话我得亲亲您，好妈妈。”

“我也要亲亲你，Lise。我说阿列克谢·费奥多罗维奇，”霍赫拉科娃太太跟阿廖沙一起出去的时候，神秘兮兮而又一本正经地用急促的低语说道，“我什么话也不想提醒您，我也不想捅破这层窗户纸，但是您进去后就会看到那里发生的一切。简直可怕，真是一出最最荒唐的恶作剧：她明明爱您二哥伊万·费奥多罗维奇，可是却偏要自己相信她爱的是您大哥德米特里·费奥多罗维奇。这太可怕了！我跟您一起进去，只要不撵我走，我就等您一直等到底。”

五、客厅里的反常

　　但是客厅里的谈话已经快要结束；卡捷琳娜·伊万诺芙娜非常激动，虽然神态十分坚决。当阿廖沙和霍赫拉科娃太太进去的时候，伊万·费奥多罗维奇正要起身告辞。他的脸略显苍白，阿廖沙不安地看了看他。问题是，这时候阿廖沙心中的一个疑团，一个若干时间以来一直使他百思不得其解的、令他不安的哑谜，现在正在逐渐解开。还在大约一个月前，就有人从不同的角度提醒他，说他二哥伊万爱着卡捷琳娜·伊万诺芙娜，最要紧的是他当真想把她从米佳手里"抢走"。直到最近，阿廖沙还觉得这事近乎荒唐，虽然这使他很不安。两个哥哥他都爱，生怕他俩之间发生这种争风吃醋的事。然而德米特里·费奥多罗维奇自己昨天突然直截了当地向他宣布，他甚至很乐意让二弟伊万把他的未婚妻给抢了去，这反过来倒是帮了他德米特里一个大忙。他能帮他什么忙呢？帮他娶那个格鲁申卡吗？但是阿廖沙认为这事乃是因走投无路而采取的下策。除了这一切以外，直到昨天晚上，他对卡捷琳娜·伊万诺芙娜本人热烈而又执着地爱着他大哥德米特里，是深信不疑的——但是也仅仅是到昨天晚上为止，他才这么相信。再说，他不知为什么总觉得她不可能爱像伊万这样的人，而只能爱他的大哥德米特里，爱他现在的本来面目，尽管这样的爱显得十分荒唐。但是昨天他目睹了她跟格鲁申卡的那场争吵，他忽然似乎有了另外的想法。刚才霍赫拉科娃太太说的"反常"一词，使他几乎打了个哆嗦，因为就在昨天夜里，他在黎明前半睡半醒的时候，他似乎回答自己的梦境似的突然说道："反常，反常的冲动！"他昨天做了一夜梦，梦见的全是昨天在卡捷琳娜·伊万诺芙娜家发生的那场争吵。现在霍赫拉科娃太太忽然又开门见山地硬说卡捷琳娜·伊万诺芙娜爱二哥伊万，只是因为演戏，出于一种"反常的冲动"，才存心自欺欺人，用一种似乎出于感恩的假装的爱情来自己折磨自己——霍赫拉科夫太太的话使阿廖沙吃了一惊："是的，也许真的全部真相就在这些话里！"但是，既然如此，二哥伊万的情况又怎样呢？阿廖沙凭着某种本能感觉到，像卡捷琳娜·伊万诺芙娜这种性格的人，必须发号施令，而她可能对之发号施令的也只有像德米特里这样的人，而绝不可能是像伊万这样的人。因为只有德米特里（就算需要花费很长时间吧）才会最后"福至心灵"地对她俯首帖耳（阿廖沙甚至希望这样），伊万则不然，伊万绝不可能对她俯首帖耳，而且这种俯首帖耳也不可能给他带来幸福。阿廖沙不知为什么，不由得对伊万形成了这样的看法。就在他现在即将踏进客厅的那一刹那，他的脑海里飞掠过所有这些摇摆不定的想法。他脑海里还掠过这样一个想法——他突然而又无法遏制地想："如果她谁也不爱，既不爱这个，也不爱那个，那怎么办呢？"必须指出，阿廖沙似乎因为自己有这样的想法而感到羞耻。最近一个月来，这些想法纷至沓来地进入他的脑海，他经常为此而不断自责。"对于爱情和女人我又懂得什么呢，我怎么能这么武断地得出这样的结论呢？"每逢他产生这样的想法或猜测后，他常常不无自责地想。他本能地懂得，现在，比如说，在他两位兄长的命运中，这场角逐是一个非常重要的问题，许多事都将取决于这场角逐的胜败。"一条毒蛇咬死另一条毒蛇。"二哥伊万昨天在愤然谈到父亲和大哥德米特里时曾这样说过。可见，大哥在他眼里是条毒蛇，说不定早就是毒蛇了？该不是从二哥伊万认识卡捷琳娜·伊万诺芙娜以后就开始了吧？这句话当然是伊万昨天无意中脱口说出来的，但是正因为无意，所以才更重要。假如是这样，那还有什么和平可言呢？相反，这岂不是在他们家中引爆仇恨和敌对的新的导火索吗？而主要是他阿廖沙该可怜谁呢？希望他们每个人怎么样呢？他们俩他都爱，但是在这样可怕的矛盾中，他又能希望他们每个人怎么样？在这团乱麻中简直不知道如何是好了，而阿廖沙的心最受不了的就是不知道如何是好，因为他爱的性质永远是积极的。他不会消极地爱，只要爱上某个人，他就会立刻动手去帮助他。但是要做到这点，必须先确立目标，必须坚定地知道，对于他们每个人什么是好的和必需的，必须先确信目标是正确的，然后才谈得上去帮助他们每个人。但是现在一切都没有坚定的目标，有的只是情况不明和一团乱麻。现在只有"反常"二字。但是即使在这个"反常"中他又懂得什么呢？在这一团乱麻中，遇到的第一个词他就不懂。

卡捷琳娜·伊万诺芙娜一看到阿廖沙，就迅速而且快乐地对已经从座位上站起来准备告辞的伊万说道：

"请稍等！请您再稍等片刻。我想听听我全身心都对之无限信任的这个人的意见。卡捷琳娜·奥西波芙娜，您也不要走。"她又对霍赫拉科娃太太加了一句。她让阿廖沙坐在她身旁，而霍赫拉科娃太太则坐在她对面，挨着伊万·费奥多罗维奇。

"这里都是我的朋友，我在这世上认识的所有人都是我的朋友，我的亲爱的朋友。"她热情地开口道，真诚而又痛苦的眼泪在她的声音中颤动，于是阿廖沙的心一下子就倒向她一边去了。"阿列克谢·费奥多罗维奇，您是昨天那件……可怕的事的见证人，您也看到了我当时的情况。您没有看见这个，伊万·费奥多罗维奇。他对我昨天的情况是怎么想的——我不知道，我只知道一点，如果今天，现在再发生同样的事，我将会表露出与昨天同样的感情，说同样的话和做同样的事。您记得我当时的做法吧，阿列克谢·费奥多罗维奇，当我正要做其中一件事的时候，您拦住了我……（她说这话的时候脸红了，而且她的眼睛闪出了光。）我要向您宣布，阿列克谢·费奥多罗维奇，我甚至不知道我现在是不是爱他。我瞧着他**可怜**。这是爱的一种不好的证明。如果我爱他，现在还继续爱他，说不定我现在就不会可怜他了，而是相反，应当恨他……"

她的声音开始发抖，泪花在她的睫毛上闪了一下。阿廖沙怦然心动："这姑娘的话是实在的、真诚的，"他想，"而且……而且她再也不会爱德米特里了！"

"这话在理！在理。"霍赫拉科娃太太不胜唏嘘地说。

"且慢，亲爱的卡捷琳娜·奥西波芙娜，我还没说最主要的事，还没把我昨晚决定的最后结果说出来。我感到，也许我的决定是可怕的（对于我），但是我又预感到，我决不会改变这一决定，无论如何不会，我这辈子不会，必须这样。我的亲爱的，我的好人，我的始终不渝和舍己为人的密友和深知吾心、我在这世上唯一的好友伊万·费奥多罗维奇，赞成我所做的一切，并夸奖我的这一决定……他知道这一决定。"

"是的，我赞成这一决定。"伊万·费奥多罗维奇用低沉而又坚定的声音说道。

"但是我希望阿廖沙（啊，阿列克谢·费奥多罗维奇，对不起，我把您干脆叫阿廖沙了[1]），我希望听听阿列克谢·费奥多罗维奇的意见，请他现在当着我的两位朋友的面说说，我对还是不对？我有一种本能的预感，您，阿廖沙，我的好弟弟（因为您就是我的好弟弟嘛），"她又兴高采烈地说道，伸出她那热得发烫的手抓住了他那冰凉的手，"我预感到，您的决定，您的首肯，尽管我受尽了痛苦，它将会使我的心平静下来，因为听到您的话以后我就心平了，认

---

1 阿廖沙是小名，大名应是阿列克谢。俄俗：对人称大名加父称才是最客气、最尊敬、最有礼貌的。

了——我预感到这个。"

"我不知道您要问我什么，"阿廖沙涨红了脸说道，"我只知道我爱您，而且我此时此刻希望您幸福更甚于希望我自己！……但是，要知道，这些事我一点也不懂……"他忽然不知为什么急急忙忙地加了这么一句。

"这些事，阿列克谢·费奥多罗维奇，这些事最要紧的是名誉和义务，我不知道还应该有什么，但是应当有某种崇高的，也许比义务还更崇高的东西。我的心在告诉我这个不可抗拒的感情，这种感情以不可抗拒之势让我去爱。不过，长话短说，我已经拿定了主意：即使他当真娶了那个……"她庄严地说道，"我永远，永远也不能饶恕的那个贱货，**我也不会离开他**！从现在起，我已经永远，永远也不会离开他了！"她凄然地、强颜欢笑地说道。"倒不是说我硬要缠住他，无时无刻不待在他眼前，折磨他——噢，不，我要到别的城市去，随便上哪儿，但是我将一辈子，一辈子不知疲倦地关注他的一切。当他跟那个贱货在一起一旦遭到不幸，而且这是一定会很快发生的，那就让他来找我，他遇到的一定是个好朋友和好妹妹……不过是好妹妹而已，当然，永远不过是好妹妹，但是他最终将会深信，这妹妹的确是终身爱他，终身为他牺牲的妹妹。我一定要做到这点，我一定要坚持做到让他终于了解我，能够毫不羞愧地向我倾诉一切！"她好像发狂似的大声疾呼。"我将成为他的上帝，他将向我顶礼膜拜——而这是最起码的，因为他有负于我，因为他对我变了心，因为我昨天因他而遭受到种种羞辱。但愿他一辈子都能看到，尽管他不忠实，尽管他变了心，但是我一辈子对他都将是忠实的，都是信守我曾经向他许下的诺言的。我要……我要变成仅仅是实现他的幸福的手段（这话该怎么说呢），实现他的幸福的工具和机器，而且我要一辈子，一辈子都这样做，让他今后一辈子都看到这个！这就是我的全部决定！伊万·费奥多罗维奇也非常赞成我的这一决定。"

她说罢气喘咻咻。她本来也许想把自己的想法表达得更好、更动听、也更自然，却说得太匆忙，太露骨了。其中有许多是年轻姑娘的意气，许多话只是昨天余怒的回音，出于一种表示骄傲的需要——这，她自己也感觉到了。她的脸不知怎的突然变得阴沉起来，眼睛里的神情也变得不对头了。阿廖沙立刻注意到了这一切，他猛然动了恻隐之心。就在这时二哥伊万插进来说话了。

"我只是谈了我的看法。"他说。"换了任何别的女人，这一切就会显得反常和极不自然，然而您却不是这样。换了别的女人就会显得无理取闹，而您是言之成理的。我不知道您这样做有什么道理，但是我看到您说这话出于真诚，因此您是有道理的……"

"但是，要知道，这不过是眼下的一时之见……这眼下的一时之见又是什么呢？无非是因为昨天受了侮辱——这就是眼下一时之见的由来！"霍赫拉科娃太太突然忍不住说道，她显然并不希望介入谈话，但又忍不住，冷不丁说出了一个十分正确的想法。

"对，对，"伊万打断她的话道，突然似乎很激动，对于别人打断他的话分明很恼火，"对，但是换了别人，这一时之见仅仅是昨天留下的余音，仅仅是一时之见而已，而就卡捷琳娜·伊万诺芙娜的性格来说，这一时之见将会贯穿她的一生。而对于别的女人来说，这仅是一时的许诺，而对她来说，这却是恒久不变，虽然沉重，也许还很扫兴，却是孜孜不倦应予遵循的义务。她履行了这一义务，她将以此而得到自慰。卡捷琳娜·伊万诺芙娜，现在您的一生将在痛苦中度过，在观照自己的感情、自己的功德无量和自己的不幸中度过，但是后来这痛苦减退了，您的一生将会变成对您那业已说一不二地履行了的坚定而又足以自豪的意图的甜蜜观照，这意图从某方面说的确足以让您自豪，但是不管怎么说却是出于无奈，但是无奈被您战胜了，这种认识最终将会带给您极大的满足，并使您安于斯、乐于斯地了此余生……"

他说这话分明带着一种恶意，分明是存心气她，甚至，说不定他根本无意掩饰自己的意图，即他说这话是存心气她，意在嘲笑。

"噢，上帝，怎么总觉得不对头呢！"霍尔拉科娃太太又感慨地说道。

"阿列克谢·费奥多罗维奇，该您说了！我非常想听听您的高见！"卡捷琳娜·伊万诺芙娜不胜怅惘地说，忽然泪如雨下。阿廖沙从沙发上站了起来。

"这没事，没事！"她带着哭声继续道，"这是因为不大舒服，因为昨天一宿没睡好，但是有你们这两位朋友（您和您二哥）守在我身边，我感到自己还是很坚强的……因为我知道……你们二位永远不会离开我……"

"不幸的是，说不定我明天就要到莫斯科去，要离开您很久……而且不幸的是无法改变……"伊万·费奥多罗维奇蓦地说道。

"明天，到莫斯科去！"卡捷琳娜·伊万诺芙娜的脸色霎时全变了，"但是……但是我的上帝，这有多巧啊！"她叫道，霎时她的声音也全变了，她的眼泪也在刹那间全干了，连影子也没有了。正是刹那之间她身上出现了惊人的变化，使阿廖沙惊奇不止：本来是个受人欺侮的、可怜巴巴的姑娘在百感交集中痛哭失声，现在却忽地变成一个完全镇定自若的女人，而且对某件事感到非常满意，好像对某件事蓦地感到兴高采烈似的。

"噢，倒不是说因为您要离开我，我才说这太巧了，自然不是这样，"她忽然带着一种社交场合惯见的媚笑，仿佛纠正似的说道，"像您这样一位朋友是决不会这样想的；相反，如果我失去了您，那我就太不幸了（她突然飞也似的冲向伊万·费奥多罗维奇，抓住他的两只手，热情地握了握）；但是我说这太巧了，巧就巧在您现在可以到莫斯科去把我的整个情况，我现在的整个可怕的遭遇亲自告诉我姨妈和阿加莎了，您可以跟阿加莎完全开诚布公，对亲爱的姨妈则不妨委婉些，到底怎样，您自己一定会看情况办的。您简直没法想象，昨天和今天早晨我有多不幸啊，我真不知道该怎么给她们写这封可怕的信了……因为信里这事是无论如何说不清楚的……现在就好写了，因为您将亲自到她们那儿去，您会说明一切的。噢，我多高兴啊！但是我高兴的只是这一点，再一次请您相信我。您本人对于我来说当然是不可替代的……现在我就跑去写信。"她忽然结束道，甚至已经走了一步，想要走出房间。

"那么阿廖沙呢？您一定想要听听的阿列克谢·费奥多罗维奇的意见呢？"霍赫拉科娃太太叫道。她说话的口气流露出挖苦和恼怒。

"我没忘记这个，"卡捷琳娜·伊万诺芙娜突然停下脚步，"眼下这时候您为什么对我这么凶呀，卡捷琳娜·奥西波芙娜？"她带着既痛苦而又热烈的责备说道。"我说的话从来是算数的。他的意见对我是必需的，此外：我还需要他的决定！他怎么说，我就怎么做——到了这样一种程度，恰恰相反，我迫切需要听到您的话，阿列克谢·费奥多罗维奇……但是您怎么啦？"

"我从来没想到过，也没法想象会出现这样的情况！"阿廖沙忽然痛心地说。

"什么，什么想到过？"

"他要到莫斯科去，您竟会欢呼，您是存心这么嚷嚷的！然后您又立刻解释说您不是为他离开而高兴，而是相反，是为他离开而觉得惋惜，你舍不得他走……您会失去一位朋友，但是，您这是存心演戏……就像在剧院里演滑稽戏一样！……"

"我在演戏？怎么回事……这到底是怎么回事？"卡捷琳娜·伊万诺芙娜非常惊讶地叫道，而且满脸涨得通红，双眉深锁。

"尽管您一再向他保证，您失去了他这位朋友感到很惋惜，可是您还是当着他的面坚持说幸亏他要离开这里……"阿廖沙不知怎的已经完全上气不接下气地说。他站在桌旁，并没坐下来。

"您说什么呀，我不明白……"

"我也不知道我说什么……我好像忽地恍然大悟似的……我知道我这样说不好，但是我还是要把要说的话全说出来。"阿廖沙仍旧用那种发抖的、时断时续的声音说道。"我恍然大悟的是，您根本不爱我大哥德米特里也说不定……从一开始就不爱……而且德米特里说不定也根本不爱您……从一开始就不爱……只是尊敬您……说真的，我也不知道我怎么现在竟敢把这一切全说出来，但是总得有人把事实真相说出来呀……因为这里任何人都不愿意说出事实真相……"

"什么事实真相？"卡捷琳娜·伊万诺芙娜叫道，她的声音中已经流露出歇斯底里。

"这就是事实真相，"阿廖沙嗫嚅道，仿佛从房顶上摔下来似的，"您不妨立刻把德米特里叫来——我能找到他——让他到这儿来，让他抓住您的一只手，然后再抓住二哥伊万的一只手，再把你们两人的手合在一起。因为您这是在折磨伊万，其原因就因为您爱他，而您之所以折磨他，就因为您反常地爱着德米特里……这是一种不真实的爱……因为您硬要自己相信您是爱他的……"

阿廖沙的话中断了，他闭上了嘴。

"您……您……您简直是个小疯子，疯教徒！"卡捷琳娜·伊万诺芙娜气得脸色发白，嘴角歪斜地断然说道。伊万·费奥多罗维奇忽地笑了，从座位上站起身来。他两手攥着礼帽。

"你错啦，我的好心的阿廖沙，"他说，他脸上的表情是阿廖沙从来没有见过的——既有年轻人的真诚，又有一种强烈的、遏制不住的坦率，"卡捷琳娜·伊万诺芙娜从来没有爱过我！她一直知道我爱她，虽然我从来没有向她说过一句我爱她——她知道，但是她不爱我。我也从来没有做过她的朋友，一次也没有，一天也没有：一个高傲的女人是不需要我这样的朋友的。她让我待在她身边为的是不断报复。她向我报复，在我身上报复她在所有这段时间里随时随地从德米特里那里受到的一切侮辱，从他俩第一次见面起就受到的侮辱……因为他俩第一次见面就是作为一种侮辱留在她的心坎上的。她的心就是这样！从那时以来，我所能做的就是洗耳恭听她不厌其烦诉说的她对他的爱。现在我要走了，但是您要知道，卡捷琳娜·伊万诺芙娜，您确实爱的只是他。而且他越侮辱您，您就越爱他。这就是您反常的地方。您爱的正是他现在这种样子，尽管他侮辱您，您还是爱他。他要是改过自新了，您就会马上抛弃他，根本不爱他。但是您之所以需要他，就在于您可以借此不断地观照您忠于他的丰功伟绩，并且可以不断地责备他不忠实。而这一切均由于您太骄傲了。噢，这里有许多低三下四和备受凌辱的事，但这一切均由于您太骄傲了……我太年轻，也太爱您了。我知道我本不该对您说这种话，干脆离开您，一走了之，倒能更多地保持一些我的个人尊严；这样做也不至于有污您的清听。但是，要知道，我要走得远远的，永远也不回来。要知道，这是永别……我不愿意待在这里，眼看着别人反常……话又说回来，我已经不会再说什么了，要说的话都说完了……别了，卡捷琳娜·伊万诺芙娜，您千万不要生我的气，因为我受到的惩罚超过您一百倍：单说我将永远不再看见您，这对我的惩罚就够重的了。别了。我不需要跟您握手。您折磨我是完全有意识的，因此现在我不能原谅您。以后我会原谅您的，现在就不必握别了。

Den Dank，Dame，begehr ichnicht.[1] ”

---

1 德语：太太，我不需要赏赐。引自席勒的抒情叙事诗《手套》(一八三一)。

他苦笑着加了这么一句诗，说明（然而却是完全出人意料的）他也知道席勒的诗，而且能够背诵，这是阿廖沙以前所没法相信的。他走出了房间，甚至没向女主人霍赫拉科娃太太告辞。阿廖沙举起两手一拍。

"伊万，"他不知所措地在后面叫道，"你回来，伊万！不，不，现在他说什么也不会回来了！"他在痛心的恍然大悟中感叹道，"但是，都得赖我，都是我引起的！伊万的话充满敌意，这不好。说得既不公平，又充满敌意……"阿廖沙像个疯子似的连声叹息。

卡捷琳娜·伊万诺芙娜突然走出去，进了另一间屋。

"您没有错，您像个天使似的做得太好了。"霍赫拉科娃太太向痛心疾首的阿廖沙急促而又兴高采烈地悄声道。"我将尽力不让伊万·费奥多罗维奇离开……"

使阿廖沙分外伤心的是她还兴高采烈、欢天喜地。但是卡捷琳娜·伊万诺芙娜忽然回来了。她手上拿着两张花票子[1]。

"我对您有一个不情之请，阿列克谢·费奥多罗维奇。"她径直向阿廖沙开口道，声音显然很平静，好像刚才真的什么事也没发生过一样。"一星期——对，好像是一星期前——德米特里·费奥多罗维奇干了一件很莽撞而又很不公平的事，很不像话。这里有一个坏地方，一家小饭馆。他在那家饭馆里遇见了一位退伍军官，是位步兵上尉，令尊曾雇用他办过一些什么事。德米特里·费奥多罗维奇不知为什么对这位步兵上尉很生气，于是就一把抓住他的胡子，并当着大伙的面，使他下不来台地拽到大街上，而且还在街上把他拖了很长一段路，据说有个小男孩，是这位步兵上尉的儿子，他在这里的一所学校里上学，是个小孩，看到这情形后，就一直跟着他们跑，呜呜地哭，替他父亲求情，他求爷爷告奶奶地求遍了所有的人，

---

[1] 意为两张一百卢布的钞票。

请他们替他做主，可是大家竟一笑置之。对不起，阿列克谢·费奥多罗维奇，每当我想起他的这一可耻行为时，我就不能不愤慨……能够不顾一切地做出这种举动来的只有德米特里·费奥多罗维奇一个人，当他怒不可遏……气不打一处来的时候！这事我说不出口，也没法说清楚……我说乱了。我打听了一下这个受害人的情况后，才得知他是一个很穷的人，姓斯涅吉廖夫。他在公务中不知犯了什么错误，被开除了，这事我跟您说不清楚，现在他拉家带口的，很不幸，孩子有病，妻子好像是个疯子，陷入了可怕的贫困。他早就住在本城，不知道做什么事，大概在什么地方当过文书，可现在人家忽然一个钱也不给他了。我瞥了您一眼……就是说我想——我不知道，不知怎的我又说乱了——您知道吗，我想求您办一件事，阿列克谢·费奥多罗维奇，我的最最好心的阿列克谢·费奥多罗维奇，您能不能够到他那里去一趟，找个借口，上他家去看看，就说是找那位步兵上尉——噢，上帝！我说得多乱呀——既客客气气，又小心谨慎——只有您一个人才能做到这点（阿廖沙忽然脸红了）——才能把这一点救济，瞧，二百卢布，交给他。他可能会收下的……就是说硬要他收下……或者不，这话怎么说呢？你知道吗，这不是跟他讲和的代价，想请他不要上告（因为他好像要上告），而只是出于同情，希望帮帮他的忙，这是我，这是我，是德米特里·费奥多罗维奇的未婚妻给他的，而不是他本人……总之，您会把这事办好的……我本来应当亲自去，但是您一定会比我办得更好。他住在湖滨街，住在小市民卡尔梅科娃家……看在上帝分上，阿列克谢·费奥多罗维奇，帮我做好这件事吧，而现在……现在我有点儿……累了。再见……"

她突然很快一转身，掀开门帘走了进去，不见了，阿廖沙没来得及说一句话——他还有话要说。他想责怪自己，请她原谅——反正他有许多话要说，因为他的心里装得满满的，不说出来，他是无论如何不愿意走出这个房间的。但是霍赫拉科娃太太一把抓住他的手,主动把他带了出去。在外屋,她又像方才一样让他先停一停,别走。

"很骄傲的姑娘,但是能克制自己,心肠好,非常可爱,又能舍己为人!"霍赫拉科娃太太不胜感慨地悄声道。"噢,我多么爱她呀,特别是有时候,现在我又对一切,对一切感到挺高兴了!亲爱的阿列克谢·费奥多罗维奇,您是不知道这事:要知道,我们大家,大家——我、她的两位姨妈——总之所有的人,甚至还有Lise,已经整整一个月了,我们希望和祈祷的只有这个,但愿她同您那宝贝哥哥德米特里·费奥多罗维奇一刀两断(他连理也不理她,而且一点不爱她),回过头来嫁给伊万·费奥多罗维奇——这是一个博学多才的很好的年轻人,而且爱她胜过爱世上的一切。我们已经策划好了,订了一个周密的计划,说不定我之所以不离开这里也仅仅是因为这件事……"

"但是她不是哭了吗,又受到了侮辱!"阿廖沙叫道。

"别相信女人的眼泪,阿列克谢·费奥多罗维奇——在这类事情上,我永远反对女人,赞成男人。"

"妈妈,您害了他,也毁了他。"传来房门后面的Lise的尖嗓子。

"不,这都怪我,我犯了可怕的错误!"依旧不能释然的阿廖沙又重复道,他对刚才冒冒失失的做法感到痛苦和羞愧,甚至悔恨得伸出两手捂住了脸。

"恰好相反,您刚才做得像个天使,真像个天使,我愿意把这话重复一千遍。"

"妈妈,他为什么做得像个天使呢?"又传来Lise的尖嗓子。

"我看着这一切,不知道为什么忽然感到,"阿廖沙继续道,好像没听见丽莎刚才说的话似的,"她爱的是伊万,因此我就说了那句蠢话……现在会闹出什么事来呢?"

"谁呀，你们说谁呀？"Lise叫道，"妈妈，您大概想憋死我吧。我问您——您就是不回答我的问题。"

这时候，一名侍女跑了进来。

"卡捷琳娜·伊万诺芙娜犯病了……小姐在哭……发歇斯底里，要死要活。"

"怎么回事？"Lise叫道，声音里已是一片惊慌。"妈妈，我才会发歇斯底里呢，她不会的！"

"Lise，看在上帝分上，别嚷嚷啦，你会要我命的。你还小，大人知道的事你不必全知道，我很快就回来——能够告诉你的事我会统统告诉你的。噢，我的上帝！我这就去，这就去……歇斯底里——这是好兆头，阿列克谢·费奥多罗维奇，她犯了歇斯底里，这太好啦。这样才好哩。在这类事情上，我最反对女人，反对所有这些歇斯底里和女人的哭哭啼啼。尤利娅，你快去告诉她，我马上就来。至于伊万·费奥多罗维奇就这么走了，那得赖她自己。但是他走不了的。Lise，看在上帝分上，别嚷嚷啦！啊呀，对了，你没嚷嚷，是我在嚷嚷，请原谅你妈，但是我太高兴啦，太高兴啦，太高兴啦！您注意到没有，阿列克谢·费奥多罗维奇，伊万·费奥多罗维奇方才出去的时候，那副年轻人的派头多帅，说完话就走了！我还以为他这么个才高八斗，学富五车的人不至于……可他竟会十分热烈，坦率而又潇洒，虽然缺乏经验但十分潇洒，这一切是多么好，多么好呀，就像您一样……而且还说了一句德文诗，跟您简直一模一样！但是我得快走了，真得快走了。阿列克谢·费奥多罗维奇，快去办她托您办的那事吧，办完了就尽快回来。Lise，你还要什么东西吗？看在上帝分上，一分钟也别耽搁阿列克谢·费奥多罗维奇啦，他马上会回来看你的……"

霍赫拉科娃太太终于跑了出去。阿廖沙临走之前想推开Lise的房门，进去看她。

"千万别进来！"Lise 叫道，"现在无论如何别进来！有话就在门外说。您怎么会变成天使了呢？我只想知道这点。"

"因为我说了句可怕的蠢话，Lise！再见。"

"不许您就这么走了！"Lise 叫道。

"Lise，我有件十分痛心的事！我马上就回来，但是我有件非常、非常痛心的事！"

他说罢跑出了房间。

六、木屋里的反常

他的确有一件迄今为止很少经历过的、感到十分痛心的事。他冒冒失失地跳出来，"说了许多蠢话"——对什么事情说了蠢话呢：在爱情问题上！"对这种事我又懂得什么呢？对这种事我又能分辨什么呢？"他面红耳赤，第一百次在心中反复念叨，"唉，丢人现眼倒没什么，丢人现眼是我应得的惩罚，糟糕的是，现在我无疑成了新的不幸的罪魁祸首了……而长老是让我去做调解和说合工作的。有这么说合的吗？"这时他又猛地想起他是怎样"说合"的，他又羞愧得无地自容。"虽然我做这一切是真诚的，但是以后一定要放聪明些。"他忽然下了这样的决心，但是甚至没有对这决心感到一丝儿欣慰。

卡捷琳娜·伊万诺芙娜托他办的事必须去湖滨街，而大哥德米特里恰好就住那儿，是顺路，离湖滨街不远，在一条胡同里。阿廖沙决定，在去找步兵上尉之前，无论如何要顺道先去看看大哥，虽然他预感到他不会碰到大哥。他疑心大哥也许现在正在故意躲着他，但是无论如何必须把他找到。时间紧迫：自从他离开修道院起，对于长老即将圆寂的牵挂，一分钟，一秒钟也没有离开过他。

在卡捷琳娜·伊万诺芙娜托付他办的事情中闪现出一个使他也非常感兴趣的情况：当卡捷琳娜·伊万诺芙娜提到一个小男孩，小学生，那位步兵上尉的儿子，在父亲身旁跑着，大声哭泣的时候，阿廖沙立刻闪过一个念头，这孩子大概就是方才那小学生，当阿廖沙追问他，他究竟怎么得罪了他的时候，他竟咬了他的手指。现在，阿廖沙对这事几乎深信不疑，虽然他自己也不知道有什么根据。就这样，因为他老想着别的事分了心，他决定再不去"想"他刚才闯下的那"祸"了，不再用后悔来折磨他自己了，办正事要紧，其他就随它去吧，不管它了。他这么一想也就彻底振作起来了。他拐进胡同去找德米特里大哥的时候，他恰好感到肚子饿，就从口袋里掏出刚从父亲那儿拿来的那个面包，边走边吃也就吃完了。这使他增加了体力。

德米特里不在家。房东家的几个人——老木匠、他儿子和他老伴——甚至怀疑地看了看阿廖沙。"已经第三天没回来睡觉了，可能出远门了。"对于阿廖沙的一再追问，老头回答道。阿廖沙懂了，他这样回答是受人叮嘱过的。于是他问："该不是在格鲁申卡那儿吧，要不又躲到福马家了？"阿廖沙故意这么开门见山地问。这时房东家的那几个人甚至害怕地望了望他。"可见，他们爱他，在替他说话，"阿廖沙想，"这就好。"

他终于在湖滨街找到了小市民卡尔梅科娃家，这是一所破旧的小屋，东倒西歪，临街只有三扇窗户，院子很脏，院子中间孤零零地站着一头奶牛；得先进院子才能拐进过道屋；过道屋左边住着房东老太太和她的女儿，她女儿也是个老太太，两人好像都耳背。他问她们上尉住哪儿，重复了好几次，其中一位老太太才终于听明白了是打听房客，于是她伸出手指了指过道屋另一边的一间干干干净净的木屋的门。步兵上尉家果真只是一间普通的木屋。阿廖沙伸出手去想拉门上的铁把手，但是他忽然发现门里面异常寂静，这使他吃了一惊。不过他从卡捷琳娜·伊万诺芙娜告诉他的话里知道，这位退伍的步兵上尉是个拉家带口的人："他们或者睡了，或者听到我来了，因此在等我推门进去也说不定；我不如先敲一下门再说。"——于是他敲了敲门。传来了应门声，但并非立刻，而是过了也许甚至十秒钟。

"谁呀？"有人怒气冲冲地喝问道。

于是阿廖沙推开门，跨过门槛。他出现在一间木屋里，虽然这木屋很宽敞，却显得异常拥挤，挤满了人，堆满了各种家用什物。左边是一座很大的俄式灶炕。从灶炕到左面的窗户，穿过整个房间，拉了一条绳子，绳子上挂着各种破烂衣服。左右两边靠墙的地方各放着一张床，床上铺着线毯。在其中一张床上，也就是在左边那张床上，堆着一摞四个花布枕头，一个比一个小。在右边的另一张床上，只看到一个很小的枕头。然后在前面的一个角落有块不大的地方，也用布幔或被单隔开：布幔或被单也挂在绳子上，绳子横拉过这一角落。在这布幔后面，从侧面也可以看到一张床铺，是用长凳加上一把椅子拼凑起来的。一张普普通通的、农家用的木头方桌，从前面那个角落被挪到了中间的那扇小窗户跟前。三扇窗户，每扇都装有四块小玻璃，玻璃已经发霉，长满了绿毛。窗户很暗，而且关得紧紧的，因此屋里很闷，而且也不怎么亮。桌上放着一只煎锅，锅里还剩下了一点荷包蛋，桌上还放着一块咬过几口的面包，此外还放着一只瓶底留有少许"人间至乐"的液体的酒瓶。挨着左边的床，有个女人坐在一把椅子上，穿着花布裙，像是位太太。她的脸很瘦，脸皮发黄；她的塌陷的两颊，一眼看去，就说明她有病。但是使阿廖沙最感吃惊的是这位可怜的太太的目光——目光充满疑问，同时又异常傲气。当这位太太没开口说话前，在阿廖沙还在向主人说明来意的时候，她一直睁大了她那双深栗色的大眼睛，傲慢而又疑惑地一会儿看着这个说话的人，一会儿又看着那个说话的人。在这位太太身旁，靠近左边窗户，站着一位年轻姑娘，脸长得相当难看，一头黄毛，稀稀落落，穿得很寒酸，虽然非常整洁。她厌恶地打量着进来的阿廖沙。右边，也靠近床，还坐着一个女人。这是一个非常可怜的人儿，也是个年轻姑娘，二十上下，但是驼背，瘸腿，后来有人告诉阿廖沙，她患的是两腿萎缩性瘫痪。她的双拐就放在身旁，在床与墙之间的一个角落里。但是，这位可怜姑娘的一双眼睛却非常美，非常善良，她带着一种温柔的恬静，望了望阿廖沙。一位四十五岁上下的先生正坐在桌旁吃剩下的荷包蛋，他个子不高，瘦骨嶙峋，体格孱弱，一头浅红色头发，一部稀稀落落的红褐色胡子，非常像那种用坏了的树皮团（这比喻，尤其是"树皮团"一词，不知为什么从第一眼瞥见他起就忽地闪过阿廖沙的脑海，这是他后来才想起来的）。显然，刚才在门后断喝一声"谁呀！"的就是这先生，因为屋子里没有其他男人。但是当阿廖沙进去后，他似乎猛地从桌旁他坐着的长凳上跳将起来，用满是破洞的餐巾匆匆擦了擦嘴唇，就一个箭步蹿到阿廖沙跟前。

"修士给修道院化缘，一找就找了个准儿！"这时站在左边角落里的那姑娘大声说道。

但是，向阿廖沙跑来的那位先生，却猛地用脚后跟当轴心向她转过了身子，用激动而又断断续续的声音回答她道：

"不，您哪，瓦尔瓦拉·尼古拉耶芙娜，这不对，您哪，您没猜对，您哪！还是让我来问他吧，"他又转身面对阿廖沙，"您来……舍下有何贵干？"

阿廖沙注意地看着他，他还是头一次看见这个人。他身上好像有一种别别扭扭的东西，性急而又爱发火。虽然他分明刚喝过酒，但并未喝醉。他脸上分明显出一种极端蛮横无理的表情，与此同时——说来也怪——又分明显得十分胆小。他就像一个长期寄人篱下，受尽了窝囊气，现在突然跳出来，想要扬眉吐气的人似的。或者不如说，他更像一个非常想打您，而又十分害怕挨您打的人。在他的话语中以及在他那尖细的嗓音里似乎可以听到一种癫狂的幽默感，一会儿好似冷嘲热讽，一会儿又仿佛畏畏缩缩，声调忽起忽落，声音也时断时续。关于"舍下"云云，他提出这问题时似乎浑身在发抖，两眼圆睁，直逼阿廖沙，使阿廖沙不由得后退了一步。这位先生穿着一件非常寒碜的深色土布大衣，缀满了补丁，斑斑驳驳。下面穿了一条颜色奇浅的方格裤，这种裤子如今早就没人穿了，料子极薄，裤腿下部揉得皱皱巴巴，因此裤子向上缩，活像一个小孩长大了，原来的裤子嫌短了似的。

"鄙人是阿列克谢·卡拉马佐夫……"阿廖沙回答道。

"久闻大名，您哪。"这位先生立刻不客气地打断道，他那口气似乎在说，即使阿廖沙不通名报姓，他也知道他是何许人。"鄙人是斯涅吉廖夫步兵上尉，您哪；但是鄙人还是想请问阁下来此有何……"

"鄙人不过是顺道来访。说实在的，有句话想奉告阁下……倘若您允许的话……"

"既然如此，那就请坐，您哪，请上坐。正如古代喜剧里说的那样：'请上坐' [1]……"于是这位步兵上尉急忙顺手抓过一把空椅子（农民坐的普通椅子，全是木头的，椅子上没包任何东西），把它放到几乎房间的正中央；然后又给自己抓过另一把同样的椅子，在阿廖沙对面坐下，依旧紧紧地面对着他，两人的膝盖几乎碰到了一块。

"尼古拉·伊里奇·斯涅吉廖夫，俄国步兵前上尉，虽然过失屡

---

[1] 原文是从法语直译过来的俄国话，盛行于十八世纪与十九世纪初的俄国。法语原文是 prenez place。

犯而丢人现眼，但毕竟是名上尉。其实应该说是唯唯诺诺的上尉，而不是斯涅吉廖夫上尉，因为我从后半生起就开始'您哪''您哪'地唯唯诺诺了。这唯唯诺诺的毛病是在低三下四中逐渐养成的。"

"这倒也是，"阿廖沙笑道，"不过养成这习惯是身不由己的呢，还是故意的呢？"

"上帝作证，是身不由己的。我从不这样说话，一辈子都没有'您哪，您哪'地唯唯诺诺过，突然摔倒了，再站起来时就唯唯诺诺了。这是天意。看得出来，您对当代的热点问题很感兴趣。不过，话又说回来，我究竟在什么方面能引起您这么大的好奇心呢？因为我居住在这样的环境里，无法实现我的好客愿望。"

"我来……是为了那件事……"

"为了哪件事？"上尉迫不及待地打断道。

"也就是关于阁下与家兄德米特里·费奥多罗维奇狭路相逢的那件事。"阿廖沙尴尬地说道。

"什么狭路相逢，您哪？该不是指那次吧，您哪？就是说，关于树皮团，澡堂里用的树皮团？"他突然向前挪了挪，这次他的两个膝盖完全顶住了阿廖沙。他的嘴唇不知怎么闭得紧紧的，抿成一条缝，样子很古怪。

"什么树皮团？"阿廖沙支吾道。

"爸爸，他是来向你告状的，告我的状！"一个阿廖沙已经熟悉的尖嗓子从屋角的布幔后叫道，说这话的就是不久前的那个小男孩。"今天我把他的手指给咬了！"布幔忽地被掀开，于是阿廖沙看见了自己不久前的死对头，他躺在那个屋角里，在几帧圣像下，在用长凳和椅子拼凑起来那张床铺上。那小男孩盖着自己的大衣和破旧的小棉被。显然，他有病，从那双火辣辣的眼睛看得出来，他正在忽冷忽热地发高烧。现在他不同于方才，正毫不戒备地瞅着阿廖沙，他那眼神似乎在说："在我家，现在，你休想碰我。"

"咬了什么手指？"上尉从椅子上微微跳将起来。"他咬了您的手指，您哪？"

"是的，咬了我的。不久前他在外面跟一帮孩子扔石头块儿打仗；那帮孩子一共六个人，打他一个，他只有一个人。我走到他跟前，他就用石头扔我，后来另一块石头又往我脑袋上扔。我问他：我做了什么对不住他的事了？他就猛地扑过来，很疼地咬了我的手指，我也不知道这究竟为什么。"

"我马上揍他，您哪！说话就揍他，您哪！"上尉霍地从椅子上跳将起来。

"我根本不是来告状的，我不过说说而已……我根本不是要让您揍他。再说，他现在好像有病……"

"您以为我真会揍他吗，您哪？您以为我真会一把抓住伊柳舍奇卡，并且立刻在您面前揍他一顿，让您出出这口气吗？您要我马上这么办吗？"上尉道，他猛地向阿廖沙转过身来，那架势好像要向他扑过去似的。"先生，我对您的那根手指感到很遗憾，但是您是否愿意我在揍伊柳舍奇卡之前，先用这把刀子，马上当着您的面把我的四根手指砍下来，替您先出出这口恶气呢？我想，四根手指用来满足您那渴望报仇雪恨的愿望，也就够了，您哪，您是不是还要第五根手指呢？……"他突然像喘不过气来似的说到这儿打住了。他脸上的每根筋都在抽动，脸上带着凶狠的挑衅神态。他似乎处在发狂的状态中。

"我现在好像全明白了。"阿廖沙继续坐着，难过地低声答道。"这说明，您这孩子是好孩子，爱父亲，因为欺负您的是我哥哥，所以他就向我报仇……这道理我现在明白了。"他边沉思边重复道。"但是家兄德米特里·费奥多罗维奇为这事自己也很后悔，我知道这个，只要他有可能亲来府上，或者最好跟您在老地方见面，他将向您当众请罪……只要您愿意。"

"就是说拔下了胡子，再请求我原谅……就此一了百了，皆大欢喜，是吗？"

"噢，不，相反，他将做您愿意要他做的一切，随便您愿意要他怎样都行！"

"假如我请他这位大人在我面前跪下，而且就在那家饭馆——这家小饭馆名字叫'京都饭店'——或者就在广场上，您哪，他也肯下跪吗？"

"是的，他一定下跪。"

"您深深地打动了我。您使我热泪盈眶，深深地打动了我，您哪。我这人太重感情了。请允许我彻彻底底地自我介绍一下：这就是我的家，我的两个女儿和我的一个儿子——我的小崽子，您哪。我死了，谁来疼他们呢？我现在还活着，除了他们以外，又有谁会来疼爱像我这样一个混账东西呢？这是主为每个像我这样的人安排的，您哪，因为像我这样的人也总得有人来疼，有人来爱呀，您哪……"

"唉，这可是千真万确的啊！"阿廖沙感慨系之地说。

"得啦，别耍活宝啦，随便来了个混账东西，您就让我们出乖露丑！"站在窗口的那姑娘带着一种厌恶和鄙夷不屑的神态，猛地向父亲叫道。

"请少安毋躁嘛，瓦尔瓦拉·尼古拉耶芙娜，请允许我把活宝耍到底。"父亲向她喝道，虽然声调是命令式的，但是他却十分赞许地望着她。"我们大家都是这脾气，您哪。"他又转身面向阿廖沙。

"自然界的万事万物，
都休想得到他的祝福。[1]

_____

1 引自普希金的诗《恶魔》(一八二三)。

就是说，这里应当用阴性：都休想得到她的祝福，您哪。但是现在请允许我把您介绍给内人：这位是阿林娜·彼得罗芙娜，是一位无脚太太，您哪，四十二三岁，脚倒能走，但是走不了几步。出身平民，您哪。阿林娜·彼得罗芙娜，请赏个脸：这位是阿列克谢·费奥多罗维奇·卡拉马佐夫。请您站起来，阿列克谢·费奥多罗维奇！"他抓住他的一只手，把他猛地拉了起来，后者甚至都料想不到他的力气会这么大。"把您介绍给一位太太，就应当站起来嘛，您哪。孩子他妈，不是那个卡拉马佐夫，就是……嗯，等等再说吧，而是他的弟弟，一位非常温文尔雅的人。请允许我，阿林娜·彼得罗芙娜，请允许我，孩子他妈，请允许我亲吻一下您的玉手。"

于是他恭敬而且温柔地亲吻了一下夫人的手。站在窗口的那姑娘愤愤然扭过身去，背对着这一场面，可是夫人那既高傲而又充满疑问的脸忽然露出异常亲切的表情。

"您好，请坐，契尔诺马佐夫先生。"她说。

"卡拉马佐夫，孩子他妈，卡拉马佐夫（我们出身平民，您哪）。"他又悄声道。

"什么卡拉马佐夫不卡拉马佐夫的，可我一直管这叫契尔诺马佐夫[1]……请坐，他干吗要把您硬拉起来呢？他说无脚太太，脚倒是有的，不过肿得像水桶，而我整个人也干瘪了。从前呀，我可胖啦，可现在，倒像吞了根绣花针似的……"

"我们是平民出身，平民出身，您哪。"上尉又再次提醒。

"爸爸，啊呀，爸爸呀！"那个驼背姑娘突然说道，在此以前她一直坐在椅子上一言不发，现在却突然用手帕捂住了两眼。

"小丑！"站在窗口的那姑娘冷不丁地说道。

---

1 卡拉马佐夫（Карамазов）中的"卡拉"二音，在突厥—鞑靼语中意为"黑"，意译成俄语，就变成"契尔诺"（черно），故有此说。作者是在西伯利亚流放期间学会了某些突厥—鞑靼语的。

"您瞧，我们家也真新鲜，"妈妈摊开两手，指着两个女儿，"好像云来了；可是云一过去，又是我们那老调子。过去我们在军队的时候，我们家宾客如云。先生，我并不想跟过去比。谁爱什么人，由他爱去得了。当时助祭太太来了，说：'亚历山大·亚历山德罗维奇是个心肠非常好的好人，可是纳斯塔西娅·彼得罗芙娜却是个妖魔鬼怪。'我回答说：'萝卜青菜，各有所爱，你块儿不大，却臭气熏天。'她说：'你得给我放老实点儿。'我对她：'啊呀，你这黑刀子，你倒来教训我了！'她说：'我要放点新鲜空气进来，因为你这人嘴脏。'我又回答她：'你去问问所有的军官先生，是我嘴脏，还是另有其人？'从那时起，这事就一直搁在我心上，前些日子，我像现在这样坐在这里，看见到这里来过复活节的那位将军进来了，我问他：'怎么样，将军大人，能不能够对一位有身份的太太说要放点新鲜空气进来？'他回答说：'是的，你们这里应当把气窗或房门打开，因为你们这里的空气不新鲜。'说来说去都是老一套！我这儿的空气跟他们有什么相干？死人的气味还更难闻哩。我说：'我不想弄脏你们的空气，我去定做双鞋就走。'先生们，宝贝们，不要责备你们的亲娘！尼古拉·伊里奇，孩子他爸，我没让你过得称心如意，总算我还有个伊柳舍奇卡，他快放学了，他爱我。昨天还给我带回来一个苹果。对不起，先生们，对不起，宝贝们，请你们原谅你们的亲娘，原谅我这个孤老婆子，你们为什么觉得我的气味难闻呢！"

接着这可怜的女人忽然号啕大哭起来，泪如雨下。上尉马上一个箭步向她跑了过去。

"孩子他妈，孩子他妈，宝贝儿，好啦好啦！你并不孤苦伶仃。大家都爱你，大家都疼你！"于是他又开始亲吻她的两手，并且伸出手去温柔地抚摩她的脸蛋；抓起餐巾，又忽然给她擦起了脸上的泪水。阿廖沙甚至觉得他的眼里也闪烁着泪花。"哼，您看见了？"他不知怎的突然怒气冲冲地向他转过身来，用手指着那个可怜的精神失常的女人。

"我看见了，也听见了。"阿廖沙喃喃道。

"爸爸，爸爸！难道你跟他……你别理他啦，爸爸！"那小男孩在自己的床铺上微微欠起身子，用火热的目光看着父亲，忽然叫道。

"您别耍活宝啦，别出洋相啦，您那套把戏没一点用！……"瓦尔瓦拉·尼古拉耶芙娜气极了，她从她那角落里叫道，甚至还跺了跺脚。

"您这回发脾气是非常有道理的，瓦尔瓦拉·尼古拉耶芙娜，因此我立刻就来满足您的愿望。阿列克谢·费奥多罗维奇，请戴上您那帽子，而我则拿上这便帽——咱俩一块出去，您哪。我有句要紧话要告诉您，不过咱们到外边去说。那边坐着的那姑娘——是我的小女儿，名叫尼娜·尼古拉耶芙娜，我忘记给您介绍了——她是上帝派来的天使的化身……下凡来到人间……您只要懂得这点就成……"

"瞧他就跟抽风似的，一个劲儿发抖。"瓦尔瓦拉·尼古拉耶芙娜愤愤然继续道。

"而这一位，也就是现在向我跺脚，方才骂我耍活宝的姑娘——她也是上帝派来的天使的化身，她骂我耍活宝骂得在理，您哪。咱们走吧，阿列克谢·费奥多罗维奇，我得把话说完，您哪……"

于是他抓住阿廖沙的手，把他带出了房间，一直领到大街上。

七、清新空气下的反常

"这里空气清新，在我那木屋里的确很浑浊，甚至在所有方面讲都是这样。先生，咱俩先慢慢溜达。我非常希望我的话能使您感兴趣，您哪。"

"我也有件非常要紧的事想跟您谈谈……"阿廖沙说，"就是不知道怎么开口。"

"我怎么会看不出来您找我有事呢，您哪！没事您是决不会来找我的。难道您此来当真是为了告孩子的状吗？要知道，这是不可能的，您哪。既然话到嘴边，就说说这孩子吧，您哪：在家里，有些话我不便对您细说，在这里，我现在倒不妨给您描绘一下当时的情景。您知道吗，总共一星期前，我这树皮团还密一点——我说的是我这把胡子，您哪；要知道，大家管我的胡子叫树皮团，主要是小学生们叫出来的，您哪。嗯，就这样，令兄德米特里·费奥多罗维奇当时揪住了我的胡子，从小饭馆里一直拖到广场，恰好小学生们放学回家，伊柳沙也跟他们一块。他一看见我这副模样，就向我扑过来，叫道：'爸爸，爸爸！'他抓住我，搂着我，想把我夺过去，他向欺负我的那人叫道：'您放了他吧，您放了他吧，他是我爸爸，爸爸，您饶了他吧。'要知道，他就是这么叫的：'您饶了他吧'；还用他那小手抓住他，抓住他的手，抓住他揪住我胡子的那只手，吻它，您哪，当时，我还记得他那小脸蛋是怎样的，我没忘，忘不了，您哪！……"

"我起誓，"阿廖沙激动地叫道，"家兄一定会最真诚、最彻底地向您表示歉意，哪怕就在那边广场上向您下跪……我一定要让他这么做，否则我就不认他做哥哥！"

"啊，那么说，原来这还只是计划。并不是他本人的意思，而仅仅是您那颗火热的心激发出来的高尚行为。您早这么说不就成了，您哪。不，既然如此，那就让我谈谈令兄当时有高度骑士之风和军官之风的高尚行为吧，因为他当时就表现了这种行为，您哪。他抓住我的树皮团，拽到广场上后就放了我，他说：'你是军官，我也是军官，如果你能找到一个正派人做你的决斗证人，就让他来找我——我一定满足你的要求。虽然你是王八蛋！'您瞧他说的这话。真富有骑士精神！当时我就跟伊柳沙走开了，而这个家族世系图就这样永远铭刻在伊柳沙的心里了。不成，我们哪能学他们那种贵族气派呢，您哪。再说，您自己想想嘛，刚才您在我那木屋里也亲眼看到了——看到什么了呢？坐着三个女的，您哪，一个瘫痪了，精神失常，另一个也瘫痪了，是驼背，第三个倒是能走动，可是人太聪明了，在高等女校上学，急着想回彼得堡，想在那儿的涅瓦河畔寻求俄国女权。至于伊柳沙，我就不说了，您哪，总共才九岁。只有我一个人单枪匹马。假如我一死——这一大家子人怎么办呢！我想问您的只有这一点，您哪。既然如此，假如我当真去找他决斗，他三下五除二把我打死了，那时候又该怎么办呢？那时候拿他们大家伙儿怎么办呢？如果他没把我打死，只把我打成残废，只会更糟：工作干不了，嘴倒有一张，那时候谁来喂它，喂我这张嘴呢，那时候谁又来养活这一大家子人呢？难道叫伊柳沙不去上学，每天叫他去讨饭吗？所以，找他决斗对我就意味着这个，这是一句蠢话，蠢极了，您哪。"

"他会请求您原谅的，他会在广场中央向您磕头下跪的。"阿廖沙又带着火一般燃烧的目光叫起来。

"我曾经想上法院告他，"上尉继续道，"但是您翻开我国的法典，因为遭受人身侮辱，我又能得到多大赔偿呢，您哪？就在这时候阿格拉费娜·亚历山德罗芙娜突然把我叫了去，向我嚷嚷道：'你休想！如果你上法院告他，我就会让全世界知道他打你是因为你诈骗，到时候就把你本人押上法庭。'其实只有主才知道，这诈骗是谁唆使的，我这小卒子又是听从谁的命令行事的——不就是根据她和费奥多尔·帕夫洛维奇的指示吗？她又补充道：'再说，我要永远让你滚蛋，从今往后，你休想在我这里挣到一个戈比。我还要告诉我那掌柜的（她总是管那老头叫我那掌柜的），他也会让你滚蛋的。'因此我想，要是那掌柜的也让我滚蛋，那我还能上哪儿挣钱糊口呢？要知道，我剩下的主顾就只有他们俩了，因为令尊费奥多尔·帕夫洛维奇由于一件不相干的事不仅不再信任我了，而且因为他手里捏着我的收据，他自己还想把我拽上法庭哩。有鉴于此，我只好偃旗息鼓了，先生，您也看见我那一大家子人了，您哪。现在我倒要请问：他今天把您的手指咬得很疼吗？我是说伊柳沙。在我那'公馆'里，当着他的面，我没敢细问。"

"是的，很疼，而且他火气很大。他是把我当作卡拉马佐夫家的人替您报仇的，这点我现在清楚了。但是您没看见他是怎样跟同学们扔石头打仗的。这很危险，他们会把他打死的，他们是孩子，不懂事，石头飞过来，会打开脑袋的。"

"实际上已经打中了，不是打在脑袋上，而是打中了胸脯，离心脏稍高一点，今天被石头打的，一块青紫，您哪，回来后就哭，不断叫疼，于是就病倒了。"

"您知道吗，他在那里是头一个动手的，一个人攻打所有的人，他是替您恨他们，他们告诉我，他今天还用铅笔刀扎了一个名叫克拉索特金的男孩，扎了他的腰……"

"这事我也听说了，很危险，您哪：克拉索特金他爸是本地一名当官的，说不定还会有麻烦，您哪……"

"我倒有个主意，"阿廖沙热烈地继续道，"在一段时间内，干脆别让他上学了，等他平静下来以后再说……等他心中的愤怒过去了……"

"愤怒，您哪！"上尉接茬儿道，"正是愤怒，您哪！人不大，怒气倒不小，您哪。您还不晓得个中的全部情况，您哪。让我来跟您专门讲个故事。问题是，在发生了这事以后，学校里的所有学生都开始戏弄他，骂他是树皮团。学校里的孩子们是一帮毫无恻隐之心的人：把他们一个个分开，都是上帝的天使，可把他们凑到一块儿，尤其在学校里，就常常变得毫无恻隐之心。他们开始戏弄他，弄得伊柳沙义愤填膺，怒不可遏。如果换上一个普通孩子，一个软弱的儿子——也就逆来顺受了，因自己的父亲而感到羞耻，可这孩子却为了父亲独自起来与所有的孩子作对。为了父亲和为了正义，您哪，为了讨个公道，您哪。因为他当时心里是什么滋味，他怎样亲吻令兄的双手，怎样向他呼号：'您饶了我爸爸吧，您饶了我爸爸吧'——这滋味只有上帝知道，还有我，您哪。瞧，我们的孩子就这样——就是说，不是你们的，我是说我们的孩子，您哪，这是一些虽然被人看不起，但却是情感高尚的穷人家的孩子，您哪，虽然只有九岁，却饱尝了人情浇薄，世态炎凉，您哪。富人家的孩子哪会尝到这种滋味呢，他们一辈子也不会有这么深的体会，而我的伊柳沙，在广场上的那一刻，当他亲吻他的手的时候，弱肉强食，世态炎凉就全尝遍了。这道理一进入他的心田，就使他备感压抑，永远抬不起头来，您哪。"上尉热烈地说道，仿佛又处于一种迷狂状态，他说罢伸出右拳猛击了一下自己的左掌，仿佛想清醒地说明这苦涩的"人情冷暖"怎样使伊柳沙备感压抑，抬不起头来似的。"他当天就发起了高烧，忽冷忽热，整夜说胡话。那天一整天他跟我都很少说话，甚至一声不吭，不过我注意到：他从他那个角落里时不时看着我，而大部分时间则趴在窗口，假装学习功课的样子，可是我看见，他脑子里想的根本不是功课。第二天我借酒浇愁，喝得烂醉如泥，人事不省，真作孽呀。孩子他妈也哭起来，您哪——我很爱我那老伴——可是心里憋得难受，就把最后几文钱拿去一醉方休了，您哪。您不要看不起我，先生：在俄罗斯喝醉酒的人是最最善良的人。我国最善良的人也就是喝得烂醉如泥的人。我醉倒在床上，伊柳沙那天的情形我就记不大清楚了，也就是在那天，从一大早起，孩子们就在学校里取笑他，向他嚷嚷：'树皮团，人家揪住你父亲的树皮团把他从小饭馆里拽出来，你还在旁边跑，向人家求饶。'第三天，他又从学校回来，我一看——他面如土色，一点血色也没有。我问他你怎么了？他不吭声。唉，在我们那'公馆'里是没法说话的，一说话，孩子他妈和两个姑娘就会插嘴——其实两个姑娘早知道了，甚至头天就全知道了。瓦尔瓦拉·尼古拉耶芙娜已经开始唠叨：'小丑，活宝，难道你们还能做出什么聪明的事情来吗？'我说：'您说得对，瓦尔瓦拉·尼古拉耶芙娜，难道我们还能做出什么聪明的事情来吗？'这次我就这样搪塞过去了。一到傍晚，我就把我那孩子带出去散步。不瞒您说，还在发生这事以前，每天晚上，我跟我那孩子也常常出去散步，我们走的道就跟咱俩现在走的一样，从我们家的栅栏门一直到那边有块大石头的地方，也就是那边路上挨着篱笆孤零零地立着的那块石头，也就是从那儿开始有一片本城的牧场：这地方虽然荒凉，但非常美。我跟伊柳沙走着，我照例拉着他的小手；他的手很小，手指很细，而且冰凉冰凉的——要知道，他胸部有毛病。他叫我：'爸爸，爸爸！'我问他：'什么事儿？'我看到他的眼睛在发光。'爸爸，他当时打你打得多凶呀，爸爸！'我说：'有什么办法呢，伊柳沙。''别轻饶了他。同学们说，他打了你，给你十卢布就算了啦。'我说：'不，伊柳沙，我现在无论如何不会拿他的钱的。'于是他就开始浑身发抖，伸出两只小手抓住我的手，又亲吻起来。他说：'爸爸，爸爸，找他决斗，学校里有人气我，说你是胆小鬼，不敢跟他决斗，可是给你十个卢布，您肯定会收下的。''伊柳沙，我没法找他决斗呀。'我答道，于是我就简要地把我刚才跟您说过的话跟他说了一遍。他听完后说：'爸爸，爸爸，即使这样，也不要轻饶了他；等我长大了，我自己找他决斗，杀死他！'他说时两眼发光，在燃烧。唉，话虽这么说，我毕竟是父亲呀，我必须告诉他做人之道。我说：'杀人是有罪的，即使决斗杀人也有罪。'他说：'爸爸，爸爸，等我长大以后，我要用自己的剑打掉他的剑，一个箭步冲上去，把他打翻在地，用剑向他一挥，对他说：我本来可以立刻杀死你，但是饶了你，先给你点颜色瞧瞧！'您瞧，您瞧，先生，这两天，他那小脑瓜里在想什么呀，他日日夜夜想的就是怎样拔剑在手，替我报仇，他夜里说胡话想必也是说的这事，您哪。不过他放学回来被人打了，而且打得很疼，前天我就全知道了，而且您说得也对，今后我不能让他再去那所学校上学了。我打听到，他一个人居然跟全年级作对，主动向全体同学挑战，他义愤填膺，心在燃烧——我一听说这事，就替他捏把汗。有一回，我们又去散步。他问我：'爸爸，爸爸，难道有钱人是世界上最厉害的人吗？'我说：'是的，伊柳沙，世界上没有比有钱人更厉害的了。'他说：'爸爸，我要发财，我要当军官，我要打败所有的人，沙皇将会褒奖我，我一出现，就没人敢欺侮爸爸了。'然后他沉默片刻，又说道（他的嘴唇依旧在抖动）：'爸爸，咱们这县城多差劲呀，爸爸！'我说：'是的，伊柳舍奇卡，我们这座县城是不很好。'他说：'爸爸，咱们搬到别的城市去吧，搬到一个好城市去，那儿谁也不认识咱们。'我说：'好吧，咱们搬，咱们一定搬，伊柳沙，不过得攒钱。'我很高兴能有这样的机会使他分心，不再去想那些令人不快的心事，于是我就开始跟他一起幻想，我们怎么搬到另一座城市去，我们先买一匹马和一辆大车。让妈妈和姐姐们坐在车上，给她们裹上毯子，我们则在一旁走，'间或也让你上车歇歇腿，我则在一旁步行'，因为必须爱惜自己的马，不能让大家全坐上去，于是我们就出发了。他听到这些话后高兴极了，主要是我们要有自己的马了，也能骑马玩了。大家知道，俄罗斯的孩子生来就喜欢马。[1]我们聊了很长时间，谢谢上帝，我想，我总算让他分心了，使他感到了安慰。这还是前天晚上的事，昨天晚上情况就变

---

1 据作者夫人回忆，这是作者的切身体会。陀思妥耶夫斯基的长子费佳非常喜欢马，因此他老跟他讲马的故事。

了。一早他又到那所学校里去上学了，回家的时候脸色阴沉，一副闷闷不乐的样子。晚上，我拉着他的手，带他出去散步，他不说话，一言不发。当时起风了，太阳已经西沉，秋气肃杀，天色渐黑——我们走着，我俩都无精打采。我说：'孩子，咱俩怎么收拾东西准备动身呢？'我想把他引到昨天的话题上去。他不说话。我只觉得他的手指在我的手掌中哆嗦了一下。我想，哎呀，不好，一定有新情况。我们像现在这样一直走到这块石头的旁边，我在这块石头上坐了下来，天上正在放风筝，发出嗡嗡嘤嘤和噼噼啪啪的声音，放眼看去，可以看到二三十只风筝。正赶上放风筝的季节，您哪。我说：'伊柳沙，咱们也该放放去年做的那只风筝了。我来把风筝修理一下，你把它藏哪啦？'我那孩子还是不做声，眼睛看着一边，站在那儿，向我侧过了身子。这时突然风声大作，飞沙走石……他整个人猛地扑到我的怀里，两只小手搂住我的脖子，搂得紧紧的。您知道吗，大凡沉默寡言而又十分骄傲的孩子，他们能够长时间把眼泪憋在心里，可是一旦碰到大的伤心事，他们的眼泪就会突然冲决出来，不是简单的眼泪汪汪，而是像一条条小溪似的飞溅而出，您哪。他那飞溅的热泪一下子打湿了我的整张脸。他像抽风似的号啕大哭，全身哆嗦，紧紧偎依着我，我坐在石头上。他叫道：'好爸爸，好爸爸，亲爱的好爸爸，他多么卑鄙地侮辱了你呀！'这时我也痛哭失声，您哪，我们俩浑身发抖，抱头大哭。他喊道：'好爸爸，好爸爸！'我也向他说道：'伊柳沙，伊柳舍奇卡！'当时谁也没看见我们，只有上帝看见了，也许会给我填上记事簿的，您哪。阿列克谢·费奥多罗维奇，谢谢令兄。不，我决不会为了让您出气去揍我的孩子的，您哪！"

他最后又用上了方才用过的那种冷嘲热讽和装疯卖傻的语调。尽管如此，阿廖沙感到，他已经开始信任他了，如果不是他，而是另外一个人，他决不会跟这个人这样"说话"的，也决不会告诉这人他现在说的这些内容的。这鼓舞了阿廖沙——他的心在哆嗦，想与他同声一哭。

"啊，我多么愿意与令郎言归于好啊！"他动情地说。"如果您能够安排一下。"

"这话在理，您哪。"上尉咕哝道。

"但是现在先不谈这个，还完全谈不上这个，您听我说，"阿廖沙继续动情地说道，"您听我说！我受人之托，有一事相求：我那长兄，我那德米特里·费奥多罗维奇也侮辱了自己的未婚妻，一位非常高尚的姑娘，关于她，您大概听说了。我有权向您公开她所受的侮辱，我甚至应当这么做，因为她一听到您受了欺负，一听到您的不幸处境，就立刻托我……就在不多久以前……替她给您送来这笔救济……不过这仅仅是她一个人给的，与德米特里无关（德米特里也抛弃了她），绝对不是他给的，而且也不是我——他的弟弟给的，也不是其他任何人给的，而是她给的！她恳求您接受她的这点帮助……你们俩受到同一个人的欺负……当她受到他给予的同样的欺负时（就受到欺负的程度而言），她才想起了您！这意味着，妹妹想帮助哥哥……她托我务必劝您收下她的这笔钱，一共二百卢布，是妹妹给哥哥的。任何人也不会知道这事，任何没有道理的流言蜚语都不可能发生……这就是那二百卢布，您务必要收下这钱，否则，我发誓……否则的话，这么一来，世界上大家就只能彼此敌对了！但是，要知道，世界上彼此亲如兄弟的人多的是……您有一颗高尚的心……您是应该，应该明白这道理的！……"

阿廖沙说罢便递给他两张崭新的，一百卢布一张的花票子。当时他俩就站在那块大石头旁边，挨着栅栏墙，而周围没一个人。这两张钞票似乎对上尉产生了可怕的影响：他打了个寒战，但是起先好像仅仅出于惊奇：他做梦也没想到会出现这样的事，这样的结局是他压根没料到的。居然会有人慷慨解囊，而且又是这么一大笔钱，这是他连做梦也没有想到的。他接过票子，约有一分钟，几乎连话也说不上来了，他脸上掠过一丝新的表情。

"这给我，给我吗，这么多钱，二百卢布！天哪！我已经整整四年没看到这么多钱了，主啊！而且说这是妹妹给的……此话当真，当真吗？"

"我向您发誓，我告诉您的一切都是真的！"阿廖沙叫了起来。上尉一阵脸红。

"您听我说，亲爱的，您听我说，要是我收下这笔钱，我不会太卑鄙吗？阿列克谢·费奥多罗维奇，在您眼里，我不会，我不会太卑鄙吗？不，阿列克谢·费奥多罗维奇，您听我说，您听我说嘛，"他急匆匆地说道，还不时伸出两手碰一碰阿廖沙，"您劝我收下这笔钱的时候，虽然嘴上说这是妹妹给的，可是，要是我当真收下来的话，您心里，您私心深处会不会看不起我呢？"

"决不会的，决不会的！我用我的出家修行向您起誓，决不会的！而且任何人任何时候都不会知道这事，只有我们：您和我，还有她，还有一位太太，她的好朋友……"

"那位太太也没什么！您听我说，阿列克谢·费奥多罗维奇，您听我说，要知道，现在到了这样的时刻，您非听听我的想法不可，因为您甚至想象不到，这二百卢布现在对于我有多重要。"这个可怜的人儿继续说道，渐渐进入一种语无伦次、近乎古怪的狂喜状态。似乎被弄糊涂了，话说得非常急促、匆忙，似乎害怕人家不让他把话说完似的。"除了这是光明正大地得来的，是一位非常可敬和圣洁的'妹妹'赠送的以外，您知道吗，我现在可以给孩子他妈和尼诺奇卡（我那驼背的天使，我那小女儿）治病啦！赫尔岑什图勃大夫，由于他心肠好，曾经来我家给她们俩检查过整整一小时，他说：'莫名其妙。'话虽这么说，他还是给开了矿泉水（矿泉水在本城药房里有售，无疑会给她带来好处）和洗脚用的药水。矿泉水

293

是三十戈比一罐，必须喝大约四十罐。所以我只好把这药方放到圣像下的搁板上，现在还在那儿放着。他还开了一张方子让尼诺奇卡在一种浴液里洗澡，掺上热水，进行浴疗，每日早晚两次，但是我们哪能进行这样的治疗呢？我们家，在我们那间斗室里，既没有用人，又没有帮忙的人，既没有澡盆，又没有热水。而尼诺奇卡浑身上下都有风湿病，我还没把这事告诉您哩，每到夜里，她的整个右半身都疼，难受极了，可是您信不信，她是上帝派来的天使，硬挺着，不让我们着急，也不哼哼，就怕吵醒了我们。我们是有什么吃什么，弄到什么吃什么，可是她从来只拿最后剩下的、只配扔给狗吃的一小块，她这样做似乎在说：'我不配吃这块东西，我剥了你们的份儿，我成了你们的累赘。'她那天使般的目光想表露的就是这意思。我们侍候她，可她觉得过意不去：'我不配你们这样待我，我不配，我是一个毫无价值的残废人，没一点用处。'——她哪会不配呢，您哪，她用她那天使般的温柔替我们大家向上帝祈祷，没有她，没有她那平静的祷告词，我们家非变成地狱不可，她甚至使瓦里娅[1]的心也软了下来。至于瓦尔瓦拉·尼古拉耶芙娜，您也不要对她求全责备，她也是天使，她也受尽了委屈。夏天她回来看我们，她身边有十六个卢布，是做家教挣来的，本来想攒起来做路费，预备在九月份，也就是现在，拿这钱回彼得堡去。可是我们把她的钱都花光了，她现在已经没盘缠回学校去了，就这么回事，您哪。再说她也回不去了，因为她像个苦役犯似的在替我们干活——我们把她像匹驽马似的套上车，驮上鞍，她什么活都干，缝缝补补，洗洗涮涮，扫地呀，扶她妈上床呀，而她妈又十分任性，爱哭哭啼啼，她妈又是疯子……因此现在有了这二百卢布我就可以雇个用人了，您哪，您明白吗，阿列克谢·费奥多罗维奇，我就可以想办法给亲

---

1 瓦尔瓦拉的小名。

爱的人儿看病了，我就可以让我那女学生到彼得堡去上学了，您哪，我就可以买牛肉了，我就可以给我们的饭菜换换花样了，您哪。主啊，这可是我的梦想啊！”

阿廖沙看到自己给他带来那么多欢乐，而且这可怜的人也同意享受这欢乐，他高兴极了。

“等等，阿列克谢·费奥多罗维奇，等等，”上尉又抓住一个他脑中突然出现的新的幻想，用一种近乎癫狂的急促的语调，像爆豆般说道，“您知道吗，我跟伊柳什卡或许当真能实现我们的幻想也说不定：买一匹马，买一辆车，这马必须是黑色的，他说一定要买匹黑马，[1]这样我们就可以出发了，就像我俩前天描绘的那样。我在 K省有位熟悉的律师，是我的总角之交，您哪，他托一个可靠的人捎信给我，说，假如我去，他一定在他的办事处给我找个书记员的位置什么的，可不是吗，谁知道呢，也许他会给的……这样我们就可以让孩子他妈坐上车，让尼诺奇卡坐上车，再让伊柳舍奇卡坐上去赶车，而我则在一旁步行，步行，让大家坐车走，您哪……主啊，我有一笔要不回来的小债，如果能拿到手的话，也许，甚至这样安排也够用啦，您哪！”

“准够，准够！”阿廖沙激动地叫道，“卡捷琳娜·伊万诺芙娜还可以再送给您一点钱，要多少都成，您知道吗，我也有钱，您要多少都成，就当是一个弟弟给的，一个朋友给的，以后您还我好了……（您会发财的，您会发财的！）要知道，您想搬到另一个省去，您再也想不出比这更好的主意啦。这样，你们就有救啦，主要是您那儿子有救啦——要知道，要快，赶在冬天之前，赶在天冷之前，到那里以后给我们来封信，我们应当保持兄弟关系……不，这不是幻想！”

---

1 据作者夫人回忆，这也是陀思妥耶夫斯基长子费佳的要求：一定要买匹黑马。

阿廖沙真想拥抱他，他太满意了。但是，他看了他一眼，突然打住了：上尉站着，伸长了脖子，噘起了嘴唇，面色苍白，处于一种迷狂状态，嘴唇在动，在悄悄地念念有词，好像他有什么话要说；但是又听不见声音，可是他不停地嚅动着嘴唇，使人感到有点纳闷。

"您怎么啦！"阿廖沙不知怎么突然打了个寒噤。

"阿列克谢·费奥多罗维奇……我……您……"上尉支支吾吾，欲言又止，奇奇怪怪地紧盯着他，那模样就像下决心要从山上跳下去似的，与此同时，他的嘴又似乎在笑，"我……您……要不要我马上给您变个戏法，您哪！"他突然用一种急促而又坚定的语调悄声道，他的话已经不再断断续续了。

"什么戏法？"

"戏法，是这么一种戏法。"上尉一直在悄声絮语；他的嘴歪到了左边，左眼眯起，他目不转睛地盯着阿廖沙，仿佛眼睛铆在了他身上似的。

"您倒是怎么啦，您要变什么戏法？"阿廖沙非常害怕地叫道。

"是这么一种戏法，瞧！"上尉突然尖叫道。

他向他举起那两张花票子（在整个谈话过程中，他一直用右手的拇指和食指捏着这两张钞票的一角），突然恶狠狠地把这两张钞票一把握住，揉成一团，并紧紧地握在右手的手掌之中。

"您看见了吧，看见了吧，您哪！"他向阿廖沙发出一声尖叫，脸色苍白，几近狂乱，他猛地举起拳头，使劲一挥手，把两张揉皱了的钞票扔到沙地上，"您看见了吧，您哪？"他又发出一声尖叫，用手指着钞票，"这就是我要变的戏法，您哪！……"

他又猛地抬起右脚，恶狠狠地冲过去用脚踩它，每踩一下就发出一声呐喊，呼哧呼哧地直喘气。

"这就是你们的钱！这就是你们的钱！这就是你们的钱！这就

是你们的钱，您哪！"他突然后退一步，在阿廖沙面前挺直了腰杆。他的整个外貌都表现出一种说不出的高傲。

"请告知打发您来的那些人，树皮团决不出卖自己的人格，您哪！"他向上举起一只手，叫道。接着便迅速转过身去，拔腿飞跑；但是他还没跑完五步，又全身转过来，突然向阿廖沙挥了挥手，以示告别。但是，他又没跑完五步，又最后一次回过头来，但是这一回脸上已没有了苦笑，而是相反，泣不成声，泪流满面。他用断断续续的、上气不接下气的像急促的哭声喊道：

"要是我不顾廉耻，拿了你们的钱，我怎么向我的儿子交代呢？"他说完这话就拔腿飞跑，这次是再也没有回头。阿廖沙以一种说不出的苦涩望着他的背影。噢，他明白了，这名上尉直到最后一刹那也不知道，他会把钞票揉成一团扔掉。他跑了，一次也没有回头，阿廖沙也早料到他决不会回头。他也不想去追他和叫他回来，他知道他为什么要这样。当上尉跑得看不见了的时候，阿廖沙把两张钞票捡了起来。钞票只是被揉得很皱，踩扁了，踩进了沙子，但是还完好无损，甚至当阿廖沙把它们抻开、抚平的时候，还跟新的一样，发出窸窸窣窣的响声。他把钞票抚平，折好后塞进了口袋，便去向卡捷琳娜·伊万诺芙娜报告他此行的结果。

第五卷
赞成和反对[1]

一、婚　约

霍赫拉科娃太太又是头一个出来迎接阿廖沙。她慌慌张张，因为出了一件要紧事：卡捷琳娜·伊万诺芙娜闹了半天歇斯底里，最后昏厥了过去，接着又出现了"可怕而又可怖的虚弱，她躺下来，一翻白眼就说起了胡话。现在发起了高烧，去请赫尔岑什图勃大夫，又派人去请两位姨妈。两位姨妈已经来了，可是赫尔岑什图勃还没来。大家都坐在她的房间里等着。肯定要出事，可她昏迷不醒。要是得了热病就糟啦"！

霍赫拉科娃太太在大惊小怪地说这些话的时候，神态严肃，十分慌张："这可了不得啦，了不得啦！"她每说一句话都要加上这声感叹，好像她从前碰到过的一切都没什么了不得似的。阿廖沙苦涩地听她说完了，便开始向她叙说他今天遇到的事，但是刚说几句，

---

1 原文是拉丁文。

她就把他的话打断了：她没工夫听他讲，她请他先到Lise房间里去坐坐，在那儿等她。

"最最亲爱的阿列克谢·费奥多罗维奇，Lise，"她几乎耳语似的向他悄声道，"Lise刚才的表现真让我感到惊讶，同时也让我十分感动，因此我心里已经完全原谅她了。您想，您刚走，她就忽然真诚地开始忏悔了，说她昨天和今天不该取笑您。其实她也没有取笑您，不过开开玩笑罢了。但是她却悔恨不已，几乎流了眼泪，因此我感到很惊讶。过去，她取笑我的时候，从来就没正儿八经地表示过忏悔，对一切付之一笑也就完了。然而您是知道的，她时不时地取笑我。可现在她却一本正经，现在干什么都一本正经。她非常看重您的意见，阿列克谢·费奥多罗维奇，如果可以的话，请您不要见怪，也不要对她苛求。我自己就常常原谅她，不把她的话放在心上，因为她是那么聪明——您信不信？她刚才还说您是她的总角之交，'我小时候最要好的朋友'，您想想这话，最要好的，那我呢？在这方面，她的感情是非常认真的，甚至回忆也是，主要是这些句子和这些话，这些话太出人意料了，因此你简直意想不到，而这是突然蹦出来的。比如不久前我们谈起松树：在她很小很小的时候，我们家的花园里曾经有一棵松树，也许现在还在那里，因此根本不必说'曾经'二字。松树不是人，松树是常年不变的，阿列克谢·费奥多罗维奇。她说：'妈妈，我记得这棵松树，如在梦中'——就是说'松树，如在梦中'[1]——她说的可能略有不同，因为这话有点绕口，松树这词本来很普通，可经她一说，却有了新意，我简直没法学给您听。再说我也全忘了。好了，再见，我受了极大震动，会发疯也说不定。啊，阿列克谢·费奥多罗维奇，我这辈子发过两次疯，后来治好了。快到Lise那边去吧。让她振作起来，就像您平常

---

[1] 原文 "сосна，как со сна"，"松树"与"梦中"完全谐音，汉语无法表达，只能以意译之。

做到的那样，您有这本领，您一向做得很好。Lise，"她走到她房门口，叫道，"我把受尽你欺负的阿列克谢·费奥多罗维奇领来了，告诉你吧，他一点也不生气，相反，他感到奇怪，你怎么会有这种想法的！"

"Merci，maman[1]，请进，阿列克谢·费奥多罗维奇。"

阿廖沙进去了。Lise的神态有点羞人答答，忽然满脸涨得通红。她分明对什么事情感到难为情，因此像往常一样，遇到这种情形后就立即唧唧喳喳地顾左右而言他，好像只有这件不相干的事才是她当前最感兴趣的。

"阿列克谢·费奥多罗维奇，妈妈刚才忽然把那二百卢布的事，以及拜托您……去找那个可怜的军官的事告诉我了……她还把关于他怎么受人欺负的那个可怕的故事原原本本地告诉了我，您知道吗，虽然妈妈说得东一榔头西一棒槌……颠三倒四……我听着听着还是哭了。怎么样，结果怎么样，您把这钱交给他了吗，现在这个不幸的人怎么样了呢？……"

"问题就在于钱没有交成，这事说来话长。"阿廖沙回答，似乎最令他懊恼的也是没能够把钱交成，然而Lise却十分清楚地注意到，他的两眼望着一边，也分明在顾左右而言他。阿列克谢在桌旁坐了下来，开始从头讲起，但是刚说了不多几句，他就完全不觉得尴尬了，讲着讲着使Lise也听入了迷。他是在强烈的感情和不久前受到的异乎寻常的印象的支配下说这番话的，因此他说得既生动又详细。还在过去，还在莫斯科的时候，还在Lise小时候，他就爱常常到她家去，有时讲刚刚发生的事，有时讲他读过的书，有时则讲他度过的童年。有时甚至于两人在一起幻想，两人在一起编故事，但这些故事大部分是快乐的和可笑的。现在他俩好像又忽然回到了两年前

---

1 法语：谢谢，妈妈。

的莫斯科时代。Lise被他的故事深深打动了。阿廖沙以热烈的感情在她面前描绘了一个伊柳舍奇卡的生动形象。当他详详细细地说完了那个不幸的人怎样踩钱的场面后，Lise举起两手一拍，情不自禁地叫道：

"您竟没有把钱再交给他，您竟让他就这么跑了！我的上帝，您起码应当亲自去追他呀，应当追上他呀……"

"不，Lise，我还是不追他的好。"阿廖沙说，说罢他从椅子上站起来，心事重重地在房间里踱了一会儿步。

"怎么好啦，好什么呀？现在他们没有面包吃，会饿死的！"

"饿不死的，因为这二百卢布到头来还得归他们。明天他反正会收下这笔钱的。他明天肯定会收下的。"阿廖沙说，在沉思中踱着步。"您知道吗，Lise，"他走到她面前忽然停下来，继续道，"我自己在这事上犯了个错误，不过正是这错误有可能使情况好转。"

"什么错误？为什么能使情况好转呢？"

"是这样的，因为这人胆小，性格软弱。他受尽生活的煎熬而又为人十分善良。我现在一直在琢磨：到底是什么使他突然气不打一处来，用脚拼命踩这钱的呢，因为，实话告诉您吧，他到最后一刹那都不曾想到他会用脚去拼命踩钱。我总觉得，他生气的原因是多方面的……而且处在他这种境地也不能不这样……第一，他生气的是，当着我的面，他对这钱表现得太高兴了，而且在我面前没有掩饰他的高兴。如果他虽然高兴，可是并不很高兴，并没有喜形于色，而是像别人一样装腔作势，一面把钱收下，一面又做出勉为其难的样子，如果是这样，他倒还能够咬咬牙收下来，可是他太实在了，竟大喜过望，这就让他觉得可气了。啊，Lise，他是一个老实本分而又善良的人，在这类情况下，他吃亏也就吃亏在这儿！他说话的时候，声音很低，有气无力，而且又讲得很快，老是嘿嘿地笑，要不就哭……他真的哭了，他太高兴啦……他还讲到自己的女儿……

讲到在另一个城市里人家可能会给他个位置……他向我刚一吐露心曲，又立刻因为向我倾吐衷肠而感到羞愧。因此他又立刻开始恨我。而他是一个非常有羞耻心的穷人。最要紧的是，他太匆忙地把我当作了他的朋友，太快就向我投降了，他对这事感到很恼火，不多一会儿前，他还在气势汹汹地向我兴师问罪，吓唬我呢，可是刚一看到钱就忽然拥抱起我来了。因为他确实拥抱了我，不断用手拍我的肩膀。正因为他采取了这一姿态，他才感到这样做太低下了，而我又偏巧在这时候犯了这个错误，一个很重大的错误：我忽然对他说，如果他要搬到另一个城市去，路费不够的话，还可以再给他，甚至我也可以给他，我也有钱，而且给多少都行。正是这一点使他陡然吃了一惊，他想，干吗我也硬要跳出来帮助他呢？您知道吗，Lise，当大家都这样看一个受尽侮辱的人并以他的恩人自居的时候，这对于一个受尽侮辱的人是非常难堪的……这话我是听人家说的，是长老告诉我的。我不知道应该怎么表达这意思，但是我自己也常常看到这情况。对此我也深有体会。而最要紧的是，他虽然到最后一刹那都不知道他会拼命踩这两张钞票，但是他毕竟预感到了这一点，这是肯定的。因为他那时激动的情绪是那么强烈，所以他还是预感到的……虽然这一切是那么糟糕，但毕竟有可能好转。我甚至这样想，这事大有希望，甚至再好不过了……"

"为什么，为什么再好不过了呢？"Lise十分诧异地望着阿廖沙，大惊小怪地问道。

"Lise，因为，如果他不拼命踩，而是收下这笔钱，那他回到家，过了这么一小时，他就会痛哭自己太犯贱了，结果一定会是这样的。他一定会痛哭流涕，说不定明天一早就会来找我，也许还会把钞票掷还给我，而且还会像今天这样用脚拼命去踩。而现在他骄傲而胜利地走了，虽然他也知道，他这样做'毁了他自己'。这么一来，现在就容易得多了，至多明天我们就可以让他收下这二百卢布了，因为他已经证明了自己的高尚人格，钱扔过了，也拼命踩过了……当他踩的时候，他不可能知道我明天还会把钱给他送回去。话又说回来，他非常需要这钱。虽然他现在很高傲，可是他甚至在今天就会想到他毕竟失去了一笔多大的救济啊。半夜，还会觉得更惋惜，做梦都会梦见它，而到明天早晨，说不定他就准备跑来找我，请求我原谅了。而我也正好在这时出现了。我说：'您是一个高傲的人，您用自己的行动证明了这点，但现在就请您收下吧，请原谅我们的冒昧。'那时他准收下！"

阿廖沙陶醉般地说道："那时他准收下！"Lise高兴得拍起手来。

"啊，这倒是真的，啊，这道理我一下子全明白啦！啊，阿廖沙，这一切您怎么会知道的呢？您这么年轻就知道人家心里在想什么……我是永远也想不出这种道道来的……"

"最要紧的是现在必须先说服他，让他相信，尽管他拿了我们的钱，他跟我们大家也是平等的，"阿廖沙自我陶醉地继续道，"不仅平等，甚至还站得比我们高……"

"'还站得比我们高'——太棒了，阿列克谢·费奥多罗维奇，但是，您说下去，说下去呀！"

"不过……关于站得更高的问题……我可能说得不对……不过，这不要紧，因为……"

"啊，不要紧，不要紧，当然不要紧！对不起，阿廖沙，亲爱的……您知道吗，迄今为止，我几乎不尊敬您……就是说尊敬是尊敬的，不过彼此平等，而现在因为您站得高，我会更尊敬您的……亲爱的，请别生气，我又'说俏皮话'了。"她立刻热情奔放地接着说道，"我这人可笑，年纪又小，但是您，您……我说阿列克谢·费奥多罗维奇，在我们谈论的所有这些话里，就是说在您谈的……不，还是说在我们谈的话里，有没有包含着对他，对这个不幸人的轻蔑呢……我是说，我们现在这么分析他的心理，好像有点儿高高在上似的，是不是？而且我们现在还这么有把握地认定，他一定会把钱收下，对不？"

"不，Lise，我们没有小看他的意思，"阿廖沙坚定地答道，好像对这个问题早有所准备了似的，"我到这里来的时候就曾想过这个问题。您想想，这有什么小看不小看的呢，因为我们也同他一样，大家都同他一模一样。因为我们也是同他一样的人，并不见得好些。即使略微好些吧，如果我们处在他的地位，也会跟他一样的……我不知道您怎么样，Lise，但是我扪心自问，我在许多方面灵魂是渺小的。可是他的灵魂并不渺小，相反，非常温文尔雅……不。Lise，这对他没有任何小看的意思！您知道吗，Lise，我那长老有一次说过：对人应当像对孩子一样小心谨慎，而对有些人则应加倍小心，就像侍候医院里的病人一样……"

"啊，阿列克谢·费奥多罗维奇，啊，亲爱的，让咱们就像侍候病人一样对待他人吧！"

"好，Lise，我一定这么做，不过我不见得一定能做好；有时候我显得很不耐烦，有时候又分不清是非。您就不一样。"

"啊，我不信！阿列克谢·费奥多罗维奇，我多幸福啊！"

"这话您说得多好啊，Lise。"

"阿列克谢·费奥多罗维奇，您太好啦，但是有时候您像个书呆子……可是再一看，根本不是书呆子。您到门口去看看，把门轻轻推开，看妈妈是不是在偷听。"Lise突然用一种神经质的、急促的低语悄声道。

阿廖沙去了，把门推开了一点，然后说，没人偷听。

"走近点，到这儿来，阿列克谢·费奥多罗维奇，"Lise继续道，面孔越来越红了，"把您的手给我，对，就这样。听我说，我要向您供认一件重要的事：我昨天写给您的那封信不是开玩笑，我是认真的……"

她说罢用手捂住了眼睛。看得出来，承认这样的事，她感到很害羞。她突然抓住他的手，急速地亲吻了三次。

"啊，Lise，这太好啦！"阿廖沙快乐地欢呼道。"要知道，我完全相信，您写这封信是认真的。"

"相信，您想想！"她猛地甩一下他的手，可是握着，并没松开，她满脸绯红，咯咯咯地发出幸福的娇笑，"我亲他的手，他居然说'太好啦'。"但是她的责备有欠公允：阿廖沙的心也在七上八下。

"我希望您能够永远喜欢我，Lise，但是我不知道怎样才能够做到这点。"他好不容易嘟囔出口，也羞得满脸通红。

"阿廖沙，亲爱的，您既冷淡又放肆。瞧他，他选中了我做他的夫人就心安理得了！他已经坚信我写给他的信是认真的，想得倒美！但是，要知道，这是放肆——没错！"

"我坚信难道不好吗？"阿廖沙蓦地笑道。

"啊呀，阿廖沙，恰恰相反，这太好啦。"Lise温柔而又幸福地瞟了他一眼。阿廖沙站着，他的手仍旧握在她的手里。他蓦地弯下腰，亲了亲她的嘴唇。

"这又是怎么回事？您怎么啦？"Lise一声断喝。阿廖沙完全慌了手脚。

"嗯，如果我做得不对……请您原谅。我太蠢了也说不定……您说我冷淡，因此我就冒冒失失地亲了您……不过我看得出来，这样做很蠢……"

Lise笑了，用手捂住了脸。

"而且还穿着这身衣服！"她在笑声中脱口而出，但是她猛地停止了笑，面容肃然，近乎严厉。

"我说阿廖沙，咱俩还是慢点接吻好，因为咱俩还不会干这个，而且咱俩还要等很长时间。"她蓦地下了这个结论。"您最好说说，您这么一个聪明人，这么一个既有头脑又有见地的人，怎么会看上我这么一个傻瓜，一个有病的傻丫头呢？啊，阿廖沙，我太幸福啦，因为我完全配不上您呀！"

"配得上，Lise。我不久就要彻底离开修道院了。一旦还俗就要结婚，这，我知道。而且他也是这么叮嘱我的。比您更好的人我上哪儿找去……除了您以外，谁会要我？这，我已经反复考虑过了。第一，咱俩青梅竹马；第二，您有许多我压根儿没有的才能。您的心比我活泼；主要是您比我纯洁，我已经接触了许许多多您不曾接触过的东西……啊，您不知道，我也姓卡拉马佐夫！您爱笑，也爱开玩笑，也爱笑话我，那有什么关系呢；相反，您笑好啦，我还高兴哩……但是您笑话别人的时候像个小姑娘，考虑问题却像个苦难圣徒……"

"怎么会是苦难圣徒呢？这是哪儿的话呀？"

"是的，Lise，比如说，您方才问：我们在剖析那个不幸的人的心理的时候，我是不是有小看他的意思——这就是一个苦难圣徒才会提出的问题……要知道，这话我是绝对说不出来的，但是，谁能够提出这样的问题，谁就有一颗大慈大悲的心。您现在坐在轮椅里，想必已经反复考虑过许多问题了……"

"阿廖沙，把您的手给我，干吗把手缩回去呀！"Lise用幸福得十分娇媚的声音说道。"我说阿廖沙，您一旦出了修道院穿什么，穿什么衣服呢？您别笑，也别生气，这对我非常非常重要。"

"Lise，我还没想过衣服的问题，但是，您让我穿什么我就穿什么呗。"

"我希望您穿深蓝色的天鹅绒上衣，穿白色的灯芯绒坎肩，戴灰色的长毛绒软帽……您说说，方才，当我否认我昨天写的信时，您是否当真信了，以为我不爱您？"

"不，我不信。"

"噢，这人真叫人受不了，积习难改！"

"您瞧，因为我知道您似乎是爱我的，但是我假装我相信您说的您并不爱我，这样您心里会……舒服些……"

"只会更糟，糟极了，也好极了。阿廖沙，我非常非常爱您。方才，您快进来的时候，我算了个卦：我向他索还昨天那封信，如果他若无其事地把信掏出来，还给我（这家伙难说，肯定做得出来），那就说明他压根儿不爱我，什么也感觉不出来，不过是个蠢透了的坏孩子，而我也就完了。但是您把信留在修道室了，这倒使我受到了鼓舞：该不是您预感到我会把信要回来，所以才故意把信留在修道室里可以不还我吧？对吗？是不是这样？"

"唉，Lise，根本不是这样的，要知道，信就在我身边，现在也在我身边，方才也在我身边，就放在这口袋里，这不是吗？"

阿廖沙笑嘻嘻地掏出信，远远地给她看了看。

"不过我不会把它还给您的，从我手上看看得了。"

"什么？那么说，您方才说谎了，出家人还说谎？"

"兴许说了谎，"阿廖沙也笑道，"为了不把信还给您，说了个谎。这信对我很宝贵，"他又热情洋溢地加了一句，说罢又脸红了，"我将一辈子保存它，我永远不把它交给任何人！"

Lise喜气洋洋地望着他。

"阿廖沙，"她又悄声道，"到门口去看看妈妈是不是在偷听？"

"好，Lise，我去看，不过还是不看为好，啊？干吗要疑心您妈会干这种低下的事呢？"

"怎么低下？什么低下？她偷听女儿有何动静，这是她的权利，而不是什么低下。"Lise腾地涨红了脸。"请您相信，阿列克谢·费奥多罗维奇，等我自己做了母亲，而且也有一个像我这样的女儿，那我是一定要偷听她说话的。"

"是吗，Lise？这可不好。"

"啊呀，我的上帝，这有什么低下不低下的？如果是什么普普通通的社交应酬的谈话，我偷听了，那才是低下，而现在是自己的亲生女儿跟一个年轻男子关在房间里……我说阿廖沙，给您挑明了吧，以后，我们结了婚，我也要监视您的行动，还要给您挑明的是，您的所有来往信件我都要拆看……现在先让您心里有个数……"

"是的，那自然，如果是那样的话……"阿廖沙喃喃道，"不过这不好……"

"啊呀，多么自以为了不起呀！阿廖沙，亲爱的，咱俩可不要一开头就吵架——我还是把心里话原原本本地告诉您的好：偷听人家说话，这当然很糟，我自然不对，而您是对的，不过我将来非偷听不可。"

"随您便。不过您不会发现我有什么了不起的事情的。"阿廖沙笑了起来。

"阿廖沙，您将来会对我百依百顺吗？这也是咱俩应当事先讲明的。"

"非常乐意，Lise，而且说到做到，不过不是在最主要的问题上。在最主要的问题上，如果您不同意我的做法，我还是要义无反顾地履行自己的天职的。"

"应当这样嘛。实话告诉您吧，恰恰相反，不仅在最主要的问题上，我甘心服从您，而且在一切方面我都会让着您，对此，我现在就能对您起誓——在一切方面，而且终生不渝，"Lise热烈地喊道，"而且我这样做感到高兴，感到幸福！非但如此，我还要对您起誓，将来我决不偷听您的底细，一次也不，永远也不，决不偷看您的任何一封信，因为您是对的，我不对。虽然我非常想偷听，这，我知道，但我还是不偷听，因为您认为这样做不高尚。您现在就仿佛是我的上帝……我说阿列克谢·费奥多罗维奇，您为什么这两天老闷闷不乐呢，昨天是这样，今天也是这样；我知道，您有许多麻烦，有许多灾难，但是我还是看到，除此以外，您还有一种特别的心事，也许是秘密的心事，对不？"

"是的，Lise，是有秘密的心事。"阿廖沙闷闷不乐道。"既然您猜到了这点，可见您是爱我的。"

"什么心事？关于什么？可以告诉我吗？"Lise怯怯地央求道。

"以后再告诉您，Lise……以后吧……"阿廖沙犹豫道。"现在说出来，您不见得会明白。再说，我可能自己也说不清。"

"我知道，除此以外，让您寝食不安的还有两位哥哥和父亲，对不对？"

"是的，还有两位哥哥。"阿廖沙说，似乎在沉思。

"阿廖沙，我不喜欢您那二哥伊万·费奥多罗维奇。"Lise蓦地说道。

阿廖沙听到这话后感到奇怪，但是没有接她的话茬儿。

"两个哥哥都在作践自己，"他接着自己刚才的话继续道，"父亲也一样。作践自己，还作践别人。这里有一种'土生土长的卡拉马佐夫的原始力量'，正如前些日子派西神父所说——土生土长而又狂暴肆虐，未经驯化……甚至上帝的灵是否在这股力量上巡行——我也说不清。我只知道我也姓卡拉马佐夫……我是修士，我是修士吗？Lise，我是修士吗？不多会儿前您好像说我是修士？"

"是的，说过。"

"可是说不定我连上帝都不信。"

"您不信上帝，您怎么啦？"Lise谨慎而又低声地说道。但是阿廖沙没有回答这个问题。这里，在他的这些冷不防冒出来的话里有着某种过分神秘、过分主观的东西，也许连他自己也说不清这到底是什么，但这问题无疑使他很苦恼。

"再说现在，除了这一切以外，我的朋友，一个世界上最好的好人就要离开人世了。Lise，您不知道，您不知道，我跟这人在心灵上是多么难舍难分啊！瞧，我将独自留下……我将会来到您的身边，Lise……从今以后我们将永远在一起……"

"是的，在一起，在一起！从今以后我们将永远在一起，一辈子在一起。我说，您亲亲我吧，我让您吻，让您亲。"

阿廖沙吻了吻她。

"好了，现在您走吧，基督保佑您！（她替他画了个十字。）快到他那里去吧，趁他还活着。我看得出来，我硬把您留下是太残酷了。我今天要替他和您祷告。阿廖沙，我们会幸福的！我们肯定会幸福的，会吗？"

"好像会的，Lise。"

阿廖沙从Lise那儿出来后，认为不必再去找霍赫拉科娃太太了，因此没有向她告辞，就想从她们家出去。但是他刚一拉开门，走到楼梯上，也不知道打哪儿钻出来的，在他面前赫然站着霍赫拉科娃太太。她刚说第一句话，阿廖沙就猜到她是故意在这里等他的。

"阿列克谢·费奥多罗维奇，这太可怕了。这简直是孩子气的废话，全是胡闹。我希望您不会心存幻想拿这个当真吧……蠢透了，蠢透了，蠢透了！"她气势汹汹地冲他嚷道。

"不过千万别把这话告诉她，"阿廖沙说，"要不她会着急的，现在这对她的健康有害。"

"我听到一个懂道理的年轻人的懂道理的话。我是不是应当这样来理解：您之所以同意她的要求，是因为您出于对她的病况的同情，不忍心拂她的好意而使她生气，对不对？"

"噢，不是的，完全不是的，我跟她说的话是非常认真的。"阿廖沙坚定地说。

"认真二字在这里是不可能的，也是不可思议的，所以：第一，从今以后，我将对您闭门谢客，不许您再来；第二，我要离开这里，把她带走，您要放明白点。"

"这又何苦呢，"阿廖沙说，"要知道，这又不是说办就办的事，还要等一两年也说不定。"

"啊，阿列克谢·费奥多罗维奇，这倒是实话，而且在这一两年里您会跟她争吵一千次，然后各奔东西。但是我也太倒霉啦！就算这是废话吧，毕竟伤了我的心。现在我就像最后一幕里的法穆索夫，您是恰茨基，她是索菲娅，您想想，我故意跑出来，到楼梯上来等您，要知道，那剧本里所有要命的事也都发生在楼梯上。[1]我都听见了，我差点没晕过去。原来昨天闹了一夜，方才又歇斯底里大发作，原因在这里！女儿谈恋爱，要了母亲的命。我干脆躺进棺材得了。现在谈第二件事，也是最重要的事：她给您写了一封信，这信到底是怎么回事，快把信拿出来给我看看，快！"

"不，不必了。请问，卡捷琳娜·伊万诺芙娜的身体怎么样，我很想知道。"

"还躺着，还在说胡话，一直没醒；她那两位姨妈都来了，只会唉声叹气，向我摆架子，而赫尔岑什图勃来了，他被吓成那副模样，我真不知道拿他怎么办才好，怎么才能救他这条老命，我都想去另请大夫了。后来才派人用我的马车把他送走了。这件事刚闹完又突然发生了您和那封信的事。没错，这一切还得过一两年。现在我用一切伟大和神圣事物的名义，用您那即将圆寂的长老的名义，请您把那封信拿出来给我看看，阿列克谢·费奥多罗维奇，给我，给她的母亲看看。"

"不，不能给您看，卡捷琳娜·奥西波芙娜，即使她让看，我也不让看。我明天再来，如果您愿意，我有许多话要跟您谈，而现

---

1 以上都是格里鲍耶陀夫（一七九五或一七九四——一八九二）的喜剧《智慧的痛苦》中的人物。该剧最后一幕也发生在楼梯上。

在——再见！"

说罢，阿廖沙便快步走下楼梯，上了大街。

二、斯梅尔佳科夫弹吉他

再说他也没工夫。还在他与Lise告别的时候，他头脑里就闪过一个念头，这念头就是：怎样用最巧妙的办法逮住德米特里大哥？德米特里大哥显然极力躲着他。天已经不早，已经是下午两点多了。阿廖沙虽然全身心地急着回修道院去，回去看他那位"伟大的"、即将圆寂的长老，可是必须立即看到德米特里大哥的愿望超过了一切：在阿廖沙的脑海里，确信即将发生难以避免的可怕灾难这一想法，每时每刻都在增长。至于究竟会发生什么灾难，眼下他想跟大哥说什么，也许他自己也说不清。"即使我那恩人当我不在他身边的时候圆寂，起码我也不至于终生责备自己，在事情也许还可以挽回的时候不去挽回，居然掉头不顾，急着回家。我这样做是遵从他的伟大指示……"

他的计划是最好能在无意之中与德米特里大哥碰个正着，具体说，就是跟昨天一样，翻过篱笆，走进花园，坐进那座凉亭。"如果他不在里面，"阿廖沙想，"那就谁也不告诉，既不告诉福马，也不告诉那两个房东老太太，我躲在凉亭里等，哪怕等到晚上。如果他跟从前一样，在守候格鲁申卡到来，那他就很可能会到凉亭里去……"话又说回来，阿廖沙对他计划的细节并没有想得太多，但他决意照此行事，哪怕今天回不了修道院也在所不惜……

一切都进行得很顺利：他几乎就在昨天那老地方翻过了篱笆，

神不知鬼不觉地潜入了凉亭。他不希望有人发现他：那个女房东和福马（如果他在这里的话）很可能站在大哥一边，听从他的命令，这样一来，他们就很可能不让阿廖沙进花园，或者及时报告大哥，说有人找他，在打听他的下落。凉亭里一个人也没有。阿廖沙坐在昨天坐的那个座位上，开始等候。他仔细察看了一下凉亭，发现这凉亭不知为什么比昨天还要破败得多，这回他觉得它一片朽败。不过天气晴朗，跟昨天一样。在绿桌上留下了一个小圆印，想必是昨天那只盛白兰地的酒杯溢出酒来留下的酒渍。一个空空洞洞、于事无补的想法，像平常在无聊地等候时一样，钻进了他的脑海：比如说，他现在走进这里后，为什么偏偏坐在他昨天坐过的老地方，而不是坐在另一个地方？最后他终于感到十分烦恼，由于担心和不知情而感到烦恼。但是他还没坐满一刻钟，忽然，从很近的地方，传来了吉他的声音。在离他顶多大约二十步的地方，有人坐在树丛中或者这人刚刚坐下来弹吉他。阿廖沙猛地想起，他昨天离开大哥从凉亭里出来的时候看到，或者似乎在他眼前闪现过，树丛中有一张绿色的、又矮又旧的花园长椅，就在左边，挨着栅栏墙。客人想必就坐在这张长椅上。到底是谁呢？一个男声忽然用甜甜的假嗓子唱起了一支小曲，用吉他自弹自唱：

> 一种不可战胜的力量
> 使我爱上了一个姑娘。
> 主啊，保佑我们俩：
> 保佑我和这姑娘！
> 保佑我和这姑娘！
> 保佑我和这姑娘！

歌声戛然而止。仆役式的男高音，仆役式的唱腔。另一个，已经是女人的声音，突然亲热地，又似乎怯生生地说话了，但是声音听来嗲声嗲气，十分做作：

"您怎么很久都不来看我们呢，帕维尔·费奥多罗维奇[1]，您怎么总看不起我们呢？"

"没有的事，您哪。"一个男人的声音回答道，虽然说得很客气，但是神气十足，架子很大。看得出来，这男人占优势，那女人则在跟他调情。"这男人好像是斯梅尔佳科夫，"阿廖沙想道，"起码听声音听得出来，而那女人——大概是这家房东老太太的女儿，从莫斯科回来的那妞，穿拖地长裙和常去找马尔法·伊格纳季耶芙娜要菜汤喝的那位……"

"我最喜欢各式各样的诗了，只要念得顺口。"那女人的声音继续道。"您干吗不唱下去呢？"

那男声又唱道：

> 不要沙皇的皇冠——
> 只要我那情人康健。
> 主啊，保佑我们俩，
> 保佑我和这姑娘！
> 保佑我和这姑娘！
> 保佑我和这姑娘！

"上回您唱得还要好。"那个女人的声音说道。"您唱到皇冠的时候是这样唱的：'只要我的心肝儿康健。'这样听起来更柔情蜜意，您今天大概忘了。"

"诗都是扯淡，您哪。"斯梅尔佳科夫抢白道。

---

1 斯梅尔佳科夫的名字和父称。

"啊，不，我非常喜欢诗。"

"只要是诗，您哪，都是彻头彻尾地扯淡。您自己想嘛：世界上谁说话是押韵的？要是我们说话都押韵，哪怕奉上级命令，我们也说不出很多话来，您哪！写诗和读诗，那不是正经人干的事，玛丽亚·孔德拉季耶芙娜。"

"您怎么在样样事上都那么聪明，您怎么样样事都懂得那么透呀？"那女人的声音越来越充满柔情蜜意了。

"我要不是从小就是这命，我会的还不止这些，懂的也不止这些哩。要是有人因为我没有父亲，我是那个臭丫头生的，胆敢骂我是孬种，我就要找他决斗，用手枪打死他，而他们在莫斯科居然当着我的面说三道四，这得感谢格里戈里·瓦西里耶维奇，都是从他那儿传出去的，您哪。格里戈里·瓦西里耶维奇责备我，说我造反，说我反对自己被生出来，他说：'你差点把你妈的子宫都挣破了。'肚皮又怎么样，我恨不得在她肚皮里就让人弄死，只要我压根儿不生到这世上来就行，您哪。市场上就有人风言风语，而您妈更是极不礼貌地告诉我，说臭丫头头上有纠发病，个头总共才有两俄尺挂零儿。干吗说挂零儿，为什么不跟所有人一样，简简单单地说两俄尺多？我真想含着眼泪，带着哭声说这话，要知道，这不过是一种所谓下人的眼泪和下人的感情罢了。难道俄国的下人能够同有知识的人一样有感情吗？由于没有知识，他不可能有任何感情。我打小时候起，一听到有人说'挂零儿'，就恨不得去撞墙。我恨整个俄罗斯，玛丽亚·孔德拉季耶芙娜。"

"要是您当了陆军士官或者年轻英俊的骠骑兵，您就不会说这话了，您就会抽出马刀，挺身而出，去保卫整个俄罗斯了。"

"我不仅不想当骠骑兵，玛丽亚·孔德拉季耶芙娜，相反，我希望消灭一切士兵，您哪。"

"那，敌人来了，谁来保卫咱们呢？"

"根本就不用保卫，您哪。一八一二年，法国皇帝拿破仑一世，也就是现在那个拿破仑的父亲[1]，曾大举进犯俄罗斯，如果当时那帮法国人把我们征服了，那才好哩：一个聪明的民族就应当征服一个愚蠢至极的民族，您哪，并将它吞并。真要是那样的话，这世道就全变啦，您哪。"

"倒像他们在自己国内比咱们的小伙子强似的？！就一个咱们的英俊小伙，哪怕给我三个最最年轻的英国佬，我也不换。"玛丽亚·孔德拉季耶芙娜柔情似水地说，想必在说这话时一定还飞了个娇媚的秋波。

"萝卜青菜，各有所爱，您哪。"

"跟您说句不嫌害臊的话吧，您自己就像外国人，像个最有身份的外国人。"

"如果您想知道的话，不瞒您说，在寻花问柳上，外国人和咱们国家的人全一样。大家都是骗子，所不同的是外国人穿着锃亮的皮靴，咱们那帮下流东西则一无所有，穷得发臭，而且并不觉得这有啥不好。费奥多尔·帕夫洛维奇昨天说得对，俄国人就得挨揍，虽然这老东西和他的几个儿子都是疯子，您哪。"

"您自己不是也说过，您很尊敬伊万·费奥多罗维奇吗。"

"可少爷把我当成了臭用人。他以为我会造反；这，他就错啦，您哪。要是我兜里有一大笔钱，我早就不在这里了。德米特里·费奥多罗维奇无论在行为规范，在才智，在钱财上，都不如任何一个当下人的，您哪，而且他什么也不会干，可是气人的是他却得到大家的尊敬。就算我只会熬汤烧菜吧，但是一旦时来运转，我就可以在莫斯科的彼得罗夫卡[2]开一家附设咖啡厅的饭馆，因为我会做许多

---

1 斯梅尔佳科夫在这里讲的"现在那个拿破仑"，指拿破仑三世。但拿破仑一世并不是拿破仑三世的父亲，而是他的伯父。拿破仑三世是荷兰国王路易·拿破仑的儿子。
2 位于莫斯科市中心的一条繁华街道。

特色菜，而且，除了外国人以外，莫斯科没一个人会做这种菜。虽然德米特里·费奥多罗维奇是个穷光蛋，您哪，但如果他向一位最神气的伯爵少爷挑战，找他决斗，那人就会奉陪，除此以外他哪点比我强，您哪？因为他不知比我蠢多少倍。他毫无用处地白花了多少钱啊，您哪。"

"我想，决斗一定很有意思吧。"玛丽亚·孔德拉季耶芙娜蓦地说道。

"什么很有意思，您哪？"

"又十分可怕，又显得很勇敢，尤其是两个年轻军官为了一个女人，举起手枪，你打我，我打你。简直太好看啦。啊，要是让姑娘们去看就好啦，我非常想去看。"

"如果他对准别人，还好说，要是人家对准他的脸，那滋味就非常难受啦。您会扭头就跑的，玛丽亚·孔德拉季耶芙娜。"

"难道您会跑吗？"

但是，斯梅尔佳科夫不予回答。沉默了一小会儿后，又响起了吉他声，一个假嗓子唱起了那首小曲的最后一段：

> 不论你怎样阻挡，
> 我也要离开家乡，
> 到京城寻欢作乐，
> 要活出个人样！
> 我不想窝窝囊囊！
> 我根本不想窝囊，
> 也不打算窝窝囊囊！

这时出现了一个意外：阿廖沙突然打了个喷嚏；长椅上的人霎时间不说话了。阿廖沙站起来，向他们那边走去。这人的确是斯梅尔佳科夫，穿得衣冠楚楚，而且油头粉面，几乎连头发都烫过，而且脚蹬锃亮的皮鞋。吉他放在长椅上。那女人正是房东的女儿玛丽亚·孔德拉季耶芙娜；她穿的裙子是天蓝色的，后面还拖着一条两俄尺长的"尾巴"；这姑娘还很年轻，而且也不难看，就是脸太圆，脸上满是可怕的雀斑。

"德米特里大哥很快就回来吗？"阿廖沙尽可能镇定地问道。

斯梅尔佳科夫慢悠悠地从长椅上站了起来；玛丽亚·孔德拉季耶芙娜也欠起了身子。

"为什么我就应当知道德米特里·费奥多罗维奇的下落呢？如果让我看着他还好说。"斯梅尔佳科夫轻轻地、一字一顿而又十分轻蔑地回答道。

"我不过问您知道不知道罢了。"阿廖沙解释道。

"他的行踪我一概不知，也不想知道，您哪。"

"我大哥偏偏对我说过，家里发生的一切统统由您向他报告，您还答应阿格拉费娜·亚历山德罗芙娜一来，就立刻通知他。"

斯梅尔佳科夫慢慢悠悠而又不动声色地抬起头来，瞟了他一眼。

"这回，您是怎么过来的？因为这里的大门已经插上门闩一小时了。"他怔怔地注视着阿廖沙，问道。

"我在胡同里翻过围墙就直接进了凉亭。我希望您能原谅我这么做，"他转身向玛丽亚·孔德拉季耶芙娜说，"我想尽快找到大哥。"

"啊呀，我们哪会见怪呢，"玛丽亚·孔德拉季耶芙娜对阿廖沙的道歉感到很得意，她拖长了声音答道，"因为德米特里·费奥多罗维奇也常这样走到凉亭来，我们都不知道，可是他却坐在凉亭里。"

"我现在到处找他，有要紧的事情要跟他讲，要不就请你们告诉我，他现在在哪儿。请相信我，这事对他很要紧。"

"少爷没有告诉我们呀！"玛丽亚·孔德拉季耶芙娜支支吾吾地说道。

"虽然，因为彼此认识，我常到这里来串门，"斯梅尔佳科夫又开口道，"可是少爷在这里也不放过我，老逼着问我关于老爷的事：老爷那里有什么事？那里的情况怎么样？谁来了？谁又走了？能不能再告诉一点别的什么？等等。他甚至两次用死来威胁我。"

"怎么会用死来威胁您呢？"阿廖沙很惊奇。

"难道这对他还算回事吗，您哪，他那脾气，昨天您不是也领教过了，您哪。少爷说，如果我把阿格拉费娜·亚历山德罗芙娜放过去了，让她在这里过夜——你头一个就不用活了。我非常怕他，要不是我更怕他的话，早就上城里的官府检举他了。只有上帝知道他会干出什么事来，您哪。"

"前些日子少爷还对他说：'我要用石臼把你捣个稀巴烂'。"玛丽亚·孔德拉季耶芙娜补充道。

"石臼什么的，也许不过说说罢了……"阿廖沙说。"如果我现在能马上碰见他，说不定我倒能跟他说说这事……"

"我能告诉您的就只有这些。"斯梅尔佳科夫仿佛思虑再三后拿定了主意。"因为是老街坊，所以我常到这里来串门，我怎能不常来常往呢，您哪？另一方面，伊万·费奥多罗维奇今天一大早就打发我到湖滨街大少爷的住处去找他，没让捎信，您哪，他让我捎句话给德米特里·费奥多罗维奇，请他务必到这里广场上的一家小饭馆去一趟，与他共进午餐。我去了，您哪，但是我在他的住处没找到德米特里·费奥多罗维奇。当时已经八点了。房东说：'回来过，又出去了。'——这话是少爷那儿的房东告诉我的。他们双方好像有什么密谋似的，您哪。现在，这工夫，大少爷兴许正跟他兄弟伊万·费奥多罗维奇坐在那家小饭馆里也说不定，因为伊万·费奥多罗维奇今天没回来吃饭，而费奥多尔·帕夫洛维奇一小时前就独自吃完了饭，现在正歇晌。不过我恳求您千万别告诉大少爷您碰见过我，也千万别跟他说我告诉了您什么，反正什么也别说，因为大少爷是会无缘无故杀人的，您哪。"

"我二哥伊万今天叫德米特里去小饭馆了？"阿廖沙立即追问。

"没错，您哪。"

"去广场上的京都饭店了？"

"就是那家。您哪。"

"这倒很可能！"阿廖沙十分激动地叫道。"谢谢您，斯梅尔佳科夫，这消息很重要，我马上就到那儿去。"

"别说是我告诉您的呀，您哪。"斯梅尔佳科夫冲他的背影说道。

"噢，不会说的，我到饭馆去就像是无意中碰见他们似的，您放心。"

"您上哪儿呀，我给您开花园门。"玛丽亚·孔德拉季耶芙娜叫道。

"不，这里近，我还是翻篱笆过去吧。"

这消息使阿廖沙感到十分震惊。他抬腿就往那家小饭馆跑去。他穿着他那身衣服到小饭馆去似乎不甚雅观，但是在楼梯上先打听一下，叫他们出来，还是可以的。他刚刚走到那家小饭馆跟前，一扇窗子忽地打开了，二哥伊万从楼上的一个窗口向他叫道：

"阿廖沙，你能不能够马上到我这里来一下？不胜感谢之至。"

"太可以了，但是我不知道我穿着这身衣服怎么进来！"

"我正好要了个单间，你先上台阶，我下楼来接你……"

一分钟后，阿廖沙就跟他二哥坐在一起了。伊万独自一人，在吃饭。

三、兄弟俩相互了解

其实，伊万要的并不是单间。这不过是在窗口用屏风隔开的一

320

个角落，但是闲人在屏风外毕竟看不见里面坐的是什么人。这房间是入口处的第一间，一侧靠墙还有个小卖部。跑堂的不断地在屋里跑前跑后。顾客中只有一位老人，是个退伍军人，坐在一角喝茶。然而在这家饭馆的其他房间里，却是在饭馆常见的嘈杂景象，传来一片呼唤跑堂的吆喝声，啤酒的开瓶声，台球的撞击声和乱糟糟的管风琴声。阿廖沙知道，过去伊万从来不到这家饭馆来，而且他一般也不爱上饭馆；可见，他想，二哥之所以到这里来完全是为了约大哥德米特里出来见面。但是大哥德米特里没来。

"我给你要碗清炖鱼汤或者别的什么，你总不能光喝茶吧！"伊万叫道，看来他能把阿廖沙拉上来感到非常得意。他自己已经吃完饭了，在喝茶。

"先来碗鱼汤，然后再来茶，我饿了。"阿廖沙愉快地说。

"要不要来点樱桃酱？这里有。你记得小时候你在波列诺夫家就爱吃樱桃酱吗？"

"你还记得这个？那就来点果酱吧，我现在还喜欢吃。"

"我全记得，阿廖沙，你的情况在十一岁前我都记得，当时我快十五岁了。十五和十一，这有很大差别，这个年龄的兄弟是永远玩不到一起的。我不知道，我甚至是不是喜欢过你。当我去莫斯科之后，头几年，我压根儿就不曾想到过你。后来，你也到莫斯科来了，我们好像在什么地方见过一面。再说我到这里来已经住了三个来月了，可是你我至今没正经说过一句话。明天我就要走了，刚才，我坐在这里想：我得设法见他一面，向他告别，而你恰好路过。"

"那你很想见到我吗？"

"很想，我想彻彻底底地了解你，同时也让你了解我。然后咱们再分手。我觉得，人们在分别前最容易相互了解。这三个月来，我发现你老看着我，你眼神里有一种不断的期待，正是这个我最讨厌，因此我才没主动接近你。但是到后来我学会了尊敬你，我想，这小家伙还站得挺稳。注意了，我现在虽然在笑，但是我的话是严肃的。你不是站得很稳吗，是不是？我就喜欢立场坚定的人，不管他们站在哪儿，哪怕他们跟你一样只是一些毛孩子。你那期待的目光，后来我已经完全不觉得反感了；相反，我终于喜欢上了你那期待的目光……阿廖沙，你不知因为什么似乎很爱我，对吧？"

"我爱你，伊万。德米特里大哥在谈到你的时候说：伊万能守口如瓶。我谈到你的时候则说：伊万是个谜。即使现在，你对我也是个谜，但是我对你还是已经略知一二，不过也是从今天早晨才开始的。"

"这是怎么回事？"伊万笑道。

"你不会生气？"阿廖沙也笑道。

"说吧！"

"我发现你跟所有其他二十三岁的年轻人一样，也是个年轻人，是个同他们一样年轻潇洒、朝气蓬勃的好孩子，甚至还很幼稚！怎么样，我没让你很不高兴吧？"

"相反，咱俩所见略同，这使我感到吃惊！"伊万快活而又热烈地叫道。"你信不信，咱俩今天在她家见过面之后，我一直在琢磨这事，我在想，我已经二十三岁了，还那么幼稚，现在却忽然被你猜个正着，而且你一开口就说到这事。我刚才坐这里，你知道我在琢磨什么：即使我不相信生活，即使我对心爱的女人大失所望，即使我对天理人伦大失所望，甚至相反地深信，到处都是紊乱的、可诅咒的，也许还像魔鬼般一团糟，甚至我遭到了可怕的打击——我还是要活下去，我要趴在这杯苦酒上，不把它全部喝干决不罢休！话又说回来，如果到三十岁我还没把这杯苦酒喝干，那我也只好扔下这杯苦酒，拂袖而去了……去哪儿，我也不知道。但是在三十岁以前，我有把握，我的青春将战胜一切——战胜任何失望，战胜对生活的任何厌恶。我多次扪心自问：世上有没有这样一种失望，它能战胜我心中这种发狂般的、也许还是不登大雅之堂的对生活的渴望，我认定绝没有这样一种失望，当然，这仍是讲三十岁以前，至于三十岁以后，我自己也觉得活着没意思了，我这么觉得。这种对生活的渴望，一些病恹恹的没出息的道德家常常把它称为卑鄙下流，尤其是诗人。这话不假，这种对生活的渴望多少也是卡拉马佐夫家族的特点，不管怎么说吧，你身上也一定有这特点，但是为什么这种渴望就是卑鄙下流呢？咱们这星球上还是有很强的向心力的，阿廖沙。我想活，而且我也活着，虽然这违背逻辑。尽管我不相信天理人伦，但是我仍万分珍爱春天正在滋长的苍翠欲滴的嫩叶[1]，万分珍爱那湛蓝的天空，万分珍爱某些人，对这些人，你信不信，有时候会无缘无故地爱他们，也不知道因为什么，万分珍爱人的丰功伟绩，其实对这种所谓丰功伟绩我也许早就不信了，可是由于旧的记忆，心里面对此毕竟还是肃然起敬的。瞧，给你把清炖鱼汤拿来了，你随便吃吧。这鱼汤不错，做得很好。我想到欧洲去，阿廖沙，离开这里后就去；不过我也知道，我不过是去凭吊公墓罢了，但是凭吊的是最珍贵的公墓，真是这样！那里长眠着一些可爱的人，坟头的每块墓碑都在叙述一个异常热烈的逝去的生命，叙述他们对自己的伟业，对自己的真理，对自己的斗争和对自己毕生钻研的学问的热烈信仰，我预先知道，我将匍匐在地，亲吻这些墓碑，在坟头哭泣[2]——与此同时，我的整个心已深信不疑，这一切早已是一抔黄土，无非是一方墓地罢了。我并不是由于绝望而大哭，而仅仅是因为一掬同情之泪才能使我感到心胸舒畅。我将陶醉在自己的无限感慨之中。我爱那春天苍翠欲滴的嫩叶，我爱那湛蓝的天空，真是这样的！这不是理智，也不是逻辑，而是全身心，发自肺腑的爱，爱

---

1 源出普希金的诗《冷风还在吹》（一八二八）。
2 以上指一八四八年法国革命失败后的牺牲者。

自己风华正茂的年轻活力……阿廖沙，你在我的这一派信口胡言中听懂了一点什么没有呢？"伊万蓦地笑了起来。

"太懂了，伊万：你想要全身心和发自肺腑地去爱——你这话说得太好了，你想要这么生活，我太高兴了。"阿廖沙十分感动地说道。"我想，所有的人首先应当在这世上热爱生活。"

"热爱生活更甚于热爱它的意义吗？"

"一定要这样，爱，应当先于逻辑，就像你说的那样，一定要先于逻辑，只有那时候我才会懂得人生的意义。这点我早就模模糊糊地想到了。你热爱生活，伊万，这样你的事情就做成了一半，得到了一半：现在你该努力的地方是你的后一半，这样你就会修炼圆满，得道开悟了。"

"你又来普度众生了，也许我还没堕落呢！至于你说的后一半，是指什么？"

"我指的是应当让你的那些人死而复活，他们根本没死也说不定。好了，喝茶吧。我很高兴咱俩能够谈谈，伊万。"

"我看，你好像很兴奋。我最喜欢听这类……见习修士的这类professions de foi[1]。你这人很坚定，阿列克谢。听说你想离开修道院，是真的吗？"

"是真的。我那长老让我还俗。"

"那么我们在你还俗之后还能再见面啰，还能在我三十岁以前，在我将要丢开这杯苦酒之前再见面啰。父亲在七十岁以前还不想抛弃这杯人生的苦酒，甚至还想活到八十岁，这是他自己说的，他说这话时十分认真，虽然他不过是小丑。他立足于追求性快感，似乎这就是人生的乐趣……虽然一个人在三十岁以后，诚然，除了这种快感以外，也没什么可追求的了……但是到七十岁就下流了，还是

---

1 法语：布道；述说信仰。

到三十岁好：这样多少可以自欺欺人地保持'一点清高'。你今天没看见德米特里吗？"

"没有，没看见，但是我看到了斯梅尔佳科夫。"于是阿廖沙就把遇到斯梅尔佳科夫的情形详详细细地匆匆告诉了哥哥。伊万忽然非常关切地开始倾听，有些事甚至还重复地问了一遍。

"不过，他要我别把他谈到德米特里的事告诉大哥。"阿廖沙又加了一句。

伊万双眉深锁，陷入了沉思。

"你这是因为斯梅尔佳科夫才皱眉头的吗？"阿廖沙问。

"对，就因为他。让他见鬼去吧，我原来倒真想见见德米特里，现在就不必了……"伊万不乐意地说道。

"二哥，你当真这么快就要离开这里吗？"

"是的。"

"那德米特里和父亲的事怎么办呢？他们俩的事会怎么了结呢？"阿廖沙担心地问。

"你怎么老扯这些废话呢！这关我什么事儿？难道我负责看着德米特里大哥吗？"伊万怒气冲冲地答道，但是他不知为什么又忽然发出一声苦笑。"这倒像该隐就他兄弟被杀的事回答上帝的话，[1]是不是？说不定你此刻就在这样想，对不对？但是，他妈的，我总不能当真留在这里看着他们俩吧？事情办完了，我就走。你该不是以为我在吃德米特里的醋吧，你该不是以为这三个月来我一直在抢他的大美人儿卡捷琳娜·伊万诺芙娜吧。唉，见鬼，我有我自己的事。事情办完了，我就走。我的事早办完了，你是见证。"

"你说的是方才发生在卡捷琳娜·伊万诺芙娜家那事？"

---

1 源出《圣经》故事：该隐是亚当和夏娃的儿子，他出于忌妒杀死了他的弟弟亚伯。耶和华问该隐："你兄弟亚伯在哪里？"他说："我不知道。我岂是看守我兄弟的吗？"（见《创世记》第四章第九节）

"是的，就是她家那事，一下子了结了。那又有什么？我才不管德米特里的事呢！德米特里与我毫无关系。我跟卡捷琳娜·伊万诺芙娜的事完全是我们自己的事。你自己也知道，恰恰相反，德米特里的做法倒像他跟我串通好了似的。要知道，我根本就没求他什么，是他自己把她庄重地交给了我，并且祝福了我。这简直是笑话。不，阿廖沙，不，你不知道，我现在倒觉得自己松了一口气！瞧，我坐在这里，吃了饭，你信不信，我真想来杯香槟酒庆贺庆贺我刚才获得的自由。呸，几乎半年了——忽然一下子，一下子解开了。甚至昨天我都不曾料到，你只要愿意一了百了，完全可以不费吹灰之力！"

"你是说自己的恋爱，伊万？"

"就算恋爱吧，你愿意这么说也可以，是的，我爱上了一位小姐，爱上了一位贵族女子学校的学生。我因她而十分烦恼，她折磨我。我厮守着她……忽地一切全成了泡影。我方才说话还十分激动，可是一走出她家，不禁哑然失笑——这，你信不信？不，我说的是大实话。"

"你现在说这话也十分快活。"阿廖沙说，注视着他那当真喜形于色、豁然开朗的面容。

"以前我怎么知道我根本不爱她呢！嘿嘿！可是到头来却发现我根本不爱她。要知道，原来我是多么喜欢她啊！甚至方才，当我作那番讲演的时候，我也十分喜欢她。你知道吗，甚至现在我也非常喜欢她，可是要离开她又觉得大大地松了口气。你以为我在夸大其词吗？"

"不，不过这本来就不是爱情也说不定。"

"阿廖什卡，"伊万笑道，"别谈什么爱情不爱情啦！这对你是有失体统的。方才，方才，是你自己跳出来的，哎呀呀！为了这点，我还忘了亲你哩……她把我折磨得好苦呀。真是厮守在反常之旁而

326

不自知。唉，她知道我爱她！其实她爱的是我，而不是德米特里。"伊万快活地坚持道。"德米特里不过是一种反常。我方才向她说的一切都是千真万确的。但是问题仅仅在于，最主要的是她需要也许十五年或者二十年的时间才会明白过来，她根本不爱德米特里，她爱的只是我，但她却一直在折磨我。她永远也不会明白也说不定，尽管有今天这样的教训。唔，也好：站起身来，一走了之，一了百了。顺便问问，她现在怎么样了？我走之后，那里怎么样啦？"

阿廖沙跟他谈了关于她发作歇斯底里的事，又说她现在大概昏迷不醒，在说胡话。

"不会是霍赫拉科娃瞎编的吧？"

"好像不是。"

"应当去打听一下。话又说回来，发作歇斯底里是从来不会死人的。就让她去发歇斯底里吧，上帝是出于爱才赐给女人歇斯底里的。我根本不会再到那儿去了，再死乞白赖地到那儿去，干吗呢！"

"话又说回来，你方才不是对她说，她从来没有爱过你吗？"

"我是故意这么说的，阿廖什卡，我要来点香槟酒，来为我的自由干杯。不，你不知道我有多高兴！"

"不，二哥，咱们还是别喝好，"阿廖沙忽然说，"再说我心里不知为什么闷得慌。"

"是的，你早就有点闷闷不乐了，这，我早看出来了。"

"那么你明天早晨一定要走啰？"

"早晨？我没说过早晨呀……不过，也可能是早晨吧。你信不信，要知道，我今天所以在这儿吃饭，完全是因为不想跟老头一块吃饭，他让我厌恶透了。如果只有他一个人，我早走了，你干吗这么六神无主似的？在我动身之前，天知道我们还有多长时间。这时间简直没完没了，无穷无尽。"

"你明天就走，怎么会无穷无尽呢？"

"这跟咱俩有什么关系？"伊万笑道，"反正咱俩有足够的时间说完咱俩要说的话，谈完咱俩到这里来要谈的事儿，不是吗？你干吗大惊小怪地看着我？你说，咱俩为什么凑到一块儿来了？为了谈对卡捷琳娜·伊万诺芙娜的爱吗？为了谈老头和德米特里吗？谈国外吗？谈俄罗斯要命的现状吗？谈拿破仑皇帝吗？是这样吗？是为了谈这个吗？"

"不，不是为了谈这个。"

"这么说，你也明白为了谈什么。人家有人家的事，咱们这些初出茅庐的人则有咱们自己的事，咱们必须首先解决一些亘古长存的问题，我们关心的是这个。现在，俄罗斯的所有年轻人都纷纷在谈论永恒的问题。可是老人们现在却忽然都操心起实际问题来了。这三个月来你究竟因为什么老是企盼地望着我？是不是想审问我：'你信仰什么，还是根本就没有信仰？'——三个月来你的目光不就是归结为这样一个问题吗，难道不是这样吗？"

"也许是这样的。"阿廖沙莞尔一笑。"现在你不是在嘲笑我吧，二哥？"

"我嘲笑你？我的小兄弟三个月来一直企盼地望着我，我才不想伤他的心哩。阿廖沙，你抬起头来看看：我不是跟你一样是个毛孩子吗，差别仅仅在于我不是见习修士罢了。你知道，俄罗斯青年至今在怎样大肆活动吗？我是说有些人，比如说，这家臭气熏天的小饭馆，他们就在这里聚会，找个角落坐下。过去他们一辈子都互不相识，而一旦走出这饭馆，又将四十年互不来往，那又怎样呢？他们抓住在小饭馆里相遇的这一瞬间又在议论什么呢？他们谈论的无非是世界性问题：有没有上帝？有没有灵魂不死？而那些不相信上帝的人就谈论社会主义和无政府主义，谈论怎样重新排座次，改造全人类，他们谈来谈去都一样，还是那些老问题，只是看问题的角度不同罢了。在我国，在当代，有许许多多标新立异的青年谈论的净是那些永恒的问题。难道不是这样吗？"

"是的，对于真正的俄罗斯人来说，有没有上帝和灵魂是否不死的问题，或者像你所说从另一个角度提出的问题，当然是首先应该考虑的第一位的问题，而且也应当这样。"阿廖沙说，依旧用他那文静的、试探的目光端详着哥哥。

"阿廖沙，做一个俄罗斯人，有时候真不聪明，但是也毕竟没有什么比现在那帮俄罗斯青年所做的事更蠢的了，简直没法想象。但是有一个俄罗斯青年，名叫阿廖沙，我非常喜欢。"

"瞧你话锋一转，说得多动听。"阿廖沙忽然笑道。

"那你说从哪里谈起呢，随你便。——先说上帝？是否存在上帝，好吗？"

"你愿意先说什么就先说什么，哪怕'从另一个角度'也行。你昨天不是在父亲那里宣布过没有上帝吗？"阿廖沙探询地望了望哥哥。

"昨天在老头那儿吃饭的时候，我存心拿这问题逗你，我看到你的两只眼睛都燃烧起来了。但是现在我丝毫不反对跟你谈谈，而且十分严肃地谈谈这个问题。我想同你取得共识，阿廖沙，因为我没有朋友，我想试试。嗯，你想，也许我能接受上帝呢，"伊万笑道，"这出乎你的意料，是吗？"

"是的，当然，只要你现在不是开玩笑。"

"'开玩笑'？倒是昨天在长老那儿有人说我开玩笑。你知道吗，亲爱的，十八世纪有个亏心的老人，他说什么如果没有上帝，就应当造一个上帝出来，S'il n'existait pas Dieu il faudrait l'inrenter.[1] 而且人们果然造出了一个上帝。上帝果真存在，这倒不奇怪，不令人惊讶了，令人惊讶的倒是这样一种想法（必须有上帝的想法），居然

---

1 法语：如果上帝不存在，就应该把他造出来。（伏尔泰语）

会钻进像人这样既野蛮而又凶恶的动物的脑海，这想法是如此神圣，这想法又如此感人，如此英明，这想法简直成了人的荣耀。至于我，我早就决定不去想它了：到底是人创造了上帝呢，还是上帝创造了人？不用说，我也无意逐一剖析俄国青年在这方面提出的当代公理，而这些所谓公理无非是从欧洲人提出的种种假设中得出来的；因为在人家那里还只是假设，到了俄国青年手里就变成公理了，而且不仅青年们如此，连他们的教授或许也一样，因为俄国的教授，现在也跟俄国的小青年如出一辙。因此我们且对这些假设撇开不谈。那么，现在咱俩的任务是什么呢？咱俩的任务是让我尽快地向你说清楚我的本质，就是说我是何许人，我信仰什么，我的希望是什么，难道不是这样吗？不是这样吗？因此我才宣布，我直截了当而又十分干脆地接受上帝。然而，我们必须指出：假如有上帝，假如他真的创造了大地，那他也是按照欧几里得的几何学创造的，而他的头脑也与人类相同，仅拥有三维空间的概念。然而过去有，甚至现在也还有一些几何学家和哲学家，甚至是一些出色的几何学家和哲学家，他们怀疑整个宇宙，或者说得范围更广点——整个存在，不仅仅是按照欧几里得的几何学创造的，他们甚至敢于幻想，两条平行线，按照欧几里得原理，在地球上是永远不会相交的，但可能在无穷远的某个地方相交。因此，亲爱的，我认定，既然我连这个道理都弄不懂，我哪懂得有关上帝的事呢。因此我只好老老实实承认，我毫无能力解决这样复杂的问题，我的头脑是欧几里得式的世俗的头脑，因此我哪能解决来自非人间的问题呢。好阿廖沙，因此我也劝你永远别想这类问题，尤其是关于上帝的问题：有没有上帝的问题。这些问题完全不是仅有三维空间概念的凡夫俗子的头脑所能解决的。因此，我接受了上帝，不仅欣然接受，而且除此以外我还接受了我们根本不得而知的他的大智大慧和他的目的，我信仰天理人伦，信仰人生的意义，信仰我们似乎将会打成一片的永恒的太和，信仰普天下都向往的上帝的道，'道与神同在'，道就是神[1]，还有等等，等等，以至无穷。这方面所立的道很多。看来，我还是走在正道上的——是不是？请你想想，可是就最终的结果而言，我还是不能接受上帝创造的此世界[2]，虽然我知道此世界是存在的，但是我与它誓不两立。我不是不接受上帝，你要明白这点，我是不接受他创造的世界，我没法接受。我要申明一点：我像赤子一样深信，痛苦将会愈合和平复，整个可气也复可笑的人间矛盾，将会像可怜的海市蜃楼一样销声匿迹，欧几里得式的人的智慧是苍白无力的、像原子般渺小的，它虚构的卑劣谎言将会烟消云散，最后，在世界的终点，在永恒的太和到来之时，将会产生和出现某种至为宝贵的东西，它足以抚慰所有的心灵，消弭所有的愤懑，弥补人们的一切恶行和他们所流的全部鲜血，足以使我们不仅可以原谅，而且可以为人间所发生的一切辩解——就算，就算这一切终将发生和出现吧，我也不接受这世界，而且我也不愿意接受！即使两条平行线终于相交，而且我也亲眼看到了，看到了而且亲口承认是相交了，我还是不愿接受这世界。这就是我的本质，阿廖沙，这就是我要提出的基本论题。我对你说这话是严肃的。我是故意跟你这么说话的，一开头其蠢无比，说的都是大白话，但是我步步深入，把你领到我的自白中，因为你要听的就是我的自白。你感兴趣的并不是有没有上帝，你需要的只是知道你所爱的你的二哥的人生准则。因此我才向你直抒胸臆。"

伊万忽然用一种意料不到的慷慨激昂的语调结束了自己的皇皇宏论。

"那你为什么一开头要做得那么'其蠢无比'呢？"阿廖沙问，

---

1 参见《约翰福音》第一章第一—二节："太初有道，道与神同在，道就是神。这道太初与神同在。"
2 指上帝创造的现实世界。

若有所思地望着他。

"第一，至少为了保持一些俄罗斯语言的本色：用俄国话谈论这类话题永远显得其蠢无比。第二，话又说回来，话说得越白越蠢，问题也就说得越透。大白话简单明了，咬文嚼字其实是躲躲闪闪，支吾搪塞。咬文嚼字是为了自欺欺人，说大白话才开门见山，光明磊落。我已经走投无路，所以把这问题摆出来，话说得越白，对我越有利。"

"你倒跟我说说你为什么'不接受此世界'？"阿廖沙问。

"我当然会说的，这并不是秘密，我说了半天也就为了说明这事。我的好弟弟，我并不想使你离经叛道，改变你的生活准则，我想用你来治我的病也说不定。"伊万突然笑道，笑得完全像个又小又乖的孩子。阿廖沙还从来不曾见他这样笑过。

四、离经叛道

"我要向你坦白一件事，"伊万开始道，"我永远也弄不明白怎么可以爱自己的邻舍[1]。我看哪，正是因为他们是邻舍，才没法爱他们，如果是远远的、不相干的人倒还好说。有一回，我不知道在哪本书里读到一则关于一名叫'仁慈约翰'的圣徒的故事[2]，有一个又饿又冷的过路人走到他身边，请他让他暖和暖和，他竟与他同睡一床，搂着他，并向这人由于得了什么可怕的疾病而流脓发臭的嘴里哈气。

---

1 源出《路加福音》第十章第二十七节："要爱邻舍如同自己。"
2 这则故事出自福楼拜的《关于仁慈的尤利安的传说》。当时（一八七七），曾由屠格涅夫译成俄语，载于《欧洲导报》一八七七年第四期。

我坚信他这样做是出于一种反常的虚伪，是出于，一种考虑到天职而硬装出来的爱，是出于一种硬套在自己头上的宗教惩罚。要爱一个人，就得隐藏起来，一旦露出自己的尊容——爱也就完了。"

"关于这个，佐西马长老也曾不止一次地说过，"阿廖沙说，"他也说过，一个人的脸常常妨碍许多对爱还没有经验的人去爱。但是在人类中毕竟有许多爱，几乎与基督的爱类似，这，我倒是知道的，伊万……"

"我暂时还不知道有这种情况，也无法理解，而且难以数计的许多人也与我同感。要知道，问题在于：这是因为人的恶劣的品性呢，还是因为人的天性如此？依我看，基督式的对人的爱，就某方面来说乃是人间不可能有的奇迹。诚然，他是上帝。但是，我们不是上帝呀。比方说，就算我能够深深地痛苦，但是别人永远也不可能知道我到底痛苦到了什么程度，因为他是别人，而不是我，此外，极少有人肯承认另一个人是受难者（好像这是一种头衔似的）。他为什么不肯？你是怎么想的呢？就因为，比方说吧，我身上发出一股臭味，我这人长得很蠢，我有一次踩了他的脚。再说痛苦与痛苦不一样：一种屈辱的痛苦，一种有损我的自尊的痛苦，比如说饥饿，这倒情有可原，我的恩人还能容许我身上存在这种痛苦，但是这痛苦只要稍高一点，比方说为了实现某种思想，那就不行了，除非在难得一遇的情况下，他才会容许我可以存在这痛苦，因为，比方说，他看了看我，忽然发现我的脸也跟他想象中的，比方说，为实现某种思想而受苦受难的人的脸完全不一样。否则他就会立即取消对我的某种恩典，他这样做甚至完全不是因为他心肠坏。叫花子，尤其是那些洁身自好的叫花子，应当永远不到外面去抛头露面，而只是通过登报进行求乞。抽象地说，倒还可以爱邻舍，甚至有时远远地爱也行，但是在近处就永远办不到了。如果一切都发生在舞台上，发生在芭蕾舞中，当叫花子登台的时候穿着绸子做的破烂衣服，衣服上还镶着撕破了的花边，他们优美地跳着舞向人求乞，那倒还可以欣赏一番。但欣赏毕竟不是爱。不过，先不谈它了。我需要的仅仅是让你站到我的观点上看问题。我本来想泛泛地谈人类的苦难，但还是专门谈谈孩子们的苦难吧。这可以使我的论证范围缩小到原来的十分之一，还是专谈孩子们好。不用说，这对我并不更有利。但是，第一，在近处对孩子们也可以爱，尽管这些孩子邋邋遢遢，甚至脸也长得很丑（不过我觉得孩子们从来就没有容貌丑陋的）。第二，我之所以不想谈大人，除了他们令人恶心，不值得爱以外，还因为他们遭到了报应：他们偷吃了禁果，懂得了善与恶，变得'跟上帝一样'[1]。而且他们现在还在吃禁果。但是孩子们什么也没吃，因此暂时还无任何罪过。阿廖沙，你喜欢孩子吗？我知道你喜欢，所以现在我为什么只想谈孩子，你应当是能够理解的。倘若他们在世上也在可怕地受苦受难的话，那当然是代人受过，代自己的先辈，代偷食了禁果的自己的先辈[2]而受到惩罚——但是，要知道，这一推论是另一个世界对我们的看法，这道理是世间人心所不能理解的。一个清白无辜的人是不该代人受过的，况且还是这样一些清白无辜的人！阿廖沙，你一定对我感到惊奇，因为我也非常爱孩子。请注意了，一些残忍的人，那些欲火旺盛、贪淫好色的卡拉马佐夫家的人，有时候也很爱孩子。孩子毕竟是孩子，比如说在七岁以前，与大人有天渊之别：仿佛是具有另一种天性的完全不同的生物。我认识关在囚堡里的一名强盗：他在干他的本行，夜闯民宅，杀人越货的时候，

1《圣经》故事讲亚当与夏娃在伊甸园偷吃了知识之树上的禁果，懂得了善与恶，反被上帝逐出天堂。他们偷吃禁果是因为受到蛇的怂恿，蛇说："……你们吃的日子眼睛就明亮了，你们便如神能知道善恶。"（《创世记》）
2 按基督教教义：亚当和夏娃是人类的祖先，他俩因不听上帝的话，偷食了伊甸园的禁果，因而被逐出天堂——这叫人类的原罪。

常常一举杀死全家，与此同时也一并杀死了几个孩子。但是他坐牢时却出奇地爱孩子。他常常从囚堡的窗户里出神地眺望着在监狱院子里玩耍的孩子们。有一个小男孩（他跟他混熟了）竟常常到窗下来看他，跟他十分要好……你知道我为什么要说这一切吗，阿廖沙？我好像有点头疼，而且心里闷闷不乐。"

"你说话的时候样子很怪，"阿廖沙不安地说，"好像你有点神经不正常似的。"

"顺便说说，不久前，在莫斯科，有一个保加利亚人告诉我，"伊万·费奥多罗维奇继续道，好像没听见弟弟说话似的，"有些土耳其人和切尔克斯人因为担心斯拉夫人会大规模起义[1]，便在保加利亚到处为非作歹——杀人、放火、奸淫妇女和幼女，把俘虏的耳朵用钉子钉在围墙上，让他们这样一直待到天明，然后清早把他们一一绞死，等等，等等，简直难以想象。说实在的，有时候常听人说，人'像野兽般残忍'，但是这对野兽来说是十分不公平的，也是可气的：野兽从来不会像人那样残忍，残忍得那样技艺精湛，那样'妙笔生花'。老虎只会撕，只会咬，只会这样而已。它甚至想都没想到过可以把人的耳朵钉起来过夜，哪怕它能够这样做。然而，这些土耳其人却带着极大的快乐折磨儿童，包括用匕首把婴儿从母腹里挖出来，直到当着母亲的面把吃奶的婴儿向上抛掷，然后用刺刀接住，把他挑死。他们的主要乐趣就是让母亲亲眼看到这样的场景。但是，还有一幅令我触目惊心的图画。请想象一下，一个吓得战战兢兢的母亲，怀里抱着一个吃奶的孩子，周围则是一批闯进来的土耳其人。他们搞了一个开心的把戏：他们逗孩子玩，笑着，让孩子发笑，他们成功了，孩子笑了。就在此刻，一名土耳其人在离他的

---

1 一八七五至一八七六年保加利亚的民族解放运动汹涌澎湃，后来遭到土耳其人的残酷镇压。

脸四俄寸[1]的地方用手枪瞄准了他。那孩子快乐地呵呵笑着，伸出两只小手想抓住手枪，突然那个杀人的行家里手对准他的脸扣动了扳机，把他的小脑袋打了个稀巴烂……干得真艺术，不是吗？顺便说说，据说土耳其人很喜欢吃甜食[2]。"

"哥哥，你说这一切要说明什么呢？"阿廖沙问。

"我想，其实并不存在魔鬼，其实，它是人创造出来的，人是照着自己的形象，按着自己的样式创造魔鬼的。[3]"

"那么说，人也是这么创造上帝的啰。"

"正如《哈姆雷特》中的波洛尼乌斯所说，你真会举一反三，听话听音。"伊万笑道。"你抓住了我的话柄，就算这样吧，我很高兴。既然上帝是人照自己的形象，按照自己的样式创造出来的，可见你那上帝也好不到哪儿去。你刚才问我，我说这一切究竟要说明什么：你知道吗，我专爱收集某些小小的实例，你信不信，我从各种报纸和小说里，随便碰到什么，抄录并收集某一类奇闻轶事，现在我已经收集了一大批资料。土耳其人的事当然也在我的收集之列，但他们毕竟是外国人。我还有不少本国人搞的玩意儿，甚至比土耳其人的事还精彩。要知道，在我国多半采取鞭打，多半采用树条和鞭子，这玩意儿具有民族性：在我国用钉子钉耳朵是不可思议的，因为我们毕竟是欧洲人，但是树条，但是鞭子——这就是我国特有的了，别人无法掠美[4]。在国外，似乎现在已经完全不打人了，不知是风气净化了呢，还是制定了这样的法律，似乎从此不许人打人了，但是为此他们却想出了另外的补

---

1 一俄寸等于四点四厘米。
2 "很喜欢吃甜食"在俄语中又有好色，追求性快感和强烈刺激之意。
3 语出《创世记》第一章第二十六节："神说：'我们要照着我们的形象，按着我们的样式造人。'"这里是借其意而用之。
4 一七五三和一七五四年伊丽莎白·彼得罗芙娜女皇曾下诏在俄国废除死刑，但允许使用各种形式的鞭打，后来便经常有犯人被鞭打至死，所以在当时的俄国死刑实际上依旧存在。

偿办法，这办法也像我国一样带有纯粹的民族性，其民族性的程度，在我国看来似乎是行不通的，然而这办法似乎也逐渐传入了我国，尤其是宗教运动[1]以来的我国的上流社会。我有一本写得非常精彩的小册子，是从法文翻译过来的，书中讲到在日内瓦，在不多久以前，也就在四五年以前吧，处决了一个名叫理查的坏蛋和杀人犯，好像还是个二十三岁的小伙子，他在临上断头台前痛悔前非，皈依了基督教。这个理查是名私生子，他很小的时候，六岁左右，他父母就把他赠送给了一名瑞士山区的牧民，他的养父母抚养了他，想等他长大后能够用他来干活。他像只小野兽似的在牧民身边逐渐长大，他的养父母没教他任何东西，相反，七岁的时候就让他出去放牛放羊，无论是阴雨天，还是大冷天，都得出去，几乎没有衣服穿，几乎也不给他东西吃。当然他们这样做的时候，谁也没有犹豫动摇过和于心不忍过，相反认为他们完全有这样做的权利，因为理查是被当作东西赠送给他们的，他们甚至不认为有给他东西吃的必要。理查后来自己也说，在那些年，他就像《福音书》里的浪子一样，饿极了，甚至非常想吃给喂肥了卖钱的猪吃的饲料，但是连猪饲料也不给他吃，于是他就到猪圈里偷，因此常常挨打，他就这样度过了自己的整个童年时代和少年时代，直到他长大，年富力强之后，自己出去偷盗时为止。这个野孩子先在日内瓦打零工挣钱，挣来了钱就喝酒，生活中无恶不作，结果杀死了一个老人，把他的钱财抢劫一空。把他抓了起来，开庭审讯，判了死刑，要知道，那里是不搞温情脉脉这一套的。他在监狱里立即被一帮牧师们，各种基督教团体的会员们，以及许许多多大慈大悲的太太小姐们，等等，包围了起来。他们在监狱里教会了他读书和写字，开始给他讲解《福音书》，使

---

1 指十九世纪七十年代在俄罗斯一度流行的宗教热。

他感到内疚，说服他，软的不行就来硬的，使他终于庄重地认了罪。他皈依了基督教，并亲自上书法庭，说他是个恶棍，但他终于蒙主恩，幡然悔悟。这事在日内瓦引起了轰动，日内瓦整个慈善界和虔诚的宗教界都激动不已。所有的名士贵胄都纷纷前往监狱探望他；亲吻和拥抱理查：'你是我们的兄弟，神恩降临到你身上了！'而理查本人只会感动得哭：'是的，神恩降临到我身上了！过去，我在整个童年和少年时期能吃到猪食就很高兴了，而现在神恩也降临到我身上了，我要在主的怀抱中死去！''是的，是的，理查，你应在主的怀抱中死去，你流了别人的血，那就应在主的怀抱中死去。尽管你过去完全不知道主，尽管你羡慕过猪食，尽管你因为偷了人家的猪食（这，你就做得不对啦，因为偷别人的东西是不允许的），而被人毒打，你还是没有罪的，但是你杀了人就必须偿命。'后来临刑的最后一天到了。筋疲力尽的理查只会哭，他就会不断地重复一句话：'这是我毕生中最美好的一天，我要到主那里去了！''是的，'牧师们、法官们以及大慈大悲的太太小姐们齐声呼喊道，'这是你最幸福的一天，因为你就要到主那里去了！'这一帮人，全都坐车或者步行，跟在押送理查的刑车后面，向断头台走去：'去死吧，我们的兄弟，'大家都向理查喊道，'在主的怀抱中去死吧，因为神恩也降临到你身上了！'于是这个理查兄弟脸上印满了众弟兄们的亲吻，被押上了断头台，放到了断头刀下，最后咔嚓一声，他们像亲兄弟般地砍下了他的脑袋，因为神恩也降临到他身上了。哦，这太典型了。这本小册子由我国上流社会某些路德派[1]慈善家们翻译成俄语，随报纸和其他刊物免费赠送给读者，以教化俄国老百姓。理查这事好就好在富

---

1 又名路德宗或"信义宗"，基督教（新教）的主要宗派，以马丁·路德的宗教思想为主要依据的各教会的统称。

有民族性。在我国，如果因为他成了我们的兄弟，因为神恩也降临到他身上了，就砍掉他的脑袋，这是荒唐的，但是，我要再说一遍，我国自有几乎不比任何国家差的自己的东西。我国用鞭打惩罚犯人的时候，自有一种历史的、直接的、十分痛快淋漓的情趣。涅克拉索夫有一首诗，说的是一个农民怎样用鞭子抽马的眼睛，抽它的'温顺的眼睛'[1]。这情景谁没见过呢，这是典型的俄国现象。他描写一匹瘦弱的马，因为车载过重，陷进了泥坑，怎么拉也拉不出来。农民打它，发狂般打它，打到后来他都不明白他在干什么了，他陶醉在鞭笞中，只知道狠狠地打，难以数计地打：'即使你拉不动也要拉，即使你死也得给我拉！'那匹驽马拼命地拉呀拉呀，而他就开始抽它，抽这匹无人保护的瘦马，抽它的噙满眼泪的'温顺的眼睛'。它发狂般地拼命一拉，终于把车拉出了泥坑，它浑身发抖，上气不接下气，有点歪着身子，跌跌撞撞地向前走去，样子很不自然，受尽了耻辱——这在涅克拉索夫笔下实在太可怕了。但是，要知道，这不过是一匹马呀，上帝把马赐给我们就是为了让我们用鞭子抽的——鞑靼人曾这样给我们解释过，并且把马鞭送给我们留作纪念。但是，要知道，也可以用鞭子抽人呀。比如有一位有文化、有教养的先生和他的太太就曾鞭打自己的女儿，一个七岁的娃娃，竟用树条抽——关于此事，我已详细作了记载[2]。那个当爸爸的居然还挺高兴，因为树枝上有节疤，'可以打得更疼'，他说，于是他就开始'狠狠地抽'自己的亲生女儿。我清楚地知道有这么一些爱用鞭子抽人的人，而且越抽越来劲，一直发展到一种淫虐

---

1 指涅克拉索夫的组诗《谈谈天气。街头感怀》中的《暮色降临之前》一诗（一八五九），其中谈到一个赶车的农民怎样残酷鞭打一匹将倒毙的马。残酷鞭打马的情景在陀思妥耶夫斯基的《罪与罚》中也有描写（见《罪与罚》第一部第五章"拉斯科尔尼科夫的梦"）。
2 这是当时的真人真事。那位先生名叫克罗宁贝格。陀思妥耶夫斯基曾在他的一八七六年二月的《作家日记》（第二章）上作过记载，发表过评论。

狂，而且是地地道道的淫虐狂，每多打一下，那狂劲就越足，越发展。抽了一分钟，最后抽了五分钟，十分钟，越抽越来劲，越急，越狠。孩子叫呀叫呀，终于叫不出声来了，她上气不接下气地说：'爸爸，爸爸，好爸爸，好爸爸！'这事由于某个该死的不体面的情况闹到了法庭。他们雇了名律师。俄国人民早就把我国的律师称为'律师律师——被收买的良知'。这名律师在为自己的当事人辩护时大呼小叫地说道：'这是一件极其简单而又平常的家务事，父亲打女儿，居然闹到了法庭，岂非当代的一大耻辱！'被他说服了的陪审员们休庭讨论，居然作出了宣布被告无罪的判决。公众闻此高兴得欢呼雀跃，因为那个毒打女儿的人被宣判无罪了。唉，可惜我当时不在场，否则我真要大声疾呼，建议设立一种奖励基金，以纪念这位残酷鞭打女儿的人！……这样的画面实在太精彩了。但是，关于我国儿童的遭遇，我还有更精彩的材料，阿廖沙，我收集了很多很多有关俄国儿童的情况。有一对父母亲，都是'受过教育、很有教养的非常可敬的官宦子弟'，居然极端仇视一个五岁的小女孩。[1]要知道，我还想再次肯定一个事实，许多人具有这么一种特点——喜欢虐待孩子，但仅限于毒打自己的孩子。可是对别人，这些虐待自己孩子的人，却显得异常温文尔雅，颇像一些很有教养、很有人道的欧罗巴，但是他们却非常喜欢虐待孩子，以此来体现他们对孩子的爱。正是这些孩子无力保护自己，引诱着那些虐待狂对他们拳脚交加，孩子们无处可躲，无人可求，而且他们对父母抱有一种天使般的信任——正是这点刺激着虐待者们的卑劣的血。当然，任何人身上都蕴藏着兽性，这是一头动辄发怒的野兽，一头听到被虐杀的牺牲品的叫喊便感到一种沸腾的快感的野兽，一头刚被解开锁链就横行无忌的野兽，一头因纵欲过度因而染上各种脏病、

---

[1] 这也是当时的真人真事，发生在一八七九年的哈尔科夫，那一对父母都是在俄国的德国侨民。

痛风、肝病等等的野兽。这对受过教育的父母想尽一切办法来虐待这个五岁的小女孩。他们对她拳脚交加，用鞭子狠狠地抽，他们自己也不知道因为什么，把她打得遍体鳞伤，浑身青紫；最后，他们竟挖空心思地折磨她：在大冷天，在天寒地冻的夜晚，把她关进茅房，锁起来，冻了一夜，理由是她夜里尿床（倒像一个五岁的孩子，像天使般睡得又香又甜的，这么小的年纪就能学会自己起来要求撒尿拉屎似的）——就因为这个，他们便用她拉的屎抹了她一脸，并逼着她把这屎吃了，而且这还是母亲，母亲硬逼她这么干的！当夜里传来这可怜的孩子被关在这个糟糕的地方而发出的呻吟时，这母亲居然睡得着觉，你明白这惨绝人寰的情况吗？当这个甚至还不懂得人家为什么这么对待她的小东西，在那个糟糕的地方，在寒冷和黑暗中，伸出她那不点大的小拳头捶打自己那受尽毒打的小胸脯，痛哭流涕，流着她那带血的、温顺而又善良的眼泪，向'亲爱的上帝'祷告，请他保护她的时候——你明白这种荒唐的情况吗？我的朋友和我的兄弟，我的谦恭的信奉上帝的小修士，你明白需要这种荒唐事和制造这种荒唐事究竟是为了什么吗！有人会说，没有这种事，人就无法活在世上，因为那样人就认不清善恶了。既然认识善恶要花这么大的代价，为什么要认识这个该死的善与恶呢？要知道，我们的全部认识也不值这孩子当时向'亲爱的上帝'求告时流的那些眼泪啊。我不说大人们的痛苦，他们偷吃了禁果，那就让他们见鬼去吧，让鬼把他们统统抓去吧。但是这些孩子，这些儿童！我使你痛苦了，阿廖什卡，你好像六神无主似的。如果你不让我说下去，我就不说了。"

"没事儿，我也想痛苦痛苦。"阿廖沙喃喃道。

"还有一幅，还有一幅图画，我说它也是出于好奇，很有代表性，主要是因为我刚读了一本刊载我国古代史料的集子，这集子叫

《文献》呢，还是叫《文物》，需要查一查[1]，我甚至忘了到底在哪儿读到的了。这事发生在农奴制时代的一个最黑暗的时期，还在本世纪初，啊，人民解放者万岁！[2]本世纪初，有一位将军，他认识朝廷里的很多命官，而且他自己是一名非常富有的地主，但是，他属于这样一号人（诚然，这在当时也似乎为数不多），这类人在告老还乡之时，就几乎深信他们因权高资深已经拥有对自己的奴婢的生杀予夺之权。这样的人在当时并不少见。那位将军在告老还乡后就住在他那拥有两千名农奴的大庄园，作威作福，根本不把那些小邻居放在眼里，把他们全当成了食客和供他取乐的小丑。他有一座狗舍，养着几百条狗，几乎有一百名养狗的下人，都穿着号衣，全骑着马。这时有一名家奴的小男孩，很小，才八岁，玩耍时不知怎么扔了一块石头，打伤了将军的一条心爱的猎犬的腿。'为什么我那爱犬的腿瘸了？'于是有人向他报告说，就是这小男孩，向他的爱犬扔了块石头，把它的腿砸伤了。'啊，是你呀，'将军打量了他一眼，'把他抓起来！'于是家丁就把他抓了起来，他在牢房里坐了一夜，第二天一早，天刚亮，将军就带着全体扈从出发去打猎，将军跨上坐骑，他四周簇拥着众食客、猎犬、负责养狗和负责捕猎的下人，全都骑着马。周围聚集着全体家奴，准备听训，而站在最前面的则是那个有罪的小男孩的母亲。那小男孩也被人从牢房里提了出来。那是一个阴冷而又雾蒙蒙的秋日，是打猎的好日子。将军命令把那小男孩的衣服剥光，于是这小男孩便被剥光衣服，他发抖，吓破了胆，连叫都不敢叫……将军下令道：'轰他！'众下人向他齐声呐喊：'跑，快跑！'小男孩拔腿飞跑……'逮住他！'将军大吼一声，并放出所有善跑的猎犬向他猛扑过去。将军就在小男孩

---

1 这是当时的两种月刊，一叫《俄罗斯文献》，一叫《俄罗斯文物》，主要刊载俄国十八至十九世纪的史料。

2 指沙皇亚历山大二世，因他于一八六一年下诏废除俄国农奴制而得此美誉。

的母亲在场的情况下放犬咬人，这群猎犬猛扑过去，终于把这孩子撕成了碎块！这位将军后来似乎被判应受监护。唉……又能把他怎么样呢？枪毙？为了满足人们的道义感把他给毙了？你说呢，阿廖沙！"

"枪毙！"阿廖沙低声道，向哥哥抬起了眼睛，他脸上现出一丝苍白的凄苦的笑。

"棒极了！"伊万兴高采烈地吼道，"你既然说了这话，那就说明……你这个受了具足戒的苦修士[1]真不错呀！那么说，在你那小小的心眼儿里还有个小小的魔鬼在作祟啰[2]，阿廖什卡·卡拉马佐夫啊！"

"我说了荒谬的话，但是……"

"问题就在这个'但是'……"伊万叫道。"要知道，我的小修士啊，人世间太需要荒谬了。这世界就是建立在荒谬之上的，不荒谬，这世界就什么事也做不成了。有些事我们知道得太清楚了！"

"你知道什么呢？"

"我什么也不明白，"伊万似乎在说胡话似的继续道，"而且我现在什么也不想明白。我只想谈事实。我早已决定糊涂到底。如果我硬要去明白什么，就立刻会使事实面目全非，因此我决定只谈事实……"

"你干吗要吊我的胃口呢？"阿廖沙带着一种病态的冲动，愁容满面地说道，"你倒是肯不肯告诉我呀？"

"我当然会全告诉你的，我说了老半天就为了告诉你。你对我很宝贵，我不愿意把你给放跑了，也决不把你让给你的佐西马。"

伊万沉吟片刻，他的脸忽然显出闷闷不乐的样子。

---

1 阿廖沙既没有受具足戒，甚至也不是一名正式修士。
2 这说明阿廖沙激于义愤，动了杀机，有违修士戒律。

"听我说：我之所以只以儿童为例，是为了让事情更加一目了然。关于我们的整个地球从地表到地心都浸透了人间的其他血泪——我还只字未提，我把我的论题故意缩小了。我是一只臭虫，我自惭形秽地承认，我丝毫不明白为什么一切偏偏是这样。人似乎是自作自受：给了他们天堂，他们偏要自由，而且偷了天上的火种[1]，他们早知道这样做只会遭到不幸，所以不必可怜他们。噢，我看呀，凭我这点可怜的、人间的、欧几里得式的头脑来判断，我只懂得人间的苦难是有的，但是应对此负责的人却没有，一切都是由简单的因果关系直接产生的，一切都在自然流动，并互相取得平衡——然而这不过是欧几里得式的胡说八道，我对此知道得一清二楚，所以我无法赞同按这种胡说八道而浑浑噩噩地过日子！没有应该对此负责的人，我也知道这道理，但是认识到这点对我毫无意义——我要看到报应，否则宁可毁灭。而且这报应不是在无穷远的某时某地，而是必须在此时此地，就在人世间，我要亲眼看到报应的实现。我深信，我要亲眼看到，如果那时候我已经死了，就应当让我复活，因为假如这一切发生了，我未能亲见，那就未免太冤枉了。我受苦受难并不是为了把自己当作肥料，用自己的为非作歹和受苦受难来为旁人培育未来的太和。我要亲眼看到一头驯鹿怎样在狮子身旁随随便便躺下，一个被杀的人怎样站起来与杀死他的凶手互相拥抱[2]。我愿意在大家忽然懂得为什么一切曾经是这样的时候也在现场。人世间的一切宗教都是建立在这个愿望之上的，而我是信仰宗教的。但是话又说回来，儿童，那时候我又该拿他们怎么办呢？这是一个我无法解决的问题。我

---

1 这是把《圣经》故事（亚当和夏娃因偷吃禁果而被逐出天堂）和古希腊神话（提坦神普罗米修斯盗窃天火是为了人类，因而遭到宙斯的惩罚）结合在一起的说法。
2 这一说法源自《旧约·以赛亚书》第十一章第六节：那时"豺狼必与绵羊羔同居，豹子与山羊羔同卧。少壮狮子与牛犊，并肥畜同群。小孩子要牵引它们。"

要第一百次地重申——问题很多，但是我仅举儿童为例，因为这可以无可争辩地说明我想说的话。我说：如果大家都应该受苦受难，以便用自己的苦难来换取永恒的太和，但是，我倒要请问：这跟孩子有什么关系呢？简直莫名其妙，为什么他们也应当受苦，他们干吗也要用自己的苦难来换取太和呢？他们为什么也要变成材料，并用自己作肥料来为旁人培育未来的太和呢？我明白，在犯罪上，人与人应当共同负责，我也明白，在报应上，人与人也应当协同一致，但是不能让孩子们对犯罪共同负责呀，如果他们对他们的祖先在作恶多端和为非作歹上确应与他们的祖先共同负责的话，那这道理当然就绝不会是现世界的，因此我莫名其妙。爱开玩笑的人也许会说，孩子反正会长大的，有足够的犯罪机会，但是他毕竟还没长大呀，他才八岁，就被别人放狗撕咬成了碎块。噢，阿廖沙啊，我并非在渎神！我也明白，这需要经过多么厉害的天翻地覆，天上和地下的一切才会汇成一片赞美声，活着的和曾经活着的一切才会齐声欢呼：'主啊，你是对的，因为你指引的路终于显出来了！'[1]当母亲终于同纵狗把她的儿子咬成碎块的杀人魔王互相拥抱，他们仨都噙着眼泪齐声欢呼'主啊，你是对的'的时候，当然，这将使人豁然开朗，茅塞顿开。但是这就碰到难题了，正是这点我无法接受。趁我现在还活在世上，我急于采取我自己想要采取的措施。你知道吗，阿廖沙，也许终于发生这样的事也说不定：我终于活到了那一天或者到那时候我死而复活，看到了这一盛况，我看到母亲与残害她孩子的刽子手互相拥抱，也许我也会情不自禁地跟大家一起欢呼：'主啊，你是对的！'但是那时候我才不愿意欢呼哩。趁现在还有时间，我要赶紧使自己有所防备，所以我根本拒绝接受那种所谓太和。这样的太和还抵不上一个孩子的眼泪，一个被关在

---

1 与这大致相同的说法源出《新约·启示录》第十五章、第十六章与第十九章。

奇臭无比的茅房里，捶胸顿足的孩子，她那无法补偿的、向'亲爱的上帝'求告时流的眼泪！它之所以抵不上，是因为她的眼泪是补偿不了的。而这些眼泪应该得到补偿，否则就不可能有什么太和。但是你用什么，用什么来补偿这些眼泪呢？难道这补偿得了吗？莫非他们得到了报应就算了吗？但是他们是否遭到了报应跟我有什么相干，这些杀人魔王是否下地狱跟我又有什么相干呢？那些孩子已经被折磨死了，地狱又能挽救什么，起什么作用呢？如果有地狱，还有什么太和可言：我愿意宽恕这些人，拥抱这些人，但是我不愿意让人们继续受苦。如果孩子们的苦难是用来补足赎买这真理[1]所必须遭受的话，那我现在要预先申明，这整个真理不值这样的代价。最后我也不愿意看到母亲跟那个纵狗把她儿子撕咬成碎块的凶手互相拥抱！不许她宽恕这个杀人魔王！如果她硬要宽恕，那就替她自己宽恕他好了，宽恕这个杀人魔王给予她这个做母亲的无比的痛苦好了；但是为了她那被撕咬成碎块的儿子的苦难，她无权宽恕，也不许她宽恕这个杀人魔王，哪怕孩子本人宽恕了他给自己带来苦难也不成！如果是这样，如果不许他们宽恕，那又有什么太和可言呢？那么普天之下有没有人能够宽恕和有权宽恕呢？我不愿意人间出现太和，由于我爱人类，我不愿意出现这太和。我宁可带着我未得到补偿的痛苦坚持到底。尽管我不对，但是我宁可固守在我那未得到补偿的痛苦中，固守在我那未曾消弭的愤怒中。要获得太和的代价太高了，我根本买不起这门票。因此我只好赶紧把自己这张门票退回。只要我是个光明磊落的人，我就必须尽早把这门票退掉。而且我也是这么做的。阿廖沙，我不是不接受上帝，我只是恭恭敬敬地把门票退给他罢了。"

"这可是离经叛道呀。"阿廖沙垂下了头，低声说。

---

1 即人类想要达到人际关系的高度和谐即太和。

"离经叛道？我不愿意听到你说这种话。"伊万发自肺腑地说道。"能不能以离经叛道为生呢？但是我愿意以此为生。请你向我说实话，我求你了——请回答：假如说，你自己要建造一座人类命运的大厦，目的在于建成之后为人类造福，最后给予他们和平和安逸，但要做到这点，必须而且无可幸免地要残害一个，而且仅仅是一个小小的生灵，比如说就是那个捶胸顿足、痛不欲生的小女孩吧，并在她那未曾得到伸冤的眼泪上缔造这座大厦，在这种情况下，你是否同意做这座大厦的建筑师呢？请直言相告，不要说谎！"

"不，我不同意。"阿廖沙低声道。

"那你能不能够允许这样的想法存在，即你为之建造这座大厦的人将会同意在一个被残害致死的孩子的无辜的鲜血上接受自己的幸福，而且接受之后将永远感到幸福[1]——这样的想法你允许它存在吗？"

"不，我不能允许。二哥，"阿廖沙突然两眼放光地说道，"你刚才问：普天之下有没有人能够宽恕而且有权宽恕？但是，这人是有的，他能够宽恕一切，宽恕一切人和一切事，而且**任凭任何过错**，他都能宽恕，因为他自己就曾为一切人和一切事献出过自己无辜的血。你忘记了他，而且只有在他身上才能建造起这座大厦，而且人们将对他欢呼：'主啊，你是对的，因为你指引的路显出来了。[2]'"

"啊，这是'唯一无罪的人'和他流的血！不，我没有忘记他，相反，我还一直觉得奇怪，你怎么这么久都不举他为例呢，因为通常在争论中，你们那帮人总是首先把他抬出来作为挡箭牌。我说阿廖沙，请别见笑，我曾经撰写过一部长诗[3]，大约一年前吧。如果你

---

1 上述议论也曾出现在陀思妥耶夫斯基临死前一年所作《谈谈普希金》的讲演中。
2 源出《新约·启示录》第十五章第三—四节："主，神，全能者啊，你的作为大哉，奇哉！万世之王啊，你的道途义哉，诚哉！主啊，谁能不敬畏你，不将荣耀归与你的名呢？因为独有你是圣的，万民都要来在你面前敬拜，因你公义的作为已经显出来了。"此处是据其义自由引用。
3 长诗（поэма）一词在俄文中并非一定要用诗体写，用散文写也是可以的。它以内容深刻和涵盖面广而区别于其他文体。

还能跟我一起浪费十几分钟时间的话，那我就把这部长诗的内容跟你说说。"

"你写了一部长诗？"

"噢，不，我没有把它写下来，"伊万笑道，"有生以来我还从来不曾写过甚至两行诗。我只是构思了这部长诗并把它默记于心。我是在热血沸腾中构思成的。你是我的第一个读者，应当说是听众，一个作者，说真的，干吗要失去他的唯一听众呢。"伊万莞尔一笑。"要不要说说呢？"

"我洗耳恭听。"阿廖沙说。

"我的这部长诗名叫《宗教大法官》，这东西是荒谬的，但我愿意把它的内容先讲给你听听。"

五、宗教大法官

"要知道，在这里不说几句开场白是不行的——我是说必须说几句文学上的前言，"伊万笑道，"说来惭愧！我又算个什么作家呢！你知道吗，我这故事发生在十六世纪，而那时候——不过，你上学时想必知道这点——那时候在诗作中恰好有让天上的神仙下凡的习惯。且不说但丁。在法国，法院里的办事员，还有各修道院的修士们，常常上演整本整本的戏，在戏里把圣母、天使、圣徒、基督，甚至上帝都搬上了舞台。当时这一切都非常实在。在维克多·雨果的 *Notre Dame de Paris*[1] 里，为了庆祝法国王储华诞，在巴黎，在路易十一在位的时候，还曾在市政厅大厦举办过一场足以醒世警

---

1 法语：《巴黎圣母院》。

俗的免费义演,戏名叫 *Le bon jugement de la très sainte et gracieuse Vierge Marie*[1],在这出戏里,圣母马利亚曾亲自登场,宣读了她的 **bon jugement**[2]。在我国的莫斯科,远在彼得大帝前,也常常举行与此相似的戏剧演出,尤其是取材于《圣经·旧约》的戏;但是,除了戏剧演出以外,当时世界上还广为流传着不少小说和'诗歌',其中,在必要的时候,也常常有圣徒、天使和天兵天将登场。我国各地的修道院也从事翻译、传抄,甚至创作这一类长诗,而且还是在鞑靼人统治时期。比方说,有一部修道院长诗(当然,是从希腊文翻译过来的)《圣母巡视地狱里的诸磨难》,其场面之惨烈与描写之大胆,绝不亚于但丁的地狱。圣母巡视地狱,由天使长米迦勒带领她巡视地狱里的种种'磨难'。她看到了罪人以及他们在地狱里受到的种种苦刑。顺便说说,地狱里有一火湖,湖中有一类十分令人感兴趣的罪人:他们中的有些人已沉入湖中,而且再也爬不上来了,'他们已被上帝遗忘'——这话说得很有深度,也很有分量。圣母被这一景象所震慑,于是她噙着眼泪跪倒在上帝的宝座前,请求上帝赦免,不加区别地赦免她在地狱里看到的所有的人。她同上帝的谈话非常有意思。她苦苦哀求,不肯离开,当上帝向她指着手脚都被钉在十字架上的她的儿子[3]问她:'我怎么能宽恕残害他的那些人呢?'这时她就吩咐所有的圣徒、所有的苦行僧、所有的天使和天使长跟她一起匍匐在地,祈求上帝不加区别地赦免所有的人。直到后来,终于求得上帝的恩准在每年耶稣受难日到圣三一主日停止用刑,地狱里的罪人们闻讯立刻感谢上帝,向他大声呼号:'主啊,你这样判定是对的。'至于我那部长诗,也属于

---

1 法语:《大慈大悲的圣母马利亚的仁慈判决》。

2 法语:仁慈判决。

3 指耶稣基督。

这一类，如果它在当时出现的话。他[1]在我的诗中也出场了；诚然，他在我的长诗里一句话也没说，只是出场片刻，又退场了。自从他许诺他必将降临他的国之日起，已经过去了十五个世纪，自从他的预言者写下了'我必快来'[2]，也已经过去了十五个世纪。'但那日子，那时辰，没有人知道，连子也不知道，唯有天上的父知道。'[3]这话还是他本人尚在人间时说的。但是人类还是带着旧日的信仰和往昔的感动在等待着他，噢，甚至信仰还更坚定了，因为已经过去了十五个世纪，没有得到上天对人的继续保证——

　　　　没有上天的保证，
　　　　就相信自己的心声。[4]

也只能仅仅相信自己的心声了！诚然，当时曾出现过许多奇迹。曾有些信徒能够进行神奇的治疗，据《圣徒传》记载，天上的女皇[5]也曾降临人世，亲自去看望某些高僧大德。但是魔鬼并没有打盹，于是在人类中便逐渐产生了疑问，开始怀疑这些奇迹是否真实。恰在那时，在北方，在德国，出现了一个可怕的新的异端。[6]一颗巨星，'好像火'（指教会），'落在众水的泉源上，这水就变苦了'[7]。这些异端便开始亵渎神明，否认奇迹。但是矢志不移的人却信得更热烈了。人类照旧热泪盈眶地仰望着他，仍旧像过去一样等待着他，热爱他，寄希望于他，渴望受苦受难，为他去死……人类满怀信仰和

---

1 指耶稣基督。
2 见《新约·启示录》第三章第十一节，第二十二章第七、十二、二十节。
3 参见《马可福音》第十三章第三十二节。
4 引自席勒的《愿望》（一八〇一）。
5 指圣母。
6 指十六世纪出现在德国的宗教改革。
7 参见《新约·启示录》第八章第十一节。

炽热的感情祈祷了这么多世纪，'主到我们这里来吧'，人类向他祈求了这么多世纪，于是他终于大慈大悲地想要降临人世，来看望那些祈祷者了。在此以前，他也曾降临人世，来看望过某些高僧大德、苦难圣徒和隐修的圣者，那时他们尚在人间，这在描写他们的《圣徒传》中曾有记载。我国有位诗人，叫丘特切夫，深信他说过的话都是千真万确的，他曾庄严宣告：

> 奴隶模样的天国之帝，
> 背负着沉重的十字架，
> 走遍了你，亲爱的大地
> 步履蹒跚，赐福于你。[1]

我要告诉你，当时一定是这样的。于是他就想要显现片刻，来看望他的子民——来看望那些备受折磨、受苦受难，又臭又有罪，却像婴儿般爱他的平民百姓。我的故事发生在西班牙，在塞维利亚，在宗教法庭盛行的那个最可怕的时代，[2]当时为了赞美上帝，在西班牙国内，每天都要烧起一堆堆烈火，

> 在辉煌绚烂的烈火中
> 烧死邪恶的异端。[3]

噢，这当然不是指他曾经允诺过的在世界末日时，他将头戴光环，

---

1 这是丘特切夫的诗《……这些贫穷的村庄》的最后一段。这几句诗，本书作者曾在自己的作品中多次引用。
2 宗教法庭一译异端裁判所，是罗马天主教会设立的专门侦查、审判和惩处异端的法庭，而以西班牙的宗教法庭最为猖獗和残酷。一四八〇年在西班牙的塞维利亚曾建立宗教审判庭，当时被处死并在火堆上烧死的人数近十万之众。
3 转引自俄国诗人波列扎耶夫（一八〇四——一八三八）的长诗《科利奥兰》（引用时略有改动）。

身披白光，'像闪电从东边一直照到西边'[1]那样突然降临人世。不，他只是想来看看他的子民，他恰好就降落在那焚烧异端的烈焰腾空的地方。他因为大慈大悲又以一千五百年前他曾在人间巡行三年时的同样的人的形象，再次巡行于人间。他降临在那座南方城市的一处'沸沸扬扬的广场'上，而这里，恰好在前一天，在国王、宫廷内侍、骑士、红衣主教和天仙般的宫廷贵妇们统统到场的情况下，在整个塞维利亚的民众面前，刚由担任宗教大法官的红衣主教在'辉煌绚烂的烈火'中一下子烧死了几乎整整一百名异端，ad majorem gloriam Dei[2]。他是悄悄地、不为人察觉地出现的，但是说来也奇怪，大家一下子全认出了他。大家是怎么认出他来的，这应是我这部长诗的最精彩的篇章之一。人们以不可阻挡之势向他纷纷拥来，把他团团围住，他周围的人越聚越多，尾随着他。他默默地在他们中间走着，脸上挂着平静的、大慈大悲的微笑。爱的太阳在他心中燃烧，他的眼睛闪烁着光明、教诲和力量的光，这光投射到人们身上，使他们的心田里涌上感激回报的爱。他向人们伸出双手，祝福他们，他们只要摸一摸他，甚至只要摸一摸他的衣服，他们就会感到一种力量，使他们的病豁然痊愈[3]。这时，在人群中有个从小就瞎了眼的老头高呼道：'主啊，治好我的病吧，让我也就能看见你吧！'于是立刻就似乎有一片鱼鳞从他的眼上脱落，瞎子看见了他。人们感动得热泪盈眶，亲吻他走过的大地。孩子们在他面前抛掷鲜花，唱着歌，齐声欢呼：'和散那[4]！''这是他，就是他，'大家翻来

---

1 参见《马太福音》第二十四章第二十七节："闪电从东边发出，直照到西边。人子降临，也要这样。"

2 拉丁文：为了主的至高的荣耀。这是天主教耶稣会的口号。他们的行为准则是只要对耶稣或天主教有利，可以不择手段，无所不用其极。

3 只要摸一摸耶稣基督的衣服，病人就会痊愈的说法，可看《马太福音》、《马可福音》和《路加福音》的有关章节。

4 按《圣经》所载注解，"和散那"原有求救的意思，在此乃称颂的话（见《马太福音》第二十一章第九节）。

覆去地说，'一定是他，除了他没有别人。'他在塞维利亚大堂的台阶上停住了脚步，正巧这时一具孩子的小棺材在一片痛哭声中抬进教堂，棺材盖敞着：棺材里躺着一个七岁的小女孩，她是一位贵族公民的独生女。这个死去的小孩全身躺在鲜花里。'他会让你的孩子复活的。'人群中有人向恸哭的母亲喊道。从里面出来迎候棺材的神父双眉深锁，一副困惑的样子。但就在这时传来了死小孩的母亲的号啕大哭声。她趴倒在他脚下：'如果这是你，那就请你让我的孩子复活吧！'她向他伸出双手，苦苦哀求。送殡的行列停了下来，小棺材被放到台阶上他的脚旁。他怜悯地看着，他的嘴唇再一次低语道：'大利大古米'——意为'闺女，你起来。'[1]那小女孩在棺材里抬起身，坐了起来，惊讶地睁着双眼，微笑着，望着周围。她的双手还抱着她躺在棺材里时抱着的那束白玫瑰[2]。人群中出现了骚动，有人在喊叫，有人在放声大哭，就在这时候，由红衣主教兼任的宗教大法官突然穿过广场走来，路过大堂。他是一位年近九十的老人，身材高大，腰板挺直，但是面容憔悴，眼睛塌陷，但依旧目光如炬。噢，他这时并没有穿光彩夺目的红衣主教服——可是昨天在放火焚烧罗马天主教的敌人的时候，他在民众面前，曾神气活现地身穿主教服——不，这时候，他只穿着一袭粗鄙的旧法衣。他身后，保持着一定距离，紧跟着他的几名板着脸的助手、奴隶以及他的'神圣'的护卫。他在人群前停下脚步，从远处向这边瞭望。他全都看见了，他看到有人把棺材放到那个的脚旁，他也看到那姑娘是怎样复活的，于是他的脸上顿时堆满了乌云。他皱紧他那白色的浓眉，他的两眼射出了凶光。他伸手一指，吩咐护卫立刻把那人拿下。他的权力就这么大，老百姓也养成了习惯，对

---

1 源出《马可福音》第五章第四十一、第四十二节，《路加福音》第八章第五十二—五十五节，《马加福音》第九章第二十三—二十五节。
2 西俗：白玫瑰是纯洁无邪的象征。

他服服帖帖，战战兢兢，百依百顺，因此群众立刻在护卫面前让开一条道，于是就在突然降临的一片死寂中，护卫向他伸出了魔爪，把他带走了。群众立刻像一个人似的匍匐在地，在年高德劭的宗教法官面前磕头如捣蒜，宗教法官默默地祝福了众百姓，然后扬长而去。护卫则把他们抓获的这名囚徒带到神圣法庭的一座古老大厦里的一间又黑又窄的拱顶牢房里，关了起来。白天过去了，一个黑暗、闷热、'透不过气来'的塞维利亚之夜降临了。周围是一片'月桂和柠檬香味'[1]。在一片深深的黑暗中，牢房的铁门忽然洞开，那位老者——大法官亲自掌着灯，慢慢地走进牢房。就他一个人，牢门在他身后又立刻关上了。他伫立在入口处，长时间地，足有一两分钟之久，仔细端详着他的脸。最后才慢慢走近前来，把灯放在桌上，对他说道：'是你？是你吗？'但是，没有得到回答，他又迅速加了一句：'你也无须回答，不用说话。再说你又能说什么呢？你要说什么，我太清楚了。而且你也无权对你过去说过的话再增添任何新的内容。你干吗要到这儿来妨碍我们呢？因为你就是到这儿来妨碍我们的，这，你自己知道。但是你知道明天将会发生什么事吗？我不知道你是谁，也不想知道：这是你，或者不过相貌像他，但是我明天一定要审判你，给你定罪，把你当作一个最凶恶的异端在烈火中烧死，而今天亲吻你脚的那些人，明天将会在我的一声号令下，蜂拥而上，对你火上加油，落井下石，你知道这个吗？是的，你知道也说不定。'他在洞察幽微的沉思中又加了一句，他的目光一刻也没离开过他的囚徒。"

"伊万，我不完全明白，这到底是什么意思？"阿廖沙微微一笑，他一直在默默听着，"这是没边没影的幻想呢，还是老年人常

---

1 引自普希金的悲剧《石客》(一八二六——一八三〇)，第二幕，略有改动。

犯的毛病，某种令人啼笑皆非的 qui pro quo[1]？"

"你就把这看成后者吧，"伊万大笑，"既然你已经被当代的现实主义惯坏了，经受不住一点幻想的成分，那就随你便吧，说是 qui pro quo 也未尝不可。倒也对，"他又大笑起来，"这老家伙九十岁了，人老了就爱认死理，因此他早该发疯了。这名囚徒的外貌也可能使他大吃一惊。最后，这也可能是一个九十岁老人临死前的梦魇和幻觉，昨天烧死一百个异端的火刑更可能使他头脑发热。但是，究竟是 qui pro quo 呢，还是没边没影的幻想呢，这对咱俩还不都一样？这里的事情仅仅在于这老家伙有话要说，整整九十年来他终于第一次公开说出了他埋藏在心底整整九十年的话。"

"而那名囚徒也不说话？看着他，一句话不说？"

"甚至在所有这类情况下，也应当这样。"伊万又笑了。"再说这老家伙已经对他说过，他无权对他过去已经说过的话再增添任何新内容。如果你不介意的话，起码照鄙人看来，罗马天主教最根本的特征也就在这里，他们说什么：'你既然把一切都已经交给了教皇，那么，现在教皇就应当大权独揽，你现在根本就不应当来，起码暂时不要来多管闲事。'类似的话，他们不仅在说，而且正在形诸笔墨，起码耶稣会就是这么做的。他们有自己的神学家，这话我在他们的书里读到过。'你是否有权向我们宣告你来的那个世界的哪怕一个秘密呢？'那老头问他道，接着他又自己替他回答：'不，你没有这个权利，你无权在你已经说过的话之外再增添什么，因为你无权剥夺人们的自由，这自由是你尚在人间的时候坚决捍卫过的。你将要重新宣告的一切，必将侵犯人们的信仰自由，因为这一切将作为奇迹出现，而人们的信仰自由，还在一千五百年以前，你就看得重

---

1 拉丁文：张冠李戴，颠三倒四，缠夹不清。

于一切。当时，你不是经常说"我要使你们得到自由"[1]吗？但是你现在不就看见这些自由的人了吗？'这老家伙忽然发出一声深沉的冷笑，加上了一句。'是的，这事曾经花费了我们高昂的代价，'他严厉地看着他，继续说道，'但是我们终于以你的名完成了这一事业。十五个世纪以来，我们为赢得这一自由历尽千辛万苦，但是现在这事完成了，彻底完成了。你不相信这事已经彻底完成了吗？你温顺地看着我，甚至对我毫无恼怒之意？但是，要知道，现在，正是眼下，这些人比过去任何时候都更确信他们是完全自由的，然而与此同时，他们自己又把自己的自由给我们送了来，服服帖帖地把他们的自由放到我们脚下。但是做到这点的是我们，你希望他们做到的是这样的吗，是这样的自由吗？'"

"我又闹不清了，"阿廖沙打断道，"他在讽刺，在取笑？"

"毫无此意。他正是把这点归功于他自己和他的那伙人，即他们终于压制了自由，而他们这样做正是为了使人能够幸福。'因为只有现在（他说的自然是拥有宗教法庭的时代）才有可能破天荒第一次地设想人们的幸福。人天生就不安分守己；难道一个不肯安分守己的人能够幸福吗？我们已经再三警告过你，'他对他说道，'我们对你不乏警告和指点，但是你不听警告，你拒不接受可以使人得到幸福的唯一道路，但是，幸好你在升天之前把这事交给了我们。你答应过，你用你的约言肯定过，你给予我们捆绑和释放的权力[2]，因此，很自然，你现在休想再把这个权力从我们手中夺去。你干吗要到这儿来妨碍我们呢？'"

---

1 耶稣基督曾对信他的犹太人说道："你们若常常遵守我的道，就真是我的门徒。你们必晓得真理，真理必叫你们得以自由"等等。（《约翰福音》第八章第三十一——三十六节，《路加福音》第四章第十八节）
2 宗教大法官提醒基督，他曾经对他的一名门徒说："我还告诉你，你是彼得，我要把我的教会建造在这磐石上；阴间的权柄不能胜过它；我要把天国的钥匙给你；凡你在地上所捆绑的，在天上也要捆绑，凡你在地上释放的，在天上也要释放。"（《马太福音》第十六章第十八——十九节）

"什么叫作'对你不乏警告和指点'？"阿廖沙问。

"这也正是老家伙想要说的主要问题。

"'一个可怕而又聪明的魔鬼，一个自戕和虚无的魔鬼，'老家伙继续道，'一个大恶魔曾同你在旷野里谈过话，这话都记载在《圣经》里并且告诉我们了，说他曾经似乎"试探"过你[1]。是不是这样呢？难道能够说出比他在这三个问题里向你宣示的道理更富真理的话来吗？但是你拒不接受，而且《圣经》上也把这称之为"试探"。不过话又说回来，如果说什么时候在人世间曾出现过令人振聋发聩的真正的奇迹的话，那正是在那一天，即进行这三次试探的那一天。正是在他提出的这三个问题里包含着这一奇迹。如果说我们可以大胆设想（仅仅为了尝试和举例），那个魔鬼提出的这三个问题已经在《圣经》里湮没无闻，消失得无影无踪的话，那我们就应当恢复这三个问题，重新想出和编出这三个问题，再重新把它们写到《圣经》里去，为此就必须将人世间的所有圣贤——统治者、祭司长、学者、哲学家和诗人统统集中起来，向他们提出这道课题：想出和编出这三个问题，但是这三个问题不仅应当包罗万象，而且必须用三句话，三句人说的话来说出世界和人类的整个未来史——你是否以为，将人间的全部智慧集中起来就足以想出就力量和深度而言能与这三个问题相类似的问题吗？而这三个问题当时的确曾经向你提出过，而且是由那个强大而聪明的魔鬼在旷野中向你提出来的。单就这些问题本身而言，单就提出这些问题这一奇迹而言，我们就不难懂得，这不是一个人的现有智慧能够提得出来的，而是某个永恒的、绝对的智慧的产物。因为这三个问题似乎集合成了一个整体，并预示着人类继往开来的整个发展史，同时在这三个问题中出现了

---

1 指《福音书》中记载的魔鬼曾三次"试探"耶稣的故事（《马太福音》第四章第——十一节；《路加福音》第四章第——十三节）。

三个形象，而在这三个形象里又集中了普天下人类天性无法解决的所有历史性矛盾。当时，这还不可能看得十分清楚，因为未来是不可知的，但是现在过去了十五个世纪，我们看到这三个问题已经预料到和预言到了一切，而且一切都被证实无误，因而对这三个问题既无须再增添什么，也无须再减少什么。

"'你自己说吧，究竟谁对？你对还是当时问你问题的那个魔鬼对？请回想一下第一个问题；虽然不是他的原话，但意思一样："你想进入人间，而且两手空空地去，答应给他们自由，可是他们由于自己的头脑简单和与生俱来的胆大妄为，根本不懂得什么叫自由，他们怕自由，一听见自由就胆战心惊，因为有史以来对于人和人类社会来说再没有什么东西比自由更叫人受不了的了！你看见这一片灼热的不毛之地上的这些石头了吗？如果你能把这些石头变成食物，人们就会像羊群一样跟着你跑，对你感恩戴德而且服服帖帖，虽然他们也将永远战战兢兢，生怕你把自己的手缩回去，不再给他们食物。"但是你不愿意使人们失去自由，拒绝了这一建议，因为你认为，如果他们的服服帖帖是用食物买来的，那又算什么自由呢？你反驳说，人活着不是单靠食物[1]，但是你知道吗，这人间的魔鬼正是以这食物为名起来反对你，跟你交战，并战胜你，于是大家都跟他跑了，还欢呼："谁能比这兽，他把天上的火给了我们！"[2]你知道吗，再过若干世纪，人类将用他们的绝顶聪明和科学向全世界宣告：没有犯罪，因此也没有罪孽，而只有饥饿的人群。"先让他们吃饱，再让他们讲道德！"——这就是写在他们旗帜上的口号，他们将举起这面旗帜反对你，你那圣殿将因这面旗帜而坍塌。你那

---

1 据《马太福音》载，这一个问题是这样提出来的："那试探人的进前来，对他说：'你若是神的儿子，可以吩咐这些石头变成食物。'耶稣却回答说：'经上记着说，人活着不是单靠食物，乃是靠神口里说出的一切话。'"
2 参见《新约·启示录》第十三章第四节："谁能比这兽，谁能与它交战呢？"第十三节：另一只兽"又行大奇事，甚至在人面前，叫火从天降在地上"。

圣殿的废墟上将矗立起一座新的大厦，一座可怕的巴别塔[1]将重新拔地而起，虽然这座通天塔跟过去那座一样也未能建成，但是你毕竟可以避免让人去重建这样的高塔，并把人们的苦难减少一千年，因为他们为重建这座高塔经历过千年的磨难之后，就会跑来找我们！他们会在隐藏在地下的墓窟里重新找到我们（因为我们重又受到了迫害和磨难），他们找到我们以后，就会向我们呼天抢地地喊道："给我们吃饱饭吧，因为那些答应把天上的火给我们的人，并没有把火给我们。"那时候就会由我们来建成他们想建造的通天塔，因为能够建成这座高塔的，只有那个能够让他们吃饱饭的人，而能够让他们吃饱饭的只有我们，用你的名义，或者假冒你的名义。噢，要是没有我们呀，他们是永远，永远也喂不饱他们自己的！只要他们仍旧是自由人，那任何科学也给不了他们食物，结果必定是他们把自己的自由拱手交给我们，并对我们说："还是奴役我们好，只要你们能让我们吃饱。"他们自己也终于懂得了：自由和饱餐人间的食物，对于任何人都是二者不可得兼的，因为他们永远，永远也学不会彼此公平分配！他们也将深信，他们永远也不可能成为自由人，因为他们生性软弱、行为放荡、为人渺小，而且叛逆成性。你曾经答应给他们天上的食物，但是我再说一遍，天上的食物，在生性软弱、永远放荡、永远不知感恩的人类的眼里，又怎能和人间的食物相比呢？就算为了能够吃到天上的食物，将会有成千上万的人跟你走吧，但是还有千千万万，乃至几百亿舍不得为了天上的食物舍弃人间的食物的人，又该怎么办呢？难道你看重的仅仅是那几万伟大而且强有力的人吗？难道余下的那千千万万人、多得像海滩上的沙子一样无数的芸芸众生，那些虽然是弱者、但爱你的人就应当充当

---

[1] 关于巴别塔的故事，参见《创世记》第十一章。巴别塔即通天塔，因上帝变乱人们的语言，人与人无法交际、协作，故该塔未能建成。

那些伟人和强者的材料吗？不，我们觉得这些弱者也是宝贵的。虽然他们品行恶劣，而且叛逆成性，但是到后来他们就会十分听话。他们将会对我们五体投地，认我们为神，因为我们身为他们的头领，竟同意把自由一脚踢开，进而统治他们——到后来他们就会认为做自由人实在太可怕了！但是我们将宣告，我们是听你的话，也是以你的名义进行统治的。我们将再一次欺骗他们，因为我们再也不会让你到我们身边来了。正是在这个欺骗中包含着我们的痛苦，因为我们不能不撒谎。这就是在旷野中向你提出的第一个问题的含义，也是你为自由而拒不接受魔鬼建议所产生的后果，因为你把自由看得高于一切。然而这问题中却蕴含着现世界的一大秘密。如果你同意变"食物"，你就能回答人（个别的人和整个人类）的一个普通而又永恒的烦恼——即"崇拜什么人"的问题。当一个人是自由人的时候，再没有比尽快找到一个他可以崇拜的人，更使他念念不忘和使他经常苦恼的问题了。但是人要寻找的是一个无可争议的崇拜对象，最好无可争议得让所有人一下子全同意崇拜他。因为这些可怜虫关心的不仅仅是找到一个我可以崇拜或者别人将会崇拜的对象，他要寻找的是一个所有人普遍信赖他，崇拜他的人，而且一定要**万众一心，普遍崇拜**。正是普遍崇拜这一需要，从太初以来便成为每个人，乃至整个人类最主要的痛苦。因为要做到普遍崇拜，他们便用剑来互相残杀。他们创造一个又一个的神，并不断呼吁对方："抛弃你们的神，过来崇拜我们的神，否则就要你们和你们那些神的命！"就这样一直继续到世界末日，甚至世界上的神都已销声匿迹：反正得找些偶像来顶礼膜拜。你知道，而且你也不可能不知道人的天性的这一基本秘密，但是你却拒绝接受交给你的这面唯一的绝对的旗帜，只有这面旗帜才能使所有的人无可争议地崇拜你——这是一面人间食物的旗帜，可是你却以自由和天上的食物的名义拒绝了它。你再看，你接着又做了什么。一切又都抬出了自由的名义!实话告诉你吧，一个人不幸而降临人世，而上天给予他的赠品就是自由，可是他急急忙忙地想找到一个他可以把自由赶快拱手交给他的人。但是只有那个可以使他们良心平静的人，才能握有他们的自由。连同食物一起又把一面无可争议的旗帜交给了你：你给食物，人们就崇拜你，因为没有任何东西比食物更无可争议的了，如果与此同时，有人把你撇在一边掌握了他的良心——那时候他甚至会抛弃你给他的食物，而去追随一个迷惑住了他的良心的人。就这点来说，你是对的。因为人类生存的秘密并不仅仅在于活着，而在于为什么而活着。一个人如果没有对为什么活着这一问题的坚定认识，他宁可自我毁灭，也不愿意在世上苟且偷生，尽管在他周围全是食物。这话倒也有理，但是结果怎样呢？你非但没有收回人们的自由，反而给他们增添了更多的自由！你难道忘了，平静，甚至死亡，对一个人来说，比分辨善恶中的自由选择更可贵吗？对于一个人来说，没有任何东西比良心的自由更具有吸引力的了，也没有任何东西比良心的自由更痛苦的了。你本应提供一个一劳永逸地安抚人的良心的坚实基础，但是你却取了一切不寻常的、可疑的和含糊不清的东西，取了一切人力达不到的东西，因此你的做法好像根本不爱他们似的——而这是谁呢：竟是那个前来为他们献出自己生命的人！你本应把人的自由收回去，可是你却增添了人的自由，使人的精神王国永远承受着渴望自由的折磨。你希望人能够自由地爱，能够自由地追随你，为你所吸引，被你所俘虏。取代说一不二的古代律法的[1]，是人今后必须用自由的心去解决什么是善，什么是恶的问题，而用来作为指导的只有他们面前的你的形象，但是难道你就没有想过，一旦他们被自由选择这一可怕的重负压得喘不过气来的

---

1 古老的律法指《圣经·旧约》，其中严格地逐一规定了犹太人的生活准则，而《圣经·新约》的最大诫命则是爱：爱主和爱人如己。正如《马太福音》所说："这两条诫命，是律法和先知一切道理的总纲。"（第二十二章第四十节）

时候，他们就会最终舍弃你的形象和你的真理，甚至会对此提出异议吗？他们会最终呼喊，真理并不在你手里，因为再没有比像你这么做，给他们留下这么多的烦恼和无法解决的问题，使他们更加心神不定和痛苦的了。由此可见，你自己就为摧毁你的国打下了基础，这事你无须再去责怪任何人。然而，向你提出的那三个问题对不对呢？人世间有三种力量，唯一的三种力量，它们能够永远征服和俘虏那些意志薄弱的离经叛道者的良心，这也是为了他们的幸福——这三种力量就是奇迹、神秘[1]和权威。你把它们一一拒绝了，你自己为起而效尤者作出了榜样。当可怕而又绝顶聪明的魔鬼让你站在殿顶上，对你说："如果你想知道你是不是神的儿子，你可以跳下去，因为经上记着说，天使将会托着他，带他飞走，因此他既摔不下来，也不会粉身碎骨，那时候你就会知道你是不是神的儿子了，那时候你就将证明你对你父的信仰有多坚定了。"[2]但是你听完了他的话后，并没有接受他的建议，你没有让步，你没有往下跳。噢，当然，你这样做像神一样很高傲，很了不起，但是那些凡夫俗子呢，那个软弱的离经叛道的种族——他们也是神吗？噢。你那时候很明白，你只要迈前一步，仅仅做个向下跳的姿势，那你立刻就在试探主，你就会丧失对主的全部信仰，你就会摔倒在你前来拯救的大地上，摔得粉身碎骨，而那个聪明的前来试探你的魔鬼便会兴高采烈[3]。但是我要再重复一遍，像你这样的人有多少呢？难道你当真以为，哪怕就一分钟吧，普通的凡夫俗子也经得住这样的试探吗？难道人的天性被创造出来就能够拒绝接受奇迹，而且在生命垂危这么可怕的时刻，在内心面临自己最可怕、最痛苦的根本问题时，还

---

1 原文为 **тайна**，具有神秘、奥秘、秘密三层意思。我们在下文中根据不同的上下文分别将此词译为神秘、奥秘和秘密，但原文都是同一个词。
2 关于魔鬼对耶稣的第二次试探可参阅《马太福音》第四章第五—七节。
3 当时耶稣对试探他的魔鬼说："经上又记着说，不可试探主你的神。"（《马太福音》第四章第七节）

能依然听凭心灵作出自由的抉择吗？噢，你知道你的丰功伟绩将永垂竹帛，万古流芳并将传遍天涯海角，你希望人们学你的样便能与上帝同在，并不需要奇迹。但是你不知道，人只要一旦舍弃了奇迹，也就立刻舍弃了上帝，因为与其说人在寻求上帝，不如说人在寻求奇迹。因为人离开了奇迹就活不下去，因此他就会给自己创造出许许多多新的奇迹，他自己的奇迹，他就会去膜拜巫医的奇迹、妖婆的巫术，尽管他本人是个地地道道的离经叛道者、异端和不信神的坏蛋。当人们讥诮你，挑逗你，向你喊叫："你从十字架上下来，我们就相信这是你"[1]时，你并没有从十字架上下来。而你之所以没有下来，依然因为你不愿用奇迹来降服人，你渴望的是自由的信仰，而不是依仗奇迹的信仰。你渴望的是自由的爱，而不是奴隶慑服于强大的威力而表现出的奴隶般的狂热。但是就在这方面你也把人看得太高了，因为他们虽然生来就不安分守己，但仍不免是奴隶。你不妨环顾四周，再好好想想，已经过去十五个世纪了，你再去看看他们：你究竟把什么人提高到你的水平了呢？我敢发誓，人生来就比你想象的要软弱和卑下！难道他，难道他能够做到你所做到的事吗？你把人看得太高了，因此你的做法就好像不再怜悯他们了似的，因为你对他们的要求太高了，而这样做的人是谁呢，竟是一个爱人甚于爱己的人！不要把人看得太高，也不要对人的要求太高，这样倒更接近于爱，因为这样人心的负担也就轻了。人是软弱的，也是卑鄙下流的。尽管他现在到处造反，反抗教会的权力，并以此感到自豪，这又有什么大不了呢？这不过是儿童和小学生的自豪。这不过是一帮孩子在课堂里造反，想赶走他们的老师罢了。但是小孩们的狂热就

---

1 据《马太福音》载：有人从十字架旁经过，便讥诮耶稣说："你如果是神的儿子，就从十字架上下来吧。"（第二十七章第四十节）

要到头了，他们将为此付出高昂的代价。他们将会把教堂推倒，使大地血流成河。但是这帮混账孩子迟早会懂得，尽管他们起来造反，但是他们造反的力量太薄弱了，不足以把他们的造反坚持到底。他们将会痛哭流涕，流着愚蠢的眼泪，终于认识到，那把他们造就成不安分守己的造反者的人，无疑是想要开他们的玩笑。他们将会在绝望中说出这一看法，于是他们的话就成了渎神，而由于渎神，他们将会变得更不幸，因为人的天性是不能容忍渎神的，因此它到头来将会永远因渎神而自谴自责。因而，你在为了他们的自由受尽凌辱和折磨之后，骚动、暴乱和不幸就成了人们现在的命运。你的大预言家在幻象和讽喻中说，他看见了所有第一次复活的人，每支派各一万两千人[1]。但是，即使复活了这么多人吧，那他们似乎已经不是人，而是神了。他们背负了你的十字架，他们在饿殍遍野、寸草不生的荒漠中忍饥挨饿了几十年，只能吃蝗虫和草根——你当然可以指着这些由自由和自由的爱产生的儿女，指着这些为了你的名而自由地、壮烈地牺牲的儿女而自豪。但是你要想想，他们一共才十几万人，而且全都是神，可是余下的人怎么办呢？其余的弱者，受不了强者所能忍受的苦难的弱者——他们又有什么过错呢？那些无力经受这么多可怕的考验的软弱的灵魂，又有什么过错呢？难道你当真只到少数选民那儿去，并且只为少数选民而降临人世吗？但是，如果是这样的话，那就未免神秘了，我们无法理解。既然是神秘，那我们也同样有权宣扬神秘，并且教他们相信神秘，重要的不是心灵的自由抉择，也不是爱，而是神秘，他们对此应当盲目服从，甚至可以置他们的信仰于不顾。因此我们也就这么做了。我们纠正了你建立的功德，我们把它建立在**奇迹、神秘**

---

1 参见《新约·启示录》第七章第四—一八节，这里的大预言家指《启示录》的作者约翰。据书中所载，当时受永生神的印的，各支派中共有十四万四千人（每支派各一万二千人）。

与权威之上。于是人们皆大欢喜了，因为他们又跟羊群一样被人轰着前进了，从他们心上也终于解除了那给他们带来如许痛苦的赠品。你倒说说看，我们这么教他们，自己也这么做了，到底对不对呢？我们那么老老实实地认识到人类的软弱无能，我们那么满怀爱地减轻他们心灵的负担，有时也让人类软弱无能的天性犯一点过错，但是必须在得到我们允许之后——我们这样做，难道不是因为我们爱人类吗？现在，你为什么来妨碍我们呢？你干吗用你那温柔的眼睛默默地、热忱地望着我呢？你暴跳如雷吧，我不要你的爱，因为我也不爱你。我对你何必隐瞒？难道我不知道我在跟谁说话吗？我要跟你说的话，你已经统统知道了，我从你的眼睛里看得出来。我哪能对你隐瞒得了我们的秘密呢？也许，你正想听我亲口把这秘密告诉你，那你听着：我们不是跟你同在，而是跟**他**[1]同在，这就是我们的秘密！我们早已经不跟你同在了，而是跟**他**同在，而且已经八个世纪了。整整八个世纪以前，我们从他手里接过了你当年愤然拒绝的东西，接过了他把世上的万国指给你看后送给你的最后的赠品[2]：我们从他手里接过了罗马和恺撒的剑，仅仅宣布自己是人间的皇帝，独一无二的皇帝，虽然至今我们还没来得及彻底完成我们的事业。[3]但是这是谁的过错呢？噢，这项事业至今还仅仅处在开始阶段，但是它毕竟开始了。要等它彻底完成还需要很长时间，人世间还要受很多苦，但是我们一定能达到这一目的，我们将成为恺撒，那时候我们就可以来考虑普天下的人的幸福了。话又说回来，本来你当时就可以接过恺撒的宝剑的。你干吗当时要拒绝这最后的赠品呢？如

---

1 指魔鬼。

2 这里指魔鬼对耶稣的第三次试探："魔鬼又带他上了一座最高的山，将世上的万国与万国的荣华都指给他看，对他说：'你若俯伏拜我，我就把这一切都赐给你。'耶稣说：'撒旦退去吧。'"（《马太福音》第四章第八—十节）

3 指公元七五六年成立的以天主教教皇为首的神权制国家（教皇国）。教皇既是天主教教会的首脑，又为一国之君，取得了世俗权力。

果你当时接受了强有力的魔鬼的第三个忠告，你就可以满足人在人间寻求的一切，即崇拜谁，把良心交给谁，以及大家最后怎样才能联合起来，变成一群无可争议的、共同生活在一起而又行动一致的芸芸众生，因为需要全世界联合起来乃是人的第三个，也是最后一个苦苦追求的目标。人类作为一个整体一向追求统一，而且一定要是全世界的统一。过去有过许多伟大的民族，它们有自己的伟大的历史，但是这些民族的地位越高，它们就越不幸，因为它们比其他民族更强烈地意识到必须把人们联合起来，实行全世界的统一。伟大的征服者帖木儿[1]和成吉思汗，像旋风般飞掠过大地，力图征服天下，他们虽然是不自觉的，但却同样表现了人类需要实行普天下统一的伟大要求。如果你接受了世界和恺撒的皇袍，你就可以创建一个全世界的王国，并给全世界带来太平。因为只有掌握了人们的信仰，并在自己手里握有他们食物的人，才能驾驭人类。我们也接过了恺撒的剑，当然，一旦接过他的剑，我们也就抛弃了你，跟他走了。噢，自由的头脑常常想入非非，他们的科学和吃人哲学还将猖獗许多世纪，因为他们没有得到我们允许就动手建造起自己的巴别塔，他们定将以人吃人而告终。但是到那时候，那头怪兽就会爬到我们身边，舔我们的脚[2]，他的眼睛里流出带血的眼泪，洒落在我们的脚上。于是我们就骑上这头怪兽，举杯祝贺，杯上将会赫然写着："奥秘哉！"[3]但是只有到那时，到那时候，人们渴望的那个太平

---

1 帖木儿（跛子帖木儿，一三三六——四〇五），帖木儿帝国的创建者，兴起于中亚撒马尔罕，曾远征波斯、南高加索、花剌子模、钦察汗国（一直打到伏尔加河）和北印度，他曾兴兵二十万远征中国，但中途病死。

2 关于一头从海中爬出来形似"红龙"的十角七头的兽，请参看《启示录》第十三章与第十七章第三—十七节。

3 在《启示录》第十七章中，先知约翰在自己的幻觉中看到"一个女人骑在朱红色的兽上"，"穿着紫色和朱红色的衣服"。她"手拿金杯，杯中盛满了可憎之物，就是她淫乱的污秽。在她额上有名写着说：'奥秘哉，大巴比伦，作世上的淫妇和一切可憎之物的母'"。在宗教大法官的皇皇宏论中，那个淫妇的所作所为实际上被他和他的同谋者（天主教会）取代了。

盛世才会降临。你以你的那些选民而自豪，但是你也只有这些选民而已，而我们却可以使所有的人坐享太平。再说，还有这样的情况：在这些选民中，以及有可能成为选民的强者中，有许许多多人因为等候你的降临，终于等累了，他们已经并将继续把他们的精神力量，他们的满腔热血转移到其他活动领域中去，到头来必将高高地举起自己的**自由**旗帜来反对你。但是，这面旗帜本是你自己举起的。在我们这里所有的人都将是幸福的，他们再也不会起来造反，再也不会像过去那样在享受你的自由时到处互相残杀。噢，我们一定会说服他们，让他们懂得，只有当他们为我们而放弃自己的自由并且对我们俯首帖耳的时候，他们才能成为真正的自由人。怎么样，我们是对呢，还是自欺欺人呢？他们自己将会确信我们是对的，因为他们一定会记起你那个自由使他们遭受到多么可怕的奴役和动乱。自由、胡思乱想和科学将会把他们带进一片林莽，使他们面对一片奇迹和无法解决的奥秘，以致他们中的一部分倔强和狂暴的人只能自我摧残，以自杀告终，另一部分人也很倔强，但是力量单薄，他们只能互相残杀，而剩下的第三部分人，都是些不幸的弱者，他们只好爬到我们的脚下，向我们呼唤：‘是啊，你们是对的，只有你们才明白他的奥秘，因此我才回到你们身边来，救救我们吧，把我们从我们自己手里救出来吧。’他们从我们手里领到食物时自然会清楚地看到，这食物是他们用自己的双手创造出来的，我们不过是从他们手里拿走后再发给他们罢了，并没有任何奇迹，他们将会看到我们并没有把石头变成食物，但是他们能从我们手里领到食物确实比能够吃到食物更高兴！因为他们记得太清楚了，过去，没有我们的时候，他们创造的食物在他们手里只会变成石头，可是他们回到我们身边之后，同样一些石头却在他们手里变成了食物。他们非常，非常珍惜，一劳永逸地俯首帖耳，其意义有多重大啊！当人们不懂得这道理的时候，他们是不幸的。请问，到底谁是罪魁祸首呢?到底是谁助长了这种愚昧呢?到底是谁搅乱了羊群,让他们在不可知的道路上疲于奔命呢?但是羊群又集合起来了,又变得乖乖地听话了,而且从此再也不会走散了。那时候我们将给他们平静而又谦卑的幸福,他们生来只配弱者的幸福。噢,我们将最终说服他们从此不要骄傲,因为你把他们捧得太高了,因而使他们学会了骄傲;我们将向他们证明,他们是弱者,他们是些可怜的孩子,但是孩子的幸福却比任何人的幸福更甜蜜。他们将会变得胆小如鼠,将会害怕地望着我们,偎依在我们身边,就像小鸟偎依在母亲的怀里一样。他们将会对我们不胜惊奇和害怕,将会为我们这么强大、这么聪明,竟能把这么一大群天不怕地不怕的数十亿之众制服得服服帖帖而感到骄傲。他们将会被我们的愤怒吓得战战兢兢,他们的思想将会变得谨小慎微,他们的眼睛将会像孩子和女人的眼睛一样总是眼泪汪汪,但是只要我们一挥手,他们也会很容易地破涕为笑,喜笑颜开,幸福得像孩子一样唱歌跳舞。是的,我们将会强迫他们干活,但是劳动之余我们将会把他们的生活安排得跟儿童游戏一样,既有孩子般的歌咏和合唱,也有天真烂漫的舞蹈。噢,我们也将允许他们犯错误,他们是软弱无力的,他们将会像孩子般爱我们,因为我们允许他们犯错误。我们将会告诉他们,任何过失都是可以弥补的,只要犯错误的时候得到我们允许就成;我们之所以允许他们犯错误,无非因为我们爱他们,因此对于这些过失的惩罚,我们也将当仁不让,就应该当仁不让嘛,而他们就会对我们感恩戴德,把我们看作恩人,因为我们在上帝面前替他们承担了罪责。他们将不会有任何隐瞒我们的秘密。我们将会允许他们或者不允许他们同自己的妻子和情妇同房,要孩子或者不要孩子——一切都看他们的听话程度而定——于是他们就会心悦诚服地听我们的话。他们将把折磨着他们良心的最痛苦的秘密,把一切的一切都向我们和盘托出,由我们来替他们解决一切,而他们将会快乐地信赖我们的决定,因为这将使他们摆脱大的烦恼，以及现在硬要他们本人来自由作出决定的可怕的痛苦。于是所有的人，除了几十万统治他们的人以外全都很幸福。因为只有我们，只有我们这些保守秘密的人才会不幸。将会有几十亿幸福的赤子和十万名代人受难者，因为后者主动承担了因能识别善恶而遭到的诅咒。他们将会平静地死去，为了你的名而平静地销声匿迹，在死后得到的只有死亡。但是我们将保存这秘密，为了他们的幸福，我们将用天国的永恒的奖赏引诱他们。因为即使在他世界真有什么的话，那当然也不是为他们这号人预备的。有人传颂，并且预言，你将会降临并再度获胜[1]，带着你的选民，带着你的那帮高傲而又强大有力的人一起降临人世，但是我们要说，他们只是拯救了自己，而我们却拯救了所有的人。他们还说那个坐在怪兽上、手握**奥秘**的淫妇将要受辱，那些弱者将会重新起来造反，撕碎她的皇袍，使她露出她那"可憎"的肉体。[2]但是那时候我将会站起来，指给你看几十亿不知道罪孽为何物的幸福的赤子。而我们这些为了他们的幸福主动承担他们的罪责的人，将会站到你面前，并且说："审判我们吧，只要你能够，只要你有这胆量。"要知道我并不怕你。要知道我也在那旷野里待过，我也吃过蝗虫和草根，我也曾祝福过你曾用来祝福人们的自由，我也曾想忝列你的选民之列，我也曾渴望"滥竽充数"，忝列于那些强大而有力的人们之列[3]。但是我醒悟了，我不愿为疯狂效劳。我回来了。我离开了那些高傲的人，

---

1 关于基督将再度降临人间，光明势力将最终战胜代表恶与不幸的黑暗势力，可参见《马太福音》第二十四章第三十节，以及《启示录》第十二章，第十九章，第二十章与第二十七章。

2 参见《启示录》第十七章第十五—十六节：天使对约翰说："你所看见那淫妇坐的众水，就是多民、多人、多国、多方。你所看见的那十角与兽必恨这淫妇，使她冷落赤身，又要吃她的肉，用火将她烧尽。"

3 参见《启示录》第六章第九—十一节："我看见在祭坛底下，有为神的道，并为作见证被杀之人的灵魂，大声喊着说：'圣洁真实的主啊，你不审判住在地上的人，给我们伸流血的冤，要等到几时呢？'于是有白衣赐给他们各人，又有话对他们说：'还要休息片时，等着一同作仆人的和他们的弟兄也像他们被杀，满足了数目。'"

为了那些谦卑的人的幸福而回到了那些谦卑的人里面。我对你说的话定将实现，我们的王国必将建成。再向你说一遍，你明天就会看到那帮驯服的芸芸众生，只要我一声令下，他们就会一窝蜂冲上前去把滚烫的火炭耙到我要烧死你的那个火堆上，我之所以要烧死你，就因为你跑来妨碍我们。因为，谁最有资格受到我们的火刑呢，那就是你。我明天非烧死你不可。Dixi[1].'"

伊万说到这里打住了。他说话时情绪激动，而且说得很来劲；但是等他把话说完，却忽地微微一笑。

阿廖沙一直默默地听着他说话，听到后来就非常激动了，多次企图打断哥哥的话，但是又分明克制住了自己，这时他忽然开口了，好像猛地跳将出来似的。

"但是……这是荒谬的！"他叫道，涨红了脸。"你的长诗是对耶稣的赞颂，而不是诋毁……像你希望做到的那样。而且谁会相信你说的关于自由的话呢？难道对自由应当这样，应当这样来理解吗？难道东正教是这样理解的吗？……这是罗马的看法，而且还不是整个罗马，这是不对的——这是天主教里的坏人，宗教法庭的法官，耶稣会士！……像你凭空臆造的大法官那样的人是根本不会有的。所谓替人们承担下来的罪责到底指什么呢？为了人们的幸福遭到某种诅咒的、掌握个中奥秘的人又指谁呢？你什么时候见过这样的人。我们知道有些人的团体叫作耶稣会，大家都说这些人坏，但是，你说的就是这些人吗？他们根本不是，根本就不是……他们不过是为建立未来的普世的地上王国的一支罗马军队罢了，为首的是皇帝——地上的罗马大主教……这就是他们的理想，但毫无神秘和崇高的忧虑可言……无非是一种想攫取权力，取得人世的肮脏财富，奴役他人的愿望……就像后来的农奴制那样，目的在于当地主……这就是他们追求的一切。也

---

1 拉丁语：我说完了。意为：该说的话我都说了，对得起自己的良心了。

许，他们连上帝也不信。你那位忧国忧民的大法官不过是幻想的产物……"

"等等，等等，"伊万笑道，"瞧你多么慷慨激昂啊。你说这是幻想的产物，就算是吧！当然是幻想的产物。但是对不起，话又说回来：难道你当真以为，最近几世纪以来，这整个天主教运动，当真仅仅想要攫取权力，仅仅是为了取得肮脏的财富吗？莫非派西神父是这么教你的？"

"不，不，相反，派西神父有一次说的话甚至跟你类似……但是，当然说的不是那事，完全不是那事。"阿廖沙忽然醒悟过来。

"不过，这倒是珍贵的情报，尽管你申明'完全不是那事'。我正想问你：为什么你说的那些耶稣会士和宗教法官沆瀣一气，仅仅是为了取得肮脏的物质财富呢？为什么在他们中间就不可能出现一个忧国忧民、热爱人类的受难者呢？要知道：不妨假定，在所有这些仅仅想得到肮脏的物质财富的人们中，终于出现了一个像我所说的那个宗教老法官一样的人，他自己也在旷野里吃草根，疯疯癫癫，压制着自己的肉欲，目的是为了把自己修炼成一个自由的、尽善尽美的人，但是，话又说回来，尽管他终生热爱人类，可是却猛地大彻大悟，终于看到，一旦达到随心所欲而不逾矩，也并不是什么了不起的精神幸福，因为他同时也看到上帝的其他千千万万的造物，他们的处境简直是个讽刺：他们永远无能为力，不知道应该怎样处置自己的自由。他也看到那些可怜的离经叛道者永远也成不了巨人，他们永远也建不成通天塔，他也看到，这样一些蠢鹅绝不能达到那个伟大的理想主义者所幻想的太和。他明白了这一切以后便回来加入了……聪明人的行列。难道这情况不可能发生吗？"

"参加到什么人的行列里，参加到什么聪明人的行列里？"阿廖沙近乎狂热地叫道。"他们那帮人里面既没有出类拔萃的聪明人，也没有任何奥秘和秘密……除非一样——不信神，这就是他们的全部秘密！你的那个宗教法官根本就不信上帝，这就是他的全部秘密！"

"就算这样吧！你总算想明白了。的确如此，这的确是全部秘密的关键，但是像他这样一个人，毕生在旷野里苦修，可是仍没有治愈他爱人类的痼疾，难道对于一个像他这样的人来说这不是受苦受难吗？他直到风雨飘摇的晚年才逐渐明白过来，只有那个可怕的大魔鬼的忠告，才能马马虎虎地使那些软弱无力的离经叛道者，使那些被'创造出来贻笑大方的未完成的试验品'过一种差强人意的生活。有鉴于此，他才终于明白必须按照那个聪明的魔鬼，那个代表死亡和毁灭的可怕的魔鬼的指点去做，因此就必须撒谎和骗人，有意识地把人们引向死亡和毁灭，而且一路上还必须欺骗他们，以免他们多少发觉正在把他们领到哪里去，为的是起码在半途中这些可怜的瞎子还自以为是幸福的。请注意，这欺骗还是以他的名进行的，而这老人终其一生都热烈信奉着他的理想！难道这不是不幸吗？统率这支'渴望权力，仅仅为了取得肮脏的财富'的大军的人当中，哪怕仅仅出现一个这样的人，难道还不足以引起一场悲剧吗？此外：只要为首的有一个这样的人就已足矣，整个罗马的事业（连同他的所有军队和耶稣会士）最后就会出现一个真正的指导思想，即这一事业的最高思想。我对你直说了吧，我坚信，在统率运动的人们中间是永远不会缺少这个唯一的人的。谁知道呢，在罗马的最高司祭中也许会出现这样一些唯一的人。谁知道呢，也许这个该死的老家伙（他是如此执着而又如此别出心裁地爱着人类）现在还健在——有许许多多这样绝无仅有的老人，他仅是其中之一，而且他的存在绝不是偶然的，而是作为一种协议，作为一种秘密同盟，这样的秘密同盟是早就安排好了的，其目的是为了严守秘密，不让那些不幸和软弱无力人知道，而这样做的目的也为了使他们幸福。这情况一定有，而且应该有。我觉得，甚至共济会在骨子里也有某种与这一奥秘相类似的东西，正因为此，天主教才那么恨共济会，认为它是竞争者，是来扰乱他们的思想统一的，而羊群应该统一，牧人应该只有一个[1]……话又说回来，我极力为我的想法辩护，倒像我是一个经不住你批评的著作家似的。好了，不谈这些了。"

"你也许自己就是共济会的吧！"阿廖沙猛地脱口而出。"你不信上帝。"他又加了一句，但神情已经十分沮丧。再说，他觉得二哥正嘲笑地看着他。"你这部长诗是怎么收场的呢？"他两眼望着地面，突然问道，"或者它已经完了？"

"我想这样来结束我的长诗：这位宗教法官闭上嘴以后，等待了若干时候，想听听他的这名囚徒怎么回答他。他的沉默使他感到难堪。他看到他的这名囚徒一直静静地、洞若观火地看着他，笔直地望着他的眼睛，分明不想说任何话来反驳他。老人很希望他能随便说点什么，哪怕这话让人听起来感到很苦涩，很可怕。但是他却猛地默默地走近老人，轻轻地吻了吻他那没有血色的九十高龄人的嘴唇。这就是全部回答。老人家感到不寒而栗。他的嘴角微微翕动了一下；他走到门口，打开门，对他说道：'走吧，别再回来了……永远不要再回来了……永远，永远也不要再回来了！'他说罢便放他到'这都市的黑暗的广场上'[2]去了。于是这名

---

1 共济会是世界上最大的秘密团体，起源于英国，后传遍世界各国。最早是由中世纪的石匠和建筑教堂的工匠行会演变而来，发展到后来它企图把自己的教义提高到世界宗教的地位，并想借助于这一宗教统治全人类。天主教一直是共济会的死敌。从一八四六年起罗马教皇庇护九世曾先后七次抨击共济会。伊万讲到天主教与共济会之争，是根据基督下面的话："凡一国互相纷争，就成为荒场，一城一家自相纷争，必站立不住。"（《马太福音》第十二章第二十五节）
2 引自普希金的诗《回忆》（一八二八）（略有改动）：

　　当喧闹的一天为凡人而沉寂下来，
　　在都市的静谧的广场上
　　覆盖下来那半透明的黑夜的影子……

囚徒就走了。"

"那老人呢？"

"这吻在他的心上燃烧，但是老人依然故我，并未改变他的想法。"

"那你，你也跟他站在一起？"阿廖沙伤心地惊呼道。伊万笑了。

"要知道，这都是瞎编的，阿廖沙，要知道，这不过是一个从来没有写过两行诗的糊涂大学生写的糊涂长诗。你干吗就当真了呢？难道你当真以为我会直接走到那儿，去找那些耶稣会士，加入到纠正他的功德的人的队列里去吗？噢，主啊，这跟我有什么关系呢！我不是告诉过你吗：我只想勉强活到三十岁，然后就把酒杯摔到地上，拂袖而去！"

"那苍翠欲滴的树叶，宝贵的坟墓，蓝天，心爱的女人呢？你准备怎么活下去，你用什么来爱他们呢？"阿廖沙伤心地惊呼。"胸中和头脑里装着这么一座地狱，难道这受得了吗？你正是想去同他们同流合污……如果不去，你就会自杀，你肯定会受不了的！"

"有这么一种力量，它什么都受得了！"伊万说道，发出一声冷笑。

"什么力量？"

"卡拉马佐夫家的……卡拉马佐夫家的卑劣的力量。"

"这就是沉湎酒色，让灵魂在腐化糜烂中窒息，是吗，是吗？"

"也许，这也算吧……不过就到三十岁，能幸免也说不定，到那时候……"

"怎能幸免呢？靠什么来幸免呢？凭你这样的想法是不可能的。"

"靠的就是卡拉马佐夫家的做法。"

"你说的是'为所欲为'吗？为所欲为，对吗，对不对？"

伊万双眉深锁，他的脸忽然奇怪地变得煞白。

"啊，你这是抓住了让米乌索夫昨天大为光火的那句话……这是昨天德米特里大哥那么天真地跳出来说的一句话，是不是？"

伊万苦笑了一下。"是的，也许吧——'为所欲为'，既然这话已经说出了口。我不准备否认。再说米坚卡的说法也不坏嘛。"

阿廖沙默默地望着他。

"弟弟，我要走了，我本来以为，起码在整个世界上我还有你这么个弟弟，"伊万突然动情地说，"可是我现在看到，即使在你心中，也不会有我的位置，我亲爱的隐修士。我决不否认'为所欲为'这一说法，那又怎么样呢，你是不是因此要与我一刀两断呢？"

阿廖沙站起来，走到他面前，默默地、轻轻地吻了吻他的嘴唇。

"剽窃！"伊万叫道，突然一变而为兴高采烈，"这是你剽窃我的长诗！不过，谢谢你。走，阿廖沙，咱们走吧，我该走了，你也该走了。"

他俩走了出去，但是在饭馆的台阶旁又停了下来。

"我还有句话，阿廖沙，"伊万声音坚定地说道，"如果我当真还有心思去观赏苍翠欲滴的树叶的话，只有想到你，我才会爱它。只要你还在这里的什么地方，对我就够了，我决不会厌世。你觉得这够了吗？如果你愿意，把这当作爱的表白也行。可现在你往右，我往左——够啦，你听见了吗，够啦。就是说，即使明天我不走（看来，我明天肯定会走的），咱俩还可能在什么地方再见面，你也不必再跟我提所有这些话题了，只字不提。我坚决请求你。至于德米特里大哥，这是我的又一请求，请你务必做到，甚至，再也不要跟我提起他，"他突然怒气冲冲地加了一句，"一切要谈的话都谈完了，一切要说的话都说完了，对不？为此，我也向你保证：到三十岁，当我想要'把酒杯摔到地上，拂袖而去'的时候，不管你在哪儿，我一定来找你，跟你再一次促膝长谈……哪怕我身在美国，也一定来，请你务必记住这点。我会特地来找你的。那时候能够来看看你倒也蛮有意思的：就看那时候你变成什么样了。你看，这可是一个郑重其事的保证。说真的，我们一别七年或者十年也说不定。好了，现在你去看你那位 Pater Seraphicus[1] 吧，他不是快要咽气了吗；要是他死了，你不在他身边，你说不定会生我的气的，说我耽搁了你。再见，再亲吻我一次，就这样，你走吧……”

伊万说罢，忽然转过身子，头也不回地径自走了。就像昨天德米特里大哥忽然扭头离开阿廖沙一样，虽然昨天完全是另一回事。这个奇怪的想法像箭似的飞掠过阿廖沙脑海，飞掠过这时他那既忧伤又悲哀的脑海。他站在原地稍候片刻，望着二哥的背影。不知为什么他忽然发现，二哥伊万走起路来有点摇摆，从后面看，他的右肩似乎比左肩略低。过去他从来没有注意到这点。但是他忽然也转过身子，拔腿几乎飞跑似的向修道院走去。已经暮色苍茫，他几乎感到一种恐惧；他心里似有一种他无法解答的新东西在逐渐增长。又像昨天一样，大风陡起，当他走进隐修区的小树林时，他周围的百年古松在阴郁地飒飒作响。他近乎奔跑。“Pater Seraphicus——这个称呼他一定是从什么地方看到的——从哪里呢？[2]”这想法在阿廖沙的脑子里一闪。“伊万，可怜的伊万，现在，我什么时候才能见到你呢……隐修区总算到了，主啊！是的，是的，这是他，他就是 Pater Seraphicus，他一定能拯救我……不受他[3]的蛊惑，永远不受他的蛊惑！”

后来，在他一生中，有许多次他十分困惑地想起，自从他跟伊万分手后，他怎么会把德米特里大哥忘得一干二净的呢，那天上午，也就在几小时前吧，他还拿定主意非找到德米特里不可，甚至当天不回修道院过夜也在所不惜。

---

1 拉丁文，意为"天使般的神父"。原指方济各（阿西西的）（一一八一或一一八二——一二二〇），意大利传教士，天主教方济各会和方济各女修会的创始人。天主教教会常称圣方济各为 Pater Seraphicus，据传，这源自他有一次曾亲见耶稣基督化身为六翼天使来看他。此处，伊万指佐西马神父。

2 这一说法源出歌德的诗剧《浮士德》第二部的最后一幕，其中曾出现"天使般的神父"。

3 指魔鬼。

六、暂时还很不明朗的一章

伊万·费奥多罗维奇在跟阿廖沙分手之后就回家了，回到费奥多尔·帕夫洛维奇的私宅。但是说来奇怪，有一种令人难以忍受的烦恼猛地向他袭来，主要是，每走一步，越接近家门，这种烦恼就越强烈。这奇怪还不在烦恼本身，而在伊万·费奥多罗维奇怎么也弄不清他到底在烦恼什么。过去，他也曾常常觉得烦恼，在这样的时刻，烦恼忽然袭来，本来也不足为怪，因为明天他就要与吸引他到这里来的一切突然一刀两断了，准备在人生中再来个急转弯，踏上一条新的、十分渺茫的路，又像过去一样形单影只，满怀希望，但又不知道究竟在希望什么，他对人生有许多企盼，企盼的东西也实在太多了，但是他又说不清他究竟在企盼什么，究竟有什么愿望。尽管他心里的确有一种新的无名的烦恼，但是此时此刻折磨着他的完全不是这个。"难道是对老家的厌恶？"他在心里思忖。"好像是这么回事，实在令人厌恶透了，尽管今天我是最后一次跨过这道可憎的门槛，我还是觉得恶心……"但是不对，也不是因为这事。该不是因为要跟阿廖沙告别，刚才跟他进行的那场谈话吧："多少年来我跟全世界不说一句话，噤若寒蝉，不屑开口，却冷不防说了一大堆废话。"说真的，这也是可能的，由于年轻而缺乏经验，由于年轻而爱好虚荣，因而产生了一种年轻人的懊恼，懊恼自己不会说话，说得不好，而且还是跟阿廖沙这样的人说话，而他心里肯定对阿廖沙抱有很大希望。当然，这种心情也是有的，即这种懊恼，甚至肯定会有的，但是这也不对。"烦恼到令人作呕，但是又说不清我想要什么。除非不去想它……"

于是伊万·费奥多罗维奇就尝试着"不去想它",但是这样做也无济于事。主要是这烦恼令人懊丧、令人生气的是它具有一种偶然的、纯属表面的外观；这是感觉得出来的。有个什么人或者有个什么物，老在什么地方待着，戳着，就像有什么东西有时候老戳在眼前一样，无论你在做事，还是在同别人热烈地交谈，它总戳在那儿，你看不见它，可是你却分明很恼火，几乎很痛苦，直到最后你才明白过来，把那个刺眼的东西拿开，而这常常是一件不足挂齿的十分可笑的东西，例如把什么东西忘了，没有把它放到应放的地方去，掉在地上的一块手帕，一本没有放进书橱的书，等等，等等。最后，伊万·费奥多罗维奇心绪恶劣和心情烦躁地终于走到了父亲的家，忽然，在离边门约莫十五步的地方，他向大门张望了一下，一下子明白过来了，使他如此痛苦和如此心神不定的那事儿究竟是什么。

在大门旁的一张小矮凳上坐着用人斯梅尔佳科夫，他正在户外纳凉，伊万·费奥多罗维奇对他一瞥之后就明白了，使他长久不能释然的就是这用人斯梅尔佳科夫，他心中最受不了的也正是这人。一切都变得一清二楚了。方才，还在听阿廖沙讲他怎样遇见斯梅尔佳科夫的时候，就有某种阴暗的、令人反感的东西突然刺进他的心，并在他心中立刻引起憎恶的反应。后来，因为光顾着跟阿廖沙说话了，斯梅尔佳科夫的事被暂时忘了一边，但是积淀在他心里，直到跟阿廖沙分手之后，独自一人走回家的时候，那个被遗忘的感觉才陡然浮上他的心头。"难道这个混账东西竟能让我不安到这般地步吗！"他想道，感觉自己气不打一处来。

问题在于，近来，尤其是最近几天以来，伊万·费奥多罗维奇的确很不喜欢这个人。甚至他自己都开始发现他对这人抱有一种越来越强烈的近乎憎恨的感觉。也许，憎恨之所以这样尖锐，乃是因为伊万·费奥多罗维奇刚来敝县之初，情况恰好完全相反。那时伊万·费奥多罗维奇突然对斯梅尔佳科夫产生了一种特别的好感，甚至认为他是一个与众不同的人。他主动跟他交谈，使他习惯于跟他谈话，但每次都惊讶地发现这人有点糊涂，或者不如说，他这人有点爱胡思乱想，他不明白究竟是什么东西居然会使"这个静观、内向的人"冥思终日而又如此心神不定。他俩还谈了许多哲学问题，甚至还谈到，既然太阳、月亮和星星直到第四天才创造出来，为什么第一天就有了光，[1]这事到底应该怎么理解。但是伊万·费奥多罗维奇很快就看到，问题根本不在太阳、月亮或星星，虽然太阳、月亮和星星是一个饶有兴趣的问题，但是对于斯梅尔佳科夫来说，这完全是次要而又次要的问题，他的言外之意与此完全不同。不管怎么说吧，反正他那无限的自尊心，而且是受到侮辱的自尊心开始表现和暴露出来了。伊万·费奥多罗维奇很不喜欢他的这一表现。因此就开始对他产生反感。后来家里闹起了纠纷，出现了格鲁申卡，闹起了大哥德米特里的事，麻烦事一件接一件——他俩也常常谈到这些事，虽然在谈到这些事的时候，斯梅尔佳科夫每次都很激动，但是怎么也弄不清他本人到底对此抱什么态度。有时候他的某种态度也会身不由己地流露出来，但永远态度暧昧，令人琢磨不透，他的有些态度既不符合逻辑又朝三暮四，只能让人感到吃惊。斯梅尔佳科夫对什么都爱刨根问底，常常绕着弯儿提出一些显然是明知故问的问题，但是他问这些究竟要干什么呢——他又不予说明，而且在问东问西问得最热闹的时候常常会突然打住，顾左右而言他，说起了完全不相干的事。但是终于使伊万·费奥多罗维奇大光其火并使他产生强烈反感的，主要是斯梅尔佳科夫开始对他使劲儿表现出一种让人恶心而又特别的亲昵劲儿，而且愈演愈烈。倒不是说他放肆到了熟不拘礼的地步，相反，他说话的态度永远毕恭毕敬，但是，事情看上去却常常是这样，斯梅尔佳科夫天知道为什么显然自以为

---

1 关于上帝创造天地的过程，请参看《旧约·创世记》第一章。

他在某件事情上似乎与伊万·费奥多罗维奇终于达成了共识，说话时老是那么一副腔调，似乎他俩之间有什么事早就商量好了，但是心照不宣，保守秘密，这事只有他俩知道，至于他俩周围的芸芸众生，甚至说出来，他们也不见得懂。话又说回来，当时伊万·费奥多罗维奇很久都没弄明白自己对他的这种越来越强烈的反感到底从何而来，直到最近才终于弄明白这到底是怎么回事。现在，他本想以一种不屑一顾的恼怒状默默地走过去，对斯梅尔佳科夫不看不理，就直接走进边门，可是斯梅尔佳科夫却从小凳子上站了起来，仅仅根据这一姿势，伊万·费奥多罗维奇霎时就明白了，斯梅尔佳科夫想跟他单独谈谈。伊万·费奥多罗维奇看了看他，站住了，因为他忽然驻足不前，而不是像他一分钟前想做的那样径直走过去——这使他很恼火，气不打一处来。他恼怒而又厌恶地看着斯梅尔佳科夫那像阉割派[1]教徒一样枯瘦的脸，后者两鬓的头发拢在脑后，而且梳了个小小的飞机头。他的左眼微微眯起，不停地眨着，在笑，似乎在说："走什么，你走不了，要知道，咱们两个聪明人有许多话要说哩。"伊万·费奥多罗维奇气得发抖：

"滚，混账东西，我跟你谈不到一块儿，混蛋！"这话本来就要脱口而出，但使他十分诧异的是，从他的舌尖上飞出来的竟完全是另一番话。

"我爸爸怎么样？睡着了还是醒了？"他低声而又温和地说，自己都感到意外，他忽然，也完全出乎意料地坐到了小板凳上。他后来想起这事时发现，当时他霎时间几乎害怕起来。斯梅尔佳科夫站在他面前，倒背着双手，充满自信而又近乎严厉地望着他。

"还睡着哩，您哪。"他不慌不忙地说道。（言外之意似乎在说："是你先开口说话的，而不是我。"）"我瞧着您觉得纳闷，先生。"他

---

1 俄罗斯的一种教派，其教义是用阉割的办法根绝肉欲。

沉默片刻后又加了一句，有点装模作样地垂下了眼睛，接着伸出右脚，摆弄着那只皮鞋的鞋尖。

"你对我有什么可纳闷的？"伊万·费奥多罗维奇生硬而又严厉地说道，使劲克制着自己，但是他又忽然厌恶地明白了，他感到对方有一种非常强烈的好奇，如果不满足这一好奇心，他是无论如何不会离开这里的。

"先生，您干吗不到契尔马什尼亚去呢？"斯梅尔佳科夫忽地抬起他那小眼睛，亲昵地微微一笑。他那微微眯起的左眼似乎在说："我究竟笑什么，既然你是聪明人，就应该明白我的意思嘛。"

"我干吗要到契尔马什尼亚去？"伊万·费奥多罗维奇觉得奇怪。

斯梅尔佳科夫又沉吟不语。

"费奥多尔·帕夫洛维奇不是亲自求过您这事儿吗，您哪。"他终于不慌不忙地说道，仿佛他自己都不以为他的回答有什么价值，他的言外之意似乎在说：我用这个次要而又次要的理由来搪塞，无非是想找句话说说罢了。

"哎呀，见鬼，你要说就说清楚点，你究竟要说什么？"伊万·费奥多罗维奇终于愤怒地叫起来，由平静一变而为粗鲁。

斯梅尔佳科夫把右脚收回，靠近左脚，把身子挺直了些，但是继续镇定地看着他，脸上仍旧挂着刚才的那丝笑容。

"什么要紧的事也没有，您哪……说到话头上，随便说说，您哪……"

他又沉吟不语。双方沉默了大约一分钟。伊万·费奥多罗维奇知道他应该立刻站起来，并且立即发火，可是斯梅尔佳科夫却站在他面前，似乎在等候："我倒要看看你会不会发火！"起码伊万·费奥多罗维奇是这么感觉的。他终于晃动了一下身子，想站起来。斯梅尔佳科夫仿佛逮住了这一刹那。

"我的处境太可怕了，伊万·费奥多罗维奇，简直不知道怎么办才好了。"他忽然坚定地、一字一句地说道，说完最后一个字后还叹了口气。伊万·费奥多罗维奇立刻又坐了下来。

"两人都由着性子胡来，两人都快成不点大的小孩了，您哪。"斯梅尔佳科夫继续道。"我说的是令尊和令兄德米特里·费奥多罗维奇。现在他老人家一起床，我是说费奥多尔·帕夫洛维奇，就会立马一刻不停地缠住我：'她怎么还不来？她干吗还不来？'就这么一直问到半夜，甚至到下半夜。要是阿格拉费娜·亚历山德罗芙娜不来（因为她根本就没打算来，也永远不会来，您哪），第二天一早，他老人家就会再次冲我嚷嚷：'她干吗不来？她为什么不来，什么时候来？'——倒好像她不来是我的错似的。另一方面，还有这么一档子事，只要天一黑，甚至天还没黑，您大哥就两手拿着枪在附近出现，说什么：'小心了，你这骗子，你这火夫，你要是看走了眼，把她放过去了，还不让我知道她来了，我先要了你的命。'一夜过去了，第二天一早，大少爷也跟费奥多尔·帕夫洛维奇一样，又会从头开始，拼命折磨我：'她为什么不来，是不是快来了？'——倒好像那位太太没来是我在大少爷面前再一次犯了什么过错似的。这两位老少爷们，每天每日，每时每刻，肝火越来越旺，我有时候害怕得真不想活了，您哪。先生，我对他俩简直毫无办法，您哪。"

"你干吗要掺和进去呢？你干吗要给德米特里·费奥多罗维奇通风报信呢？"伊万·费奥多罗维奇恼火地说。

"我怎么能不掺和进去呢？其实我根本就没掺和进去，如果您让我有一说一的话，您哪。一开头我老不吭气，虽然我不敢说一个不字，是大少爷硬要我做他的听差利恰尔达[1]的。从那时起他一见我就向我吆喝：'你要是把她放过去了，我就打死你这骗子！'我琢磨着，

---

1 十六世纪中叶，俄国有部翻译小说，是讲博瓦王子的故事的，利恰尔达就是小说中格维东国王的听差。这部内容鄙俗的小说曾流传民间，一版再版，直至一九一八年。

先生，我明天非发羊痫风不可，长长的羊痫风。"

"什么叫长长的羊痫风？"

"就是说发作时间很长，非常长，您哪。接连几小时，说不定会持续一两天。有一回，我接连发了两三天病，当时从阁楼上摔了下来。抽风一停，接着又开始发作；整整三天我都昏迷不醒。当时，费奥多尔·帕夫洛维奇就让人去请赫尔岑什图勃，他是这里的一名大夫，您哪，于是这位大夫就把冰敷在我头上，此外还用了一种什么药……差点没病死，您哪。"

"听说，羊痫风事先没法知道什么时候犯病。你怎么说明天准会犯病呢？"伊万·费奥多罗维奇非常好奇又没好气地问道。

"确实没法事先知道，您哪。"

"再说你当时是从阁楼上摔下来的。"

"我每天都要爬阁楼，明天我也可能从阁楼上摔下来。即使不从阁楼上摔下来，也会一跤摔进地窖，您哪，我每天都有事要下地窖，您哪。"

伊万·费奥多罗维奇看了看他，看了好长时间。

"我看你在瞎掰，而且对你这人我也有点摸不透，"他低声但是又有点令人望而生畏地说道，"你是不是想明天假装发羊痫风，生它三天病？是吗？"

斯梅尔佳科夫本来一直看着地面，现在又重新摆弄起他的右脚尖，这时他把右脚收了回来，伸出左脚，抬起头，微微一笑，说道：

"假如说我会玩这套把戏，我是说装假，因为一个精于此道的人要做到这点根本不难，那为了活命我完全有权采取这一手段；因为要是我卧病在床，即使阿格拉费娜·亚历山德罗芙娜来找大少爷他爹，大少爷也决不会拿一个病人是问：'你干吗不来禀报？'这话他就说不出口了。"

"哼，见鬼！"伊万·费奥多罗维奇忽然气势汹汹地骂道，他的脸都气歪了。"你怎么总是贪生怕死呢！德米特里大哥的所有这些威胁不过是在气头上说说罢了。他不会杀你的；即使杀人，也不会杀你！"

"他会像拍死一只苍蝇一样杀死我的，我一定首当其冲，您哪。此外，我还怕另一件事：可别把我看作跟大少爷是一伙的，他会对他爹作出什么荒唐的事来也说不定。"

"怎么会认为你是他同伙呢？"

"我之所以会被认作同伙，因为我把一些极秘密的暗号告诉了他，您哪。"

"什么暗号？告诉谁了？他妈的，说清楚点嘛！"

"实不相瞒，"斯梅尔佳科夫慢条斯理而又镇定自若地说道，"这牵涉到我跟费奥多尔·帕夫洛维奇的一个秘密。您自己也知道（如果您也知道这事的话），老爷已经一连好几天，一到夜里，甚至天刚刚擦黑，就立刻把门反锁上了。近来您每次都回来得很早，而且一回来就上楼回自己的房间，而昨天，压根儿就没走出房门一步，因此您也许不知道，老爷现在可小心了，每到夜里非锁上门不可。即使格里戈里·瓦西里耶维奇亲自前来，老爷也得听清的确是他的声音后才会给他开门，您哪。但是格里戈里·瓦西里耶维奇并不常来，因此眼下在屋里伺候他老人家的就我一个人，您哪——因此自从老爷跟阿格拉费娜·亚历山德罗芙娜搞起了这套把戏后就亲自规定，而且现在，根据他老人家的安排，连我都得离开他去耳房过夜，但是半夜以前不许我睡觉，他让我值夜，起来巡视院子，等着阿格拉费娜·亚历山德罗芙娜来，您哪，因为他老人家像个疯子似的已经等她来好几天了。老爷是这么考虑的，他说：她怕他，怕德米特里·费奥多罗维奇（老爷管他叫米季卡，您哪），因此只能在半夜，尽可能晚些，经由后院进来看我；他说，你给我守着她点，一直到半夜和超过半夜。如果她来了，你就赶快跑到我的房门前，敲敲我的门或者从花园里敲敲我的窗子，先用手敲两下，轻一点，就这样——一、二，然后再立刻敲三下，快一点——咚咚咚。老爷说：这样，我就会立刻明白是她来了，我会悄悄地给你开门的。如果出现什么紧急情况，老爷又告诉了我在这种情况下的另一种暗号：先敲两下，要快——咚咚，然后稍候片刻，再敲一下，声音要重得多。这样，老爷就明白出现了某种突如其来的情况，我有要紧事求见，他也会给我开门，让我进去禀告。这是因为阿格拉费娜·亚历山德罗芙娜可能自己不来，而是派人来捎个口信；此外，德米特里·费奥多罗维奇也可能来，那也要立刻通报：他就在附近。老爷很怕德米特里·费奥多罗维奇，所以即使阿格拉费娜·亚历山德罗芙娜已经来了，老爷跟她一起反锁在屋里，而这时德米特里·费奥多罗维奇却出现在附近，一旦发生这种情况，我也务必立刻把这一情况禀报他老人家知道，敲三下；因此，头一种暗号，敲五下，意思是——'阿格拉费娜·亚历山德罗芙娜来了'，而第二种暗号，敲三下，意思是——'有急事求见'；为此，他老人家还亲自示范，教了我好几次，并做了说明。因为普天下知道这两种暗号的就我和老爷俩，因此他老人家会毫不怀疑，而且无需追问是谁（他很怕发出声音），就会把门打开。可是这些暗号德米特里·费奥多罗维奇现在全知道了。"

"他怎么会知道的呢？你告诉他了？你怎么胆敢给他通风报信呢？"

"不就是因为害怕吗，您哪。我怎么敢在他面前隐匿不报呢？德米特里·费奥多罗维奇每天都来逼问我：'你骗我？一定有什么事情瞒着我吧？我非得把你的两条腿打断不可！'我被少爷逼得没办法，只好把这些暗号告诉了他，起码让他看到我的一副奴才相，这下他也就满意了，认为我没骗他，而是变着法地给他通风报信。"

"如果你觉得他会利用这些暗号闯进屋去，可不能放他进去呀。"

"要是我犯病了，自己都躺倒了，即使我有这个胆量不放他进去，虽然我知道，他这人是什么事都做得出来的，我怎么不放他进去法呢，您哪？"

"哎呀，活见鬼！为什么你这么有把握非发羊痫风不可呢？真是活见鬼！你该不是拿我开玩笑吧？"

"我怎么敢拿您开玩笑呢，都吓成这样了，哪顾得上开玩笑！我预感到肯定会犯羊痫风，我有这样的预感，单凭吓成这样，也非发作不可，您哪。"

"哎呀，真见鬼！要是你躺倒了，那守候这任务就得由格里戈里来做。你应当先关照一下格里戈里，让他别放他进去。"

"关于暗号，没有老爷的吩咐，我是无论如何不敢告诉格里戈里·瓦西里耶维奇的，您哪。至于让格里戈里·瓦西里耶维奇在看见少爷来时别放他进去这事儿，偏他打从昨天起就病倒了，而马尔法·伊格纳季耶芙娜打算明天给他治病。这是方才他俩说好了的。他们的治疗方法还蛮有意思的，您哪：马尔法·伊格纳季耶芙娜知道一种药酒，您哪，平时老泡着，是用一种草药泡的，很浓——是秘方，您哪。她就用这种秘传的药酒每年给格里戈里·瓦西里耶维奇治三次病，他有腰痛的老毛病，每年约莫犯三次，一犯病就全身不能动弹。他一犯病，马尔法·伊格纳季耶芙娜就拿一条毛巾，蘸上这药酒，擦他的整个后背，擦半小时，直到把药酒擦干，全身擦得通红，都擦肿了为止，您哪，然后再把这药瓶里剩下的药酒给他喝下，再念一段祷告词，不过不让他通通喝光，因为她趁这个难得的机会还要给自己留下一小部分，也顺便喝点儿，您哪。不瞒您说，他俩都不会喝酒，一喝就醉，而且沉睡不醒，要睡很长时间，您哪，到格里戈里·瓦西里耶维奇一觉醒来，往往病也就好了，您哪，而马尔法·伊格纳季耶芙娜醒来后，往往闹头疼。因此，赶明儿，要是马尔法·伊格纳季耶芙娜如法炮制，那他俩就未必听得见什么动静，更不用说不让德米特里·费奥多罗维奇进去了，您哪。他们会睡着的，您哪。"

"真是扯淡！这一切偏偏赶到一块来了：你要发羊痫风，他俩醉得不省人事！"伊万·费奥多罗维奇叫道，"该不是你自己想使坏，让这一切都凑到一块了吧？"他忽然脱口道，恶狠狠地蹙起了眉头。

"我怎么会使坏呢，您哪……干吗要使坏呢，因为这里一切都取决于德米特里·费奥多罗维奇一个人，都取决于他的一念之差，您哪……大少爷想干什么就干什么，您哪，大少爷不想干，总不能硬把他领来，硬让他进去见他爹吧。"

"既然你自己也说阿格拉费娜·亚历山德罗芙娜压根儿就不会来，他干吗要到父亲那儿去，而且还要偷偷摸摸去呢，"伊万·费奥多罗维奇继续道，脸都气白了，"你自己不也这么说吗，而且我住在这里，也一直深信老人家不过是异想天开，以为这贱货会来找他。既然她不会来，德米特里干吗要冲进去跟老头算账呢？你说呀！我倒想听听你是怎么想的。"

"你自己也知道大少爷到这儿来干吗，这跟我怎么想有什么关系呢？大少爷来，因为他心里有气，或者因为，比如说，我偏在这时候病了，他起了疑心，就会按捺不住，硬要闯进来看看，就像昨儿个那样搜遍所有的房间：她该不会悄悄地躲着他跑进去了吧。大少爷也很清楚，费奥多尔·帕夫洛维奇准备了一个大信封，里面装有三千卢布，还盖上了三个封印，扎了一根缎带，老爷还亲笔写了两行字：'如芳驾亲临，便赠予我的天使格鲁申卡'。后来，过了两三天，他又在下面加了一句：'赠予我的小鸡'。正是这点令人觉得可疑，您哪。"

"胡说八道！"伊万·费奥多罗维奇几乎发狂似的叫道。"德米特里决不会谋财害命，更不会因此杀死父亲。他昨天因为气疯了，加上犯浑，倒可能因格鲁申卡的缘故杀死父亲，但是绝不会谋财害命！"

"大少爷现在很需要钱，您哪，需要到了极点，伊万·费奥多罗维奇。您都不知道他需要到什么程度。"斯梅尔佳科夫异常镇定而又十分清晰地解释道。"再说，这三千卢布，大少爷现在都已经把它看成是他自己的财产了，他曾向我亲自说明这道理：'我爹还欠我整整三千。'除此以外，伊万·费奥多罗维奇，您再考虑一桩铁板钉钉的事：要知道，应该说，这几乎是十拿九稳的，我是说阿格拉费娜·亚历山德罗芙娜，只要她愿意，她肯定会让他娶她，我是说老爷，也就是费奥多尔·帕夫洛维奇，只要她愿意就成——嗯，说不定她还真愿意，您哪。要知道，我也不过这么一说，说她不会来，说不定她不止愿意，还想干脆做这里的太太呢。我也知道，她那位掌柜的萨姆索诺夫曾经十分坦率地对她本人说过，这事倒也挺不赖嘛，说这话时，她还笑了。她这人呀，脑子灵着呢，您哪。她是不会嫁给像德米特里·费奥多罗维奇这样的穷光蛋的，您哪。如果现在把这也考虑进去的话，您自己想想，伊万·费奥多罗维奇，到那时候，非但德米特里·费奥多罗维奇，甚至您和令弟阿列克谢·费奥多罗维奇，在令尊死后都将一无所有，连一个卢布都不会给你们，您哪，因为阿格拉费娜·亚历山德罗芙娜之所以要嫁给老爷，就是为了捞一把，把所有的财产都归到自己名下，您哪。要是令尊现在就死，趁这一切什么也没有发生，你们每个人就可以立刻稳拿四万卢布，甚至老爷那么恨的德米特里·费奥多罗维奇也不例外，您哪，因为老爷还没立遗嘱，您哪……这一切，德米特里·费奥多罗维奇都知道得一清二楚……"

伊万·费奥多罗维奇的脸上似乎有什么东西在抽搐和抖动了一下。他蓦地满脸通红。

"那你干吗在发生了这一切之后还要劝我到契尔马什尼亚去呢？"他突然打断了斯梅尔佳科夫的话。"您想用这个来说明什么呢？如果我走了，你们这儿马上就该出事了。"伊万·费奥多罗维奇连气都喘不过来了。

"此话不假，您哪。"斯梅尔佳科夫似乎胸有成竹地低声道，然而，又凝神注视着伊万·费奥多罗维奇。

"什么此话不假？"伊万·费奥多罗维奇追问，使劲克制着自己，两眼闪着威严的光。

"我是爱护您才说这话的。换了我是你，而我又在这儿的话，我一定立刻撇下一切……决不待在这个是非之地，您哪……"斯梅尔佳科夫回答，带着极其坦然的神情望着伊万·费奥多罗维奇目光炯炯的眼睛。两人沉默少顷。

"你好像是个大白痴，当然，也是个……大混蛋！"伊万·费奥多罗维奇突然从小凳上站了起来。接着他想立刻走进边门，但又忽然停住脚步，猛地向斯梅尔佳科夫转过身来，发生了一件奇怪的事：伊万·费奥多罗维奇突然好像抽风似的咬紧嘴唇，握紧拳头，而且——再过一刹那，眼看就要向斯梅尔佳科夫猛扑过去。起码，在这瞬间，斯梅尔佳科夫注意到了这一点，他打了个哆嗦，全身往后一缩。但是对于斯梅尔佳科夫这一刹那却顺顺当当地过去了，伊万·费奥多罗维奇只是默默地，但又似乎迟迟疑疑地转过身去，向边门走去。

"如果你想知道的话，我明天就到莫斯科去——明天，一早——就这些！"他忽然愤愤地，一字一顿地大声说道，后来他自己都觉得奇怪，他有什么必要把这事告诉斯梅尔佳科夫呢。

"这就最好不过了，您哪，"斯梅尔佳科夫好像就等着这话似的接口道，"不过，要是出了什么事，那就只得从这里打电报通知您啰，再麻烦您从莫斯科回来，您哪。"

伊万·费奥多罗维奇又站住了，又向斯梅尔佳科夫急速地转过脸来。但是又发生了跟刚才相同的情况。斯梅尔佳科夫那股亲昵劲儿和满不在乎的态度霎时间不翼而飞；他的整张脸孔又显出一副非常关心，非常巴结的样子，但已经是一副怯怯的、卑躬屈膝的模样。他那模样似乎在说："你还有什么话要说吗，要不要再补充两句？"他的两眼一直目不转睛地紧盯着伊万·费奥多罗维奇。

"万一……出了什么事，他们不是也可以从契尔马什尼亚把我叫回来吗？"伊万·费奥多罗维奇突然吼道，不知为什么突然拼命提高了嗓门。

"那就要麻烦您……从契尔马什尼亚回来了，您哪……"斯梅尔佳科夫几乎耳语般喃喃道，好像不知所措似的，但是他仍旧目不转睛地直视着伊万·费奥多罗维奇的眼睛。

"不过莫斯科远，契尔马什尼亚近，你可惜那几个盘缠是不是，所以你坚持要我到契尔马什尼亚去，要不就是可怜我，怕我绕个大圈？"

"完全正确，您哪……"斯梅尔佳科夫喃喃道，他的嗓音都变了，他猥琐地笑着，又焦躁地做好了及时躲闪和后退的准备。但是伊万·费奥多罗维奇却忽然笑了，这使斯梅尔佳科夫吃了一惊，可是他继续笑着，快步走进了边门。如果这时有人看一下他的脸，肯定会得出这样的结论：他笑完全不是因为有什么开心事。不过他自己也说不清那时候他到底怎么啦。他像抽风似的迈动两腿，向前走着。

七、"跟聪明人说说话儿也蛮有意思的嘛"

他连说话也像抽风似的。他一进去就在客厅里遇见费奥多尔·帕夫洛维奇，他忽然对父亲挥着手，嚷道："我上楼回自己房间，不是来看你的，再见。"说罢便扬长而去，甚至竭力不抬起头来看父亲。很可能这时他对老头恨透了，但是这么无礼地表现出敌对情绪，甚至费奥多尔·帕夫洛维奇也感到意外。看来，老人倒真有话想赶快告诉他，所以特意走进了客厅；发现他这样"有礼貌"，便默默地停了下来，以一种嘲笑的姿态目送着这个宝贝儿子上了楼梯，爬上阁楼，一直到看不见为止。

"他倒是怎么啦？"他急忙问紧跟着伊万·费奥多罗维奇走进来的斯梅尔佳科夫。

"心里有什么事，在生气，您哪，谁闹得清二少爷是怎么回事。"斯梅尔佳科夫支吾道。

"真他妈的活见鬼！爱生气不生气！把茶炊拿来，然后快滚，快。没什么新闻吗？"

接着就开始盘问，问来问去也就是刚才斯梅尔佳科夫向伊万·费奥多罗维奇诉说的那些事，即有关那位久候不至的女客的事，我们就不在这里浪费口舌了。半小时后屋门上了锁，于是这个近乎发狂的老家伙便独自一人在几间屋里走来走去，心里直打鼓，在焦急地等候什么时候忽然响起那五下暗号，他间或张望一下黑洞洞的窗户，但是除了黑夜以外什么也看不见。

天已经很晚，可是伊万·费奥多罗维奇始终没有睡觉，一直在考虑。这天夜里，直到半夜两点，他才上床。但是我们就不来叙述他翻来覆去的整个思路了，再说我们现在要深入他的内心也不是时候：这颗心自有它自己的思路。即使我们想说，也很难说清，因为这不是什么想法，而是某种非常模糊不清的东西，主要是一种令人感到六神无主的东西。他自己也觉得千头万绪，摸不着头脑。折磨着他的还有各种各样奇奇怪怪、几乎完全没有意料到的愿望，比如说：已经下半夜了，他突然心急火燎，按捺不住地想要下楼，打开门，走进耳房，把斯梅尔佳科夫狠揍一顿，如果您问他凭什么要揍他，他自己也说不出个子午卯酉来，除了他觉得这个奴才实在可恨，说的话太气人了，简直世上少有。另一方面，这天夜里，一再袭上他心头的还有一种说不清、道不明、使人感到屈辱的怯懦感——他感到了这点——甚至使他仿佛忽然感到浑身无力。他感到头痛和头晕。有一种不共戴天的仇恨压迫着他的心，倒像他打算向什么人报仇雪恨似的，每当他想到今天跟阿廖沙的那场谈话，他甚至恨阿廖沙，有时候也恨自己。至于卡捷琳娜·伊万诺芙娜，他都差点忘了想她了，后来他对这点感到很奇怪，尤其是因为他记得清清楚楚，还在昨天上午，当他在卡捷琳娜·伊万诺芙娜那里大吹大擂，说他第二天要去莫斯科的时候，他心里就暗自嘀咕："全是胡扯，你肯定去不了，你根本不可能像你现在大吹大擂的那样，轻轻易易地一走了之。"之后，过了很久，每当他想起这夜，他就特别厌恶地想到，他常常从沙发上站起来，悄悄地，好像生怕有人在暗中监视他似的，打开房门，走到楼梯上，向楼下侧耳倾听，倾听楼下房间里有什么动静，他听到费奥多尔·帕夫洛维奇在楼下活动，在走来走去，他听了很久，每次五六分钟，他带着一种奇怪的好奇，屏住呼吸，心在怦怦跳，至于他为什么要这样做，为什么要偷听——不用说，他自己也说不清。对他的这种"做法"，他后来毕生称之为"卑鄙"，而且毕生都认为（在内心深处，在他灵魂的最深处），这是他有生以来所做的最最卑鄙的事。至于对费奥多尔·帕夫洛维奇本人，伊万在那时倒没有感到一丝一毫的恨，而只是感到非常好奇，也不知道为什么，他只是留神谛听他怎样在楼下走来走去，他现在在楼下他自己的房间里大概在做什么，他边揣测边想象，父亲在楼下想必在不时张望那黑洞洞的窗户，然后又突然在房间中央停下，等呀等呀——等是不是有人敲门。伊万·费奥多罗维奇为了偷听曾跑到楼梯上两趟。等一切都静下来以后，费奥多尔·帕夫洛维奇也睡下了，大约午夜两点，伊万·费奥多罗维奇才上床睡觉，并下定决心要赶快睡着，因为他感到自己太累了，已经疲惫不堪。果然：身子一倒下，他就睡着了，而且睡得很香，也没有做梦，但是醒得很早，大约七点钟，当时天已大亮。他睁开眼睛后，惊讶地发现自己精力异常充沛，于是便一跃而起，迅速穿好衣服，接着便拖出自己的皮箱，立刻开始匆匆地收拾行装。内衣正好昨天上午刚刚从洗衣妇那里全部取来。伊万·费奥多罗维奇想到一切都那么凑巧，而且没有任何事情耽误他突然动身，不由得哑然失笑。而他的离去的确是突如其来的。虽然伊万·费奥多罗维奇昨天就说过（对卡捷琳娜·伊万诺芙娜，对阿廖沙，后来又对斯梅尔佳科夫说过），他明天要走，但是他还记得很清楚，头天上床睡觉时他根本就没有想到要走，起码压根儿没想到明天一早醒来后第一件事就是立即收拾皮箱。皮箱和行囊终于准备好了，时间已是九点左右，这时马尔法·伊格纳季耶芙娜走上楼来按照每天的习惯问他道："您在哪儿喝茶，在您的房间里还是下楼？"伊万·费奥多罗维奇下楼了，他的神态几乎很开心，虽然他身上，在他的言谈举止中有一种仿佛故作洒脱和匆忙的样子。他向父亲客客气气地问了好，甚至还特别问候了他的健康，然而，他没等到父亲把回答他的话说完，就猛地宣布，一小时后他就去莫斯科，而且去了就不回来了，他请父亲派人去雇辆马车。老人听到他的话后丝毫也不感到惊奇，甚至非常不成体统地忘了应该对儿子的离去表示一点惜别之意；反而突然手忙脚乱起来，因为他正好想起了一件自己急于要办的事。

"哎呀，你呀！让我怎么说你才好呢！昨天不说……不过也没什么，现在还来得及。劳你大驾，我的小祖宗，你就顺便到契尔马什尼亚去一趟吧。你只要从犍牛驿站向左一拐，一共才走这么十二俄里就到契尔马什尼亚了。"

"对不起，我去不了：从这儿到铁路有八十俄里，而去莫斯科的火车晚上七点开，刚够赶火车。"

"今天赶不上就明天，明天赶不上就后天，反正今天你先拐个弯去趟契尔马什尼亚得了。让你父亲放心，也用不了你费什么劲儿！要不是这里有事，我早就自己赶去了，因为那边的事急，很要紧，而我在这里还真脱不开身……要知道，我在那边别吉乔沃和佳奇金诺两块空闲的地段上有片小树林。有一家姓马斯洛夫的商人，父子俩只肯出八千卢布买下这片林子的采伐权，可是我在去年就碰上一家买主，肯出一万二，他不是本地人，关键就在这里，因为找本地人现在卖不出去：马斯洛夫父子欺行霸市，家私数十万，他俩定的价，说一不二，爱卖不卖，而这里的买主谁也不敢跟他俩较量。可是上星期四伊利英村的神父突然写信来告诉我们说，有一位叫戈尔斯特金的来了，他也是商人，我认识他，最要紧的是他不是本地人，而是波格列博夫人，因此他不怕马斯洛夫父子，因为他不是本地人。他说，我可以出一万一，你听见了吗？神父写信来说，他到这里来总共只待一星期。因此你最好还是去一趟，跟他敲定了……"

"那您不好写封信给神父，让神父跟他敲定吗！"

"他不会，问题就在这里。这位神父不会看人。他是个老好人，我可以立刻交给他两万卢布让他保管，甚至不用打收条，可是他却根本不会看人，连只乌鸦都骗得了他。你想想，他还是位有学问的人。这个戈尔斯特金看上去像个乡巴佬，穿件蓝布大褂，可这人却生来是个十足的混账王八蛋，咱们大家伙倒霉也就倒霉在这里了：他嘴里没真话，你说要命不要命！有时候他撒个弥天大谎，简直叫人纳闷：他究竟要干吗呢？前年，他信口雌黄，说他老婆死了，他另娶了一个，其实满不是那么回事，你想想：他老婆压根儿没死，现在还活着，而且每隔三天就要揍他一顿。所以这一回也要看清楚了：他说他想买，并且给一万一，是信口胡说呢，还是此话当真。"

"要知道，干这种事我也是外行，我也是两眼一抹黑。"

"慢，你等一等，有你就行，因为我可以把他的一切特征统统告诉你，我很早就同他打交道了。你知道吗：要看他的胡子；他的胡子是红褐色的，稀稀落落，让人恶心。要是他的胡子发抖，他本人越说越来气——那就成了，他说的是真话，他真心诚意要做这笔生意；要是他伸出左手摸胡子，本人则笑嘻嘻的——那就是说，他想骗你，他在耍你。永远不要看他的眼睛，凭眼睛是什么也看不出来的，一潭浑水，对骗子——要看他的胡子。我给你写封短信，你交给他就成。他叫戈尔斯特金，其实他才不应该叫戈尔斯特金[1]呢，他应该叫'密探'，不过你别叫他密探，他会生气的。你要是跟他敲定了，并且看到顺顺当当，就立刻写封信回来。只要写上一句——'没骗人'，就成了。你要咬定一万一，可以让他一千——再多，就分文不让。你想想：八千和一万一——差三千啊。这三千现大洋等于白捡的，这样的买主上哪儿找去，我又急需钱用。你只要告诉我他是认真的，那我就想办法挤出点时间来，亲自上那儿跑一趟，把这事给了了。而现在，如果这一切是神父想当然地胡思乱想，我干吗去白跑一趟呢？嗯，你倒是去不去？"

"唉，我真没工夫，您就免了我这趟差使吧。"

"唉，你就帮帮父亲这个忙嘛，我会念你的好的！你们这些人全没良心，真是的！耽误你一两天时间有什么大不了的？你现在要上哪儿，上威尼斯吗？两天之内，你那个威尼斯塌不了。本来我可以让阿廖什卡去，不过话又说回来，阿廖什卡哪办得了这种事呢！我之所以让你去，就因为你是个聪明人，难道我看不出来！你不会做买卖林子的生意，但是你会看人。只要看准了：这家伙说话是否当真。跟你说，看胡子：胡子发抖——就是当真。"

"这可是您自己硬逼我到这个该死的契尔马什尼亚去的，对不对？"伊万·费奥多罗维奇发出一声狞笑，叫道。

费奥多尔·帕夫洛维奇并没看出或者不愿意看出他有什么恶意，他把这笑接了过去。

"那么说，你去啰，你去啰？我立马写封信交给你。"

---

1 俄文原意有"一小把，一小撮，很少一点"的意思。

"我还不知道去不去呢，真不知道，路上再定吧。"

"什么路上不路上的，现在就定下来。亲爱的，定下来吧！跟他敲定了，就给我写两句话，交给神父，他会立马派人把你写给我的信送来的。然后我决不耽搁你，到你的威尼斯去吧。神父会用自己的马车把你送回犍牛驿站的……"

老人真是高兴极了，急忙写了封信，并让人去雇马车，让下人端来了下酒菜和白兰地。老人常常一高兴就信口开河，手舞足蹈，但是这一回似乎收敛了些。比方说，关于德米特里·费奥多罗维奇，就没提一个字。对别离也毫无所动。甚至好像找不出话说似的；这情形伊万·费奥多罗维奇全一目了然地看在眼里："他肯定烦我了。"他暗自寻思。老人直到把儿子送下台阶，才似乎有点手忙脚乱起来，想凑过去跟他吻别。但是伊万·费奥多罗维奇赶紧把手伸了过来跟他握，分明无意亲嘴。老人立刻明白了，霎时勒住了马。

"好了，上帝保佑你，上帝保佑你！"他站在台阶上重复道。"你瞧，这辈子你总还会再回来的吧？那就来吧，我永远欢迎你。好了，基督保佑你！"

伊万·费奥多罗维奇钻进了长途马车。

"别了，伊万，别在背后臭骂我一顿！"父亲最后一次叫道。

家里的下人也都出来送别：斯梅尔佳科夫、马尔法和格里戈里。伊万·费奥多罗维奇送给他们每人十卢布。当他在马车里坐定后，斯梅尔佳科夫便跳上马车给他整理了一下压在腿上的毯子。

"你知道吗……我现在去契尔马什尼亚……"伊万·费奥多罗维奇又像昨天那样猛地脱口而出，这话像自动飞出去似的，而且还带着某种神经质的浅笑。后来他对此久久不能忘怀。

"这说明，有句老话说得对，跟聪明人说说话儿也蛮有意思的嘛。"斯梅尔佳科夫坚定地回答，目光锐利地瞅了伊万·费奥多罗维奇一眼。

马车出发了，飞驰而去。伊万的心里乱得很，但是他贪婪地眺望着原野、丘陵、树木和高高地在晴朗的蓝天上飞掠而过的一群大雁。接着他豁然觉得心旷神怡。他跟车夫攀谈起来，那个庄稼人回答他的话中有些事使他非常感兴趣，但是过了不大一会儿，他又明白过来，这一切不过是耳旁风，说实在的，庄稼汉说的话他并没听懂。他闭上了嘴，这样倒好：空气清新，微有凉意，天气晴朗。在他脑海里倏忽闪过阿廖沙和卡捷琳娜·伊万诺芙娜的面容；但是他微微一笑，对这两个可爱的幻影轻轻吹了口气，于是这两个幻影便随风飘散了："会有想到他们的时候的。"他想。很快来到一个驿站，在这儿换了马，直奔犍牛驿站而去。"为什么跟聪明人说说话儿也蛮有意思的呢，他说这话是什么意思呢？"他突然感到心里堵得慌。"我干吗告诉他我去契尔马什尼亚呢？"马车一路飞奔，到了犍牛驿站，伊万·费奥多罗维奇下了车，驿站的马车夫立刻围住了他。讲定了去契尔马什尼亚，十二俄里的乡间土路，坐私人马车的价钱。他吩咐套车。他走进驿站，打量了一下四周，看了一眼驿站长的老婆，又突然走出来，回到台阶上。

"不用去契尔马什尼亚了。伙计们，现在赶七点的火车不晚吧？"

"路上的时间正够。套车吗？"

"立刻套车。明天你们中间有没有人进城？"

"怎么没有，米特里就去。"

"米特里，你能不能帮个忙？顺便去一趟找我父亲费奥多尔·帕夫洛维奇·卡拉马佐夫，告诉他我不去契尔马什尼亚了。能办到吗？"

"怎么办不到，我一定去；我早就认识费奥多尔·帕夫洛维奇了。"

"这是给你的小费，因为，说不定他不会给你钱的……"伊万·费奥多罗维奇快乐地笑道。

"还真不会给。"米特里也笑起来。"谢谢你，先生，咱一定办到……"

晚七点，伊万·费奥多罗维奇上了火车，向莫斯科飞驰而去。"让过去的一切统统滚开，跟从前的世界从此一刀两断，永不回头，再不想听到它的任何消息，任何情况；从此义无反顾地走进一个新世界，新地方！"但是他并不因此而觉得欢乐，相反陡然感到心里很乱，心里感到一种过去他毕生没有感到过的悲伤。他想了一夜；火车在飞奔，直到黎明时分，已经快到莫斯科了，他才好像猛地清醒过来。

"我是个卑鄙小人！"他暗自低语。

而费奥多尔·帕夫洛维奇送走儿子后，心里十分得意。有整整两小时他一口口地呷着白兰地，几乎感到自己十分幸福；但是家里忽然发生了一件令所有人十分懊恼和十分不快的事，使费奥多尔·帕夫洛维奇霎时感到十分恐慌：斯梅尔佳科夫不知道下地窖去干什么了，从上面的一级梯子一个倒栽葱摔了下去。幸好当时马尔法·伊格纳季耶芙娜恰好在院子里，及时听见了叫声。怎么摔下去的她没看见，但是听见了叫声，这叫声很特别，很奇怪，却是她早就熟悉的——这是一个癫痫病患者旧病复发摔倒时的喊叫声。是他爬下梯子时因旧病复发，失去知觉，摔下去的呢，还是相反，先摔下去，引起了脑震荡，才使斯梅尔佳科夫（谁都知道他有癫痫病）旧病复发的呢？——那就弄不清楚了，反正大家发现他的时候，他已躺在地窖的底部，全身在抽搐，发抖，口吐白沫。起初，大家以为，他一定摔伤了什么地方，不是摔断了胳膊，就是摔断了腿，肯定摔得不轻，可是，正如马尔法·伊格纳季耶芙娜所说，"亏了我主保佑"：这类事一样也没有发生，只是很难把他从地窖里抬上来，抬到上帝的世界上来。但是他们央求街坊帮忙，好歹总算把他弄上来了。在大家手忙脚乱地折腾这事的时候，费奥多尔·帕夫洛维奇也一直在场，并亲自帮忙，分明吓坏了，不知怎样才好。然而病人一直没有恢复知觉：癫痫病的发作虽然暂时停止了，但又时不时复发，大家认为，这肯定又跟他去年无意中从阁楼上摔下来的情形一样。大家想起当时曾在他的头部敷过冰块。地窖里还能找到冰，于是马尔法·伊格纳季耶芙娜便如法炮制。傍晚时分，费奥多尔·帕夫洛维奇打发人去请赫尔岑什图勃大夫，大夫立刻就来了。这是位上了年纪的、十分可敬的老头，也是全省行医最认真、最用心的大夫。他仔仔细细地对病人进行了检查，结论是这次发作非同一般，"可能有危险"，又说他赫尔岑什图勃还看不很准，如果他现在开的药未能奏效，那明天早晨他会再换一种药试试。病人被安置在耳房里的一个小房间，紧挨着格里戈里和马尔法·伊格纳季耶芙娜的住处。接着费奥多尔·帕夫洛维奇便整天碰见倒霉事，而且一桩接一桩：午饭是马尔法·伊格纳季耶芙娜做的，菜汤与斯梅尔佳科夫做的相比，简直"如同泔水"。而烤鸡又烤得太老，怎么也嚼不动。马尔法·伊格纳季耶芙娜还不服气，虽然老爷的责备听起来不是味道，但说得还是很有道理的，她却反驳说，这鸡本来就是一只很老的老母鸡，再说她也没学过厨子。傍晚又出了一件窝心的事，有人来告诉费奥多尔·帕夫洛维奇说：前天就病倒的格里戈里现在几乎完全不能下床了，腰疼得不行。费奥多尔·帕夫洛维奇尽可能早早地喝完了茶，独自一人反锁在屋里。他心急如焚，焦躁不安地等候着。问题在于，偏偏在这晚上，他几乎蛮有把握地认为格鲁申卡准来；起码还在一大早斯梅尔佳科夫就向他几乎肯定地说："她满口答应今儿个准来，您哪。"这个不达目的决不罢休的老东西心在怦怦跳，十分焦躁，他在他的几个空房间里走来走去，不时侧耳倾听。耳朵必须放灵点：德米特里·费奥多罗维奇可能在什么地方监视她；等她一敲窗（还在前天，斯梅尔佳科夫就对费奥多尔·帕夫洛维奇保证说，他已经把该在哪儿敲窗和怎么敲窗的事告诉她了），就应当尽可能快地去开门，决不能让她在门斗里多耽误一秒钟。上帝保佑，可别让她看到什么，一害怕就逃跑了。费奥多尔·帕夫洛维奇感到心急火燎，但是他的心还从来没有像今天这样沉醉在甜蜜的希望里：几乎可以十拿九稳地说，这一回她已经是必来无疑的了！……

第六卷

俄罗斯修士

一、佐西马长老和他的客人

　　阿廖沙惊慌不安、满心痛苦地走进长老的修道室后，几乎惊讶地站住了：他满以为病人即将去世，一定昏迷不醒（而这正是他怕见到的），可是他忽然看到他坐在安乐椅里，虽然由于虚弱脸色显得疲惫不堪，但毕竟看上去很矍铄、很愉快，他被一群客人包围着，正跟他们进行着平静而又开朗的谈话。其实，他也仅仅是在阿廖沙来到前一刻钟方才下床；客人们早就聚集在他的修道室里，等他醒来，因为派西神父曾经斩钉截铁地保证："师父一定会坐起来，这是没有疑问的，一定会（正如他亲口所说，这也是他早晨亲口答应过的）同他心爱的人再一次谈谈的。"对即将圆寂的长老的这一许诺，而且对他的任何话，派西神父都坚信不疑，即使他看到他已经完全失去了知觉，甚至没有了呼吸，但是只要他答应过一定会再次下床同他告别，也许派西神父就不会相信长老真的死了，仍旧会执拗地等着死者醒来，履行自己的诺言。今天一早，佐西马长老在临睡前曾对他肯定地说："在我还没有同你们，同我心爱的人再畅谈一次，瞧瞧你们那可爱的脸，让我再一次同你们开诚相见以前，我是不会死的。"前来听取长老也许是最后一次谈话的，都是多年以来他的最忠实的朋友。他们一共四人：修士司祭约瑟神父和派西神父，修士司祭米迦勒神父，他是隐修区方丈，这人还不算太老，也不是很有学问，出身平民，但是性格坚强，信仰纯朴而且不可动摇，表面看上去十分古板，却慈悲为怀，虽然他的慈悲心肠藏而不露，甚至不肯流露到了近乎一种羞涩。第四位客人是一位十分老迈而又憨厚的修士安菲姆大师兄，他出身于一个十分贫苦的农民家庭，甚至可以说识字不多，平素沉默寡言，举止十分安详，甚至很少同别人交谈，他是一位最谦卑人中的最谦卑的人，他那样子就像一个人被非他的头脑所能理解的某种伟大而又可怕的事吓住了，至今惊魂未定。佐西马长老非常爱这个似乎永远战战兢兢的人，而且一辈子对他怀着非同寻常的敬意，虽然长老这一辈子跟他说的话也许最少了，尽管过去他曾多年与他云游过整个神圣的罗斯[1]，而且就他们俩。这已经是很久以前的事了，大约有四十年了吧，当时佐西马长老在一个贫穷的、鲜为人知的科斯特罗马修道院刚刚开始自己的修士生涯，随后不久，他就陪同安菲姆神父云游四方，外出化缘，为他们那个贫穷的科斯特罗马修道院募化。现在，所有的人，主人和客人，都坐在长老的第二个房间，也就是安着他床的那个房间，我们以前曾经指出，这房间非常狭小，所以四名客人（不算站在一旁侍立的见习修士波尔菲里）只能勉强围坐在长老的安乐椅四周（椅子是从第一间屋里搬来的），暮色渐浓，屋子由长明灯和圣像前点的几支蜡烛照着亮。长老看见阿廖沙进来时站在门口，神色有点不安，便快乐地向他微微一笑，向他伸出手来：

---

1 俄罗斯的古称。

"你好，文静的孩子，你好，亲爱的，你终于来了。我知道你会来的。"

阿廖沙走到他身边，在他面前长跪不起，泣不成声。他心如刀割，心灵在战栗，他真想放声痛哭。

"你怎么啦，且慢悲悼，"长老把自己的右手放到他头上，微微一笑，"你不是看见啦，我坐在这里，在说话，也许还能活二十年也说不定，正如昨天那位从高山村来的善良而又可爱的太太（她手里还抱着一个小女孩，名叫利扎韦塔）祝愿我的那样。主啊，赐给母亲和她的女儿利扎韦塔平安吧！（他画了个十字。）波尔菲里，你把她的布施送到我关照你的那地方去了吗？"

他这是想起了那个快活的女信徒昨天布施六十戈比，让他交给"比我更穷的女人"。这类布施通常是因某种原因自愿加诸己身的一种惩罚[1]，而且这钱必须是自己劳动所得。长老昨晚就派波尔菲里去找一名不久前惨遭回禄之灾的敝城的女商贩，她死了丈夫，带着一大帮孩子，在遭受火灾之后只好外出以乞讨为生。波尔菲里急忙告诉长老，这事他已经办妥了，钱也给她了，并且遵照他的嘱咐告诉她说，这是"一位不知名的女施主给的"。

"起来吧，亲爱的，"长老继续对阿廖沙说，"让我看看你。你去看过你的父亲和兄长了吗，见到你那个哥哥了？"

阿廖沙觉得很奇怪，他问得那么坚定和明确，而且就问他见到兄长中的某一个没有——但这是指哪一个呢：也许就为了这哥哥，他昨天和今天才一再打发他出去的。

"我见了其中的一个。"阿廖沙回答。

"我说的是我昨天向他下跪的那个老大。"

"我昨天倒见到大哥了，可今天怎么也找不到他。"阿廖沙说。

"快去找，一定要找到他，明天再去，要快，撇下一切，要快。

---

1 这属于基督教规定的一类宗教性惩罚，如斋戒，募化，长时间的膜拜，祈祷，等等。

也许还来得及防患于未然。我昨天正是对他未来的大灾大难下跪的。"

他忽然闭上了嘴，似乎在沉思。他的话很怪。约瑟神父是昨天长老磕头的目击者，他向派西神父使了个眼色。阿廖沙忍不住问：

"师父，"他非常激动地说，"您说得太不清楚了……他会遇到什么大灾大难呢？"

"不该知道的事就别问。我昨天感觉到某种可怕的东西……他的眼神仿佛显示出他的整个命运。当时他有这样一种眼神……因而使我猛地为他给自己预备下的未来感到毛骨悚然。我有生以来曾经有一两次见过某些人也有跟他一样的面部表情……仿佛活画出这些人的整个命运，而且他们的命运不幸都被我言中了。我之所以让你去找他，阿列克谢，是因为我想，你对他的手足之情将会帮助他迷途知返。但是一切都取决于主的旨意，我们的全部未来也概莫能外。'一粒麦子不落在地里死了，仍旧是一粒；若是死了，就结出许多子粒来。'[1]请记住这句话。阿列克谢，要知道，我有生以来曾经许多次为你的脸在心中祝福过你。"长老露出一丝淡淡的微笑，说道。"关于你，我是这样想的：你要走出这围墙，做个在家的修士。你将会有许多敌人，但是连你的敌人也将爱你。生活将会带给你许多不幸，但是正因为有这许多不幸你才会感到幸福，你将会感谢生活，并使别人也感谢——这才是最重要的。你就是这么一个人。诸位师父们，"他深情地微笑着，对自己的客人说道，"直到今天为止，我还从来没有说过，甚至对他也没有说过，我心里为什么会对这青年的脸感到如此亲切。现在我只告诉诸位：我感到他的脸似乎是一种征兆和预言。在我早年，我还是个很小的小孩的时候，我有个哥哥，在他很年轻的时候，才十七岁，我就亲眼看见他死了。后来，在度过我的一生的时候，我逐渐坚信，我的这个哥哥在我的命运中就好像

---

1 见《约翰福音》第十二章第二十四节。

是上天对我的一种指示和感召，因为如果他不出现在我的生活中，或者根本就没有他这个人，我是这么想的，也许我永远也不会削发为僧，永远也不会走上这条弥足珍贵的道路。这头一个显示还是在我小时候出现的，后来我已垂垂老矣，又看见他似乎再现了。这事十分奇妙，诸位师父，倒不是他的脸跟他长得很像，仅仅有点像而已。我觉得阿列克谢在精神上与他很相似，以至于有许多次我简直把他当成了那位青年——我的哥哥，在我的人生之路快要走完的时候，他又神秘地来到了我的身边，作为我对过去的回忆和对未来的憧憬，因此我自己对自己都觉得惊奇，我居然会有这么奇怪的幻想。你听见这话了吗，波尔菲里？"他向在一旁侍立的见习修士问道。"我有许多次在你脸上看到你似乎很伤心，因为我爱阿列克谢甚于爱你。现在你知道为什么会这样了吧，但是我也爱你，你要知道这点，我许多次看到你伤心，我也很难过。至于你们，亲爱的客人，我想跟诸位谈谈我哥哥这个青年，因为在我的一生中还没有比他的出现更弥足珍贵、更富预言性和更令人感动的启示了。我的心因此十分感动，此刻反省、静观我的一生，仿佛我又把它整个儿经历了一遍。"

写到这里，我应当指出，长老在他生命的最后一天，同来访的客人们所作的最后的谈话，有一部分被笔录下来了，并保存至今。这是长老去世后过了一段时间之后，由阿列克谢·费奥多罗维奇·卡拉马佐夫追记的。但是这不完全是当时的谈话记录，也可能是他根据过去跟师父的历次谈话又给自己的这一次记录增添了一些什么，到底怎样，我也说不清；再说，长老的整个谈话在这份笔录中似乎连续不断，倒像他用小说体裁在对自己的朋友讲述自己的毕生经历似的，事实上，根据随后的叙述看得出来，当时的情形无疑略有不同，因为那天晚上的谈话是大家谈的性质，虽然客人们极少打断主人，但毕竟也介入谈话，说了一些什么，甚至说不定也讲述和叙说了一些他们自己的往事；再说，在这一讲述中，这样毫不间断地一直说下去也是不可能的，因为长老有时候喘不过气来，语不成声，甚至还躺到自己的床上稍事休息，虽然只是假寐片刻，并未入睡，而客人也都安坐不动，没有离开。还有一两次谈话被诵读《福音书》所打断，是派西神父读的。然而值得注意的是当时竟没有一个人认为他在当天夜里就会死去，尤其是因为经过白天的熟睡之后，在他生命的这一最后的夜晚，他似乎忽然在自己身体中获得了一种新的力量，支持着他与朋友们进行这么长时间的谈话。这似乎是一种最后的深情厚谊，使他能维持一种难以置信的活力，不过为时甚短，因为他的生命猝然停止了……不过，这是后话。现在我想说的是，我无意叙述这次谈话的全部详情，而仅限于讲讲根据阿列克谢·费奥多罗维奇·卡拉马佐夫的手稿追记的长老的故事。这样可能说得简短些，读起来也不会太累，虽则，当然，我还要重复一遍，有许多内容是阿廖沙摘引自他们过去的谈话，全糅在一起了。

二、已圆寂的苦行修士司祭佐西马长老的生平，由阿列克谢·费奥多罗维奇·卡拉马佐夫根据死者口述编纂

（传记资料）

(一)佐西马长老的哥哥年轻夭折的二三事

　　敬爱的各位师父们，我出生在我国北方的一个遥远的省份，在

406

B城，我的父亲是一名贵族，但并非来自名门望族，也没做过太大的官。他去世时我才两岁，所以根本不记得父亲的样子了。他留给我妈一座不大的木屋和少许财产，尽管不多，但是让她同孩子们不虞匮乏地生活，倒也足够了。我妈只生我们兄弟二人：我和我哥哥。我叫济诺维，他叫马克尔。他比我大八岁，性格暴躁，一点就着，但是为人善良，从不对别人冷眼相看，他平素沉默寡言，尤其在自己家，跟我，跟母亲，跟用人，出奇地不爱说话。他在中学里学习很好，但是跟同学们合不来，虽然也不争吵，起码我妈记得他的情况是这样的。在他临死前半年，那时他刚满十七岁，他开始经常去看望敝城的一个很孤独的人，这人好像是政治犯，因自由思想从莫斯科被流放到敝城。这流放犯是位不小的学者和在大学教书的著名哲学家。他不知因为什么喜欢上了马克尔，并开始在家里接待他，于是这个年轻人便整晚整晚地坐在他家，一冬天都这样，直到这个流放犯根据他本人提出的申请（因他有靠山），被召回彼得堡担任国家要职为止。开始了大斋期[1]，可是马克尔不愿持斋，还骂骂咧咧地对此进行嘲笑，说什么"这一切全是瞎掰，根本就没有上帝"。母亲和用人们听到这话后都吓坏了，我虽然小，也吓坏了，因为当时我虽然只有九岁，但是听见这话后也感到非常害怕。我们家的用人全是农奴，一共四名，都是用一位我们熟悉的地主的名义买下来的。我还记得，这四人中，我妈曾卖掉一名上了年纪的瘸腿厨娘，名叫阿菲米娅，共卖了六百卢布纸币，另雇了一名自由民[2]来代替她。在大斋期的第六个星期，哥哥忽感不适，他的身体一向不好，胸部有病，体格衰弱，似有肺痨；他个子不小，但是细高挑儿，一副病恹恹的样子，但是面容端庄文雅。他也许感冒了，但是

---

1 东正教的大斋期在复活节之前，为期七周，大斋期除持斋外，还不得举行文娱活动，也不得结婚，还有其他许多禁忌。
2 指解除了农奴身份的农民。

大夫来后，很快就向我妈低语，说他得的是百日痨，活不过今年春天。母亲开始哭泣，开始委婉地（多半是因为怕吓着他）请哥哥斋戒祈祷，行圣礼，领圣餐，因为当时他还能下床。他听到这话后，大发脾气，破口大骂上帝的殿堂[1]，可是转而一想，又立刻明白了：他的病情很严重，因此他母亲才想趁他有力气的时候让他去斋戒祈祷，领圣餐。话又说回来，他自己也知道他的身体早就有病，还在一年前，有一天，在吃饭的时候，他就对我母亲十分平静地说："我在尘世上，在你们中间不过是来去匆匆的过客，也许连一年也活不到啦。"谁知这话竟不幸而被言中。过了约莫三天，就到了耶稣受难周[2]。从星期二早晨起，哥哥就去斋戒祈祷了。他对母亲说："妈，其实，我是为您才这么做的，为了让您高兴，让您安心。"母亲悲喜交加，哭了起来："他突然起了这么大的变化，可见他快要死了。"但是他上教堂去的时间不长，便躺倒了，因此只能在家里举行忏悔和领圣餐。那几天风和日丽，百花争妍，鸟语花香，那年的复活节来得晚[3]。我记得他整夜都在咳嗽，睡得很不好，可是第二天一早他总是穿好衣服，试着坐到软椅上去。我也就这么记住了他的模样：静静地坐着，与世无争，脸带微笑，自己有病，可是脸上却欢欢喜喜，快快活活。他在精神上整个儿变了——他身上忽然发生了这么奇怪的变化！老保姆走进他的房间，对他说道："亲爱的，让我把你屋里圣像前的这盏油灯也点上吧。"而他以前是不让点的，甚至会吹灭它。这次他却说："点吧，亲爱的，点吧，我以前不许你们点，是我混账。你一边点油灯一边向上帝祷告，而我欢欢喜喜地看着你，也祷告。这说明咱俩在向同一个上帝祷告。"我们听到这话后觉得很奇

---

1 指教堂。

2 指复活节前一周。

3 俄国复活节在春分月圆后的第一个星期日（约在俄历三月二十二日至四月二十五日之间），所以有早晚之分。

怪，而母亲则回到自己房间，一个劲地哭，只在要进去看他时，才擦去眼泪，装出一副高高兴兴的样子。"妈，别哭了，亲爱的，"他常常说，"我还要活很长时间哩，我还要欢天喜地地跟你们在一起哩，而生活是多么快活，多么开心啊！""唉，亲爱的，你还有什么可开心的呢，整夜发烧，咳嗽，咳得你的胸部都快撕裂了。"他回答她："妈，别哭啦，生命就是天堂，[1]我们都生活在天堂里，可是我们却不愿意知道这道理，如果我们愿意知道的话，那明天全世界就都变成天堂啦。"大家听到他的话后都觉得稀奇，他说这话是那么奇怪，那么坚信不疑；大家都感动得声泪俱下。一些熟人到我们家来看他，他总是说："可亲可爱的人们，我何德何能使你们爱我，爱一个像我这样的人呢？可是我以前却不知道，不珍惜这种爱。"他还常常对走进来的仆人说："我的可亲可爱的人，我何德何能让你们来伺候我呢？我配让你们伺候我吗？如果上帝开恩让我继续活下去的话，我一定要反过来伺候你们，因为所有的人都应该互相伺候。"我妈一边听他说这话，一边摇头："我的好孩子，你是因为有病才这么说的。"他说："妈妈，我亲爱的妈妈，如果不能没有主仆之分的话，那我情愿做我的仆人的仆人，就像他们现在是我的仆人一样。不过我还要告诉你一点，妈，我们中间的每个人在所有人面前、在所有方面都是有罪的，我则尤甚。"我妈听到这话后甚至笑了，她破涕为笑，说道："你怎么会在所有人面前比大家都有罪呢？世界上还有杀人犯、强盗，你犯了什么滔天大罪使你一再自责呢？"他说："妈，我的亲妈（当时，他开始常常说一些非常亲热的、出人意料的话），我的嫡嫡亲亲的可爱而又快乐的好妈妈，要知道，每个人的的确确在所有人面前对一切人和在一切事上都是有罪的。我不知道怎么才

---

[1] 这生命不同于我们理解的生命。据基督的教义，人活着，这是暂时的生命，人死后，才是永恒的生命，灵魂是不死的。只有真正懂得生命的意义，那，无论是活着还是死了，天堂才会降临。

能对您说明白这点，但是我痛切地感到正是这样。过去我们怎么能浑浑噩噩、怨天尤人地过日子，毫无自知之明呢？"就这样，他每天从睡梦中醒来，越来越有动于衷，进入一种怡悦的欢喜状态，整个人焕发出一种爱。有一位德国老大夫名叫爱森施密特的常常来。大夫一来，他就跟他开玩笑："怎么样啊，大夫，我还能在这世上再活满一天吗？"大夫则经常回答他："何止一天，您还能活很长日子哩——几个月，几年，还有得活哩。"他则感慨系之地说："何必再活几年，何必再活几个月呢！又何必算日子呢，一个人要了解全部幸福，有一天就足够了。我的亲爱的人们，我们何必相互争吵，相互吹嘘，相互记恨呢：应当大踏步走进花园，去散步，去玩耍，你爱我，我爱你，你夸我，我夸你，互相亲吻，共同赞美我们的生活。"当妈妈把大夫送到台阶上的时候，大夫对她说："令郎在世上活不长了，他因病已经变得神经错乱了。"他房间的窗户面向花园，而我们家的花园浓荫匝地，有许多古树，树上绽放着春天的嫩芽，早春的小鸟飞来了，发出一阵阵欢叫，对着他的窗户唱歌。他欣赏着这些小鸟，忽然请求它们原谅："上帝的小鸟，快乐的小鸟啊，你们能原谅我吗？因为我也对你们犯了罪。"当时这话在我们家谁也理解不了，可是他却快乐得哭了，他说："是的，我周围曾经是一片上帝的荣耀——小鸟、树木、草地、蓝天，只有我一个人生活在耻辱中，只有我一个人使一切蒙上了耻辱，根本没注意到上帝的美和荣耀。"妈妈听到这话后常常哭道："你自责太甚，承担的罪孽太多了。""妈，我亲爱的妈妈，要知道，我哭是因为高兴，而不是因为悲伤；要知道，是我自己愿意在它们面前引咎自责的，不过我没法向您说明白这个道理，因为我不知道怎么爱它们才好。尽管我在大家面前感到有罪，但是大家都会宽恕我的罪孽的，这就已经是天堂了。难道我现在不就在天堂里吗？"

还有许许多多事，我也记不全了，没法全记下来。记得有一次，他房间里一个旁人也没有，我独自一人进去看他。时当薄暮，天气晴朗，夕阳正在西下，一束斜晖照亮了整个房间。他看见我后，招手让我过去，我走到他身边，他伸出两手抱住我的肩膀，深情而又满怀爱意看着我的脸；一句话也不说，只是看着我，就这样看了约莫一分钟。他说："好了，现在你走吧，玩去吧，替我好好地活下去！"于是我就玩去了。后来，在我有生之年，我曾多次含泪想起他是怎样让我替他活下去的。他还讲了许许多多这类十分奇妙，但在当时我们还不理解的话。他是在复活节后的第三周去世的，神志一直很清醒，虽然他已不再说话，但是他直到临死的最后一刻都没背离自己的信仰：神情快乐，两眼充满欢悦，他用目光寻找我们，向我们微笑，似乎在跟我们打招呼。甚至城里也议论纷纷，谈论他去世的情景。当时这一切使我受到震动，但是震动并不太大，虽然在安葬他的时候，我也曾失声痛哭。当时我还小，还是个孩子，但是这一切在我心上却留下了不可磨灭的印象，令我荡气回肠。到时候一切就会浮上心田，发出回响。事情也果然这样发生了。

(二) 关于《圣经》与佐西马长老的一生

当时只剩下我和妈妈相依为命。很快就有些好心肠的朋友来劝她说，您就剩下一个儿子了，你们家也不穷，有钱有地，为何不学人家的样把令郎送到彼得堡去呢，如果把他留在这里，说不定会断送他的锦绣前程的。大家劝妈妈把我送到彼得堡的少年武备学堂[1]去，使我将来能到皇帝御林军中服役。妈妈犹豫了很久：怎么能跟这根独苗分手呢，但是，话又说回来，虽然流了不少眼泪，但为我的幸福着想，她最后还是拿定了主意。她亲自把我送到彼得堡，安

---

1 沙俄培养贵族子弟的中等军官学校。

排我上了学，但是从此以后我就再也没有见过她了；因为过了三年她也去世了，整整三年，她都因为思念我们兄弟俩悲悲切切，担心害怕。我从老家得到的只有宝贵的回忆，因为一个人再没有比他对在老家度过的孩提时代的回忆更宝贵的回忆了，而且这情况差不多永远如此，只要在这家多少有点爱和天伦之乐的话。即使这家很坏，它也会给你留下许多宝贵的回忆，只要你的心善于寻找那弥足珍贵的东西。在对于老家的诸多回忆中，也包含着我对于《圣经》故事的回忆，那时我虽小，但是在老家的时候，我就对《圣经》故事发生了浓厚兴趣。当时我有一本记载《圣经》故事的书，书中附有精美的插图，书名叫《〈新旧约圣经〉故事一百零四则》，我就是用这本书学习读书的。[1]现在这本书还放在我这里的书架上，我把它当作珍贵的纪念品一直珍藏到现在。但是我记得还在我学会读书之前，有一回，当时我只有八岁，就有某种神灵感应初次降临到我身上。[2]在耶稣受难周的星期一，我妈带着我一个人（不知道当时我哥哥在哪里）到主的殿堂做日祷。那天风和日丽，现在回想起来，我似乎又看见从手提香炉中升起的一缕缕青烟，慢慢地袅袅上升，而在顶上，在教堂的圆顶下，透过狭长的小窗户，有一束上帝的光倾泻进教堂，照耀着我们全身，而那一缕缕青烟则像滚滚波涛一样向那光升去，似乎与那光融成了一片。我有感于衷地遥望着这情景，当时我生平第一次心领神会地在自己的心田种下了上帝的神谕的头一粒种子。这时，一名少年捧着一本大书走到教堂中央，这书很大，大得我当时甚至觉得他拿着都吃力，他把这本书放到诵经台上，打开书，便开始朗读，当时我忽然头一次似有所悟，生平头一次懂得了人们在上帝的殿堂里诵读的内容。少年诵读的内容是，在乌斯地，

---

1 据作者夫人回忆，陀思妥耶夫斯基本人在小时候也是用这本书作教本学习读书的。
2 据作者夫人回忆，这是陀思妥耶夫斯基的切身体会，她曾好几次听他本人讲过。

有一名男子，正直而虔诚，他有许许多多财产，许许多多骆驼，许许多多绵羊和毛驴，他的子女们终日在家饮宴作乐，他很爱自己的子女，替他们祷告上帝：生怕他们成日价饮宴作乐，犯了罪。有一天，魔鬼和神的众子到天上去见上帝，魔鬼对主说，他已经走遍了地上和地下。于是上帝就问魔鬼："你看见我的仆人约伯没有？"接着上帝就指着自己这个伟大而又神圣的居住在乌斯地的仆人对魔鬼夸耀了一番。魔鬼对上帝的话发出一声冷笑，说道："你把他交给我，你就会看到你的仆人定将口出怨言，诅咒你的名。"于是上帝便把自己的这个心爱的仆人交给了魔鬼，魔鬼便击杀了他的子女，击杀了他的牲畜，扫荡了他的财产，一切都那么突然，就像遭到上帝的雷殛一样，于是约伯便撕裂了自己的衣袍，俯身匍匐在地，呼天抢地地说道："我赤身出于母胎，也必赤身归于黄泉，赏赐的是耶和华，收取的也是耶和华。耶和华的名是应当称颂的，从现在起直到永远！"[1]诸位师父，请诸位饶恕我现在的眼泪——因为我的整个孩提时代仿佛又呈现在我的眼前，我现在呼吸，就像当时我那八岁儿童的胸脯在呼吸一样，而且像当时一样感到又惊奇又慌乱又喜悦。而且那些骆驼在当时强烈地占据了我的想象，还有那撒旦，他居然敢跟上帝这么说话，还有上帝，他居然把自己的仆人交出去听凭撒旦置于死地，还有上帝的仆人约伯，他深情地高呼："你的名是应当称颂的，尽管你在处罚我。"接着便是教堂里低声而又悦耳的唱诗"但愿我的祈祷有求必应"，然后又是神父手提香炉里的青烟袅袅上升和人们双膝下跪的祷告！从那时起（甚至昨天我还拿起了这本书），每逢我重读这部《圣经》故事，我都不能不落泪。这本书里有

---

1 以上故事参见《旧约·约伯记》。《约伯记》曾给陀思妥耶夫斯基留下了很深的印象。他在一八七五年六月十日（二十二日）写给妻子的信中说道："我读《约伯记》时几乎感到病态的愉悦：我往往放下书，在房间里来回走一小时，几乎要流下眼泪……这是我一生中最初看到的令人震惊的书之一，我当时几乎还是个孩子。"（陀思妥耶夫斯基：《书信选》，人文版，第三一九页）

多少伟大、神秘和不可思议的东西啊！后来我听到某些恶意嘲笑和恶意非难的人的傲慢无礼的话，说什么：耶和华怎么能把自己的一名爱徒拱手交给魔鬼，让他任意取笑呢？剥夺了他的子女，让他本人染上疾病和毒疮，让他用瓦片刮疮口的脓，这又是为了什么呢？无非为了在撒旦面前吹嘘："你瞧，我的爱徒能为我忍受多大的痛苦啊！"但是，这里自有奥秘，其伟大之处也就在这里，其奥秘在于，一个在人世间来去匆匆的过客与永恒的真理在这里彼此接触了。在人世的真理面前实现了永恒真理。造物主在这里跟他在创造世界的头几天一样，每天工作完毕之后总要赞赏地说，"我所创造的东西是好的"[1]——与此同时，他现在看着约伯，又情不自禁地赞赏自己的造物。而约伯在赞美耶和华的同时，不仅是在侍奉耶和华，也是在侍奉那千秋万代的整个造物，因为他的使命就在于此。主啊，这是一本多好的书啊，多么宝贵的训示啊！这《圣经》是一部多了不起的书啊，它给予人以怎样的奇迹和怎样的力量啊！这部书犹如一组世界和人，以及各种典型人物的群雕，一切都提到了，一切都指明了，而且光照一切，永垂后世。其中有多少被解决和被揭示的奥秘啊：上帝又重新恢复了约伯拥有的一切，重又赐给了他财产，又过了许多年，瞧，他已经有了新的子女，另外的子女，而且他也爱他们——主啊："当从前那些子女已经死于非命，他已经失去他们之后，他又怎能似乎爱上了这些新的子女呢？每当他想起从前的子女，尽管他觉得这些新子女有多么可亲可爱，他又怎能像从前一样，跟新子女在一起也同样感到十分美满和幸福呢？"但是，这还是能够的，能够的：旧的悲伤就像人生的一大奥秘，会逐渐转化成平静的、令人悠然神往的快乐；代替少年气盛、血气方刚的将会是心平气和、乐天而又达观的老年。我感谢每天的日出，而且我的心也

---

1 参见《旧约·创世记》第一章。

像过去一样依旧向日出歌唱，但是现在我已经更爱日落了，爱日落时分那长长的斜晖，而随着这一抹斜晖而来的则是静静的、心平气和的、令人悠然神往的回忆，以及从我那整个漫长的、幸福的一生中浮现出来的那些可亲可爱的面容——而在这一切之上则是上帝的真理，上帝那使人感动，使人心平气和与宽恕一切的真理！我的生命就要结束了，我知道也感觉到了这点，但是在剩下的每一天，我都感觉到我的尘世的生命正与无穷的、我们无从知晓的，却是即将降临的新生命相互融合，由于预感到这一新生命的降临，我正心花怒放，充满欢乐，我神清气爽，心在快乐地哭泣……诸位朋友们和师父们，我不止一次地听说，而且现在，最近一个时期以来，这呼声更大了，说什么我国的神父，尤其是乡村的神父，常常噙着眼泪到处抱怨薪俸太少了，地位太低了，[1]他们公开说，甚至登在报纸上（我就亲自读到过这一类文章），说他们现在似乎已经没法向老百姓讲解《圣经》了，因为他们的薪俸太少，如果路德派新教徒和邪教徒前来争夺教民，那也只好拱手让他们夺去了，因为我们的薪俸太少了。主啊！我想，还是让上帝给他们多加点对他们来说如此宝贵的薪俸吧（因为他们的抱怨也是有道理的），但是说实在的：如果应当怪罪什么人的话，多半也应当怪罪我们自己！因为就算没有时间，就算他说得对，就算他的几乎全部时间都忙于工作和行圣礼吧，但是话又说回来，总还不至于是全部时间吧，一星期中他总还抽得出哪怕一两个小时来想想上帝吧。再说也不是整年都忙于工作呀。他可以每周一次，在晚上，哪怕起先就找一些孩子呢——他们的父亲听见了，父亲也会来的。再说，做这种事也不用富丽堂皇的房子，就在自己的木屋里接待他们；不用怕，他们不会弄脏你的房子的，

---

1 俄国下层神职人员物质待遇菲薄，神父常常哭穷的事，在一八六〇至一八七〇年的俄国报纸上时有报道。作者也一直十分关心这一问题。

因为你总共也只让他们来一两个小时。你不妨给他们打开这部书，给他们念，不要讲深奥难懂的道理，不要妄自尊大，也不要高高在上，而要满怀深情而又平易近人地，因为你能给他们读《圣经》，他们也在听你读《圣经》，也懂得你读的内容，你应当高兴才是，因为你自己也深爱上帝说的这些话，你只需间或停顿一下，给他们解释一下普通老百姓听不懂的某些话，不用担心，他们会全懂的，一颗正教徒的心什么都听得懂！你可以给他们读亚伯拉罕和撒拉的故事，以撒和利百加的故事，雅各怎样去找拉班，在梦中同耶和华摔跤[1]，并说"这地方太可怕了"的故事，你一定能使普通百姓虔诚的头脑感到十分震惊。你也可以给他们（尤其是给孩子们）念念这个故事：哥哥们怎样把自己的亲弟弟，一个可爱的童子，一个爱做梦的伟大预言家约瑟卖给人家当奴隶，[2]却反过来拿着他染了血的衣服给他们的父亲看，说什么野兽把他的儿子撕碎了，吃了。你也可以给他们念念，后来约瑟的哥哥怎样到埃及去籴粮，而约瑟已成了当地的大官，他们没认出来，于是他就折磨他们，向他们兴师问罪，扣留了弟弟便雅悯，不过他仍旧爱他们："我爱你们，因为爱，我才折磨你们。"因为他终其一生都记得，他们怎样在某个炎热的草原上，在一口枯井旁把他卖给商人，他又怎样绞着双手，哭着哀求哥哥们不要把他卖到外地去当奴隶，而现在过了这么多年之后又看到了他们，重又无限地爱他们，但是他拘禁他们，折磨他们，不过仍旧爱他们。他受不了自己内心的痛苦，终于离开他们，扑到自己的床上，放声痛哭；后来他擦干自己脸上的眼泪，出来时已是容光焕发，喜气洋洋，他向他们宣告："诸位哥哥，我是约瑟，我是你们的

---

1 关于亚伯拉罕和撒拉的故事，见《创世记》第十一章第二十九—三十一节，第十二—十八章第二十一—二十三节；关于以撒和利百加的故事，同上，见二十四—二十七章；关于雅各的故事，同上，见第二十八—三十二章；关于雅各和上帝摔跤的故事，同上，见第三十二章第二十四—三十二节。
2 参见《创世记》第三十七章，第三十九—第五十章。

弟弟！"你还可以接着读当他们的老爸雅各听说他那可爱的孩子还活着，高兴极啦，一心想到埃及去，甚至离开了自己的祖国，以致客死他乡，他在死之前的遗言中向千秋万代说了一些十分伟大的话，这话早就珍藏在他那温驯、胆怯的心中，已经珍藏了一辈子，他预言从他这一族，从犹大[1]这一支派中将出现世界的伟大希望，将出现赐给世界的大救星！[2]诸位师父，请诸位原谅和不要见怪，原谅我像小孩子一样侈谈你们早就知道的东西，侈谈你们能够百倍生动和华赡地有以教我的东西。我只是因为非常高兴才说这些话的，请原谅我的眼泪，因为我太爱这部书了！但愿他，我国的神父，也能像我一样热泪盈眶，他就会看见听他布道的人将会怎样用内心的感动来回报他。只需要一颗小小的种子：他只要把这颗种子投进普通老百姓的心田，这颗种子就不会死，将会一辈子活在其心田，在一片黑暗中，在他的污浊的罪孽中，将作为一个亮点，作为一种伟大的启示而潜伏在他们的心中。而且无需，无需多加解释和教导，他们肯定会直接地明白一切的。你们以为普通老百姓听不懂吗？那你们再试试给他们念一段故事，一则感人至深的故事，关于美丽的以斯帖和目空一切的瓦实提的故事[3]；或者念念先知约拿被鲸鱼吞进肚里去的奇妙故事[4]，也别忘了读主的寓言故事，主要是《路加福音》中的寓言故事[5]（过去我就是这样做的），然后是《使徒行传》中扫罗说的

---

1 这里说的犹大是雅各和利亚的儿子，犹太人十二列祖之一；他不是我们所熟知的那个出卖耶稣的加略人犹大。

2 这话源出《旧约·创世记》中雅各的遗言："圭必不离犹大，杖必不离他两脚之间，直等细罗（就是赐平安者）来到，万民都必归顺。"（第四十九章第十节）

3 指《圣经·以斯帖记》中所载亚哈随鲁王的两个王后的故事。亚哈随鲁王的第一个王后瓦实提不肯遵从王命参加饮宴，以免"使各等臣民看她的美貌"。王闻讯大怒，废瓦实提为庶民，另选聪明恭顺的以斯帖为王后。

4 见《旧约·约拿书》。

5 "主的寓言故事"指根据《福音书》(《约翰福音》除外) 改编的寓言故事，借以说明《福音书》中比较抽象的思想，其中以《路加福音》中的故事最多。

话[1]（这是一定要读，非读不可的！）。最后，也不妨读读《每月念诵集》[2]中记载的神痴阿列克谢的生平，以及伟大之中最伟大的快乐的苦行者、亲眼见过上帝和心中装着基督的嬷嬷马利亚（埃及的）[3]的生平——你用这些普普通通的传说定会深深打动他们的心，一周总共才需要一小时，尽管你的薪俸很低，但只要区区一小时就够了呀。他将会亲眼看到，我们的老百姓是宽厚的和知恩必报的，他们定将百倍地报答他；他们将会牢记神父的关怀和他那感人至深的话，他们定将自觉自愿地到他的地里和家里帮忙，而且会比从前更加尊敬他——这么一来，他的薪俸不就等于增加了吗。这事是如此朴实无华，有时我们甚至怕说出来，因为怕别人笑话你，然而这是千真万确的！谁不相信上帝，谁就不会相信上帝的子民。谁相信上帝的子民，谁就必能见到民众的可贵，尽管在此以前他根本就不相信民众有什么可贵之处。只有民众和他们未来的精神力量才能使我们那些脱离祖国大地的无神论者转而相信上帝。没有实例，基督传布的道不就架空了吗？没有上帝的道，民众就会无所适从，因为他们的心渴望听到上帝的道和得到任何美好的感悟。在我的青年时代，已经很久啦，差不多四十年以前吧，我曾跟安菲姆神父走遍整个罗斯，为修道院募化，有一回，我们在一条可以通航的大河旁过夜，在岸边跟一些渔民在一起，而跟我们坐在一起的还有一个十分英俊的小伙子，他是农民，看上去约莫十八九岁，他急于在第二天赶到一个指定的地点给一艘商人的驳船拉纤。我看到他深情而又神态开朗地

---

1 据《新约》中的传说称，扫罗曾肆意迫害基督的信徒，有一次他在前往大马士革（《圣经》中译为"大马色"）的途中，忽见天上发光，听到基督的声音对他说道："扫罗，扫罗，你为什么逼迫我？"他说："主啊，你是谁？"主说："我就是你所逼迫的耶稣。"扫罗闻言大惊，遂皈依耶稣，后来成了耶稣传道的使徒，为表示自谦，改名为保罗（拉丁文意为"后生小辈"）。
2 供东正教徒每日念诵的书，每月一册，逐日记载圣徒的言行、教诲以及关于宗教节日的传说。
3 据传说，马利亚（埃及的）年轻时曾是个行为不端的淫妇。后来她偶然听到基督的教义后，即加入朝圣的行列，前往耶路撒冷朝圣，紧接着便在一处隐修院修行，向上帝一心忏悔和祈祷，达四十七年之久。

眺望前方。月明星稀，这是一个七月的夜，周围静悄悄的，十分暖和，夜雾冉冉升起，使我们感到神清气爽，鱼儿在轻轻戏水，小鸟已停止啁啾，一切都静悄悄的而又显得恢宏壮丽，一切都在向上帝祈祷。而没睡着的只有我俩，我和那青年，我俩开始畅谈上帝的世界的美和它的神秘。任何一棵小草，任何一只小昆虫、小蚂蚁、金色的小蜜蜂，全都令人惊叹地知道自己的路，虽然它们没有思维能力，但证明着上帝的神秘，而且它们自己也不断实现着这一神秘，我说着说着看到那个可爱的小伙子渐渐激动起来。他告诉我，他爱森林，爱森林中的小鸟；他曾是一个捕鸟人，他懂得小鸟的每一种叫声，他能设法诱捕任何一种小鸟；他说，我不知道还有什么比在森林里更好的了，而且一切都那么好。"千真万确，"我回答他，"一切都那么好，那么辉煌，因为一切都是实实在在的。你瞧，"我对他说，"你瞧那匹马，那只大动物，也就是站在那人身边的那匹马，再瞧那头牛，养活人并给人干活的牛，它低着头，若有所思。你瞧瞧它们的脸：多么温顺，对人又多么亲热（可是人却常常无情地打它们），它们的面部表情多么宽厚，多么有信任，多么美啊。它们身上没有任何罪孽——甚至知道这点都令人不由得感动，因为一切都尽善尽美，一切，除了人以外，都没有罪孽，而且基督早在我们之前就同它们在一起了。"那青年问："难道它们也有基督？"我答道："怎么能不是这样呢，因为这道是大家的道，一切造物，一切生物，每片叶子都在追求这道，都在讴歌上帝，向基督哭泣，凭借他们无罪生命的奥秘，自己也不知道所以然地完成着这一切。你瞧那边，"我对他说，"树林里有一头可怕的熊在走来走去，十分凶猛，令人望而生畏，可是它之长成这副模样它并无任何过错。"于是我就给他说了一个故事，有一回，一头熊走到在森林里一间小修道室里修道的一位大圣徒附近，这位大圣徒看它可怜，便无畏地走出来，给了他一块面包，对它说："走吧，基督保佑你！"于是这头凶猛的野兽便乖乖地、温和地走了，并没有伤害他。[1]那小伙子听到那头熊走了，并没有伤害那位圣徒，而且基督还保佑它，十分感动。他说："啊，这多好啊，上帝的一切是多么好，多么奇妙啊！"他坐着，陷入沉思，在静静地、甜蜜地沉思。我看出他听懂了。接着他就挨着我睡着了，轻松愉快地、纯洁无邪地睡着了。愿主祝福青春！临睡前我也替他做了祈祷。主啊，愿你把和平与光明赐给你的子民！

(三) 回忆佐西马长老出家前的青少年时代。决斗

我在彼得堡贵族（少年）武备学堂上学，上了很久，差不多有八年，由于受到新式教育，因此也就减弱了许多儿时的印象，虽然我什么也没忘记。我养成了许多新的习惯，甚至接受了许多新的看法，以致完全变了一个人，近乎野蛮、残酷，甚至蛮不讲理。我学会了一套彬彬有礼、交际应酬的礼节，还能说一口法语，我们大家把在学堂里伺候我们的士兵当成了彻头彻尾的畜生，我的情况亦然，犹过之而无不及也说不定，因为在所有的同学中数我最容易学坏。我们毕业后一个个都成了军官，我们准备着：部队的荣誉一旦遭到侮损便挺身而出，不惜抛头颅洒热血。至于什么是真正的荣誉，我们几乎谁也不知道，即便知道，我自己也会立刻首先加以嘲笑。我们似乎都把酗酒、吵架和蛮不讲理引为自豪。不能说我们这些人全是坏蛋；应当说，这些年轻人全是好的，但是他们的行为十分恶劣，我则尤甚。主要是我手头有一笔归我自己支配的钱，因而恣意妄为，具有一种年轻人血气方刚的脾气，毫无节制，扯起所有的风帆，为所欲为。不过有件事很怪：当时我也读书，甚至读得津津有

---

1 这里所说的大圣徒，指莫斯科附近举世闻名的谢尔盖圣三一修道院的创始人谢尔盖·拉多涅日斯基（一三一四——三九二）。陀思妥耶夫斯基曾称他代表了俄罗斯人民的历史理想。

味，只有《圣经》当时我几乎从未翻过，但又从来没跟它分开过，上哪儿都随身带着：自己都不知道为什么，一直珍藏着这部书，珍藏它正是为已定了的"某年某月某日某时"[1]。我就这样当了大约四年军官，最后终于到了我们部队当时驻防的K市。该市的社交界色彩纷呈，人物众多，又快乐，又好客，都很有钱，而且到处都很欢迎我，因为我生就一副嘻嘻哈哈的脾气，再说我名声在外，都知道我不穷，这在上流社会是举足轻重的。就在这时发生了一个情况，而一切均由此而始。我看上了一位年轻美貌的姑娘，又聪明，又有地位，性格开朗，为人高尚，父母有钱有势。他们并非小人物，有财产，有影响，有势力，对我的态度也十分和蔼可亲。同时我觉得这妞也似乎对我一见钟情——每念及此，我就心花怒放，心痒难搔。后来我自己也明白过来了，完全弄清楚了，也许我并不十分爱她，只是钦佩她的聪明和高贵罢了，因为这是不可能不令人肃然起敬的。然而我那只顾自己寻欢作乐的脾气，却妨碍了我当时向她求亲：我当时还很年轻，加上有钱，这么早就与放荡而又自由自在的独身生活的种种诱惑分手，我觉得很难，也很可怕。然而，我做了一些暗示。不管怎么说吧，我决定少安毋躁，先不要轻举妄动。而这时我忽然要到外县出差，为期两个月。过了两个月我回来后忽然得知这妞已经出嫁了，嫁给了城郊的一位有钱的地主，这人虽然比我大几岁，但还算年轻，在京城和上流社会广有门路，而我则没有，再说这人非常和蔼可亲，外加很有学问，而我却什么学问也没有。这情况太出乎我的意料了，我感到非常吃惊，甚至我的脑子都乱了。主要的问题还在于，当时我打听到这个年轻的地主早已跟她订了婚，而且此前我在他们家也多次碰到过他，但是，由于我太自负，鬼迷了心窍，居然什么也没看出来。但是最使我感到可气的是：为什么

---

1 参见《启示录》第九章第十五节。

别人差不多都知道了，只有我一个人还蒙在鼓里呢？这到底是怎么回事呢？我突然感到怒不可遏。我满脸通红地回想起，有许多次我向她都差点表白了我的爱情，她居然不制止我，也不警告我，因此我得出结论，她在取笑我。后来我自然想明白了，并且也记起来了，她毫无取笑我的意思，相反，她还多次开玩笑似的打断这样的谈话，岔开话题，顾左右而言他，但是那时我硬是想不通，怒火中烧，非报这个仇不可。现在我回想起来也觉得十分惊奇，对这种报复的心理和我的怒不可遏，我自己也觉得极其难堪和厌恶，因为我这人脾气随和，无法长时间地生任何人的气，因此我只好故意给自己火上浇油，终于变得十分岂有此理而又荒唐可笑。我等到了一个机会，有一次，在大庭广众之中，我似乎找到了一个完全不相干的理由，得以忽地当众羞辱了我的"情敌"。他对当时的一件要闻（这事发生在一八二六年）发表了自己的看法，我就对他反唇相讥，据说，我当时的话说得很尖刻，也很巧妙。接着我又迫使他找我作出解释，可是我在作出解释时态度十分蛮横，于是他接受我要求决斗的挑战，尽管我们之间差距很大，因为我比他年轻，又位卑职低，是个无足轻重的小人物。后来我千真万确地打听到，他之所以接受我的挑战，似乎也是出于对我的一股醋意：过去，当他的妻子还没过门的时候，他就有点对我酸溜溜的；而现在他的想法是，如果她知道他对我加诸他的侮辱忍气吞声，不敢向我挑战，不敢要求决斗，她就会情不自禁地小看他，她的爱也可能会因此发生动摇。我很快就找到了决斗的证人，他是我的战友，中尉，在同一团服役。当时虽然对决斗严惩不贷，但是在军人中，这却成了时尚——有时候，某些野蛮的偏见非但愈演愈烈，而且根深蒂固。时当六月末，我们俩定于第二天见面，在郊外，早晨七时整——就在这时，说真格的，我这边发生了一件似乎命中注定的事。自从傍晚回到家以后，我就像凶神恶煞似的，对我那勤务兵阿法纳西大发脾气，使劲打了他两个耳光，把他的脸打得鲜血淋漓。他不久前才调来伺候我，我过去也打过他，但从来没有打得这么凶狠，这么残暴。你们信不信，亲爱的朋友，已经过去四十年了，可是我至今想起这事仍羞赧无地，痛苦万分。我上床睡觉，睡了三小时，探身一看，天已破晓。我猛地一跃而起，已经再没了睡意，我走到窗口，打开窗户——窗外是花园——我看见，太阳在冉冉升起，暖融融的，非常美，小鸟在婉转啼鸣。我心中有某种类似可耻和卑劣的感觉，我想，这是怎么回事呢？该不是因为我马上要去杀人吧？不，我想，似乎不是因为这缘故。该不是因为我怕死，怕给人家打死吧？不，完全不对，甚至根本不对……我忽地一下子明白过来了，明白到底是怎么回事了：原来是因为我昨晚揍了阿法纳西！一切又忽然呈现在我眼前，仿佛一切又重演了一遍：他站在我面前，我对准他的脸狠狠地揍他，他则两手贴紧裤缝，脑袋伸得笔直，两眼圆睁，就像立正站在队列里一样，每揍一下他就抖动一下，甚至连举起手来遮挡一下他都不敢——一个人居然会弄到这般地步，人居然可以打人！这是多么恶劣的行为！我想到这里有如万箭攒心。我像傻了似的站着，这时太阳在闪耀，树叶在欢乐地闪闪发光，而小鸟，小鸟在赞美上帝……我用两手捂住脸，倒在床上，放声大哭。我立刻想起了我哥哥马克尔和他临死前对仆人说的话："我的可亲可爱的人们，你们凭什么要伺候我，凭什么要爱我，再说我配人家伺候吗？"——"是的，我配吗？"这话忽地跃进我的脑海。说真的，我凭什么配让另一个人，一个跟我同样是上帝的形象和样式的人[1]来伺候我呢？当时，这个问题生平第一次钻进了我的脑海。"妈，我的亲娘，每个人的的确确在所有人面前对所有的人都是有罪的，只是大家都不知道这道理罢了，一旦知道了——就会立

---

1 语出《创世记》第一章第二十六节："神说'我们要照着我们的形象，按着我们的样式造人'。"

刻出现天堂！"主啊，难道说这不对吗，我一面哭一面想——我的的确确对所有的人都有罪，也许我比所有的人都罪孽深重，而且比世界上所有的人都坏也说不定！我眼前豁然开朗，全部真理忽地呈现在我眼前：我现在要去干什么呢？我要去杀人，杀一个好人，杀一个聪明人和高尚的人，去杀一个对我没有任何过错的人，而且我将会使他的夫人永远失去幸福，我将使她痛苦，使她悲痛欲绝。我就这样趴在床上，把脸埋在枕头里，根本没发现时间已经悄悄地溜过去了。蓦地，我那位战友，那名中尉，进来找我，带着手枪。他说："啊，你已经起床了，这太好了，时间到啦，咱们走吧。"这时我才手忙脚乱起来，完全没了主意，然而，我们还是走了出去，上了马车。我对他说："请稍候，我说话就回来，我把钱包忘屋里了。"于是我一个人又跑回房间，直接走进小屋去找阿法纳西。我说："阿法纳西，我昨天打了你两记耳光，请你饶恕我。"他听到这话后打了个哆嗦，好像害怕似的瞪大了两眼——我看到，这样做还不够，很不够，于是我在身穿制服、佩戴肩章的情况下，忽地扑通一声跪倒在他脚下，磕头如捣蒜。我说："请你饶恕我！"这时他都吓傻了："大人，长官，老爷，您倒是怎么啦，我哪配呢……"我忽地哭了起来，就像不多会儿前那样，两手捂着脸，转身面对窗户，泪如雨下，哭得浑身发抖，我跑了出去，跑到我那位战友跟前，一屁股坐进马车，大叫道："走！"我向他叫道："你见过旗开得胜的人吗？这就是鄙人！"我心里充满一片欢悦，一路上又说又笑，说个没完，我已经不记得我说些什么了。他看着我，说道："我说老弟，你真是个好样的，看得出来，你一定能为我们这身军服争光。"就这样我们来到了约定的地点，而他们已经先到那里了，在等我们。于是我们两人被分开，彼此相距十二步，我让他第一个开枪——我开开心心地站在他面前，我的脸笔直地对着他的脸，连眼睛都不眨，我看着他，充满了爱，我知道我将做什么。他开了一枪，只是在我脸上擦破了点皮，碰到了一点耳朵。我叫道："谢谢上帝，没有打死人！"于是我一把抓起自己的手枪，回过身去，向上一抛，扔进了树林。我叫道："去你的吧！"接着我又向我的对手回过身来，说道："阁下，请原谅我这个混账的年轻人，我得罪了您，现在又迫使您向我开枪，这都是我的错。我这人比您坏十倍，也许还不止十倍。请您把这话转告您在世上最敬重的那个女人。"我把这话一说完，他们仨就一齐叫了起来。"对不起，"我的对手说，甚至非常生气，"您既然不想决斗，干吗劳师动众？"我对他说："昨天我还很浑，今天才开了窍。"我快活地这样回答他道。他说："昨天的情况，我信，但是今天的情况，照您的说法，却很难下此结论。""没错，"我向他叫道，并拍手叫好，"我十分同意足下这一高见，我自找的！""阁下，那您还要不要开枪呢？"我说："我不准备开枪了，不过，如果您愿意，您可以再开一枪，不过您还是以不开枪为好。"这时两个证人也嚷嚷起来，特别是我的那位证人："这不是给咱们团丢脸吗，站在决斗场上，又求人家原谅；早知道是这么回事，我才不干呢！"我站在他们大家面前，已经不笑了，正式道："诸位先生，现在遇到一个人，他对自己做的混账事认错了，并当众请罪，难道在我们这个时代值得这么大惊小怪吗？""可是这已经到了决斗场上了呀！"我那位证人又嚷嚷起来。"可不是吗，"我回答他们道，"正是这点令人惊奇，因为我应该一来到这里，还在这位先生开枪以前就向诸位请罪，这样就不至于使这位先生犯这么大的错误了，"我说，"可是事情就这么岂有此理，我们在这世上自己给自己找不自在，因而要这么办几乎是不可能的，只有等我在十二步的距离上挨了一枪以后，我的话才能对这位先生起到某种作用，可是在开枪以前，我们一到这里就这么做，这位先生肯定会说：怕死鬼，一见手枪就害怕了，不用听他的。诸位，"我忽地真心诚意而又感慨系之地说道，"请诸位瞧一瞧周围上帝的恩赐：晴朗的天，清新的空气，嫩绿的小草，小鸟，大自然是那么美丽，那么纯净，而我们，只有我们这些人不信神和混账透顶，居然不懂得生命就是天堂，因为只要我们愿意懂得这点，这天堂就会以它的全部美丽立刻降临在我们眼前，我们将会彼此拥抱和哭泣……"我还有许多话要说，可是我说不下去，甚至觉得透不过气来，我感到那么甜蜜，那么年轻，心里又那么幸福，这幸福是我有生以来从来不曾感到过的。"这些话很有道理，也很虔诚，"我的对手对我说，"不过话又说回来，您这人很特别。""笑吧，"我笑着回答他道，"以后您就该夸我了。"他说："现在我就准备夸您，请让我拉拉您的手，因为看来您确实是个真心诚意的人。""不，"我说，"现在就不必了，以后再说吧，等我做得更好些，值得受到您敬重的时候，咱们再拉手——那时候您就做对了。"我们回家的一路上，我那证人一直骂骂咧咧，而我则连连亲吻他。所有的战友立刻听到了这消息，当天就一齐跑来骂我。他们说："他玷污了他穿的这身军服，让他立刻申请退伍。"也有人过来帮我说话："他毕竟无所畏惧地挨了一枪呀。""是的，但是他怕再挨第二枪，第三枪，因此在决斗场上求饶了。""如果他怕吃枪子儿，就该在求饶之前自己先开枪，而他却把上好子弹的枪扔进了树林，不，这是另一回事，别具新意。"我快活地瞧着他们，静静地听着。我说："诸位最最亲爱的朋友们和战友们，让我申请退伍一事，你们尽管放心，因为我已经这么做了，我已经打了报告，今天早晨我已去过团长办公室，得到批准后，我就马上进修道院，我之所以要申请退伍，目的也就在此。"我这话一出口，大家便哄堂大笑："你一开头就该挑明了嘛，现在一切都不言自明了，对一名修士还有什么可说的呢！"他们说罢便嘻嘻哈哈地笑个不停，不过毫无嘲弄之意，而是笑得十分亲热、快活，而且所有的人一下子都爱上了我，甚至连最恶狠狠地骂过我的人也不例外，后来，在退伍批准前的整整一个月里，我好像被他们捧着，抱着，简直成了他们的宠儿。他们一见我就说："啊，你这

426

修士呀。"每个人都拣最好听的话跟我说，也有人开始劝我，甚至觉得怪可惜的："你何必自讨苦吃呢？"有人反驳道："不，他很勇敢，他挺胸挨了一枪，他本来可以还击的，可是他头天夜里做了个梦，让他进修道院，因此他才没还手。"该城的社交界也差不多发生了同样的情况。过去，大家并不特别注意我，只是客客气气地接待我而已，而现在忽然所有的人都争先恐后地打听哪一位是我，并争着让我上他们家做客：他们虽然笑我，但同时又很爱我。在这里要申明一点，关于我们决斗的事，虽然当时都在公开议论，但是上级却把这事压下了，因为我的对手跟我们的将军是近亲，再说这事也没流血，仿佛闹着玩似的，再说到后来我又申请退伍，所以他们也就把这事当真看成了一场玩笑。于是我就公开而又无所畏惧地谈论起来，尽管惹他们发笑，但这笑并无恶意，而是一种善意的笑。以下所有这些谈话大半发生在晚间有女士们参加的交际场合，当时，女士们更喜欢听我说话，而且还硬让男士们陪着听。"怎么可以让我对大家感到有罪呢，"每个人都当着我的面笑我，"难道，打个比方吧，我能对您感到有罪吗？"我回答他们道："你们哪能明白这道理呢，现在全世界早就走上了歧路，我们现在把彻头彻尾的谎言当成了真理，而且我们还让别人也跟着说谎。比如说吧，我生平第一次忽然做了一件真心真意的好事，可是你们大家却把我看成了似乎是个疯教徒：虽然你们都爱我，可你们毕竟把我当成了笑柄。""怎么能不爱像您这样的人呢？"女主人对我哈哈笑道，当时，她家宾客盈门，高朋满座。我一看，在女士堆里忽然站起来一位最年轻的太太，当时我就是因为她才向她男人提出挑战，要求决斗的，也就是她，不多久以前我还有意向她提亲来着，可是我压根儿没注意，现在她怎么也来参加晚会了。她站起来，走到我身边，向我伸出了手。她对我说："请允许我向您说明一点，我是第一个无意取笑您的人，相反我对您感激涕零，我要对您当时的做法致敬。"这时，她的丈夫也走了过来，接着所有的人也都向我一下子拥了过来，差点没有亲吻我。这时我开心极了，但是我最开心的还是当时我忽然发现一位上了年纪的先生也向我走了过来，这人，我以前虽然知道他的尊姓大名，但是从来没跟他结识过，而且直到那天晚上我还没有跟他说过一句话。

(四) 神秘的来访者

他在我们那城市供职已久，身居要津，为众人所尊敬，他很富有，以乐善好施著名，他曾为养老院和孤儿院捐献过一大笔钱，此外还不事张扬地、秘密地做过许多好事，这一切直到他死后才发现。此公年约五十，近乎不苟言笑，而且不爱说话；他结婚还不到十年，夫人还很年轻，但已有三个还很年幼的孩子。就在第二天晚上，我正坐在自己房间里，我的房门忽然被人推开了，有人走了进来，而进来的那人正是这位先生。

应该说明的是，当时我已经不住在我原来住的那套公寓里了，我刚打报告申请退伍就立刻搬了家，房间是向一位老女人，一位官员的寡妻租来的，并由她的女仆负责照料家务。我之所以要搬到这里来，只是因为那天我从决斗场回来以后就立刻把阿法纳西送回了连队，而之所以把他送回连队，是因为在不久前我对他做了那事以后，现在一见他，我就汗颜——一个未曾修行得道的俗家人，哪怕干了一件非常好的好事，也常常会感到羞赧。

那位进来找我的先生对我说道：

"我在许多人家里兴味盎然地听过您讲话，已经有好几天了，听到后来，我就想亲自登门同您认识一下，以便同您详细谈谈。先生，您能拨冗惠予首肯吗？"我说："可以的，我非常乐意，并以此为殊荣。"我对他说这话的时候，心里几乎感到一阵害怕，我们才初次见面，他当时就使我感到很吃惊。因为虽然有不少人兴味盎然地听过我讲话，但是谁也没有带着这么严肃的、一本正经的神态来找过我。可是这位先生却亲自登门，跑到我屋里来了。他坐了下来，继续道："我看到您坚强的性格，因为您在您的这项义举中冒了很大的险，但是您不怕坚持真理，不怕受到别人的普遍蔑视。""也许，您对鄙人过奖了。"我对他说。"不，我并没有过甚其词，"他回答道，"请您相信，要作出这样的义举比您想象的要困难得多。"他继续道："我本人就对此感到十分惊奇，我来拜见阁下也正是为此。如果您不嫌弃鄙人如此无礼的好奇的话，那么，能否请阁下描述一下，如果您还记得的话，在决斗时，您下定决心请求对方原谅的那一刻究竟有何感触？请您不要把我提问题看作轻浮之举；相反，我在向您提出这样的问题时，自有我的隐蔽的目的，如果上帝有意使我俩更加亲近的话，以后我也许会向您进一步说明个中原委的。"

他说这话的时候，我一直注视着他的脸，我忽然对他感到一种非常强烈的信任，因为我感到他心中一定埋藏着某种不足为外人道的秘密。

"您问我在请求对方原谅的那一分钟到底有何感触，"我回答他道，"但是，最好还是先跟您说一件我还没有告诉过别人的事。"于是我就从头到尾跟他讲了我跟阿法纳西之间发生的事，以及我怎样向他磕头的经过。"您由此可以看到，"我对他最后道，"决斗的时候，我心里已经比较轻松了，因为还在家里我就已经开始这么行事了，既然已经走上了这条路，那以后的事也就顺理成章了，不仅不难，甚至还感到快乐。"

他听完我的话以后，十分感动地看着我，说："这一切非常有意思，以后我还要再三再四地来拜访阁下。"从那时起，他几乎每天晚上都来看我。如果他也能向我谈谈他自己，说不定我们会非常要好的。可是他几乎只字不提自己，而是一个劲地向我问长问短。尽管如此，我还是非常喜欢他，完全信任他，常常向他畅抒胸怀，因为我想：他的秘密对我有什么用呢，他即使不说，我也看到他是一个规规矩矩的人。再说他这人十分严肃，与我年龄悬殊，居然不嫌弃我，常常来看我这个小青年。而且我向他学到了许多有益的东西，因为他这人很有头脑。"至于生命就是天堂，"他忽然对我说，"这点我早想到了，"他蓦地加了一句，"我思前想后的也正是这个。"他望着我，微微笑着，说道："我比您更坚信这道理，以后您就会知道为什么了。"我听着这话，心里寻思："他一定有什么心事要向我公开。"他说："我们每个人的心里都蕴涵着天堂，它现在也隐藏在我心里，只要我愿意，明天它就会真的降临，让我终身受用不尽。"我看到：他说这话是有动于衷的，而且神秘地望着我，似乎在征求我的意见。接着，他又继续道："至于任何人除去自己的罪孽以外，还应对一切人和一切事承担罪责，对此您的看法是完全对的，令人吃惊的是：您怎么会忽然之间这么完满地把握这一思想的呢？诚哉斯言：人一旦懂得了这道理，那天国就会对他降临，而且不是在幻想中，而是真的降临。"我向他伤心而又十分感慨地说道："这什么时候才会实现呢？再说，有朝一日会实现这样的奇迹吗？这会不会仅仅是幻想呢？"他说："可见您也不信，您自己在宣传，可是您自己也不信。要知道，您所说的这一幻想，毫无疑问是一定会实现的，您要相信这点，不过不是现在，因为任何事情都有自己的规律。这事属于心灵方面的，是心理的。要重新改造这世界，就必须使人在心理上转向另一条路。除非您真的同任何人都亲如手足，而在这之前，博爱这一境界是不会降临的。人永远不能凭借任何科学的道理和任何利益均沾的想法公平合理地分享财产和分享权利。每个人总嫌占有的太少，总会喋喋不休地抱怨，总在嫉妒，互相杀戮。您刚才问这事何时才能实现。会实现的，但是先要让人类**彼此隔绝**的时期结束。""什么彼此隔绝？"我问他。"也就是现在到处占统治地位的彼此隔绝，尤其在当代，但是它还没有结束，它的末日还没有降临。因为现在每个人都极力使自己突出于众人之上，想要充分享受生活的乐趣，结果适得其反，他们绞尽脑汁，非但没有充分享受到生活的乐趣，反而形同彻头彻尾的自杀，因为他们非但没有确立人之所以为人的东西，反而陷入彻头彻尾的与人隔绝的状态。因为在当代，所有的人都彼此分离，成为一个单独的人，每个人都钻进自己的洞里，与外界隔绝，每个人都对别人敬而远之，躲着别人，有什么东西就藏起来，弄到后来，非但他们自己与别人疏远了，甚至也不让别人去接近他们。他悄悄地积累财富，自以为我现在多么有钱有势，我的生活多么有保障，可是这疯子却不知道，他积累的财富愈多，就愈加陷进等于自杀的糟糕境地。因为他已经习惯于只靠自己，孤芳自赏，脱离群体，他已经让自己的心养成不相信别人的帮助，不相信别人，不相信人类的习惯，他战战兢兢地唯恐失去的只有他的钱，以及他已经得到的权利。如今的人到处都嘲讽地不愿意理解，一个人的真正物质保障不在于他个人孤立地做了什么努力，而在于群策群力。但是，这种可怕的彼此隔绝状态的末日一定会到来，到时候大家才会如梦初醒，懂得人与人之间彼此分离有多么不自然。时代潮流必将是这样，那时人们就会觉得奇怪，他们怎么能这么久地待在黑暗中，居然没有看到光明。那时人子的兆头就要显在天上……[1]但是在此以前终究应该爱护这面旗帜，间或总还得有人哪怕单枪匹马地突然作出点榜样，让心灵从彼此隔绝中跳出来，完成人与人实现友爱相处的功德，哪怕被人冠以疯教徒的雅号也在所不惜。这样做为的是这一伟大思想不致湮没……"

我们就是在这样热烈而又欢欣鼓舞的谈话中度过了一个又一个

---

[1] 指基督的二次降临。见《马太福音》第二十四章第三十节："那时人子的兆头要显在天上，地上的万族都要哀哭。他们要看见人子，有能力，有大荣耀，驾着天上的云降临。"

夜晚。找甚至谢绝与朋友来往，到别人那里去登门做客也少得多了，此外，谈论我的那阵时髦劲头也逐渐偃旗息鼓了。我说这话并无责备之意，因为大家仍旧爱我，对我的态度也仍旧很亲热。但是问题在于赶时髦这一风尚在人世间的确是一个足以左右一切的女皇，这点必须承认。但是对于这位神秘的来访者我终于另眼相看，十分赞赏，因为除了欣赏他的远见卓识以外，我还预感到他心中肯定抱有某种打算，也许正准备去履行一项伟大的功德也说不定。再说我表面上似乎从不探听他的秘密，既不开门见山，也不旁敲侧击，也许正是这点使他感到满意。但是我终于发现，他自己也似乎开始心痒难搔了，感到有一种向我公开某事的强烈愿望。起码在他来访之后大约过了一个月，这已经看得十分清楚了。"您知道吗，"有一次他问我，"城里对咱俩的事很好奇，他们对我这么轻率地来看望您觉得很奇怪；但是让他们去好奇，让他们去奇怪吧，因为**很快一切就会不言自明了。**"有时候，他会忽然显得异常激动，几乎每次发生这种情形时，他差不多总是站起身来，立刻告辞。有时候，他长久地、仿佛要把人看透似的看着我。我想，"他一定要立刻告诉我什么事情了"，可是他又立刻把话题岔开，开始顾左右而言他，谈起一些人所共知的平平常常的事。他也常常闹头痛。比如有一次，甚至完全出人意料地，在他长久而又热烈地说了许多话之后，突然脸色煞白，脸庞也整个变了形，可是仍旧紧紧地盯着我。

"您怎么啦，"我说，"该不是感到不舒服吧？"

他先推说头痛。

"我……您知道吗……我……杀了人。"

他说完这话后微微笑着，可是脸色却白得像白粉一样。他干吗笑呢——在我还没想明白以前，这想法突然钻入了我的心房。我也变得脸色煞白。

"您这是怎么啦？"我向他嚷道。

"要知道，"他依旧带着苦笑回答我说，"我好不容易才说出了头一句话。现在既然说出来了，似乎上路了，那就往前走吧。"

我很久都不相信他告诉我的事，而且也不是他说一次我就相信了，而是在他连续三天来看我，详详细细地把事情的经过全部告诉我之后，我才真的信了。我先以为他精神失常了，直到后来，我才信以为真，但是心里非常难过，也十分吃惊。十四年前，他对一位有钱的太太犯了可怕的大罪。这位太太很年轻，很漂亮，是一位地主的寡妻，她在我们城里有一座私宅，以备进城时暂住。他觉得他很爱她，便向她求爱，并劝她嫁给他为妻。但是她另有所爱，已经把心交给了另一位显赫的、地位不低的军人，当时这位军人正出征在外，她在等他回来，等他很快回到她的身边来。她拒绝了他的求婚，而且请他以后不要再来找她。去，他倒是不去了，可是他知道她家的布局，于是一天夜里潜入花园，并由花园爬上了房顶，真是胆大包天，冒着被人发觉的危险。但是事情却往往这样，一切胆大包天的犯罪行为常常成功的居多。他从天窗爬进房子的阁楼，又从阁楼上的梯子下来，进入她居住的房间，因为他知道，梯子下面的那扇门，由于用人马虎，房门往往并不上锁。因此这次他也寄希望于用人们的这一疏忽，偏巧这次又给他碰上了。他摸黑潜入她的正房后，又进入她的卧室，这时卧室里正亮着一盏长明灯。偏巧，她的两名侍女未经主人许可就悄悄溜到本街的一户邻居家参加命名日宴会去了。其余的男女仆人则睡在下房和厨房里，在底层。他一看见他那冤家已经睡着了，便怒火中烧，接着一股此仇不报非君子的怨毒加上醋意攫住了他的心，他像喝醉了酒似的不顾一切地走上前去，拿刀对准她的心窝，一刀捅了进去，她连喊都没喊一声便死了。接着他又怀着十分阴险和令人发指的打算做了一番布置，让人疑心是佣仆干的：他甚至拿了她的钱包，从枕头底下摸出她的钥匙，打开她的五斗柜，从里面拿走了某些值钱的东西，做得仿佛一个无知无识的用人所做的那样，也就是把有价证券留了下来，只拿钱，还拿了几样大件的金器，至于最贵重的小件物品，甚至贵重十倍的，也弃置不顾。他还顺手拿了点东西留作纪念，但是关于这事以后再说。他干完这件可怕的事情以后，就循原路出去了。无论是有人第二天报警时，还是以后在他的整个一生中，从来就没有一个人对他这个真正的凶犯起过一丝一毫的疑心！再说也没有一个人知道他曾经爱过她，因为他这人一向沉默寡言、孤僻成性，连个推心置腹的朋友也没有。大家只把他看作是被害人的一个普普通通的朋友，甚至算不上是好朋友，因为最近两周来他压根儿就没去看过她。大家立刻怀疑这是她的一个名叫彼得的家奴干的，偏巧所有的情况又都凑到了一块儿，于是更加肯定了这一怀疑，因为这名仆人知道，而且死去的女主人也不隐瞒，因为他孤身一人，再加上品行不端，她打算送他去当兵，作为她应出的农民新兵。据说，他喝醉了酒，在酒店里恶狠狠地威胁说要杀死她。女主人去世前两天，他又逃跑了，住在城里一个别人不知道的地方。在凶杀案发生后的第二天，在出城的路上有人发现了他，当时他烂醉如泥，兜里揣了一把刀，而且不知道为什么右手手掌上还沾着鲜血。他硬说手掌上的血是鼻血，可是大家不相信他的鬼话。那两名侍女则主动请罪，说她俩去参加宴会了，直到她俩回来时，由台阶进屋的大门一直虚掩着。此外还有许多这一类的疑点，根据这些疑点就把那名被冤枉的仆人抓了起来。他被捕后便开庭审理，但是事有凑巧，过了一星期，这名在押犯突发高烧，病倒了，躺在医院里昏迷不醒，最后竟死了。于是这件案子只能不了了之，大家认为这是天意，所有的人，包括法官、上峰以及整个舆论界在内，都坚信犯下这项弥天大罪的除了这名已死的仆人外，不可能是别人。而以后就开始了惩罚[1]。

---

[1] 指真正的凶手在良心上受到惩罚。

这位神秘的来访者，现在已成了我的知交，他告诉我，一开始，他甚至根本没有受到良心谴责的痛苦。他倒是很难过，而且难过了很长时间，但不是因为这事，仅仅是因为杀死了心爱的女人而感到惋惜，人死已经不能复生，他杀死了她，也就是杀死了自己的爱情，可是怒火仍旧在他的血管里燃烧。但是，对于流了无辜者的血，对于杀人，他当时几乎连想也没想。一想到他的牺牲品可能成为别人的妻子，他就觉得受不了，因此长时间觉得问心无愧，因为舍此别无他法。那名仆人的被捕，起初曾使他感到有点内疚，但是这名囚徒很快就病倒了，后来又死了，也就使他安心了，因为他的死，显而易见（他当时就是这么认为的），并不是因为被捕和害怕，而是因为他逃跑在外的那几天，经常烂醉如泥，整夜醉卧在潮湿的泥地上，得了重感冒所致。至于偷来的物品和钱，倒很少使他感到不安，因为（他当时一直是这么认为的）他之所以偷盗不是因为财迷心窍，而是为了避嫌，转移别人的视线。偷盗的金额是微不足道的，他很快就把这全部金额都捐献给了我市开办的养老院，甚至还自己加了许多。他是特地这样做的，为的是在犯了盗窃这件事上使自己心安，值得注意的是，他竟暂时心安了，甚至还心安了很长一段时间——这是他自己告诉我的。当时他一心忙公务，甚至故意要求去做那些既棘手而又麻烦的差使，这又占了他大约两年时间，加之他生性坚强，几乎忘记了所发生的事；有时想起，便尽量不去继续想它。此外，他一心做起了慈善事业，在我市创办和资助了许多事业，他在两大京城也名噪一时，在莫斯科和彼得堡还当选为当地许多慈善团体的董事。但是后来他终于痛苦地陷入沉思，逐渐受不了啦。就在这时他遇到了一个非常美丽而又明理的姑娘，于是他跟她很快就结婚了，幻想用结婚来驱散自己的孤独感，幻想在他走上新路之后，在尽心竭力地履行自己对妻子和孩子的义务的过程中，能够彻底摆脱旧日的回忆。但是偏偏又出现了一件与这一期待相反的事。还在婚后第一个月，就有一个想法开始不断地困扰他："瞧，妻子很爱我，要是她知道了这事，她会怎样呢？"当妻子开始怀第一个孩子并把这事告诉他之后，他突然感到不安起来："我给人以生命，可是我又剥夺了别人的生命。"孩子一个接一个地生下来："我怎么敢去爱孩子，去教育孩子，对他们侈谈什么高尚的道德情操呢？要知道我杀过人呀！"孩子们一个个长得十分美丽可爱，他很想跟他们亲热亲热："我没法看着他们那纯洁的、开朗的脸；我不配。"最后他开始可怕而又痛苦地隐约看到那个被他杀害的人流的血，那是她那被他杀害的年轻的生命，这血号叫着要求复仇。他自此常常做噩梦。但是因为心肠硬，他还是长时期地忍受了这痛苦："我将用我的秘密的痛苦来赎买一切。"但是这一希望也成了泡影：越往后，痛苦越强烈。在社交界，由于他的慈善活动，他开始赢得人们的尊敬，虽然大家也都怕他那严厉而又忧郁的性格；但是人们越尊敬他，他就越觉得受不了。他向我承认，他曾经想自杀。但是他没有自杀，而是开始出现另一种幻想——这幻想，他起先认为是不可能的，也是疯狂的，但是这幻想却终于牢牢地吸附在他心上，他想要摆脱也摆脱不了。他的幻想是这样的：挺身而出，面对大庭广众，向大家公开宣布他杀了人。他带着这一幻想过了大约三年，他设想着实现这一幻想的不同方式。最后，他终于全心全意地相信，在他宣布了这一罪行之后，无疑就能医治好他心灵的创伤，使他的心一劳永逸地平静下来。但是他相信倒是相信了，可是心里又感到恐惧，因为他不知道怎样实现这一幻想。就在这时忽然发生了决斗那事。"以您为榜样，现在我下定了决心。"

我望着他，举起两手一拍，向他叫道：

"难道这样一件区区小事能在您心中产生这么大的决心吗？"

"我这决心已经酝酿了三年，"他回答我，"您的事只是给它一个推动力。我瞧着您这样的榜样，既于心有愧，又十分羡慕。"他对我说这话时态度甚至很严峻。

"人家不会相信您的，"我对他说，"都过去十四年了。"

"我有证据，大证据。我可以提供证据。"

当时我哭了，亲吻着他。

"有件事请您给我拿个主意，就一件事！"他对我说（倒像现在一切都取决于我似的），"老婆，孩子！贱内也许会伤心死的，孩子们虽然不至于失去贵族的头衔和领地——但将永远成为一个逃犯的子弟。我将会在他们心中留下怎样的印象啊！"

我默然。

"而且要与他们分开，永远离开他们？这等于永别，等于永别啊！"

我坐着，默默地念着祷告词。我站起来，终于感到了可怕。

"怎么办呢？"他瞧着我。

"去，"我说，"向大家宣布。一切都会过去的，只有真理永存。孩子们长大后会明白的：您毅然下定的这一决心中有多少值得慷慨悲歌的东西啊！"

他当时离我而去，似乎当真下了决心。但是以后两个多星期中他仍旧每天晚上来看我，老准备去，但又老拿不定主意。他使我的心痛苦极了。他来的时候很坚定，并且极其感动地说：

"我知道天堂定会对我降临。十四年来我一直待在地狱里。我愿意受苦受难。我一定接受苦难，开始重新生活。一个人可能会昧着良心度过一生，到头来追悔莫及。我现在不仅不敢爱自己的邻舍[1]，而且也不敢爱自己的孩子。主啊，孩子们也许会懂得我的苦难让我付出了多大的代价，因而不致谴责我！主的伟大不在于炫耀力量，而在于使真理重见天日。"

---

1 语出《路加福音》第十章第二十七节："你要尽心、尽性、尽力、尽意，爱主你的神。又要爱邻舍如同自己。"（这里所说的"邻舍"，意为除自己以外的他人。）

"大家都会懂得您立下的功德的，因为您为真理尽了力，至高无上的真理，非俗界的真理……"

于是他离开了我，似乎得到了安慰，可是第二天他又愤愤然走来了，面色苍白，嘲笑道：

"我每次来看您，您都好奇地望着我，心想：'又没有宣布？'请足下少安毋躁，不要对我嗤之以鼻。这事做起来并不像您想象的那么容易。我压根儿不想这样做也说不定。您总不会跑去告发我吧，啊？"

其实，我不仅不敢带着好奇（因为这样做不明智）看他，甚至都没有勇气正眼看他。我痛苦得简直像生了场大病，我心里充满眼泪，甚至夜不成寐。

他继续道：

"我刚才从贱内那里来。您明白老婆是什么意思吗？我临走的时候，孩子们向我喊道：'再见，爸爸，快点回来，回来跟我们一起念《儿童读物》[1]。'不，个中滋味您是不懂的！别人的灾难，您是体会不了的。"

他的两眼闪出了光，嘴唇开始发抖。他突然捶了一下桌子，以致桌上的东西都跳了起来——这么好脾气的人作出这样的事，还是头一回。

"何必呢？"他叫道，"又何苦呢？要知道，谁也没有因我而判刑，谁也没有因我而被流放，那仆佣是病死的。至于我杀人，我已经受到了内心痛苦对我的惩罚。再说人家也不会相信我的话，不会相信我提出的任何证据。何必当众宣布，何必呢？因为我杀了人，我准备毕生在痛苦中继续受煎熬，只要不株连我的老婆孩子就行。让他们跟我同归于尽，这公平吗？我们会不会想错了呢？这事究竟应当怎么办呢？再说人们会认为这样做是对的吗？他们会对这样做

---

[1] 当时俄国出版的一种儿童杂志。

给予正确评价，尊重这种做法吗？"

"主啊！"我暗暗寻思，"在这样的时刻还想会不会得到人家的尊重！"那时候我是多么可怜他啊，我恨不能分担他的命运，只要能减轻他的痛苦就成。看到他像发狂似的，我觉得怕极了，不仅用脑子懂得，而且我感同身受地懂得，下这么大的决心要花费多大的代价啊！

"您来决定我的命运吧！"他又激动地叫道。

"去公开宣布。"我向他悄声道。我声音都发不出来了，但是我语气坚定。这时，我从桌上拿起了《福音书》的俄译本，给他看了《约翰福音》第十二章第二十四节：

"我实实在在的告诉你们，一粒麦子不落在地里死了，仍旧是一粒；若是死了，就结出许多子粒来。"他来之前，我刚读了这一节。

他读了。"没错。"他说，但又发出一声苦笑。"是的，在这书里，"他沉默片刻后说道，"常常会遇到十分触目惊心的话。硬把这书塞给人家看是容易的。这书是谁写的呢，难道是人？"

"是圣灵写的。"我说。

"您随便说说容易。"他又苦笑了一下，但差不多带着憎恨。我又拿起了那本书，翻到另一个地方，给他看了《希伯来书》第十章第三十一节。他读道：

"落在永生神的手里，真是可怕的。"[1]

他读完后，把书扔在一旁，浑身都发起抖来。

"这一节真可怕，"他说，"没说的，您故意挑的。"他从椅子上站起来，"好，"他说，"再见，也许我不会再来了……天堂里再见吧。可见，'我落在永生神的手里'已经十四年了——原来这十四

---

[1] 在《新约·希伯来书》里，这话是指一些人虽然认识了真道，但仍不尊敬基督和基督的学说，"践踏神的儿子，将那使他成圣之约的血当作平常，又亵慢施恩的圣灵"。

年是这么可怕。明天我就请求这手放了我……"

我本来想拥抱他和亲吻他，但是我不敢。——他的脸扭歪了，令人看着都难受。他走了出去。"主啊，"我想，"这人要到哪儿去啊！"我立刻双膝跪下，趴倒在圣像前，为他向至神至圣的圣母娘娘哭泣，向大慈大悲、救苦救难的圣母娘娘哭泣。我含泪祈祷，过了大约半小时，那时已是深夜十二时左右。突然，门开了，我一看，他又走了进来。我不胜惊讶。

"您上哪儿啦？"我问他。

"我，"他说，"我好像把什么东西给忘了……似乎是手帕……嗯，即使什么也没忘，就让我稍坐片刻吧……"

他坐到椅子上。我站在他身旁。他说："您也坐下。"我坐了下来。我们坐了大约两分钟，他注意地看着我，蓦地一笑——我记住了这笑，然后他站起身来，紧紧地拥抱我，亲吻我……

"你要记住，"他说，"我是怎么再一次回来找你的。听见了吗，要记住这点！"

这是他头一回对我称你。说罢就走了。"明天。"我想。

这事果然发生了。那天晚上我还不知道第二天正好是他的生日。最近几天，我足不出户，因此也无法从任何人那里知道这点。每年的这一天，他一向大张宴席，全城人都来庆贺。这一回也是高朋满座。可是，午宴以后，他走到客厅中央，两手捧着一张纸——呈报上峰的正式报告。因为他的上峰就在这里，所以他便向全体宾客宣读了这纸公文，其中详细描述了他犯罪的来龙去脉："我是个恶棍，我要把自己逐出人群，上帝点化了我，"他在公文的末尾写道，"我愿意受苦受难！"他读罢便把他保存了十四年，他自认为的全部罪证立刻拿了出来，放到桌上：他那时想要转移人们对他的怀疑而偷盗的被害人的金器，从她脖子上摘下来的项链坠和十字架——项链坠里还嵌有她的未婚夫的照片，以及一本记事册和两封信：一封是她的未婚夫写给她的，告诉她他很快就要回来了，再一封是她给他的回信，刚开了个头，还没写完，当时放在桌上，准备第二天交邮局寄出。这两封信他都顺手拿走了——有什么用呢？他干吗不把这两件罪证销毁了，反而把它们保存起来长达十四年之久呢？果然发生了下面的情况：大家都吃了一惊，感到可怕，谁也不肯相信，虽然大家异常好奇地听完了他的话，但是认为他有病，而且几天之后家家户户已经完全认定，并判定这个不幸的人疯了。上峰和法院不能受理这一案件，即便受理了他们也束手无策：虽然提交的物品和信件已足够耐人寻味，但他们还是认定，即使这些凭证确凿无误，仅仅根据这些凭证也不能最后定罪。再说所有这些东西，他作为她的朋友，也可能得之于她本人，托他代为保管的也说不定。话又说回来，我听说，这些东西经被害人的朋友和亲属辨认，确认是属于她的，其中并无疑问，但是此事又注定无法结案。过了五天左右，大家得知这位多灾多难的人病倒了，而且有性命之虞。他到底生了什么病，我也说不清，有人说是心律紊乱，但是又听说，由于他夫人的坚决要求，请了几位大夫来会诊，检查了他的精神状态，结论是已成神经错乱。我什么也没有透露，虽然大家纷纷前来问我，但是我提出想看望看望他时，却长时间告曰不许，主要是他夫人："都是您让他心情不好的，"她对我说，"他本来就很忧郁，而最近一年中，大家都发现他非常烦躁，举止失常，偏巧这时又加上了您，都是您把他给毁了；都是您没完没了地给他说这说那把他累垮了的，他整整一个月都没离开过您。"真没办法，不仅是他夫人，甚至全城人都气势汹汹地指责我："都是您！"我一言不发，但是我心中很高兴，因为我无疑看到了上帝的恩宠，上帝对一个敢于自首，敢于惩罚自己的人大发慈悲了。至于说他神经错乱，我没法相信。最后他们终于让我去见他了，这是他自己坚决要求的，他要同我告别。我进去后立刻看出，他不仅来日无多，甚至再活几小时都是数得清的了。他很虚弱，面色焦黄，两手发抖，气喘吁吁，但是他的神态十分感动和快乐。

"终于做到了！"他对我说，"我早就渴望看到你，你怎么不来呢？"

我没告诉他人家不让我来看他。

"上帝垂怜我，让我到他身边去。我知道我快要死了，但是，经过如许年之后，我第一次感到快乐与平静。我刚做了我该做的事，就立刻感到了我心中的天堂。现在我已经敢爱我的孩子和亲吻我的孩子了。他们都不相信我的话，谁也不相信，妻子不相信，法官们也不相信；孩子们也永远不会相信。我在这件事中看到了上帝对我的孩子的垂怜。我死之后，对于他们，我的名字并没有沾染上污点。而现在我已经预感到了上帝的爱，我的心像在天堂里一样快活……我履行了天职……"

他说不下去了，气都喘不过来了，他热烈地握着我的手，热情洋溢地望着我。但是我们的谈话时间并不长，他的夫人不断进来看我们。但他还是抓住机会向我悄声道：

"你还记得那时候我再次进来看你吗？在半夜，我还让你记住的。你知道我进来要干什么吗？我是来杀你的！"

我猛地打了个寒战。

"当时我离开你以后，便走进一片黑暗，我踯躅街头，与自己进行着斗争。蓦地，我对你恨之入骨，恨得牙痒痒的。我想：'现在只有他捆住了我的手脚，他是审判我的法官，我已经无法拒绝明天对我的处决，因为他全知道了。'倒不是我怕你告发，我想也没想过这个，而是我想：'如果我不去自首，我有何面目去见他呢？'哪怕你远在天涯海角，只要还活着，只要我一想到你还活着，你全知道，你在谴责我，我就受不了。我对你恨之入骨，仿佛你是一切的罪魁祸首，一切都是你惹出来的。当时我回到你家，我记得，你桌上放着一把匕首。我坐了下来，让你也坐下，我想了足足一分钟。如果我杀了你，哪怕我没有宣布从前的罪行，就因为这件凶杀案，我反正也活不了啦。但是我压根儿就没想到这层，当时我也不愿去想。我只是恨你，拼命想为了这一切向你报仇雪恨。但是我主战胜了我心中的魔鬼。不过你要知道，你还从来没有离死那么近过。"

一星期后，他死了。全城人都去给他送葬。大司祭作了动情的墓前演说。大家都因可怕的疾病使他中年夭折而感到痛心。但是把他埋了以后，全城人都对我群起而攻之，甚至把我拒之门外。诚然，有些人，起初人不多，到后来就越来越多了，开始相信他的供词是真的，于是便纷纷前来看我，非常好奇和津津有味地向我问长问短：因为一个人总爱看到正人君子遭殃和这人身败名裂。但是我不置一词，而且我很快就离开了这座城市，又过了五个月，承蒙我主上帝的恩准，我便走上了一条坚定而又恢宏的路，感谢那只无形的手给我指明了这条路。而那位历尽苦难的上帝的奴仆米哈伊尔，直到今天，我每天都在自己的祈祷中提到他。

三、佐西马长老的谈话和开示录

（摘要）

(五) 关于俄罗斯修士及其可能起的作用的二三言

各位师父，何谓修士？在文明世界，在当代，有些人提到这两个字的时候已不无嘲笑之意，有些人则简直把这当成了骂人话。而且这情况愈演愈烈。诚然，呜呼，诚哉斯言，修士中的确有许多寄生虫、淫棍、好色之徒和厚颜无耻的流氓。一些有文化的俗家人指着这类修士说道："你们这些懒汉和社会渣滓，你们依靠他人为生，是些无耻的乞丐。"与此同时，修士中也有许多温良恭俭让的人，他们渴望潜心修炼，渴望在静修中进行热烈的祈祷。对这类人，人们却很少注意，甚至讳莫如深；如果我说，也许正是靠了这些温柔敦厚和渴望潜心祈祷的人，俄罗斯大地才能再次获救，闻此言人们一定会觉得奇怪！但是这些修士确是在静修中预备好了，"到某年某月某日某时"[1]。眼下，他们在潜心修炼中继承远古的神父、使徒和殉教者的传统，完好而又不加歪曲地保存着基督的形象，坚持上帝真理的纯洁性，一旦需要，便将基督的形象显示于世界上摇摇欲坠的真理面前。这个思想是伟大的。这颗明星将从东方发出万丈光芒。

关于修士我就是这么想的，难道这有悖于现实，难道这是目空一切吗？再看看整个凌驾于上帝的子民之上的世界中那些世俗的人吧，在这世界中，上帝的面貌和他的真理不是被扭曲了吗？他们有科学，但是科学中仅有感觉所及的东西。至于精神世界，人之作为人的更高级的那一半则被完全摒弃了，他们带着某种胜利和憎恨将其赶走了。现世界标榜自由，尤其在最近，可是在他们的这个自由里，我们又看到了什么呢：只有奴役和自杀！因为现今这世界说："你有需要，就应当充分满足这需要，因为你同那些豪门巨富一样具有同等的权利。不要害怕使这些需要得到充分满足，甚至应当使这些需要日益增长。"——这就是这个世界的当今学说。他们心目中的自由也就是这个含义。这种使需要日益增长的权利会产生什么结果呢？富人中会产生**彼此隔绝**和精神自杀，穷人中则会产生嫉妒和凶杀，因为给了权利，却没有指出充分满足这些需要的手段。有

---

1 指基督二次降临前的世界末日。语出《启示录》第九章第十五节："他们原是预备好了，到某年某月某日某时，要杀人的三分之一。"

人硬说：世界越来越团结一致了，君不见世界的距离正在缩短，空中可以传递思想，兄弟般的彼此交往正在逐渐形成吗！唉，请诸位不要相信人与人之间的这种团结一致。他们把自由看作日益扩张的需要和尽快满足这些需要，这样就会扭曲自己的天性，因为这样他们就会在自己心中产生许多无聊愚蠢的愿望、习惯和极其荒唐的异想天开。他们活着仅仅是为了互相嫉妒，为了纵欲和目空一切。饭局，外出应酬，出入车马，加官晋爵和奴仆成群，已被认为是生活中不可或缺的东西，为了得到这些东西他们甚至不惜牺牲生命、荣誉和人的仁爱之心，只要能满足这些需要就行，一旦满足不了，甚至不惜自杀。我们看到，那些并不富有的人的情况亦然，至于穷人，他们的需要得不到满足和由此产生的嫉妒之心，暂时因酗酒而退居次要地位。但是不要很久，他们的嗜酒就将被嗜血所替代，人们正在把他们引上这条路。我倒要请问诸位：这样的人自由吗？我认识一位"为主义而奋斗的人"，这是他自己告诉我的，他说，在监狱里因为没有烟抽，因烟瘾发作难过极了，为了求人家给点烟，他差点没出卖自己的"主义"。可是这种人却口口声声说："我要去为人类而奋斗。"可是这样的人又能去哪儿呢，他又能干什么呢？除非急功近利，马到成功，时间一长就坚持不下去啦。因此，他们非但没有得到自由，反而被人奴役，非但不能为博爱和人与人的团结一致献身，反而陷入**分崩离析**和彼此隔绝的状态，就像我年轻时那个神秘的来访者和我的师父对我所说的那样——这本来就不足为怪。因此为人类服务的思想，关于博爱和人与人是一个整体的思想，在这世上也就越来越淡漠了，人们甚至一听到这思想便嗤之以鼻，因为这些物质的奴隶既然已经习惯于千方百计地来满足自己数不清的需要（这需要是他们自己凭空想出来的），又怎能抛弃这些习惯，他们又能向何处去呢？他们每个人已置身于大众之外，大众与之又有什么相干。结果是物质积聚了很多，快乐却少了。

修士们的路就是另一回事了。有人甚至嘲笑修炼、斋戒和祈祷，殊不知只有通过修炼才能走上一条通向真正自由的路：我只要摒弃多余的、无用的需求，清除我那自命不凡的骄傲的意志，用修炼来鞭策自己，我就能借助上帝来达到精神的自由，并随之而达到精神的愉悦！他们中间究竟有谁更能高举这一伟大的思想，并为这一思想服务呢——是脱离大众的富翁呢，还是**不受**物质与陋习任意摆布的人呢？有人指责修士闭门隐修，说什么："你闭门隐修，但知在修道院的四堵墙里修道，而忘了兄弟般地为人类服务。"但是，让我们再看看，谁能为促进人与人之间的博爱更尽心竭力呢？因为脱离大众的不是我们，而是他们，但是他们视而不见。自古以来我们中间就出过不少为民请命的活动家，为什么他们之中现在就不能出现呢？那些温良敦厚、吃斋念经和沉默寡言、不妄语的人将会挺身而出，去从事伟大的事业。拯救俄罗斯唯有依靠人民。而俄罗斯的修道院自古以来就跟人民在一起。如果百姓彼此分离，我们就闭门隐修。如果百姓与我们同一信仰，却不信仰上帝的活动家，没有信仰的领袖，尽管他们的心是真诚的，他们的智慧是超群的，那在我们俄罗斯也定将一事无成。这点你们务必牢记。百姓定将与无神论者当面对垒并战胜他们，那时候便会出现统一的正教的俄罗斯。要爱护百姓，保护他们的心灵。要一边静修一边教育他们。这就是你们作为一名修士应该建立的功德，因为我国的老百姓是心怀上帝的。

(六) 论主与仆以及主仆间能否在精神上相互成为兄弟的二三言

上帝啊，有人说老百姓也有罪孽。腐败的火焰甚至明显地越烧越旺，每时每刻，自上而下，愈演愈烈。百姓中也出现了彼此分离的现象：开始出现了富农和恶霸；商人也越来越希望受人尊敬，本来毫无教养，却极力显示自己是有教养的，因而卑鄙地无视古老习俗，甚至把祖先的信仰也引以为耻。他们奔走于豪门官府之间，其实自己不过是个仰人鼻息的庄稼汉。百姓因酗酒而过着糜烂的生活，已经不能自拔。他们对家庭，对老婆，甚至对孩子十分残暴；一切皆因酗酒而起。我在几家工厂里甚至看到不少十岁的孩子：孱弱、憔悴、弯腰曲背，而且已经堕落。空气恶浊的厂房，轰鸣的机器，整天干活，满嘴脏话，再加上酒，酒，这么小，还是个孩子。他们的灵魂需要的难道是这些东西吗？他们需要的是阳光，孩子的游戏，到处可作为表率的光辉的榜样，以及一点点爱抚。但愿不要再出现这种现象，修士们，但愿不要再折磨我们的孩子们了，你们要挺身而出，快点宣传这道理，要快。但是上帝定将拯救俄罗斯，因为平民百姓虽然已经堕落，陷身于肮脏的罪孽中无法自拔，但是他们毕竟懂得他们干出的肮脏的罪孽是受到上帝诅咒的，他们做错了，是犯罪。因此我国老百姓仍在不倦地相信真理，承认上帝，常常痛心疾首地哭泣。上层人士就不同了。那些人追随科学，想单凭自己的智慧来建立公正的生活，但是不像过去，他们已经不要基督了，而且他们还宣称，已经没有犯罪，因此也已经没有罪孽。不过按照他们的看法，这话也对：因为既然你已经没有了上帝，那还有什么犯罪呢？在欧洲，百姓起来用暴力反对富人，百姓的领头人到处领着他们去杀人，并教导他们说他们的愤怒是正义的。但是"他们的怒气暴烈可咒[1]"。而主定将拯救俄罗斯，就像他曾经拯救过许多次那样。拯救的希望将来自百姓，来自百姓的信仰和谦恭。诸位师父，要维护百姓的信仰，而且这不是幻想：我国伟大的百姓中那种优秀、真诚的品德使我终生惊叹不已，我亲眼看见过，我可以作证，

---

[1] 语出《旧约·创世记》第四十九章第五—七节，雅各临终时对他的众儿子说："西缅和利未是弟兄，他们的刀剑是残忍的器具。我的灵啊，不要与他们同谋，我的心哪，不要与他们联络，因为他们趁怒杀害人命，任意砍断牛腿大筋。他们的怒气暴烈可咒，他们的忿恨残忍可诅。"西缅与利未因他们的妹妹底拿遭示剑人玷污，遂尽杀示剑城的男丁，以雪心头之恨。

我看见了，而且赞叹不已，我的确看见了，尽管我国百姓有许多肮脏的罪孽，而且看上去一贫如洗，但他们并不是一副奴才相，尽管他们做了两个世纪的奴隶。他们的外表和待人接物很随便，但是并没有任何失礼之处。他们既不记仇，也不嫉妒。"你有名，你有钱，你既聪明又有才干——那很好，愿上帝祝福你。我尊敬你，但是我晓得我也是人。仅就我尊敬你，但不嫉妒你这一点，就向你显示出了我做人的尊严。"诚然，即使他们没有说这话（因为他们还不会说这话），但是他们却这么**做**了，我亲眼见过，亲自体会过，你们信不信，我们俄罗斯人越穷，地位越低，从他们身上就越明显地可以看到这种优秀而又真实的品德，因为他们中有钱的富农和恶霸，多数已经腐化堕落，而所以出现这种现象多半因为我们玩忽职守和照看不周。但是上帝定将拯救自己的子民，因为俄罗斯之所以伟大就因为它温良敦厚。我幻想看到，并且似乎已经清楚地看到我们的未来：因为必将出现这样的情形，甚至我国最腐化堕落的富人，到头来也会在穷人面前对自己的财富感到羞愧，而穷人看到这种谦和，定会谅解他们，并对他们欣然让步，用抚慰来回答他们的知耻近乎勇的优秀品德。请诸位相信，结果必定如此：这是大势所趋。仅在人的精神品德里才有平等，而能够懂得这点的只有我们。只有大家亲如兄弟，才有博爱可言，而在实现博爱之前，是永远解决不了分配不公的问题的。我们将保存好基督的形象，它将像金刚宝石一样熠熠生辉，普照世界……阿门，阿门！

各位师父，有一回，我遇到一件感人至深的事。我云游四方，有一回在省城K遇到了我过去的勤务兵阿法纳西，自从我跟他分手以后，已经过去八年了。他在市场上无意中看见了我，他认出我以后，便向我急忙跑过来，上帝啊，他多高兴啊，简直向我冲了过来："老爷，老爷，这是您吗？难道我真的看见您了吗？"他把我带到他家里。

他已退伍，结了婚，已经有两个不点大的小孩。他和他太太在市场上做点小买卖，摆摊度日。他家的房间虽然狭小，贫寒，但是干干净净，喜气洋洋。他请我坐下后便给茶炊生上了火，派人去叫他老婆，倒像我到他家来对他是什么喜庆似的。他把孩子们领到我面前："老爷，请您为他们祝福。""我哪能祝福呢，"我回答他道，"我是一个普普通通的、微不足道的出家人，我只能替他们祷告上帝，至于你，阿法纳西·帕夫洛维奇，我一直在替你祷告，从那天起，我每天都在替你祷告上帝，因为，"我说，"一切都因你而起。"于是我就尽力把这事给他作了说明。这人倒是怎么啦，他望着我，简直没法想象我过去就是他的老爷，是军官，现在站在他面前，却成了这副模样，穿这么一身衣服，他甚至哭了。"你干吗哭呢，"我对他说，"你是一个我永远忘不了的人，你心里应当替我高兴才是，因为我走的这条路是欢悦的、光明的。"他没有说很多话，只是一个劲地、十分感动地对我摇头叹息。他问我："您的财产呢？"我回答他说："献给修道院了，我们过的是集体生活。"喝完茶以后，我就起身同他们告辞，他忽然给我半个卢布，说是捐献给修道院的，又把另外半个卢布塞到我手里，急急忙忙地说："这是给您的，给一个过路的云游四方的出家人的，您也许用得着，老爷。"我收下了他的半个卢布，向他和他太太一鞠躬，高高兴兴地走了，路上，我想："瞧，现在我俩，他在自己家里，我则走在路上，很可能，我俩都在连声叹息和欢笑，两人的心里都十分快乐，在频频点头，回想上帝是怎么让我俩重逢的。"从那时起我再没见过他。我曾经是他的主人，而他曾经是我的仆人，而现在我俩却友爱地、精神上感动至深地互相亲吻，我俩体现了人与人之间伟大的团结一致。我对此想了很多，而现在我的想法是这样的：这种伟大而又纯朴的团结一致，有朝一日定会普遍开花，出现在我们俄罗斯人中间，难道这道理就那么费解吗？我相信，此情此景定将出现，而且已经为期不远了。

至于仆人，我还要补充几句：过去，当我年轻的时候，我常常对仆人们发脾气："女厨子做的菜太烫，勤务兵没把衣服刷干净。"但当时我亲爱的哥哥的想法使我豁然开朗，这话还是我小时候听他说的："我配吗？我有什么资格让别人伺候我，我有什么资格对别人呼幺喝六，就因为他们穷，就因为他们没知识吗？"我当时觉得奇怪，这么简单的、彰明较著的想法，竟这么晚才出现在我的脑海。如果说尘世间不可能没有仆人的话，那也应当做到让你的仆人比他没有做你的仆人之前在精神上更自由[1]。为什么我就不能做我的仆人的仆人呢？而且应当让他看到这一点，我这样做没有什么放不下架子的，他也不用不相信。为什么我的仆人就不能如同我的亲人一样，到后来，我就接受他做我的家庭成员，并对此感到满心欢喜呢？甚至现在，这也是办得到的嘛，而且将来这也可以作为实现人与人之间美好的团结一致的基础，那时候人就不会给自己寻找仆人，也不希望像眼下这样把跟自己同样的人变成仆人了，而是相反，像《福音书》上说的那样，自己极力希望做大家的仆人[2]。人最后终将只在普度众生的功德中寻求自己的快乐，而不是像眼下这样在残忍的乐趣——在饕餮、淫乱、妄自尊大、自吹自擂，以及妄图一人凌驾于他人之上的角逐中寻求快乐——难道这仅仅是幻想吗？我坚信，这绝不是幻想，而且实现这一理想已经为期不远了。有人笑问道：实现这一理想的时间何时到来呢？而且真的会到来吗？我

---

1 陀思妥耶夫斯基在一八八〇年的《作家日记》里是这样来说明这一思想的："仆人并不是奴隶。当保罗（使徒）与门徒提摩太外出传道时，提摩太曾侍候过保罗，但是请诸位读一读保罗的《提摩太书》（见《圣经·新约》）：他这信是写给奴隶，甚至是写给仆人的吗，得了吧！他是他的'提摩太孩子'，是他的心爱的孩子。瞧，主人对仆人就应当是这样的态度，如果他们俩都是完全的基督徒的话！仆人与主人是会有的，但主人不应当是老爷，而仆人不应当是奴隶。"（《陀思妥耶夫斯基全集》第二十六卷第一六三页）
2 在《福音书》里，耶稣对自己的门徒说："你们知道，外邦人有君王为主治理他们，有大臣操权管束他们。只是在你们中间不可这样。你们中间谁愿为大，就必作你们的用人。谁愿为首，就必作你们的仆人。"（《马太福音》第二十章第二十五—二十七节）

认为，只要我们与基督同在，我们定能实现这一伟大的事业。人世间，在人类历史上，有多少这种思想，甚至在十年前还是不可想象的，可是那时来运转的神秘时刻一旦来临，这些思想就会忽然出现，而且风行整个大地，难道不是这样吗？我国也会发生同样的情况的，我国人民定将光照全世界，到时候所有的人将会说："匠人所弃的石头，已成了房角的头块石头。"[1]我们倒要请问那些好嘲笑别人的人：如果我们说的仅仅是幻想，那你们什么时候才能仅靠自己的智慧，不靠基督，建起你们的大厦，安排好你们公平合理的生活呢？如果他们硬说，相反，只有他们在追求团结一致，那么，说实在的，只有他们中间头脑最简单的人才会对他们的诺言信以为真，因此这只能使人对这种头脑简单的想法哑然失笑。说实在的，他们比我们更爱不着边际地幻想。他们想要建立公平合理的生活，但是如果撇开基督，结果必将使全世界淹没于血泊之中，因为血债要用血来偿还，动刀的人必将死于刀下[2]。如果不是基督有言在先，他们一定会互相残杀，直杀到世界上只剩下最后两个人。甚至这最后两个人由于蛮横也不会互相劝阻，因此最后一个人必将消灭那倒数第二个人，然后再消灭自己。这情形本来是会出现的，要不是基督有言在先，为了那些温良敦厚的人使这事减少了的话[3]。那时候我还身穿军官服，我就在社交界讲起了仆人问题，我记得，大家对我的话都很惊讶。他们说："难道要我们请仆人坐到沙发上，给他端茶倒水吗？"那时候我回答他们道："为什么不能这样呢，哪怕偶一为之也无不可呀。"大家都笑了。

---

1 《旧约·诗篇》第一百一十八篇第二十二节。并参看《马太福音》第二十一章第四十二节。
2 参看《马太福音》第二十六章第五十二节："凡动刀的，必死在刀下。"
3 耶稣基督在《福音书》中谈到世界末日，说那时必有大灾难，但是为了上帝的选民，将减少灾难的日子。与此处的说法稍有不同，原话是这样的："若不是主减少那日子，凡有血气的，总没有一个得救的；只是为主的选民，他将那日子减少了。"（《马可福音》第十三章第二十节）

他们提的问题很无聊，我的回答也不明确，但是我想，其中总还有点道理。

(七) 论祷告，论爱，论与彼岸世界彼此相通的问题

年轻人，切莫忘记祷告。如果你的祷告是真诚的，那每次在你的祷告中就会出现新感情，而在这新感情中又会出现你过去不知道，而现在又必将鼓舞你的新思想；于是你就会明白，祷告乃是一种自我教育。还应记住：每天只要有时间，有可能，要反复念诵："主啊，请宽恕今天来到你面前的所有的人。"因为每时每刻都会有千千万万的人离开他们在尘世的生命，他们的灵魂将来到主的面前——他们中间有许多人在告别人世的时候是孤独的、无人知晓的，充满了忧伤和苦闷，因为没有任何人对他们的死表示惋惜，甚至根本不知道这世上有他们存在：他们是不是在这世上生活过。你为他（们）所做的安魂祈祷也许会从大地的另一端上达天庭，传到主的耳朵里，虽然你根本不认识他，他也根本不认识你。他的灵魂畏惧地站在主的面前，在那一瞬间，他感到居然还有人在为他祷告，人世间居然还有个人在爱他，他的灵魂该感到多么欣慰啊。于是上帝便会更加慈悲地看着你俩，因为你都这么可怜他了，上帝就会更加怜悯他，因为上帝与你相比要无限仁慈，无限地充满爱。他会看在你的分上宽恕他的。

诸位师兄弟，不要怕人们犯的罪孽，要爱那个即使是有罪的人，因为这种与上帝的爱类似的爱，乃是世间最高的爱。要爱上帝的一切造物，爱整体，也爱每一粒沙子。要爱每一片树叶，每一道上帝的光。要爱动物，要爱植物，要爱每一件东西。你倘若能爱每一件东西，你就会理解蕴含在事物中的上帝的奥秘。一旦理解了，以后你就会不断地、每天每日地对它都有越来越深的理解。最后你就会

以整个包罗万象的爱爱全世界。要爱动物：上帝曾赐予它们简单的思想和无忧无虑的快乐。不要扰乱它们的快乐，不要虐待它们，不要剥夺它们的快乐，不要背离上帝的想法。人啊，不要把自己凌驾于动物之上：动物是无罪的，而你尽管身为万物之灵，但是你一出世就腐烂着大地，而且在你身后留下一大摊脓血——唉，差不多我们每个人都这样！尤其要爱孩子，因为他们也像天使一样是无罪的，他们活着，使我们有感于心，使我们的心灵净化，仿佛给我们指明了方向。欺侮孩子的人有祸了。[1] 爱孩子是安菲姆神父教我的：在我们云游四海的时候，他待人亲切而又沉默寡言，常用他化缘得来的几个铜子买蜜糖饼和冰糖分给孩子们吃；他见到孩子就怦然心动，不能漠然而过，他就是这样的人。

你遇到某种想法，常常会感到困惑，尤其是看到人们的罪孽，你会不由得自问："用暴力阻止它呢，还是用温良敦厚的爱？"你要永远拿定主意："我定要用温良敦厚的爱来阻止它。"你一旦拿定主意，并永远身体力行，就能征服全世界。温良敦厚的爱是一种巨大的力量，是所有力量中最强大的力量，没有任何力量能超过它。要每日每时每分都反省自己，使你的形象保持完美。比方说，你走过一个年幼的孩子身边，愤愤然，口出秽言，心情恶劣；也许你根本没注意这孩子，可是他却看见了你，于是你那丑恶渎神的形象便会留在他那没有自卫能力的幼小心灵里。你甚至没注意到这点，但是说不定你这样做已经把一颗恶劣的种子播进了他的心田，也许这颗种子就会发芽长大，而这完全是因为你在孩子面前行为不检点的缘故，因为你没有在自己身上养成一种发奋向上的、慎重体贴的爱。诸位师兄弟，爱是老师，但要善于拥有它，因为拥有它很难，要花

---

1 这些话，意在使人们仿效耶稣基督对孩子的看法和态度。源出《马太福音》第十八章第一——十节，第十九章第十三——十五节。

很大力气，要下很大工夫，要花很长时间，因为不是，不是爱偶然的一刹那，而是一直爱下去，至死不渝。至于偶然的爱，任何人都能做到，连坏蛋也能做到。我的年轻的哥哥曾经请求小鸟宽恕：这样做似乎荒唐，可却是对的，因为万物就像汪洋大海，一切都在流动，而且相互关联，只要触动一处，世界的另一端就会有所反应。就算请求小鸟宽恕近乎疯狂吧，但是，如果你本人能比你现在更好些，哪怕就好一点吧，只要好一点就成，那小鸟的日子也会好过些，你周围的孩子和每个动物的日子也会好过些。告诉你们吧，万物就像汪洋大海。那时候你就会向小鸟祈祷了，你心中就会充满包罗万象的爱，似乎处在一种狂喜之中，你将会祈求它们，让它们也来宽恕你的罪孽。你应当珍视这种大欢喜，不管人们觉得它多么荒唐。

　　我的朋友们，你们要请求上帝赐给你们快乐。你们要像孩子，要像天上的飞鸟一样快快乐乐。[1] 不要让人们的罪孽影响你们的作为，不要怕这罪孽会败坏你们的事业，使它无法实现，不要说："罪孽是强大的，造孽这种行为也是强大的，恶劣的环境也是强大的，而我们是孤立的、无能的，恶劣的环境会败坏我们，使我们的善行无法实现。"孩子们，千万不要气馁！能拯救自己的只有一条：要自爱自重，要为整个人类的罪孽承担责任。朋友，要知道，的确是这样的，因为只要你真心诚意地为一切人和一切事承担责任，你就会立刻看到，事情的确是这样的，你对一切人和一切事都负有罪责。把自己的懒惰和无能推到别人身上，结果就会养成同撒旦一样的习惯：目空一切，并埋怨上帝。对于撒旦般的

---

[1] 这话概括了《福音书》中的一些说法："我实在告诉你们，你们若不回转，变成小孩子的样式，断不得进天国。"（《马太福音》第十八章第二—三节）；"你们看那天上的飞鸟，也不种也不收，也不积蓄在仓里，你们的天父尚且养活它，你们不比飞鸟贵重得多吗？"（《马太福音》第六章第二十六节，并参看《路加福音》第十二章第二十二—二十四节）

目空一切我是这样想的：我们在人世间很难看透它，因此容易失足，染上这毛病还自以为正在做某件伟大而壮丽的事。我们天性中的最强烈的感情和冲动，有许多东西，我们在人世间暂时还理解不了，千万不要被这些东西所诱惑，不要以为用这个就可以为你辩解，因为永恒的法官向你追究的是你所能理解的，而不是你所不能理解的，你将来一定会对这一点深信不疑，因为到时候你就能正确对待一切，也就无意争辩了。我们在人世间的确像一群迷途的羔羊，要不是我们面前有宝贵的基督的形象的话，我们就会完蛋，就会彻底迷失方向，就像大洪水前的人类一样。人世间有许多东西我们还无法知道，但是上帝却赐给我们一种神秘而又奇妙的感觉，使我们感到我们与彼岸世界有着密切的联系，而且我们思想与感情的根子不是在这里，而是在彼岸世界。[1]哲学家们说，事物的本质在人世间是无法理解的，其道理也就在此。上帝从彼岸世界取来了种子，把它播种在人间的土地上，于是就形成了上帝的花园，只要能够长出来的东西都长出来了，但是培植出来的东西之所以能存活，完全靠了与神秘的彼岸世界有一种彼此相连的感觉，如果这感觉在你心中逐渐减弱或者逐渐消灭，那你心中培植起来的东西也将会逐渐死亡。于是你就会对人生逐渐冷淡，甚至憎恨它。我作如是想。

(八) 能否做同类人的法官？论信仰到底

尤其要记住，你不能做任何人的法官。因为人世间不可能有审判罪犯的法官，除非这位法官自己认识到，他跟站在他面前的人一样是罪人，站在他面前的那人固然有罪，但是，很可能，他对这人

---

1 佐西马长老的这一思想源出柏拉图哲学，它也是一切主观唯心主义哲学的共同思想基础。

的罪应负的责任比所有的人都大。只有懂得这点，他才能成为一名法官。这话虽然听起来荒唐，却是真理。因为如果我公正廉明，也就不会有站在我面前的这个罪人了。如果你能够把站在你面前受到你审判，并受到你腹诽的这名罪犯的罪责承担下来，你就应该立刻当仁不让，亲自去替他受苦，同时把他释放，不加责备。即使法律规定你来做审判他的法官，你也应当尽可能照此精神办理，因为放走他以后他就会自己审判自己，这审判甚至比你对他的审判还要重。如果他跟你吻别时无动于衷，还嘲笑你，那你也不要被这一现象所迷惑，这说明他醒悟的日期还没有到，但是到时候这日期一定会来的，即使不来，那也没关系：他不认识，别人会替他认识，这样他自己就会痛苦，就会自己审判自己，自己给自己定罪，于是事实真相也就大白于天下了。要相信这点，要确信无疑，因为正是在这点上建立着圣徒们的整个期望和整个信仰。

　　你要不倦地身体力行。如果夜里临睡前你忽然想起："我没有做应该做的事。"那就应该立刻起身，赶紧去做。如果你周围的人都是坏人和麻木不仁的人，不愿意听你唠叨，那你就向他们下跪，请他们原谅，因为人家不愿意听你的话，说实在的，这错还在你。即使你当真没法同那些怨天尤人的人说话，那也永远不要失去希望，应当默默地、低三下四地为他们服务。即使所有的人都离开你，并且拼命赶你走，那，剩下你一个人，也应当趴在地上，亲吻大地，用你的眼泪浇灌它，于是大地就会在你的眼泪浇灌下结出果实来，尽管你独自一人，谁也看不见你，谁也听不见你。要信仰就要信仰到底，哪怕世上所有的人都走上了歧路，只有你一人始终不渝：即使到那时候，只剩下你一个人，你也应当供奉和赞美上帝。即使只有像你这样的两个人走到一起，那也已经是整个世界了，这是身体力行的爱的世界，你们也应该在上帝的感召下互相拥抱，赞美主：因为虽然只有你们两个人，但是在你们身上却体现了上帝的真理。

即使你作了孽，你因为自己的罪孽或因自己突然失足，甚至到死都感到悲伤，那你也应当为别人高兴，为正人君子高兴，因为虽然你作了孽，但是别的人却循规蹈矩，没有作孽，你应当为他们感到高兴才是。

如果人们的罪恶行径使你义愤填膺，悲痛欲绝，你恨不得向这些恶人报复而后快，那你千万要提防这种感情；应当立刻去给自己寻找痛苦，仿佛人们作恶，这罪全在于你。要接受这痛苦，要咬牙忍受，你心里的情绪才能得到缓解，你才会明白其罪全在于你，因为你是唯一无罪的人，你本来可以开导这些恶人，给他们光明，可是你却没有这样做。假如你能给他们光明，那么你发出的光就会给他人照亮道路，那个作恶的人，在你的光的照耀下，也许就不会作恶了。即使你开导了他们，给了他们光明，而你看到他们并没有因此幡然悔悟，那你对来自上天的光的力量也应当坚信不疑，千万不要怀疑；要相信，即使现在他们没有醒悟，那他们的儿孙也定会吸取教训，因为即使你死了，你的光是不会死的。一位高僧大德离开了人世，而他的光永驻。人们的灵魂得救总是在拯救他们的人死去之后才得以实现。人类常常不承认他们的先知，常常迫害他们，但是人们却爱他们的殉难圣徒，尊敬那些已经受过他们迫害的人。你是为整体工作，为未来尽力。永远不要寻求福报，因为即使没有福报，你在这世上得到的福报也已经够大的了，即只有正人君子才能得到的精神上的愉悦。不要怕豪门权贵，但要有大智大勇，永远洁身自好。要知道分寸，要知道凡事都有期限，要学会这点。要慎独，要祷告上帝。要乐于下拜，亲吻大地。一面亲吻大地，一面要不倦地、不知餍足地爱，爱一切人，爱一切物，要寻求这种大欢喜和狂喜的境界。要用你的快乐的眼泪浇灌大地，要爱你的这眼泪。不要羞于这样的狂喜，要珍惜这样的狂喜，因为这是上帝的伟大恩赐，不是许多人都能得到这种恩赐的，只有上帝的选民才能得到。

(九) 论地狱和地狱之火，神秘的议论

诸位师父，我在想："什么是地狱？"我的看法是这样的："是一种因不能再爱而受到的痛苦。"有一回，在无限的存在里，在无法用时间和空间衡量的存在里，某个具有灵性的动物，由于他之降临人世，便赋予他一种能力，使他能对自己说："我在故我爱。"有一回，也就那么一回，上天赐予他一瞬间积极的、**身体力行**的爱，而且为此还赐予他人间的生命，而与生命一起还赐予了他四季和时令，可是又怎么样呢：这个幸运的动物却摈弃了这一无价的赏赐，不知珍惜，不加爱护，反而报以嘲笑，结果成了个麻木不仁的人。这人就这样离开了人世，他也看见了亚伯拉罕的怀抱[1]，而且跟亚伯拉罕谈过话，就像财主与拉撒路的故事对我们所指出的那样，他也看到了天堂，也可以上天到主那里去，但是他感到痛苦的正是他就要上天去见主了，可是他从来没有爱过，他就要碰到那些爱过的人了，而他却曾经鄙视过他们的爱。因为他清楚地看到，并且已经是自己对自己说："现在我已经明白过来了，虽然我渴望爱，但是我的爱已经不再是功德，不再是对上帝的奉献，因为我在人间的生命已经结束了，亚伯拉罕也不会用哪怕一滴生命之泉（即重新赐予他过去的、积极的在人世的生命）来冷却一下我那渴求精神之爱的火焰了，我现在燃烧着爱的火焰，但在人世间我却鄙视过这爱；现在我已经没有了生命，也再不会有时间了！虽然我甘愿为别人献出自己的生命，但是已经办不到了，因为可以为爱而牺牲的生命已经一去不复返了，

---

1 "亚伯拉罕的怀抱"，按基督教义，指好人死后灵魂得到永生安息的地方。

现在在那个生命和这个存在之间已经横亘着一道深渊。"[1]有人谈到地狱之火时，认为这是真的火，我无意研究这一奥秘，同时我感到畏惧，但是我是这样想的：如果这火是真火，那么，说真的，人们应当为此感到高兴才是，因为我是这么想的，只有在真正触及皮肉的物质的磨难里，他们才能暂时忘却比这可怕千万倍的精神上的痛苦。再说要解除他们这种精神痛苦也是不可能的，因为这折磨不是外在的，而是他们内心的。这痛苦即使可以解除，那么，我以为，他们也只会因此而更苦，更不幸。因为即使天堂里的好人因为看到他们痛苦而饶恕了他们，而且出于对他们的无边的爱，把他们召唤到自己身边去，即使这样，也只会更增加他们的痛苦，因为这会更加强烈地激起他们心中的火焰，渴望用爱来回报，渴望积极的、感恩图报的爱，可是要这样爱已经不可能了。不过在下窃想，即使认识到这不可能，毕竟还会使他心里好过些，因为接受了那些好人的爱，又没法回报这种爱，在这种无可奈何和这种谦卑自责的作用下，他们终究会找到过去在人间不屑一顾的积极的爱的某种表现方式，从而找到与这种爱相类似的行为……各位师兄弟们和朋友们，遗憾的是这道理我说不清楚。但是，在人世间自己杀害自己的人有祸了，自杀的人有祸了！我认为，不可能有任何人比这种人更不幸的了。有人对我们说，为这种人祷告上帝是有罪过的，教会也似乎把他们公然打入了另册，但是我私心深处以为，替这些人祷告祷告还是可以的[2]。要知道，基督决不会因为爱而发怒的。对于这种人，我一辈

1《福音书》中关于财主与拉撒路的故事是这样说的：有一个财主，天天锦衣玉食，有一个讨饭的，名叫拉撒路，在他家门前要饭，可是那财主不肯给。后来拉撒路死了，被天使送到"亚伯拉罕的怀里"。财主也死了，进了地狱。他从地狱里看到了天上的亚伯拉罕和拉撒路，"就喊着说：'我祖亚伯拉罕哪！可怜我吧，打发拉撒路来，用指头尖蘸点水，凉凉我的舌头，因为我在这火焰里极其痛苦。'"但是亚伯拉罕回答他说，财主和拉撒路都是因果报应，现在他们之间已横亘着一道深渊，两人都不能跨越。（参见《路加福音》第十六章第十九—二十六节）
2 基督教会认为，自杀是一种最严重的罪行。教会规定不得为自杀者举行葬礼，把他们看成是邪教徒和异端。佐西马长老的上述看法，说明他的博爱精神和对一切人的宽宥，使他无视官方教会的正式规定。

子都在心中为他们祷告，各位师父，我向诸位忏悔，直到如今我每天还在为他们祷告。

噢，有人即使下了地狱依旧十分骄傲和蛮横，尽管无疑他们已经有了认识，也看到了那颠扑不破的真理；还有些可怕的人完全依附于撒旦，染上了撒旦的骄横之气。这些人已是自愿下地狱，甚至地狱对他们也已不足挂齿；他们是一群心甘情愿的受难者。因为他们诅咒了上帝和生命之后，又自己诅咒了自己。他们满怀凶狠，充满骄横，就像沙漠中的饿汉，开始吮吸自己身体中的血。但是他们永远贪得无厌，拒绝宽恕，甚至诅咒召唤他们的上帝。他们一想到永生神就不能不咬牙切齿，他们不要创造生命的上帝，他们要求上帝自己消灭自己和他的一切造物。他们将在自己的愤怒之火中永远燃烧，他们渴望死和虚空。但是，求死而不得……

阿列克谢·费奥多罗维奇·卡拉马佐夫的手稿写到这里就结束了。我再说一遍：这部手稿残缺不全。比如，传记材料仅包括长老的青少年时代。至于他的开示和意见，似乎合成了一个统一的整体，但是看得出来，他的话是在不同时期说的，而且出于不同的动机。至于长老弥留之际亲口说的一些话，也没有明确予以指出，而这次谈话的精神和性质，如果把阿列克谢·费奥多罗维奇的手稿中列举的话同长老过去的种种开示两相比较的话，就可以得到大概的脉络。长老的圆寂确实是完全突如其来的。因为虽然在那最后一晚前来看他的所有的人，完全明白他的死期已经不远，但是毕竟没有想到他的死会这么突然；相反，我在上面已经说过，他的朋友们看到他在那天夜里似乎精神矍铄，十分健谈，甚至还以为他的健康有了明显好转，虽然也许为时不会太长。甚至在他圆寂前五分钟，诚如后来大家惊奇地传说的，还看不出任何他要死的迹象。他突然感到胸部一阵剧痛，脸色煞白，他用两手紧紧捂住胸口。当时大家都从自己的座位上站了起来，急忙跑到他跟前；但是他虽然感到很痛苦，却仍旧笑吟吟地看着大家，慢慢地从安乐椅上滑落到地面，双膝下跪，接着便脸朝下，匍匐在地，伸出自己的双手，似乎处在一种愉悦的大欢喜中，亲吻地面和祷告上帝（诚如他自己教导的那样），静静地、快乐地把灵魂交给了上帝[1]。长老圆寂的消息立刻传遍了隐修区，进而传到了修道院。刚圆寂的长老的最亲近的人，以及按教职理应执绋的人，开始遵照古礼收殓他的遗体，全体修士则集合在大教堂里。后来据传，还在拂晓前，长老圆寂的消息就传到了城里。到破晓时分，全城人就几乎都在谈论这事了，于是许多市民开始络绎不绝赶到修道院来。但是关于这个我们将在下一卷中再说，而现在仅预先补充一点，即一天还没过，就发生了一件大家意料不到的事，就在修道院范围内和在全城产生的印象看，这事似乎是那么奇怪、那么惊心动魄和那么自相矛盾，因此时至今日，过了这么多年以后，敝县县城对于这个令许多人惊心动魄的一天还记忆犹新……

---

1 这是一句套语，常见于俄罗斯圣徒传的结尾，以形容圣徒圆寂。